GRACELING
El reino de los secretos

GRACELING
El reino de los secretos

KRISTIN CASHORE

Traducción de Bruno Álvarez Herrero y
José Monserrat Vicent

Argentina – Chile – Colombia – España
Estados Unidos – México – Perú – Uruguay

Título original: *Bitterblue*
Editor original: Dial Books an imprint of Penguin Group (USA) Inc.
Traducción: Bruno Álvarez Herrero y José Monserrat Vicent

1.ª edición: mayo 2023

Copyright © 2012 *by* Kristin Cashore
Mapa e ilustraciones © 2012 by Ian Schoenherr
All rights reserved
© de la traducción 2023 *by* Bruno Álvarez Herrero y José Monserrat Vicent
© 2023 *by* Ediciones Urano, S.A.U.
Plaza de los Reyes Magos, 8, piso 1.º C y D – 28007 Madrid
www.mundopuck.com

ISBN: 978-84-19252-12-8
E-ISBN: 978-84-19413-96-3
Depósito legal: B-4.489-2023

Fotocomposición: Ediciones Urano, S.A.U.
Impreso por: Rodesa, S.A. – Polígono Industrial San Miguel
Parcelas E7-E8 – 31132 Villatuerta (Navarra)

Impreso en España – *Printed in Spain*

Esta siempre ha sido para Dorothy.

Ciudad de Amarina
y la zona este de la ciudad

Hacia el túnel a SOLÁNEA

Río Valle

Puente
Alado

Puente de los
Monstruos

Puente
Invernal

Castillo

Muelles de
la plata

Muelles de
la madera

Muelles
pesqueros

Muelles de
mercancías

Imprenta

Hacia Venado
Plateado

Hacia el bosque y el paso de la montaña

LEONIDIA

Ciudad de
Auror

Contenido

PRÓLOGO

Cuando agarra a mamá de la muñeca y tira de ella hacia el tapiz de la pared de esa manera, debe de dolerle. Mamá no grita. Intenta ocultarle su dolor, pero me mira a mí y me muestra todo lo que siente con el rostro. Si padre sabe que le duele y que me lo está haciendo ver, le arrebatará la sensación de dolor y la sustituirá por alguna otra cosa.

Le dirá: «Querida, no pasa nada. No te duele. No tienes miedo», y veré la duda en la cara de mamá, el comienzo de su confusión. Padre le dirá: «Mira a nuestra preciosa hijita. Mira esta preciosa habitación. Qué felices somos. No pasa nada; todo va bien. Ven conmigo, querida». Y mamá se quedará mirándolo, desconcertada, y luego me mirará a mí, su preciosa hijita en esta preciosa habitación, y se le suavizará la expresión, se le quedará la mirada vacía y sonreirá por lo felices que somos. Yo también sonreiré, porque mi mente es igual de débil que la de mamá. Les diré: «¡Divertíos! Volved pronto». Entonces padre sacará las llaves de la puerta que oculta el tapiz y mamá la atravesará. Thiel, que seguirá plantado en medio de la habitación, preocupado y desconcertado, saldrá corriendo tras ella, y padre los seguirá.

Cuando padre eche el cerrojo, me quedaré allí tratando de recordar lo que estaba haciendo antes de que sucediera todo. Antes de que Thiel, el primer consejero de padre, un hombre muy alto, entrara en los aposentos de mamá buscando a padre. Antes de que Thiel, con los puños apretados y temblorosos en los costados, intentara decirle a padre algo que le ha enfadado, algo que le ha hecho levantarse de la mesa, desparramar los papeles, tirar la pluma y decir: «Thiel, eres un necio. Ni siquiera sabes tomar decisiones sensatas. Ven con nosotros ahora mismo. Te voy a enseñar lo que pasa cuando piensas por ti mismo». Y entonces ha cruzado la habitación en dirección al sofá y ha agarrado a mamá por la muñeca tan rápido que mamá ha soltado un grito ahogado y ha dejado caer el bordado, pero no ha chillado.

—¡Volved pronto! —digo alegre mientras la puerta oculta se cierra tras ellos.

Me quedo allí inmóvil, mirando los ojos tristes del caballo azul del tapiz. Al otro lado de las ventanas veo ráfagas de nieve. Intento recordar qué estaba haciendo antes de que todos se marcharan.

¿Qué acaba de pasar? ¿Por qué no recuerdo lo que acaba de pasar? ¿Por qué me siento tan…?

Números.

Mamá dice que, cuando estoy confundida o no logro recordar algo, debo hacer cuentas, porque los números son como un ancla. Me ha escrito problemas para que recurra a ellos en esos momentos. Los tengo aquí, junto a los papeles que padre estaba escribiendo con esa letra que tiene, tan rara y exagerada.

Divide mil cincuenta y ocho entre cuarenta y seis.

Podría resolverlo por escrito en dos segundos, pero mamá siempre me dice que lo haga mentalmente. «Deja la mente en blanco y piensa solo en los números —me dice—. Imagina que estás sola con los números en una habitación vacía». Me ha enseñado trucos. Por ejemplo, cuarenta y seis es casi cincuenta, y mil cincuenta y ocho es solo un poco más que mil. Mil entre cincuenta es justo veinte. Empiezo por ahí y voy solucionando el resto. Un minuto después, he descubierto que mil cincuenta y ocho entre cuarenta y seis es veintitrés.

Hago otra. Dos mil ochocientos cincuenta entre setenta y cinco es treinta y ocho.

Otra. Mil seiscientos entre treinta y dos es cincuenta.

Mamá ha escogido buenos números. Noto que afectan a mi memoria y desarrollan una historia, porque padre tiene cincuenta años, y mamá, treinta y dos. Llevan casados catorce años, y yo tengo nueve y medio. Mamá era una princesa leonita. Padre visitó el reino insular de Leonidia y la eligió cuando ella tenía solo dieciocho años. La trajo aquí y nunca ha vuelto. Echa de menos su hogar, a su padre, a sus hermanos y hermanas... Sobre todo a su hermano Auror, el rey. A veces dice que me quiere enviar allí, donde estaré a salvo, y yo le tapo la boca y me aferro a su ropa y me abrazo a ella porque no pienso abandonarla.

¿No estoy a salvo aquí?

Los números y la historia me están despejando la cabeza, y ahora siento como si me estuviera cayendo.

Respira.

Padre es el rey de Montmar. Nadie sabe que tiene los ojos de dos colores diferentes, la peculiaridad que distingue a los gracelings; nadie se lo pregunta, porque su gracia es un don terrible que oculta bajo un parche en el ojo. Cuando habla, sus palabras nublan la mente de la gente para que crean todo lo que dice. Por lo general, miente. Por eso, mientras estoy aquí sentada, tengo los números claros, pero el resto de la mente confusa. Padre acaba de decir algunas de sus mentiras.

Ahora entiendo por qué estoy en esta habitación sola. Padre se ha llevado a mamá y a Thiel a sus aposentos y le está haciendo algo horrible a Thiel para que aprenda a ser obediente y no vuelva a acudir a él con noticias que lo enfaden. No sé cómo lo estará castigando exactamente; padre nunca me muestra las cosas que hace, y mamá nunca recuerda lo suficiente como para contármelo. Me ha prohibido que intente seguir a padre allí abajo bajo ningún concepto. Dice que, cuando se me ocurra bajar, trate de apartar la idea y hacer más cuentas. Dice que, si desobedezco, me enviará a Leonidia.

Yo lo intento. De verdad que sí. Pero no soporto quedarme a solas con los números en una habitación vacía, y de repente me pongo a gritar.

Antes de que me dé cuenta de lo que hago, estoy tirando los papeles de padre al fuego. Corro hacia la mesa, me apodero de ellos a puñados, tropiezo con la alfombra, los arrojo a las llamas y grito mientras veo desaparecer la extraña y bella caligrafía de padre. Quiero gritar hasta que se desvanezcan. Tropiezo con el bordado de mamá, esas sábanas con alegres y coloridas hileras de estrellas, lunas, castillos, flores, llaves y velas. Odio ese bordado. Es un trocito de felicidad falsa, y padre trata de convencer a mamá para que crea que es auténtica. Lo echo también al fuego.

Cuando padre irrumpe por la puerta oculta, sigo de pie gritando como una posesa, en mitad de la habitación apestosa por el humo de la seda. Un trozo de alfombra se está quemando. Lo apaga a pisotones. Me agarra por los hombros y me sacude tan fuerte que me muerdo sin querer la lengua.

—¡Amarina! —me dice, asustado de verdad—. ¿Te has vuelto loca? ¡Podrías asfixiarte entre todo este humo!

—¡Te odio! —le grito, y le escupo sangre a la cara.

Su respuesta me asombra: un destello atraviesa su único ojo y se echa a reír.

—No me odias —me dice—. Me quieres, y yo te quiero a ti.

—Te odio —repito, pero ahora vacilo; estoy confundida.

—Me quieres —contesta mientras me abraza—. Eres mi hijita maravillosa y fuerte a la que tanto quiero, y algún día serás reina. ¿No te gustaría ser reina?

Padre, arrodillado en el suelo ante mí entre todo el humo, sigue envolviéndome en sus brazos, tan grandes, tan reconfortantes…

Los abrazos de padre son cálidos y agradables, aunque la camisa le huele raro, como a dulce y a podrido.

—¿Reina de todo Montmar? —pregunto, asombrada. Noto las palabras espesas en la boca. Me duele la lengua. No recuerdo por qué.

—Algún día serás reina —repite padre—. Te enseñaré todo lo importante para que estés preparada. Tendrás que esforzarte, mi querida Amarina. No cuentas con todas mis ventajas. Pero yo te moldearé, ¿de acuerdo?

—Sí, padre.

—Y nunca debes desobedecerme, nunca. La próxima vez que destruyas mis documentos, le cortaré un dedo a tu madre.

Al oír esas palabras me quedo perpleja.

—¿Qué? ¡Padre, no!

—Y a la próxima —añade—, te entregaré el puñal y le cortarás un dedo tú misma.

Siento que me caigo de nuevo. Estoy sola en el cielo con las palabras que acaba de pronunciar padre; caigo en picado hacia la comprensión.

—No —digo, segura de mí misma—. No puedes obligarme a hacer tal cosa.

—Creo que eres consciente de que sí podría —me asegura, manteniéndome pegada a él mientras me sujeta por encima de los codos—. Eres mi niñita testaruda y pertinaz, y creo que sabes todo lo que soy capaz de hacer. ¿Nos hacemos una promesa, mi niña? ¿Prometemos ser sinceros el uno con el otro a partir de ahora? Te convertiré en la reina más radiante.

—No puedes obligarme a hacerle daño a mamá —insisto.

Padre levanta una mano y me cruza la cara. Me quedo ciega, sin aliento, y me caería al suelo si no fuera por padre, que me sostiene.

—Puedo obligar a cualquiera a hacer lo que me venga en gana —me dice con total tranquilidad.

—A mí no puedes obligarme a hacerle daño a mamá —le grito una vez más. Tengo la cara cubierta de mocos y lágrimas, y me escuece—. Algún día seré lo bastante mayor como para matarte.

Padre se ríe de nuevo.

—Ay, tesoro —me dice, obligándome a soportar su abrazo—. Eres tan perfecta. Serás mi obra maestra.

Cuando mamá y Thiel entran por la puerta oculta, padre me está murmurando algo y yo tengo la mejilla apoyada en su hombro, cómoda y segura en sus brazos, preguntándome por qué la habitación huele a humo y por qué me duele tanto la nariz.

—¿Amarina? —me llama mamá, asustada. Alzo la cara hacia ella, que abre los ojos de par en par, se acerca a mí y me aparta de padre—. ¿Qué le has hecho? Le has pegado. Eres un animal. Te voy a matar.

—Querida, no seas tonta —responde padre, de pie, cerniéndose sobre nosotros. Mamá y yo somos tan pequeñas, tan pequeñas abrazadas la una a la otra, y estoy confundida porque mamá está enfadada con padre—. Yo no le he pegado. Has sido tú.

—Yo no le he hecho nada —contesta mamá.

—Intenté detenerte —prosigue padre—, pero no pude, y le pegaste.

—Nunca vas a lograr convencerme de eso —dice mamá. Habla con claridad y oigo su preciosa voz en el interior de su pecho, donde tengo pegada la oreja.

—Interesante —dice padre. Nos estudia con la mirada durante un momento, con la cabeza inclinada, y luego le dice a mamá—: Amarina está en una edad estupenda. Es hora de que ella y yo empecemos a conocernos mejor. Voy a empezar a darle clases particulares.

Mamá se gira para colocarse entre padre y yo. Sus brazos me rodean como barras de hierro.

—No, me niego —le asegura a padre—. Vete. Sal de aquí.

—Esto no podría ser más fascinante, de verdad —dice padre—. ¿Y si te dijera que Thiel le ha pegado?

—Le has pegado tú —insiste mamá—, y ahora te vas a ir de aquí.

—¡Excelente! —exclama padre antes de acercarse a mamá. De repente, sin previo aviso, le da un puñetazo en la cara a mamá, que se desploma en el suelo, y yo vuelvo a caer, pero esta vez de verdad; caigo con mamá—. Tomaos vuestro tiempo para limpiaros, si queréis —sugiere padre mientras se acerca a nosotras y nos empuja con la punta del pie—. Tengo que reflexionar sobre unos asuntos. Continuaremos esta conversación más tarde.

Padre se marcha. Thiel está arrodillado, inclinado sobre nosotras. Nos caen lágrimas ensangrentadas de los cortes que parece que le acaban de hacer en ambas mejillas.

—Cinericia —dice—. Cinericia, lo siento. Princesa Amarina, perdonadme.

—No le has pegado tú, Thiel —dice mi madre con dificultad, como si le costara hablar. Se levanta y tira de mí para sentarme en su regazo, mecerme y susurrarme palabras reconfortantes. Me aferro a ella, sin dejar de llorar. Hay sangre por todas partes—. Ayúdala, Thiel, ¿quieres?

Las manos firmes y suaves de Thiel me tocan la nariz, las mejillas y la mandíbula mientras me inspecciona la cara con los ojos llorosos.

—No tiene nada roto. Dejadme que os examine a vos, Cinericia. De verdad, os ruego que me perdonéis.

Estamos los tres acurrucados en el suelo, llorando juntos. Las palabras que mamá me murmura lo son todo para mí. Cuando vuelve a hablarle a Thiel, parece muy cansada.

—No es culpa tuya, Thiel, y no le has pegado tú. Todo esto es obra de Leck. Amarina —me dice mamá—, ¿sientes la mente despejada?

—Sí, mamá —susurro—. Me ha pegado padre, y luego te ha pegado a ti. Quiere convertirme en la reina perfecta.

—Necesito que seas fuerte, Amarina—dice mamá—. Más fuerte que nunca, porque las cosas van a ir a peor.

PRIMERA PARTE

Relatos y mentiras

Agosto, casi nueve años después

1

La reina Amarina nunca había tenido intención de contar tantas mentiras a tantas personas.

Todo empezó en el Tribunal Supremo, con el caso del loco y las sandías. El hombre en cuestión, Ivan, vivía junto al río Valle, en la zona este de la ciudad, cerca de los muelles de mercancías. A un lado de su casa tenía un vecino que se dedicaba a tallar y esculpir lápidas, y al otro tenía el huerto de sandías de otro vecino. De algún modo, al amparo de la oscuridad de la noche, Ivan se las había ingeniado para intercambiar todas las sandías del huerto por lápidas, y todas las lápidas del solar del tallador por sandías. Después había colado por debajo de la puerta de sus dos vecinos un mensaje con instrucciones crípticas, con la intención de que ambos emprendieran una caza del tesoro para recuperar los objetos perdidos, lo cual fue una tontería en un caso e innecesario en el otro, ya que el agricultor no sabía leer y el tallador podía ver sus lápidas desde la puerta de casa sin problema, plantadas en el campo de sandías dos solares más allá del suyo. Ambos habían averiguado quién era el culpable al instante, ya que estaban acostumbrados a las travesuras de Ivan. Tan solo hacía un mes desde que Ivan le había robado una vaca a un vecino y la había subido a lo alto de la tienda de velas de otro, donde se había quedado mugiendo apenada hasta que alguien subió al tejado a ordeñarla. El pobre animal tuvo que vivir en el tejado durante varios días. Fue la vaca más elevada y probablemente la más desconcertada de todo el reino mientras los pocos vecinos que no eran analfabetos trataban de descifrar las pistas que les había dejado Ivan para construir una polea con una cuerda para bajar al animal. Ivan era ingeniero de profesión.

De hecho, Ivan era el ingeniero que había diseñado los tres puentes de la ciudad durante el reinado de Leck.

Sentada a la mesa presidencial del Tribunal Supremo, Amarina estaba un poco enfadada con sus consejeros, cuyo cometido consistía en decidir qué juicios merecían el tiempo de la reina. Le daba la sensación de que siempre hacían lo mismo, que la llamaban para que se hiciera cargo de los casos más tontos y que se la llevaban a toda prisa de vuelta a su despacho en cuanto surgía algo interesante.

—Este caso no parece más que una denuncia por alteración del orden, ¿no? —les dijo a los cuatro hombres que tenía a la izquierda y a los cuatro que tenía a la derecha; los ocho jueces que la ayudaban cuando Amarina estaba presente en la mesa del Tribunal Supremo y que se encargaban de los casos cuando no lo estaba—. Si es así, dejaré que os ocupéis vosotros de ello.

—Huesos… —le dijo el juez Quall, sentado a su derecha.

—¿Qué?

El juez Quall fulminó a Amarina con la mirada y luego hizo lo mismo con ambas partes del juicio, que seguían esperando un veredicto.

—Cualquiera que hable de huesos durante el juicio recibirá una sanción —dijo con severidad—. No quiero ni oír la palabra. ¿Queda claro?

—Lord Quall —le dijo Amarina, examinándolo con los ojos entrecerrados—. ¿De qué demonios estáis hablando?

—Majestad, hace poco, en un juicio de divorcio, por algún motivo que desconozco, el acusado no dejaba de farfullar sobre unos huesos, como si estuviera mal de la cabeza, ¡y no pienso volver a tolerarlo! ¡Fue muy inquietante!

—Pero vos soléis juzgar casos de asesinato. Seguro que estáis acostumbrado a que os hablen de huesos.

—¡Esto es un juicio sobre sandías! ¡Las sandías son seres invertebrados! —exclamó Quall.

—Vale, de acuerdo —respondió Amarina, frotándose la cara, tratando de desprenderse de la expresión de incredulidad que se le había quedado—. No hablaremos de…

Quall se estremeció.

Huesos, concluyó Amarina mentalmente. *Están todos locos.*

—Además de los hallazgos de mis consejeros —dijo en alto, mientras se levantaba para retirarse—, la corte correrá con los gastos necesarios para enseñar a leer a los vecinos de la calle de Ivan. ¿Entendido?

La única respuesta que recibieron sus palabras fue un silencio tan profundo que la dejó perpleja. Los jueces la miraron sobresaltados. Amarina repasó lo que acababa de decir: que enseñarían a la gente a leer. No era algo tan raro, ¿no?

—Majestad —intervino Quall—, está en vuestro poder dictar tal sentencia…

Cada una de sus palabras implicaba que acababa de cometer una estupidez. ¿Por qué tenía que ser tan condescendiente con ella? Sabía de sobra que tenía el poder de decidir lo que le viniera en gana, al igual que sabía que podía destituir a cualquier juez que quisiera de su cargo en el Tribunal Supremo. El agricultor de sandías también la estaba mirando con una expresión de auténtica perplejidad. Detrás de él, un grupo de caras con expresiones divertidas hizo que Amarina se sonrojara.

Qué típico de este tribunal que todos se comporten como si estuvieran locos y que, cuando yo actúo de un modo de lo más razonable, me hagan sentir como si la chalada fuera yo.

—Encargaos de ello —le ordenó a Quall, y luego se dio la vuelta para escapar de allí. Al pasar junto a la salida, detrás del estrado, se obligó a erguir los pequeños hombros y a aparentar orgullo, aunque no lo sintiera en lo más mínimo.

En su despacho, en la torre redonda, las ventanas estaban abiertas y la luz comenzaba a cambiar con el atardecer. Y sus consejeros no estaban contentos.

—Nuestros recursos no son ilimitados, majestad —le dijo Thiel, con el pelo y los ojos grises como el acero, de pie frente a su escritorio como un glaciar—. Una vez que se hace pública una sentencia como la que habéis dictado, es muy complicado revertirla.

—Pero, Thiel, ¿por qué deberíamos revertirla? ¿Acaso no debería preocuparnos que haya gente que no sepa leer en una calle de la zona este de la ciudad?

—Siempre habrá alguien en esta ciudad que no sepa leer, majestad. No se trata de un asunto que requiera la intervención directa de la Corona. ¡Acabáis de crear un precedente que da a entender que la corte educará a cualquier ciudadano que se presente ante vos y que afirme ser analfabeto!

—Así es como deberían ser las cosas para mis ciudadanos. Mi padre se encargó de privarles de una educación durante treinta y cinco años. ¡La Corona es responsable de su analfabetismo!

—Pero no contamos con el tiempo ni los medios para resolver este asunto de manera individualizada. No sois una maestra; sois la reina de Montmar. Lo que la gente necesita ahora de vos es que os comportéis como tal para que sientan que se hallan en buenas manos.

—En cualquier caso —lo interrumpió Runnemood, uno de sus consejeros, que se había sentado en el alféizar de una de las ventanas—, casi todo el mundo sabe leer. Majestad, ¿habéis pensado que es posible que aquellos que no saben no quieran aprender? La gente que vive en la calle de Ivan tiene negocios y familias a las que alimentar. ¿Cuándo van a tener tiempo para las clases?

—¿Y cómo lo voy a saber yo? —exclamó Amarina—. ¿Qué sé yo de la gente y de sus negocios?

En ocasiones se sentía perdida detrás de aquel escritorio en medio de la sala, un escritorio que era demasiado grande para lo pequeña que era ella. Oía todas las palabras que sus consejeros, por discreción, no decían en alto: que había hecho el ridículo; que había demostrado que la reina era demasiado joven, tonta e ingenua para el puesto que ocupaba. En aquel instante, le había parecido una sentencia contundente. ¿Tan terrible era su intuición?

—No pasa nada, Amarina —le dijo Thiel empleando un tono más gentil—. Lo superaremos.

Era muy amable por su parte llamarla por su nombre y no por su título. El glaciar se mostraba dispuesto a retroceder. Amarina miró a los ojos a su primer consejero y vio que estaba preocupado y nervioso por si se había excedido al echarle la reprimenda.

—No volveré a hacer nada semejante sin consultarlo antes con vosotros —dijo la reina en voz baja.

—Muy bien —respondió Thiel, aliviado—. ¿Veis? Habéis tomado una decisión muy sabia. La sabiduría es una cualidad digna de una buena reina, majestad.

Thiel la retuvo tras varias torres de papeles durante más o menos una hora. Runnemood se paseaba por delante de las ventanas, asombrándose al ver la luz rosácea mientras se balanceaba sobre los talones y distrayéndola con historias sobre gente analfabeta que era felicísima. Al final, por suerte para Amarina, Runnemood se marchó para asistir a una especie de reunión nocturna con varios nobles de la ciudad. Era un hombre agradable a la vista y un consejero imprescindible, ya que era el mejor a la hora de ahuyentar a los ministros y a los nobles que querían ponerle la cabeza como un bombo a Amarina con peticiones, quejas y reverencias. Pero eso se debía a que él también tenía mucha labia y era muy insistente. Su hermano menor, Rood, también era uno de los consejeros de Amarina. Tanto los dos hermanos como Thiel y Darby —su secretario y cuarto consejero— tenían unos sesenta años, aunque Runnemood no los aparentaba. Los demás, sí. Los cuatro habían sido consejeros de Leck.

—¿No nos falta personal? —le preguntó Amarina a Thiel—. No recuerdo haber visto a Rood hoy.

—Está descansando —respondió Thiel—. Y Darby no se encuentra bien.

—Ah... —Amarina comprendió lo que le quería decir su consejero: Rood estaba sufriendo otra de sus crisis nerviosas y Darby estaba borracho.

Apoyó la frente en el escritorio durante un instante porque temía no poder contener una carcajada. ¿Qué pensaría su tío, el rey de Leonidia, del estado en el que se hallaban sus consejeros? El rey Auror había elegido a aquellos hombres para que fueran el equipo de su sobrina porque consideraba que, gracias a su experiencia, serían los que mejor conocerían lo que necesitaba el reino para recuperarse. ¿Le habría sorprendido su comportamiento de hoy? ¿O serían los consejeros de Auror igual de pintorescos? Quizá la situación fuera la misma en los siete reinos.

Y puede que no importara. Amarina no podía quejarse de la productividad de sus consejeros, salvo quizá por el hecho de que eran *demasiado* productivos. Prueba de ello eran los papeles que se apilaban en su escritorio cada día, a cada hora: documentos de recaudación de impuestos, sentencias judiciales, propuestas de penas de prisión, leyes promulgadas, fueros de los pueblos... Había tantos papeles que su olor le impregnaba hasta los dedos, y los ojos le lagrimeaban solo de ver las hojas, e incluso a veces le palpitaba la cabeza.

—Sandías... —dijo Amarina, mirando hacia la superficie del escritorio.

—¿Qué, majestad? —preguntó Thiel.

Amarina se frotó las pesadas trenzas que tenía enrolladas alrededor de la cabeza y se irguió.

—No sabía que hubiera campos de sandías en la ciudad. ¿Podemos ir a ver uno durante el próximo recorrido anual?

—Tenemos intención de que coincida con la visita que os hará vuestro tío en invierno, majestad. No soy ningún experto en sandías, pero no creo que sean especialmente impresionantes en enero.

—¿Y no podemos salir ahora?

—Majestad, estamos a mediados de agosto. ¿De dónde podríamos sacar tiempo para hacer algo así en agosto?

El cielo que rodeaba la torre era del color del interior de una sandía. El inmenso reloj que estaba apoyado contra la pared marcaba con su tictac el paso de la tarde y, en lo alto, a través del techo de cristal, la luz se volvía de un morado cada vez más oscuro. Una estrella brillaba en el firmamento.

—Ay, Thiel —suspiró Amarina—. Será mejor que te vayas.

—De acuerdo, majestad —respondió Thiel—, pero primero me gustaría hablar con vos sobre vuestro matrimonio.

—No.

—Tenéis dieciocho años, majestad, y no tenéis ningún heredero. Algunos de los seis monarcas tienen hijos solteros, entre los que se incluyen dos de vuestros primos...

—Thiel, como vuelvas a hacerme una lista de príncipes, te voy a tirar tinta encima. Y como se te ocurra susurrar siquiera los nombres de mis primos...

—Majestad —la interrumpió Thiel, impasible—, mi intención no es enfadaros, pero no podemos ignorar la realidad. Habéis entablado una buena relación con vuestro primo Celestio durante sus visitas como embajador. Cuando el rey Auror venga este invierno, seguramente traerá al príncipe Celestio. Antes de que llegue ese día, tendremos que mantener esta conversación.

—No —replicó Amarina, apretando la pluma con fuerza—. No hay ninguna conversación que mantener.

—Sí la hay, y la mantendremos —contestó Thiel con firmeza.

Si se fijaba, Amarina aún podía ver las marcas de las cicatrices en las mejillas de su consejero.

—Hay algo de lo que sí me gustaría hablarte —le dijo—. ¿Te acuerdas de aquella vez que viniste a los aposentos de mi madre para decirle algo a mi padre que hizo que se pusiera como un basilisco y te llevara con él abajo por la puerta oculta?

Fue como si hubiera apagado una vela de un soplido. Thiel, alto, delgado y confundido, se quedó allí plantado. Después hasta la confusión desapareció de su rostro y se desvaneció la luz de sus ojos. Se alisó la pechera de la camisa —que ya estaba impecable—, mirándola fijamente y tirando de ella, como si tener buen aspecto fuera muy importante en ese momento. Después se despidió en silencio con una reverencia, se dio la vuelta y salió del despacho.

Cuando se quedó sola, Amarina repasó varias hojas de papel, firmó algunos documentos, estornudó a causa del polvo que levantó e intentó convencerse a sí misma, sin éxito, de que no tenía de qué avergonzarse. Lo había hecho a propósito. Sabía de sobra que Thiel no sería capaz de soportar aquella pregunta. De hecho, casi todos los hombres que trabajaban para ella y que habían estado al servicio de Leck —desde sus consejeros hasta los ministros, pasando por los empleados y su guardia personal— se estremecían o se venían abajo cuando les hablaba del reinado del antiguo monarca. Amarina empleaba aquella arma siempre que alguno de ellos la presionaba demasiado, ya que era la única que funcionaba. Sospechaba que Thiel tardaría bastante en volver a sacar el tema del matrimonio.

Sus consejeros eran tan resueltos y obstinados que a veces se olvidaban de ella. Por eso la asustaba tanto el tema del matrimonio: los temas que empezaban como meras conversaciones entre sus consejeros parecían convertirse en decisiones establecidas antes siquiera de que la joven reina hubiera sido capaz de entenderlas y de formarse una opinión al respecto. Había sucedido con la ley que ofrecía un indulto general a todos los crímenes cometidos durante el reinado de Leck. Había sucedido con la nueva cláusula que se había añadido al fuero, que permitía que los pueblos se liberaran de los nobles que los gobernaban y que pudieran gobernarse a sí mismos. Había sucedido con una sugerencia —¡una simple sugerencia!— de cerrar de manera permanente los antiguos aposentos de Leck, destruir las jaulas de sus animales del jardín trasero y quemar todas sus pertenencias.

Y no era que Amarina se opusiera a cualquiera de esas medidas, ni tampoco que lamentara que se hubieran aprobado una vez se calmaban las cosas y por fin comprendía sus implicaciones. Lo que pasaba era que no *sabía* cuál era su opinión. Necesitaba más tiempo que sus consejeros; no podía seguirles el ritmo y le frustraba echar la vista atrás y darse cuenta de que había dejado que la presionaran para tomar alguna decisión.

—Está todo pensado, majestad —le decían—. Es lo propio de una ideología progresista. Hacéis bien en impulsarla.

—Pero...

—Majestad —le había dicho Thiel con un tono amable—, estamos intentando ayudar al pueblo a deshacerse del hechizo de Leck para que puedan seguir con sus vidas. ¿Lo entendéis? Si no lo hacemos, la gente empezará a obsesionarse con sus propias historias perturbadoras. ¿Habéis hablado con vuestro tío de este asunto?

Sí que había hablado con él. El tío de Amarina había recorrido medio mundo por ella tras la muerte de Leck. El rey Auror había redactado las nuevas leyes de Montmar, había formado los ministerios y los tribunales, había escogido a los administradores y, cuando estuvo todo listo, había dejado el reino en manos de Amarina, que tan solo tenía diez años. El rey de Leonidia se había encargado de que incineraran el cadáver de Leck y había estado de luto por el asesinato de su propia hermana, la madre de Amarina. Auror había logrado poner orden en el caos de Montmar.

—Leck sigue metido en la cabeza de muchas personas —le había dicho a Amarina—. Su gracia era una enfermedad que aún perdura; es una pesadilla, y deberás ayudar a tu pueblo a olvidarla.

Pero ¿cómo era posible olvidar? ¿Cómo iba a olvidar ella a su propio padre? ¿Cómo iba a olvidar que había matado a su madre? ¿Cómo iba a olvidar todas las veces que se había introducido en su mente?

Amarina soltó la pluma y se acercó con cautela a la ventana que daba al este. Apoyó la mano en el marco para no perder el equilibrio y la sien en el cristal, y cerró los ojos hasta que el vértigo desapareció. A los pies de la torre, el río Valle marcaba el límite septentrional de la ciudad. Al abrir los ojos, recorrió con la mirada la ribera sur hacia el este, pasando los tres puentes y la zona en la que intuía que estaban los muelles de la plata y los de la madera, el pescado y las mercancías.

—Un campo de sandías… —suspiró, aunque estaba demasiado lejos y oscuro como para verlo.

El río Valle, al pasar junto a las murallas septentrionales del castillo, fluía despacio y era tan ancho como una bahía. En el terreno pantanoso de la otra orilla no había construcciones; nadie viajaba por allí, salvo quienes vivían en el norte de Montmar, pero, aun así, por algún motivo inexplicable, su padre había construido los tres puentes, más altos y majestuosos de lo que debería ser cualquier puente. Los suelos del puente Alado, el que quedaba más cerca de allí, eran de mármol blanco y azul; parecían nubes. El puente de los Monstruos, el más alto de los tres, tenía una pasarela que se alzaba a la misma altura que el arco más elevado de la construcción. El puente Invernal, hecho de espejos, era muy difícil de distinguir del cielo durante el día y, por la noche, resplandecía con la luz de las estrellas, del agua y de la ciudad. Bajo la luz del atardecer, los puentes no eran más que formas moradas y escarlatas. No parecían reales; daba la impresión de que estaban vivos. Eran unas criaturas enormes y esbeltas que se extendían hacia el norte sobre el resplandor del agua, hacia una tierra en la que no había nada.

La sensación de vértigo volvió a apoderarse de ella. Su padre le había contado una historia sobre otra ciudad resplandeciente que también tenía puentes y un río que se precipitaba desde lo alto de un acantilado hasta llegar al mar. Amarina se había reído al oír hablar de ese río volador. Por aquel entonces tenía cinco o seis años. Se había sentado en el regazo de su padre mientras le contaba la historia.

Leck, que torturó animales. Leck, que hizo desaparecer a las niñas y a otros cientos de personas. Leck, que se obsesionó conmigo y me persiguió por todo el mundo. ¿Por qué me obligo a acercarme a estas ventanas cuando sé que me dan demasiado vértigo como para ver algo? ¿Qué es lo que intento ver?

Esa noche entró en el recibidor de sus aposentos, giró a la derecha para ir a la sala de estar y se encontró a Helda haciendo punto en el sofá. Zorro, la joven sirviente, estaba limpiando las ventanas.

Helda, que era el ama de llaves, la sirvienta y la jefa de espías de Amarina, metió la mano en el bolsillo y le entregó dos cartas a la joven reina.

—Tomad, querida. Llamaré para que os sirvan la cena —le dijo mientras se levantaba, se arreglaba el cabello cano y salía de la habitación.

—¡Vaya! —Amarina se sonrojó de placer—. ¡Dos cartas!

Rompió los sencillos sellos de lacre y echó un vistazo al interior de los sobres. Ambas cartas estaban cifradas y escritas a mano. Amarina reconoció al instante la caligrafía descuidada de lady Katsa de Mediaterra, y la letra cuidadosa y firme del príncipe Po de Leonidia, el hermano menor de Celestio; ambos eran los dos hijos solteros del rey Auror que podrían ser unos maridos espantosos para Amarina. Tan espantosos que resultaría hasta cómico.

Se acurrucó en un rincón del sofá y primero leyó la carta de Po. Su primo había perdido la vista hacía varios años. No podía leer las palabras escritas en un papel porque, aunque la parte de su gracia que le permitía percibir el mundo físico a su alrededor compensaba la ceguera en muchos aspectos, tenía problemas a la hora de distinguir las diferencias en las superficies planas. Tampoco podía percibir los colores. Escribía letras grandes con un trozo de grafito afilado porque el grafito resultaba más fácil de manejar que la tinta, y se guiaba con una regla para saber dónde escribir, ya que no veía lo que iba escribiendo. También utilizaba un pequeño juego de letras de madera que podía ir cambiando de sitio para tener una referencia y no confundirse con los códigos.

En la carta le decía que se encontraba al norte de Septéntrea, armando jaleo. Amarina pasó a leer la carta de Katsa. La noble de Mediaterra era una luchadora sin igual y, además, su gracia le otorgaba habilidades de supervivencia. Había estado en los reinos de Solánea, Merídea y Cefírea, donde también había armado jaleo. A eso se dedicaban los dos gracelings, junto con un reducido grupo de amigos: causaban grandes revuelos mediante sobornos, coacciones, sabotajes y rebeliones organizadas para impedir la mala conducta de los monarcas más corruptos del mundo.

«El rey Drowden de Septéntrea ha apresado a sus nobles sin ninguna clase de criterio y los está ejecutando porque sabe que algunos son traidores, pero no sabe quiénes —le contaba Po en su carta—. Vamos a liberarlos. Giddon y yo hemos estado enseñando a sus súbditos a pelear. Va a estallar una revolución, prima».

Ambas cartas terminaban igual. Hacía meses que Katsa y Po no se veían; y había pasado más de un año desde la última vez que Amarina los había visto. Ambos tenían intención de viajar a Montmar en cuanto se lo permitiera el trabajo y quedarse allí todo el tiempo que les fuera posible.

Amarina estaba tan contenta que se acurrucó en el sofá y abrazó un cojín durante un minuto entero.

En el otro extremo de la sala, Zorro había logrado escalar hasta lo más alto del ventanal agarrándose con las manos y los pies al marco. Encaramada allí arriba, frotaba con fuerza su propio reflejo para dejar el cristal reluciente. Llevaba puesta una falda pantalón azul que iba a juego con los colores del despacho de Amarina, donde había azul por todas partes, desde la moqueta hasta los techos de color azul medianoche con estrellas doradas y rojas, pasando por las paredes azules y doradas. La corona real descansaba sobre un cojín de terciopelo, y siempre estaba en aquella habitación, salvo cuando Amarina la llevaba puesta. Un tapiz en el que se veía un magnífico caballo, azul como el cielo y de ojos verdes, ocultaba la puerta secreta que antaño descendía hasta los aposentos de Leck, antes de que la hubieran tapiado.

Zorro era una graceling. Tenía un ojo de color gris pálido y el otro gris oscuro. Era tan guapa y elegante que resultaba asombroso, con esa melena roja y esos rasgos marcados. Su gracia era un tanto extraña: la audacia. Pero no era una audacia imprudente, sino tan solo la ausencia del miedo, esa sensación tan desagradable. De hecho, Zorro tenía lo que Amarina consideraba una capacidad casi matemática para calcular las consecuencias físicas de cualquier acto. Zorro sabía mejor que nadie qué era probable que sucediera si resbalaba y se caía por una ventana. Era todo ese conocimiento, y no la sensación de miedo, lo que la volvía precavida.

Amarina creía que una gracia como aquella no estaba aprovechada en una sirvienta de la corte, pero, tras la muerte de Leck, los gracelings de Montmar ya no pertenecían a la Corona; podían dedicarse a lo que quisieran. Y a Zorro parecía gustarle hacer trabajos extraños en las plantas superiores de la zona norte del castillo, aunque Helda le había propuesto alguna que otra vez ponerla a prueba como espía.

—Zorro, ¿vives en el castillo? —le preguntó Amarina.

—No, majestad —respondió Zorro desde lo alto—. Vivo en la zona este de la ciudad.

—¿Trabajas a horas extrañas, ¿no?

—Me viene bien, majestad —contestó Zorro—. A veces trabajo durante toda la noche.

—¿Y cómo entras y sales del castillo a unas horas tan raras? ¿Te dan problemas los guardias de las puertas?

—La verdad es que para salir nunca me dan problemas. Le permiten el paso a cualquiera, majestad. Pero, para entrar en el castillo por la noche, les enseño una pulsera que me entregó Helda y, para que me deje pasar el guardia leonita que hay ante vuestra puerta, le vuelvo a enseñar la pulsera y le digo la contraseña.

—¿La contraseña?

—Cambia todos los días, majestad.

—¿Y cómo sabes cuál es la contraseña?

—Helda nos la esconde cada día de la semana en un sitio diferente, majestad.

—Ah, ¿y cuál es la de hoy?

—«Tortitas de chocolate», majestad —respondió Zorro.

Amarina se tumbó en el sofá durante un buen rato mientras le daba vueltas a todo el tema de las contraseñas. Todas las mañanas, a la hora del desayuno, Helda le pedía a Amarina que le dijera una o varias palabras que sirvieran de clave para todas las notas cifradas que tendrían que intercambiar a lo largo del día. Las que había escogido la mañana anterior habían sido «tortitas de chocolate».

—¿Cuál fue la contraseña de ayer?

—Caramelo salado.

Esas habían sido las palabras que había escogido Amarina hacía dos días.

—Qué contraseñas tan ricas —respondió Amarina distraída, mientras una idea comenzaba a formársele en la mente.

—Ya, las contraseñas de Helda siempre acaban dándome hambre —dijo Zorro.

Al borde del sofá había una capucha de un azul tan intenso como la tela de los cojines. Sin duda, era la capucha de Zorro. Amarina ya la había visto llevar prendas tan sencillas como esa. Era mucho más sobria que cualquiera de los abrigos de Amarina.

—¿Cada cuánto tiempo crees que cambian al guardia leonita de la puerta? —le preguntó Amarina a Zorro.

—A cada hora en punto, majestad —respondió Zorro.

—¡A cada hora! Eso son muchas veces.

—Sí, majestad —respondió la sirvienta con indiferencia—. Supongo que cada guardia ve solo lo que pasa durante una pequeña parte de la noche.

Zorro había vuelto al suelo y estaba inclinada sobre un cubo lleno de espuma, dándole la espalda a la reina.

Amarina agarró la capucha, se la escondió bajó el brazo y salió de la habitación.

Amarina ya había visto a espías entrar en sus aposentos por las noches, encapuchados, agazapados e irreconocibles hasta que se quitaban las prendas con las que se cubrían. La guardia leonita —un regalo del rey Auror— custodiaba tanto las puertas principales del castillo como la puerta de los aposentos de Amarina, y lo hacía con discreción. Los guardias no estaban obligados a responder a las preguntas de nadie más que de Amarina y de Helda, ni siquiera a las de la guardia de Montmar, que era el ejército y las fuerzas del orden oficiales del reino. Aquello les permitía a los espías de Amarina campar a sus anchas sin que la administración fuera consciente de sus movimientos. Era una medida peculiar que había tomado Auror para proteger la privacidad de su sobrina. De hecho, el monarca de Leonidia había hecho algo parecido en su reino.

La pulsera no supondría ningún problema, ya que la que Helda les entregaba a sus espías era un simple cordón de cuero del que colgaba una réplica del anillo de Cinericia. Era un anillo con un diseño leonita: de oro, con incrustaciones de piedras diminutas y relucientes de color gris intenso. Todos los anillos que llevaban los leonitas representaban a un miembro de su familia, y ese era el anillo que había llevado Cinericia por su hija. Amarina tenía el original guardado en el arcón de madera que había pertenecido a su madre, en el dormitorio, junto al resto de los anillos de Cinericia.

Le resultaba extrañamente conmovedor llevar ese anillo atado alrededor de la muñeca. Su madre se lo había mostrado en muchas ocasiones y le había explicado que había escogido aquellas piedras porque eran del mismo color que los ojos de Amarina. Se apretó la muñeca contra el cuerpo y se preguntó qué pensaría su madre de lo que estaba a punto de hacer.

Bueno, mamá y yo también salimos a hurtadillas del castillo en una ocasión. Aunque no así, sino por las ventanas. Y por un buen motivo. Estaba intentando protegerme de mi padre. Me salvó. Me dijo que me adelantara y ella se quedó a atrás. Y murió. Mamá, no estoy segura de por qué voy a hacer esto. Siento que me falta algo. ¿No lo ves? Me paso los días en esta torre tras montañas de papeles. Tiene que haber algo más ahí fuera. Lo entiendes, ¿no?

Escabullirse era como una mentira. Al igual que disfrazarse. Pasada la medianoche, vestida con unos pantalones oscuros y la capucha de Zorro, la reina salió a hurtadillas de sus aposentos y se adentró en un mundo de relatos y mentiras.

2

Amarina nunca había visto los puentes de cerca. A pesar de sus recorridos anuales por la ciudad, nunca había estado en la zona este; solo había visto los puentes desde lo alto de su torre, desde el cielo, sin estar segura de que fueran reales. En aquel instante se encontraba en la base del puente Alado, y pasó los dedos por una junta en la que se unían dos piezas de mármol frío que conformaban los gigantescos cimientos.

Y llamó la atención de alguien.

—Venga, andando —le dijo un hombre maleducado que se había asomado a la puerta de uno de los sucios edificios de piedra blanca que había encajados entre los pilares del puente. Vació un cubo en la alcantarilla—. Aquí no queremos chiflados.

Le pareció un comentario algo antipático para alguien cuyo único delito había sido tocar un puente, pero Amarina obedeció y siguió caminando para evitar que volviera a decirle algo. A esas horas había muchísima gente por las calles. Todo el mundo le daba miedo. Los esquivaba cuando podía y se calaba la capucha para taparse la cara, contenta de ser tan pequeña.

Varios edificios altos y estrechos se alzaban juntos, como si se apoyaran los unos en los otros, y de vez en cuando se podía entrever el río entre ellos. En cada cruce, las calles se bifurcaban en varias direcciones, multiplicando las posibilidades. Decidió no perder el río de vista porque sospechaba que, de lo contrario, se desorientaría y se agobiaría. Pero era difícil no desviarse por algunas de esas calles que se alejaban o se adentraban en la oscuridad y que tantos secretos prometían.

El río la llevó al siguiente mastodonte de su lista, el puente de los Monstruos. Para entonces, Amarina ya iba fijándose más en los detalles; incluso se atrevía a mirar a la gente a la cara. Algunos iban a toda prisa, como a hurtadillas; otros estaban agotados, doloridos; y otros le parecían vacíos e inexpresivos. Los edificios —muchos de piedra blanca, algunos de tablones de madera, todos bañados por la luz amarilla y alzándose hacia las sombras— también la impresionaron, por su aspecto ruinoso y destartalado.

Fue una equivocación lo que la llevó hasta el extraño local en el que contaban historias bajo el puente de los Monstruos, aunque Leck también tuvo algo que ver. Para evitar cruzarse con dos hombretones corpulentos, se introdujo en un callejón sin mirar, pero se vio atrapada cuando los hombres giraron también por ese mismo callejón. Podría haberse abierto paso entre ellos para salir de allí, pero no sin llamar la atención, de modo que siguió caminando, fingiendo que sabía a dónde iba. Por desgracia, el callejón no tenía salida; terminaba de repente en un muro de piedra con una puerta, custodiada por un hombre y una mujer.

—¿Y bien? —le dijo el hombre cuando Amarina se quedó allí plantada, confundida—. ¿Qué quieres? ¿Entras o te vas?

—Me voy —dijo Amarina en un susurro.

—Muy bien —dijo el hombre—. Vete.

Al darse la vuelta para obedecer, los hombres que la habían seguido se toparon con ella y siguieron de largo. La puerta se abrió para dejarlos entrar, luego se cerró y volvió a abrirse para que saliera un grupito de jóvenes alegres. Del interior surgió una voz: una vibración profunda y ronca, indescifrable pero melódica, la clase de voz con la que imaginaba que hablaría un viejo árbol marchito. A juzgar por su tono, parecía que estaba contando un cuento.

Y entonces pronunció una palabra que Amarina entendió: «Leck».

—Quiero entrar —le dijo al hombre. Lo había decidido en una fracción de segundo.

El hombre se encogió de hombros; no pareció importarle, siempre y cuando no se quedara allí.

Y así fue como Amarina se adentró por primera vez en un local de relatos, siguiendo el nombre de Leck.

El local era una especie de taberna, con mesas y sillas de madera pesada y una barra. La estancia estaba iluminada por un centenar de lámparas y repleta de hombres y mujeres, de pie, sentados, moviéndose, vestidos con ropa sencilla, bebiendo copas. Amarina sintió tal alivio al ver que el lugar en el que había entrado no era más que una simple taberna que hasta sintió un escalofrío.

Toda la sala le prestaba atención a un hombre que se había subido a la barra para contar un relato. Tenía una cara asimétrica y la piel picada, aunque, por alguna razón, se le iba volviendo más bonita conforme hablaba. Amarina reconoció la historia que estaba contando, pero al principio no se fio de aquel hombre, no porque le pareciera extraño algo del relato, sino porque tenía un ojo oscuro y otro azul pálido y brillante. ¿Cuál sería su gracia? ¿Una voz encantadora? ¿O sería algo más siniestro, algo que cautivaba a la sala entera?

Amarina multiplicó cuatrocientos cincuenta y siete por doscientos veintiocho sin motivo aparente, solo para ver cómo se sentía después. Le llevó un minuto. Ciento cuatro mil ciento noventa y seis. Pero no sintió ningún vacío ni ninguna niebla alrededor de los números; no le dio la sensación de que su control mental sobre los números fuera superior a su control mental sobre cualquier otra cosa. Solo se trataba de una voz encantadora.

Amarina se vio obligada a acercarse a la barra a causa de la aglomeración que se había formado en la entrada. Una mujer se plantó ante ella de repente y le preguntó qué quería.

—Sidra —respondió, tratando de elegir algo que no llamara la atención, ya que suponía que no pedir nada no resultaría muy normal.

Pero se topó con un problema, porque seguro que la mujer esperaría que le pagara por la sidra, ¿no? Amarina no recordaba la última vez que había llevado dinero encima. A una reina no le hacía falta llevar dinero.

Un hombre que estaba a su lado eructó mientras trataba de recoger con unos dedos muy torpes unas monedas esparcidas por la barra. Sin pensarlo, Amarina apoyó el brazo en la barra y dejó que la manga ancha que llevaba cubriera dos de las monedas que tenía más cerca. Luego introdujo los dedos de la otra mano bajo la manga y se hizo con ellas. Al instante, se las guardó en el bolsillo y volvió a colocar la mano vacía e inocente sobre la barra. Cuando miró a su alrededor, tratando de parecer despreocupada, captó los ojos de un joven que la miraba con una leve sonrisa en la cara. Estaba apoyado en una parte de la barra que formaba un ángulo recto con la suya, desde donde tenía unas vistas perfectas de ella, de sus vecinos y —suponía ella— del hurto que acababa de cometer.

Amarina apartó la mirada para ignorar aquella sonrisa. Cuando la camarera le trajo la sidra, Amarina dejó las monedas en el mostrador y decidió confiar en que fuera la cantidad correcta. La mujer recogió las monedas y le devolvió una más pequeña. Con la moneda y el vaso en mano, Amarina se escabulló de la barra y se dirigió a un rincón más oscuro del fondo, desde donde tenía mejores vistas y menos gente se podía fijar en ella.

Allí podía bajar la guardia y escuchar el relato. Era uno que había oído muchas veces y que incluso ella misma había contado. Era la historia de cómo su propio padre había llegado a la corte de Montmar de niño, y no era ningún cuento; era una historia real. Llegó mendigando, con un parche en el ojo, sin decir ni una sola palabra sobre quién era o de dónde venía. Había cautivado al rey y a la reina con cuentos que se inventaba él mismo, sobre unas tierras donde los animales eran de colores intensos y los edificios eran anchos y altos como montañas, y donde ejércitos gloriosos surgían de las rocas. Nadie sabía quiénes eran sus padres ni por qué llevaba un parche en el ojo, ni por qué contaba esos relatos, pero le tomaron cariño. El rey y la reina, que no tenían descendencia, lo adoptaron como si fuera su propio hijo. Cuando Leck cumplió dieciséis años, el rey, puesto que no tenía familia viva, lo nombró su heredero.

Días después, el rey y la reina murieron a causa de una misteriosa enfermedad sobre la que nadie de la corte pareció sospechar. Los consejeros del antiguo rey se arrojaron al río, ya que Leck era capaz de lograr que la gente hiciera ese tipo de cosas, o podía empujarlos él mismo al río y luego convencer a los testigos de que lo que habían visto no era lo que había sucedido en realidad. Que había sido un suicidio, y no un asesinato. Y así comenzó el reinado de Leck, y los treinta y cinco años de devastación mental que supuso.

Amarina había escuchado esa historia antes a modo de explicación. Nunca la había oído narrada como un *cuento*, un cuento en el que la soledad y la bondad del rey y la reina, y su amor por un niño, cobraban vida, junto con unos consejeros, sabios, preocupados y consagrados a sus monarcas. El narrador mezclaba la realidad con la ficción: parte de su descripción de Leck era fiel, pero Amarina sabía que otras partes no lo eran. Leck no había sido una persona que se riera a carcajadas,

KRISTIN CASHORE · **45**

lanzara miradas perversas y se frotara las manos con maldad, como aseguraba el cuentacuentos. Era más simple. Hablaba sin aspavientos, reaccionaba sin aspavientos y cometía actos violentos con una gran precisión pero sin aspavientos. Hacía siempre lo que tuviera que hacer para que todo saliera a su manera, pero sin perder jamás la compostura.

Mi padre, pensó Amarina. Entonces rebuscó la moneda en el bolsillo de repente, avergonzada de sí misma por haber robado. Y en ese momento recordó que también había robado la capucha que llevaba puesta. *Yo también me adueño de todo lo que quiero. ¿Lo habré sacado de él?*

El joven que la había pescado robando no dejaba de distraerla. Parecía no parar quieto; se movía de aquí para allá, abriéndose paso entre la gente. Era fácil seguirle la pista, ya que resultaba una de las personas más llamativas de la sala. Tenía ciertas características leonitas, pero no parecía del todo de Leonidia.

Los leonitas, casi sin excepción, tenían un pelo oscuro muy característico, los ojos grises y una boca atractiva, como Celestio o como Po; además, llevaban pendientes y anillos de oro, ya fueran hombres o mujeres, nobles o ciudadanos corrientes. Amarina había heredado el pelo oscuro y los ojos grises de Cinericia, y parte del aspecto leonita, aunque no resultara tan llamativo en ella como en los demás. En cualquier caso, ella parecía más leonita que aquel joven.

El chico tenía el pelo castaño como la arena mojada, con las puntas aclaradas por el sol, y la piel cubierta de pecas. Sus rasgos, aunque bastante atractivos, no parecían leonitas del todo, pero no cabía duda de que el oro que brillaba en sus orejas y en sus dedos era característico de los leonitas. Tenía unos ojos de un color morado asombroso, excepcional, que delataban de inmediato que no era una persona corriente. Y luego, cuando uno lo miraba el tiempo necesario como para acostumbrarse a la incongruencia de su aspecto, podía notar que, por supuesto, el morado de sus ojos era de dos tonos diferentes. Era un graceling. Y también era leonita, aunque no de nacimiento.

Amarina se preguntó cuál sería su gracia.

Entonces, cuando el joven pasó junto a un hombre que estaba bebiendo un trago de una copa, Amarina lo vio introducir la mano en el bolsillo del hombre, sacar algo y metérselo bajo el brazo, tan rápido que Amarina se quedó asombrada. El chico alzó la mirada y se cruzó con la de Amarina, de modo que se dio cuenta de que lo había visto todo. Esa vez no le dedicó una expresión divertida; en su rostro solo había frialdad y algo de insolencia, y tenía las cejas alzadas en lo que parecía un indicio de amenaza.

El joven le dio la espalda y fue hacia la puerta, donde apoyó una mano en el hombro de un muchacho de pelo oscuro y alborotado que, al parecer, era su amigo, ya que los dos se marcharon de allí juntos. A Amarina se le metió entre ceja y ceja averiguar hacia dónde iban, así que abandonó la sidra y los siguió, pero, cuando salió al callejón, ya no estaban.

Sin saber qué hora era, volvió al castillo, pero se detuvo al pie del puente levadizo. Había estado en ese mismo lugar antes, casi ocho años atrás. Sus pies parecían tener memoria propia y querían llevarla a la zona oeste de la ciudad, por donde había ido con su madre la noche de su huida; querían seguir el río hacia el oeste, abandonar la ciudad y cruzar los valles hasta la llanura que había antes de llegar al bosque. Amarina quería volver al lugar donde su padre había disparado a su madre por la espalda, desde el caballo, en la nieve, mientras su madre intentaba huir. Amarina no lo había presenciado; se había escondido en el bosque, tal y como Cinericia le había ordenado. Pero Po y Katsa lo habían visto todo. A veces Po se lo describía, en voz baja, tomándola de las manos. Lo había imaginado tantas veces que parecía un recuerdo, pero no lo era. Ella no había estado allí, no había gritado del modo en que imaginaba que lo habría hecho. No se había interpuesto entre la flecha y su madre, ni la había apartado de la trayectoria del disparo, ni había matado a su padre a tiempo lanzándole un puñal.

Un reloj dio las dos y devolvió a Amarina a la realidad. En el oeste no había nada para ella, salvo una caminata larga y complicada, y recuerdos que veía con nitidez incluso desde la distancia. Se obligó a cruzar el puente levadizo.

Llegó a la cama agotada y sin dejar de bostezar, pero no conseguía dormir. Al principio no lograba entender por qué, pero luego lo entendió: las calles repletas de gente, las sombras de los edificios y los puentes, el sonido de los relatos, el sabor de la sidra y el miedo que había impregnado toda su aventura. La vida de la ciudad nocturna palpitaba en su interior.

3

Después de lo de anoche, cualquiera vuelve al trabajo de siempre…
Aquello fue lo que pensó Amarina a la mañana siguiente,
con los ojos cansados, frente al escritorio de su torre. Darby, su
consejero, había regresado tras haberse pescado una buena cogorza —como bien sabían todos, aunque nadie lo mencionara—, y subía una y otra vez a toda prisa por las escaleras de
caracol desde las oficinas del piso inferior, cargado de documentos aburridos para que se hiciera cargo de ellos. Cada vez
que llegaba, entraba de golpe por la puerta, cruzaba la habitación y se detenía a un milímetro del escritorio. Y salía tan rápido como entraba. Cuando estaba sobrio, Darby siempre estaba
muy despierto y lleno de energía, ya que era un graceling —tenía un ojo amarillo y otro verde— y su gracia hacía que no
necesitara dormir.

Runnemood, mientras tanto, holgazaneaba y se pavoneaba
por la habitación. Thiel, por su parte, era demasiado estirado y
tétrico, así que se movía alrededor de Runnemood y se cernía
sobre el escritorio de Amarina, decidiendo el orden en el que
pensaba torturarla con todo ese papeleo. Aún no había ni rastro
de Rood.

Amarina tenía demasiadas preguntas, y no podía formulár-
selas a ninguno de los presentes. ¿Sabían sus consejeros que bajo
el puente de los Monstruos había una taberna en la que se reunía

la gente para contar historias sobre Leck? ¿Por qué no les prestaban atención a los barrios de debajo de los puentes durante su recorrido anual? ¿Se debería a que los edificios estaban en ruinas? Aquello la había sorprendido. ¿Y cómo podía hacerse con un puñado de monedas sin levantar sospechas?

—Quiero un mapa —dijo en alto.

—¿Un mapa? —preguntó Thiel, sorprendido, y al momento le entregó un montón de papeles—. ¿De la ubicación del pueblo al que se le ha concedido el fuero?

—No. Quiero un mapa de Ciudad de Amarina. Quiero examinarlo. Thiel, ¿te importaría hacer que me enviaran uno, por favor?

—¿Tiene esto algo que ver con el tema de las sandías, majestad?

—¡Solo quiero un mapa, Thiel! ¡Consíguemelo!

—Cielos… Darby —le dijo Thiel al hombre de ojos brillantes cuando irrumpió de nuevo en la sala—. Envía a alguien a la biblioteca para que procure un mapa de la ciudad para la reina, uno reciente, ¿de acuerdo?

—Un mapa reciente. Dicho y hecho —respondió Darby, que se dio la vuelta y se marchó corriendo una vez más.

—Os conseguiremos un mapa, majestad —le informó Thiel, girándose hacia ella.

—Sí —respondió Amarina con la voz cargada de sarcasmo mientras se frotaba la cabeza—. Estaba presente cuando lo has dicho, Thiel.

—¿Va todo bien, majestad? Parecéis un poco… alterada.

—Está cansada —intervino Runnemood, que se había sentado en el alféizar de una ventana con los brazos cruzados—. Su majestad está cansada de fueros, juicios e informes. Si desea un mapa, lo tendrá.

A Amarina le molestó que Runnemood lo entendiera.

—A partir de ahora quiero tener más poder para decidir a dónde voy durante mis recorridos anuales —estalló de repente.

—Y así será —respondió Runnemood con grandilocuencia.

Amarina no lograba entender que Thiel pudiera soportarlo. Thiel era tan sencillo y Runnemood tan dramático... Y, aun así, trabajaban juntos a las mil maravillas, y siempre lograban aliarse para formar un frente unido en el momento en que Amarina se pasaba de la raya; raya que, por cierto, solo ellos sabían dónde trazar. Decidió callarse hasta que llegara el mapa, para no revelar los niveles estratosféricos que empezaba a alcanzar su enfado.

Cuando le trajeron el mapa, el bibliotecario real vino acompañado de Holt, uno de los miembros de la guardia de la reina, ya que el bibliotecario había traído consigo muchos más mapas de los que Amarina había pedido y necesitaba la ayuda de Holt para subirlos por las escaleras.

—Majestad —dijo el bibliotecario—, como vuestra petición era increíblemente imprecisa, he pensado que sería mejor traeros varios mapas para que haya más posibilidades de que encontréis el que necesitáis. Y ahora me gustaría regresar a mi puesto y que vuestros hombres no volvieran a interrumpirme.

El bibliotecario de Amarina tenía una gracia que le permitía leer a una velocidad inhumana y recordar todas las palabras para siempre. O al menos eso afirmaba; y la verdad era que sí parecía tener esa habilidad. Amarina a veces se preguntaba si no tendría también la gracia de ser desagradable. Se llamaba Morti, de Mortimer, pero a Amarina le gustaba imaginar que venía de «Mortífero» de vez en cuando.

—Si eso es todo, majestad —dijo Morti, dejando caer un montón de rollos en el borde del escritorio—, volveré a la biblioteca.

La mitad de los rollos comenzaron a rodar y cayeron al suelo con un golpe sordo y hueco.

—En realidad —exclamó Thiel, airado, agachándose para recogerlos—, fui bastante claro al decirle a Darby que queríamos un único mapa que fuera reciente. Llévate todo esto, Morti. No los necesitamos.

—Todos los mapas de papel son recientes si tenemos en cuenta la vastedad del tiempo geológico —respondió Morti con un bufido.

—Lo único que quiere su majestad es un mapa de la ciudad tal y como es a día de hoy —respondió Thiel.

—Las ciudades son organismos vivos. Siempre están cambiando…

—A su majestad le gustaría…

—Me gustaría que os marcharais todos —dijo Amarina, desolada, más para sí misma que para los demás.

Thiel y Morti seguían discutiendo. Runnemood se unió a la gresca. Después Holt colocó los mapas encima del escritorio con cuidado para que no volvieran a caerse, y se echó a Thiel sobre un hombro y a Morti sobre el otro. Durante el silencio de asombro que se produjo a continuación, Holt se acercó a Runnemood, que, al comprender sus intenciones, dejó escapar un bufido y salió del despacho por su propio pie. Entonces, justo cuando Thiel y Morti, indignados, empezaban a recuperar el habla, Holt los sacó de allí a cuestas. Amarina no dejó de oír sus gritos de rabia mientras descendían por las escaleras.

Holt tenía unos cuarenta años y unos encantadores ojos dispares: uno gris y uno plateado. Era un hombre corpulento con un rostro amable y sincero, y tenía una gracia que le otorgaba una fuerza sobrehumana.

—Menuda escenita —musitó Amarina.

Pero era agradable estar sola. Al desenrollar el primer pergamino que tomó, vio que se trataba de una carta estelar con las constelaciones que había sobre la ciudad. Maldijo a Morti y la apartó. El siguiente pergamino resultó ser un mapa del castillo, anterior a las renovaciones que había hecho Leck, cuando había cuatro patios en vez de siete y cuando los tejados de su torre, de los patios y de los pasillos de las alas superiores no eran de cristal. El siguiente, para su sorpresa, era un mapa de las calles de la ciudad, pero uno extraño, con palabras borradas por aquí y por allá, y en el que no aparecían los puentes. Por último, el cuarto sí que era un mapa actual de la ciudad en el que salían los puentes. Era evidente que se trataba de un mapa bastante reciente, ya que en lo alto ponía «Ciudad de Amarina», y no «Ciudad de Leck» o el nombre de algún monarca anterior.

Amarina recolocó los montones de documentos sobre el escritorio de modo que sujetaran las esquinas del mapa y se alegró de encontrarles un uso que no implicara leerlos. Después se acomodó para examinar el mapa, decidida a poder orientarse mejor la próxima vez que saliera del castillo.

Pues sí que es raro todo el mundo, pensó para sí misma tras toparse con el juez Quall en el vestíbulo de fuera de las oficinas del piso inferior. El juez trataba de mantener el equilibrio con un solo pie y luego con el otro mientras miraba a la nada con el ceño fruncido.

—Fémures —farfulló, sin fijarse en Amarina—. Clavículas. Vértebras.

—Lord Quall, para ser alguien a quien no le gusta hablar de huesos, los sacáis a colación con muchísima frecuencia —le dijo Amarina sin saludarlo siquiera.

El juez la miró como si no la viera, con la mirada vacía; entonces aguzó la vista y pareció confuso durante un instante.

—La verdad es que sí, majestad —respondió. Parecía que se había recompuesto—. Disculpadme, a veces me ensimismo y me quedo en las nubes.

Más tarde, durante la cena, Amarina le preguntó a Helda:

—¿Te has fijado en si la gente de la corte se comporta de forma extraña?

—¿A qué os referís, majestad?

—Hoy, por ejemplo, Holt se ha cargado a los hombros a Thiel y a Morti y los ha sacado del despacho porque estaban molestándome —respondió Amarina—. ¿No te parece raro?

—Mucho —dijo Helda—. Me gustaría que lo intentara conmigo. Tenemos un par de vestidos nuevos para vos, majestad. ¿Os los querríais probar esta noche?

A Amarina le daban igual los vestidos, pero siempre accedía a probárselos porque le resultaba relajante que Helda la mimara, con sus caricias suaves y rápidas, sus murmullos a través de los alfileres que sujetaba con la boca y esos ojos y esas manos que examinaban el cuerpo de Amarina y tomaban las decisiones correctas. Esa noche Zorro la ayudó sujetando la tela y alisándola cuando Helda se lo pedía. El contacto físico la ayudaba a centrarse.

—Me encantan los pantalones de Zorro que parecen faldas —le dijo Amarina a Helda—. ¿Podría probarme unos?

Más tarde, cuando Zorro ya se había marchado y Helda se había acostado, Amarina recogió los pantalones y la capucha de Zorro del suelo del vestidor. La joven reina llevaba un puñal en las botas durante el día y dormía con puñales enfundados en cada brazo por las noches. Era lo que Katsa le había enseñado. Esa noche, Amarina se apretó las correas de los tres puñales contra el cuerpo para protegerse de lo que pudiera pasar.

Justo antes de marcharse, rebuscó en el interior del arcón de Cinericia, donde no solo guardaba las joyas de su madre, sino también algunas alhajas propias. El arcón estaba lleno de cosas inútiles; bonitas, sí, pero a Amarina no le gustaba llevar joyas. Encontró una gargantilla de oro que le había enviado su tío desde Leonidia y se la metió en la camiseta que llevaba bajo la capucha. Bajo los puentes había casas de empeño. Se había fijado en ese detalle la noche anterior, y había visto que un par de ellas estaban abiertas.

—Solo trabajo con gente que conozco —le dijo el hombre de la primera casa de empeño.

En la segunda, la mujer que estaba detrás del mostrador le dijo exactamente lo mismo. Aún plantada en la puerta, Amarina sacó la gargantilla y la alzó para que la mujer la viera.

—Mmm… —dijo la mujer—. Deja que le eche un vistazo.

Medio minuto después, Amarina había intercambiado la gargantilla por un enorme montón de monedas y un escueto: «No me digas de dónde la has sacado, chico». Amarina llevaba encima muchas más monedas de las que había previsto y los bolsillos le pesaban y tintineaban con cada paso que daba por las calles, hasta que se le ocurrió meterse algunas monedas en las botas. No era cómodo, pero llamaba mucho menos la atención.

Poco después vio una pelea callejera que no entendió; una trifulca desagradable, repentina y sangrienta, ya que, en cuanto dos grupos de hombres comenzaron a empujarse, sacaron los puñales resplandecientes y se atacaron con ellos. Amarina salió de allí corriendo; no quería ver el resultado. Katsa y Po podrían haberlos separado. Y Amarina, como reina que era, debería haberlos separado, pero en ese instante no era reina, e intentarlo habría sido una locura.

Esa noche el relato que se contaba bajo el puente de los Monstruos lo narraba una mujer pequeñita con una voz inmensa que se había subido a la barra y se agarraba la falda con las manos. No era una graceling, pero Amarina se quedó embobada y un poco molesta porque tenía la sensación de que ya había escuchado esa historia antes. Era sobre un hombre que había caído en unas aguas termales hirvientes, en las montañas orientales, y al que había rescatado un enorme pez dorado. Era una historia dramática en la que aparecía un animal de un color extraño, igual que en las historias que había contado Leck. ¿Era eso por lo que le resultaba familiar? ¿Se la habría contado Leck? ¿O la habría leído en algún libro de pequeña? Y, en el caso de que la hubiera leído en algún libro, ¿significaría eso que la historia era cierta? Y, si se la había contado Leck, ¿era falsa? ¿Cómo iba a saber si era cierta o falsa ocho años después?

Un hombre que estaba cerca de la barra le reventó la copa en la cabeza a otro hombre. En lo que tardó Amarina en darse cuenta de lo que había pasado, estalló una pelea. Observó con asombro como todo el local parecía sumarse a la trifulca. La mujer pequeñita que estaba encima de la barra aprovechó su posición ventajosa para asestar unas patadas dignas de admiración.

A un lado de la pelea, donde una minoría civilizada trataba de mantenerse al margen, alguien golpeó a un hombre de pelo castaño e hizo que le tirara a Amarina toda la sidra por encima.

—Mierda… Oye, chico, lo siento mucho —dijo el hombre de pelo castaño mientras agarraba de una mesa un trapo con muy mala pinta para secar a Amarina, que lo miró con horror. Entonces lo reconoció. Era el compañero del ladrón graceling de ojos morados que había visto la noche anterior. Volvió a verlo en ese instante detrás del hombre de pelo castaño, pasándoselo pipa en la pelea.

—Deberías ayudar a tu amigo —le dijo Amarina, apartándole las manos.

El hombre volvió a insistir con el trapo.

—Seguro que se lo está pasando de... miedo —respondió, con un indicio de sorpresa en la última palabra al descubrir parte de una trenza bajo la capucha de Amarina.

Los ojos del hombre bajaron hasta el pecho de la reina, donde, por lo visto, encontró suficientes pruebas para comprender la situación.

—Por todos los ríos —dijo, apartando la mano de golpe. Se centró en la cara de Amarina por primera vez, aunque no pudo ver demasiado, ya que ella se caló aún más la capucha—. Perdona. ¿Te encuentras bien?

—De maravilla. Déjame pasar.

El graceling y el tipo que intentaba matarlo golpearon al hombre del pelo castaño por la espalda y lo empujaron hacia Amarina. Era un hombre apuesto, con el rostro asimétrico y unos ojos bonitos color miel.

—Deja que mi amigo y yo te escoltemos hasta un lugar seguro.

—No necesito escolta. Necesito que me dejes pasar.

—Ya es más de medianoche, y eres muy pequeña.

—Demasiado como para que alguien se fije en mí y me moleste.

—Ojalá fueran así las cosas en Ciudad de Amarina. Déjame un momento que vaya a por el chalado de mi amigo —dijo mientras volvían a empujarlo desde atrás—, y os acompañaremos a casa. Me llamo Teddy. Él es Zaf, y no es tan cabeza de chorlito como aparenta.

Teddy se dio la vuelta y se adentró como un héroe en la trifulca. Amarina aprovechó ese instante para escabullirse por un lado de la sala. Una vez que estuvo fuera, echó a correr con los puñales en las manos; atajó por el cementerio y se metió por un callejón tan estrecho que rozaba las paredes con los hombros.

Trató de ubicar las calles y los puntos de referencia que había memorizado del mapa, pero era mucho más complicado que hacerlo sobre el papel. Intuía que se dirigía hacia el sur. Aligeró el paso y se metió por una calle llena de edificios que parecían en ruinas, con la firme determinación de que nunca volvería a ponerse en una situación en la que tuviera que correr con tantas monedas en las botas.

Parecía que habían rapiñado aquellos edificios para quedarse con la madera. Se asustó al ver una figura que se asemejaba a un cadáver en la alcantarilla, y se asustó aún más cuando la figura roncó. Aunque el hombre olía a muerto, por lo visto, no lo estaba. Una gallina dormía apoyada en el pecho del hombre, que la rodeaba con el brazo para protegerla.

Cuando se topó con otro local de relatos, lo reconoció al instante. Tenía la misma disposición que el que ya había visitado: una puerta en un callejón custodiada por dos tipos de aspecto amenazante con los brazos cruzados y gente que entraba y salía del local.

Amarina actuó sin pensar. Los vigilantes se alzaban imponentes ante ella, pero no la detuvieron. Al cruzar la puerta, bajó por unos escalones hasta llegar a una segunda puerta que, al abrirla, la llevó a una sala resplandeciente que olía a bodega y a sidra y que resultaba acogedora, con la voz cautivadora de otro cuentacuentos.

Amarina se pidió una copa.

De todas las historias que podrían haber estado contando, aquella noche tocaba la de Katsa. Era uno de esos terribles relatos reales sobre la infancia de Katsa, cuando su tío, el rey Randa de Mediaterra, el más céntrico de los siete reinos, la obligaba a matar y a intimidar a sus enemigos gracias a las dotes de lucha de su sobrina.

Amarina conocía la historia; se la había contado la propia Katsa. Había partes de la versión que estaba narrando el cuentacuentos que eran ciertas. Katsa odiaba tener que asesinar en nombre de Randa. Pero había otras que las exageraba o que, directamente, eran falsas. Las peleas eran más espectaculares y sangrientas de lo que Katsa habría permitido jamás, y la pintaba mucho más melodramática de lo que Amarina se podía imaginar. La reina quiso gritarle al cuentacuentos por no estar contando la realidad, para defender a su amiga, pero le sorprendió ver que al público parecía gustarle más aquella versión errónea de Katsa. Para ellos, esa era la auténtica Katsa.

A medida que Amarina fue acercándose a la muralla este del castillo, se percató de varias cosas. La primera fue que dos de los faroles que colgaban de la muralla se habían apagado y habían dejado una zona tan oscura que levantó las sospechas de la joven. Al mirar a su alrededor, se dio cuenta de que no eran infundadas. Los faroles de aquel tramo de la calle también estaban apagados. Después se fijó en un movimiento casi imperceptible a media altura de la muralla, que había quedado envuelta en sombras. Era una figura que se movía —seguramente una persona— y que se detuvo en cuanto uno de los soldados de la guardia de Montmar pasó por encima de ella, y que volvió a ponerse en marcha en cuanto el soldado se hubo alejado.

Amarina se dio cuenta de que estaba viendo a una persona escalar la muralla este. Se ocultó en la puerta de una tienda e intentó decidir qué hacer a continuación: si dar la voz de alarma de inmediato o esperar a que el intruso llegara a lo alto de la muralla para que no tuviera por dónde huir y así los guardias pudieran apresarlo.

Pero la figura no escaló hasta lo alto de la muralla. Se detuvo justo antes de llegar, debajo de una sombra de piedra que, por su posición, Amarina dedujo que debía ser una de las muchas gárgolas que había en las cornisas o que se cernían desde el borde, mirando hacia el suelo. Entonces empezó a oír una especie de sonido parecido a unos arañazos que no logró identificar; un sonido que se detuvo durante un instante cuando el guardia volvió a pasar por encima de la figura. Luego prosiguió. Y así durante un buen rato. El desconcierto de Amarina empezaba a convertirse en aburrimiento. De repente, la persona que estaba encaramada a la muralla soltó un «¡Uf!»; después se oyó un crujido, y la sombra se deslizó hasta el suelo cargando con la gárgola. Una segunda persona —en la que Amarina no había reparado hasta entonces— se movió entre las sombras a los pies de la muralla y trató de atrapar a la otra, aunque, a juzgar por el gruñido y la retahíla de palabrotas susurradas que oyó Amarina, parecía que uno de los dos contendientes se había llevado la peor parte de la caída. La segunda figura sacó una especie de saco y la primera metió la gárgola en él. Después, la primera figura se la cargó a la espalda y se escabulleron de allí.

Pasaron justo delante de Amarina, que se pegó contra la puerta para que no la vieran. Los reconoció al instante. Eran ese chico tan amable de pelo castaño, Teddy, y su amigo graceling, Zaf.

4

—Majestad —dijo Thiel con firmeza a la mañana siguiente—. ¿Estáis prestando atención siquiera?

Lo cierto era que no. Amarina estaba tratando de encontrar una forma casual de abordar un tema inabordable. *¿Cómo se encuentra todo el mundo hoy? ¿Habéis dormido bien? ¿Alguien echa de menos alguna gárgola?*

—Por supuesto que estoy prestando atención —espetó la reina.

—Me atrevería a decir que, si os pidiera que describierais los últimos cinco documentos que habéis firmado, majestad, os quedaríais en blanco.

Lo que Thiel no entendía era que ese tipo de trabajo no requería atención.

—Tres fueros para tres pueblos costeros —contestó Amarina—, un encargo para que instalen una nueva puerta en la cámara del tesoro real y una carta para mi tío, el rey de Leonidia, para pedirle que lo acompañe el príncipe Celestio cuando venga.

Thiel carraspeó con timidez.

—Supongo que me equivocaba, majestad. Lo que me ha hecho dudar ha sido veros firmar el último documento sin vacilar.

—¿Por qué iba a vacilar? Me cae bien Celestio.

—Ah, ¿sí? —dijo Thiel, y luego él mismo vaciló—. ¿En serio? —añadió.

Amarina notó que Thiel estaba encantado, de modo que empezó a arrepentirse de haberle dado alas a su imaginación, porque eso era lo que estaba haciendo.

—Thiel, ¿es que tus espías no sirven para nada? Celestio prefiere a los hombres, no a las mujeres, y desde luego no a mí. ¿Entiendes? Lo peor es que es un hombre práctico, así que incluso puede que aceptara casarse conmigo si se lo pidiéramos. A lo mejor a ti te parecería bien, pero a mí no.

—Ah —contestó Thiel sin ocultar su decepción—. Pues sí que es un dato relevante, majestad, si es que es cierto, claro. ¿Estáis segura?

—Thiel —dijo Amarina con impaciencia—, no lo mantiene en secreto. Incluso Auror lo sabe desde hace poco. ¿No te has preguntado por qué no ha sugerido nunca Auror que nos casemos?

—Bueno... —empezó a decir Thiel, pero luego se contuvo y dejó el tema. Era consciente de que Amarina respondería con crueldad si se empeñaba en seguir con ese tema—. ¿Revisamos hoy los resultados del censo, majestad?

—Sí, por favor.

A Amarina le gustaba revisar los resultados del censo del reino con Thiel. Runnemood se ocupaba de recopilar la información, pero Darby preparaba los informes, que estaban organizados de manera ordenada por distritos, e incluían mapas y estadísticas de alfabetización, empleo y habitantes, entre otras cosas. A Thiel se le daba bien responder a las preguntas que formulaba Amarina; Thiel lo sabía todo. Y aquella tarea era de las pocas cosas que hacían sentir a Amarina que estaba al mando de su reino.

Aquella noche y las dos siguientes, volvió a salir para visitar las dos tabernas que conocía y escuchar más relatos. A menudo trataban sobre Leck: Leck torturando a las pequeñas mascotas que tenía en el jardín trasero haciéndoles tajos; los sirvientes del castillo de Leck de aquí para allá con heridas en la piel; la muerte de Leck a causa de la daga de Katsa. Por lo visto al público nocturno le gustaban los relatos sangrientos. Pero era más que eso; entre un relato macabro y otro, Amarina se percató de que solían contar otro tipo de historias, en las que no corría la sangre. Siempre comenzaban del modo en el que suelen comenzar las historias: quizá con dos personas que se enamoran o un niño o una niña muy inteligente que intenta resolver un misterio. Pero, justo cuando uno creía saber hacia dónde iba la cuestión, terminaba de manera abrupta, cuando los amantes o el niño desaparecían sin explicación alguna y para siempre.

Relatos inacabados. ¿Por qué acudía la gente a escucharlos? ¿Por qué elegían escuchar lo mismo una y otra vez, si siempre acababan topándose con la misma pregunta sin respuesta?

¿Qué había pasado con toda la gente que Leck había hecho desaparecer? ¿Cómo habían acabado sus historias? Leck había raptado —y probablemente asesinado— a cientos de personas, niños y adultos, mujeres y hombres. Amarina no sabía nada al respecto, y sus consejeros nunca habían podido ofrecerle respuestas, y parecía que la gente de la ciudad tampoco tenía la menor idea. De repente, a Amarina no le bastaba con saber que se habían desvanecido. Quería saber el resto de su historia, porque la gente que acudía a aquellos locales era su pueblo, y estaba claro que ellos querían saberlo. Amarina quería averiguarlo para poder contárselo.

También empezó a formularse otras preguntas. Ahora que se fijaba, se percató de que faltaban tres gárgolas más en la muralla este, además de la que había visto que se llevaban. ¿Por qué ninguno de sus consejeros le había dicho nada sobre aquellos robos?

—Majestad —dijo Thiel muy serio una mañana, en el despacho de Amarina—, no firméis eso.

Amarina parpadeó.

—¿Qué?

—Este fuero, majestad —dijo Thiel—. Acabo de pasarme quince minutos explicándoos por qué no debéis firmarlo, y ahí estáis con una pluma en la mano. ¿Dónde tenéis la cabeza?

—Ah —dijo Amarina. Soltó la pluma y suspiró—. Sí, te he oído. Lord Danhole…

—Danzhol —la corrigió Thiel.

—Un tal lord Danzhol, que gobierna un pueblo del centro de Montmar, se opone a que le arrebaten la soberanía. Y tú opinas que debería concederle una audiencia antes de tomar una decisión.

—Me temo que está en su derecho, majestad. Tenéis que oír lo que ha de decir. También me temo…

—Ya —lo interrumpió Amarina, distraída—. Me has dicho que también desea casarse conmigo. Muy bien.

—¡Majestad! —exclamó Thiel, y luego agachó la cabeza para estudiar el rostro de Amarina antes de añadir con un tono amable—: Majestad, os lo pregunto por segunda vez: ¿dónde tenéis la cabeza?

—En las gárgolas, Thiel —contestó Amarina, frotándose las sienes.

—¿Las gárgolas? ¿A qué os referís, majestad?

—Las de la muralla este, Thiel. He oído a los empleados de las oficinas del piso inferior mencionar que han desaparecido cuatro gárgolas de la muralla este —mintió Amarina—. ¿Por qué nadie me ha informado?

—¿¡Que han desaparecido!? —dijo Thiel—. ¿Y a dónde han ido, majestad?

—¿Y qué sé yo? ¿A dónde suelen ir las gárgolas?

—Dudo mucho de que sea cierto, majestad. Estoy seguro de que habéis oído mal.

—Ve a preguntarles —le pidió Amarina—. O encárgate de que alguien vaya a comprobarlo. Estoy segura de lo que he oído.

Thiel se marchó. Volvió un rato después con Darby, que estaba rebuscando, frenético, entre una pila de papeles que llevaba en la mano.

—Según los registros de la decoración del castillo, faltan cuatro gárgolas de la muralla este, majestad —explicó Darby a toda prisa mientras leía los documentos—. Pero cuando digo que faltan me refiero a que nunca han estado allí.

—¡¿Que qué?! —exclamó Amarina, que sabía perfectamente que al menos una de ellas había estado en la muralla hacía tan solo unas noches—. ¿Nunca hemos tenido ahí cuatro gárgolas?

—El rey Leck no llegó a encargar esas cuatro, majestad. Dejó esos huecos vacíos.

Lo que había visto Amarina eran varias zonas deterioradas de la muralla donde parecía que había habido algo de piedra y que lo habían arrancado; es decir, gárgolas.

—¿Estás seguro de que esos registros son correctos? ¿De cuándo son?

—Del comienzo de vuestro reinado, majestad —contestó Darby—. Se hicieron registros del estado de cada parte del castillo. Yo mismo los supervisé, a petición de vuestro tío, el rey Auror.

Parecía un asunto extraño e insignificante sobre el que mentir, y no era lo bastante relevante como para que importara si Darby se había equivocado en los registros. Y, sin embargo, la inquietaba. El modo en que Darby la miraba y parpadeaba con esos ojos dispares —uno amarillo y el otro verde—, eficientes y seguros, mientras le ofrecía unos datos incorrectos, la inquietaba. De repente empezó a repasar todo lo que Darby le había dicho durante esos últimos días, y se preguntó si era la clase de persona que mentía.

Pero entonces se contuvo, porque sabía que tan solo sospechaba de él porque estaba intranquila en general, y que estaba intranquila porque aquellos días todo lo que ocurría parecía planeado para confundirla. Como el laberinto que había descubierto la noche anterior mientras buscaba una ruta nueva y menos transitada desde sus aposentos —que se encontraban en el extremo norte del castillo— hasta la torre de entrada, en la muralla sur del castillo. Los techos de cristal de los pasillos de la última planta la ponían nerviosa por la posibilidad de que los guardias que patrullaban por encima la vieran. De modo que había bajado directamente por una escalera estrecha que quedaba cerca de sus aposentos hasta la planta inferior, y luego se vio atrapada en una serie de pasadizos que parecían rectos y bien iluminados pero que luego se desviaban o se ramificaban en otros más oscuros; algunos incluso no tenían salida. Al final acabó desorientada del todo.

—¿Te has perdido? —le había preguntado de repente una voz masculina que no reconocía a su espalda. Amarina se quedó helada, pero luego se dio la vuelta y trató de no mirar demasiado al hombre, que tenía el pelo gris y vestía el uniforme negro de la guardia de Montmar—. Te has perdido, ¿verdad?

Amarina asintió sin respirar.

—Siempre que me topo con alguien por aquí, resulta que se ha perdido —le explicó el hombre—. O casi siempre. Estás en el laberinto del rey Leck. Ninguno de estos pasillos lleva a ninguna parte, y sus aposentos están en el centro.

El guardia la condujo hacia la salida. Mientras lo seguía de puntillas, Amarina se preguntaba por qué habría construido Leck un laberinto alrededor de sus aposentos, y por qué ella no había tenido ni idea de su existencia. Y entonces empezó a preguntarse también por los otros espacios extraños que había entre los muros del castillo. Para llegar al vestíbulo principal y a la salida que había al cruzarlo, junto a la torre de entrada, Amarina tenía que atravesar el patio principal, que se encontraba en la misma planta que el vestíbulo, en el extremo sur del castillo. Leck había ordenado que podaran los arbustos del patio para darles formas fantásticas: personas con poses orgullosas y flores en los ojos y el pelo, y animales feroces y monstruosos, como osos, pumas y aves enormes, cubiertos de flores. En el centro había un estanque con una fuente estruendosa. En la fachada que daba al patio había balcones en los cinco pisos. Y gárgolas, gárgolas por todas partes: algunas estaban encaramadas en las cornisas más altas, otras escalaban por las paredes, otras lanzaban miradas maliciosas desde lo alto y otras se asomaban con timidez. El techo de cristal devolvía el reflejo de los faroles del patio hacia Amarina, como estrellas inmensas y borrosas.

¿Por qué se había preocupado tanto Leck por la forma de los arbustos? ¿Por qué había instalado techos de cristal en los patios y en varios tejados del castillo? ¿Y por qué, a oscuras, se cuestionaba cosas que nunca se había cuestionado antes, a la luz del día?

Una madrugada, un hombre entró en el patio principal desde el vestíbulo dando zancadas, se quitó la capucha y atravesó el patio con el fuerte repiqueteo de las botas contra el mármol. Se trataba de su consejero, Runnemood, que caminaba con paso firme y seguro de sí mismo. Las joyas de sus anillos iban lanzando destellos, y sus apuestos rasgos aparecían y desaparecían entre las sombras. Asustada, Amarina se ocultó tras un arbusto con forma de caballo encabritado. Tras Runnemood entró Holt, uno de sus guardias gracelings, ayudando a caminar al juez Quall, que no dejaba de temblar. Todos entraron en el castillo, en dirección al ala norte. Amarina salió corriendo de allí, demasiado asustada porque casi la habían descubierto como para preguntarse qué habían estado haciendo esos tres en la ciudad a esas horas. Pero más tarde decidió preguntárselo.

—¿A dónde vas por la noche, Runnemood? —le preguntó a la mañana siguiente.

—¿Que a dónde voy, majestad? —respondió con los ojos entrecerrados.

—Sí. ¿Alguna vez sales hasta tarde? He oído que a veces sí. Perdóname, es solo que siento curiosidad.

—De vez en cuando tengo reuniones nocturnas en la ciudad, majestad —dijo—. Cenas con nobles que quieren cosas, como un puesto en alguno de vuestros ministerios, o vuestra mano en matrimonio, por ejemplo. Mi trabajo consiste en seguirles la corriente y luego disuadirlos.

¿Hasta medianoche, con el juez Quall y Holt?

—¿Vas escoltado?

—A veces —contestó Runnemood, y se levantó del alféizar de la ventana y se acercó a ella. La curiosidad brillaba en sus bonitos ojos oscuros—. ¿Por qué me lo preguntáis, majestad?

Se lo preguntaba porque no podía formular las preguntas que quería hacerle en realidad: «¿Me estás diciendo la verdad?», «¿Por qué me da la sensación de que no?», «¿Vas alguna vez a la zona este de la ciudad?», «¿Has oído alguna vez los relatos que cuentan?», «¿Puedes explicarme todas las cosas que veo por la noche y que no entiendo?».

—Porque, si tienes que estar fuera hasta tan tarde, me gustaría que llevaras algún tipo de escolta —mintió Amarina—. Me preocupa tu seguridad.

Runnemood esbozó una sonrisa brillante, amplia y blanca.

—Qué reina tan amable y bondadosa sois —respondió en un tono tan condescendiente que a Amarina le resultó difícil mantener la expresión de amabilidad y bondad en el rostro—. Me llevaré un guardia, si así os quedáis más tranquila.

Amarina volvió a salir sola unas cuantas noches más, sin que el guardia leonita que estaba apostado frente a la puerta de sus aposentos se fijara en ella; de hecho, apenas la miraba, y lo único que le importaba eran el anillo y la contraseña. Y entonces, siete noches después de que los viera robar la gárgola, se cruzó de nuevo con Teddy y su amigo leonita y graceling.

Acababa de descubrir un tercer local de relatos, cerca de los muelles de la plata, en el sótano de un viejo almacén que parecía a punto de venirse abajo. Escondida en un rincón del fondo con una bebida en la mano, se sorprendió al ver a Zaf acercarse. La miró con indiferencia, como si no la conociera. Luego se puso a su lado y dirigió su atención al hombre de la barra.

El hombre estaba contando una historia que Amarina no había escuchado jamás, pero estaba demasiado nerviosa como para prestar atención por si Zaf la había reconocido. El héroe de la historia era un marinero del reino insular de Leonidia. Zaf parecía fascinado mientras escuchaba. Amarina lo estaba observando como quien no quiere la cosa y notó un brillo de reconocimiento en su mirada; en ese momento, Amarina cayó en algo que había pasado por alto antes. Había estado en un barco en una ocasión, navegando por el océano; Katsa y ella habían puesto rumbo a Leonidia para escapar de Leck. Y había visto a Zaf escalar la muralla este; se había fijado en su piel morena y en su pelo aclarado por el sol. Ahora, de repente, sus gestos y movimientos le resultaban muy familiares. Se movía con soltura y tenía un brillo en los ojos que Amarina había visto antes en otros marineros, pero no en marineros de cualquier tipo. Amarina se preguntó si Zaf sería de esos marineros que se ofrecían a subir a lo alto del mástil durante un vendaval.

Se preguntó qué estaría haciendo tan al norte de Montpuerto y, de nuevo, cuál sería su gracia. Por los moratones que tenía esa noche alrededor de la ceja y la piel en carne viva de un pómulo, no parecía que tuviera que ver con pelear ni con sanar rápido.

Teddy se acercó haciendo zigzag entre las mesas con una jarra en cada mano y le entregó una a Zaf. Se colocó al otro lado de Amarina, lo cual, dado que el taburete en el que se había sentado estaba en la esquina, significaba que la tenían acorralada.

—Lo apropiado sería que nos dijeras tu nombre, al igual que yo te dije los nuestros —le murmuró Teddy mientras la miraba de reojo.

A Amarina no le molestaba demasiado la proximidad de Zaf cuando Teddy estaba cerca, tan cerca como para ver la tinta que le manchaba los dedos. Le daba la sensación de que Teddy debía de ser un contable, o quizás un escribano; en definitiva, alguien que no parecía que fuese a atacarla de repente.

—¿Y es apropiado que dos hombres acorralen a una mujer en una esquina?

—Seguro que Teddy preferiría decirte que es por tu propia seguridad —dijo Zaf, con un acento leonita muy marcado—. Pero estaría mintiendo. Es por pura desconfianza. No nos fiamos de la gente que viene disfrazada a los salones de relatos.

—¡Qué dices! —dijo Teddy, lo bastante alto como para que uno o dos hombres sentados cerca le gruñeran para que se callara—. Habla por ti —susurró—. Yo sí estoy preocupado. De vez en cuando hay peleas. Y las calles están llenas de lunáticos y ladrones.

—Así que ladrones, ¿eh? —bufó Zaf—. Si dejaras de parlotear, a lo mejor podríamos escuchar la historia de este fabulador. Me interesa mucho este relato.

—¿*Parlotear*? —repitió Teddy, con los ojos iluminados como estrellas—. *Parlotear*… Tengo que añadirla a mi lista. Creo que la he pasado por alto.

—Irónico —respondió Zaf.

—No, *irónico* no la he pasado por alto.

—Quiero decir que es irónico que hayas pasado por alto *parlotear*.

—Sí —contestó Teddy de mala gana—. Supongo que sería algo así como que tú dejaras pasar la oportunidad de romperte la crisma fingiendo que eres el príncipe Po renacido. Soy escritor —añadió, volviéndose hacia Amarina.

—Cállate, Teddy —le ordenó Zaf.

—Y tipógrafo —continuó Teddy—, y lector y corrector. Lo que haga falta, siempre y cuando tenga que ver con palabras.

—¿Corrector? —le preguntó Amarina—. ¿De verdad la gente te paga por corregir sus escritos?

—Sí; me traen cartas que han escrito y me piden que las conviertan en algo legible. Los analfabetos me piden que les enseñe a firmar los documentos.

—¿Y deberían firmar documentos si no los saben leer?

—No —respondió Teddy—, supongo que no, pero lo hacen, porque se lo exigen los caseros o los patrones, o los acreedores prendarios, en los que confían porque no saben leer lo bastante bien como para darse cuenta de que no deberían. Y por eso también hago de lector.

—¿Tantos analfabetos hay en la ciudad?

Teddy se encogió de hombros.

—¿Tú qué opinas, Zaf?

—Yo diría que un treinta por ciento de los ciudadanos saben leer —dijo Zaf, sin apartar la vista del cuentacuentos—, y tú hablas demasiado.

—¡Un treinta por ciento! —exclamó Amarina sorprendida, ya que esas no eran las estadísticas que había visto ella—. ¡Seguro que la cifra es mayor!

—O eres nueva en Montmar —dijo Teddy—, o todavía sigues hechizada por el rey Leck. O puede que vivas en un agujero en el suelo y solo salgas por las noches.

—Trabajo en el castillo de la reina —improvisó Amarina con soltura—, y supongo que estoy acostumbrada a esos círculos; todos los que viven allí saben leer y escribir.

—Mmm… —respondió Teddy, entrecerrando los ojos, vacilante—. Bueno, la mayoría de la gente de la ciudad lee y escribe lo bastante bien como para desempeñar su oficio con normalidad. Los herreros saben leer los encargos de cuchillos y los agricultores saben etiquetar las cajas de judías o de maíz. Pero es probable que el porcentaje de personas que podrían entender este relato si se lo entregaran por escrito —dijo Teddy, sacudiendo el pelo alborotado hacia el cuentacuentos, o fabulador, como lo había llamado Zaf— se acerque bastante a lo que ha dicho Zaf. Es uno de los legados de Leck. Y uno de los motivos que me han animado a escribir un libro de palabras.

—¿Libro de palabras?

—Sí, estoy escribiendo un libro de palabras.

Zaf le tocó el brazo a Teddy. Al instante, casi antes de que Teddy terminara la frase, ambos se alejaron, demasiado rápido como para que Amarina pudiera preguntarle si alguna vez se había escrito algún libro que no fuera de palabras.

Cerca de la puerta, Teddy la invitó a acompañarlos con la mirada. Amarina rechazó la sugerencia con un movimiento de cabeza, tratando de no revelar su exasperación, pues estaba segura de que acababa de ver a Zaf robar algo que llevaba un hombre bajo el brazo y escondérselo en la manga. ¿Qué sería esa vez? Parecía un rollo de papeles.

No importaba. Tramaran lo que tramaren esos dos, estaba claro que no era nada bueno, y Amarina iba a tener que decidir qué hacer con ellos.

El fabulador comenzó un nuevo relato. Amarina se sorprendió al darse cuenta de que se trataba una vez más de la historia de los orígenes de Leck y su ascenso al poder. El fabulador de esa noche la contó de un modo un poco distinto al anterior. Amarina escuchó con atención, esperando que aquel hombre añadiera algo nuevo, una imagen o una palabra que no hubiera mencionado el anterior, una llave que encajara en una cerradura y abriera una puerta tras la cual todos sus recuerdos y todo lo que le habían contado cobraran sentido.

Lo sociables que habían sido los dos —o más bien lo sociable que había sido Teddy— con ella la hizo armarse de valor. Aunque eso a su vez la asustaba, pero no lo suficiente como para no buscarlos durante las noches siguientes. *Son ladrones*, se recordaba a sí misma cada vez que se cruzaba con ellos en los salones de relatos, se saludaban e intercambiaban algunas palabras. *No son más que ladrones miserables e ingratos, e intentar ir tras ellos es peligroso.*

Agosto estaba llegando a su fin.

Una noche, los dos se acercaron a ella y la acorralaron en el fondo de la oscura y abarrotada estancia, cerca de los muelles de la plata.

—Teddy —le dijo—, no entiendo lo de tu libro. ¿Acaso los libros no son todos de palabras?

—He de decir que, si vamos a encontrarnos tan a menudo, y si vas a llamarnos por nuestro nombre, deberíamos llamarte de alguna manera —respondió Teddy.

—Llamadme como queráis.

—¿Has oído eso, Zaf? —dijo Teddy, inclinándose hacia Amarina con el rostro iluminado—. Un desafío relacionado con las palabras. Pero ¿en qué me puedo basar, si no sabemos ni cómo se gana el pan ni qué aspecto tiene bajo la capucha?

—Tiene sangre leonita —dijo Zaf, sin apartar los ojos del fabulador.

—¿Sí? ¿Estás seguro? —le preguntó Teddy, impresionado, agachándose e intentando sin éxito ver mejor la cara de Amarina—. Bueno, entonces deberíamos ponerle un nombre relacionado con los colores. ¿Qué te parece Rojoverdeamarillo?

—Es el nombre más estúpido que he oído nunca. Ni que fuera un pimiento.

—Bueno, ¿qué hay de Capuchagris?

—Para empezar, su capucha es azul. Además, no es una abuela. Dudo de que tenga más de dieciséis años.

Amarina estaba harta de que Teddy y Zaf hablaran sobre ella delante de sus narices, mientras la espachurraban y la acorralaban en el rincón.

—Tengo vuestra edad —dijo, aunque sospechaba que no era cierto—, y soy más inteligente, y es probable que sepa luchar igual de bien que vosotros.

—Desde luego, su personalidad no es gris —comentó Zaf.

—Para nada —concordó Teddy—. Tiene mucha chispa.

—¿Cómo ves Chispa, entonces?

—Perfecto. Bueno, así que tienes curiosidad por mi libro de palabras, ¿eh, Chispa?

Lo absurdo que sonaba el nombre le hizo gracia, la desconcertó y la molestó a la vez; deseó no haberles dado la posibilidad de elegir, pero ya era demasiado tarde, de modo que era inútil quejarse.

—La verdad es que sí.

—Bueno, supongo que sería más exacto decir que es un libro *sobre* palabras. Se llama «diccionario». Muy poca gente se ha atrevido a intentar redactar uno hasta ahora. La idea es crear una lista de palabras y luego escribir una definición para cada una. *Chispa* —dijo con grandiosidad—. Una pequeña partícula de fuego. Por ejemplo: «Una chispa salió disparada del horno y prendió las cortinas». ¿Ves, Chispa? Quienes lean mi diccionario podrán aprender el significado de todas las palabras que existen.

—Sí, ya he oído hablar de ese tipo de libros —respondió Amarina—. El único problema que veo es que, si el libro se vale de las palabras para definir otras palabras, entonces ¿no es necesario conocer de antemano las definiciones de las palabras para poder entenderlo?

Zaf no ocultó su regocijo, cada vez mayor.

—Chispa ha acabado con el maldito libro de palabras de Teddren de un plumazo.

—Vale, tienes razón —respondió Teddy, con el tono tolerante de quien ya ha tenido que defender esa misma posición antes—. En teoría, tienes razón. Pero, en la práctica, estoy seguro de que será muy útil, y tengo intención de que sea el diccionario más completo jamás escrito. También estoy escribiendo un libro de verdades.

—Teddy —le advirtió Zaf—, ve a por la siguiente ronda.

—Zafiro me ha dicho que lo viste robar —continuó Teddy, despreocupado—. No lo malinterpretes. Solo recupera lo que han… —Zaf agarró a Teddy por el cuello y a Teddy se le atragantaron las palabras. Zaf no dijo nada; tan solo se quedó allí, sujetando a Teddy y fulminándolo con la mirada— robado —terminó de balbucear Teddy—. Será mejor que vaya a por la siguiente ronda.

—A veces me dan ganas de matarlo —dijo Zaf mientras veía a Teddy alejarse—. Puede que lo haga luego.

—¿Qué quería decir con eso de que solo recuperas lo que han robado?

—Vamos a hablar mejor de lo que robas tú, Chispa —dijo Zaf—. ¿Le robas a la reina, o solo a los pobres que se quieren tomar una copa?

—¿Y tú? ¿Robas tanto en tierra como en el mar?

El comentario hizo que Zaf soltara una risa silenciosa; Amarina nunca lo había visto reír así. Estaba orgullosa de sí misma. Zaf se acabó la bebida, recorrió la sala con la mirada y se tomó su tiempo para responder.

—Me criaron unos marineros leonitas, a bordo de un barco leonita —admitió al fin—. Es tan poco probable que le robe a un marinero como que me clave un clavo en la cabeza. Mi auténtica familia es de Montmar, y vine aquí hace unos meses a pasar un tiempo con mi hermana. Conocí a Teddy, que me ofreció un trabajo en su imprenta. Es un buen trabajo, hasta que me entren ganas de irme otra vez. Ya está. Esa es mi historia.

—En esa historia hay muchas lagunas —dijo Amarina—. ¿Por qué te criaste en un barco leonita si eres de Montmar?

—De la tuya aún no he oído nada —repuso Zaf—. Y yo no comparto mis secretos si no recibo nada a cambio. Si te has dado cuenta de que soy marinero, debes haber pasado un tiempo trabajando en un barco.

—Puede —contestó Amarina, irritada.

—¿Puede? —Zaf parecía estar pasándoselo bien—. ¿A qué te dedicas en el castillo de la reina?

—Me encargo de hornear el pan en las cocinas —respondió, esperando que no le preguntara nada concreto sobre dichas cocinas, porque no recordaba haberlas visto jamás.

—¿Y es tu madre la que es leonita, o tu padre?

—Mi madre.

—¿Y trabaja contigo?

—Hace labores de costura para la reina. Bordados.

—¿La ves mucho?

—Cuando estamos trabajando, no, pero compartimos habitación. Nos vemos cada noche y cada mañana. —Amarina se detuvo de repente porque necesitaba recuperar el aliento. Le pareció una fantasía preciosa, una que podría ser cierta. Quizás hubiera una joven panadera en el castillo con una madre viva en la que podía pensar cada día y ver cada noche—. Mi padre era un fabulador itinerante de Montmar —continuó—. Un verano fue a Leonidia a contar relatos y se enamoró de mi madre. La trajo a vivir aquí. Murió en un accidente con una daga.

—Lo lamento—dijo Zaf.

—Ya hace dos años de aquello —respondió Amarina sin aliento.

—¿Y por qué se iba a escabullir por la noche una muchacha panadera para ir a robar dinero para tomarse algo? Es un poco peligroso, ¿no?

Amarina sospechó que solo se lo preguntaba por su tamaño.

—¿Has visto alguna vez a lady Katsa de Mediaterra? —le preguntó con aire de superioridad.

—No, pero todo el mundo ha oído hablar de ella, claro.

—A ella no le hace falta ser grande como un hombre para ser peligrosa.

—Tienes razón, pero su gracia hace que sea una buena luchadora.

—Lady Katsa ha enseñado a luchar a muchas de las muchachas de esta ciudad. Me enseñó a mí.

—Entonces la conoces —dijo Zaf, dejando la copa en una repisa y volviéndose hacia ella. La miraba con atención, con cierto brillo en los ojos—. ¿También has conocido al príncipe Po?

—A veces viene al castillo —contestó Amarina, moviendo la mano con indiferencia—. Lo que quiero decir es que sé cómo defenderme.

—Pagaría por ver pelear a cualquiera de esos dos. Pagaría oro por verlos pelear entre ellos.

—¿Tu oro? ¿O el de otra persona? Seguro que tu gracia tiene que ver con robar.

Zaf pareció disfrutar muchísimo de esa acusación.

—No, no tiene nada que ver con eso. Y tampoco soy mentalista, pero diría que sé por qué te escabulles por las noches. Quieres oír más relatos.

Tenía razón: nunca se cansaba de los relatos. Ni tampoco de las conversaciones con Teddy y Zaf, ya que, para ella, eran iguales que los relatos, iguales que las calles y los callejones a medianoche, los cementerios, el olor a humo y a sidra, y los edificios en ruinas. Y que los puentes monstruosos que Leck había construido sin razón alguna y que se alzaban hacia el cielo.

Cuanto más veo y oigo, más consciente soy de todo lo que no sé.

Quiero saberlo todo.

5

El ataque que se produjo en el salón de relatos dos noches más tarde la tomó completamente desprevenida.

Tardó un buen rato en darse cuenta de lo que estaba pasando y se preguntó por qué Zaf se había puesto delante de ella como para protegerla mientras agarraba a un hombre encapuchado del brazo, y por qué Teddy se había apoyado en Zaf, con expresión de confusión y mala cara. Toda la pelea fue tan silenciosa, y los movimientos tan furiosos y precisos, que cuando el encapuchado logró soltarse, y Zaf le susurró: «Deja que Teddy se apoye en tu hombro. Actúa con normalidad. Solo está borracho», Amarina se lo creyó. No comprendió hasta que salieron del local, cargando con Teddy, que su problema no era la bebida, sino el puñal que tenía clavado en el vientre.

Si Amarina aún hubiera albergado alguna duda sobre si Zaf era marinero, las palabrotas que soltó mientras cargaba con su amigo jadeante y de ojos vidriosos se la habrían despejado por completo. Zaf dejó a Teddy en el suelo, se quitó la camiseta y la partió por la mitad. Con un solo movimiento que hizo aullar a Teddy —y gritar a Amarina—, le sacó la hoja del abdomen. Después apretó la tela de la camiseta contra la herida y le gruñó a Amarina:

—¿Sabes dónde está el cruce del callejón del Caballo Blanco y la calle Arco?

Quedaba cerca del castillo, por la muralla este.

—Sí.

—Un curandero que se llama Roke vive en el segundo piso del edificio que está en la esquina sureste. Corre, despiértalo y tráelo a la tienda de Teddy.

—¿Dónde está la tienda de Teddy?

—En la calle Hojalatero, cerca de la fuente. Roke sabe dónde está.

—Pero eso está aquí al lado. Seguro que hay algún curandero más cerca…

Teddy se revolvió y empezó a lloriquear:

—Roke —sollozó—. Tilda… Dile a Tilda y a Bren…

—Solo podemos fiarnos de Roke —le espetó Zaf a Amarina—. Deja de perder el tiempo. ¡Corre!

Amarina se dio la vuelta y echó a correr por las calles, confiando en que la gracia de Zaf, fuera cual fuere, le permitiera mantener con vida a Teddy durante los próximos treinta minutos, porque eso era lo que iba a tardar en llegar. No lograba calmar la mente. ¿Por qué un encapuchado había atacado a un escritor y a un ladrón de gárgolas y de objetos robados? ¿Qué había hecho Teddy para que alguien quisiera atacarlo de ese modo?

Y entonces, tras correr durante varios minutos, dejó de formularse tantas preguntas, recuperó la calma y empezó a percatarse de lo urgente que era la situación. Las puñaladas no eran algo nuevo para Amarina. Katsa le había enseñado a asestarlas, y el primo de Katsa, el príncipe Raffin, que era boticario y curandero, además del heredero al trono de Mediaterra, le había explicado hasta dónde podían llegar las habilidades de un curandero. La puñalada que había sufrido Teddy había sido en la parte baja del vientre. Quizá no hubiera alcanzado los pulmones ni el hígado ni, con suerte, el estómago, pero, aun así, lo más seguro era que le hubiera rajado el intestino. Aunque encontraran a un buen curandero que fuera capaz de cerrar la herida, existía el riesgo de que Teddy muriera, ya que el contenido de los intestinos se podía haber derramado por el abdomen y provocar una infección —con fiebre, inflamaciones y dolor— a la que la gente no solía sobrevivir. Si es que llegaba hasta ese punto, porque también existía la posibilidad de que se desangrara antes.

Amarina nunca había oído hablar del tal Roke, por lo que no podía juzgar sus habilidades. Pero sí conocía a alguien que había logrado mantener con vida a personas a las que habían apuñalado: su propia curandera, Madlen, que era graceling y se había labrado una reputación gracias a que tenía los mejores medicamentos y a que había conseguido llevar a cabo cirugías imposibles con éxito.

Cuando Amarina llegó al cruce del callejón del Caballo Blanco y la calle Arco, siguió corriendo.

La enfermería del castillo estaba en la planta baja, al este del patio principal. Puesto que no tenía del todo claro cómo llegar hasta allí, Amarina se deslizó como la sombra de una rata por un pasillo y decidió probar suerte con un guardia que cabeceaba bajo la luz de un farol. Le puso el anillo de Cinericia en las narices y le susurró:

—¿Dónde está Madlen?

Sorprendido, el soldado carraspeó y señaló hacia la enfermería.

—Por ese pasillo. La segunda puerta a la izquierda.

Al instante, entró en una habitación a oscuras y sacudió a su curandera para despertarla. Madlen abrió los ojos y farfulló unas palabras extrañas e incomprensibles que Amarina atajó al momento:

—Madlen, soy la reina. Despiértate y vístete. Ponte ropa cómoda para correr y trae todo lo que necesites para tratar a un hombre al que han apuñalado en el abdomen.

Oyó a Madlen buscar algo a tientas y al instante se encendió una vela. Salió disparada de la cama, miró a Amarina con su único ojo de color ámbar y fue dando tumbos hasta el armario del otro extremo de la habitación, de donde sacó un par de pantalones. Con el camisón hasta las rodillas y el rostro resplandeciente y tan pálido como el camisón, empezó a meter en una bolsa un montón de frascos, paquetes e instrumentos de metal de aspecto aterrador.

—¿En qué zona del abdomen?

—Por abajo, creo que a la derecha. Era una hoja larga y ancha.

—¿Cuántos años tiene el paciente? ¿Es corpulento? ¿Está muy lejos?

—No lo sé. Supongo que diecinueve o veinte. Tiene un cuerpo bastante corriente; ni muy alto ni muy bajo, ni gordo ni delgado. Cerca de los muelles de la plata. ¿Pinta mal, Madlen?

—Sí —respondió la curandera—. Pinta bastante mal. Guiadme, majestad. Estoy lista.

Según los estándares de la corte, quizá no podría decirse que estuviera lista. No se había molestado en ponerse el parche que solía cubrirle la cuenca del ojo que le faltaba, y tenía el pelo cano que parecía un nido de pájaros. Pero al menos se había remetido el camisón por dentro de los pantalones.

—Esta noche no puedes llamarme «majestad» —le susurró Amarina mientras corrían por los pasillos y entre los arbustos del patio principal—. Soy una panadera de las cocinas del castillo que se llama Chispa.

Madlen emitió un sonido de incredulidad.

—Y, lo más importante —le susurró Amarina—, no puedes contarle a nadie, absolutamente a nadie, nada de lo que pase esta noche. Y te lo digo como tu reina, Madlen. ¿Queda claro?

—Cristalino, Chispa —respondió Madlen.

Amarina quiso darles las gracias a todos los mares por haber traído a la corte a aquella graceling tan fiera y sorprendente. Pero le pareció que aún quedaba demasiada noche por delante como para dar gracias por nada.

Corrieron hacia los muelles de la plata.

Amarina se detuvo en la calle Hojalatero, cerca de la fuente, para recuperar el aliento mientras daba vueltas en busca de unas ventanas iluminadas y trataba de vislumbrar las imágenes de los carteles de las tiendas. Acababa de discernir las palabras «Imprenta» y «de Teddren» sobre una puerta oscura cuando esta se abrió de repente y Amarina vio los aros de oro de Zaf.

Tenía las manos y los antebrazos cubiertos de sangre. El pecho desnudo subía y bajaba y, cuando Amarina empujó a Madlen hacia delante, el pánico del rostro de Zaf se convirtió en ira.

—Esta no es Roke —le dijo, señalando el pelo cano de Madlen, como si esa parte de su anatomía fuera lo que más la distinguía del tal Roke.

—Esta es Madlen, es una curandera graceling —respondió Amarina—. Seguro que has oído hablar de ella. Es la mejor, Zaf. Es la curandera favorita de la reina.

Parecía que Zaf estaba empezando a hiperventilar.

—¿Te has traído a una de las curanderas de *la reina*?

—Te juro que no le contará a nadie nada de lo que vea. Te doy mi palabra.

—¿Tu palabra? De qué me vale cuando ni siquiera sé tu auténtico nombre.

Madlen, que era mucho más joven de lo que parecía indicar su pelo y tan fuerte como debía ser cualquier curandero, empujó a Zaf por el pecho hacia el interior de la tienda.

—El mío es Madlen —le dijo—, y puede que sea la única curandera en todos los siete reinos capaz de salvar a quienquiera que tengas ahí dentro muriéndose. Y, si esta niña me pide que guarde un secreto —dijo, señalando a Amarina—, eso haré. ¡Ahora, quítate de en medio, musculitos atontado!

Madlen se abrió paso con un codazo y fue hacia la luz que se filtraba por una puerta entreabierta; la cruzó y la cerró de un portazo.

Zaf estiró la mano hacia detrás de Amarina para cerrar la puerta de la tienda y la estancia se sumió en la oscuridad.

—Me encantaría saber qué mares está pasando en ese castillo en el que vives, Chispa —le dijo con un tono resentido, burlón, acusatorio y cualquier otro sentimiento desagradable que fue capaz de expresar con la voz—. ¿Que la curandera de la reina obedezca las órdenes de una panadera? Además, ¿qué clase de curandera es? No me gusta su acento…

Zaf olía a sangre y a sudor: una combinación acre y metálica que le resultó familiar al instante. Zaf olía a miedo.

—¿Cómo se encuentra? —le preguntó Amarina en un susurro.

No le respondió, tan solo dejó escapar un sonido parecido a un sollozo malhumorado. Entonces la tomó del brazo y la arrastró por toda la habitación hasta llegar a la puerta por la que se filtraba la luz.

Cuando no se tiene nada que hacer para matar el tiempo mientras una curandera decide si es capaz de curar a un amigo moribundo, las horas pasan muy despacio. Y, desde luego, Amarina no tenía mucho que hacer, ya que, aunque Madlen necesitaba un buen fuego, agua hirviendo, buena luz y un par de manos más mientras clavaba sus utensilios en el costado de Teddy, no requería tantos ayudantes como los que tenía a su disposición. Amarina tuvo tiempo de sobra para observar a Zaf y a sus dos compañeras a medida que transcurría la noche. Llegó a la conclusión de que la mujer rubia debía ser la hermana de Zaf. No llevaba oro leonita ni tenía los ojos morados, claro, pero sí tenía la misma expresión que Zaf y su pelo claro; y una expresión de ira similar a la de Zaf. La otra quizá fuera la hermana de Teddy; tenía la misma pelambrera y los mismos ojos castaños.

Amarina ya las había visto a ambas en otra ocasión, en los salones de relatos. Habían estado hablando mientras se bebían sus copas y reían, y en ningún momento habían mostrado el más mínimo indicio de que conocieran a los chicos cada vez que pasaban por delante de ellas.

Las chicas y Zaf rondaban cerca de Madlen, junto a la mesa, y seguían sus instrucciones con precisión: se lavaron las manos y los brazos, hirvieron los instrumentos, se los pasaron a la curandera sin tocarlos con las manos desnudas y se quedaron donde les indicó. No parecían inquietos por el extraño atuendo que se había puesto Madlen para llevar a cabo la operación; la ocultaba casi por completo, y llevaba el pelo recogido bajo un pañuelo y se había cubierto la boca con otro. Tampoco parecían cansados.

Amarina estaba de pie a un lado, esperando y luchando con todas sus fuerzas para mantener los ojos abiertos. La tensión que había en la habitación resultaba agotadora.

La habitación era pequeña, sobria, con muy poco mobiliario, tan solo unas sillas y una mesa de madera sobre la que yacía Teddy. Había una cocinita, un par de puertas cerradas y unas escaleras estrechas que conducían al piso de arriba. Teddy respiraba de forma entrecortada y estaba inconsciente sobre la mesa, con la piel perlada de sudor y el rostro macilento. La única vez en que Amarina trató de fijarse en cómo trabajaba Madlen, se encontró a su curandera, con la cabeza inclinada para compensar el ojo que le faltaba, manejando la aguja y el hilo con calma sobre una masa mucosa que sobresalía del abdomen de Teddy. Después de aquello, Amarina se quedó cerca, lista para ayudar en caso de que alguien la necesitara, pero sin mirar.

La capucha se le cayó hacia atrás en una ocasión, mientras forcejeaba con un caldero de agua. Todos le vieron la cara. La falta de aliento que sintió en ese instante se debía a mucho más que la pesada carga que estaba sujetando, pero, tras unos instantes, quedó bastante claro que Madlen era la única en aquella habitación que había visto alguna vez a la reina.

Por la mañana, muy temprano, Madlen dejó el frasco de ungüento que había estado utilizando y estiró el cuello hacia ambos lados.

—No podemos hacer nada más por él. Suturaré la herida, y entonces tendremos que esperar a ver qué pasa. Me quedaré con él toda la mañana, por si acaso —dijo, con una mirada rápida hacia Amarina que la reina interpretó como una petición de permiso.

Amarina asintió.

—¿Cuánto tendremos que esperar? —preguntó la hermana de Teddy.

—Si va a morir, lo sabremos pronto —respondió Madlen—. Pero no sabremos con seguridad si sobrevivirá hasta que pasen varios días. Os daré medicinas para hacerle frente a la infección y que recupere fuerzas. Tiene que tomárselas de manera regular. Si no, os garantizo que morirá.

La hermana de Teddy, que había logrado mantenerse serena durante toda la operación, habló con tal violencia que sorprendió a Amarina.

—Es un irresponsable. No sabe cerrar el pico y se junta con gente que no le conviene. Siempre lo ha hecho y siempre he tratado de avisarle; he llegado a suplicárselo. Si se muere, se lo habrá buscado él solito y no se lo perdonaré nunca.

Rompió a llorar, y la hermana de Zaf, sobresaltada, la abrazó. La mujer lloró sin consuelo sobre el pecho de su amiga.

De repente, Amarina se sintió como una intrusa en aquella escena, de modo que cruzó la estancia, salió a la tienda y cerró la puerta tras de sí. Se apoyó contra el muro y respiró despacio, confundida porque las lágrimas de la mujer casi habían conseguido que se le saltaran a ella.

La puerta que tenía al lado se abrió. Zaf apareció en medio de la penumbra vestido de pies a cabeza; se había limpiado la sangre y tenía un paño húmedo que goteaba en las manos.

—¿Has venido a comprobar si estaba husmeando por aquí? —le preguntó Amarina con una voz áspera.

Zaf limpió las manchas de sangre del pomo de la puerta y fue hasta la entrada de la tienda para limpiar también ese pomo. Al volver hacia la luz, Amarina vio su expresión con claridad, pero no supo qué pensar de ella porque parecía enfadado, alegre y desconcertado a la vez. El joven se detuvo a su lado, cerró la puerta de la habitación de atrás y los dejó a oscuras.

A Amarina no le hacía especial ilusión estar a solas con él en la oscuridad, fuera cual fuere su expresión. Acercó las manos a los puñales que llevaba en las mangas y se alejó un paso de él. Se chocó con algo puntiagudo que la hizo chillar.

Entonces Zaf le habló sin percatarse de la angustia que sentía Amarina.

—Le ha aplicado un ungüento que ha disminuido la hemorragia —dijo, asombrado—. Lo ha abierto en canal, le ha sacado algo, lo ha arreglado y ha vuelto a meterlo. Nos ha dado tantas medicinas que ni siquiera me he enterado de para qué sirven algunas; y, encima, cuando Tilda ha ido a pagarle, solo ha aceptado unas pocas monedas de cobre.

Sí… Amarina estaba tan asombrada como Zaf. También se alegraba de que Madlen hubiera aceptado las monedas de cobre. Al fin y al cabo, era la curandera de la reina. Si se hubiera negado a que le pagaran, podría haber dado la impresión de que había realizado la operación por encargo de la reina.

—Chispa… —le dijo Zaf, sorprendiéndola con la intensidad de su voz—. Roke no habría sido capaz de llevar a cabo lo que ha hecho Madlen. Aun cuando te envié a por Roke, siempre supe que él no podría salvarlo. No creía que ningún curandero hubiese sido capaz.

—Aún no sabemos si está a salvo —trató de recordarle con tacto.

—Tilda tiene razón. Teddy es un irresponsable y confía demasiado en los demás. No hay mejor ejemplo que tú. No comprendía por qué le habías caído tan bien aun sin saber nada de ti, y… cuando descubrimos que vivías en el castillo, tuvimos una buena pelea. No sirvió de nada, claro. Teddy seguía queriendo verte. Y la verdad es que, si no hubiera sido así, ahora estaría muerto. La graceling de tu castillo le ha salvado la vida.

Tras una larga noche de preocupación en la que se había obligado a mantenerse despierta, descubrir que sus amigos eran enemigos de la reina fue de lo más deprimente. Le habría encantado enviar a sus espías para que los siguieran, pero no podía hacerlo sin levantar las sospechas de Helda ni explicarle de qué conocía a aquellos dos jóvenes.

—Supongo que no hace falta que te diga que la intervención de esta noche de Madlen debe quedar entre nosotros. Encárgate de que nadie se fije en ella cuando se vaya.

—Eres todo un misterio, Chispa.

—Mira quién habla. ¿Quién querría asesinar a un ladrón de gárgolas?

Zaf apretó los labios.

—¿Cómo te has…?

—Os vi la otra noche.

—Menuda fisgona eres.

—Y tú eres propenso a las peleas. Me he fijado. No vas a intentar vengarte ni a hacer ninguna estupidez por el estilo, ¿verdad? Si empiezas a apuñalar a la gente…

—Yo no apuñalo a la gente, Chispa —replicó Zaf—. Salvo para impedir que me apuñalen.

—Bien —respondió en voz baja, aliviada—. Yo tampoco.

Al oírle decir eso, Zaf soltó una risita que fue convirtiéndose en una carcajada hasta que Amarina sonrió también. Una luz gris se filtraba por los bordes de los postigos e iluminaba algunos de los objetos que había por la habitación: mesas con pilas de papel; soportes verticales con accesorios extraños; una estructura enorme en el centro de la estancia, como un barco alzándose de entre las aguas en mitad de la noche con brillos por aquí y por allá, como si algunas partes estuvieran hechas de metal.

—¿Qué es eso? —preguntó Amarina, señalándolo—. ¿Es la prensa de Teddy?

—Los panaderos tienen que empezar a trabajar antes de que salga el sol —le dijo Zaf, ignorando su pregunta—. Vas a llegar tarde al trabajo, Chispa, y la reina no va a poder desayunar un buen pan esponjoso.

—¿No te aburre tener un trabajo de oficina honrado después de haberte pasado la vida en el mar?

—Debes de estar cansada —se limitó a contestarle—. Te acompañaré a casa.

Por paradójico que pareciera, Amarina sintió alivio al ver que Zaf no confiaba en ella.

—Estupendo —le respondió—. Vamos a echarle un vistazo a Teddy antes de irnos.

Se apartó de la pared y siguió a Zaf por la puerta con las piernas entumecidas. Contuvo un bostezo. Iba a ser un día muy largo…

Mientras volvían al castillo por la calle, a Amarina la tranquilizó ver que Zaf no esperaba que le diera conversación. Bajo la luz del amanecer, cada vez más intensa, el joven parecía bien alerta, con los hombros rectos y moviendo los brazos con ímpetu.

Seguro que duerme más en un día que yo en una semana, pensó Amarina con rabia. *Seguro que después de sus correrías nocturnas se va a casa y duerme hasta el atardecer. Los criminales no tienen que levantarse a las seis para empezar a firmar documentos a las siete.*

Zaf se frotó la cabeza con fuerza hasta que se le puso el pelo de punta, como si fueran las plumas de un ave de río desconcertada, y luego farfulló algo que parecía una expresión de enfado y desolación al mismo tiempo. La rabia de Amarina se desvaneció. Cuando habían entrado a ver cómo estaba, Teddy no había tenido mucho mejor aspecto que un muerto, con la cara como una máscara y los labios morados. La expresión de Madlen tampoco había sido muy esperanzadora.

—Zaf —le dijo Amarina, agarrándolo del brazo para que se detuviera—. Descansa todo lo que puedas hoy, ¿vale? Tienes que cuidarte si quieres ayudar a Teddy.

Al joven se le curvó la comisura de la boca en un atisbo de sonrisa.

—No tengo muchas experiencias con madres, Chispa, pero ahora mismo has sonado como una.

A la luz del día, uno de sus ojos era de un tono morado suave, tirando a rojizo. El otro, igual de intenso, era de un morado más azulado.

Su tío le había regalado un collar con una piedra de ese mismo tono. A la luz del día o de las llamas, la gema cobraba vida con un brillo que iba cambiando. Era un zafiro leonita.

—Te pusieron el nombre una vez que te cambió el color de los ojos, ¿verdad? —le dijo—. Te lo puso alguien de Leonidia.

—Sí —respondió Zaf—. También tengo un nombre de Montmar, claro. Me lo puso mi auténtica familia cuando nací. Pero siempre me han llamado Zafiro.

Amarina pensó que Zaf tenía unos ojos muy bonitos, quizá demasiado; de hecho, todo él era demasiado apuesto, con ese aspecto inocente y esas pecas, para una persona a la que no le confiaría nada que tuviera intención de volver a ver. Zaf no era como sus ojos.

—Zaf, ¿cuál es tu gracia?

El joven esbozó una sonrisa burlona.

—Has tardado una semana entera en atreverte a preguntármelo, Chispa.

—Tengo mucha paciencia.

—Por no hablar de que solo te crees aquello que averiguas por ti misma.

—Y así debería ser, en lo que a ti respecta —bufó Amarina.

—No sé cuál es mi gracia.

Aquello hizo que se ganara una mirada cargada de escepticismo.

—¿Qué se supone que significa eso?

—Justo lo que te he dicho, que no sé cuál es.

—Anda ya. ¿No se supone que las gracias se notan enseguida durante la infancia?

Zaf se encogió de hombros.

—Sea cual fuere, tiene que ser algo que no me haya servido para nada hasta ahora. Algo como comerme una tarta del tamaño de un barril y que no me dé una indigestión, pero esa no es, porque lo intenté una vez. Te lo aseguro —añadió, poniendo los ojos en blanco y haciendo un gesto de apatía y sufrimiento—, lo he intentado todo.

—Ya —respondió Amarina—. Al menos sé que no es contar mentiras que la gente se crea, porque no me creo ni una palabra de lo que dices.

—No te estoy mintiendo, Chispa —contestó Zaf, que no parecía especialmente ofendido.

Tras un silencio, Amarina retomó la marcha. Nunca había visto la zona este de la ciudad a la luz del día. Había una floristería con paredes de piedra sucia que estaba tan torcida que parecía que iba a derrumbarse en cualquier momento, y que habían apuntalado con vigas de madera y pintado con pintura blanca reluciente solo en algunas zonas. En el techo de hojalata de otro edificio había un agujero que habían tapado con varios tablones de madera pintados de plateado. Un poco más adelante, habían cubierto las partes rotas de los postigos de unas ventanas con tiras de lona, y tanto la madera como la lona estaban pintadas de azul cielo.

¿Por qué se molestaría alguien en pintar los postigos —o una casa o cualquier otra cosa— sin arreglarlos primero?

Cuando Amarina le enseñó el anillo al guardia leonita de la puerta y entró en el castillo, el sol ya brillaba en el cielo. Y cuando, con la capucha bien calada, les enseñó el anillo y les susurró la contraseña del día anterior —«tarta de sirope de arce»— a los guardias que estaban apostados frente a sus aposentos, entreabrieron las inmensas puertas e hicieron una reverencia.

En el recibidor, valoró sus opciones. Al final del pasillo, a la izquierda, la puerta de la habitación de Helda estaba cerrada. A la derecha, Amarina no oía a nadie en la sala de estar. Giró a la izquierda, entró en su habitación y se quitó la capucha de la cabeza. Cuando se apartó la tela de los ojos, dio un brinco y estuvo a punto de gritar porque vio a Po sentado sobre un arcón, contra la pared, con los aros de oro relucientes en las orejas y en los dedos, los brazos cruzados y examinándola con calma.

6

—**P**rimo —dijo Amarina, tratando de serenarse—. ¿Tanto te costaría hacer que te anunciaran, como a cualquier otro invitado?

Po arqueó una ceja.

—Desde que llegué anoche he sabido que no estabas donde todos creían que estabas. Y no has aparecido en toda la noche. ¿En qué momento te habría gustado que llamara a algún sirviente y le pidiese que me anunciara?

—Bueno, vale, pero no tienes derecho a colarte en mi habitación.

—No me he colado. Helda me ha dejado entrar. Le he dicho que querías que te despertara con el desayuno.

—Si has mentido para entrar, es que te has colado. —Entonces vio, por el rabillo del ojo, una bandeja de desayuno con platos sucios apilados y cubiertos usados—. ¡Te lo has comido todo! —dijo, indignada.

—Es que quedarme toda la noche en mis aposentos, esperando y preocupándome, da mucha hambre —respondió con indiferencia.

Se produjo un largo silencio. Hasta ese momento, Amarina había estado intentando darle conversación para distraerlo mientras controlaba sus emociones y las apartaba para poder mantener la mente en blanco en su presencia, sin pensamientos que Po

KRISTIN CASHORE · 93

pudiera percibir. Incluso agotada y torpe por el cansancio, se le daba bien dejar la mente en blanco.

Po parecía observarla con la cabeza ladeada. Solo seis personas en el mundo sabían que Po no podía ver y que su gracia no era la lucha, como él afirmaba, sino una capacidad especial de percibir a las personas y la corporeidad de las cosas. En los ocho años que habían transcurrido desde la caída que le hizo perder la vista, había perfeccionado la técnica de fingir que podía ver, y tendía a convertirla en un hábito incluso con las seis personas que conocían su secreto. Era necesario ocultarlo; a la gente no le gustaban los mentalistas, y los reyes los explotaban. Po llevaba toda la vida fingiendo que no era uno de ellos. A esas alturas, ya era demasiado tarde para dejar de fingir.

Amarina sabía lo que Po estaba haciendo allí sentado, lanzándole una mirada dulce con esos ojos de oro y plata. Estaba claro que quería saber dónde había pasado la noche y por qué estaba disfrazada, pero a Po no le gustaba arrebatarles los pensamientos a sus amigos. Su telepatía tenía unos límites: solo podía percibir los pensamientos que tuvieran alguna relación con él; pero, al fin y al cabo, la mayoría de los pensamientos de cualquier persona durante un interrogatorio tenían alguna relación con el interrogador. De modo que, en ese instante, Po estaba tratando de hallar alguna manera sutil de pedirle explicaciones: palabras vagas, que no fueran capciosas y que le permitieran responder como ella quisiera, sin forzar una reacción emocional que él pudiera percibir.

Amarina fue a inspeccionar la bandeja del desayuno y encontró media tostada que Po le había dejado. Hambrienta, le dio un mordisco.

—Ahora voy a tener que pedir que te preparen el desayuno a ti —le dijo a su primo—, para comérmelo como tú te has comido el mío, sin piedad.

—Amarina… —Po cambió de tema—, ese graceling del que te despediste fuera del castillo, ese hombre tan impresionante y musculoso con alhajas leonitas de oro…

Amarina se giró hacia él; sabía muy bien lo que estaba insinuando su primo, y estaba horrorizada ante el alcance de su habilidad y furiosa porque era una pregunta muy poco sutil.

—¡Po! —estalló Amarina—. Te aconsejo que abandones esa táctica e intentes usar un enfoque diferente. ¿Por qué no me cuentas las noticias de Septéntrea?

Po hizo una mueca de descontento.

—Han destronado al rey Drowden.

—¿Qué? —graznó Amarina—. ¿Destronado?

—Se produjo un asedio. Ahora vive en las mazmorras, con las ratas. Se va a celebrar un juicio.

—Pero ¿por qué no ha venido ningún mensajero a darme la noticia?

—Porque yo soy tu mensajero. Giddon y yo hemos venido corriendo en cuanto las cosas se han calmado. Hemos cabalgado dieciocho horas cada día y hemos cambiado de caballos más veces de las que nos hemos parado a comer. Imagínate mi satisfacción cuando llegamos, a puntito de desplomarme, y tuve que quedarme despierto toda la noche, preguntándome dónde te habías metido, si debía dar la voz de alarma y cómo iba a explicarle tu desaparición a Katsa.

—¿Y qué pasa ahora en Septéntrea? ¿Quién gobierna?

—Un comité de miembros del Consejo.

El Consejo era el nombre de la asociación encubierta de Katsa, Po, Giddon, el príncipe Raffin y todos sus amigos secretos, la cual se dedicaba a sembrar el caos de una manera organizada. Katsa lo había creado hacía años para impedir que los peores reyes del mundo acosaran a sus pueblos.

—¿El Consejo gobierna Septéntrea?

—Todos los miembros del comité son nobles del reino que han participado de una manera o de otra en el derrocamiento de Drowden. Cuando nos marchamos, el comité estaba eligiendo a sus líderes. Oll se está encargando de supervisar todo el asunto, pero a mí me da la sensación, y Giddon está de acuerdo, de que por el momento este comité es la opción menos desastrosa, mientras deciden cómo proceder. Se ha hablado de coronar directamente al pariente más cercano de Drowden; no tiene herederos, pero su hermanastro menor es un hombre sensato y un viejo aliado del Consejo. Sin embargo, los nobles que quieren que Drowden regrese han causado un gran revuelo. Como te podrás imaginar, el ambiente está caldeado. La mañana de nuestra partida, Giddon y yo tuvimos que separar a varios que se estaban peleando a puñetazos, después desayunamos, más tarde tuvimos que detener una pelea de espadas y luego ya pudimos montarnos en los caballos. —Se frotó los ojos—. Ahora mismo, ser rey de Septéntrea no es seguro para nadie.

—Por todos los mares, Po. Debes estar agotado.

—Sí —dijo Po—. He venido aquí para tomarme unas vacaciones. Está siendo maravilloso.

Amarina sonrió.

—¿Cuándo viene Katsa?

—No lo sabe. Pero seguro que llegará volando justo cuando la empecemos a dar por perdida. Se ha encargado de Solánea, Merídea y Cefírea prácticamente sola, mientras el resto estábamos en Septéntrea. Estoy deseando pasar unos días de tranquilidad con ella antes de destronar al próximo monarca.

—¡¿Es que tienes que destronar a otro rey?!

—Bueno… —respondió, cerrando los ojos y apoyándose en la pared—. Era una broma, creo.

—¿*Crees*?

—No hay nada seguro —dijo Po con una vaguedad que lograba ponerla de los nervios. Luego la miró con los ojos entrecerrados—. ¿Has tenido algún problema últimamente?

Amarina resopló.

—¿Podrías ser un poquito más específico?

—Me refiero a rebeliones contra tu soberanía, por ejemplo.

—¡Po! ¿No estarás pensando en llevar a cabo tu próxima revolución aquí?

—¡Claro que no! ¿Cómo puedes preguntarme algo así?

—¿Te das cuenta de lo poco claro que estás siendo?

—Bueno, ¿y ataques inexplicables? ¿Habéis sufrido alguno por aquí?

—Po —repitió Amarina con firmeza, luchando por deshacerse del recuerdo de Teddy para que Po no lo percibiera, y cruzándose de brazos, como si eso la ayudara a proteger sus pensamientos—. O me dices de qué estás hablando de una vez por todas, o ya te puedes estar alejando de mí y de mis pensamientos.

—Lo siento —dijo, y levantó una mano en señal de disculpa—. Estoy cansado y la estoy fastidiando. Mira, nos tienes preocupados por dos motivos. El primero es que las noticias de los últimos acontecimientos de Septéntrea han despertado mucho descontento en todas partes, pero sobre todo en los reinos que han sufrido por culpa de monarcas tiranos. Y por eso nos preocupa que tal vez corras ahora más peligro que antes de que uno de tus súbditos, tal vez alguien a quien Leck perjudicara de alguna manera, intente hacerte daño. El segundo es que los reyes de Solánea, Merídea y Cefírea odian al Consejo. A pesar de que intentamos mantenerlo todo en secreto, saben quiénes son sus cabecillas, prima. Les encantaría atacarnos, y podrían hacerlo de muchas maneras, incluso hiriendo a nuestros amigos o familiares.

—Entiendo... —contestó Amarina, incómoda de repente y tratando de recordar los detalles del ataque contra Teddy sin relacionarlos con Po. ¿Había alguna posibilidad de que en realidad aquel extraño pretendiese apuñalarla a ella? No lograba recordarlo todo con la suficiente claridad como para saberlo. Claro que eso significaría que alguien en la ciudad sabía quién era ella. Y le parecía poco probable—. No ha intentado atacarme nadie.

—Pues me quedo más tranquilo —respondió Po vacilante, y luego se quedó callado durante un instante—. ¿Pasa algo?

Amarina dejó escapar un suspiro.

—Durante las últimas dos semanas, me ha dado la sensación de que algunas cosas no van bien —admitió—. Pero la mayoría de ellas son asuntos insignificantes, como cierta confusión sobre algunos de los registros del castillo. Seguro que no es nada.

—Ya me dirás si puedo ayudarte de alguna manera.

—Gracias, Po. Me alegro mucho de que estés aquí.

Po se levantó, con el resplandor de los adornos de oro. Era un hombre muy apuesto, con esos ojos en los que brillaba su gracia y ese rostro tan expresivo. Se acercó a ella, la tomó de la mano, inclinó la cabeza y se la besó.

—Te he echado de menos, marinerita.

—Mis consejeros creen que deberíamos casarnos —le dijo Amarina con una sonrisa traviesa.

Po soltó una carcajada.

—Qué bien me lo voy a pasar cuando se lo cuente a Katsa.

—Po, por favor, no le digas a Helda que salí anoche.

—Amarina... —respondió Po, aún sosteniéndole la mano y tirando de ella—. ¿Debería preocuparme?

—Te has hecho una idea equivocada de ese graceling. Olvídalo, Po. Duerme un poco.

Po miró (o pareció mirar) la mano de Amarina durante un momento y suspiró. Luego le dio otro beso y le dijo:

—No le diré nada de hoy.

—Po…

—No me pidas que te mienta, prima. Por ahora, eso es lo único que te puedo prometer.

—¿Estáis contenta de que haya llegado vuestro primo, majestad? —le preguntó Helda aquella mañana, mirando a Amarina, que acababa de entrar en la sala de estar, ya aseada y vestida para la jornada.

—Sí —contestó Amarina, parpadeando con los ojos enrojecidos—. Por supuesto.

—Yo también —dijo Helda al momento, de un modo que hizo que Amarina se sintiera incómoda con sus secretos nocturnos, pero no lo mostró.

Tampoco logró reunir el valor para pedir que le trajeran el desayuno, dado que se suponía que ya había comido.

—Hoy no hay pan esponjoso para la reina… —murmuró con un suspiro.

Cuando entró en las oficinas del piso inferior, por las que tenía que pasar para llegar a su torre, vio a montones de hombres yendo de aquí para allá, garabateando en sus escritorios, examinando documentos largos y tediosos, con rostros inexpresivos y aburridos. Cuatro de sus guardias gracelings, que estaban sentados contra la pared, alzaron la mirada hacia ella con unos ojos dispares. Los ocho hombres que conformaban la guardia de la reina también habían sido la guardia de Leck. Todos eran gracelings, algunos con la gracia de la lucha, la esgrima, la fuerza o alguna otra habilidad propia de quien ha de proteger a una reina, y su trabajo consistía en vigilar las oficinas y la torre. Holt, uno de los cuatro que estaban de servicio en ese momento, la estudió expectante. Amarina trató de no parecer molesta con nadie.

Su consejero Rood también estaba presente; parecía que al fin se había recuperado por completo de su ataque de nervios.

—Buenos días, majestad —la saludó con timidez—. ¿Puedo hacer algo por vos, majestad?

Rood no se parecía en nada a Runnemood, su hermano mayor; parecía más bien la sombra de Runnemood, más apagado, más viejo, como si fuera a estallar y a desvanecerse si se le pinchaba con algo afilado.

—Sí, Rood. Me encantaría que me trajeran un poco de beicon. ¿Podría alguien prepararme un poco de beicon con unos huevos y unas salchichas? ¿Y tú qué tal estás?

—A las siete de la mañana han robado un cargamento de plata que estaban transportando desde los muelles de la plata al tesoro real, majestad —contestó Rood—. Solo se han llevado una miseria, pero parece ser que actuaron mientras el carro estaba en movimiento y, por supuesto, estamos desconcertados y preocupados.

—Inexplicable —dijo Amarina con sequedad. Se había separado de Zafiro mucho antes de las siete de la mañana, pero no esperaba que Zafiro saliera a robar teniendo en cuenta el estado en el que se encontraba Teddy—. ¿Sabes si esa plata en particular era robada?

—Perdonadme, majestad, pero no os entiendo. ¿Qué estáis preguntando?

—Para ser sincera, no te lo sabría decir.

—¡Majestad! —exclamó Darby, que había aparecido ante ella de la nada—. Lord Danzhol os está esperando arriba. Thiel asistirá a la reunión con vos.

Danzhol. El noble de la propuesta de matrimonio y las objeciones al fuero de un pueblo del centro de Montmar.

—Beicon —murmuró Amarina—. ¡Beicon! —repitió, y luego subió con cuidado las escaleras de caracol.

Otorgar fueros de autonomía a pueblos como el de Danzhol había sido idea de los consejeros de Amarina, y el rey Auror había estado de acuerdo. Durante el reinado de Leck, no habían sido pocos los nobles de Montmar que se habían comportado mal. Era difícil saber quiénes habían actuado bajo la influencia de Leck y quiénes lo habían hecho con total lucidez, teniendo en cuenta lo mucho que podían ganar explotando a otros a propósito mientras el resto del reino estaba distraído. Pero, cuando el rey Auror visitó algunos feudos cercanos, resultó evidente que había nobles que se habían autoproclamado reyes, y cobraban impuestos y habían implantado leyes en sus tierras de un modo imprudente, y a menudo cruel.

¿Y qué mejor forma de demostrar una ideología progresista que recompensando a cada pueblo que había sido víctima de esa opresión con la libertad y el autogobierno? Por supuesto, una solicitud de independencia requería motivación y organización —por no hablar de alfabetización— por parte de los habitantes del pueblo, y los nobles podían oponerse. Sin embargo, casi nunca se oponían. La mayoría parecía preferir evitar que la corte hurgara demasiado en los actos del pasado.

Lord Danzhol era un hombre de unos cuarenta años con una boca muy grande y una ropa que no le quedaba muy bien; demasiado holgada por los hombros, de modo que el cuello parecía salir de una cueva, y demasiado ajustada por la cintura. Tenía un ojo plateado y el otro verde pálido.

—Tu pueblo afirma que los estuviste matando de hambre con los impuestos durante el reinado de Leck —dijo Amarina, señalando los pasajes pertinentes del fuero—, y que te apoderabas de sus bienes si no podían pagar. Sus libros, los productos de su comercio, tinta, papel e incluso los animales de sus granjas. Y se menciona que tenías, o tienes, un problema con el juego.

—No creo que mis hábitos personales sean relevantes —respondió Danzhol sin perder la compostura, con los brazos colgando con poca elegancia de los hombros anchos de su abrigo, como si acabaran de brotarle y aún no se hubiera acostumbrado a ellos—. Creedme, majestad, conozco a las personas que han redactado ese fuero y a las que han elegido para formar parte del consejo del pueblo. No serán capaces de mantener el orden.

—Puede que no —respondió Amarina—, pero se les permite un periodo de prueba para demostrar lo contrario. Veo aquí que, desde que comenzó mi reinado, has bajado los impuestos, pero has incumplido los pagos de una serie de préstamos a los negocios de tu pueblo. ¿No tienes granjas y artesanos? ¿Tu feudo ha dejado de ser lo bastante próspero como para mantenerte a flote, lord Danzhol?

—¿Os habéis dado cuenta de que soy graceling, majestad? —preguntó Danzhol—. Mi gracia me permite abrir tanto la boca que alcanza el tamaño de mi cabeza. ¿Queréis verlo?

Danzhol separó los labios y empezó a abrir la boca, y los dientes fueron retrocediendo. Los ojos y la nariz acabaron en la parte posterior de la cabeza y la lengua le quedó colgando. Luego quedó a la vista la epiglotis, tirante y roja, y ni siquiera entonces se detuvo, sino que estiró todas las facciones aún más, y todo era cada vez más rojo, con la boca más y más abierta y la lengua más suelta. Al final, su rostro no era más que vísceras brillantes. Era como si le hubiera dado la vuelta a la cabeza.

Amarina se echó hacia atrás en su sillón, tratando de alejarse, con la boca entreabierta por una mezcla de fascinación y horror.

A su lado, Thiel fruncía el ceño, cabreadísimo. Y entonces, con un movimiento fluido, los dientes de Danzhol fueron volviendo a su posición normal mientras el noble iba cerrando la boca y recuperaba la disposición natural del rostro.

Sonrió y le dedicó un movimiento de cejas descarado, que, para Amarina, fue la gota que colmó el vaso.

—Majestad —dijo el noble en un tono alegre—, revocaría todas y cada una de mis objeciones al fuero si aceptarais casaros conmigo.

—Me han comentado que tienes parientes adinerados —dijo Amarina, fingiendo una calma que no sentía—. Tu familia no tiene intención de prestarte más dinero, ¿me equivoco? ¿Has oído hablar de las prisiones para deudores? Tu única objeción a este fuero es que estás arruinado y necesitas un pueblo al que cobrarle impuestos, o, mejor aún, una esposa con dinero.

Una expresión de malicia cruzó el rostro de Danzhol. No parecía estar demasiado bien de la cabeza, y Amarina no veía el momento de que se marchara de su despacho.

—Majestad, no creo que estéis considerando mis objeciones, ni mi propuesta, como merezco.

—Tienes suerte de que no esté considerando todo este asunto con más atención —respondió Amarina—. Podría pedirte que fueras más específico y contaras con todo lujo de detalles cómo gastaste el dinero de toda esta gente mientras tu pueblo se moría de hambre, o que confesaras qué hiciste con los libros y los animales que les arrebataste.

—Ah —dijo el noble, sonriendo de nuevo—, pero sé que no lo haréis. Otorgarle un fuero a un pueblo es una garantía de la falta de consideración y atención de la reina. Preguntádselo a Thiel.

A su lado, Thiel pasó las páginas del fuero hasta llegar a la de la firma y puso una pluma en la mano de Amarina.

—Firmad, majestad, y echaremos a este patán de aquí. Esta reunión no ha sido buena idea.

—Ya —concordó Amarina mientras aceptaba la pluma, sin apenas darse cuenta de lo que hacía—. Los fueros no son, ni mucho menos, garantía de falta de atención —añadió, dirigiéndose a Danzhol—. Puedo ordenar que se lleve a cabo una investigación de cualquier noble que desee.

—¿Y cuántas habéis ordenado, majestad?

Ninguna. Nunca se habían dado las circunstancias necesarias y no era una medida demasiado progresista; sus asesores nunca se lo habían sugerido.

—Majestad, no creo que haga falta ninguna investigación para determinar que lord Danzhol no es apto para gobernar el pueblo —intervino Thiel—. Os aconsejo que firméis.

Danzhol les ofreció una sonrisa brillante y dentuda.

—Entonces, ¿estáis decidida a no casaros conmigo, majestad?

Amarina dejó la pluma sobre el escritorio antes de firmar.

—Thiel, saca a este lunático de mi despacho.

—Majestad —comenzó a protestar Thiel, pero se detuvo cuando Danzhol sacó de repente una daga y golpeó a Thiel en la cabeza con la empuñadura. Al consejero se le pusieron los ojos en blanco y se desplomó.

Amarina se levantó de un salto, demasiado sobresaltada como para pensar, hablar o hacer algo más que quedarse boquiabierta. Antes de que pudiera recomponerse, Danzhol la agarró por la nuca, tiró de ella, abrió la boca y comenzó a besarla. La tenía sujeta en una posición incómoda, pero Amarina, que ya estaba asustada de verdad, luchó contra él. Le apartó la cara, le metió los dedos en los ojos y forcejeó para librarse de sus brazos, fuertes como el hierro; al final, logró apoyarse contra el escritorio y propinarle un rodillazo. El noble tenía el vientre duro y firme, y no cedió lo más mínimo.

¡Po!, gritó mentalmente, ya que era posible captar su atención si estaba cerca. *Po, ¿estás despierto?*

Trató de sacar el puñal que solía llevar en la bota, pero Danzhol la separó del escritorio y la atrajo hacia él, le dio la vuelta y le colocó la daga en el cuello.

—Grita y te mataré —dijo.

Aunque hubiera querido, Amarina no podría haber gritado con la cabeza en esa posición, estirada hacia atrás. Las horquillas que llevaba en el pelo se le clavaban en el cuero cabelludo.

—¿Crees que esta es la manera de conseguir lo que quieres? —logró balbucear, atragantándose.

—Ah, no voy a tener nunca lo que quiero. Y la propuesta de matrimonio no parecía estar surtiendo efecto —respondió Danzhol, registrándole los brazos, el pecho, las caderas y los muslos en busca de armas.

Amarina estalló en llamas de indignación y sintió que lo odiaba, que lo odiaba con toda su alma. Notaba el pecho y el estómago de Danzhol extraños y abultados contra la espalda.

—¿Y crees que matar a la reina funcionará? Ni siquiera lograrás salir de esta torre.

Po. ¡Po!

—No voy a matarte, a menos que sea necesario —dijo Danzhol, arrastrándola sin mayor esfuerzo por la habitación hasta la ventana norte.

La llevaba con la daga apretada con tanta fuerza contra el cuello que Amarina ni siquiera se atrevió a retorcerse. Luego rebuscó algo en el interior de su abrigo con una sola mano, con torpeza, aunque Amarina no podía ver lo que era. Al final sacó un montón de cuerda atada a un gancho de agarre que cayó a sus pies.

—Mi plan es secuestrarte —añadió, acercándola hacia él. Los bultos de su cuerpo habían desaparecido y había recuperado una forma humana—. Hay gente que pagaría una fortuna por ti.

—¿Quién te ha pedido que hagas esto? —gritó la joven reina—. ¿Para quién trabajas?

—Ni para mí ni para ti. ¡Ni para nadie vivo!

—Estás loco —le espetó Amarina entre jadeos.

—¿Tú crees? —respondió Danzhol, casi como si estuvieran manteniendo una conversación normal—. Sí, puede que lo esté. Pero lo hice para salvarme. Los demás no saben que me volvió loco. Si lo supieran, no me dejarían acercarme a ti. ¡Los vi! —gritó—. ¡Los vi!

—¿Qué fue lo que viste? —le preguntó Amarina mientras las lágrimas le surcaban la cara—. ¿Qué viste? ¿De qué estás hablando? ¡Suéltame!

La cuerda estaba anudada a intervalos regulares. Amarina empezó a comprender lo que pretendía y, al entenderlo, se negó en redondo a pasar por aquello.

¡Po!

—Hay guardias por todo el castillo —dijo—. No te dejarán salir de aquí.

—Tengo una barca en el río, y unos cuantos amigos. Una de mis amigas posee una gracia que le permite camuflarse. Hemos burlado a los guardias del río. Creo que te impresionará, aunque yo no lo haya conseguido.

¡Po!

—No lograrás…

—Cierra la boca —dijo mientras hacía más presión con la daga, con lo que efectivamente logró callarla—. Hablas demasiado. Y deja de moverte.

Parecía tener problemas con el gancho de agarre; era demasiado pequeño para el alféizar y se chocaba todo el tiempo contra el suelo de piedra. Danzhol estaba sudando y no paraba de refunfuñar. Incluso temblaba un poco y respiraba con dificultad. Amarina sabía, en lo más profundo de su ser, que no iba a ser capaz de salir con ese hombre por la ventana más alta del reino con una cuerda mal agarrada. Si Danzhol quería que saliera por esa ventana, iba a tener que arrojarla a la fuerza.

Intentó llamar a Po una última vez, sin demasiada esperanza. Y entonces, cuando a Danzhol se le volvió a caer el gancho, aprovechó que tuvo que agacharse para intentar algo desesperado. Levantó un pie, bajó una mano —todo esto entre gritos, ya que tuvo que presionar el cuello contra la daga para poder moverse— y buscó a tientas el puñal que llevaba en la bota. Cuando lo encontró, se echó de golpe hacia atrás y apuñaló a Danzhol en la espinilla con toda la fuerza que logró reunir.

Danzhol chilló de dolor y furia y dejó de agarrarla con tanta fuerza, lo que le permitió darse la vuelta. Le clavó el puñal en el pecho tal y como le había enseñado Katsa, por debajo del esternón y haciendo presión hacia arriba con todas sus fuerzas. Fue una sensación horrible, peor de lo que se había imaginado. El cuerpo de Danzhol era demasiado sólido y elástico, demasiado auténtico y, de repente, demasiado pesado. La sangre empezó a correrle por las manos. Amarina lo empujó con fuerza y Danzhol se desplomó en el suelo.

Pasó un instante.

Entonces unos pasos retumbaron por la escalera y Po irrumpió en la habitación seguido de varias personas. Amarina estaba en sus brazos, pero no sentía nada. Po le hacía preguntas que no comprendía, pero debió dejar las respuestas abiertas en su mente para que Po accediera a ellas, porque de repente la soltó, ató el gancho de Danzhol al alféizar, arrojó la cuerda por la ventana y se lanzó al vacío.

Amarina no podía dejar de mirar el cuerpo de Danzhol. Se pegó contra la pared opuesta y comenzó a vomitar. Alguien amable le sujetó el pelo para que no se le manchara; oyó la vibración de su voz sobre ella. Era lord Giddon, el noble de Mediaterra, el compañero de viaje de Po. Amarina empezó a llorar.

—Ya está —dijo Giddon en voz baja—. Ya pasó.

Amarina intentó secarse las lágrimas, pero se vio las manos cubiertas de sangre y se volvió hacia la pared para vomitar de nuevo.

—Traed un poco de agua —oyó decir a Giddon, y luego sintió que le limpiaba las manos con un paño empapado.

Había demasiada gente en la sala. Todos sus consejeros estaban allí, junto con los ministros y los secretarios. Los guardias gracelings no dejaban de saltar por la ventana, y eso la mareaba. Thiel se incorporó con un gemido. Rood se arrodilló a su lado y sostuvo algo contra la cabeza de Thiel. Holt estaba también allí, observándola, con un destello de preocupación en los ojos grises y plateados. Entonces, de repente, llegó Helda y le dio un abrazo suave y cálido. Y lo más sorprendente de todo fue que Thiel se acercó, se dejó caer de rodillas ante ella, le tomó las manos y se las llevó a la cara. Amarina vio en sus ojos algo honesto y roto que no lograba entender.

—Majestad —dijo con la voz temblorosa—, si ese hombre os ha hecho daño, nunca me lo perdonaré.

—Thiel, no me ha hecho daño. Te ha hecho mucho más daño a ti. Deberías acostarte.

Amarina empezó a temblar. Hacía un frío terrible en la sala.

Thiel se puso en pie y, sin soltarle las manos, se dirigió con calma a Helda, Giddon y Holt:

—La reina ha sufrido una conmoción. Debe acostarse y descansar el tiempo que haga falta. Tenemos que llamar a un curandero para que le trate los cortes y le prepare una infusión de lorassim para que se le calmen los escalofríos y le ayude a recuperar parte del líquido que ha perdido. ¿Entendido?

Todos lo entendieron a la perfección y obedecieron a Thiel.

7

Amarina yacía bajo várias mantas. No dejaba de temblar y estaba demasiado cansada como para dormir. La mente no le paraba quieta. Tiró del bordado de la sábana. Cinericia siempre estaba bordando. Bordaba los bordes de las sábanas y de las fundas de las almohadas sin descanso. Los llenaba de imágenes alegres: barcos, castillos, montañas, brújulas, anclas y estrellas fugaces…. Sus dedos volaban mientras cosía. No era un recuerdo feliz.

Se quitó las sábanas de encima y fue hasta el arcón de su madre. Se arrodilló ante él y colocó las manos sobre la tapa de madera oscura, que tenía talladas hileras de adornos muy parecidos a los que le gustaba bordar a su madre. Estrellas, soles, castillos, flores, llaves, copos de nieve, barcos y peces. Recordó que, de pequeña, le gustaba que algunos de los bordados de Cinericia coincidieran con las imágenes del arcón.

Son como piezas de un rompecabezas que encajan, pensó. *Que cobran sentido. ¿Qué es lo que me pasa?*

Encontró una bata roja inmensa que hacía juego con la moqueta y las paredes del dormitorio. Luego se retó a sí misma, sin saber muy bien por qué, a acercarse a la ventana y mirar el río. Ya había bajado por una ventana con su madre en una ocasión; quizá hubiera sido por esa misma. Aquella vez no habían contado con ninguna cuerda; solo con varias sábanas atadas entre sí. Al llegar al suelo, Cinericia había asesinado a un guardia con un puñal. No le había quedado otra. El guardia no las habría dejado pasar. Cinericia se había acercado a él a hurtadillas y lo había apuñalado por la espalda.

A mí tampoco me quedaba otra, pensó Amarina.

Al mirar hacia fuera, vio a Po abajo, en el jardín trasero del castillo, apoyado contra un muro con las manos en la cabeza.

Amarina se fue a la cama, volvió a tumbarse y hundió el rostro en las sábanas de Cinericia. Tras un instante, se levantó, se puso un vestido sencillo de color verde y se ató los puñales a los antebrazos. Luego fue a buscar a Helda.

Helda estaba en la sala de estar de Amarina, sentada en un sillón de color azul y atravesando con una aguja una tela del mismo color que la luna.

—Se supone que deberíais estar durmiendo, majestad —le dijo a Amarina, mirándola con preocupación—. ¿No podíais?

Amarina empezó a dar vueltas por la habitación y a tocar con las yemas de los dedos las estanterías vacías, sin saber muy bien qué era lo que estaba buscando. En cualquier caso, no encontró nada de polvo.

—No puedo dormir. Me voy a volver loca si sigo intentándolo.

—¿Tenéis hambre? —le preguntó Helda—. Nos han enviado el desayuno. El propio Rood vino empujando el carrito e insistió en que lo querríais. No conseguí hacerle cambiar de idea. Parecía desesperado por hacer algo que pudiera reconfortaros.

Con beicon, todo era mejor. Pero Amarina aún tenía la mente demasiado agitada como para dormir. Bajó una escalera de caracol que quedaba cerca de sus aposentos y que nadie utilizaba nunca. Conducía hasta una puerta custodiada por un guardia que daba a los jardines traseros del castillo.

¿Cuándo había sido la última vez que había visitado ese jardín? ¿Había bajado siquiera desde que habían retirado las jaulas de Leck? Al llegar se topó con una estatua de una criatura que parecía una mujer: tenía manos, rostro y cuerpo de mujer; pero también tenía las garras, los dientes, las orejas y casi hasta la postura de un puma que se alzaba sobre sus patas traseras. Amarina se quedó mirando los ojos de la mujer, que estaban llenos de vida y terror, y no huecos, como habría esperado que estuvieran los ojos de una estatua. La mujer gritaba. Tenía una postura cargada de tensión. La forma en que estiraba los brazos, en que torcía la espalda y el cuello, creaba la ilusión de que estaba sufriendo un dolor físico indescriptible. Una enredadera con flores doradas se aferraba a una de las patas traseras, como si estuviera atando la estatua a su pedestal.

Es una mujer convirtiéndose en un puma, pensó Amarina. *Y le duele. Muchísimo.*

Unos setos inmensos cercaban el jardín, donde árboles, enredaderas y flores crecían sin orden ni concierto. El suelo se inclinaba hacia el muro de piedra que se alzaba frente al río. Po seguía allí de pie, con los codos apoyados, y mirando —o fingiendo que miraba— las aves de patas largas que se acicalaban sobre los pilotes.

Al acercarse a él, Po volvió a apoyar la cabeza en las manos. Amarina lo entendió. Nunca era muy complicado saber qué estaba pensando Po.

El mismo día en que ella había perdido a su madre, ese hombre, su primo, había encontrado a Amarina en el interior de un tronco hueco en el suelo. La había puesto a salvo corriendo a toda velocidad por el bosque mientras cargaba con ella al hombro. Había intentado asesinar a su padre por ella, pero había fallado y había estado a punto de morir; había perdido la vista tratando de protegerla.

—Po —le dijo en voz baja, acercándose para ponerse a su lado—. Sabes que no es culpa tuya.

Po tomó aire y luego lo soltó.

—¿Vas siempre armada? —le preguntó con un tono calmado.

—Sí. Llevo un puñal en la bota.

—¿Y cuando duermes?

—Duermo con dos puñales atados a los antebrazos.

—¿Y duermes alguna vez en casa, en tu propia cama?

—Siempre —respondió con antipatía—, excepto anoche. Pero eso a ti no te incumbe.

—¿Te has planteado llevar siempre los puñales de los antebrazos durante el día, igual que estás haciendo ahora?

—Sí —contestó—. Pero ¿por qué debería esconderlos? Si hay hombres dispuestos a atacarme en mi propio despacho, ¿por qué no llevo directamente una espada?

—Tienes razón. Deberías. ¿Estás desentrenada?

Amarina calculó que no había tenido ocasión de empuñar una espada desde hacía tres o cuatro años.

—Mucho.

—Giddon o yo entrenaremos contigo, o alguno de tus guardias. Y a partir de ahora cachearemos a todos tus visitantes. Acabo de cruzarme con Thiel y estaba preocupadísimo por ti. Se odia por no haber hecho que cachearan a Danzhol. Tus guardias lograron atrapar a dos de sus cómplices, pero ninguno sabía a quién tenía pensado pedirle un rescate por ti. Me temo que su otra cómplice, la chica, logró escapar. Si quisiera, esa chica podría causar muchos problemas, Amarina. Ni siquiera sé qué aconsejarte para que puedas protegerte de ella. Tiene una gracia que le permite… Supongo que podríamos decir que le permite ocultarse.

—Danzhol mencionó algo sobre una graceling que podía camuflarse.

—Bueno, por lo que he oído, te sorprendería lo que hizo para esconder la barca. La hizo pasar por una rama inmensa de un árbol, llena de hojas. O eso tengo entendido. También utilizó varios espejos. Ojalá hubiera podido ver el efecto que causaban. Cuando nos acercamos y tus guardias se dieron cuenta de que era una barca, se quedaron boquiabiertos; y encima se creyeron que soy una especie de genio o algo por el estilo porque fui directo hacia la barca sin vacilar. Dejé que ellos fueran a por los cómplices que no eran gracelings y yo fui detrás de la chica. Te lo digo en serio, Amarina, lo que puede hacer no es normal. La perseguí por la orilla del río, la percibí justo delante de mí, y también percibí que planeaba esconderse; entonces, de repente, llegamos a un muelle y la chica saltó hacia él, se tumbó en el suelo y pretendió que la confundiera con un montón de lona.

—¿Qué? —exclamó Amarina, frunciendo la nariz—. ¿Qué se supone que significa eso?

—Significa que estaba convencida de que se estaba escondiendo de mí —repitió Po—, porque parecía un montón de lona. Me paré en seco porque supe que tenía que fingir que me había engañado, pero estaba confuso, porque no me había engañado. ¡No había ningún montón de lona! Así que me acerqué a un par de hombres que estaban en el muelle y les pregunté si veían algún montón de lona por ahí; también les dije que, si lo veían, no se quedaran mirándolo ni lo señalaran de forma descarada.

—¿Le dijiste eso a dos desconocidos?

—Sí. Pensaron que estaba como una regadera.

—Bueno, ¡normal!

—Entonces me dijeron que había un montón de lona gris y roja justo donde yo sabía que estaba la chica. Además, me han dicho que la ropa que llevaba era de esos colores. Tuve que dejarla allí, por mucha rabia que me diera, pero ya había llamado bastante la atención y, de todos modos, tenía que volver para comprobar cómo estabas. ¿Sabes que incluso una pequeña parte de mi percepción creía que era una lona? ¿No te parece increíble? ¿No es maravilloso?

—No, no me lo parece. Podría estar en este jardín en este mismo instante. Podría haberse hecho pasar por este muro en el que estamos apoyados.

—Tranquila, no es más que un muro corriente —respondió Po—. No está en el castillo, te lo aseguro. Ojalá estuviera aquí. Quiero conocerla. No me pareció malvada, ¿sabes? Se sentía bastante mal por lo que tenía que hacer.

—¡Intentó secuestrarme!

—Me dio la impresión de que era amiga de tu guardia, ese tal Holt —dijo Po—. Intentaré encontrarla. A lo mejor puede revelarnos cuáles eran los planes de Danzhol.

—¿Y qué pasa con el numerito que has montado? ¿Y qué pasa con los guardias que vieron que ni te inmutaste con lo de la barca? ¿Estás seguro de que nadie sospecha nada?

Aquella pregunta pareció contenerlo un poco.

—Segurísimo. Solo les pareció que soy un tanto peculiar.

—Supongo que no sirve de nada pedirte que tengas más cuidado.

Po cerró los ojos.

—Hace tanto tiempo que no he tenido ocasión de recluirme y apartarme de la sociedad… Me encantaría volver a casa una temporada. —Después, mientras se frotaba las sientes, le preguntó—: ¿Qué hay de ese hombre con el que estabas esta mañana? El leonita que no nació en Leonidia…

Amarina se enfadó.

—Po…

—Ya, ya… —respondió el príncipe—. Lo sé, cariño, solo quiero hacerte una pregunta inocente. ¿Cuál es su gracia?

—Dice que no lo sabe —contestó Amarina con un bufido.

—No me lo creo.

—¿Se te ocurre algo, por lo que pudiste percibir?

Po se quedó callado, reflexionó durante un instante y luego negó con la cabeza.

—Los mentalistas transmiten una sensación concreta, y él no me dio esa sensación. Pero he percibido algo extraño en él. Algo sobre su mente que no percibo en los cocineros ni en los bailarines ni en tu guardia ni en Katsa. Quizá tenga alguna clase de poder mental.

—¿Es posible que sea clarividente?

—No lo sé. Conocía a una mujer en Septéntrea que podía llamar a las aves mentalmente. Tu amigo… ¿Zaf, no? La sensación que me dio Zaf fue parecida a la de esa mujer.

—¿Podría tener un poder malvado como el de Leck?

Po soltó un enorme bufido.

—Nunca me he cruzado con nadie que tuviera una mente como la de Leck. Espero no hacerlo nunca. —Cambió de postura y alteró el tono de voz—. ¿Por qué no me presentas a Zaf y le pregunto cuál es su gracia?

—Claro, ¿por qué no? Seguro que no le parece raro que me presente acompañada de un príncipe leonita como escolta.

—¿No sabe quién eres? Lo suponía…

—Y yo supongo que ahora vas a echarme la bronca por decir mentiras.

Po rompió a reír. Al principio Amarina se sorprendió, pero luego se acordó de con quién estaba hablando.

—Ya —dijo Amarina—. Vale. Por cierto, ¿cómo has explicado que irrumpieras de esa forma en mi despacho. ¿Has usado a los espías como excusa?

—Claro. Los espías siempre están contándome cosas en la más absoluta confidencia justo en el último momento.

Amarina soltó una risita nerviosa.

—Ay, pero ¿no te parece horrible tener que estar mintiendo todo el tiempo? Sobre todo a la gente que confía en ti.

Po no respondió. Se dio la vuelta hacia la pared, con la sonrisa aún en el rostro, pero también con algo más que hizo que Amarina guardara silencio y que deseara no haber sido tan impertinente. De hecho, la red de mentiras que había tejido Po no era especialmente divertida. Y, a medida que iba pasando el tiempo, a medida que Po se encargaba de más tareas para el Consejo y la gente confiaba más en él, menos divertida era la situación. La mentira que había contado cuando le habían presionado para que explicara por qué no podía leer —que una enfermedad le había dañado la vista y no veía bien de cerca— le restaba credibilidad y hacía que, de vez en cuando, lo miraran con las cejas arqueadas. Amarina no quería ni imaginarse qué pasaría en el caso de que la verdad saliera a la luz. Ya era malo de por sí que Po fuera un telépata, pero ¿que encima fuera un telépata que había mentido sobre sus poderes durante veinte años y al que adoraban y alababan en los siete reinos? ¿Al que adoraban en Leonidia? ¿Qué pasaría con sus amigos más cercanos que no lo sabían? Katsa lo sabía, y Raffin, y Bann, la pareja de Raffin; y la madre de Po y su abuelo. Nadie más. Giddon no lo sabía, y Helda tampoco. Ni tampoco el padre ni los hermanos de Po. Celestio no lo sabía, y Celestio adoraba a su hermano pequeño.

A Amarina no le gustaba pensar en cómo reaccionaría Katsa si la gente empezaba a ser cruel con Po. La ferocidad con la que lo protegería sería aterradora.

—Siento no haberte librado de lo que has tenido que hacer hoy, marinerita—dijo Po entonces.

—No tienes que disculparte. Me las he arreglado bastante bien yo sola, ¿no crees?

—Más que bien. Has estado estupenda.

El príncipe se parecía tanto a Cinericia cuando se ponía de perfil… Su madre también había tenido esa nariz recta y esa boca que parecía que siempre estaba a punto de esbozar una sonrisa. El acento de su primo era como el de su madre, y también esa lealtad tan férrea. Quizá tuviera sentido que Po y Katsa hubieran llegado a su vida en el momento en el que le habían arrebatado a su madre. No era una cuestión de justicia, sino de sentido.

—Hice lo que Katsa me enseñó —dijo Amarina en voz baja.

Po estiró el brazo y atrajo a su prima hacia sí, y el abrazo la ayudó a volver en sí.

Después Amarina fue a la enfermería para averiguar cómo se encontraba Teddy.

Madlen estaba roncando tan fuerte que nadie se habría enterado si hubiera una invasión de gansos, pero, en cuanto Amarina abrió la puerta, la curandera se incorporó de golpe en la cama.

—Majestad —dijo con la voz ronca, parpadeando para enfocar la vista—. Teddy está aguantando.

Amarina se dejó caer en una silla, subió las piernas al asiento y se abrazó con fuerza.

—¿Crees que vivirá para contarlo?

—Me parece que es muy probable, majestad.

—¿Les diste todas las medicinas que necesitaban?

—Todas las que llevaba encima, majestad. Os puedo dar más para que se las entreguéis.

—Y dime, Madlen… —Amarina no sabía cómo preguntárselo—. ¿Viste algo… extraño cuando estuviste allí?

A Madlen no pareció sorprenderle aquella pregunta, aunque sí miró a Amarina con atención, desde el pelo trenzado sin demasiado esmero hasta sus botas, antes de responder.

—Sí. Dijeron e hicieron algunas cosas raras.

—Cuéntamelo todo —le pidió Amarina—. Necesito saberlo, sea extraño o no.

—Bueno, ¿por dónde empiezo? Supongo que lo más raro de todo fue la excursión que hicieron después de que Zafiro regresara tras acompañaros a casa. Entró en la habitación y parecía bastante contento por algo mientras les lanzaba miradas a Bren y a Tilda, como si quisiera decirles algo…

—¿Bren?

—Sí, la hermana de Zafiro, majestad.

—¿Y Tilda es la hermána de Teddy?

—Lo siento, majestad, di por hecho que…

—Pues no des nada por hecho, porque no sé nada —respondió Amarina.

—Bueno —continuó Madlen—. El caso es que son dos parejas de hermanos. Teddy y Zafiro viven en las habitaciones que hay en la parte trasera de la imprenta, donde estuvimos anoche, y Tilda y Bren, en el piso de arriba. Las mujeres son mayores que ellos y han vivido juntas durante bastante tiempo, majestad. Parece ser que Tilda es la auténtica dueña de la imprenta, pero me dijo que Bren y ella son maestras.

—¿Maestras? ¿De qué?

—No tengo ni idea, majestad —respondió Madlen—. Se metieron en la sala de la prensa con Zafiro, cerraron la puerta y mantuvieron una conversación entre murmullos que no llegué a oír. Después me dejaron sola con su amigo medio muerto sin decirme nada.

—De modo que te quedaste sola en su casa —dijo Amarina, irguiéndose.

—Teddy despertó, majestad, así que fui a la imprenta para darles las buenas noticias. Fue entonces cuando descubrí que se habían marchado.

—Qué pena que Teddy se despertara antes de que te percataras de que estabas sola —exclamó Amarina—. Podrías haber fisgado entre sus cosas y quizás habrías hallado las respuestas a todas mis incógnitas.

—Mmm… Eso no suele ser lo primero que hago cuando me quedo sola en la casa de un desconocido junto a un paciente que está descansando —respondió Madlen con un tono burlón—. De todos modos, os alegrará saber que Teddy se despertó, majestad, porque se mostró muy hablador.

—¿En serio?

—Majestad, ¿os habéis fijado en sus brazos?

¿En sus brazos? Se había fijado en los de Zaf, que tenía las marcas leonitas en el antebrazo que también tenía su primo. No eran tan ornamentadas como las de Po, pero resultaban igual de llamativas. Y de atractivas. *Más incluso*, pensó con severidad, por si su primo estaba despierto y le estaba subiendo el ego.

—¿Qué pasa con los brazos de Teddy? —le preguntó a la curandera, frotándose los ojos y dejando escapar un suspiro.

—Tiene cicatrices en un brazo, majestad. Parecen quemaduras, como si le hubieran marcado la piel. Le pregunté cómo se las había hecho, y me dijo que había sido con la imprenta. Me explicó que había tratado de despertar a sus padres y que no lo había conseguido, y que se había quedado dormido, tumbado contra la prensa, hasta que Tilda lo sacó de allí. No me dio la impresión de que su historia tuviera mucho sentido, majestad, de modo que le pregunté si sus padres habían tenido una imprenta que había ardido en un incendio. Empezó a reírse… Como comprenderéis, majestad, estaba bajo los efectos de la medicación, y seguramente estaba revelando más de lo que habría contado en otro momento y diciendo cosas sin sentido. También me dijo que sus padres habían tenido *cuatro* imprentas que se habían incendiado.

—¿Cuatro? ¿Estaba delirando?

—No estoy segura, majestad, pero, cuando se lo cuestioné, se mantuvo firme en que sus padres habían tenido cuatro imprentas y que las cuatro habían sido pasto de las llamas. Le dije que me parecía mucha casualidad, pero él me dijo que no, que había sucedido lo que estaba claro que iba a pasar. Le pregunté si sus padres eran muy imprudentes, y entonces volvió a reírse y me dijo que sí, que había sido muy imprudente tener una imprenta en Ciudad de Leck.

Vaya. Ahí fue cuando Amarina entendió por fin la historia. Todo tenía mucho sentido.

—¿Y dónde están sus padres?

—Murieron en el incendió que le dejó esas marcas a Teddy, majestad.

Se había imaginado que aquella sería su respuesta, pero no por ello le resultaba más fácil oírla.

—¿Cuándo ocurrió?

—Hace diez años. Cuando Teddy tenía diez años.

Mi padre asesinó a los padres de Teddy, pensó Amarina. *No podría culparlo si me odiara.*

—Entonces —prosiguió Madlen—, dijo algo tan raro que no fui capaz de comprenderlo, así que lo escribí, majestad, para no confundirme cuando os lo contara. ¿Dónde lo he metido? —Se preguntó Madlen, hurgando entre una montaña de libros que tenía en la mesita de noche. Se inclinó desde la cama y recogió la ropa que tenía tirada en el suelo—. Aquí está. —Sacó un trozo de papel doblado y lo aplanó sobre el colchón—. Lo que dijo fue: «Supongo que la joven reina está a salvo hoy sin vuestra presencia, porque sus hombres más importantes podrían hacer lo que hacéis vos. En cuanto se aprende a cortar y a coser, ¿se olvida alguna vez o se recuerda para siempre, pase lo que pase? ¿Incluso aunque Leck se interponga? Me preocupa la reina. Confío en que sea una buscadora de la verdad, pero, si con ello se convierte en el blanco de alguien, espero que no lo sea».

Madlen dejó de leer y miró a Amarina, que le devolvió la mirada con los ojos como platos.

—¿Eso fue lo que dijo?

—Que yo recuerde, sí, majestad.

—¿Quiénes son mis hombres más importantes? —preguntó Amarina—. ¿Mis consejeros? ¿Y a qué se refiere con eso de «el blanco»?

—No tengo ni la menor idea, majestad. Dada la situación, quizá se refiriera a vuestros mejores curanderos varones.

—Seguro que no son más que tonterías provocadas por la medicación —dijo Amarina—. Déjame que le eche un vistazo.

La caligrafía de Madlen era grande y esmerada, como la de un niño. Amarina se sentó con las piernas recogidas en la silla y analizó el mensaje durante un buen rato. ¿Cortar y coser? ¿Se refería al trabajo de un curandero? ¿O a labores de costura? ¿O se refería a algo más espantoso, como lo que solía hacerles Leck a los conejos y a los ratones con sus puñales? *Confío en que sea una buscadora de la verdad, pero, si con ello se convierte en el blanco de alguien, espero que no lo sea.*

—Dijo muchas tonterías, majestad —sentenció Madlen mientras tomaba el parche del ojo que tenía colgado en un gancho, en uno de los postes de la cama, y se lo ataba alrededor de la cabeza—. Cuando los otros tres regresaron, parecían muy satisfechos.

—Ay, es verdad. —Amarina se había olvidado de la excursión de los otros tres—. ¿Trajeron algo?

—Sí, un saquito que Bren subió al piso de arriba antes de que pudiera verlo de cerca.

—¿Hacía algún ruido? ¿Un tintineo o un cascabeleo?

—No hizo ningún ruido, majestad. Lo llevaba pegado al cuerpo y con mucho cuidado.

—¿Podría haber contenido monedas de plata?

—Del mismo modo en que podría haber contenido harina, majestad, o carbón, o las joyas de las coronas de los seis reyes.

—Cinco —la corrigió Amarina—. Han derrocado a Drowden. Me he enterado esta mañana.

Madlen se sentó con la espalda recta y apoyó los pies en el suelo.

—Por todas las inundaciones —exclamó, observando a Amarina con solemnidad—. Cuántas sorpresas en un día. Cuando me digáis que han destronado a Thigpen, me caeré de la cama.

Thigpen era el rey de Solánea, el reino del que Madlen decía que había escapado, aunque la curandera no hablaba mucho de su pasado y tenía un acento que Amarina no lograba identificar con ningún lugar que conociera de los siete reinos. Madlen había llegado a la corte de Amarina en busca de empleo hacía ya siete años. Durante su entrevista, había aludido al hecho de que, en todos los reinos —y sobre todo en Solánea— que no fueran Leonidia y Montmar, los gracelings eran esclavos de sus monarcas, lo cual le parecía intolerable.

Amarina había tenido el tacto de no preguntarle a Madlen si ella misma se había sacado el ojo para ocultar que era una graceling durante su huida. En ese caso… Bueno, la gracia de Madlen era la sanación, de modo que seguramente sabría cuál era el mejor modo de hacerlo.

Cenaron temprano en la sala de estar de Amarina. El tictac de un reloj sonaba de fondo y su corona reflejaba la luz blanca de un sol que no parecía tener intención de ponerse aún. *Tengo que mantenerme despierta para poder ir a ver a Teddy*, pensó Amarina.

Estaba cenando con Po y con Helda. La sirvienta, que antaño había estado a cargo de Katsa en Mediaterra y, desde hacía un tiempo, se había convertido en una aliada del Consejo, se preocupaba por Po como si fuera su propio nieto.

Tengo que evitar pensar en cómo voy a lograr escabullirme esta noche sin que se entere Po. Puedo pensar en escabullirme, pero no en escabullirme sin que se dé cuenta él, porque entonces lo sabrá al momento.

Claro que la gracia de Po también le permitía percibir la presencia física de todo el mundo, de modo que era probable que se enterara de que se había escapado, fuera consciente o no de lo que pensaba Amarina. Y seguro que estaba percibiendo sus pensamientos en ese instante, por lo empeñada que estaba en no pensar en ello.

Entonces, por suerte, Po se levantó para marcharse. Giddon apareció de repente, muerto de hambre, le dio un golpe en el hombro a Po y se dejó caer en la silla que había ocupado él antes. Helda, por su parte, se retiró junto a un par de espías que acababan de llegar. Amarina quedó frente a Giddon, asintiendo con la vista clavada en el plato. *Tengo que preguntarle por Septéntrea. Tengo que mantener una conversación amable y no debo decirle que pretendo escabullirme. Es bastante guapo, ¿no? La barba le queda bien.*

—Rompecabezas —soltó de repente, como una estúpida.

—¿Disculpad, majestad? —le preguntó Giddon, dejando el tenedor y el cuchillo sobre la mesa y mirándola a la cara.

—Ay —respondió Amarina, al darse cuenta de que había hablado en alto—. Nada. Es solo que tengo la cabeza llena de rompecabezas. Lamento el estado en el que me encontraba esta mañana. No es así como me habría gustado darte la bienvenida a Montmar, Giddon.

—Majestad —respondió en el acto con simpatía—, no tenéis por qué disculparos. Yo también pasé por algo parecido la primera vez que asesiné a un hombre.

—¿En serio? —le preguntó—. ¿Cuántos años tenías?

—Quince.

—Perdóname, Giddon —dijo Amarina, avergonzada al darse cuenta de que estaba tratando de contener un bostezo—. Estoy agotada.

—Debéis descansar.

—Tengo que quedarme despierta...

Y luego, por lo visto, se durmió, ya que al cabo de un rato despertó en su cama (imaginaba que Giddon la habría ayudado a llegar hasta allí), envuelta en una nube de confusión. También debía de haberle quitado las botas, deshecho las trenzas y arropado. Lo recordó de golpe. Le había dicho: «No puedo dormir con todas estas horquillas en el pelo». Lord Giddon le había respondido con su voz grave que iría a buscar a Helda, a lo que Amarina, medio dormida, le había contestado tajante: «No, no quiero tener que esperarla», y había tratado de deshacerse las trenzas ella misma. Giddon había intentado detenerla y se había sentado en la cama, a su lado, para ayudarla mientras hablaba con ella e intentar tranquilizarla. Amarina se había apoyado en él mientras Giddon le soltaba el pelo y le susurraba palabras comprensivas y caballerosas y ella le decía, recostada en su pecho y suspirando: «Estoy tan cansada. Hace tantísimo que no duermo».

Madre mía, qué vergüenza. Le picaba la garganta y le dolían los músculos, como si acabara de estar en una de las clases de lucha de Katsa. *Hoy he matado a un hombre,* y, al pensarlo, rompió a llorar. Lloró sin reprimirse, mientras se abrazaba a un cojín con los bordados de Cinericia.

Después de un rato, sintió cierto consuelo al recordar algo: *Mamá también tuvo que asesinar a un hombre en una ocasión. Solo he hecho lo mismo que ella.*

Un papel crujió en el bolsillo de su vestido. Amarina se enjugó las lágrimas, sacó las extrañas palabras de Teddy y las sujetó con fuerza. En su interior, tomó una decisión: se propuso resolver los rompecabezas de su reino y convertirse en una buscadora de la verdad. No sabía qué había querido decir Teddy con aquellas palabras, pero sabía lo que significaban para ella. Encendió la lámpara a tientas, encontró pluma y tinta, le dio la vuelta al papel y escribió:

LISTA DE PIEZAS DEL ROMPECABEZAS

- Las palabras de Teddy: ¿Quiénes son mis «hombres más importantes»? ¿A qué se refería con «cortar y coser»? ¿Estoy en peligro? ¿Quién viene a por mí?
- Las palabras de Danzhol: ¿Qué fue lo que VIO? ¿Es posible que fuera cómplice de Leck? ¿Qué era lo que intentaba decir?
- Lo que se traen Teddy y Zaf entre manos: ¿Por qué robaron la gárgola y todo lo demás? ¿Qué significa recuperar lo que otros han robado?
- Los informes de Darby: ¿Me mintió cuando me dijo que ahí nunca habíamos tenido gárgolas?
- Misterios en general: ¿Quién atacó a Teddy?
- Cosas que he visto con mis propios ojos: ¿Por qué está la zona este de la ciudad en ruinas pero, aun así, está decorada? ¿Por qué fue tan peculiar Leck a la hora de decorar el castillo?
- ¿Qué HIZO Leck?

Debajo de aquella pregunta, anotó unas cuantas cosas:

Torturó animales. Hizo desaparecer a gente. Hacía cortes. Quemó imprentas. (Construyó puentes. Hizo reformas en el castillo). En serio, ¿cómo pretendo gobernar este reino si ni siquiera sé qué sucedió durante el reinado de Leck? ¿Cómo puedo averiguar qué es lo que necesita mi pueblo? ¿Cómo puedo averiguar más cosas? ¿En los salones de relatos? ¿Debería volver a preguntarles a mis consejeros? ¿Aunque no me respondan?

Añadió una pregunta más, muy despacio, con una letra muy pequeña:

¿Cuál es la gracia de Zaf?

Entonces volvió a la lista más larga y escribió:

¿Por qué está todo el mundo loco? Danzhol. Holt. El juez Quall. El ingeniero, Ivan, que cambió las lápidas por sandías. Darby. Rood.

Aunque luego se planteó si era de locos pescarse una cogorza de tanto en tanto o estar delicado de los nervios, de modo que tachó la primera frase y escribió:

¿Por qué actúa todo el mundo de un modo tan raro?

Aunque, con esa pregunta, sí que podía referirse a cualquiera. Todo el mundo hacía cosas raras. Frustrada, volvió a tachar también esa frase y escribió en mayúsculas:

¿POR QUÉ ESTÁN TODOS COMO UNA CABRA?

Después añadió a Thiel, Runnemood, Zaf, Teddy, Bren, Tilda, Morti y Po, para asegurarse de que no se estuviera olvidando de nadie.

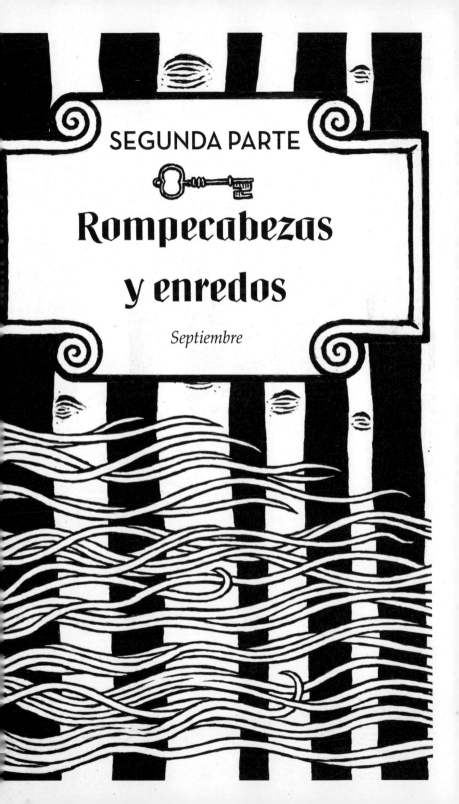

SEGUNDA PARTE

Rompecabezas y enredos

Septiembre

A lguna persona maravillosa había logrado limpiar todo rastro de sangre de Danzhol del suelo de piedra de su despacho. Incluso tratando de buscar algún resto, Amarina no encontró nada.

Volvió a leer el fuero con atención, asimilando cada palabra, y luego lo firmó. No tenía sentido no hacerlo a esas alturas.

—¿Qué vamos a hacer con su cadáver? —le preguntó a Thiel.

—Lo han incinerado, majestad —respondió Thiel.

—¿Qué? ¿¡Ya!? ¿Por qué no me ha avisado nadie? Me habría gustado asistir a la ceremonia.

De repente se abrió la puerta del despacho y entró Morti, el bibliotecario.

—Me temo que la incineración no se podía retrasar, majestad —dijo Thiel—. Aún es septiembre.

—Y fue bastante similar a cualquier otra ceremonia de incineración, majestad —añadió Runnemood desde la ventana.

—¡Esa no es la cuestión! —repuso Amarina—. Por todos los mares, fui yo quien mató a ese hombre. Debería haber estado presente.

—En realidad no es una tradición propia del reino incinerar a los muertos, ¿sabéis, majestad? —intervino Morti—. Nunca lo ha sido.

—Tonterías —respondió Amarina, bastante molesta—. Todo el mundo incinera a sus muertos.

—Supongo que no es pertinente contradecir a la reina —replicó Morti con un sarcasmo tan poco disimulado que Amarina no pudo evitar fulminarlo con la mirada.

Aquel hombre, de unos setenta años, tenía la piel fina como el papel, más propia de un nonagenario. No dejaba de parpadear; siempre tenía los ojos —uno verde del color de las algas y el otro violáceo, como sus propios labios fruncidos— secos.

—Mucha gente en Montmar incinera a sus muertos, majestad —continuó—, pero no es la tradición, como estoy seguro de que vuestros consejeros sabrán. Era la tradición del rey Leck. Cuando incineramos a nuestros muertos, honramos su tradición. En nuestras tierras, antes de que reinara Leck, la gente envolvía el cuerpo en una tela impregnada con una infusión de hierbas y lo enterraban a medianoche. Se ha hecho así desde que se tienen registros escritos. Los que lo saben todavía lo hacen de ese modo.

Amarina pensó de repente en el cementerio que atravesaba corriendo casi todas las noches, y en Ivan, el ingeniero, que había sustituido las sandías por lápidas. ¿Qué sentido tenía mirar las cosas si no podía verlas?

—Si eso es cierto —dijo—, ¿por qué no hemos vuelto a honrar nuestras tradiciones de siempre?

Su pregunta iba dirigida a Thiel, que estaba ante ella con un aspecto paciente y preocupado.

—Supongo que no hemos querido molestar a la gente sin necesidad, majestad —respondió.

—Pero ¿por qué sería eso una molestia para nadie?

—No hay razón para incordiar a quienes están de duelo, majestad —respondió Runnemood—. Si a la gente le gustan las incineraciones, ¿por qué habríamos de impedirlas?

—Pero ¿cómo se puede considerar eso una manera de pensar progresista? —replicó Amarina, perpleja—. Si queremos dejar atrás todo lo que tenga que ver con Leck, ¿por qué no enseñar a la gente que nuestra tradición ha sido siempre enterrar a nuestros muertos?

—Es una minucia, majestad —respondió Runnemood—. Apenas tiene importancia. ¿Por qué recordarle a la gente su dolor? ¿Por qué darles una razón para sentir que tal vez han estado honrando a sus muertos de un modo equivocado?

No es ninguna minucia, pensó Amarina. *Es cuestión de tradición y respeto, y de lo que significa ser un ciudadano de Montmar.*

—¿A mi madre la incineraron o la enterraron?

La pregunta pareció sobresaltar a Thiel y desconcertarlo a la vez. Se dejó caer en una de las sillas frente al escritorio de Amarina y no respondió.

—El rey Leck incineró el cadáver de la reina Cinericia —anunció Morti—, de noche, en las pasarelas más altas del puente de los Monstruos, majestad. Así era como le gustaba celebrar tales ceremonias. Creo que le gustaba llevarlas a cabo en un gran escenario y crear un espectáculo con los puentes iluminados por el fuego.

—¿Había alguien presente a quien le importara mi madre siquiera? —preguntó ella.

—Que yo sepa, no, majestad —dijo Morti—. Yo, por ejemplo, no acudí.

Era el momento de cambiar de tema, porque Thiel la preocupaba, sentado allí con esa mirada perdida. Como si su alma se hubiera esfumado.

—¿Qué haces aquí, Morti? —preguntó Amarina de mala gana.

—Mucha gente ha olvidado las costumbres de Montmar, majestad —contestó Morti, obstinado—. Sobre todo, quienes viven en el castillo, donde la influencia de Leck era más fuerte. Y, más concretamente, todas las personas, tanto en la ciudad como en el castillo, que no saben leer.

—En el castillo sabe leer todo el mundo.

—Ah, ¿sí?

Morti dejó caer un pequeño pergamino sobre el escritorio y, con el mismo movimiento, hizo una reverencia, aunque pareció más bien una mofa. Luego se dio la vuelta y se marchó de la habitación.

—¿Qué os ha dado? —preguntó Runnemood.

—¿Me has estado mintiendo sobre las estadísticas de alfabetización, Runnemood? —le preguntó Amarina.

—Por supuesto que no, majestad —contestó Runnemood, exasperado—. Todos en el castillo saben leer y escribir. ¿Os gustaría que hiciéramos otro estudio sobre el asunto?

—Sí, en el castillo y en la ciudad.

—Muy bien. Haremos otro estudio, para disipar la calumnia de cierto bibliotecario antisocial. Espero que no pretendáis que aportemos pruebas cada vez que haga cualquier tipo de acusación.

—Tenía razón en lo de los entierros —respondió Amarina.

Tras dejar escapar un suspiro, Runnemood dijo con una voz cargada de paciencia:

—Nunca lo hemos negado, majestad. Esta es la primera vez que hemos hablado del tema. Ahora, contadme, ¿qué os ha entregado?

Amarina tiró del lazo que mantenía cerrado el pergamino y se extendió ante ella.

—Otro mapa inútil —dijo, antes de enrollarlo de nuevo y apartarlo.

Más tarde, cuando Runnemood tuvo que acudir a una cita en algún lugar y Thiel permanecía rígido en su puesto, de espaldas a ella y con la mente en otra parte, Amarina se metió el mapita en el bolsillo del vestido. No era ningún mapa inútil. Era una miniatura preciosa y suave de las principales calles de la ciudad, perfecta para llevarla encima.

Esa noche Amarina fue a la zona este de la ciudad a buscar el cementerio. La iluminación de los caminos era tenue y no había luna; no podía descifrar lo que ponía en las inscripciones. Caminando entre los muertos anónimos, trató de encontrar una manera de encajar el asunto de «incinerar o enterrar» en su lista de piezas del rompecabezas. Empezaba a parecerle que eso de ser «progresista» implicaba con demasiada frecuencia no pensar, sobre todo cuando se trataba de asuntos sobre los que vendría bien reflexionar largo y tendido. ¿Qué había dicho Danzhol sobre que los fueros eran una garantía de la falta de atención de la reina? Estaba claro que no haberle prestado la suficiente atención a Danzhol había provocado resultados desastrosos. ¿Debería empezar a prestarles más atención a más personas?

Tropezó con una tumba con la tierra revuelta y amontonada. Una muerte reciente. *Qué triste*, pensó. *Resulta tristísimo, aunque también parece lo correcto, que el cuerpo de alguien que ha muerto desaparezca en la tierra.* Incinerarlo también era triste, y sin embargo Amarina estaba convencida de que era una opción igual de correcta.

En la ceremonia en la que incineraron a mi madre no había nadie que la quisiera. La quemaron estando sola.

Amarina sintió que se le habían quedado los pies plantados en el suelo del cementerio, como si fuera un árbol, incapaz de moverse. Como si su cuerpo fuera una lápida, maciza y pesada.

La abandoné, y Leck fingió estar de luto. No debería seguir sintiéndome así, pensó con un destello inesperado de furia. *Fue hace años.*

—¿Chispa? —dijo una voz detrás de ella.

Al darse la vuelta se encontró con el rostro de Zafiro.

Le dio un vuelco el corazón.

—¿Qué haces aquí? ¡¿No me digas que Teddy...?!

—¡No! —respondió Zaf—. No te preocupes. Teddy está bien, o al menos bastante bien, teniendo en cuenta que le abrieron en canal.

—Entonces, ¿qué haces aquí? ¿También eres un ladrón de tumbas?

Zaf resopló.

—No seas boba. Es un atajo. ¿Estás bien, Chispa? Lo siento si he interrumpido algo.

—No has interrumpido nada.

—Estás llorando.

—No es verdad.

—Ya... —respondió Zaf con delicadeza—. Supongo que te habrá llovido.

En algún lugar, uno de los campanarios de la ciudad comenzó a dar la medianoche.

—¿A dónde ibas? —le preguntó Amarina.

—A casa.

—Pues venga, vamos.

—Chispa, no estás invitada —le dijo Zaf.

—Cuando se te muere un ser querido, ¿lo entierras o lo incineras? —le preguntó, ignorando a Zaf y llevándoselo del cementerio.

—Bueno, depende de dónde esté. En Leonidia, la costumbre es arrojar a los difuntos al mar. En Montmar, la tradición es sepultarlos bajo tierra.

—¿Cómo es que conoces las antiguas tradiciones del reino?

—Podría preguntarte lo mismo; no esperaba que lo supieras. Aunque, a decir verdad, nunca espero lo esperable de ti, Chispa —añadió, con un ligero indicio de cansancio en la voz—. ¿Está bien tu madre?

—¿Qué? —preguntó Amarina, sorprendida.

—Espero que las lágrimas no tengan nada que ver con tu madre. ¿Está bien?

—Ah —contestó al recordar que se suponía que era una panadera del castillo—. Sí, está bien. He estado con ella esta noche.

—Entonces, ¿no es eso lo que te pasa? —insistió Zaf.

—Zaf, no toda la gente que vive en el castillo sabe leer.

—¿Eh?

No tenía ni idea de por qué lo había mencionado en ese momento. Ni siquiera se había dado cuenta hasta entonces de que creía que era cierto. Era solo que tenía la necesidad de decirle algo sincero, algo sincero y triste, porque esa noche las mentiras alegres le parecían demasiado deprimentes, hirientes; se volvían contra ella como alfileres.

—Te dije que todo el mundo que vive en el castillo de la reina sabe leer y escribir —le aclaró Amarina—. Pero ahora... tengo mis dudas.

—Bueno —respondió Zaf con recelo—. Sabía que era una trola tremenda cuando lo mencionaste. Y Teddy también lo sabía. ¿Por qué lo admites ahora?

—Zaf —lo interrumpió Amarina, parándose en seco en mitad de la calle para mirarlo de frente. Necesitaba saber la verdad en ese momento—. ¿Por qué robaste esa gárgola?

—Mmm... —A Zaf parecía divertirle y molestarle la pregunta al mismo tiempo—. ¿A qué juegas esta noche, Chispa?

—No es ningún juego —dijo Amarina con una voz triste—. Solo quiero que todo empiece a tener sentido. Toma —dijo mientras se sacaba un paquetito del bolsillo y se lo entregaba a Zaf—. De parte de Madlen.

—¿Más medicinas?

—Sí.

Mientras observaba las medicinas, allí plantado en mitad de la calle, Zaf parecía estar reflexionando sobre algo. Entonces la miró.

—¿Y si jugamos a intercambiar una verdad por otra? —sugirió.

A Amarina le pareció una idea espantosa.

—¿Cuántas rondas?

—Tres, y ambos tenemos que jurar ser sinceros. Debes jurarlo por la vida de tu madre.

En ese caso…, pensó Amarina. *Si me pone en un aprieto, puedo mentir; total, mi madre está muerta. Seguro que Zaf tampoco tendría ningún problema a la hora de mentir si fuera necesario*, siguió diciéndose con obstinación, discutiendo con la parte de sí misma que insistía en que un juego como aquel tenía que ser disputado de un modo honrado.

—De acuerdo —dijo Amarina—. ¿Por qué robaste la gárgola?

—No, yo primero, que el juego ha sido idea mía. ¿Eres una espía de la reina?

—¡Por todos los mares! ¡Claro que no!

—¿Eso es todo? ¿«Claro que no»?

Amarina clavó la mirada en la cara sonriente de Zaf.

—No espío para nadie más que para mí misma —dijo, aunque se dio cuenta, demasiado tarde, de que espiar para sí misma significaba que era la espía de la reina. Molesta por verse mintiendo desde la primera ronda, dijo—: Me toca. La gárgola. ¿Por qué?

—Mmm… Vamos a andar un poco —respondió Zaf, indicándole que siguiera avanzando por la calle.

—No puedes evitar mi pregunta.

—No la estoy evitando. Solo intento darte una respuesta que no incrimine a nadie más. Leck robaba… —empezó a decir, y a Amarina le sorprendió que la respuesta de Zaf fuera por esos derroteros— todo lo que quería. Puñales, ropa, caballos, papel… Lo que le daba la gana. Hasta le arrebataba los hijos a la gente. Destruyó propiedades. También contrató a personas para construir los puentes y nunca les pagó. Contrató a artistas para decorar su castillo y tampoco les pagó.

—Ya veo… —respondió Amarina, analizando las implicaciones de su afirmación—. ¿Robaste una gárgola del castillo porque Leck no pagó al artista que la esculpió?

—Básicamente —admitió Zaf.

—Pero… ¿qué has hecho con ella?

—Se lo devolvemos todo a sus legítimos dueños.

—Entonces, ¿le estás devolviendo las gárgolas al artista que las esculpió? ¿Y para qué las puede querer ahora?

—A mí no me preguntes —respondió Zaf—. Yo nunca he entendido para qué sirven las gárgolas. Son espeluznantes.

—¡Son monísimas! —contestó Amarina, indignada.

—¡Bueno, bueno! Digamos que son espeluznantemente monas. Pero no sé para qué las quiere. Solo nos pidió unas pocas, sus favoritas.

—¿Unas pocas? ¿Cuatro?

—Cuatro de la muralla este. Dos de la oeste y una de la sur que aún no hemos conseguido robar, y supongo que ya no vamos a poder robarla nunca. Hay más guardias en las murallas desde la última vez que robamos una. Deben haber empezado a darse cuenta al fin de que están desapareciendo las gárgolas.

¿Se habrían dado cuenta porque Amarina lo había mencionado? ¿Habrían sido sus consejeros los que habían apostado más guardias? ¿Y por qué iban a hacerlo, a menos que creyeran que era cierto que estaban robando las gárgolas? Y, si lo creían, ¿por qué habían mentido?

—¿Dónde tienes la cabeza, Chispa? —le preguntó Zaf.

—Así que la gente te pide cosas… ¿Te piden objetos específicos que robó Leck, y tú los recuperas y se los devuelves?

Zaf la observó. A Amarina le pareció notar algo distinto en su expresión esa noche. Por alguna razón, la asustó. Su mirada, que solía ser dura y desconfiada, parecía más suave mientras la posaba en su cara, su capucha y sus hombros y se preguntaba algo sobre ella.

Reconoció lo que estaba sucediendo. Zaf estaba decidiendo si confiar o no en ella. Cuando metió la mano en el bolsillo del abrigo y le entregó un pequeño fajo de papeles, Amarina decidió de repente que, fuera lo que fuere, no lo quería.

—No —le dijo, y se lo devolvió.

Zaf, obstinado, se lo colocó de nuevo en las manos.

—Pero ¿qué te pasa? Ábrelo.

—Sabré demasiado, Zaf —insistió ella—. No estaremos en igualdad de condiciones.

—¿Esto qué es? ¿Un numerito? —protestó Zaf—. Porque me parece una estupidez. Le has salvado la vida a Teddy: nunca vamos a estar en igualdad de condiciones. Esto no es ningún secreto oscuro e inconfesable, Chispa. No te va a revelar nada que no te haya dicho ya.

Incómoda pero convencida con esa promesa, desató el fajo. Eran tres papeles, doblados muchas veces. Se acercó a una farola y se quedó allí, con una angustia cada vez mayor, mientras los papeles le decían mil cosas que Zaf no le había contado.

Era una tabla de tres páginas, compuesta por tres columnas. La columna de la izquierda era una lista de nombres ordenados alfabéticamente. Hasta ahí, todo bien. La de la derecha contenía una lista de fechas, y todas ellas pertenecían a los años del reinado de Leck. Los elementos de la columna central, que correspondían a los nombres de la izquierda —supuso Amarina—, eran más difíciles de describir. En la fila del nombre «Alderin, agricultor» ponía «3 perros de granja, 1 cerdo». Debajo aparecía de nuevo el mismo nombre junto a «Libro: *Los besos en las tradiciones de Montmar*». Junto al nombre «Annis, maestra» ponía «Grettel, 9 años». Junto a «Barrie, fabricante de tinta», «Tinta, de todo tipo, demasiada como para cuantificar», y, junto a «Bessit, escriba», «Libro: *Textos cifrados y códigos de Montmar*» y «papel, demasiado como para cuantificar».

Era un inventario. Pero la columna central parecía estar tan llena de personas —«Mara, 11 años», «Cress, 10 años»— como de libros, papel, animales de granja y dinero. Casi todas las personas que aparecían en el inventario eran niñas.

Y eso no era todo lo que el papel le revelaba, ni mucho menos, pues Amarina reconoció la letra. Incluso el papel y la tinta. Una recordaba esa clase de detalles cuando había asesinado a un noble con un puñal. Y Amarina recordaba haber acusado a dicho noble —antes de matarlo— de haberle robado libros y animales a su pueblo. Se llevó la lista a la nariz. Sabía cómo olería el papel: igual que el fuero del pueblo de Danzhol.

Al menos una pieza del rompecabezas había encajado en su sitio.

—¿Es un inventario de cosas que robó Leck? —preguntó Amarina, temblando.

—En este caso, no fue Leck quien las robó, pero está claro que fue en su nombre. Ese es el tipo de cosas que a Leck le gustaba coleccionar, y las niñas lo confirman, ¿no crees?

Pero ¿por qué no le había dicho Danzhol sencillamente que había robado a los habitantes de su pueblo en nombre de Leck? ¿Que su ruina la había provocado la codicia de Leck? ¿Por qué esconderse tras insinuaciones cuando podría haberse defendido con la verdad? Amarina habría estado dispuesta a escucharlo si se hubiera defendido con esos argumentos, por muy chalado que estuviera o repugnante que fuera. ¿Y por qué había mencionado el pueblo de Danzhol en el fuero a los animales desaparecidos, pero no a las niñas? Hasta entonces, Amarina pensaba que Leck había secuestrado a la gente que vivía en el castillo o en la ciudad. Eso era lo que contaban los fabuladores en sus relatos. No sabía que su alcance había llegado a los feudos lejanos de sus nobles.

Y eso no era todo.

—¿Y por qué te encargas tú de devolverle todo esto a la gente? —preguntó, casi fuera de sí—. ¿Por qué tienes tú esta lista y no la reina?

—¿Qué podría hacer la reina? —preguntó Zaf—. Robaron todo esto cuando Leck era rey, y la reina ha concedido indultos generales para todos los crímenes que se cometieron durante el reinado de su padre.

—¡Pero no para los crímenes del propio Leck!

—¿Acaso hizo Leck alguna vez algo por sí mismo? No creerás que iba por ahí rompiendo ventanas y robando libros, ¿no? Ya te he dicho que todo lo de la lista lo robó otra persona. Fue el noble ese que ha intentado secuestrar a la reina y que ha acabado con una buena puñalada en el vientre —añadió, como si la información debiera resultarle divertida a Amarina.

—No tiene sentido, Zaf —respondió Amarina—. Si le enviaran esta lista a la reina, encontraría una forma legal de proporcionarles alguna clase de indemnización.

—La reina está centrada en dejar atrás el pasado y mirar hacia el futuro —dijo Zaf con desparpajo—, ¿no te has enterado? No tiene tiempo para ocuparse de todas las listas que recibiría, y nos las arreglamos bastante bien por nuestra cuenta.

—¿Cuántas listas hay?

—Supongo que cada pueblo del reino podría proporcionar una, si se le presionara —dijo Zaf—. ¿No crees?

Amarina no podía dejar de fijarse en los nombres de las niñas.

—Esto no está bien —insistió—. Debe de haber algún recurso legal.

Zaf le quitó los papeles de las manos.

—Si te sirve de consuelo, ya que se te ve tan respetuosa con la ley, Chispa —dijo Zaf mientras doblaba de nuevo los papeles—, lo que no encontramos no lo podemos robar. Y es raro que localicemos alguno de los artículos de estas listas.

—¡Pero si me acabas de decir que os las apañáis bastante bien!

—Mejor de lo que se las apañaría la reina —dijo con un suspiro—. ¿He respondido ya a tu pregunta?

—¿¡Qué pregunta!?

—Estábamos jugando a un juego, ¿te acuerdas? Me has preguntado por qué he robado una gárgola. Y ya te he respondido. Ahora creo que me toca a mí. ¿Tu familia forma parte de la resistencia? ¿Por eso mataron a tu padre?

—No sé de qué me estás hablando. ¿Qué resistencia?

—¿No conoces la resistencia?

—Tal vez la llame por otro nombre —contestó, aunque lo dudaba. Pero no le importaba; seguía dándole vueltas al asunto anterior.

—Bueno, no es ningún secreto, así que te lo explicaré sin esperar nada a cambio. Durante el reinado de Leck se creó un movimiento de resistencia. Había un grupo reducido de personas que sabían lo que era Leck, o que al menos a veces eran conscientes, y lo ponían todo por escrito. Trataban de difundirlo, de recordarse mutuamente la verdad cada vez que sus mentiras se volvían demasiado fuertes. Los más poderosos eran los gracelings que podían leer las mentes, que tenían la ventaja de saber siempre lo que tramaba Leck. Asesinaron a muchos de los miembros de la resistencia. Leck sabía de su existencia y siempre intentaba acabar con ellos. Sobre todo con los mentalistas.

Para entonces Amarina sí que estaba prestando atención.

—Vaya, ya veo que no tenías ni idea —añadió Zaf al notar su sorpresa.

—La verdad es que no. Por eso Leck quemó varias veces la imprenta de los padres de Teddy, ¿no? Y así fue como descubriste lo de los entierros. Tu familia formaba parte de la resistencia y guardaba registros escritos de las antiguas tradiciones, o algo así. ¿Verdad?

—¿Es esa tu segunda pregunta?

—No. No voy a desperdiciar una pregunta cuando ya sé la respuesta. Quiero saber por qué te criaste en un barco leonita.

—Ah. Eso es fácil —contestó Zaf—. Los ojos me cambiaron de color cuando tenía seis meses. Por entonces, Leck era rey, por supuesto. Los gracelings en Montmar no eran libres, pero, como ya has adivinado, mi madre y mi padre formaban parte de la resistencia. Eran conscientes de lo que era Leck, aunque no siempre conseguían recordarlo. También sabían que los gracelings en Leonidia eran libres. Así que me llevaron al sur, a Montpuerto, me colaron a bordo de un barco leonita y me dejaron allí, en la cubierta.

Amarina se quedó con la boca abierta.

—O sea que te abandonaron. Con unos desconocidos que podrían haber decidido tirarte por la borda.

Zaf se encogió de hombros con una leve sonrisa.

—Me salvaron como pudieron de la obligación de estar al servicio de Leck, Chispa. Y, tras la muerte del rey, mi hermana hizo todo lo posible por encontrarme, aunque lo único que sabía de mí era mi edad, el color de mis ojos y el barco en el que me habían dejado. Además, los marineros leonitas no tiran a los bebés por la borda.

Giraron hacia la calle Hojalatero y se detuvieron ante la puerta de la imprenta.

—Y ahora están muertos, ¿no? —preguntó Amarina—. Tus padres. Leck los mató.

—Sí —respondió Zaf, y luego le tendió la mano al ver su expresión—. Chispa, oye, no pasa nada. Nunca los llegué a conocer.

—Entremos —dijo Amarina mientras se apartaba, demasiado frustrada por su propia impotencia como para mostrarle la pena que sentía. Había crímenes que una reina nunca lograría compensar.

—Pero nos queda una última ronda de preguntas, Chispa.

—No. No más preguntas.

—Venga, que te voy a hacer una agradable. Te lo prometo.

—¿Una agradable? —resopló Amarina—. ¿Qué es para ti una pregunta agradable, Zaf?

—Te quería preguntar por tu madre.

Sobre eso sí que no le quedaban fuerzas para mentir.

—No.

—Ay, venga. ¿Cómo es?

—¿Cómo es qué?

—Tener una madre.

—¿Por qué me quieres preguntar eso? —le espetó ella, exasperada—. ¿Qué te pasa?

—¿Por qué me hablas así, Chispa? Lo más parecido a una madre que he tenido fue un marinero llamado Rosáceo que me enseñó a trepar por una cuerda con una daga en la boca y a mear sobre la gente desde el mastelero.

—Qué asco.

—Pues a eso voy. Tu madre seguro que nunca te ha enseñado nada tan desagradable.

Si tuvieras la menor idea de lo que me estás preguntando, pensó Amarina. *Si tuvieras la más mínima idea de a quién le estás hablando.* No distinguía ninguna expresión sentimental o vulnerable en el rostro de Zaf; no se lo había preguntado como un prólogo para soltar a continuación la desgarradora historia de un niño marinero en un barco extranjero que había anhelado tener una madre. Solo sentía curiosidad; quería saber sobre las madres en general, y Amarina era la única que se sentía vulnerable por la pregunta.

—¿Y qué es exactamente lo que quieres saber sobre ella? —le preguntó con algo más de paciencia—. Tu pregunta no es demasiado específica.

—Lo que te apetezca contarme —respondió Zaf, encogiéndose de hombros—. ¿Fue ella quien te enseñó a leer? Cuando eras pequeña, ¿vivíais juntas en el castillo y comíais juntas? ¿O los niños del castillo viven en las guarderías? ¿Te suele hablar de Leonidia? ¿Fue ella quien te enseñó a hacer pan?

Todas las preguntas empezaron a dar vueltas en su mente, y entonces comenzaron a llegar las imágenes: recuerdos, aunque no todos lo bastante definidos.

—No viví en las guarderías —contestó con sinceridad—. Me pasaba la mayor parte del tiempo con mi madre. No creo que fuera ella quien me enseñara a leer, pero me enseñó otras cosas, como matemáticas y todo sobre Leonidia. —Entonces la alcanzó otro recuerdo, como un rayo—. Creo recordar que fue mi padre quien me enseñó a leer.

Se sujetó la cabeza y se apartó de Zaf al recordar a Leck ayudándola a deletrear palabras en los aposentos de su madre, en la mesa. Recordó el tacto de un librito de colores en sus manos; recordó su voz, sus ánimos, su orgullo al ver que progresaba mientras ella se esforzaba por juntar las letras. «¡Cariño! —le decía—. Eres maravillosa. Eres un genio». Por entonces, Amarina era tan pequeña que tenía que arrodillarse en la silla para llegar a la mesa.

Era un recuerdo de lo más desconcertante. Durante un instante, en medio de la calle, Amarina se sintió perdida.

—Dime un problema de matemáticas, ¿quieres? —le dijo a Zaf, vacilante.

—¿Eh? ¿Te refieres a algo tipo doce por doce?

Amarina lo fulminó con la mirada.

—Menudo insulto.

—Chispa —dijo Zaf—, ¿se te ha ido la olla?

—Deja que duerma aquí esta noche —le pidió Amarina—. Necesito dormir aquí. ¿Puedo?

—¿Qué? Por supuesto que no.

—No voy a ponerme a husmear ni nada de eso. No soy ninguna espía, ¿recuerdas?

—No estoy seguro de que debas entrar siquiera, Chispa.

—¡Al menos déjame ver a Teddy!

—¿No quieres hacer tu última pregunta?

—Dejémoslo en que me debes una.

Zafiro la observó con escepticismo. Luego, sacudiendo la cabeza y entre suspiros, sacó una llave. Abrió la puerta solo una rendija, lo justo para que pasara Chispa, y le indicó que entrara.

Teddy estaba tumbado, con mal aspecto, en un catre que había en un rincón, como una hoja en una calzada a la que le ha nevado todo el invierno y le ha llovido toda la primavera. Pero estaba despierto. Cuando la vio, se le dibujó en el rostro la sonrisa más dulce que había visto Amarina jamás.

—Dame la mano —le susurró.

Amarina obedeció. Le tendió la mano, pequeña y fuerte; las de Teddy eran largas, elegantes, con tinta en las uñas. Y débiles. Amarina utilizó su propia fuerza para mover la mano hacia donde él tiraba. Teddy se llevó los dedos de Amarina a los labios y los besó.

—Gracias por todo —susurró—. Siempre supe que nos traerías suerte, Chispa. Tendríamos que haberte llamado Suerte.

—¿Cómo estás, Teddy?

—Cuéntame alguna historia, Suerte —le pidió—. Cuéntame alguno de los relatos que has escuchado.

Solo tenía uno en la cabeza: el cuento de su propia huida de la ciudad ocho años atrás con la reina Cinericia, que había abrazado a la princesa con fuerza y la había besado, arrodillada en un campo de nieve. Y luego le había entregado un puñal y le había pedido que siguiera adelante, diciéndole que, aunque solo era una niña, tenía el corazón y la mente de una reina, lo bastante fuerte y feroz como para sobrevivir a lo que se avecinaba.

Amarina apartó la mano de la de Teddy. Se llevó los dedos a las sienes y se las frotó mientras respiraba hondo para calmarse.

—Te voy a contar la historia de una ciudad en la que el río salta al vacío y echa a volar —dijo.

Algo más tarde, Zaf le sacudió el hombro. Amarina se despertó con un sobresalto y se dio cuenta de que había estado durmiendo en una silla muy dura y que tenía el cuello rígido y dolorido.

—¿Qué pasa? —chilló—. ¿Qué ha pasado?

—¡Shhh! —respondió Zaf—. Estabas gritando, Chispa. Ibas a despertar a Teddy. Supongo que sería una pesadilla.

—Ah —dijo Amarina por toda respuesta, empezando a notar un dolor de cabeza monumental.

Se deshizo las trenzas y, tras soltarse el pelo, se frotó el cuero cabelludo, que también le dolía. Teddy dormía a su lado; su respiración era un silbido suave. Tilda y Bren subían juntas las escaleras.

—Creo que estaba soñando que mi padre me enseñaba a leer —dijo Amarina, confundida—. Menudo dolor de cabeza…

—Qué rarita eres, Chispa. Dormirás mejor en el suelo, junto al fuego. Y a ver si sueñas con algo bonito. Con bebés, por ejemplo. Voy a traerte una manta, y te despertaré antes del amanecer.

Se acostó y se quedó dormida, soñando con que era un bebé en los brazos de su madre.

9

Amarina volvió al castillo bajo un amanecer gris y encapotado. Trató de ganarle la carrera al sol, con la ferviente esperanza de que Po no tuviera intención de arruinarle el desayuno una vez más. *Entretente con algo útil esta mañana,* pensó dirigiéndose a él mentalmente a medida que se acercaba a sus aposentos. *Haz algo heroico delante de un montón de gente. Empuja a un niño al río cuando no te vea nadie y luego rescátalo.*

Al entrar en sus aposentos, se encontró cara a cara con Zorro, que estaba en el recibidor con un plumero en la mano.

—Uy —exclamó Amarina, intentando pensar alguna excusa con rapidez; pero no se le ocurrió nada—. Mierda.

Zorro observó a la reina con esos ojos dispares grises y tranquilos. Llevaba puesta una capucha nueva que era igual que la antigua, la que llevaba Amarina en ese mismo momento. La diferencia entre ambas jóvenes era más que evidente: Amarina era pequeña y no especialmente guapa, no iba demasiado limpia y se le notaba la culpa en el rostro; Zorro, en cambio, era alta, deslumbrante y no tenía nada de lo que avergonzarse.

—No se lo contaré a nadie, majestad.

—Menos mal, gracias —respondió Amarina, tan aliviada que sentía que se iba a marear—. Muchas gracias.

Zorro hizo una reverencia y se apartó; y aquello marcó el fin de la conversación.

Varios minutos después, mientras se daba un buen baño, Amarina oyó la lluvia que golpeaba los tejados del castillo.

Se sentía agradecida de que el cielo hubiera esperado a que regresara a casa.

La lluvia caía sobre los techos de cristal del despacho de su torre y corría hacia los canalones.

—¿Thiel?

El consejero estaba en su mesa, garabateando algo con la pluma.

—¿Sí, majestad?

—Después de que te dejara inconsciente, lord Danzhol dijo algunas cosas que me tienen preocupada.

—¿En serio? —Thiel, inquieto, dejó la pluma y se acercó a ella—. Lo lamento mucho, majestad. Si me contáis qué fue lo que dijo, estoy seguro de que seremos capaces de hallar una solución.

—Ese hombre era un compinche de Leck, ¿no?

—¿Ah, sí, majestad? —respondió Thiel, sorprendido—. ¿Qué fue lo que os dijo?

—¿Sabes qué implicaba ser compinche de Leck? —preguntó Amarina—. Sé que no te gustan esta clase de preguntas, pero, si quiero ayudar a mi pueblo, necesito hacerme una idea de qué fue lo que ocurrió durante el reinado de mi padre.

—Majestad —respondió Thiel—, el motivo por el que no me gustan estas preguntas es porque no sé qué responderos. Como bien sabéis, yo también tuve mis encontronazos con Leck, e imagino que no soy el único, y no nos gusta hablar de ello. Pero a veces desaparecía durante horas, majestad, y no tengo ni la menor idea de a dónde iba. Ninguno de vuestros consejeros lo sabe. Lo único que sé es que se marchaba. Espero que confiéis en mí cuando os digo esto y que no molestéis a los demás. Rood acaba de volver a su puesto, y ya sabéis que no es un hombre especialmente fuerte de mente.

—Danzhol me dijo que todo lo que le robaba a su pueblo lo hacía en nombre de Leck, y que los demás nobles hicieron lo mismo que él. Eso significa que ahí fuera aún hay hombres y mujeres como Danzhol, y que hay ciudadanos a los que Leck robó que podrían beneficiarse de algún tipo de indemnización. Entiendes que la Corona ha de responsabilizarse de toda esta gente, ¿verdad, Thiel? Saldar esas deudas nos ayudará a todos a seguir adelante.

—Ay, cielos —dijo Thiel, apoyando una mano en el escritorio para recuperar el equilibrio—. Es evidente que lord Danzhol estaba loco, majestad.

—Pero le he pedido a mis espías personales que averigüen algunas cosas, Thiel —improvisó Amarina con soltura—. Y, por lo visto, Danzhol tenía razón.

—Vuestros espías personales… —repitió Thiel.

Los ojos de su consejero se tiñeron de confusión y después parecieron quedarse vacíos. Fue tan repentino que Amarina se acercó a él para detenerlo.

—No —le suplicó al ver que su mirada se vaciaba de cualquier expresión—. Por favor, Thiel, no. ¿Por qué haces esto? ¡Necesito que me ayudes!

Pero Thiel estaba ensimismado, mudo; ni siquiera parecía escuchar.

Es como si me quedara a solas en una habitación con un cascarón vacío, pensó Amarina. *Sucede tan rápido…*

—Tendré que bajar y preguntarles a los demás —dijo ella entonces.

—No me dejéis solo, majestad —le dijo con una voz ronca que pareció brotar de lo más hondo de su cuerpo—. Por favor, esperad. Tengo la respuesta que buscáis. ¿Puedo sentarme, majestad?

—Desde luego.

Thiel se sentó con pesadez. Tras un instante, le dijo a la reina:

—El problema está en los indultos generales, majestad. Los indultos generales y la imposibilidad de demostrar, sin que haya lugar a dudas, que quienes robaron lo hicieron siguiendo las órdenes de Leck y no por su cuenta.

—¿Acaso no otorgamos los indultos generales porque dimos por hecho que Leck era el auténtico culpable de todos los delitos?

—No, majestad —respondió Thiel—. Los otorgamos porque éramos conscientes de que no había modo de saber nada de lo que había ocurrido en realidad.

Qué idea tan deprimente…

—Pero alguien tiene que indemnizar a las víctimas.

—¿No creéis que, si vuestro pueblo quisiera una compensación, os lo habría dicho, majestad?

—¿Tienen algún modo de hacerlo?

—Cualquiera puede escribirle una carta a la corte, majestad, y nuestros secretarios leen todas las cartas que les llegan.

—Pero ¿sabe mi pueblo escribir?

Thiel, que había vuelto a su estado habitual, clavó la mirada en ella, porque era más que consciente de lo que insinuaba la reina.

—Majestad, tras la discusión que mantuvimos ayer, decidí acudir a Runnemood y cuestionar la exactitud de sus estadísticas de alfabetismo. Lamento deciros que reconoció que las había estado adornando. Tiene la costumbre de… dejarse llevar por su optimismo, lo que le impulsa a cometer errores en sus informes. Su optimismo es una de las… —continuó Thiel, carraspeando con delicadeza— cualidades que lo convierten en un miembro valioso de la corte. Pero claro, con nosotros debería ser sincero.

Lo será a partir de ahora. Se lo he dejado muy claro. Y sí, majestad —añadió con firmeza—, hay bastantes ciudadanos que saben escribir. Vos misma habéis visto los fueros. Mantengo lo dicho. Si quisieran algún tipo de compensación, podrían pedírosla mediante una carta.

—En ese caso, lo lamento, pero no me basta, Thiel. No puedo ignorar todo lo que le debe esta corte a mi pueblo. No me importa que me lo pidan o no. No es justo que no haga nada al respecto.

Thiel se quedó pensando en silencio, juntando las manos. Amarina no comprendía esa desesperación tan peculiar que tenía su consejero en la mirada.

—Thiel —le dijo, casi suplicándole—. Por favor, ¿qué pasa? Dímelo.

Tras un instante, el consejero habló en voz baja.

—Comprendo lo que decís, majestad, y me complace que hayáis hablado de este asunto conmigo. Espero que siempre acudáis a mí primero para tratar estos temas. Lo que os recomiendo es lo siguiente: escribidle a vuestro tío y pedidle consejo. Cuando venga de visita, quizá podamos discutir cómo proceder.

Era cierto que Auror sabría qué hacer y cuál sería el mejor modo de actuar. No era un consejo espantoso. Pero Auror no llegaría hasta enero, y aún estaban en septiembre.

Quizá, si Amarina le escribía, su tío podría contestarle con indicaciones sobre cómo actuar antes de que viajara a Montmar.

A Amarina le resultaba soporífero oír la lluvia caer sobre el techo de cristal y la piedra de los muros redondos de su torre. Se preguntó cómo estaría el patio principal en ese momento, con el agua desbordándose desde el techo y cayendo por los canalones que la conducían hasta un desagüe que serpenteaba por la pared del patio hasta llegar a una gárgola que la vomitaba sobre un estanque. En días como aquel, el estanque desbordaba y el suelo del patio se inundaba; pero no se malgastaba ni una gota, ya que toda esa agua se colaba por los sumideros del suelo y la conducían hasta las cisternas de las bodegas y la prisión.

No era muy práctico que el suelo se inundara los días de lluvia. Era un diseño extraño, y era bastante fácil revertirlo. Pero no provocaba daños estructurales, porque habían construido el patio precisamente para que cayera allí la lluvia; además, a Amarina le encantaba verlo en las raras ocasiones en las que podía escaparse de su despacho. Los azulejos del suelo que rodeaban la fuente estaban adornados con un mosaico de peces que parecían saltar y nadar bajo la capa de agua. Leck había querido que el patio tuviera un aspecto espectacular durante los días de lluvia.

Cuando Darby irrumpió en la habitación con una pila de documentos tan alta que necesitaba ambos brazos para sujetarla, Amarina anunció que iba a ir a la herrería real para que le fabricaran una espada.

Pero, por el amor del cielo, le respondieron, ¿acaso no había caído en que para llegar a la herrería tendría que cruzar los terrenos bajo la lluvia? ¿No se le había pasado por la cabeza que tardaría menos si hiciera llamar a alguno de los herreros para que acudiera a su torre, en vez de tener que ir ella misma a la herrería? ¿Acaso no había pensado que podría resultar un poco raro…?

—Ay, por favor —les espetó Amarina a sus consejeros—. He dicho que voy a dar un paseo hasta la herrería, no que vaya a hacer una expedición a la luna. Estaré de vuelta en solo unos minutos. Mientras tanto, podéis volver todos al trabajo y dejar de molestarme, si es que podéis, claro.

—Al menos llevaos un paraguas, majestad —le suplicó Rood.

—No —respondió, y se marchó del despacho con todo el dramatismo posible.

De pie en el vestíbulo este, observando a través de uno de los arcos el agua que caía sobre la fuente, se arremolinaba en el suelo y se colaba por los sumideros, Amarina permitió que el ruido y el aroma a tierra la calmaran.

—Majestad —dijo una voz tranquila a su lado—, ¿cómo os sentís?

Amarina estaba ligeramente avergonzada de encontrarse en compañía de lord Giddon.

—Uy, Giddon. Hola. Estoy bien, supongo. Lamento lo de la otra noche —farfulló—, por haberme quedado dormida y por lo del… pelo.

—No os disculpéis, majestad —le respondió—. Después de una experiencia tan terrible como la que tuvisteis con Danzhol, es normal que estuvieseis cansada. Menuda forma de rematar un día tan extraordinario.

—Desde luego —respondió Amarina con un suspiro.

—¿Cómo lleváis el rompecabezas?

—Fatal —respondió, agradecida de que se hubiera acordado—. Tengo a nobles como Danzhol, que robaron en nombre de Leck; a unos ladrones que están recuperando los objetos que robaron los nobles; información extraña y errónea que me proporcionaron mis consejeros sobre unas gárgolas; información que mis consejeros prefieren que no sepa; información que a los ladrones les gustaría ocultarme, como, por ejemplo, por qué van por ahí recibiendo puñaladas… Y tampoco entiendo la decoración del patio —añadió malhumorada, contemplando los arbustos que, hacía tan solo un instante, le habían encantado.

—Mmm… —dijo Giddon—. He de confesar que no resulta demasiado esclarecedor.

—Es un desastre —respondió Amarina.

—Bueno —contestó Giddon, algo divertido—. El patio principal es espléndido bajo la lluvia.

—Gracias. ¿Sabes que, para poder venir aquí sola para contemplarlo, en mitad de la jornada, he tenido que discutir largo y tendido? Y ni siquiera estoy sola —añadió, señalando con la cabeza a un hombre que estaba escondido detrás de un arco en el vestíbulo sur—. Es uno de mis guardias gracelings, Alinor, que finge que no nos está observando. Te juego la corona a que lo han enviado para que me espíe.

—O quizás esté aquí para vigilaros y para manteneros a salvo, majestad —sugirió Giddon—. Hace poco os atacaron mientras se suponía que os estaban protegiendo. Puede que estén un poco nerviosos. Seguro que se sienten culpables.

—Es que… hoy he hecho algo por lo que debería estar muy contenta. He propuesto una medida para que la Corona indemnice a quienes Leck robó durante su reinado. Pero lo único que siento es impaciencia y rabia por la oposición con la que supongo que me toparé y las mentiras que tendré que contar para que el proyecto salga adelante, y además estoy frustrada porque no puedo salir a pasear sin que envíen a alguien para que me vigile. Atácame.

—¿Disculpad, majestad?

—Deberías atacarme para ver qué hace mi guardia. Seguro que está aburridísimo; así se entretendría.

—¿Y no es posible que me atraviese con su espada?

—Uy. —Amarina se rio—. Sí, supongo que es posible. Sería una lástima.

—Me alegra que penséis eso —respondió Giddon con sequedad.

Amarina entrecerró los ojos para mirar a una persona cubierta de barrio que se había adentrado en el patio desde el vestíbulo oeste, que era la ruta hacia los establos. A Amarina le dio un vuelco el corazón y pegó un brinco.

—¡Giddon! —chilló—. ¡Es Katsa!

De repente Po salió disparado hacia el patio desde el vestíbulo norte. Al verlo, Katsa echó a correr y se abalanzaron el uno sobre el otro bajo el agua. Justo antes de que chocaran, Po se apartó a un lado, se agachó, levantó a Katsa y, con una precisión asombrosa, se impulsó hacia un lado y ambos cayeron en el estanque.

Seguían dando vueltas mientras reían y gritaban, y Amarina y Giddon seguían observándolos cuando, de repente, un sirviente muy estirado se acercó a la reina a toda prisa y le dijo:

—Buenos días, majestad. Lady Katsa de Mediaterra acaba de llegar a la corte, majestad.

—No me digas —respondió Amarina, arqueando una ceja.

El sirviente, que no parecía haber llegado a su puesto gracias a su perspicacia, reafirmó el anuncio sin una pizca de humor y luego añadió:

—El príncipe Raffin de Mediaterra ha venido con ella.

—¡Anda! ¿Y dónde está?

—Está buscando sus aposentos, majestad.

—¿Ha venido con Bann? —preguntó Giddon.

—Sí, mi señor —respondió el sirviente.

—Estarán agotados —afirmó Giddon cuando el sirviente se retiró—. Katsa los habrá obligado a cabalgar sin descanso bajo la lluvia.

Katsa y Po trataban de ahogarse mutuamente y, a juzgar por las carcajadas que soltaban, parecían estar pasándolo en grande.

El alboroto había provocado que varios sirvientes y guardias hubieran comenzado a amontonarse en los pórticos y en los balcones, y los miraran señalándolos con el dedo.

—Imagino que tras esto correrán muchos rumores —se animó a decir Amarina.

—¿Otro capítulo de *Las heroicas aventuras de*…? —le preguntó Giddon en voz baja.

Luego le dedicó una sonrisa que le llegó hasta los ojos marrones (bonitos pero normales y corrientes) y Amarina sintió que de repente ya no estaba tan sola. En un principio se había alegrado tanto al ver a Katsa que se le había olvidado que, con ellos, las cosas siempre eran así. Katsa estaba tan concentrada en Po que ni siquiera se había percatado de la presencia de Amarina.

—La verdad es que me dirigía hacia la herrería real —le dijo Amarina a Giddon para hacerle entender que ella también tenía preocupaciones y lugares a los que acudir—, pero debo confesar que no estoy segura de dónde está. Aunque, claro, no pensaba admitirlo delante de mis consejeros.

—Yo he estado allí, majestad —respondió Giddon—. Está en la zona oeste de los terrenos del castillo, al norte de los establos. ¿Queréis que os indique cómo llegar o preferís que os acompañe?

—Ven conmigo.

—De todos modos, parece que el espectáculo ha terminado —añadió lord Giddon.

Era cierto, el chapoteo y el ruido parecían haberse calmado. Katsa y Po estaban abrazados; era complicado saber si seguían peleando o si habían empezado a besarse.

Amarina se dio la vuelta con una punzada de resentimiento.

—¡Espera!

Era la voz de Katsa, que le llegó a Amarina por la espalda e hizo que se girara. Katsa se había separado de los brazos de Po y había salido de la fuente, y corría hacia ella con los ojos —uno azul y otro verde— brillantes, y la ropa y el pelo chorreando. Se abalanzó sobre Amarina y la abrazó. La levantó del suelo, la abrazó aún más fuerte y le besó la coronilla. Aplastada contra Katsa, Amarina oyó los latidos violentos y salvajes del corazón de la graceling. Se abrazó a ella con fuerza. Se le anegaron los ojos de lágrimas.

Y entonces Katsa volvió corriendo hacia Po.

Mientras Amarina y Giddon avanzaban por el ala oeste del castillo hacia la salida que quedaba más cerca de la herrería, el noble le contó que una de las especialidades del Consejo era indemnizar a las víctimas de los robos que habían cometido los reyes.

—Es una práctica maravillosa, majestad —le dijo Giddon—. Claro que, en nuestro caso, tenemos que valernos de artimañas, porque nuestros reyes ladrones siguen vivos. Sin embargo, creo que sentiréis una satisfacción parecida a la que sentimos nosotros.

A su lado, lord Giddon era muy grande, tan alto como Thiel y aún más corpulento.

—¿Cuántos años tienes? —le preguntó Amarina de sopetón, después de haber tomado la decisión de que las reinas tenían el privilegio de hacer preguntas indiscretas.

—Cumplí veintisiete el año pasado, majestad —respondió.

No parecía haberle molestado la pregunta.

Por lo visto, Giddon, Po, Katsa, Bann y Raffin tenían todos más o menos la misma edad.

—¿Cuánto hace que eres amigo de Katsa? —le preguntó al recordar, un poco indignada, que Katsa no había saludado a Giddon en el patio.

—Mmm… —dijo Giddon, mientras pensaba—, puede que haga ya unos diez u once años. Me ofrecí para trabajar con ella y con Raffin en cuanto pusieron en marcha el Consejo. Claro que ya la conocía de antes. La había visto en muchas ocasiones por la corte. Solía verla entrenar.

—¿Te criaste en la corte del rey Randa?

—Las tierras de mi familia están cerca de la corte de Randa, majestad. De niño, pasé tanto tiempo en la corte como en mi propia casa. Mi difunto padre era muy buen amigo de Randa.

—Tus prioridades difieren de las de tu padre.

Giddon la miró sorprendido y luego soltó una especie de quejido.

—La verdad es que no, majestad.

—Bueno, decidiste aliarte con el Consejo en vez de con Randa, ¿no?

—Me uní al Consejo más que nada porque su fundadora me fascinaba, majestad. Katsa, la promesa de vivir aventuras… No creo que me importaran demasiado sus propósitos. Por aquella época, yo era uno de los matones de Randa más fiables.

Amarina recordó que Giddon era una de las personas que no sabían la verdad sobre la gracia de Po. ¿Era por eso? ¿Era un matón? Pero Giddon se había convertido en uno de los mejores amigos de Po, ¿no? ¿Cómo podía alguien que fuera compinche de un rey malvado romper esos lazos mientras el rey seguía vivo?

—Dime, Giddon, ¿te importan ahora los propósitos del Consejo?

Cuando la miró a la cara, vio su respuesta antes de que se la dijera.

—Más que nada en el mundo.

Llegaron a un vestíbulo poco iluminado en cuyos ventanales sonaba el repiqueteo de la lluvia contra el cristal. Dos guardias de Montmar estaban apostados a ambos lados de una poterna. Cuando Amarina la atravesó, llegó a una terraza de pizarra cubierta que daba a un campo de bocas de dragón empapadas. Al otro lado del campo de flores había un edificio pequeño de piedra de cuyas chimeneas ascendían volutas de humo. El entrechocar melódico del metal, con sus distintos tonos y ritmos, indicaba que habían logrado encontrar la herrería.

—Giddon —le dijo Amarina—, ¿no ha sido un poco grosero por parte de Katsa no saludarte en el patio? Hace mucho tiempo que no os veis, ¿no?

Giddon le dedicó una sonrisa enorme y repentina; empezó a reírse por lo bajo.

—Katsa y yo no nos llevamos demasiado bien —respondió.

—¿Por qué? ¿Qué le has hecho?

—¿Por qué dais por hecho que yo tengo la culpa?

—¿Me equivoco?

—El rencor de Katsa puede durar años —respondió Giddon, sin dejar de sonreír.

—Pues a mí me parece que eres tú el que está siendo rencoroso —soltó Amarina de repente, enfadada—. Katsa tiene un corazón noble. Debe de tener algún motivo para no llevarse bien contigo.

—Majestad —dijo Giddon con voz queda—, no tenía intención de ofenderos, ni a vos ni a Katsa. Todo mi valor lo he aprendido de ella. Me atrevería a decir incluso que, cuando creó el Consejo, me salvó la vida. Puedo trabajar con Katsa, aunque no me salude al verme.

El tono de su voz y sus palabras lograron que Amarina volviera en sí. Aflojó los puños y se limpió las manos en la falda.

—Giddon, disculpa mi comportamiento.

—Katsa tiene mucha suerte de contar con vuestra lealtad —comentó Giddon.

—Ya… —respondió Amarina, algo confundida. Después hizo un gesto hacia el chaparrón y la herrería porque se moría de ganas de poner fin a aquella conversación—. ¿Una carrerita?

En cuestión de segundos, Amarina se empapó de la cabeza a los pies. El lecho de bocas de dragón era un barrizal que se tragó una de sus botas e hizo que estuviera a punto de caerse de bruces. Cuando Giddon se acercó a ella y le tiró de los brazos para intentar liberarla, se quedó también atrapado en el barro. Con una expresión que indicaba el desastre que se avecinaba, Giddon se dejó caer de espaldas sobre el lecho de flores y el impulso hizo que Amarina saliera del barro pero que también se cayera.

Acabó tumbada boca abajo sobre las flores, con la boca llena de tierra. A partir de entonces ya de nada servía el decoro. Cubiertos de barro y de pétalos, se arrastraron tambaleándose y jadeando de la risa hasta que llegaron al cobertizo que constituía la parte delantera de la herrería. Amarina reconoció al hombre que salió del interior del edificio. Era pequeño, tenía un rostro afilado y delicado, vestía el negro de la guardia de Montmar y llevaba las características cadenas de plata en las mangas.

—Espera —le dijo Amarina mientras trataba de limpiarse el barro de la falda—. Vos sois el capitán de la guardia de Montmar, ¿verdad? Sois el capitán Smit.

El hombre recorrió con la mirada el aspecto desaliñado de la reina y luego hizo lo mismo con Giddon.

—Así es, majestad —se limitó a contestar con corrección—. Es un placer veros.

—Ya… —respondió Amarina—. ¿Sois vos el que decide cuántos guardias patrullan las murallas del castillo?

—En última instancia, sí, majestad.

—¿Puedo preguntaros por qué habéis decidido aumentar el número de guardias desde hace poco?

—Desde luego, majestad —respondió—. Ha sido debido a las revueltas en Septéntrea. De hecho, ahora que sabemos que han destronado al rey, seguramente vuelva a aumentar el número de soldados, majestad. Unas noticias como esas podrían animar a la gente a comportarse de forma violenta. Vuestra seguridad y la del castillo son mis mayores prioridades.

Cuando el capitán Smit se hubo marchado, Amarina frunció el ceño.

—Una explicación completamente plausible —refunfuñó—. Quizá mis consejeros no me estén mintiendo.

—¿No es eso lo que queréis? —preguntó Giddon.

—Sí, claro, pero ¡no me ayuda a resolver mi rompecabezas!

—Si me lo permitís, majestad —le dijo Giddon—, resulta bastante complicado seguir el hilo de esta conversación.

—Ay, Giddon —suspiró Amarina—. Si te consuela, a mí también me cuesta seguirlo.

Otro hombre salió de la herrería en ese instante y se quedó mirándolos. Era más joven y estaba cubierto de hollín, y la camisa arremangada revelaba unos antebrazos musculosos; en las manos sostenía la espada más inmensa que Amarina había visto jamás y de cuya hoja, que resplandecía como un rayo, goteaba agua del pilón en el que enfriaban el metal.

—Vaya, Ornik —exclamó Giddon, acercándose al herrero y poniéndolo todo perdido de flores y barro—. Qué buen trabajo. —Tomó la espada de las manos de Ornik con cuidado, comprobó que estuviera equilibrada y le ofreció la empuñadura a Amarina—. Majestad…

La espada era casi tan alta como Amarina, y pesaba tanto que tuvo que hacer fuerza con los hombros y las piernas para poder levantarla. La blandió con un gran esfuerzo y la miró con admiración. Le gustaba lo delicada y sencilla que era la empuñadura y el brillo uniforme de la hoja; y también el peso sólido y firme que tiraba de ella hacia el suelo.

—Es preciosa, Ornik —le dijo al herrero—. Ay, qué mal, la estamos llenando de barro. Giddon, ayúdame —añadió, porque no confiaba en poder bajar la espada sin golpear la punta contra el suelo de piedra—. Ornik, hemos venido para que me forjes una espada.

Ornik se llevó las manos a las caderas y observó el cuerpecito de la reina de la cabeza a los pies como solo lo hacía Helda, y solo cuando le estaba probando un vestido nuevo.

—Me gustan las armas pesadas, y no soy débil —añadió Amarina, a la defensiva.

—De eso ya me he dado cuenta, majestad —respondió Ornik—. Dejadme que os muestre algunas opciones. Si no tengo nada que se ajuste a lo que buscáis, os fabricaré algo a medida. Disculpadme un momento.

Ornik hizo una reverencia y volvió al interior de la fragua. A solas de nuevo con Giddon, Amarina lo examinó y descubrió que le gustaba cómo le quedaban las manchas de barro en la cara. Parecía un hermoso barco de remos hundido.

—¿Cómo es que conoces a mi herrero por su nombre, Giddon? ¿Has estado encargándole espadas?

Giddon observó la puerta que daba a la fragua y respondió en voz baja.

—¿Os ha hablado Po de la situación en Solánea, majestad?

Amarina entrecerró los ojos.

—Me ha contado lo que ha pasado en Septéntrea, pero no me ha dicho nada de Solánea. ¿Qué está pasando?

—Creo que va siendo hora de que participéis en una reunión del Consejo. Si vuestra agenda os lo permite, podríamos organizarla para mañana.

—¿A qué hora?

—A medianoche.

—¿A dónde tengo que ir?

—Imagino que a los aposentos de Katsa, ahora que está en el castillo.

—Muy bien. ¿Cuál es la situación de Solánea?

Giddon volvió a mirar hacia la puerta y habló en voz aún más baja.

—El Consejo cree que va a producirse una revuelta contra el rey Thigpen, majestad.

Amarina se quedó mirándolo con los ojos como platos.

—¿Igual que en Septéntrea?

—Igual que en Septéntrea —repitió Giddon—. Y los rebeldes han solicitado la ayuda del Consejo.

10

Aquella noche, mientras atravesaba el patio principal, Amarina trató de aceptar su propio desasosiego.

Confiaba en el trabajo de sus amigos. Pero, para ser un grupo de personas que decían preocuparse por su seguridad, parecían haber adoptado la costumbre de alentar levantamientos contra los monarcas. Bueno, ya vería lo que querían decir mañana a medianoche.

Para cuando llegó a la calle Hojalatero y llamó a la puerta, la lluvia se había convertido en niebla, llena de gotas infinitesimales que le empapaban la ropa y el pelo, por lo que toda ella iba goteando como si fuera un bosque. Pasó un rato antes de que Zaf abriera la puerta y la arrastrara por la imprenta agarrándola del brazo.

—¡Oye! ¡Suéltame! —protestó Amarina mientras trataba de echarle un buen vistazo a la habitación, donde había tanta luz que le dañaba los ojos. Esa misma mañana también la había hecho pasar por aquella habitación al salir. Y ahora veía papel por todas partes, rollos y hojas; mesas altas repletas de objetos misteriosos; una hilera de frascos que contenían lo que debía de ser tinta; y esa gran estructura de forma extraña en el centro de la habitación que crujía y daba golpes y apestaba a grasa y a metal, y que era tan fascinante que Amarina le dio una patada a Zaf (no muy fuerte) para que dejara de llevársela de allí.

—¡Ay! —gritó Zaf—. ¿¡Por qué me pega todo el mundo!?

—Quiero ver la prensa —le pidió Amarina.

—No puedes. Y, si me das otra patada, pienso devolvértela.

Tilda y Bren estaban trabajando juntas en la prensa. Ambas volvieron la cabeza a la vez para ver qué estaba causando todo ese alboroto, y luego las dos pusieron los ojos en blanco.

En ese instante, Zaf la arrastró al cuarto de atrás y cerró la puerta; y Amarina pudo verlo bien al fin. Tenía un ojo hinchado, morado y medio cerrado.

—Mierda —exclamó—. ¿Qué te ha pasado?

—Una pelea callejera.

Amarina irguió los hombros.

—Dime la verdad.

—¿Por qué? ¿Acaso es tu tercera pregunta?

—¿Qué?

—Si tienes que salir de nuevo, Zaf —dijo la débil voz de Teddy desde la cama—, evita la calle Callender. Las chicas me han dicho que un edificio se ha venido abajo y ha tirado otros dos con él.

—¡Tres edificios derrumbados! —exclamó Amarina—. ¿Por qué es tan endeble la zona este de la ciudad?

—¿Esa es tu tercera pregunta? —dijo Zaf.

—Ya te respondo yo a tus dos preguntas, Suerte —intervino Teddy.

Al oírlo, Zaf se marchó furioso a otra habitación y cerró la puerta con un golpe, indignado.

Amarina fue al rincón en el que estaba Teddy y se sentó con él en su pequeño círculo de luz. Había papeles esparcidos por toda la cama. Algunos hasta se habían caído al suelo.

—Gracias —le dijo Teddy mientras Amarina los recogía—. ¿Sabes que Madlen me ha visitado esta mañana, Suerte? Dice que sobreviviré.

—Ay, Teddy —exclamó Amarina, abrazando los papeles—. Qué alegría oír eso.

—Bueno, querías saber por qué la zona este de la ciudad se está viniendo abajo, ¿no?

—Sí, y por qué han vuelto a pintar algunas partes de los edificios que están rotas y mal reparadas.

—Ah, sí. Bueno, la respuesta es la misma para ambas preguntas. Es por la tasa de empleo de la Corona, que es del noventa y ocho por ciento.

—¿¡Qué!?

—Sabes que la administración de la reina ha hecho todo lo que ha podido para encontrarle trabajo a la gente, ¿no? Es parte de su filosofía para que se recupere el reino.

Era cierto que Runnemood le había dicho que casi todo el mundo en la ciudad tenía trabajo. Pero, últimamente, a Amarina le costaba creerse las estadísticas de Runnemood.

—¿Me estás diciendo que la tasa de empleo del noventa y ocho por ciento es real?

—Eso parece. Y algunos de los nuevos trabajos tienen que ver con la reparación de estructuras que se descuidaron durante el reinado de Leck. Cada parte de la ciudad tiene un equipo diferente de constructores e ingenieros asignados a cada obra, y el ingeniero que lidera el equipo en la zona este es un tarado. Al igual que su subalterno y algunos de sus trabajadores. No tienen remedio.

—¿Cómo se llama el líder? —preguntó Amarina, aunque le daba que sabía la respuesta.

—Ivan —contestó Teddy—. Antes era un ingeniero fenomenal. Los puentes son obra suya. Pero ahora tendremos suerte si no nos acaba matando a todos. Hacemos lo que podemos para reparar los desperfectos nosotros mismos, pero todos tenemos nuestros propios trabajos, como ya sabes. Nadie tiene tiempo.

—Pero ¿por qué no le paran los pies?

—La reina tampoco tiene tiempo —dijo Teddy sin rodeos—. Ha de gobernar un reino que está aún despertando del hechizo al que un loco lo sometió durante treinta y cinco años. Es posible que ahora la reina sea mayor, pero sigue teniendo más quebraderos de cabeza y más complicaciones y confusiones con las que lidiar que los otros seis reinos juntos. Seguro que tratará de resolver el asunto cuando pueda.

Su fe la conmovió, pero también la desconcertó. *¿Lo resolveré?*, pensó, adormilada. *¿Y será cierto lo que dice? Reconozco que me sigo teniendo que enfrentar a todo tipo de confusiones que, además, vienen de todas partes. Pero no tengo la sensación de estar ocupándome de nada. ¿Y cómo se supone que voy a corregir problemas de los que ni siquiera soy consciente?*

—En cuanto a las heridas de Zaf —continuó Teddy—, hay un grupo de cuatro o cinco idiotas con los que nos cruzamos de vez en cuando. Cabezas de chorlito. Para empezar, siempre les ha caído mal Zaf por ser leonita y por sus ojos, y, bueno, por algunas de sus inclinaciones. Y entonces una noche le dijeron que les demostrara su gracia, y no pudo demostrar nada, como es evidente. Así que creyeron que les ocultaba algo. Que era un mentalista, quiero decir. Y ahora cada vez que lo ven lo castigan, como si fuera lo más normal del mundo.

—Vaya… —respondió Amarina. No pudo evitar imaginárselo todo, los puñetazos y las patadas que probablemente constituían ese castigo del que hablaba Teddy. Puñetazos y patadas a Zaf, en la cara. Trató de apartar la imagen de la mente—. Entonces, ¿no fueron los mismos que te atacaron a ti?

—No, Suerte. Son otros.

—Teddy…, ¿quién te atacó?

Teddy esbozó una sonrisa relajada por toda respuesta y luego preguntó:

—¿Qué quería decir Zaf con lo de tu tercera pregunta? ¿Estáis jugando a un juego?

—Más o menos.

—Chispa, yo en tu lugar no aceptaría jugar a los juegos de Zaf.

—¿Por qué? —preguntó Amarina—. ¿Crees que me miente?

—No —respondió Teddy—. Pero creo que Zaf puede ser peligroso para ti, aunque no te diga ni una sola mentira.

—Teddy —suspiró Amarina—, no quiero que empecemos con los acertijos. ¿Podríamos dejarnos de acertijos, por favor?

Teddy sonrió.

—Vale. ¿De qué quieres hablar?

—¿Qué son estos papeles? —le preguntó Amarina mientras se los pasaba—. ¿Es tu libro de palabras o tu libro de verdades?

—El de las palabras —contestó Teddy, sosteniendo los papeles contra el pecho, abrazándolos como para protegerlos—. Mis queridas palabras. Hoy estaba pensando en las que empiezan por «P». Ay, Suerte, ¿cómo se supone que voy a pensar en cada palabra y en cada definición? A veces, cuando mantengo una conversación, soy incapaz de prestar atención, porque lo único que hago es desmenuzar las frases de los demás y preguntarme como un obseso si me he acordado de incluir todas las palabras que han usado. Estoy seguro de que mi diccionario va a acabar con unas lagunas enormes en cuanto al significado de las palabras.

Lagunas enormes en cuanto al significado, pensó Amarina, tomando aire para asimilar la frase. *Sí.*

—Te va a quedar estupendo, Teddy. Solo una persona con alma de escritor de diccionarios estaría acostada en la cama, tres días después de que le hayan apuñalado en el abdomen, dándoles vueltas a los términos que empiecen por «P».

—Solo has utilizado una palabra que empieza por «P» en esa frase —dijo Teddy, distraído.

La puerta se abrió, y Zaf asomó la cabeza y miró a Teddy.

—¿Le has revelado ya todos nuestros secretos?

—Ni una sola palabra con «P» en esa frase… —siguió diciendo Teddy, adormilado.

Zaf soltó un quejido de impaciencia.

—Voy a salir.

Teddy volvió a despertar de repente, intentó incorporarse y luego hizo una mueca de dolor.

—Por favor, no salgas si solo es para buscar problemas, Zaf.

—¿Acaso tengo que *buscarlos* alguna vez?

—Bueno, al menos véndate ese brazo —insistió, ofreciéndole una venda que había en la mesita de noche.

—¿El brazo? —preguntó Amarina—. ¿También te han herido en el brazo? —Fue entonces cuando se percató de que Zaf se estaba sujetando el brazo contra el pecho. Se levantó y fue hacia él—. Déjame ver.

—Quita.

—Déjame que te ayude a vendártelo.

—Ya puedo yo solo.

—¿Con un único brazo?

Al cabo de un momento, con un resoplido de irritación, Zaf se acercó a la mesa, enganchó la pata de una silla con el pie, tiró de ella y se sentó. Luego se remangó hasta el codo y miró a Amarina con mala cara, mientras ella trataba de que no se le notara en el rostro lo que sentía al ver el brazo de Zaf. Tenía todo el antebrazo magullado e hinchado. Un corte largo y uniforme, de la longitud de su mano, le recorría la parte superior. Lo habían cosido con mucho esmero con un hilo que la sangre de Zaf había acabado tiñendo de rojo.

Por lo visto, esa noche el dolor era la causa de la furia de Zaf. ¿Y tal vez la humillación también? ¿Lo habían sujetado entre varios y le habían rajado el brazo como castigo? El corte era largo y limpio.

—¿Es profundo? —preguntó Amarina mientras se lo vendaba—. ¿Te lo ha limpiado bien alguien? ¿Te han dado medicinas?

—Puede que Roke no sea el curandero de la reina, Chispa —respondió Zaf con sarcasmo—, pero sabe cómo evitar que una persona muera de una herida superficial.

—¿A dónde vas, Zaf? —preguntó Teddy, cansado.

—A los muelles de la plata —contestó Zaf—. He recibido un soplo esta noche.

—Chispa, me quedaría más tranquilo si fueras con él —le pidió Teddy—. Es más probable que se comporte como es debido si sabe que tiene que cuidar de ti.

Amarina no opinaba lo mismo. Mientras tocaba el brazo de Zaf, casi podía sentir la tensión que vibraba por todo su cuerpo. Resultaba evidente que esa noche pretendía hacer algo imprudente, provocado por la ira que sentía.

Y por eso mismo fue con él; no para que tuviera a alguien a quien cuidar, sino para que alguien, aunque fuera una persona pequeñita y reacia a acompañarlo, cuidara de él.

Menos mal que a Amarina se le daba bien correr. Si no, Zaf la habría dejado atrás.

—Dicen por ahí que lady Katsa ha llegado hoy a la ciudad —dijo Zaf—. ¿Es eso cierto? ¿Y sigue el príncipe Po en la corte?

—¿Por qué te interesa tanto? ¿Planeas robarles o algo así?

—Chispa, me robaría antes a mí mismo que a mi príncipe. ¿Cómo está tu madre?

Esa preocupación tan extraña y persistente por su madre resultaba casi graciosa esa noche, con su aspecto rudo y su forma alocada de recorrer las calles empapadas como en busca de algo que destrozar.

—Está bien —respondió Amarina—. Gracias —añadió, sin estar segura, al principio, de lo que estaba agradeciendo. Luego se dio cuenta, con una pequeña implosión de vergüenza, de que era por la fe inquebrantable que tenía Zaf en su madre.

En los muelles de la plata, la lluvia que acarreaba el viento del río les azotaba la piel. Los barcos se mecían empapados, con las velas bien atadas. En realidad no eran tan altos como parecían en la oscuridad. Amarina lo sabía; no eran barcos construidos para la navegación marítima, sino fluvial, diseñados para transportar cargas pesadas hacia el norte, contra la corriente del río Valle, desde las minas y refinerías del sur. Pero por la noche parecían enormes, asomando por encima de los muelles, con las siluetas de hileras de soldados en las cubiertas, ya que allí era donde desembarcaba la fortuna del reino.

Y el tesoro real, donde se guarda esa fortuna, es mío, pensó Amarina. *Y los barcos son míos, y los soldados de la tripulación son míos, y llevan mi fortuna de las minas y refinerías, que también son mías. Todo esto es mío, porque soy la reina. Qué extraño es pensarlo.*

—Me pregunto qué haría falta para asaltar uno de los barcos del tesoro de la reina —dijo Zaf.

Amarina sonrió.

—Los piratas lo intentan de vez en cuando, o eso he oído, cerca de las refinerías. Pero los resultados son catastróficos. Para los piratas, quiero decir.

—Ya… —dijo Zaf, con cierto tono de irritación—. Bueno, claro, hay un pequeño ejército en cada uno de los barcos de la reina, y los piratas no lograrían estar a salvo con su botín hasta que hubieran escapado por mar. Y apuesto a que el recorrido del río desde las refinerías hasta la bahía está bien patrullado por la guardia naval de la reina. No es fácil esconder un barco pirata en un río.

—¿Cómo sabes todo eso? —preguntó Amarina, algo inquieta de repente—. Por todos los mares. ¡No me digas que eres un pirata! ¡Tus padres te dejaron en un barco pirata! Estoy segura; se nota a la legua.

—Pues claro que no —respondió Zaf con un suspiro, intentando armarse de paciencia—. No seas boba, Chispa. Los piratas van por ahí asesinando, violando y hundiendo barcos. ¿Es eso lo que piensas de mí?

—Ay, me volvéis loca —dijo Amarina con acritud—. Vais todos por ahí a escondidas, robando y recibiendo puñaladas, excepto cuando estáis escribiendo libros imposibles de comprender o imprimiendo quién sabe qué. No me decís nada y luego os ponéis furiosos cuando intento averiguar las cosas por mi cuenta.

Zaf se alejó de los muelles y se adentró en una calle oscura que Amarina no conocía. Cuando llegaron cerca de la entrada de lo que parecía claramente un salón de relatos, se colocó frente a ella, sonriendo en la oscuridad.

—Tengo algo de experiencia buscando tesoros —afirmó.

—¿Buscando tesoros?

—Pero nunca he sido un pirata, y nunca se me ocurriría. Y quiero pensar que no tendría que hacer falta que te lo dijera para que lo supieses, Chispa.

—¿A qué te refieres con buscar tesoros?

—Bueno, los barcos a veces se hunden, como sabrás. Naufragan en las tormentas, o los queman, o sencillamente se hunden. Es entonces cuando llegan los cazatesoros y se sumergen en el fondo del mar, en busca de tesoros que rescatar del naufragio.

Amarina estudió el rostro maltrecho de Zaf. Estaba manteniendo una conversación agradable, incluso amistosa; se notaba que le gustaba hablar con ella. Pero aún sentía esa ira de antes; había cierto brillo de dureza y dolor en sus ojos, y mantenía el brazo herido pegado al cuerpo.

Aquel marinero, cazatesoros o ladrón —lo que fuera— debería estar en una cama calentita, recuperándose y aplacando la ira. No robando o buscando tesoros o lo que pretendiese hacer allí.

—Parece peligroso —dijo al fin Amarina con un suspiro.

—Lo es. Pero no es ilegal. Venga, entra. Te va a gustar lo que voy a robar esta noche.

Zaf abrió la puerta y le hizo un gesto para que se adentrara en la luz amarilla, entre el vapor, el olor de los cuerpos y de la lana húmeda, y una voz ronca y grave que la atrajo: la voz de una fabuladora.

Había ollas y cubos sobre todas las superficies de aquel salón de relatos, y repiqueteaban con un ritmo metálico con cada gota que caía. Amarina lanzó una mirada de desconfianza hacia el techo y se mantuvo en los extremos de la habitación.

La fabuladora era una mujer bajita con una voz grave y melodiosa. La historia era uno de los viejos relatos de animales de Leck: uno en el que aparecía un niño a bordo de una barca en un río helado y un ave rapaz de color fucsia con garras plateadas como anzuelos, una criatura preciosa, hipnotizante y feroz. Amarina odiaba esa historia. Recordaba que Leck se la había contado, o una muy parecida. Casi podía ver a Leck allí mismo, en la barra, con un ojo tapado y el otro gris, penetrante y atento.

Entonces le llegó una imagen que vio con total nitidez: el terrible destrozo del ojo que ocultaba el parche de Leck.

—Venga, vamos, Chispa —le dijo Zaf—. Ya estoy listo. Vámonos.

Amarina no lo oyó. Leck se había quitado el parche delante de Amarina solo una vez, entre risas, mientras le decía algo sobre un caballo que se había encabritado y le había dado una coz. Al

verle el globo ocular morado e hinchado de sangre, Amarina había pensado que el carmesí intenso de la pupila era una mancha
de sangre, no una pista que indicaba la verdad que ocultaba su
padre. Una pista que explicaba por qué se sentía tan torpe y estúpida y olvidadiza la mayor parte del tiempo, sobre todo cada vez
que se sentaba con él, queriendo demostrar lo bien que leía, esperando complacerlo.

Zaf la agarró de la muñeca y trató de llevársela de allí. De
repente, Amarina volvió en sí, como si hubiera recibido una descarga. Se abalanzó sobre él, pero Zaf la agarró de la otra muñeca,
y mientras la sujetaba murmuró en voz baja:

—Chispa, no te pelees conmigo aquí. Espera a que estemos
fuera. Vamos.

¿En qué momento se había llenado la sala de tanta gente y
había empezado a hacer tanto calor? Un hombre que se había
acercado demasiado a ella le dijo con mucha labia:

—¿Se está metiendo contigo el tipo este de los pendientes de
oro, muchacho? ¿Te hace falta un amigo?

Zaf se lanzó sobre el hombre con un gruñido. El hombre retrocedió, con las manos levantadas y las cejas alzadas, reconociendo su derrota, y entonces fue Amarina quien agarró a Zaf
mientras él empujaba al hombre. Le aferró el brazo herido a propósito, para causarle dolor, para que su furia volviera a recaer
sobre ella (ya que sabía que a ella no le haría daño) y no sobre los
demás de la sala (a quienes no estaba tan segura de que no les
fuera a hacer daño).

—Déjalo ya —le dijo a Zaf—. Vámonos.

Zaf jadeaba. Las lágrimas le iluminaban los ojos. Le había
hecho más daño del que pretendía, pero quizá no más del necesario; y, de todos modos, no importaba, porque ya se estaban yendo, abriéndose paso entre la gente. Al fin salieron a la
lluvia.

Una vez fuera, Zaf corrió, se metió en un callejón y se agazapó bajo el cobijo de una marquesina. Amarina lo siguió y se quedó a su lado mientras Zaf se llevaba el brazo al pecho, maldiciendo.

—Lo siento —se disculpó Amarina cuando Zaf pareció dejar de hablar al fin y comenzó a respirar hondo.

—Chispa —empezó a decir Zaf, pero se detuvo para seguir tomando aire—, ¿qué te ha pasado? Tenías la cabeza en otra parte. No estabas escuchando ni una sola palabra de lo que te estaba diciendo.

—Teddy tenía razón. Te ha venido bien tener que cuidar de mí. Y yo también tenía razón. Necesitabas a alguien que cuidara de ti. —Entonces escuchó lo que acababa de decir y sacudió la cabeza para despejarla—. Lo siento mucho, Zaf; no sé qué me ha pasado. La historia me transportó a otra parte.

—Bueno —dijo Zaf mientras se ponía de pie con cuidado—. Te voy a enseñar algo que te va a hacer volver a poner los pies en la tierra.

—¿Te ha dado tiempo a robar algo?

—Chispa, con un momento me vale.

Sacó un disco de oro del bolsillo del abrigo y lo sostuvo bajo una farola titilante. Cuando abrió el objeto, Amarina le agarró la mano para ajustar el ángulo y así poder ver lo que creía estar viendo: un gran reloj de bolsillo con una esfera que no tenía doce horas, sino quince, y no sesenta minutos, sino cincuenta.

—¿Me explicas qué es esto?

—Ah, era uno de los juguetes de Leck. Tenía una artista a quien se le daba de maravilla la mecánica, y los mecanismos pequeños, y le gustaba juguetear con los relojes. Leck le hizo fabricar relojes de bolsillo que dividían la mitad del día en quince horas, pero cuyas agujas se movían más rápido para compensar la diferencia. Por lo visto, le gustaba que toda la gente que le rodeaba dijera sandeces sobre la hora y se creyera sus propias sandeces. «Son las catorce y media, majestad. ¿Queréis almorzar?». Y cosas por el estilo.

Qué espeluznante le pareció a Amarina que todo eso le sonara familiar. No era un recuerdo ni nada concreto; solo la sensación de que siempre había conocido relojes de bolsillo como esos, pero que no le había parecido que valiera la pena prestarles atención durante los últimos ocho años.

—Tenía un sentido del humor un tanto perverso —dijo.

—Ahora son bastante populares, en ciertos círculos. Valen una pequeña fortuna —añadió Zaf en voz baja—, pero se consideran propiedad robada. Leck obligó a la mujer a construirlos sin ningún tipo de compensación. Luego la asesinó, o eso es lo que se dice, como hacía con la mayoría de sus artistas, y se quedó con los relojes. Llegaron al mercado negro una vez que él murió. Y ahora yo los estoy recuperando para la familia de la mujer.

—¿Siguen dando la hora?

—Sí, pero hay que hacer unas cuantas cuentas complicadas para calcular la hora auténtica.

—Ya —respondió Amarina—, supongo que se podría convertir todo en minutos. Doce multiplicado por sesenta es setecientos veinte; y quince por cincuenta, setecientos cincuenta. Así que nuestro medio día de setecientos veinte minutos es igual a su medio día de setecientos cincuenta minutos. A ver… Ahora mismo, el reloj marca casi las dos y veinticinco. Eso son ciento veinticinco minutos en total, que, divididos por setecientos cincuenta, deberían dar nuestra hora en minutos dividida por setecientos veinte… Entonces, setecientos veinte por ciento veinticinco es… Dame un segundo… Noventa mil… dividido por setecientos cincuenta… es ciento veinte… Lo que significa… ¡bueno! Los números encajan, ¿no? Son las dos en punto. Debería irme a casa.

Zaf había empezado a reírse a mitad de aquella letanía. Cuando, en el momento justo, se oyeron a lo lejos dos campanadas, estalló en carcajadas.

—Aunque a mí, por ejemplo, me resultaría más sencillo memorizar qué hora concuerda con cuál —añadió Amarina.

—Pues claro —dijo Zaf, todavía riendo.

—¿Qué te hace tanta gracia?

—A estas alturas ya debería tener claro que no debo sorprenderme por nada de lo que digas o hagas, ¿no, Chispa?

Zaf había recuperado el tono agradable, incluso bromista. Estaban muy cerca el uno del otro, con las cabezas casi pegadas sobre el reloj, y Amarina aún le sostenía la mano. De repente se percató de algo, no con la mente, sino algo físico, por el aliento que le rozó el cuello y la hizo estremecerse cuando levantó la vista hacia el rostro magullado de Zaf.

—Bueno… —dijo Amarina—, buenas noches, Zaf.

Y se escabulló.

11

No había ocurrido nada. Aun así, al día siguiente, no fue capaz de pensar en otra cosa. Era increíble todos los pensamientos que se podían tener sobre algo que no había llegado a ocurrir. El calor se apoderaba de ella en los momentos más inoportunos, de modo que estaba segura de que todos los que la miraban a los ojos sabían exactamente en qué estaba pensando. De hecho, hasta le venía bien que el Consejo planeara reunirse aquella misma noche. Necesitaba tranquilizarse antes de poder volver a salir.

Katsa irrumpió en su habitación demasiado temprano.

—Po me ha dicho que quieres entrenar con la espada —le dijo, y le quitó las sábanas de golpe sin piedad.

—Ni siquiera tengo espada aún —se quejó Amarina, intentando volver a esconderse bajo las sábanas—. Me la están forjando.

—Como si fuéramos a empezar con algo que no sean espadas de madera… ¡Venga! ¡Levanta! Piensa en lo que vas a disfrutar al atacarme con una espada.

Kasta salió de la habitación a toda prisa. Durante un instante, Amarina se quedó tumbada en la cama, odiando la vida. Después se levantó y salió de la cama y hundió los pies en una alfombra roja y mullida. Las paredes del dormitorio de Amarina estaban cubiertas con tapices con unos maravillosos dibujos escarlatas, rojizos, plateados y dorados. Los techos eran muy altos y estaban pintados de azul oscuro, como los de su sala de estar, salpicados de estrellas escarlatas y doradas. Los azulejos dorados del baño resplandecían a través de la puerta que tenía enfrente. Toda la habitación parecía un amanecer.

Cuando se quitó el camisón, vio su propio reflejo en un espejo alto y se paró en seco. Se quedó mirándose y, de repente, se descubrió pensando en dos personas que no tenían nada que ver entre sí: Danzhol, que la había besado, y Zaf.

No encajo en esta habitación tan deslumbrante, pensó Amarina. *Tengo unos ojos grandes y sosos, el pelo demasiado grueso y la barbilla muy prominente. Soy tan pequeña que mi marido sería incapaz de encontrarme en la cama. Y, cuando lo haga, descubrirá que tengo los pechos asimétricos y que tengo forma de berenjena.*

Se rio de sí misma y, de repente, se dio cuenta de que estaba a punto de romper a llorar, allí de rodillas en el suelo, frente al espejo, desnuda.

Mi madre era tan guapa…

¿Acaso puede ser guapa una berenjena?

No encontró respuesta en su propia mente.

Recordó todas las partes del cuerpo que Danzhol le había tocado. Lo diferente que había sido aquel beso de lo que se había imaginado que serían los besos. Sabía que no era así como debía sentirse al besar a alguien. Había visto a Katsa y a Po besarse; se los había encontrado una vez en los establos del castillo, apretados contra una pila de heno, y también en un pasillo, en plena noche, pero en esa ocasión tan solo había llegado a ver figuras oscuras y destellos dorados que hacían ruiditos, que apenas se movían y que no se percataban de nada de lo que pasaba a su alrededor. Vaya, que lo disfrutaban.

Pero Katsa y Po son tan guapos, pensó Amarina. *Claro que saben lo que es estar de verdad con otra persona.*

Amarina tenía mucha imaginación, y no se avergonzaba de su propio cuerpo. Había hecho algunos descubrimientos por su cuenta. Y sabía qué hacían dos personas cuando se unían. Helda se lo había explicado, y estaba segura de que su madre también, hacía ya mucho tiempo. Pero comprender el deseo y comprender las técnicas del proceso no ayudaba mucho a descubrir cómo se podía invitar a alguien a que te viera y te tocara de ese modo.

Esperaba que todos los besos que le dieran a lo largo de su vida —y lo que no eran besos— no fueran con nobles que tan solo querían quedarse con su dinero. Qué sencillo sería todo si fuera panadera de verdad. Las panaderas conocían a los mozos de cocina, y ninguno de ellos era un noble que trataba de apoderarse del dinero de la reina, y en ese caso puede que ni siquiera importara tanto que no fuera demasiado guapa.

Se abrazó a sí misma.

Entonces se puso en pie, avergonzada por estar compadeciéndose por algo así cuando había tantas cosas por las que preocuparse.

El príncipe Raffin, hijo del rey Randa y heredero del trono de Mediaterra, y su compañero Bann también acudieron al entrenamiento, aunque, a juzgar por su aspecto, no parecían del todo despiertos.

—Majestad —dijo Raffin, que era tan alto que tuvo que inclinarse de manera exagerada para darle un beso a Amarina en la mano—. ¿Cómo estáis?

—Me alegro tanto de que hayáis venido los dos —dijo Amarina.

—Nosotros también —respondió Raffin—. Pero me temo que no tuvimos alternativa, majestad. Varios enemigos del Consejo que llegaron de Septéntrea nos atacaron. Katsa nos convenció de que estaríamos más seguros si íbamos con ella.

Entonces, el príncipe rubio sonrió a Amarina como si no tuviera ni una sola preocupación en el mundo.

Bann, que tomó la otra mano de Amarina, era otro de los líderes del Consejo, y también era curandero y boticario como Raffin. Era un hombre que transmitía paz, tan corpulento como un armario y con unos ojos que parecían las aguas grises del mar.

—Majestad, me alegro mucho de veros. Me temo que han destruido nuestros talleres.

—Tardamos casi un año en preparar la infusión esa para las náuseas —refunfuñó Raffin—. Nos pasamos meses echando las tripas para nada.

—No sé yo. Por lo que dices, parece que fue un éxito rotundo —comentó Katsa.

—¡Se suponía que era para *aliviar* las náuseas! —replicó Raffin—. No para provocarlas. Estábamos a punto de conseguirlo, estoy seguro.

—El último lote que preparamos casi no te hizo vomitar —le dijo Bann.

—Esperad —dijo Katsa con recelo—. ¿Me vomitasteis encima cuando fui a rescataros porque estabais bebiéndoos la infusión que habíais preparado? No entiendo que os intenten asesinar cuando podrían esperar a que os matarais vosotros dos solitos —exclamó, levantando las manos en el aire—. Toma, agarra esto —le dijo a Raffin, empujándole una espada de madera con tanta fuerza contra el pecho que le hizo toser—. Al menos puedo intentar que, la próxima vez que alguien se cruce medio mundo para asesinaros, os encuentre preparados.

Amarina había olvidado lo bien que le sentaba todo aquello: un proyecto con objetivos sencillos, reconocibles y, sobre todo, *físicos*; y tener a una instructora que confiara a ciegas en sus capacidades aun cuando se le enredaba la espada en la falda, se tropezaba y se caía de bruces.

—Las faldas son el invento más estúpido del mundo —sentenció Katsa, que siempre llevaba pantalones y el pelo muy corto. Ayudó a Amarina a levantarse del suelo y la puso de nuevo en pie tan rápido que la joven reina ni siquiera estaba segura de que hubiera llegado a caerse—. Imagino que fueron idea de algún hombre. ¿No tienes unos pantalones con los que puedas entrenar?

Los únicos pantalones que tenía para los entrenamientos eran los mismos que se ponía a medianoche; y en ese momento estaban manchados de barro y empapados, secándose como buenamente podían en el suelo de su vestidor. Esperaba que Helda no los encontrara. Supuso que podría poner los entrenamientos como excusa para pedirle más pantalones a Helda.

—Pensé que sería buena idea practicar con la ropa que es más probable que lleve si me atacan —improvisó Amarina.

—Tiene sentido. ¿Te has dado un golpe en la cabeza? —le preguntó Katsa mientras le acariciaba el pelo.

—Sí —mintió Amarina, para que Katsa no la soltara.

—Lo estás haciendo muy bien —le dijo Katsa—. Siempre reaccionas muy rápido, no como este zopenco —añadió, poniendo los ojos en blanco y mirando a Raffin, que peleaba contra Bann con movimientos torpes al otro lado de la sala de entrenamientos.

Raffin y Bann no peleaban ni de lejos en igualdad de condiciones. Bann no solo era más corpulento, sino también más rápido y más fuerte. El príncipe, que parecía asustado y enarbolaba la espada con pesadez, como si le estorbara, no parecía ver venir los ataques, ni siquiera cuando le decían por dónde le iban a llegar.

—Raff —lo llamó Katsa—, lo que pasa es que no le estás poniendo ganas. Tenemos que buscar el modo de fortalecer tu determinación a la hora de defenderte. ¿Y si te imaginas que Bann está intentando aplastar tu hierba medicinal favorita?

—Prueba con ese cártamo azul tan poco común —sugirió Bann.

—Sí —añadió Katsa, animándolo—, imagínate que quiere aplastar el... como se llame.

—Bann nunca intentaría aplastar mi cártamo azul —respondió Raffin, sin albergar la más mínima duda—. La mera idea es ridícula.

—Pues imagínate que no es Bann —respondió Katsa—. Imagínate que es tu padre.

Aquello pareció surtir efecto. Raffin no ganó velocidad, pero sí empezó a moverse con entusiasmo. Amarina se centró en sus ejercicios, apartó los ruidos del entrenamiento del príncipe que se oían a su alrededor y dejó la mente en blanco. Nada de recuerdos, nada de preguntas, nada de Zaf; tan solo la espada, la vaina, la velocidad y el aire.

Amarina le escribió una carta cifrada a Auror en la que le hablaba del asunto de las indemnizaciones y se la confió a Thiel, que la llevó con el rostro muy serio hasta su escritorio. No era fácil predecir cuánto tardaría en llegar la carta a Ciudad de Auror. Dependía por completo de en qué barco la transportaran y del tiempo que hiciera. Si las condiciones eran ideales, quizá tuviera respuesta en un par de meses: a principios de noviembre.

Mientras tanto, había que hacer algo con Ivan y la zona este de la ciudad. Pero Amarina no podía fingir que también se había enterado de aquel asunto gracias a sus espías, porque empezarían a cuestionar su credibilidad. Quizá, si le permitieran deambular todos los días por el castillo, podría fingir sin levantar sospechas que había escuchado conversaciones por aquí y por allá. Podría alegar que estaba más al tanto de lo que ocurría en la ciudad.

—Thiel —dijo de repente—, ¿crees que podría tener al menos una tarea todos los días que me permitiera salir de la torre, aunque solo fuera durante unos minutos?

—¿Estáis inquieta, majestad? —preguntó Thiel con amabilidad.

Sí, y también estaba distraída y con la mente en otra parte, en un callejón bajo la lluvia, a la luz de una farola titilante, con un chico. Avergonzada y ruborizándose, se llevó la mano al cuello.

—Sí —respondió—. Y no quiero tener que pelearme siempre por lo mismo. Thiel, tienes que dejarme hacer algo más que papeleo o me voy a volver loca.

—Solo es cuestión de encontrar algo de tiempo, majestad, como bien sabéis. Pero Rood me ha dicho que hoy hay un juicio por asesinato en el Tribunal Supremo —añadió Thiel, benevolente, al percatarse de la decepción del rostro de Amarina—. ¿Por qué no acudís hoy al juicio y mañana buscamos otra cosa que hacer?

El acusado era un hombre que no dejaba de temblar, con un historial de comportamiento errático y un hedor que Amarina fingió no percibir. Había matado a un completo desconocido a puñaladas a plena luz del día sin ningún motivo aparente. Lo había hecho porque... le apetecía. Como no intentó negar la acusación, lo declararon culpable por unanimidad.

—¿Siempre se ejecuta a los asesinos? —le preguntó Amarina a Quall, que estaba a su derecha.

—Sí, majestad.

Amarina observó a los guardias que se llevaban al hombre tembloroso, aturdida por lo breve que había sido el juicio. Apenas habían necesitado tiempo ni explicaciones para condenarlo a muerte.

—Esperad —dijo.

Los guardias se detuvieron y le dieron la vuelta al hombre para que mirara a la reina. Amarina lo encaró y vio que se le pusieron los ojos en blanco al intentar mirarla.

A Amarina le parecía un hombre repugnante, y había hecho cosas horribles. Pero ¿acaso nadie más tenía la sensación de que algo no cuadraba?

—Antes de que ejecuten a este hombre, me gustaría que Madlen, mi curandera, lo examinase para determinar si está en sus cabales. Me niego a ejecutar a una persona que es incapaz de pensar de forma racional. No es justo. Y, como mínimo, insisto en que se siga intentando averiguar qué es lo que le ha llevado a cometer un acto tan irracional.

Más tarde, ese mismo día, Runnemood y Thiel la trataron con una amabilidad inusual, pero parecía que había cierta tensión entre ellos y evitaban charlar. Amarina se preguntó si se habrían peleado. ¿Sus consejeros se peleaban? Nunca había visto nada parecido.

—Majestad —dijo Rood cuando ya empezaba a anochecer, en un momento en el que se quedaron solos. Estaba claro que Rood no se había peleado con nadie en particular. Había estado dando vueltas por la habitación con actitud resignada mientras trataba de evitar a todo el mundo—. Me complace ver que sois benevolente.

Amarina se quedó sin palabras al oírle decir aquello. Sabía que no lo era; solo era una ignorante que se veía envuelta en asuntos que no comprendía y en cuestiones sobre las que estaba al tanto aunque no pudiera reconocerlo. Era una mentirosa. Y lo que quería era ser útil, usar la razón y ayudar. Si en algún momento se le presentaba una situación en la que la opción buena y la opción mala fueran evidentes, no podía dejar escapar la oportunidad. El mundo era demasiado confuso como para no aferrarse a lo que estaba claro.

Esperaba que durante la reunión del Consejo también lo tuviera todo claro.

A medianoche, Amarina bajó las escaleras en silencio y atravesó pasillos apenas iluminados hasta llegar a los aposentos de Katsa. Cuando se acercó a la puerta, Po la abrió y salió al pasillo. Aquellas no eran las habitaciones que solía ocupar Katsa. Normalmente, la dama graceling se alojaba en los aposentos contiguos a los de Po, cerca de los de Amarina y de los demás invitados, pero, por alguna extraña razón, Po había decidido que en aquella ocasión Katsa durmiera en la zona sur del castillo y le había enviado instrucciones a Amarina para que supiera cómo llegar.

—Prima —le dijo Po—, ¿sabías que detrás de la bañera de Katsa hay una escalera secreta?

A los pocos instantes, Amarina observó a Po y a Katsa asombrada mientras se metían en la bañera. El cuarto de baño en sí ya era bastante espectacular; estaba revestido de azulejos brillantes decorados con insectos de toda clase de colores. Parecían tan reales que a Amarina le resultaba difícil que alguien pudiera darse un baño relajante allí. Po estiró la mano hacia el suelo, por detrás de la bañera, y apretó algo que soltó un chasquido. Entonces, una parte de la pared de mármol que había tras la bañera se abrió hacia dentro y reveló una puertecita.

—¿Cómo la has descubierto? —le preguntó Amarina.

—Si subes, conduce a la galería de arte, y, si bajas, llegas a la biblioteca —respondió Po—. Estaba en la biblioteca cuando me fijé en ella, y allí es adonde vamos.

—¿Es una escalera?

—De caracol.

Odio las escaleras de caracol.

Aún de pie en la bañera, Po le dio la mano.

—Yo iré delante —le dijo—, y Katsa, detrás.

Tras pasarse varios minutos atravesando telarañas, tragando polvo y estornudando, Amarina cruzó a gatas una puertecita que había en la pared, apartó un tapiz y llegó a la biblioteca real, a una especie de cuarto trasero. Las estanterías de madera oscura y gruesa eran tan altas como árboles y tenían el olor característico a humedad, vida y descomposición de los bosques. Los libros cobrizos, marrones y naranjas eran como hojas, y los techos eran altos y azules.

Amarina empezó a dar vueltas. Era la primera vez que estaba en la biblioteca desde que tenía uso de razón, y era tal y como la recordaba.

12

A la reunión asistió un grupo extraño y reducido de miembros del personal del castillo. Helda, por supuesto, lo que no sorprendió a Amarina; pero también Ornik, el herrero, joven y de aspecto serio cuando no estaba embadurnado de hollín; Dyan, una señora mayor de rostro curtido que le presentaron a Amarina como su jardinera jefe; y Anna, una mujer alta, con el pelo corto y oscuro y rasgos acentuados y llamativos, que al parecer era la jefa de panadería de las cocinas.

En mi mundo imaginario, pensó Amarina, *soy yo quien trabaja para ella.*

Por último —y puede que eso fuera lo más sorprendente de todo—, también había acudido uno de los jueces de su Tribunal Supremo.

—Lord Piper —dijo Amarina con calma—. No sabía que os gustara esto de derrocar monarquías.

—Majestad —respondió el juez mientras se secaba la calva con un pañuelo y tragaba saliva, incómodo. Por su expresión, parecía que le habría resultado menos alarmante la presencia de un caballo parlante en la reunión que la de la reina. De hecho, los cuatro habitantes del castillo parecían un poco extrañados por su presencia.

—A algunos os sorprenderá que la reina Amarina se haya reunido con nosotros —le dijo Po al grupo—. Entenderéis que el

Consejo está compuesto por su familia y amigos. Es la primera vez que celebramos una reunión en Montmar e invitamos a sus ciudadanos. No le pedimos a la reina que se involucre en nuestros asuntos, pero, por supuesto, sería ridículo que actuáramos en su corte sin su conocimiento ni su permiso.

Aquellas palabras no parecieron tranquilizar a nadie. Po, rascándose la cabeza y empezando a sonreír, rodeó a Amarina con un brazo y enarcó una ceja hacia Giddon, como queriendo decirle algo. Mientras Giddon conducía a todos a través de una hilera de estanterías hacia un rincón oscuro, Po le dijo en el oído en voz baja a Amarina:

—El Consejo es una organización de delincuentes, prima, de infractores de la ley, y tú representas la ley para estos ciudadanos. Todos han acudido a escondidas esta noche y de repente se han topado con su reina. Les llevará un tiempo adaptarse a tu presencia.

—Lo comprendo perfectamente —dijo Amarina con indiferencia.

Po resopló.

—Ya, bueno, pues deja de poner nervioso a Piper a propósito solo porque te cae mal.

La alfombra de la sala era gruesa y de piel verde. Cuando Giddon se sentó en el suelo y le indicó a Amarina que hiciera lo mismo, los demás, tras un momento de vacilación, formaron un círculo y comenzaron a sentarse también. Incluso Helda se sentó, sacó agujas de tejer e hilo de un bolsillo y se puso manos a la obra.

—Vamos al grano —comenzó Giddon sin preámbulos—. Mientras que el derrocamiento de Drowden en Septéntrea comenzó con el descontento de la nobleza, en Solánea, lo que estamos viendo es una revolución popular. El pueblo se está muriendo de hambre. Los impuestos que les cobran el rey

Thigpen y sus nobles son los más altos de todos los reinos. Por suerte para los rebeldes, nuestro éxito con los desertores del ejército en Septéntrea ha amedrentado a Thigpen. Les ha apretado mucho las tuercas a sus propios soldados, y un ejército descontento puede venirles bien a los rebeldes. Creo, y Po está de acuerdo, que hay suficiente gente desesperada en Solánea, y suficiente gente inteligente y meticulosa, para que todo esto llegue a buen puerto.

—Lo que me preocupa es que no saben lo que quieren —dijo Katsa—. En Septéntrea, lo que hicimos fue básicamente secuestrar al rey en nombre de los nobles, y luego una coalición de nobles que habían elegido de antemano tomó su puesto...

—Fue muchísimo más complicado que eso —se quejó Giddon.

—Ya lo sé. Lo que quiero decir es que, en ese caso, se trataba de gente poderosa que ya había trazado un plan —se explicó Katsa—. En Solánea, el pueblo, gente sin poder alguno, sabe que no quiere al rey Thigpen, pero ¿qué quieren? ¿Al hijo de Thigpen? ¿O algún cambio más radical? ¿Una república? ¿De qué manera? No tienen nada con lo que reemplazar al rey, ninguna estructura que se pueda hacer cargo del gobierno una vez que Thigpen ya no esté. Si no tienen cuidado, el rey Murgon invadirá el reino desde Merídea y Solánea pasará a llamarse Merídea del Este. Y Murgon se convertirá en un matón con el doble de poder del que ya tiene. ¿No os parece aterrador?

—Sí —dijo Giddon con frialdad—. Por eso voto por que respondamos a la llamada de ayuda del pueblo de Thigpen. ¿No estás de acuerdo?

—Por supuesto que sí —dijo Katsa, frunciendo el ceño.

—¿No es maravilloso estar todos juntos de nuevo? —dijo Raffin, rodeando a Po con un brazo y a Bann con el otro—. Yo también voto que sí.

—Y yo —dijo Bann, sonriendo.

—Y yo —dijo Po.

—Se te va a quedar la cara congelada con esa expresión, Katsa —le dijo Raffin.

—A lo mejor debería arreglarte yo la tuya, Raff —lo amenazó Katsa.

—Oye, pues no me importaría tener las orejas más pequeñas —bromeó Raffin.

—El príncipe Raffin tiene unas orejas muy bonitas —dijo Helda, sin levantar la vista de su labor—. Y sus hijos también las tendrán. No como los vuestros... —le dijo con severidad a Katsa.

Katsa la miró fijamente, atónita.

—Bueno, ni orejas ni nada... —comenzó a bromear Raffin.

—Muy bien —lo interrumpió Giddon en alto, aunque quizá no demasiado, teniendo en cuenta las circunstancias—. Ya que Oll no está aquí, el voto es unánime. El Consejo participará en el derrocamiento del rey Thigpen por petición de su pueblo.

A Amarina le hizo falta un tiempo para asimilar aquella afirmación. Los demás pasaron a plantearse las preguntas de «quiénes», «cuándo» y «cómo», pero Amarina no era uno de los miembros del Consejo que iba a plantarse en Solánea con una espada, o meter alegremente a Thigpen en un saco o como decidieran hacerlo al final. Le pareció que tal vez a Ornik el herrero, Dyan la jardinera, Anna la panadera y Piper el juez les daría menos reparo aportar sus opiniones si ella no formaba parte del círculo, de modo que se puso en pie. Los demás hicieron el amago de levantarse también, pero Amarina los detuvo con un gesto y se dirigió a las estanterías, hacia el tapiz que colgaba sobre la puerta por la que había entrado. Medio distraída, se dio cuenta de que la mujer del tapiz, que iba vestida con pieles blancas y estaba en medio de un bosque blanco, tenía los ojos verdes como el musgo y el pelo asalvajado de un color intenso, como el de una puesta de sol o como el fuego. Parecía irradiar luz; era demasiado extraña para ser humana. Otro de los extraños objetos decorativos de Leck.

Amarina necesitaba pensar.

Los monarcas eran los responsables del bienestar del pueblo al que gobernaban. Si perjudicaban al pueblo de manera deliberada, debían perder el privilegio de la soberanía. Pero ¿qué pasaba cuando un monarca perjudicaba a su pueblo, pero no a propósito, sino al no ayudarlos, al no arreglar sus edificios, al no devolverles lo que habían perdido, al no estar a su lado mientras lloraban por haber perdido a sus hijos y al no dudar a la hora de mandar que ejecutasen a los locos o a los que causaban más problemas?

Una cosa tengo clara, pensó, mirando fijamente los ojos tristes de la mujer del tapiz. *A mí no me gustaría que me derrocaran. Sería tan doloroso como si me desollaran o como si me descuartizaran. Pero, por otro lado, ¿qué estoy haciendo como reina? Mi madre me dijo que era lo bastante fuerte y valiente para ser reina. Pero no lo soy; soy una inútil. Mamá, ¿qué nos ha pasado? ¿Cómo es posible que tú estés muerta y yo sea la soberana de un reino que ni siquiera me dejan tocar?*

Frente al tapiz había una escultura de mármol. Una niña, de cinco o seis años, cuyas faldas se transformaban en hileras de ladrillos, pues la niña se estaba convirtiendo en un castillo. Estaba claro que era obra del mismo escultor que había creado la mujer que se transformaba en puma del jardín trasero. Uno de los brazos de la niña, que extendía hacia el cielo, cambiaba de forma a la altura del codo y se convertía en una torre, y en el tejado plano de la torre, donde deberían haber estado sus dedos, había cinco guardias diminutos, del tamaño de un dedo: cuatro con arcos tensados y listos para disparar y uno blandiendo una espada. Todos apuntaban hacia arriba, como si alguna amenaza estuviera dirigiéndose hacia ellos desde el cielo. Era una escultura impecable y amenazante.

De tanto en tanto le llegaban las voces de sus amigos. Katsa dijo algo sobre lo que se tardaba en viajar al norte, hasta Solánea, a través del paso de la montaña. Serían días y días, incluso semanas. Entonces se produjo una discusión sobre qué reino sería la mejor base para llevar a cabo una operación en Solánea.

Medio escuchando, medio observando a la niña castillo, a Amarina le sobrevino de repente una sensación de reconocimiento muy peculiar. Le subió por la base de la columna vertebral. Conocía la boca obstinada y la barbilla puntiaguda de la muchacha de la escultura; conocía aquellos ojos grandes y serenos. Estaba mirando su propia cara.

Era una estatua de sí misma.

Amarina se tambaleó hacia atrás. La detuvo una de las estanterías y la sostuvo mientras miraba a la chica, que parecía devolverle la mirada. La chica que era ella misma.

—Hay un túnel que conecta Montmar y Solánea —dijo una voz: Piper, el juez—. Es un pasaje secreto bajo las montañas. Es estrecho y no muy agradable, pero transitable. El viaje de aquí a Solánea por esa ruta solo dura unos cuantos días; depende de cuánto queráis forzar a los caballos.

—¿¡Qué!? —exclamó Katsa—. No me lo puedo creer. ¿Te lo puedes creer? De verdad que no me lo creo.

—Vale, creo que queda claro que Katsa no se lo puede creer —dijo Raffin.

—Yo tampoco —añadió Giddon—. ¿Cuántas veces habré tenido que cruzar esas montañas por el paso?

—Os aseguro que existe —dijo Piper—. Mis tierras están en el extremo noroccidental de Montmar, y el túnel comienza allí. Lo utilizamos durante el reinado de Leck para ayudar a escapar a los gracelings de Montmar, y ahora lo usamos para traer a los gracelings de Solánea.

—Esto nos va a cambiar la vida —dijo Katsa.

—Si el Consejo utilizara Montmar como base de operaciones durante la planificación inicial, los ciudadanos de Solánea podrían acudir a vosotros muy rápido a través del túnel, y vosotros igual —dijo Piper—. Podríais pasarles armas de contrabando y cualquier otro suministro que necesitaran.

—Pero no vamos a usar Montmar de base —dijo Po—. No vamos a convertir a Amarina en el blanco de todos los reyes enfadados que busquen venganza. Ya es el blanco de otros enemigos; aún no hemos averiguado a quién planeaba pedirle un rescate Danzhol. ¿Y si alguno de los reyes decidiera ser menos sutil que él? ¿Qué les impediría declararle la guerra a Montmar?

La escultura de Amarina tenía un aspecto desafiante. Los soldaditos que tenía en la palma de la mano estaban dispuestos a defenderla con su vida. A Amarina le asombraba que un escultor hubiera sido capaz de imaginarla así alguna vez: tan fuerte y decidida, tan firme. Ella sabía que no era nada de eso.

También sabía lo que pasaría si sus amigos decidían establecer la base de operaciones en cualquier otro lugar. De modo que se acercó al grupo, les hizo un gesto para que volvieran a sentarse cuando hicieron amago de levantarse y dijo en voz baja:

—Tenéis que usar mi ciudad como base.

—Mmm… Yo creo que no —contestó Po.

—Solo os la ofrezco como base temporal mientras os organizáis. No os proporcionaré soldados, ni os permitiré emplear a los artesanos de Montmar para fabricar las armas que necesitéis.

Puede que le escriba a tu padre, pensó para que solo se enterase Po. *Hay dos vías para que un ejército invada Montmar: el paso de la montaña, que es fácil de defender, y el mar. Leonidia es el único reino que tiene una flota como es debido. ¿Crees que Auror se traería parte de su flota este invierno? Me gustaría verla. A veces pienso en construir la mía propia, y la suya quedaría muy bien, muy amenazante, en este puerto.*

Po se frotó la cabeza con fuerza al oír aquello. Incluso dejó escapar un pequeño gemido.

—Lo entendemos, Amarina, y te lo agradecemos —dijo—. Pero algunos amigos furiosos de Drowden se adentraron en Mediaterra para asesinar a Bann y a Raffin como venganza por lo que hicimos en Septéntrea. ¿Eres consciente? Los ciudadanos de Solánea podrían llegar a Montmar fácilmente…

—Ya —dijo Amarina—. Lo sé. He oído lo que has dicho sobre la guerra, y sobre Danzhol.

—No se trata solo de Danzhol —le espetó Po—. Puede que haya otros. No pienso ponerte en peligro al involucrarte en todo esto.

—Ya estoy involucrada. Mis problemas son tus problemas. Somos familia.

Po seguía agarrándose la cabeza, preocupado.

—Es la última vez que te invito a una de nuestras reuniones.

—Vale. Así nadie sabrá que participo en la planificación.

El resto de los miembros del Consejo consideró las palabras de Amarina en silencio. Los cuatro trabajadores del castillo parecían bastante sorprendidos. Helda, que había dejado de tejer, miró a Amarina con aprobación, satisfecha.

—Bueno, pues ya está decidido —dijo Katsa—. Ni que decir tiene que actuaremos con la mayor discreción posible, Amarina. Y, si te sirve de algo, negaremos tu participación aunque nos vaya la vida en ello, y yo misma mataré a quien no lo haga.

Bann comenzó a reírse con el rostro hundido en el hombro de Raffin. Sonriendo, Raffin le dijo de reojo:

—¿Te imaginas poder decir eso y decirlo en serio?

Amarina no sonrió. Puede que los hubiera impresionado con tanta palabrería y sentimentalismo, pero la verdadera razón por la que les ofrecía su ciudad como base era que no quería que se marcharan. Los quería cerca; aunque estuvieran enfrascados en sus propios asuntos, necesitaba que estuvieran con ella en las prácticas de esgrima por la mañana, en las cenas por la noche, moviéndose de aquí para allá a su alrededor, yendo y viniendo, discutiendo, burlándose, actuando como personas que sabían quiénes eran. Entendían el mundo y sabían cómo podían moldearlo. Si lograba mantenerlos cerca, tal vez algún día se despertaría y descubriría que ella también se había vuelto igual de fuerte.

Antes de que Amarina saliera de la biblioteca aquella noche, ocurrió otra cosa inquietante. Se trataba de un libro que encontró por casualidad, mientras regresaba al pasadizo secreto. Tenía una forma extraña —era cuadrado y plano— y sobresalía de un estante, o puede que lo viera porque la cubierta reflejó la luz de uno de los faroles. En cualquier caso, cuando posó la mirada en él, supo al instante que lo había visto antes. Ese libro, con el mismo rasguño en los adornos dorados del lomo, había estado en las estanterías de su sala de estar azul, cuando dicha sala pertenecía a su madre.

Amarina sacó el libro. El título de la cubierta, impreso en oro sobre cuero, era *El libro de las verdades*. Al abrirlo por la primera página, se encontró con un dibujo sencillo pero precioso de un puñal. Debajo del puñal, alguien había escrito la palabra «Medicina». Al pasar la página, el recuerdo acudió a ella como un sueño, como si estuviera sonámbula, de modo que supo lo que encontraría: un dibujo de una serie de esculturas sobre pedestales, y debajo, la palabra «Arte». En la página siguiente, había un dibujo del puente Alado y la palabra «Arquitectura». A continuación, un dibujo de una extraña criatura verde y peluda con garras, una especie de oso, y la palabra «Monstruo». Después había una persona. ¿Quizá un cadáver? Tenía los ojos abiertos, pintados de dos colores diferentes, pero había algo raro en aquel dibujo; tenía la cara rígida, congelada, y la palabra que había debajo era «Graceling». Por último, un dibujo de un hombre apuesto con un parche en el ojo y la palabra «Padre».

Recordaba al artista que le había traído a su padre ese libro de dibujos. Recordaba que su padre se había sentado en la mesa del salón y que él mismo había escrito las palabras para luego enseñárselo a ella y ayudarla a leerlo.

Amarina, que se había puesto furiosa de repente, devolvió el libro a la estantería. Ese libro, ese recuerdo, no la ayudaba. Lo último que necesitaba era toparse con más cosas extrañas a las que tratar de darles sentido.

Pero tampoco podía dejarlo allí. Se llamaba *El libro de las verdades*. Y, justamente, lo que ella quería era conocer las verdades, y ese libro que no entendía tenía que ser una pista sobre alguna verdad.

Volvió a sacarlo. Cuando regresó a su habitación, lo puso sobre la mesita de noche y metió la lista de piezas del rompecabezas dentro.

13

Por la mañana, Amarina sacó su lista del libro y volvió a leerla. Había contestado a algunas de las preguntas que había escrito, pero aún quedaban algunas sin responder.

- Las palabras de Teddy. ¿Quiénes son mis «hombres más importantes»? ¿A qué se refería con «cortar y coser»? ¿Estoy en peligro? ¿Quién viene a por mí?

- Las palabras de Danzhol. ¿Qué fue lo que VIO? ¿Qué era lo que intentaba decir?

- Los informes de Darby. ¿Me mintió cuando me dijo que ahí nunca habíamos tenido gárgolas?

- Misterios en general. ¿Quién atacó a Teddy?

- Cosas que he visto con mis propios ojos: ¿Por qué está la zona este de la ciudad en ruinas pero decorada? ¿Por qué fue tan peculiar Leck a la hora de decorar el castillo?

- ¿Qué HIZO Leck? Torturar animales. Hacer desaparecer a gente. Hacer cortes. Quemar imprentas. (Construir puentes. Hacer reformas en el castillo). En serio, ¿cómo pretendo gobernar este reino si ni siquiera sé qué sucedió durante el reinado de Leck? ¿Cómo puedo averiguar qué es lo que necesita mi pueblo? ¿Cómo puedo averiguar más cosas? ¿En los salones de relatos?

Se detuvo al llegar a esa parte. La noche anterior, la reunión de sus amigos la había conducido hasta lo que era, en esencia, el mayor salón de relatos de todo el reino. ¿Y si hubiera más libros como el que había encontrado, *El libro de las verdades*, pero que pudiera entender? Libros que le proporcionaran la información que necesitaba para llenar aquellas lagunas. ¿Había algún modo de averiguar más cosas sobre lo que había hecho Leck durante su reinado? Si lo lograba, y si comprendía el porqué de sus acciones, quizá le resultara más fácil entender los actos de la gente ahora.

Añadió dos preguntas a la lista:

- ¿Por qué me faltan tantas piezas de este rompecabezas?
- ¿Encontraré respuestas en la biblioteca?

Cuando Katsa la sacó a rastras de la cama para el entrenamiento, Amarina vio que no solo había empujado hasta allí a Raffin y a Bann, sino también a Giddon y a Po. Estaban esperándolas en la sala de estar de Amarina, picoteando el desayuno de la reina mientras ella se vestía. Giddon, que aún llevaba la ropa cubierta de barro y arrugada de la noche anterior, tenía toda la pinta de haber pasado la noche fuera. De hecho, cuando se desplomó sobre el sofá de Amarina, se quedó dormido durante un instante.

Raffin y Bann estaban juntos, medio dormidos, apoyados contra la pared y contra el cuerpo del otro. En un momento dado, Raffin, que no era consciente de que había una testigo curiosa y pequeña, le dio a Bann un beso en la oreja aún adormilado.

Amarina se había hecho muchas preguntas sobre su relación. Era agradable comprender al menos algo de lo que pasaba a su alrededor. Sobre todo cuando era algo tan bonito.

—Thiel —le dijo Amarina a su consejero más tarde, aquella misma mañana—. ¿Te acuerdas del ingeniero loco de las sandías?

—¿Os referís a Ivan, majestad? —preguntó Thiel.

—Sí, Ivan. Ayer, tras el juicio por asesinato, escuché una conversación que me preocupó. Por lo visto, Ivan está a cargo de la renovación de la zona este de la ciudad y está haciendo una labor pésima. ¿Podríamos mandar a alguien para que lo investigue? Parece ser que hay un serio peligro de que los edificios se derrumben.

—Ah —respondió Thiel, y luego, por algún motivo, se sentó y se frotó la frente con aire ausente.

—¿Estás bien, Thiel?

—Disculpadme, majestad. Estoy de maravilla. Todo este asunto de Ivan ha sido un terrible descuido por nuestra parte. Nos encargaremos de ello de inmediato.

—Gracias —dijo Amarina, pero le dedicó una mirada cargada de duda—. ¿Podré acudir hoy también a otro caso del Tribunal Supremo? ¿O nos espera alguna otra aventura?

—Hoy no hay nada especialmente interesante en el Tribunal Supremo, majestad. Dejadme ver qué tarea puedo organizar fuera del despacho para hoy.

—No te preocupes, Thiel.

—Uy. ¿Se os ha pasado el afán explorador, majestad? —le preguntó, esperanzado.

—No —respondió Amarina mientras se ponía en pie—. Me voy a la biblioteca.

Para acceder a la biblioteca por el camino habitual, había que dirigirse a las puertas de entrada, en el vestíbulo norte, tras cruzar el patio principal. Amarina vio que la primera sala tenía escaleras de mano que se movían sobre raíles y que conducían a entreplantas con balcones que quedaban conectados por puentes. Las altas estanterías que había por toda la sala obstaculizaban el resplandor que entraba por las ventanas, como si fueran troncos de madera oscura. El polvo flotaba en haces de luz que se colaban a través de los altos ventanales.

Al igual que había hecho la noche anterior, Amarina se puso a dar vueltas para empaparse de la sensación de familiaridad e intentar recordar.

¿Por qué llevaba tanto tiempo sin ir a la biblioteca? ¿Cuándo había dejado de leer algo que no fueran los fueros y los informes que poblaban su escritorio? ¿Había sido cuando se había convertido en reina y sus consejeros habían pasado a encargarse de su educación?

Pasó junto al escritorio de Morti, sobre el que había montones de papeles y un gato dormido, la criatura más delgada y espantosa que Amarina había visto en su vida. El animal, con un pelaje canoso, levantó la cabeza y bufó al verla.

—Seguro que Morti y tú os lleváis de maravilla —le dijo Amarina.

Por toda la biblioteca había escalones (o pequeñas escaleras de dos o tres escalones) repartidos de forma arbitraria. Cuanto más se adentraba en la estancia, más escalones tenía que subir o bajar. Cuanto más se internaba entre las estanterías, más oscuro estaba todo y más olía a humedad. Llegó un momento en el que tuvo que retroceder y descolgar un farol de una pared para iluminar el camino. Al entrar en un rincón iluminado por unas cuantas lámparas que emitían una luz tenue que colgaban de las paredes, estiró la mano hacia una de las estanterías y repasó el dibujo tallado sobre la madera. Entonces se dio cuenta de que eran varias letras grandes y curvadas que juntas formaban las palabras: «Historias y exploraciones, este de Montmar».

—Majestad —dijo una voz tras ella.

Amarina había estado pensando en los salones de relatos, en las historias sobre criaturas extrañas que vivían en las montañas. La mueca de desprecio del bibliotecario la devolvió de golpe a la realidad.

—Morti —dijo la reina.

—¿Puedo ayudaros con algo, majestad? —le preguntó Morti con un tono que dejaba bien claro que no quería ayudarla.

Amarina examinó el rostro del bibliotecario y notó un brillo de animadversión en sus ojos dispares, uno verde y otro morado.

—Hace poco encontré aquí un libro que recuerdo haber leído de niña.

—No me sorprende en lo más mínimo, majestad. Vuestro padre y vuestra madre os animaban todo el tiempo a venir a la biblioteca.

—¿En serio? —exclamó Amarina, y luego le preguntó—: Morti, ¿has estado a cargo de esta biblioteca durante toda mi vida?

—Majestad, llevo cincuenta años ocupándome de ella.

—¿Tienes libros que hablen del reinado de Leck?

—Ni uno solo —respondió el bibliotecario—. Que yo sepa, Leck no llevaba registros.

—Vale, bien —dijo Amarina—. Centrémonos entonces en los últimos dieciocho años. ¿Cuántos años tenía yo cuando solía venir a la biblioteca?

Morti bufó.

—Desde los tres años, majestad.

—¿Y qué tipo de libros leía?

—Vuestro padre era quien se encargaba sobre todo de vuestros estudios, majestad. Os enseñaba libros de todo tipo: historias que él mismo había escrito, historias de otras personas, los diarios de los exploradores de Montmar, volúmenes que trataban sobre el arte del reino... Había algunos en particular que insistía en que leyerais. Tenía que esforzarme para encontrarlos, o él para escribirlos.

Las palabras del bibliotecario parpadearon como luces lejanas, fuera de su alcance.

—Morti, ¿te acuerdas de qué libros leía?

Morti había empezado a desempolvar con un pañuelo los volúmenes de la estantería que tenía delante.

—Majestad, puedo deciros en qué orden los leísteis, y luego puedo recitaros su contenido de memoria, uno tras otro, sin olvidarme de una sola palabra.

—No —respondió Amarina, decidida—. Quiero leerlos por mí misma. Morti, tráeme los que tenía más interés en que leyera, en el orden en que me los dio.

Quizá lograra encontrar las piezas que faltaban si empezaba por sí misma.

Amarina se pasó los días siguientes leyendo en cuanto se le presentaba la oportunidad, y se quedaba hasta bien tarde despierta para robarle horas al sueño. Tardó muy poco en leer unos cuantos libros en los que había más dibujos que palabras. Muchos de ellos, al releerlos, penetraban en su interior y se extendían de un modo que resultaba familiar y extraño, como si estuvieran cómodos allí dentro, como si recordaran que ya habían estado allí. Cada vez que le ocurría, dejaba el libro en su sala de estar durante una temporada en vez de devolverlo a la biblioteca. Muy pocos eran tan extraños como *El libro de las verdades*. La mayoría eran educativos. Uno de ellos describía con palabras sencillas cada uno de los siete reinos en páginas gruesas de color crema. En una página había una ilustración a color de un barco leonita que coronaba una ola;

estaba dibujado desde la perspectiva de un marinero subido a las jarcias y, en la cubierta, habían pintado a varios marineros con el que puede que fuera el pincel más pequeño del mundo; y todos llevaban anillos en las manos y aros en las orejas; de hecho, la pintura tenía oro de verdad. Amarina recordaba haberlo leído de pequeña una y otra vez, y también recordaba que le encantaba.

¿O sería el viaje que había hecho ella misma en un barco leonita al escapar de Leck lo que le provocaba una sensación placentera? Qué frustrante era sentir que algo le resultaba familiar y ser incapaz de averiguar el motivo. ¿Le pasaría a todo el mundo, o sería uno de los legados especiales de Leck? Amarina entrecerró los ojos y miró hacia las estanterías vacías que bordeaban las paredes de la sala; estaba segura de que no habían estado vacías cuando aquellos aposentos habían pertenecido a su madre. ¿Qué libros habría guardado su madre allí? ¿Dónde estarían ahora?

Durante una semana, la biblioteca se convirtió en el segundo despacho de Amarina. Iba todos los días, ya que Rood no tenía ningún caso interesante entre manos en el Tribunal Supremo, y a ella no le apetecía ponerse a examinar los sumideros con Runnemood ni ver las habitaciones en la que Darby archivaba todos los documentos ni llevar a cabo cualquier otra tarea que le sugiriera Thiel.

El cuarto día, al entrar en la biblioteca, se encontró al gato custodiando la entrada. Al verla, le enseñó los dientes y se le puso de punta el pelaje desigual del lomo, una mezcla de manchas y rayas que parecían estar en el lugar adecuado. Era como si llevara un abrigo que no le sentara bien.

—La biblioteca es mía, ¿sabes? —le dijo Amarina, dando un pisotón.

Y el gato salió despavorido.

—Qué gato más mono —le dijo a Morti cuando llegó al escritorio del bibliotecario.

Morti le pasó un libro que sujetaba con dos dedos, como si oliera mal.

—¿Qué es eso? —le preguntó Amarina.

—El siguiente volumen de vuestro proyecto de relecturas, majestad. Son historias que escribió vuestro padre durante su reinado.

Tras dudar durante un instante muy breve, Amarina aceptó el libro. Al abandonar la biblioteca, se dio cuenta de que, al igual que Morti, trataba de mantener el libro apartado de su cuerpo y luego, al llegar a la sala de estar de sus aposentos, lo dejó en el extremo opuesto de la mesa, bien lejos.

Solo podía leerlo poco a poco. Las historias le daban pesadillas, de modo que dejó de leerlo en la cama y de colocarlo en la mesita de noche, como solía hacer con los demás libros. La caligrafía de su padre —con sus letras grandes y un poco torcidas— le resultaba tan familiar que empezó a soñar con que todas las palabras que había leído a lo largo de su vida estaban escritas con esa caligrafía. También empezó a soñar con que las venas azules que se marcaban en su cuerpo comenzaban a retorcerse hasta convertirse en la caligrafía de su padre. Pero entonces tuvo otro sueño: en él, Leck, tan grande como una montaña, estaba inclinado sobre las páginas, escribiendo letras con un trazo que giraba, ascendía y descendía. Cuando intentó leerlas, se dio cuenta de que no eran letras. Y aquello no era solo un sueño: era un recuerdo. En una ocasión, Amarina había arrojado al fuego los raros garabatos de su padre.

Las historias que narraba el libro tenían todos los elementos extraños a los que estaba acostumbrada: monstruos voladores de toda clase de colores que se atacaban entre sí, monstruos de colores encerrados en jaulas que aullaban porque querían sangre... Pero también había escrito algunas historias que eran ciertas. ¡Había escrito historias sobre Katsa! Historias sobre cuellos y brazos rotos, sobre dedos amputados, la historia en la que Katsa había matado por accidente a su primo cuando era niña… Las había escrito con un asombro palpable ante todo lo que la joven graceling era capaz de hacer. Amarina se estremeció al ver el respeto que tenía su padre por algo de lo que Katsa se avergonzaba.

Una de las historias era sobre una mujer con un cabello increíble, rojo, dorado y rosa, que controlaba a las personas con su mente malvada y que tenía que vivir siempre sola porque su poder era abominable. Amarina sabía que se trataba de la misma mujer del tapiz que había colgado en la biblioteca, la mujer vestida de blanco. Pero aquella mujer no albergaba maldad en la mirada; no era una mujer abominable. La tranquilizaba detenerse delante del tapiz y observarla. O Leck se la había descrito mal al artista, o el artista había cambiado su aspecto a propósito.

Por las noches, cuando Amarina se acostaba, se consolaba con ese otro sueño que había tenido la noche que había dormido en casa de Teddy y de Zaf, ese sueño en el que era un bebé en brazos de su madre.

Amarina pasó una semana entera leyendo antes de volver a las calles de la ciudad. Había intentado usar la lectura para dejar de pensar en Zaf, pero no había funcionado. Había algo sobre lo que aún no estaba segura, algo que la inquietaba, aunque no supiera del todo qué era.

Cuando al fin regresó a la imprenta, no fue porque hubiera tomado una decisión, sino porque ya no era capaz de contenerse. Pasar una noche tras otra entre los muros del castillo se estaba volviendo cada vez más claustrofóbico; no le gustaba no poder caminar por las calles de noche. Además, también echaba de menos a Teddy.

Cuando llegó, Tilda estaba trabajando en la prensa. Al descubrir que Zaf había salido, sintió una punzada de decepción. En la habitación trasera, Bren estaba ayudando a Teddy a beberse un tazón de caldo. Teddy le dedicó una sonrisa serena a Bren cuando recogió con la cuchara las gotas que le resbalaban por la barbilla. Al verlo, Amarina se preguntó qué sentiría Teddy por la hermana de Zaf, y si sería correspondido.

Bren le estaba dando la cena con una actitud amable pero firme.

—Te lo vas a comer —dijo con rotundidad cuando Teddy empezó a moverse, a suspirar y a esquivar la cuchara—. Tienes que afeitarte —le dijo después—. Con esa barba pareces un muerto.

No eran palabras muy románticas, pero lograron sacarle una sonrisa a Teddy. Bren también sonrió, se levantó y le dio un beso en la frente. Después fue a reunirse con Tilda en la imprenta y los dejó a solas.

—Teddy —le dijo Amarina—, me dijiste que estabas escribiendo un libro sobre palabras y también un libro sobre verdades. Me gustaría poder leer el segundo.

Teddy volvió a sonreír.

—Las verdades son peligrosas —le respondió.

—Entonces, ¿por qué las pones por escrito en un libro?

—Para atraparlas entre las páginas antes de que desaparezcan —contestó Teddy.

—Y, si son peligrosas, ¿por qué no dejas que desaparezcan?

—Porque, cuando la verdad desaparece, deja lagunas, y son igual de peligrosas.

—Eres demasiado poético para mí —suspiró Amarina.

—Te daré una respuesta más sencilla —dijo Teddy—. No puedo dejarte leer el libro porque aún no lo he escrito. Lo tengo todo en la cabeza.

—¿Podrías decirme al menos de qué clase de verdades va a tratar? ¿Son verdades sobre lo que hizo Leck? ¿Sabes qué hizo con toda la gente a la que secuestró?

—Chispa, creo que esa gente es la única que sabe qué fue lo que pasó, ¿no crees? Y como han desaparecido...

Empezaron a oírse unos gritos en la imprenta. La puerta se abrió, la habitación se llenó de luz y Zaf entró.

—Vaya, estupendo —dijo el graceling, lanzándole una mirada furiosa a la mesita que tenía Teddy al lado de la cama—. ¿Ha estado medicándote para hacerte preguntas?

—En realidad, los medicamentos que he traído son para ti —respondió Amarina mientras se metía la mano en el bolsillo—. Toma, para el dolor.

—¿No los has traído como soborno? —contestó Zaf mientras se metía en la pequeña despensa—. Me muero de hambre —le oyó decir, y luego oyó un buen estrépito.

Un instante después, Zaf asomó la cabeza y le dijo con una sinceridad absoluta:

—Chispa, dale las gracias a Madlen, ¿vale? Y dile que tiene que empezar a cobrarnos. Podemos pagarle.

Amarina se llevó un dedo a los labios. Teddy estaba durmiendo.

Más tarde, Amarina estaba sentada a la mesa con Zaf mientras él untaba queso en un trozo de pan.

—Déjame a mí —le dijo al ver que estaba apretando los dientes.

—Puedo yo solo —respondió.

—Yo también, y a mí no me duele.

Y así tendría algo con lo que mantener las manos ocupadas, algo que reclamara su atención. Le gustaba demasiado Zaf, allí sentado delante de ella, masticando y con el cuerpo lleno de moratones; disfrutaba demasiado de estar en aquella habitación, confiando y desconfiando a la vez de él, dispuesta a mentirle y a contarle la verdad. En aquel momento, no se consideraba especialmente sensata.

—Me gustaría saber qué es eso que están imprimiendo Tilda y Bren noche tras noche y que no me dejáis ver —le dijo Amarina.

Zaf le tendió la mano.

—¿Qué pasa? —le preguntó, recelosa.

—Dame la mano.

—¿Para qué?

—Chispa... —dijo Zaf—. ¿Qué te crees, que te la voy a morder?

Tenía las manos grandes y callosas, igual que las manos de todos los marineros que había visto Amarina. Llevaba un anillo en cada dedo; no eran alhajas elaboradas y pesadas como las de Po, ni eran anillos dignos de un príncipe, pero sí que eran de oro leonita, al igual que los pendientes. Los leonitas no escatimaban con las joyas. Zaf había extendido el brazo herido, que debía de dolerle al tenerlo en esa postura, esperándola.

Amarina le tendió la mano. Zaf se la tomó con ambas manos y la examinó con mucho detenimiento; repasó cada uno de los dedos con las yemas y le estudió los nudillos y las uñas. Inclinó el rostro pecoso hasta la palma de la mano de Amarina y se sintió atrapada entre el calor de su aliento y el de su piel. Ya no quería que apartara la mano, pero entonces se irguió de nuevo y la soltó.

—¿Se puede saber qué te pasa? —preguntó Amarina. De algún modo, había logrado teñir su pregunta de sarcasmo.

Zaf sonrió.

—Tienes tinta bajo las uñas, señorita panadera —le dijo—. No hay ni rastro de harina. Las manos te huelen a tinta. Qué pena

210 · GRACELING: EL REINO DE LOS SECRETOS

—añadió—, si te hubieran olido a harina, te habría contado qué es lo que estamos imprimiendo.

Amarina bufó.

—Tus mentiras no suelen ser tan evidentes.

—Chispa, yo nunca te miento.

—Venga ya. Nunca vas a contarme qué es lo que estáis imprimiendo.

Zaf volvió a sonreír.

—Y a ti nunca te van a oler las manos a harina.

—¡Pues claro que no, si hace más de veinte horas que he preparado el pan!

—Chispa, ¿qué ingredientes necesitas para hacer pan?

—¿Cuál es tu gracia? —respondió Amarina.

—Vaya, qué feo eso por tu parte —respondió Zaf, que no parecía ofendido en absoluto—. Ya te lo he dicho, pero te lo volveré a decir: yo nunca te miento.

—Pero eso no quiere decir que me cuentes la verdad.

Zaf se recostó y se puso cómodo. Le sonrió, se acunó el brazo y siguió masticando el pan.

—¿Por qué no me dices para quién trabajas? —le preguntó.

—¿Por qué no me dices quién atacó a Teddy?

—Chispa, dime para quién trabajas.

—Zaf... —dijo Amarina, que empezaba a estar triste y frustrada por todas las mentiras. Al mismo tiempo, de repente estaba más decidida que nunca a superar la cabezonería de Zaf y averiguar las respuestas a sus preguntas—. Trabajo sola. Me dedico al conocimiento y a la verdad, y tengo contactos y algo de poder. No confío en ti, pero me da igual. No creo que nada de lo que estés haciendo nos convierta en enemigos. Quiero saber qué es lo que sabes. Cuéntamelo y te ayudaré. Podemos trabajar juntos.

—Me siento insultado si de verdad crees que voy a aceptar una oferta tan ambigua.

—Te traeré pruebas —dijo Amarina, sin saber muy bien qué era lo que quería decir con eso; pero estaba tan desesperada que estaba segura de que ya se le ocurriría algo—. Te demostraré que puedo ayudarte. Ya te he ayudado en otras ocasiones, ¿no?

—No me creo que actúes por tu cuenta —respondió Zaf—, pero no tengo ni la menor idea de para quién trabajas. ¿Es para tu madre? ¿Sabe que te escapas por las noches?

Amarina meditó su respuesta. Al final, le dijo con una voz cargada de desesperanza:

—No estoy segura de qué pensaría al respecto si lo supiera.

Zafiro le dirigió una mirada dulce y clara durante un instante con esos ojos morados. Amarina le sostuvo la mirada, pero luego la apartó, deseando no ser tan consciente a veces de otras personas, personas que, para ella, estaban más vivas y eran más estimulantes y más revitalizantes que otras.

—¿Crees que, si nos traes pruebas que demuestren que podemos fiarnos de ti, tú y yo podremos empezar a hablar sin rodeos?

Amarina sonrió.

Zaf agarró otro puñado de comida, se puso en pie y señaló con la cabeza hacia la puerta de entrada.

—Vamos, te acompaño a casa.

—No hace falta.

—Considéralo una forma de pagarte las medicinas, Chispa —le dijo, meciéndose sobre los talones—. Te llevaré de vuelta sana y salva hasta tu madre.

La energía y las palabras de Zaf solían hacerle pensar en cosas que quería y no podía tener. No le quedaban argumentos para seguir discutiendo.

Fue todo un alivio pasar de los relatos de Leck a los diarios de Grella, el antiguo explorador de Montmar. El volumen que estaba leyendo se titulaba *El terrible viaje de Grella hasta el nacimiento del XXXXXX*. Por el contexto, era evidente que se trataba del río Valle, pero habían tachado el nombre en todas las páginas. Qué extraño.

Un día, a mediados de septiembre, Amarina entró en la biblioteca y se encontró a Morti escribiendo en su mesa, con el gato mirándole el codo mientras lo movía. Cuando Amarina se detuvo frente a ellos, Morti empujó algo hacia ella sin levantar la vista.

—¿Es el próximo libro?

—¿Qué otra cosa iba a ser, majestad?

Se lo había preguntado porque el libro en cuestión no parecía un libro, sino un montón de papeles envueltos en una tira de cuero rugoso. Entonces leyó la tarjeta que estaba sujeta bajo el lazo de cuero: *El libro de las claves*.

—¡Vaya! —exclamó Amarina; y de repente se le pusieron los pelos de punta—. Me acuerdo de este. ¿De verdad me lo dio mi padre?

—No, majestad —respondió Morti—. Pensé que os gustaría leer un libro que hubiera escogido vuestra madre.

—¡Sí! —chilló Amarina mientras deshacía el lazo—. Me acuerdo de que lo leí con mi madre. «Nos ayudará a tener la mente despejada», me dijo, pero... —Amarina, confundida, fue pasando hojas sueltas escritas a mano—. Este no es el libro que leímos. Aquel tenía una cubierta oscura y estaba impreso. ¿Qué es esto? No sé de quién es esta letra.

—Es mía, majestad —respondió Morti, aún sin levantar la vista de su trabajo.

—¿Qué? ¿Tú eres el autor de este libro?

—No.

—¿Entonces…?

—He estado reescribiendo a mano los libros que quemó el rey Leck, majestad.

A Amarina se le cerró la garganta.

—¿Quemó libros?

—Sí, majestad.

—¿De esta biblioteca?

—Y de otras también, majestad, junto con varias colecciones privadas. Cada vez que decidía destruir un libro, se encargaba de quemar hasta el último ejemplar.

—¿Qué libros quemaba?

—De todo tipo. De historia, sobre la filosofía de la monarquía, de medicina…

—¿Quemó libros de medicina?

—Escogió unos cuantos, majestad. También quemó algunos sobre las tradiciones de Montmar…

—Como lo de enterrar a los muertos en vez de quemarlos.

Morti asintió y frunció el ceño al mismo tiempo; aun cuando estaba de acuerdo con Amarina, lograba resultar desagradable.

—Sí, majestad.

—Y también los libros sobre claves y códigos que leía con mi madre.

—Eso parece, majestad.

—¿Cuántos?

—¿Cuántos qué, majestad?

—¡Que cuántos libros destruyó!

—Cuatro mil treinta y un títulos, majestad —respondió Morti sin vacilar—. Decenas de miles de ejemplares.

—Cielos… —susurró Amarina, que se había quedado sin aliento—. ¿Y cuántos has conseguido reescribir?

—Doscientos cuarenta y cinco, majestad, durante los últimos ocho años.

¿Doscientos cuarenta y cinco de cuatro mil treinta y uno? Hizo los cálculos y vio que era solo un poco más del seis por ciento, unos treinta libros al año. Eso significaba que Morti escribía a mano un libro entero cada dos semanas, y hasta le daba tiempo a empezar otro. Aquello era una hazaña descomunal, pero era absurdo; necesitaba ayuda. Necesitaba un equipo de tipógrafos frente a nueve o diez prensas para poder copiar diez libros distintos al mismo tiempo, proporcionándoles una página entera a cada uno de los tipógrafos. ¿O quizá sería mejor una sola frase? ¿Cuánto tiempo se tardaba en colocar cada tipo? ¿Cuánto tardaría alguien como Bren o Tilda en imprimir varias copias y pasar a la siguiente página? ¿Y si…? Ay, no quería ni pensarlo. ¿Y si Morti se ponía enfermo? ¿Y si fallecía? Había tres mil setecientos ochenta y seis libros que tan solo existían en la mente de ese graceling. ¿Dormía lo suficiente? ¿Se alimentaba bien? Al ritmo al que avanzaba, tardaría… más de ciento veinte años en concluir el proyecto.

Morti le estaba hablando. Con mucho esfuerzo, Amarina controló sus pensamientos.

—Además de los libros que destruyó el rey Leck —decía Morti—, también me obligó a modificar mil cuatrocientos cuarenta y cinco títulos, majestad. Me hizo quitar o cambiar palabras, frases y fragmentos que consideraba inaceptables. No podré rectificar esos cambios hasta que termine este otro proyecto más urgente.

—Desde luego —dijo Amarina, que apenas lo estaba escuchando porque, en su interior, estaba llegando a la conclusión de que los libros más importantes de todo el reino en ese instante eran los doscientos cuarenta y cinco que había reescrito Morti, unos libros que habían supuesto tal ofensa para Leck que había decidido destruirlos. El único motivo por el que debía haberlo hecho era porque aquellos libros contenían verdades —sobre lo que fuera—, y Amarina necesitaba leerlos.

Entonces cayó en algo.

—*El terrible viaje de Grella hasta el nacimiento del río XXXXXX*... Leck te obligó a tachar las palabras «de Los Valles» en todo el libro.

—No, majestad. Me obligó a borrar la palabra «Plateado».

—¿«Plateado»? Pero el libro habla sobre el río Valle. Reconozco la geografía.

—El auténtico nombre del río Valle es el río Plateado, majestad —dijo Morti.

Amarina se quedó mirándolo, sin llegar a comprender lo que le decía.

—Pero todo el mundo lo llama el río Valle.

—Sí. Gracias a Leck, casi todo el mundo lo llama así. Pero se equivocan.

Amarina apoyó ambas manos sobre el escritorio; la situación la superaba, y no era capaz de mantenerse en pie por sí sola.

—Morti... —le dijo al bibliotecario con los ojos cerrados.

—¿Sí, majestad?

—¿Conoces el cuartito que tiene un tapiz de una mujer con el pelo rojo y una escultura de una niña que se está convirtiendo en un castillo.

—Por supuesto, majestad.

—Quiero que lleven una mesa allí, y quiero que dejes encima todos los libros que hayas reescrito. Me gustaría leerlos, y me gustaría que esa fuera mi zona de trabajo.

Amarina se marchó de la biblioteca, apretándose *El libro de las clave*s contra el pecho como si no creyera que fuera real. Como si, si dejara de abrazarlo, pudiera desaparecer.

14

Había poca información en *El libro de las claves* que Amarina no supiera ya. No estaba segura de si se debía a que lo recordaba de haberlo leído antes o sencillamente a que las claves y los códigos de distintos tipos formaban ya parte de su vida cotidiana. Su correspondencia personal con Auror, con Celestio, con sus amigos del Consejo e incluso con Helda solía estar cifrada. Se le daba bien.

El libro de las claves parecía contener la historia de las claves usadas para los mensajes cifrados a lo largo del tiempo. Comenzaba siglos atrás, con el secretario del rey de Merídea, que se dio cuenta un día de que los peculiares diseños de la moldura que había a lo largo de la pared de su despacho eran veintiocho, al igual que las letras del alfabeto en esa época. Aquello dio lugar al primer sistema de cifrado por sustitución del mundo: un dibujo de la moldura asignado a cada letra del alfabeto. Y funcionó con éxito, pero solo hasta que alguien se percató de que el secretario del rey miraba cada dos por tres hacia las paredes mientras escribía. Después surgió la idea de un alfabeto codificado que sustituyera al alfabeto real y que requiriese una clave para descifrarlo. Ese era el método que Amarina utilizaba con Helda. Por ejemplo, con la clave «CARAMELO SALADO». En primer lugar, se eliminaban las letras que se repetían en la clave, lo que dejaba «C A R M E L O S D». Luego se seguía con el alfabeto habitual de veintisiete letras desde el lugar en el que terminaba la clave, saltándose las letras que ya se habían utilizado y comenzando de nuevo en la «A» una vez que se había llegado a la «Z». El alfabeto resultante —C A R M E L O S D F G H I J K N Ñ P Q T U V W X Y Z B— se convertía en el alfabeto que se utilizaba para escribir el mensaje cifrado, de la siguiente manera:

C	A	R	M	E	L	O	S	D	F	G	H	I	J
A	B	C	D	E	F	G	H	I	J	K	L	M	N

K	N	Ñ	P	Q	T	U	V	W	X	Y	Z	B
Ñ	O	P	Q	R	S	T	U	V	W	X	Y	Z

De modo que la nota secreta «Ha llegado una carta de lady Katsa», se convertiría en «S C H H E O C M N V J C R C Q U C M E H C M Z G C U T C».

Las claves de los mensajes cifrados que Amarina intercambiaba con Auror partían de una premisa similar, pero operaban en varios niveles a la vez; usaban varios alfabetos diferentes en el curso de un mensaje. El número total que usaban y el orden en que se utilizaban dependían de una serie de claves que iban cambiando. Celestio, con sus propias cartas cifradas, era quien se encargaba de comunicarle esas claves a Amarina de una manera sutil que solo ella pudiera entender.

Amarina había quedado asombradísima ante la gracia de Morti; nunca antes se había planteado siquiera sus habilidades. Ahora tenía el resultado de su gracia en sus manos: la regeneración de un libro que explicaba unos diez o doce tipos diferentes de cifrado, con ejemplos de cada uno. Algunos eran tremendamente complicados de llevar a cabo y, para un lector cualquiera, la mayoría de ellos no parecía más que una cadena sin sentido de letras al azar. *¿Entenderá todo lo que lee? ¿O solo recordará el aspecto de las claves; es decir, los símbolos y la relación que guardan unos con otros?*

Parecía haber poco contenido en ese libro reescrito que mereciera la pena estudiar. Y, aun así, leyó cada línea despacio, con atención, tratando de resucitar el recuerdo de estar sentada ante el fuego con Cinericia, leyendo ese mismo libro.

Cuando lograba sacar tiempo, Amarina seguía escabulléndose del castillo por la noche. A mediados de septiembre, Teddy estaba ya mejor. Ya se podía sentar e incluso iba de una habitación a otra, aunque aún necesitaba ayuda. Una noche en la que no estaba imprimiendo nada, Teddy dejó que Amarina entrara en la sala de la prensa y le enseñó cómo funcionaba la máquina. No era fácil manejar los diminutos tipos móviles.

—Le has tomado el tranquillo enseguida —musitó Teddy mientras ella luchaba con una «I» que no lograba colocar correctamente.

—No seas zalamero, que tengo unos dedos torpes como morcillas.

—Bueno, sí, pero no te cuesta nada deletrear palabras al revés con letras que están al revés. Tilda, Bren y Zaf tienen unos dedos ágiles, pero siempre ponen letras donde no van y se confunden con las que se parecen a otras cuando están al revés. Tú no te has equivocado ni una sola vez.

Amarina se encogió de hombros. Movía los dedos cada vez más rápido ahora que empleaba letras que tenían un poco más de peso: M, O, Q.

—Es como escribir en clave. Una parte de mi cerebro se calla y traduce por mí.

—¿Y escribes mucho en clave, panadera? —le preguntó Zaf mientras entraba por la puerta. La sobresaltó tanto que a Amarina colocó una «Q» donde no debía—. ¿Y qué escribes? ¿Las recetas secretas de la cocina del castillo?

Una mañana, una semana más tarde, Amarina subió las escaleras de su torre, entró en su despacho y se encontró a Holt de pie, manteniendo el equilibrio en el marco de una ventana abierta. Estaba de espaldas a la habitación, asomado y agarrado con fuerza al marco, que era lo único que impedía que se cayera.

—¡Holt! —le gritó Amarina, convencida durante unos instantes irracionales de que alguien se había caído por la ventana y Holt estaba mirando el cadáver—. ¿Qué ha pasado?

—Ah, nada, majestad —dijo Holt sin perder la calma.

—¿Nada? —chilló Amarina—. ¿Estás seguro? ¿Dónde están todos?

—Thiel está abajo, aunque no sé dónde —respondió Holt, todavía asomado a la ventana, como si no corriera peligro, y hablando alto y claro para que Amarina lo oyera—. Darby está borracho. Runnemood está en la ciudad, en una reunión, y Rood está consultando la planificación con los jueces del Tribunal Supremo.

—Pero… —A Amarina le iba el corazón a mil por hora, como si le diera martillazos en el pecho. Quería acercarse a Holt y meterlo en la habitación de un tirón, pero temía acercarse demasiado, agarrarlo mal y tirarlo al vacío—. ¡Holt! ¡Baja de ahí! ¿Qué estás haciendo?

—Solo me preguntaba qué sucedería, majestad —respondió, todavía asomado.

—Entra en el cuarto ahora mismo —le ordenó la reina.

Holt se encogió de hombros y se bajó de la ventana justo cuando Thiel entraba en la sala.

—¿Qué pasa? —preguntó Thiel con brusquedad, mirando a Amarina y a Holt—. ¿Qué está pasando aquí?

—¿A qué te refieres con que te preguntabas qué sucedería? —le dijo Amarina a su guardia, ignorando a Thiel.

—¿No os preguntáis nunca qué pasaría si saltarais por una ventana, majestad? —preguntó Holt.

—¡No, claro que no! —gritó Amarina—. Sé perfectamente lo que pasaría. Quedaría hecha papilla y me moriría. Y tú igual. Tu gracia te da una fuerza descomunal, Holt, ¡pero nada más!

—No pensaba saltar, majestad —se excusó Holt con una despreocupación que empezaba a enfurecerla—. Solo quería ver qué pasaría.

—Holt —dijo Amarina entre dientes—, te prohíbo terminantemente que te subas a más marcos de ventanas y mires hacia abajo mientras te preguntas qué pasaría. ¿Me entiendes?

—Ay, madre… —dijo Thiel mientras se acercaba a Holt, lo agarraba del cuello de la camisa y se lo llevaba hacia la puerta de una manera casi cómica, ya que Holt era más corpulento que él, casi veinte años más joven y muchísimo más fuerte. Pero Holt volvió a encogerse de hombros, sin protestar—. Contrólate, hombre —añadió Thiel—. Deja de asustar a la reina.

Después abrió la puerta y sacó a Holt de la habitación.

—¿Os encontráis bien, majestad? —le preguntó Thiel mientras cerraba la puerta de golpe y se volvía hacia ella.

—No entiendo nada ni a nadie, Thiel —se quejó Amarina, desconsolada—. ¿Cómo se supone que voy a gobernar un reino de chiflados?

—La verdad es que menudo numerito ha montado Holt, majestad —respondió Thiel.

Entonces recogió un montón de documentos de su mesa, se le cayeron al suelo, los volvió a recoger y se los entregó a Amarina con expresión sombría y manos temblorosas.

—¿Thiel? —dijo Amarina al verle un vendaje que le asomaba por una manga—. ¿Qué te has hecho?

—No es nada, majestad. Solo es un corte.

—¿Te lo ha mirado alguien competente?

—No hace falta que me lo vea ningún curandero, majestad. Ya me he hecho cargo yo de la herida.

—Me gustaría que Madlen le echara un vistazo. A lo mejor hacen falta puntos.

—No es necesario.

—Eso debería decidirlo un experto, Thiel.

Thiel se irguió, muy alto y recto.

—Ya me lo ha suturado un curandero, majestad —contestó con severidad.

—¡Pero bueno! Entonces, ¿por qué me has dicho que te habías hecho cargo tú mismo?

—Me he hecho cargo haciendo que lo viera un curandero.

—No te creo. Enséñame los puntos.

—Majestad…

—Rood —le gritó Amarina a su asesor de pelo cano, que acababa de entrar en la habitación resoplando por el esfuerzo de subir las escaleras—. Ayuda a Thiel a quitarse el vendaje para que pueda verle los puntos.

Rood, bastante confuso, hizo lo que se le había ordenado. Un momento después, los tres contemplaron un corte largo y diagonal en la parte interior de la muñeca de Thiel y en la palma de la mano, cosido con esmero.

—¿Cómo te lo has hecho? —preguntó Rood, que se estremeció al verlo.

—Con un espejo roto —se limitó a responder Thiel.

—Si no te curas una herida así, puede ponerse bastante fea —opinó Rood.

—Ya me la han curado muy bien —dijo Thiel—. Ahora, si me lo permitís, tengo mucho que hacer.

—Thiel —dijo Amarina con rapidez; quería mantenerlo a su lado, pero no sabía cómo. Si le preguntaba por el nombre del río, ¿mejoraría o empeoraría las cosas? Decidió probar suerte—. El nombre del río…

—¿Sí, majestad?

Amarina lo examinó durante un momento, buscando alguna grieta en la fortaleza de su rostro, en las trampas de acero de sus ojos, y no encontró más que una extraña tristeza causada por algún motivo personal. Rood le apoyó una mano en el hombro y le dio palmaditas. Thiel se sacudió para apartarle la mano y se dirigió a su puesto. Amarina se dio cuenta de repente de que cojeaba.

—¿Thiel? —repitió Amarina; no había terminado con las preguntas.

—¿Sí, majestad? —susurró Thiel, dándole la espalda.

—¿Por casualidad sabrías cuáles son los ingredientes del pan?

Tras un instante, Thiel se volvió hacia ella.

—Algún tipo de levadura, majestad —dijo—, como agente leudante. Harina, que supongo que es el ingrediente principal. Agua o leche —añadió, empezando a ganar confianza—. ¿Quizá sal? ¿Os busco una receta, majestad?

—Sí, por favor, Thiel.

Y así, Thiel fue a buscarle una receta de pan a Amarina, lo cual resultaba una tarea algo ridícula para el consejero principal de la reina. Mientras lo observaba atravesar la puerta cojeando, se dio cuenta de que cada vez tenía menos pelo en la coronilla. Amarina no se había percatado hasta entonces, y por alguna razón le parecía algo insoportable. Recordaba a Thiel con el pelo oscuro. Lo recordaba mandón y seguro de sí mismo; aunque también lo recordaba desolado, llorando, confundido y sangrando, en el suelo de los aposentos de su madre. Lo recordaba de muchas maneras, pero nunca había pensado en él como en un hombre que estaba envejeciendo.

A continuación se dirigió a la biblioteca y se detuvo en sus aposentos para echarle un vistazo a la lista de piezas del rompecabezas. La sacó del extraño libro de ilustraciones y la leyó de nuevo. Supuso que la lista también era una especie de clave, en el sentido de que cada parte quería decir algo cuyo significado aún desconocía. Tratando de contener las lágrimas y harta de estar preocupada, harta de la gente que hacía cosas sin sentido y mentía, escribió «MIERDA» en letras enormes al final, una expresión general de insatisfacción que expresaba muy bien cómo se sentía con respecto a todo. *Podría usar «MIERDA» como clave para cifrar un mensaje. ¿No sería maravillosamente sencillo?*

Po, pensó mientras iba a la biblioteca, aferrando la lista en la mano. *¿Estás por aquí? Quiero hacerte unas preguntas.*

Cuando llegó a la biblioteca, no había nadie en el escritorio de Morti, excepto el gato, hecho un ovillo, con todas las vértebras marcadas y afiladas. Amarina dio un rodeo para no pasar por su lado. Fue deambulando de sala en sala hasta que al fin encontró a Morti entre dos filas de estanterías, utilizando un estante vacío que tenía delante como escritorio para garabatear algo con furia. Páginas y páginas. Llegó al final de una, levantó el papel, lo sacudió para que se secara la tinta y lo apartó, y, casi antes de deshacerse de esa hoja, ya estaba escribiendo en la siguiente. Amarina no se podía creer lo rápido que escribía. Llegó al final de esa página y comenzó otra sin pausa; luego otra, y otra más, y después dejó caer la pluma de repente y cerró los ojos mientras se masajeaba la mano.

Amarina carraspeó. Morti se sobresaltó y le dirigió una mirada de sorpresa con aquellos ojos dispares.

—Ay, majestad —dijo, casi como alguien que ve que hay un agujero en una manzana y dice: «Ay, gusanos».

—Morti —dijo Amarina, agitando la lista en alto—, tengo una lista de preguntas. Quiero saber si tú, como mi bibliotecario, conoces las respuestas o sabrías cómo averiguarlas.

A Morti no pareció sentarle muy bien, como si Amarina le estuviera pidiendo una tarea que no era parte de sus obligaciones. Seguía frotándose la mano, y Amarina esperaba que le doliera horrores por los calambres. Al fin, sin mediar palabra, estiró la mano y le arrebató el papel.

—¡Oye! —exclamó sorprendida Amarina—. ¡Devuélveme eso!

Morti lo estudió por delante y por detrás, y luego se lo devolvió, sin mirarla siquiera, como si hubiera dejado de prestarle atención a su alrededor, absorto y con el ceño fruncido. Amarina, inquieta porque acababa de acordarse de que cuando Morti leía algo lo recordaba para siempre y no necesitaba volver a consultarlo, releyó ella misma ambas caras del papel, tratando de evaluar los daños.

—Varias de esas preguntas son un poco generales, ¿no creéis, majestad? —dijo Morti, todavía mirando a la nada—. Por ejemplo, la pregunta «¿Por qué están todos como una cabra?» y la pregunta sobre por qué os faltan tantas piezas del rompecabezas...

—No he acudido a ti por eso —lo interrumpió Amarina, malhumorada—. Quiero que me digas si sabes algo sobre lo que hizo Leck, y quién me está mintiendo, si es que me está mintiendo alguien.

—Respecto a la pregunta del medio de la lista, sobre las razones por las que podría alguien querer robar una gárgola, majestad —continuó Morti—, la criminalidad es una forma natural de expresión humana. Todos tenemos parte de luz y parte de sombra…

—¡Morti, deja de hacerme perder el tiempo!

—¿«Mierda» es una pregunta también, majestad?

Amarina estuvo a punto de hacer algo que nunca se perdonaría: reírse. Decidió morderse el labio y cambiar el tono de voz.

—¿Por qué me diste ese mapa?

—¿Qué mapa, majestad?

—El mapita ese de vitela tan suave —respondió Amarina—. ¿Por qué viniste a visitarme a mi despacho para entregarme ese mapa, si tu trabajo es tan importante y no deberíamos interrumpirlo jamás?

—Porque me lo pidió el príncipe Po, majestad —contestó Morti.

—Entiendo —dijo Amarina—. ¿Y bien?

—¿Y bien qué, majestad?

Amarina esperó con paciencia, sosteniéndole la mirada.

Al fin, Morti cedió:

—No tengo ni idea de quién podría estar mintiéndoos, majestad. No tengo razones para pensar que nadie mienta, más allá de que es algo que la gente hace. Y, si me preguntáis qué hizo el rey Leck en secreto, majestad, vos lo sabríais mejor que yo. Pasasteis más tiempo con él que yo.

—No conozco sus secretos.

—Yo tampoco, majestad, y ya os he dicho que no conozco ningún registro que él haya llevado. Ni él, ni nadie más.

Amarina no quería darle a Morti el gusto de saber que la había decepcionado, de modo que intentó alejarse de él antes de que pudiera notárselo en la cara.

—Pero puedo responder a vuestra primera pregunta, majestad —le dijo Morti a la espalda de Amarina.

La reina se detuvo en seco. La primera pregunta era: «¿Quiénes son mis "hombres más importantes"?».

—Es bastante evidente que la pregunta se refiere a las palabras escritas en el reverso de vuestra lista, ¿no es así, majestad? *Las palabras de Teddy.*

—Sí —dijo Amarina, volviéndose de nuevo hacia él.

—«Supongo que la joven reina está a salvo hoy sin vuestra presencia, porque sus hombres más importantes podrían hacer lo que hacéis vos» —recitó Morti—. «En cuanto se aprende a cortar y a coser, ¿se olvida alguna vez o se recuerda para siempre, pase lo que pase? ¿Incluso aunque Leck se interponga? Me preocupa la reina. Confío en que sea una buscadora de la verdad, pero, si con ello se convierte en el blanco de alguien, espero que no lo sea». ¿Le dirigieron estas palabras a alguno de vuestros curanderos, majestad?

—Así es —susurró Amarina.

—¿Puedo suponer entonces, majestad, que ignoráis que hace cuarenta y tantos años, antes de que Leck llegara al poder, vuestros consejeros Thiel, Darby, Runnemood y Rood eran unos jóvenes curanderos brillantes?

—¿¡Curanderos!? ¿Con formación?

—Entonces Leck asesinó al rey y a la reina —continuó Morti—, se coronó a sí mismo e hizo que los curanderos formaran parte de su equipo de consejeros. Quizás «interponiéndose» entre los hombres y su profesión médica, como dice aquí, majestad. Estas palabras parecen indicar que un curandero de hace cuarenta años sigue siendo curandero hoy en día, lo que quiere decir que estáis segura en la compañía de vuestros «hombres más importantes», vuestros consejeros, majestad, incluso cuando vuestros curanderos oficiales no estén disponibles.

—¿Cómo sabes todo eso sobre mis consejeros?

—No es ningún secreto, majestad, para cualquiera que recuerde aquellos tiempos. Además, los libros de medicina que guardamos en la biblioteca me ayudan a recordarlo; los escribieron Thiel, Darby, Runnemood y Rood hace mucho tiempo, cuando eran estudiantes de las artes curativas. Deduzco que a los cuatro se les preveía un gran futuro como curanderos desde muy jóvenes.

El recuerdo de Rood y de Thiel, momentos atrás, examinando la herida de Thiel inundó la mente de Amarina. Al igual que su discusión con Thiel, que primero había afirmado que se había ocupado de la herida él mismo y luego había afirmado que había ido a que se la viera un curandero.

¿Podrían ser ciertas ambas afirmaciones? ¿Se la habría cosido él mismo y le habría ocultado luego su habilidad, como había hecho desde que Amarina tenía memoria?

—Mis consejeros eran curanderos —dijo en voz alta Amarina, que de repente se vio sin fuerzas—. ¿Por qué elegiría Leck a unos curanderos para que fueran sus consejeros políticos?

—No tengo ni la menor idea —dijo Morti, impaciente—. Solo sé que así fue. ¿Deseáis leer los libros de medicina, majestad?

—De acuerdo —dijo Amarina sin demasiado entusiasmo.

Po apareció entonces entre las estanterías, con el gato en brazos y haciendo como que le daba besitos entre la pelambrera.

—Morti —dijo Po—, Mimoso huele muy bien hoy. ¿Lo has bañado?

—¿Mimoso? —dijo Amarina, mirando a Morti con incredulidad—. ¿El gato se llama Mimoso? ¿Podrías haberle puesto un nombre más irónico?

Morti dejó escapar un ruidito de desprecio. Luego alzó con delicadeza a Mimoso de los brazos de Po, recogió sus papeles y se marchó.

—No deberías insultar a los gatos de los demás —le dijo Po.

Amarina se frotó las trenzas e ignoró a su primo.

—Po, gracias por venir. ¿Puedo robarte un segundo?

—Tal vez —respondió Po—. ¿Para qué me necesitas?

—Para que hagas dos preguntas. A dos personas.

—¿Sí? ¿A Holt? —preguntó Po.

Amarina dejó escapar un breve suspiro.

—Quiero saber qué le pasa. ¿Le podrías preguntar por qué se ha encaramado hoy a la ventana de mi torre, y así ves qué conclusión sacas de su respuesta?

—Supongo —contestó Po—. ¿A qué te refieres con «encaramado», exactamente?

Amarina dejó que Po se adentrara en su memoria.

—Mmm… —dijo Po—. Pues sí que es bastante extraño. —Entonces la miró con unos ojos brillantes, como unas luces tenues—. No estás segura de qué pregunta quieres que le haga a Thiel.

—No —admitió Amarina—. Estoy un poco perdida con respecto a Thiel. Me resulta impredecible. Se pone nervioso con demasiada facilidad, y hoy tenía un corte horroroso en el brazo, y no quiso ser sincero conmigo cuando le pregunté por él.

—Te puedo asegurar que se preocupa mucho por ti, marinerita. Pero, si crees que tienes motivos reales para desconfiar de él, pienso hacerle un millón de preguntas, quieras o no.

—No es que no confíe en él —dijo Amarina, frunciendo el ceño—. Es que me preocupa, pero no estoy segura de por qué.

Po extrajo un saquito del bolsillo, lo sostuvo en alto, hacia Amarina, y lo abrió. Amarina metió la mano y sacó una chocolatina de menta.

—Me he enterado de que Danzhol tenía familia y contactos en Solánea, prima —dijo Po mientras se balanceaba sobre los talones y se comía también una chocolatina—. ¿Qué piensas?

—Pienso que está muerto —dijo Amarina con tristeza—. Así que ya no importa.

—Claro que importa —discrepó Po—. Si estaba pensando en venderte a alguien de Solánea, significa que tienes enemigos allí, y eso es importante.

—Sí —respondió Amarina con otro suspiro—. Ya lo sé.

—Ya lo sabes, pero no te importa.

—Sí me importa, Po. Pero es que tengo otras cosas de las que preocuparme. Si te parece, podrías…

—¿Sí?

—Preguntarle a Thiel por qué cojea.

15

Al día siguiente, Amarina encontró pruebas con las que demostrarle a Zaf que podía ser útil.

Estaba en la biblioteca —una vez más—, preguntándose cuántas veces podría escaparse de su despacho para ir a aquel cuartillo antes de que a los consejeros se les acabara la paciencia. En la mesa había doscientos cuarenta y cuatro manuscritos redactados a mano, con cubiertas de cuero suave y atados con cordeles del mismo material. Bajo los cordeles, Morti había metido unas tarjetas llenas de garabatos en las que le había indicado el título del libro, el nombre del autor, la fecha de la primera impresión, la fecha de su destrucción y la fecha de restauración. Amarina movía los manuscritos de un lado a otro, los empujaba, los apilaba de distintos modos y cargaba con ellos mientras iba leyendo todos los títulos. Eran libros sobre las costumbres y las tradiciones de Montmar, sobre las festividades del reino y sobre historia reciente pero anterior al reinado de Leck. Había libros de filósofos en los que comparaban los beneficios de la monarquía con los de la república. Libros de medicina. Una pequeña biografía extraña sobre varios gracelings famosos por haber logrado ocultar sus gracias hasta que al final los habían descubierto.

No sabía muy bien por dónde empezar.

Porque no sé qué es lo que estoy buscando, pensó. Y, justo en ese instante, encontró algo. No era nada grande ni misterioso; podía parecer algo insignificante, pero a ella le resultó importante, y se quedó boquiabierta al verlo, incapaz de creer lo que tenía ante sus narices. *Los besos en las tradiciones de Montmar.*

Era uno de los libros que figuraba en la lista de objetos robados que le había enseñado Zaf y que intentaban devolver a los antiguos súbditos de Danzhol. Y allí estaba, justo delante de ella, como si hubiera regresado de entre los muertos.

Supongo que podría echarle un vistazo…, pensó, deshaciendo el lazo de cuero. Despejó un hueco en la mesa en el que llegaba un poco de luz solar, se sentó y comenzó a leer.

—Majestad.

Amarina dio un brinco. Se había enfrascado en la lectura de la descripción de las cuatro celebraciones relacionadas con la luz y la oscuridad que se organizaban en Montmar: los equinoccios de primavera y otoño, y los solsticios de invierno y verano. Amarina estaba acostumbrada a que se festejara cuando se acercaba el solsticio de invierno para celebrar el regreso de la luz, pero, por lo visto, antes de que Leck reinara, se habían celebrado cuatro festividades distintas en Montmar, una para cada ocasión. La gente solía vestirse con prendas de colores llamativos, se pintaban la cara y, siguiendo la tradición, se besaban con todo el mundo. Amarina no paraba de darle vueltas a esa última parte, la de que todos se besaban.

Y ver la cara de amargado de Morti justo en ese momento no le resultó nada agradable.

—¿Sí? —le preguntó.

—Siento comunicaros que, al final, no puedo prestaros los libros de medicina que escribieron vuestros consejeros, majestad.

—¿Por qué no?

—Han desaparecido, majestad —respondió, marcando cada una de las sílabas.

—¿Desaparecido? ¿Qué quieres decir?

—Que no están en las estanterías en las que deberían estar, majestad —contestó Morti—. Y ahora tendré que robarle un poco de tiempo a mi gran proyecto para encontrarlos.

—Mmm… —respondió Amarina, que de repente no se fiaba de él. Quizás esos documentos nunca habían existido siquiera. Quizá Morti había decidido inventárselo todo para tomarle el pelo tras haber leído la lista en la que había escrito las piezas de su rompecabezas. Esperaba que no fuera así, ya que el bibliotecario afirmaba estar restaurando (con exactitud) todas las verdades que Leck había borrado.

La siguiente vez que Morti la interrumpió, Amarina se había quedado dormida con la mejilla apoyada en *Los besos en las tradiciones de Montmar.*

—¿Majestad?

Con un grito ahogado, Amarina se incorporó tan rápido que se le enganchó el cuello.

Ay. ¿Dónde…?

Había estado soñando. Al despertarse, el sueño empezó a desvanecerse, como siempre ocurre, y Amarina intentó aferrarse a él: había soñado con su madre, que estaba bordando y leyendo. ¿Sería posible que hubiera estado haciendo ambas cosas? No, Cinericia bordaba, moviendo los dedos tan rápido que parecían rayos, mientras Amarina leía en alto un libro que su madre le había escogido. Era un libro complicado, pero también era fascinante cuando Amarina comprendía lo que leía. Entonces Leck las había encontrado sentadas juntas, les había preguntado por el libro y había escuchado las explicaciones de Amarina; después se había reído, le había dado un beso en la mejilla y en el cuello, le había quitado el libro y lo había arrojado a la chimenea.

Sí. Acababa de acordarse del momento en que su padre había destruido *El libro de las claves*.

Amarina se frotó el cuello; se sentía sucia. Se masajeó el nudo que se le había formado, todavía un poco atontada porque acababa de despertarse y con la sensación de que aún no tenía los pies en la tierra.

—¿Qué pasa ahora, Morti?

—Disculpad que haya interrumpido vuestra siesta, majestad —dijo, mirándola con aires de superioridad.

—Ay, no seas idiota, Morti…

El bibliotecario carraspeó con fuerza y le dijo:

—Majestad, ¿seguís queriendo releer los libros de vuestra infancia? Si es así, tengo una colección de cuentos sobre sanaciones milagrosas.

—¿De mi padre?

—Sí, majestad.

Amarina se irguió y revolvió los manuscritos que tenía sobre la mesa, buscando los dos libros sobre medicina que había reescrito Morti. No contenían cuentos, sino datos auténticos.

—¿O sea que destruyó algunos libros de medicina para que cayeran en el olvido, pero me animó a leer otros?

—Majestad, si esos libros están en mi memoria, no han caído en el olvido —respondió Morti, ofendido.

—Claro, claro… —suspiró Amarina—. Muy bien. Trataré de hacerles un hueco. ¿Qué hora es? Será mejor que vuelva a mi despacho antes de que vengan a buscarme.

Pero, cuando Amarina salió al patio principal, vio a Giddon sentado en el borde del estanque con las manos apoyadas en las rodillas. Hablaba con soltura con una mujer que parecía estar dando forma a un arbusto con unas tijeras para que pareciera la grupa de un caballo encabritado. Era Dyan, la jardinera jefa. No muy lejos de allí, Zorro estaba colgada de las ramas más altas de un árbol, podando la hiedra que había florecido y dejando caer una lluvia de pétalos oscuros y marchitos.

—Zorro —la llamó Amarina mientras se acercaba con una pila de libros en los brazos y arqueaba el cuello para verla—. Ya veo que vales para todo.

—Trabajo en todo lo que pueda ser útil, majestad —respondió Zorro, que parpadeó al mirarla con esos ojos grises dispares. El color intenso de su melena contrastaba contra las hojas. Le sonrió.

El caballo verde en el que trabajaba Dyan se alzaba sobre una base de dos arbustos que habían plantado muy juntos. La hiedra en flor se arremolinaba en torno al pecho erguido del animal y se extendía por las patas.

—No, no os levantéis —le dijo Amarina a Dyan y a Giddon cuando se acercó a ellos, pero el noble ya estaba en pie y con un mano extendida para ayudarla con su carga—. Bueno, pues toma —le dijo, y le pasó los dos libros de medicina que Morti había reescrito y los que ya había releído. Después se sentó para poder meter las páginas de *Los besos en las tradiciones de Montmar* en la cubierta de cuero—. Dyan, ¿eres tú quien ha diseñado las figuras de los setos? —preguntó, observando el caballo, que resultaba bastante imponente.

—Las diseñaron el rey Leck y su jardinero, majestad —respondió Dyan sin explayarse—. Yo me limito a mantenerlas.

—¿No eras tú la jardinera del rey Leck?

—Mi padre, majestad. Pero murió —dijo Dyan, y resopló al levantarse para cruzar a pisotones el patio hasta llegar a un arbusto con forma de hombre con el pelo cubierto de flores azules.

—Bueno —le dijo Amarina a Giddon, algo abatida—. Siempre es agradable descubrir que tu padre asesinó a otra persona más.

—Ha sido muy grosera con vos —se disculpó Giddon, y luego volvió a sentarse a su lado.

—Espero no haber interrumpido nada.

—No, majestad —respondió Giddon—. Tan solo le estaba hablando de mi hogar.

—Eres de las praderas de Mediaterra, ¿verdad, Giddon?

—Sí, majestad, al oeste de Ciudad de Randa.

—¿Es bonito?

—Para mí, sí, majestad. Es mi zona preferida de los siete reinos —respondió, inclinándose hacia atrás con un atisbo de sonrisa.

El rostro de Giddon se transformó y, de repente, las agradables tradiciones de las festividades de la luz de Montmar volvieron a la mente de Amarina. Se preguntó si Giddon compartiría lecho con alguna mujer —o con algún hombre— de la corte.

—¿Cómo va el plan? —preguntó de forma apresurada cuando empezó a sonrojarse.

—Va tomando forma —respondió Giddon, bajando la voz y haciéndole un gesto con las cejas hacia Zorro, que seguía podando. El ruido de la fuente amortiguaba el sonido de su voz—. Vamos a enviar a alguien a través del túnel de Piper para ponernos en contacto con los rebeldes de Solánea que han solicitado nuestra ayuda. Además, es posible que haya un segundo túnel que conduzca hasta un lugar cercano a una de las bases del ejército de Thigpen, en las montañas orientales de Solánea. Uno de nosotros irá a comprobar si existe dicho túnel. Se han encontrado entradas en ambos extremos, pero nadie lo ha cruzado.

—¿Irá Katsa? —preguntó Amarina—. ¿O Po?

—Kasta irá en busca del segundo túnel —respondió Giddon—. Po atravesará el primer túnel para establecer contacto, o quizá vaya yo. Lo más seguro es que acabemos yendo juntos.

—¿No será un poco descarado que Po aparezca de repente en Solánea y se reúna con la gente y haga preguntas incómodas? Es un poco como un pavo real leonita, ¿no crees?

—Es imposible que Po pase inadvertido —dijo Giddon—. Pero también se le da muy bien escabullirse. Y, sorprendentemente, se le da muy bien conseguir que la gente hable —añadió luego, con cierto tono que hizo que Amarina bajara la mirada hacia sus manos durante un instante y la apartara de los ojos de Giddon, temerosa de lo que pudiera revelarle con la mirada.

Decidió enviarle una ola de disgusto a Po con la mente.

Te das cuenta de que se pone en peligro al ir contigo, ¿verdad? ¿Acaso no debería estar al tanto de las habilidades que posee su compañero de viaje? ¿De verdad crees que no acabará descubriéndolo o que, cuando lo haga, le dará igual?

Entonces apoyó la cabeza en las manos y se tiró del pelo.

—Majestad —le dijo Giddon—, ¿os encontráis bien?

Desde luego que no; le estaba dando una crisis que no tenía nada que ver con las mentiras de Po, sino con las que ella misma había contado.

—Giddon —le dijo—, voy a hacer un experimento contigo que no he probado con nadie más.

—De acuerdo —accedió el noble de buena gana—. ¿Debería ponerme un casco?

—Quizás en el caso de que Katsa te dijera que quiere probar un experimento —respondió Amarina con una sonrisa—. Pero conmigo, no; yo me refería solo a que me gustaría tener a alguien al que no mentirle nunca. Y he decidido que esa persona vas a ser tú. A partir de ahora, ni siquiera te responderé de forma ambigua. Te contaré la verdad, o no diré nada en absoluto.

—Mmm… —respondió Giddon, frotándose la cabeza—. Entonces voy a tener que pensar un montón de preguntas impertinentes.

—No tientes a la suerte. No intentaría llevar a cabo este experimento contigo si tuvieras la costumbre de hacerme preguntas impertinentes. Además, me viene muy bien que no seas mi consejero ni mi primo ni mi sirviente; ni siquiera eres de Montmar, de modo que no tienes ninguna obligación moral imaginaria de interferir en mis asuntos, ni tampoco creo que vayas corriendo a contarle a Po todo lo que te diga.

—O que piense siquiera en contarle a Po todo lo que digáis —añadió Giddon, con un tono tan casual que a Amarina se le erizó el vello de la nuca.

Por lo que más quieras, Po, dile lo que ya sabe, pensó, dirigiéndose mentalmente hacia su primo con un estremecimiento.

—Por si os sirve de algo, majestad —continuó Giddon, tranquilo—, comprendo que vuestra confianza es un regalo, no algo que me haya ganado. Prometo guardar a conciencia cualquier secreto que decidáis compartir conmigo.

Nerviosa, le respondió:

—Gracias, Giddon —y luego se quedó allí sentada, jugando con los lazos de *Los besos en las tradiciones de Montmar*, consciente de que debería levantarse, de que Runnemood estaría preocupado y de que Thiel estaría trabajando demasiado para ocuparse de todo el papeleo que ella había abandonado—. Giddon...

—¿Sí, majestad?

La confianza es una estupidez, pensó Amarina. *¿Cuál es el verdadero motivo por el que he decidido confiar en él? Sin duda, su trabajo en el Consejo es un buen motivo para hacerlo, y también su grupo de amigos. Pero no puedo negar que también tiene algo que ver con su tono de voz. Me gusta oírle hablar. La voz profunda con la que dice «Sí, majestad» me transmite confianza.*

Hizo un ruido que era en parte un bufido y en parte un suspiro. Entonces, antes de que pudiera formularle la pregunta a

Giddon, Runnemood entró en el patio desde el vestíbulo principal, la vio y fue directo a por ella.

—Majestad —le dijo con brusquedad, acercándose tanto que Amarina tuvo que inclinar el cuello para poder mirarlo—. Habéis pasado un tiempo excesivo de vuestro horario de trabajo fuera del despacho.

Runnemood parecía muy seguro de sí mismo; no dejaba de pasarse los dedos cubiertos de anillos enjoyados por el pelo negro. A él no parecía estar cayéndosele el pelo.

—Ah, ¿sí? —respondió Amarina con cautela.

—Me temo que yo no soy tan permisivo como Thiel —dijo Runnemood, y esbozó una sonrisa fugaz—. Tanto Darby como Rood están indispuestos, y yo vuelvo de la ciudad y os encuentro de cháchara con vuestros amigos y distrayéndoos con viejos manuscritos mientras tomáis el sol. Thiel y yo estamos bastante agobiados con todo el trabajo que estáis desatendiendo, majestad. ¿Lo entendéis?

Amarina le pasó *Los besos en las tradiciones de Montmar* a Giddon y se levantó, de modo que Runnemood tuvo que retroceder para que no se chocaran. No solo lo había entendido, sino que además había captado su tono condescendiente, que fue lo que de verdad la había ofendido. Tampoco le gustaba el modo en que los ojos del consejero recorrían los libros que sostenía Giddon; no los miraba como si de verdad creyera que eran antiguos libros polvorientos e inofensivos, sino más bien como si estuviera examinándolos y no le gustara lo que estaba viendo.

Quiso decirle que hasta un perro amaestrado podría haberse encargado del trabajo que había dejado de lado. Quiso decirle que estaba convencida —de un modo que no podía justificar ni explicar— de que el tiempo que pasaba fuera de su despacho era tan importante para el reino como el trabajo que llevaba a cabo con los fueros, las órdenes y las leyes. Pero su instinto le advirtió que sería mejor no compartir aquella información con él, y que debía proteger los libros que Giddon sostenía contra el pecho.

—Runnemood —dijo en cambio—, según tengo entendido, se te da bien manipular a las personas. Esfuérzate un poquito más para caerme mejor, ¿vale? Soy tu reina. Tendrás una mejor vida si me caes bien.

La sorpresa de Runnemood fue toda una satisfacción. Se quedó de pie con las cejas arqueadas y la boca abierta. Era agradable verlo con cara de tonto y notar lo mucho que le costaba recomponer esa actitud altiva de desprecio. Al fin, se alejó sin más hacia el interior del castillo.

Amarina volvió a sentarse junto a Giddon, al que parecía que le estaba costando contener la risa.

—Iba a preguntarte algo desagradable antes de que mi consejero me interrumpiera.

—Majestad, estoy a vuestra entera disposición —respondió Giddon, que seguía intentando mantener la compostura.

—¿Se te ocurre algún motivo por el que Leck podría haber escogido a cuatro curanderos como consejeros?

Giddon meditó la respuesta durante un instante.

—Bueno…, la verdad es que sí.

—Dime —dijo Amarina con desazón—. Llevo tiempo dándole vueltas al tema.

—Bueno… —repitió Giddon—. Todo el mundo sabe cómo trataba Leck a los animales, que le gustaba herirlos y curarlos una y otra vez. ¿Y si hacía lo mismo con algunas personas? Si era así como le gustaba reinar, por muy macabra que pueda resultar la idea, tendría sentido que se hubiera rodeado de curanderos todo el tiempo.

—Me han mentido, ¿sabes? —susurró Amarina—. Me han dicho que no saben qué era lo que hacía Leck en secreto, pero, si curaban a sus víctimas, entonces es evidente que sabían lo que hacía.

Giddon se quedó callado durante un instante.

—Hay cosas que resultan demasiado dolorosas como para hablar de ellas, majestad —respondió en voz baja.

—Lo sé, Giddon, lo sé. Preguntárselo sería una crueldad imperdonable. Pero ¿cómo voy a ayudar a nadie si no entiendo qué fue lo que ocurrió durante el reinado de mi padre? ¿No ves que necesito averiguar la verdad?

Fue Zaf quien se abalanzó sobre ella en un callejón aquella noche; fue Zaf quien, jadeando, la agarró, cargó con ella a través de una especie de puerta rota que daba a una habitación que olía a rancio y la estrelló contra la pared; y fue Zaf quien, durante todo ese rato, le susurraba sin parar: «Chispa, soy yo, soy yo. Te lo ruego, no me hagas daño, que soy yo». Pero, aun así, Amarina sacó sus puñales y le dio un rodillazo en la entrepierna antes de comprender del todo lo que estaba ocurriendo.

—Arrhhlglm —gruñó Zaf, más o menos, mientras se agachaba por el dolor, pero sin soltarla.

—Pero ¡¿qué estás haciendo?! —siseó Amarina, tratando de zafarse de él.

—Como nos encuentren, nos matan, así que cierra la boca —le ordenó Zaf.

Amarina estaba temblando, no solo por su propia conmoción y confusión, sino por el miedo a lo que podría haberle hecho a Zaf en esos primeros segundos si le hubiera permitido moverse lo suficiente como para apuñalarlo. Entonces oyeron el estruendo de unos pasos en el callejón de fuera y Amarina se olvidó de todo lo demás.

Los pasos dejaron atrás la puerta, continuaron y después se detuvieron. Cuando cambiaron de dirección y volvieron hacia el edificio en el que se habían escondido, Zaf maldijo entre susurros.

—Conozco un sitio adonde podemos ir —le dijo a Amarina, y la arrastró por la habitación a oscuras.

Cuando Amarina oyó una exhalación grave y profunda muy cerca de ella, no pudo evitar dar un brinco.

—Sube —le dijo Zaf.

Desconcertada, avanzó a tientas y se topó con una escalera de mano. El olor del lugar hizo que todo cobrara sentido de repente. Se trataba de una especie de corral, la exhalación que había oído era la de un vaca y Zaf quería que subiera las escaleras.

—¡Sube! —repitió Zaf mientras la empujaba al ver que Amarina vacilaba—. ¡Venga!

Amarina se agarró con fuerza a la escalera y trepó. *No pienses*, se dijo a sí misma. *No sientas. Solo sube.* No veía hacia dónde se dirigía ni cuántos peldaños le quedaban por subir. Tampoco veía la altura a la que había llegado hasta ese momento, y solo podía imaginarse un vacío por debajo.

Zaf, que iba pisándole los talones, se acercó a ella, la rodeó y le dijo en voz baja al oído:

—No te gustan las escaleras de mano, ¿eh?

—Es que estamos a oscuras… —dijo Amarina, humillada—. Y…

—Vale, vale —dijo Zaf—. Ven aquí, rápido.

Y entonces la levantó y la giró para llevarla como a un niño, de frente. Amarina lo rodeó con los brazos y las piernas como si Zaf fuera su única salvación, porque no parecía haber otra alternativa. Zaf subió la escalera a toda velocidad. Amarina no pudo pararse a reflexionar sobre su propia indignación hasta que Zaf la dejó sobre suelo firme. Pero, para entonces, ya no había tiempo: Zaf estaba tirando de ella a través de lo que Amarina reconoció de repente como un tejado. La ayudó a subir al tejado de un edificio más alto y siguió tirando de ella, corriendo, mientras trataban de trepar por una pendiente resbaladiza y metálica. Después cruzaron el caballete del tejado, bajaron por el otro lado y se encaramaron a otro tejado, luego a otro y a otro.

Al llegar al sexto o séptimo tejado, Zaf la llevó hasta una pared contigua y se agachó pegado a ella. Amarina se dejó caer a su lado y, temblando, se apretó también contra la pared, sólida y maravillosa.

—Te odio —le espetó—. Te odio.

—Ya lo sé —respondió Zaf—. Lo siento.

—Te voy a matar. Es que te voy a…

Le entraron ganas de vomitar. Le dio la espalda a Zaf, se puso de rodillas sobre el tejado, aferrándose con las manos a la superficie de chapa resbaladiza, y trató de luchar contra las náuseas. Tras un minuto, al ver que había logrado no vomitar, dijo abatida:

—¿Y ahora cómo bajamos de aquí?

—Estamos sobre la imprenta —respondió Zaf—. Podemos entrar por esa ventana, que da al dormitorio de Bren y de Tilda. Ya no hay más escaleras. Te lo prometo. ¿Vale?

La imprenta. Respiró hondo y se dio cuenta de que la chapa de ese techo no estaba tan inclinada. Se movió con cuidado para apoyar la espalda en la pared, se sentó y se recolocó el manuscrito de *Los besos en las tradiciones de Montmar*, que llevaba en una bolsa colgada por el pecho. Luego miró a Zafiro. Estaba tumbado boca arriba, una figura oscura de perfil con las rodillas dobladas, mirando al cielo. Amarina vio un destello tenue que provenía de una de sus orejas.

—Lo siento —le dijo Amarina en voz baja—. Las alturas y yo no nos llevamos bien.

Zaf inclinó la cabeza hacia ella.

—No te preocupes, Chispa. Dime si te puedo ayudar de alguna manera. ¿Con matemáticas, quizá? —sugirió con un tono alegre, recobrando el ánimo, y luego metió la mano en el bolsillo del abrigo y sacó un objeto redondo y dorado que Amarina reconoció al instante—. Toma. Dime qué hora es —le dijo tras lanzarle el pesado reloj al regazo.

—Pero ¿no tenías que devolverle esto a la familia de la relojera? —le dijo Amarina.

—Ah —respondió Zaf, avergonzado—. Eso dije, sí, y sin duda lo haré. Pero es que le he tomado bastante cariño.

—Cariño —repitió Amarina con un resoplido.

Abrió el reloj, vio que marcaba las catorce y media, dejó la mente vacía para que se la llenaran los números y luego le anunció a Zaf que sería medianoche dentro de veinticuatro minutos.

—Parece que toda la ciudad se ha puesto en marcha pronto esta noche —dijo Zaf con sequedad.

—Supongo que no nos habrán oído, ¿no? No estaríamos aquí sentados mirando las estrellas si aún nos persiguieran, ¿verdad?

—Solté unas cuantas gallinas por la habitación antes de subir la escalera —dijo—. ¿No oíste el escándalo que montaron?

—Estaba un poquito distraída pensando que iba a morir.

Zaf sonrió.

—Bueno, pues el ruido de las gallinas ahogó un poco el nuestro, y los perros también estaban despiertos cuando llegamos al tejado, que era con lo que contaba. No creo que hayan pasado entre los perros.

—Ah, que ya conocías ese corral.

—Es de un amigo. Era adonde me dirigía cuando apareciste.

—He estado a punto de apuñalarte.

—Ya, no se me ha olvidado. Debería haberte dejado allí, en el callejón. Podrías haberlos ahuyentado tú solita.

—¿Quiénes eran? Esta vez no eran simples matones, ¿verdad? Eran los que intentaron matar a Teddy.

—Vamos a hablar mejor de lo que llevas en esa bolsa —dijo Zaf mientras se apoyaba un tobillo en la otra rodilla y bostezaba hacia las estrellas—. ¿Me has traído un regalo?

—Pues la verdad es que sí —respondió Amarina—. Es algo para demostrarte que, si tú me ayudas, yo también puedo ayudarte.

—Ah, ¿sí? A ver, a ver.

—Si crees que me voy a mover de aquí, estás chalado.

Zaf se puso en pie sobre el tejado irregular de chapa tan rápido y con tanta facilidad que Amarina cerró los ojos para luchar contra el mareo. Cuando los abrió de nuevo, ya se había acomodado a su lado, con la espalda contra la pared, como ella.

—Tal vez tu gracia sea no tenerle miedo a nada —le dijo a Zaf.

—En realidad, me dan miedo muchas cosas. Pero las hago de todos modos. Enséñame lo que llevas ahí.

Amarina sacó *Los besos en las tradiciones de Montmar* de la bolsa y se lo puso en las manos. Zaf parpadeó.

—¿Papeles con cubiertas de cuero?

—Es para que hagas muchas copias —dijo ella—. Es un manuscrito de un libro llamado *Los besos en las tradiciones de Montmar*.

Zaf soltó una exclamación de sorpresa y se lo acercó a la cara para inspeccionar en la oscuridad la tarjeta que había dejado Morti.

—Lo ha escrito a mano el bibliotecario de la reina —continuó Amarina—, cuya gracia le permite leer muy rápido y recordar cada libro, cada frase, cada palabra y hasta cada letra que ha leído. ¿Sabías que tenía esa gracia?

—Hemos oído hablar de Morti, sí —dijo Zaf, que deshizo los lazos de cuero, dejó las cubiertas a un lado y empezó a hojear las páginas con los ojos entrecerrados—. ¿Me estás diciendo la verdad? ¿Esto es lo que dices que es? ¿Y es cierto que Morti está reescribiendo los libros que el rey Leck hizo desaparecer?

Amarina pensó que tal vez Chispa, la panadera, no debería saber demasiado sobre los asuntos del bibliotecario de la reina.

—No sé qué se trae Morti entre manos. No lo conozco personalmente. Este libro me lo prestó el amigo de un amigo. Morti se lo dejó solo porque le prometieron que la persona que lo quería tenía una imprenta y haría copias. Esas son las condiciones, Zaf. Te lo puedo dejar si haces copias. Morti se encargará de pagarte por el trabajo y los gastos, por supuesto —añadió, maldiciéndose por haberlo complicado todo de repente, pero sin saber cómo podría haberlo evitado.

Imprimir un libro no podía ser barato, y tampoco podía esperar que sus amigos financiaran la restauración de la biblioteca de la reina. ¿Sería demasiado descabellado que una panadera que no conocía personalmente a Morti fuera la encargada de llevarles el dinero de la reina? ¿Y significaba eso que iba a tener que empeñar más joyas?

—Chispa —dijo Zaf—. Átame con un cordel y envíame como un paquete a Ciudad de Auror. Si esto es de verdad lo que afirmas que es… Vamos a llevarlo a la imprenta, ¿vale? Que aquí me estoy quedando ciego.

—Sí, vale, pero…

Zaf alzó la vista de las páginas y la miró a la cara con unos ojos negros y llenos de estrellas.

—No había deseado ser mentalista hasta que te conocí, ¿sabes, Chispa? —dijo Zaf—. ¿Qué pasa?

—Me da miedo moverme —admitió Amarina, avergonzada.

—Chispa —dijo Zaf. Entonces cerró de un manotazo el manuscrito y le tomó las dos manitas frías—. Chispa —repitió, mirándola a los ojos—, yo te ayudo. Te juro que no te vas a caer. ¿Me crees?

Sí que le creía. Allí, en lo alto del tejado, con esa silueta que ya le resultaba familiar, esa voz, todas las cosas de él a las que ya estaba acostumbrada, y mientras le agarraba las manos, le creía por completo.

—Estoy lista para hacerte la tercera pregunta —le dijo.

Zaf exhaló.

—Ay, madre —respondió Zaf con el rostro sombrío.

—¿Quién está tratando de mataros a Teddy y a ti? —preguntó—. Zaf, estoy en tu bando. Esta noche, yo misma me he convertido en su objetivo también. Dímelo y ya está. ¿Quién es?

Zaf no respondió; tan solo se quedó allí sentado, jugueteando con sus manos. Amarina empezó a pensar que no iba a responderle. Luego, a medida que pasaban los segundos, dejó de importarle tanto, porque sus caricias comenzaron a parecerle más importantes que la pregunta.

—En el reino, hay gente que busca la verdad —dijo Zaf al fin—. No mucha, pero sí unos cuantos. Gente como Teddy, Tilda y Bren, personas cuyas familias formaban parte de la resistencia y que valoran mucho conocer la verdad. Leck ya está muerto, pero aún quedan muchas verdades por descubrir. Se dedican a eso, ¿me entiendes, Chispa? Tratan de ayudar a la gente a descubrir lo que pasó, a reconstruir los recuerdos. Intentan devolverles lo que les robó Leck y, cuando pueden, deshacer lo que hizo Leck. Y para eso tienen que robar, tienen que recibir una educación… Hacen todo lo que pueden.

—Tú también eres uno de ellos —intervino Amarina—. Hablas en tercera persona, pero tú también eres un buscador de la verdad.

Zaf se encogió de hombros.

—Vine a Montmar para conocer mejor a mi hermana, y resultó que mi hermana formaba parte de ese grupo. Les tengo cariño a mis amigos de aquí y me gusta robar. Mientras esté aquí, los ayudaré. Pero soy leonita, Chispa. Esta no es mi causa.

—Al príncipe Po no le gustaría nada esa actitud.

—Si el príncipe Po me dijera que me tirara por un puente, me tiraría, Chispa —le aseguró Zaf—. Ya te lo he dicho. Soy leonita.

—¡Nada de lo que estás diciendo tiene sentido!

—Ah —dijo Zaf mientras tiraba de las manos de Amarina y sonreía con maldad—. ¿Y lo que dices tú si lo tiene?

Nerviosa, Amarina no dijo nada; solo esperó.

—Hay gente en el reino que se opone a nosotros, Chispa —dijo Zaf en voz baja—. La verdad es que no puedo responder a tu pregunta, porque no sabemos quiénes son. Pero alguien sabe lo que estamos haciendo. Hay alguien que nos odia y que se ha propuesto hacer lo que sea para detenernos, a nosotros y a la gente como nosotros. ¿Recuerdas la tumba frente a la que te encontré aquella noche en el cementerio? Ese era nuestro colega. Lo mataron a puñaladas a plena luz del día; fue un asesino a sueldo que no está en condiciones de decirnos quién lo contrató. Están asesinando a los nuestros. Y otras veces se les inculpa de crímenes que no han cometido y se les mete en la cárcel. Y, una vez que los encierran, no los volvemos a ver jamás.

—¡Zaf! —exclamó Amarina, aterrorizada—. ¿Lo dices en serio? ¿Estás seguro?

—¿Han apuñalado a Teddy y me preguntas si estoy seguro?

—Pero ¿por qué? ¿Por qué se iba a tomar alguien tantas molestias?

—Para silenciarnos —dijo Zaf—. ¿De verdad te sorprende tanto? Todo el mundo quiere silencio. Todo el mundo prefiere olvidar los daños que causó Leck y fingir que el reino de Montmar nació tal y como es hoy hace ocho años. Si no consiguen acallar sus propias mentes, van a los salones de relatos, se emborrachan y se pelean.

—Esa no es la razón por la que la gente va a los salones de relatos —protestó Amarina.

—Ay, Chispa —dijo Zaf, suspirando, tirando de las manos de Amarina—. No es la razón por la que vamos tú y yo, ni por la que van los fabuladores. Tú vas para escuchar las historias. Otros van a ahogar las historias en alcohol. ¿Recuerdas que me preguntaste por qué las listas de objetos robados llegan a nosotros en lugar de a la reina? Suele ser porque nadie piensa en llevar un registro de lo que les han quitado hasta que llega alguien como Teddy y se lo propone. La gente no piensa. Todos quieren silencio. Hasta la reina quiere silencio. Y hay alguien por ahí suelto que necesita silencio, Chispa. Alguien que está asesinando a gente para conseguirlo.

—¿Por qué no habéis informado a la reina sobre todo este asunto? —preguntó Amarina, intentando tragarse la angustia para que Zaf no se la notara en la voz—. La gente que asesina para ocultar la verdad está infringiendo la ley. ¡¡Por qué no le habéis presentado vuestro caso a la reina!?

—Chispa —dijo Zaf con rotundidad—, ¿tú qué crees?

Amarina se quedó callada un momento, tratando de comprenderlo.

—Creéis que la reina está detrás de todo esto.

Uno de los relojes de la ciudad empezó a dar las campanadas de medianoche.

—Aún no puedo afirmarlo —contestó Zaf, encogiéndose de hombros—. Ninguno de nosotros puede. Pero hemos adquirido la costumbre de aconsejarle a la gente que intente no llamar la atención si sabe algo sobre lo que hizo Leck. Es lo que hacen los pueblos que le solicitan la independencia a la reina, por ejemplo. Exponen abiertamente su caso contra los nobles y mencionan a Leck lo menos posible. No hablan de las hijas que dichos nobles secuestraron de forma misteriosa, ni tampoco de las personas que desaparecieron. Sea quien fuere el villano a quien nos enfrentamos, es alguien con mucho alcance. Si yo fuera tú, Chispa, me andaría con cuidado en ese castillo.

eck está muerto.

Pero, si está muerto, ¿por qué no ha acabado todo?

Esa noche, mientras avanzaba despacio por los pasillos y subía las escaleras, Amarina trataba de hallarle el sentido a aquellos intentos de asesinato que la desconcertaban. Comprendía que la gente deseara centrarse en el futuro y olvidar el pasado y todo el dolor que había causado Leck. Pero no comprendía que alguien se comportara como el propio Leck y se dedicara a cometer asesinatos. Era de locos.

Sus guardias la dejaron entrar en sus aposentos. Al oír voces en el interior, se quedó helada, presa del pánico. Instantes después entró en razón: las voces que oía en el dormitorio eran las de Katsa y Helda.

—Pero qué… —susurró.

Entonces, un hombre carraspeó en la sala de estar y a Amarina casi le dio un infarto antes de darse cuenta de que se trataba de Po.

Se acercó a él y le dijo en voz baja:

—Se lo has contado.

Po estaba sentado en un sillón, doblando una hoja de papel sobre el regazo.

—Yo no he contado nada.

—¿Y qué están haciendo en el dormitorio?

—Creo que están discutiendo —respondió Po—. Estoy esperando a que terminen para poder seguir con la discusión que estaba teniendo con Katsa.

Había algo extraño en la cara de Po; parecía decidido a no mirarla.

—Mírame —le dijo Amarina.

—No puedo —respondió Po con sorna—. Estoy ciego.

—Po, no puedes ni imaginarte la noche que llevo…

Entonces su primo se giró. Tenía la piel de debajo del ojo plateado muy magullada y la nariz hinchada.

—¡Po! —gritó—. ¿Qué te ha pasado? ¡No te habrá pegado Katsa en la cara!

Tras hacer un último pliegue en el papel que tenía en las manos, Po lo levantó por encima del hombro y lo lanzó por la habitación. Era largo, delgado y tenía alas; voló por la sala, dio un giro brusco hacia la izquierda y se estrelló contra una estantería.

—Mmm… Fascinante —dijo Po, con una calma que la estaba sacando de quicio.

—Me estás poniendo de los nervios —dijo Amarina, apretando los dientes.

—Tengo respuestas para algunas de tus preguntas —dijo Po, levantándose y yendo a por el papel que había logrado que planeara.

—¿Qué? ¿Has estado haciendo preguntas por ahí?

—No, no he preguntado nada, pero he recopilado algo de información. —Alisó la punta arrugada del papel y lo hizo volar de nuevo. En esa ocasión se estrelló directo contra una pared y cayó al suelo—. Tal y como sospechaba… —musitó, pensativo.

Amarina se desplomó sobre el sofá.

—Po, te lo suplico…

Su primo se sentó a su lado.

—Thiel tiene un corte en la pierna.

—¡Ay! —exclamó Amarina—. Pobre Thiel. ¿Es muy grave? ¿Sabes cómo se lo ha hecho?

—En su habitación hay un espejo enorme roto —respondió Po—, pero eso es lo único que sé. ¿Sabías que toca el arpa?

—¿Y por qué no se deshace del espejo, si está roto? ¿Le han cosido la herida?

—Sí, y se le está curando bien.

—Tu gracia da un poco de mal rollo, ¿sabes?

—Esta noche he tenido tiempo de sobra para fisgonear mientras me ponía hielo en la cara —respondió con indiferencia—. No te vas a creer lo que ha hecho Holt esta noche.

—Uy —respondió Amarina—. ¿Se ha tirado delante de unos caballos al galope solo para ver qué pasaría?

—¿Has ido alguna vez a tu galería de arte?

¿La galería de arte? Amarina no tenía del todo claro en qué parte del castillo estaba.

—La que está en la última planta, que da al patio principal desde el norte, ¿no?

—Sí. Está varios pisos por encima de la biblioteca. Está bastante desatendida, ¿sabes? Hay polvo por todas partes, salvo en los sitios en los que han retirado hace poco algunas de las obras… Así es como he podido saber el número exacto de estatuas que han robado de la sala de las esculturas. Cinco, por si te lo estabas preguntando.

Amarina abrió los ojos de par en par.

—Alguien me está robando las estatuas. —No era una pregunta, sino una afirmación—. ¿Y se las estará devolviendo al artista que las creó? ¿Sabes quién es?

—Anda, parece que ya estás familiarizada con el tema. Estupendo. Tuve que hablar un buen rato con Giddon para entenderlo. El caso es que Holt tenía una hermana que se llamaba Bellamew y era escultora.

Bellamew... Amarina recordaba a una mujer alta, de hombros anchos y mirada amable que había estado en el castillo. ¿Era escultora?

—Bellamew esculpió para Leck las estatuas que se transforman en otras cosas —prosiguió Po—. Una mujer que se convierte en árbol, un hombre que se convierte en montaña...

—Ajá —respondió Amarina, que comprendió que no solo le resultaban familiares las obras de Bellamew, sino que antaño había conocido a la mujer—. ¿Te lo ha contado Giddon? ¿Por qué sabe más cosas de mi castillo que yo?

Po se encogió de hombros.

—Conoce a Holt. En serio, deberías preguntarle a Giddon, en vez de a mí, qué es lo que le pasa a Holt. Aunque no le he contado a Giddon lo que vi.

—Bueno, ¿y qué viste?

Po sonrió.

—¿Estás preparada? Vi a Holt entrando en el castillo con un saco al hombro. Fue hasta la galería de arte, sacó una estatua del saco y la colocó en la sala de las esculturas, justo en el sitio sin polvo en el que había estado. ¿Te acuerdas de la chica que camufló la barca de Danzhol y se transformó en un montón de lona?

—¡Ay, mierda! Me había olvidado de ella. Tenemos que encontrarla y arrestarla.

—Cada vez estoy más convencido de que no debemos hacerlo —respondió Po—. Esta noche la he visto con Holt porque... ¡a ver si lo adivinas! Es hija de Bellamew y sobrina de Holt. Se llama Hava.

—Espera. ¿Qué? Estoy confundida. Alguien me está robando las esculturas para devolvérselas a Bellamew, pero a su vez Holt y la hija de Bellamew me las están devolviendo?

—Bellamew está muerta —respondió Po—. Era Holt quien estaba robando las estatuas. Se las llevó a Hava, la hija de Bellamew, pero Hava le dijo que tenía que devolvérselas a la reina, así que eso hizo, y Hava se encargó de vigilarlo.

—¿Qué? ¿Por qué?

—Holt es todo un misterio —dijo Po—. No sé si estará loco, pero lo que sí sé es que está muy confundido.

—¡No entiendo nada! —exclamó Amarina—. ¿Primero me roba y luego cambia de idea?

—Creo que intenta hacer lo correcto —respondió Po—, pero no sabe muy bien qué es lo correcto. Tengo entendido que Leck se aprovechó de Bellamew y luego la mató. Holt considera que Hava es la dueña legítima de las estatuas.

—¿Fue Giddon el que te habló de Hava? —le preguntó Amarina—. ¿No deberíamos hacer algo al respecto si está campando a sus anchas por el castillo? ¡Intentó secuestrarme!

—Giddon no sabe nada de Hava.

—¿Entonces cómo sabes todo esto? —chilló Amarina.

—Pues… porque sí —respondió Po, avergonzado.

—¿Qué quieres decir con eso? ¿Cómo puedo estar segura de que todo lo que me dices es verdad basándome en que lo sabes «porque sí»?

—Estoy bastante seguro de que todo lo que te he contado es cierto, marinerita. Te lo explicaré en otro momento.

Amarina le examinó el rostro magullado mientras su primo volvía a alisar el papel planeador sobre la pierna. Le resultaba bastante evidente que Po estaba molesto por algo que no le estaba contando.

—¿Por qué están discutiendo Helda y Katsa? —preguntó en voz baja.

—Helda ha sacado el tema de los bebés —respondió con una sonrisa fugaz—. Como siempre.

—¿Y por qué estáis discutiendo Katsa y tú?

Entonces se le borró la sonrisa de la cara.

—Por Giddon.

—¿Por? ¿Porque a Katsa no le cae bien? Me encantaría que alguien me explicara qué fue lo que pasó.

—Amarina, no metas las narices en los asuntos de Giddon.

—Vaya, qué consejo tan encomiable, teniendo en cuenta que viene de un telépata. Tú metes las narices en los asuntos de los demás cuanto te da la gana.

Po la miró a la cara.

—Como bien sabe Giddon —dijo.

—Se lo has contado a Giddon… —dijo Amarina, y entonces lo entendió todo cuando Po agachó la cabeza—. Ha sido él quien te ha pegado. Y Katsa está enfadada contigo por habérselo contado.

—Katsa está asustada —respondió Po con la voz calmada—. Conoce de sobra la tensión a la que estoy sometido. Le asusta saber a cuánta gente me gustaría contárselo.

—¿A cuánta?

En aquella ocasión, cuando levantó la mirada, Amarina también se asustó.

—Po —le susurró—, ve poco a poco. Si decides empezar a contarlo, cuéntaselo primero a Celestio. A Helda. Quizás a tu padre. Luego espera, pide consejo y reflexiona. Por favor.

—Ya me paso el día reflexionando No hago otra cosa. Estoy tan cansado, marinerita…

Los problemas de Po eran un tanto peculiares. Amarina sentía compasión por su primo, allí tumbado en el sofá, cansado, triste y afligido.

—Po —dijo, acercándose a él. Le alisó el pelo y le dio un beso en la frente—. Dime qué puedo hacer.

—Podrías ir a consolar a Giddon —le dijo él con un suspiro.

Una voz respondió cuando llamó a la puerta. Al entrar en los aposentos de Giddon, vio al noble sentado en el suelo, con la espalda apoyada en la pared, mirándose la mano izquierda ensimismado.

—Eres zurdo —dijo Amarina—. Supongo que debería haberme dado cuenta antes.

Giddon flexionó la mano y le habló con gravedad, sin levantar la vista.

—A veces peleo con la derecha, para practicar.

—¿Te has hecho daño?

—No.

—¿Tienes ventaja en las peleas al ser zurdo?

—¿Cuando peleo contra Po? —respondió, dirigiéndole una mirada burlona.

—Me refiero a cuando peleas contra gente normal.

Giddon le respondió encogiendo los hombros con indiferencia.

—A veces. La mayoría de los luchadores tienen más práctica para defenderse contra los atacantes diestros.

Hasta la voz gruñona de Giddon tenía un tono amable.

—¿Quieres que me quede? —preguntó con delicadeza—. ¿O prefieres que me vaya?

Giddon bajó la mano y clavó la mirada en Amarina. Se le relajó el rostro.

—Quedaos, majestad.

Entonces pareció recordar sus modales e hizo amago de ponerse en pie.

—Por favor… Qué costumbre tan tonta —dijo Amarina, y se agachó para sentarse a su lado, con la espalda apoyada en la pared, aunque solo fuera para estar en la misma posición que él. Luego empezó a examinarse las manos ella también.

—Hace menos de dos horas estaba sentada, como ahora, junto a un amigo en el tejado de una tienda de la ciudad.

—¿Qué? ¿En serio?

—Nos perseguía gente que quería asesinarlo.

—Majestad —exclamó Giddon, casi atragantándose—, ¿lo decís en serio?

—No se lo digas a nadie —dijo Amarina—, y no te entrometas.

—¿Queréis decir que Kasta y Po…?

—No pienses en mi primo y en lo que te he contado al mismo tiempo —le ordenó Amarina, con calma—. Ni siquiera lo menciones en cualquier conversación o idea de la que no quieras que Po forme parte.

Giddon emitió un sonido de incredulidad, y luego se quedó callado durante un buen rato, dándole vueltas a lo que acababa de decirle.

—Hablemos en otro momento de lo que acabáis de contarme, majestad —dijo Giddon—. Ahora mismo no puedo quitarme a Po de la cabeza.

—Todo esto venía a que quería contarte que tengo un miedo irracional a las alturas.

—¿A las alturas? —repitió Giddon, que parecía haberse perdido.

—A veces resulta de lo más humillante.

Giddon volvió a guardar silencio. Cuando habló de nuevo, ya no se le veía tan alterado.

—Os he mostrado lo peor de mí, majestad, y vos, en cambio, me tratáis con amabilidad.

—Desde luego, Po tiene un amigo estupendo, si de verdad eso es lo peor de ti —respondió Amarina.

Giddon volvió a examinarse las manos, que eran tan grandes y anchas como platos. Amarina resistió la tentación de agarrárselas y maravillarse ante lo grandes que eran en comparación con las suyas.

—Sigo sin saber qué es lo más humillante de todo —dijo Giddon—. Por un lado solo le he podido pegar porque se ha dejado… Se ha quedado ahí plantado como si fuera un saco de arena, majestad…

—Mmm… Además, nadie creerá que se lo has hecho tú. La gente pensará que a Katsa se le fue la mano mientras practicaban. Nadie creerá que has conseguido pegarle.

—No os cortéis para no herir mis sentimientos, majestad —respondió Giddon con sequedad.

—Sigue —le dijo Amarina con una sonrisa—. Estabas enumerando las formas en que te ha humillado.

—Qué considerada sois, majestad… En segundo lugar, no sienta bien ser el último en enterarse.

—Ah —respondió Amarina—. He de decir que no has sido el último en enterarte.

—Ya sabéis a lo que me refiero, majestad. Paso más tiempo con Po que cualquier otra persona. Más que Katsa incluso. Aunque, en realidad, no hay comparación.

—¿A qué te refieres?

—Lo más humillante de todo… —comenzó a decir, y luego se detuvo.

De repente, se le tensó la mandíbula y se le vio abatido. Pegó los brazos y los hombros contra el cuerpo, como si así se pudiera proteger de sus palabras, como si fueran un golpe o un viento helado. Aunque aquello no tuviera sentido.

Amarina estiró las piernas y fingió que se concentraba en alisarse los pantalones para ahorrarle la vergüenza de sentirse observado. Lo único que dijo fue:

—Lo sé…

Giddon asintió.

—Le he contado tantas cosas sobre mí. Sobre todo durante los primeros años, cuando no sospechaba nada ni tenía cuidado con lo que pensaba… Y, para colmo, lo odiaba. Sabía perfectamente todo el rencor que le guardaba, lo celoso que estaba. Y ahora, cuando recuerdo todos y cada uno de los pensamientos maliciosos que le he dedicado, la humillación es doble, porque no soy yo el único que lo revive; él también.

Sí. Desde luego, eso era lo peor… Era lo que resultaba más injusto y humillante con cualquier telépata o mentalista, sobre todo con uno que ocultaba sus poderes. Por eso Katsa tenía tanto miedo: si Po empezaba a revelarle su gracia a cualquiera, caerían sobre él la ira y la humillación de todo el mundo.

—Katsa me ha contado que ella también se sintió humillada cuando se lo contó —dijo Amarina—, y estaba furiosa. Amenazó con decírselo a todo el mundo. Dijo que no quería volver a verlo.

—Sí —respondió Giddon—, y luego se fugó con él.

Le pareció interesante la manera tan casual en que pronunció aquellas palabras. Amarina reflexionó sobre el tono que había empleado durante un instante, y luego decidió aprovecharlo como excusa para hacerle una pregunta de lo más inapropiada a la que llevaba un tiempo dándole vueltas.

—¿Estás enamorado de Katsa?

Giddon le dedicó una mirada de incredulidad con sus ojos marrones.

—¿Acaso es de vuestra incumbencia?

—No —respondió Amarina—. ¿Estás enamorado de Po?

Giddon se frotó las cejas con asombro.

—Majestad, ¿a qué vienen todas estas preguntas?

—Bueno, todo encaja, ¿no? Justificaría toda esa tensión con Katsa.

—Espero que no hayáis estado hablando acerca de esto con los demás. Si tenéis preguntas impertinentes sobre mí, hacédmelas a mí.

—Es lo que estoy haciendo —respondió Amarina.

—Sí —respondió Giddon con un buen humor admirable—, ya veo.

—No lo he hecho —dijo Amarina.

—¿Qué, majestad?

—Digo que no le he preguntado a nadie más, y nadie me ha comentado nada sobre el tema en ningún momento. Además, sé guardar un secreto.

—Ah —exclamó Giddon—. En realidad no es ningún secreto y, bueno, supongo que no me importa contároslo.

—Gracias.

—Es un placer. Esa delicadeza vuestra invita a abrirse por completo.

Amarina le sonrió.

—Hace años, me obsesioné bastante con Katsa durante mucho tiempo. Hice ciertos comentarios inapropiados de los que me avergüenzo, y Katsa aún no me lo ha perdonado. Pero desde entonces ya se me ha pasado la obsesión.

—¿De verdad?

—Majestad —respondió con la voz cargada de paciencia—, entre mis cualidades menos atractivas se halla cierto orgullo que me resulta muy útil cuando descubro que la mujer a la que amo nunca querrá ni podrá proporcionarme lo que quiero.

—¿Y qué es lo que quieres? —respondió Amarina con acritud—. ¿Así que todo este asunto va de eso? ¿De lo que quieres? ¿Qué quieres?

—Para empezar, a alguien que sea capaz de soportar una compañía tan lamentable. Me temo que ese requisito es indispensable.

Amarina se echó a reír a carcajadas. Giddon la miró con una sonrisa y luego dejó escapar un suspiro.

—Aún queda algo de resentimiento, aunque el sentimiento que lo inició todo haya desaparecido. Tuve ganas de pegarle a Po desde el día que lo vi por primera vez. Me alegro de haber podido hacerlo al fin. Ahora ya puedo confirmar que era una ridiculez, una necesidad vacía.

—Ay, Giddon —respondió Amarina, y luego se quedó en silencio porque no podía expresar lo que quería decir. Amarina adoraba a Katsa y a Po con todo su corazón. Pero sabía muy bien lo que se sentía al quedarse en los márgenes del amor que se profesaban el uno al otro—. Necesito tu ayuda —añadió después, pensando que a Giddon le vendría bien distraerse.

El noble la miró sorprendido.

—¿Qué queréis, majestad?

—Hay alguien que intenta asesinar a las personas que están revelando los crímenes que cometió Leck. Si te enteras de algo durante tus paseos, ¿me lo harás saber?

—Desde luego —respondió Giddon—. Cielos, ¿creéis que es alguien como Danzhol? ¿Que hay más nobles que cometieron hurtos en nombre de Leck y que no quieren que el pasado salga a la luz?

—No tengo ni idea —reconoció Amarina—. Pero sí, al menos eso tendría un mínimo de sentido. Tendré que comprobarlo. Aunque la verdad es que ni siquiera sé por dónde empezar —añadió, agotada—. Hay cientos de nobles de los que ni siquiera he oído hablar. Giddon, ¿qué opinas de Holt, mi guardia?

—Holt es un aliado del Consejo, majestad —respondió Giddon—. Estuvo haciendo guardia mientras nos reuníamos en la biblioteca.

—¿En serio? —preguntó Amarina—. También me ha estado robando varias esculturas. —Giddon se quedó mirándola, absolutamente perplejo—. Y luego las ha estado devolviendo a su sitio. ¿Te importaría prestarle atención cuando trates con él? Me preocupa su salud.

—¿Queréis que le preste atención a Holt, que os ha estado robando las esculturas, porque os preocupa su salud? —repitió Giddon, que no se creía lo que estaba oyendo.

—Sí, me preocupa su salud mental. Por favor, no le digas nada de las esculturas. Confías en él, ¿no, Giddon?

—¿En Holt? ¿Que os roba las esculturas y cuya salud mental es cuestionable?

—Sí.

—Hasta hace cinco minutos, sí. Ahora ya no sé qué pensar…

—Me basta con la opinión que tenías de él hace cinco minutos —respondió Amarina—. Me fío de tu instinto.

—¿De verdad?

—Supongo que debería regresar a mis aposentos —suspiró Amarina—. Katsa me espera allí, e imagino que tendrá ganas de chillarme.

—Lo dudo mucho, majestad.

—A veces pueden ser un poco agresivos, ¿no te parece? —respondió Amarina, con una sonrisa endiablada—. Hay una parte de mí que espera que le hayas roto la nariz a Po.

A Giddon se le estaban empezando a amoratar los nudillos de la mano izquierda por el golpe que le había dado a Po. Pero no mordió el anzuelo. En cambio, sin dejar de mirarse la mano, susurró:

—Nunca revelaré su secreto.

Al volver a sus aposentos, buscó a Po con la mirada. Lo encontró durmiendo en el sofá, soltando los típicos ronquidos de alguien que tiene la nariz congestionada o hinchada, y lo tapó con una manta. Luego, como ya no tenía excusas para seguir evitando a Katsa, entró en el dormitorio.

Katsa y Helda estaban poniéndole las sábanas a la cama.

—¡Menos mal! —exclamó Katsa al verla—. Helda lleva un buen rato tratando de impresionarme con el bordado de las sábanas. Un minuto más y acabaría utilizándolas para ahorcarme.

—Las bordó mi madre —dijo Amarina.

Katsa cerró la boca y fulminó con la mirada a la sirvienta.

—Muchísimas gracias por mencionar ese detalle, Helda.

Helda extendió una manta con destreza para que cayera sobre la cama.

—¿Acaso se me puede culpar de olvidarme de algunos detalles con lo preocupada que me he quedado al descubrir que la reina no estaba en su cama? —respondió.

Luego fue hasta las almohadas y las sacudió sin piedad hasta que quedaron mullidas como nubes obedientes.

Amarina pensó que le convenía tomar el control de la conversación desde el principio.

—Helda, necesito que mis espías me ayuden. Hay un grupo de personas en la ciudad que están tratando de averiguar ciertos secretos sobre el reinado de Leck, y alguien los está asesinando. Necesito saber quién está detrás de todo esto. ¿Crees que podemos averiguarlo?

—Desde luego que podemos —respondió Helda con un bufido de arrogancia—. Y, mientras tanto, con los asesinos por ahí sueltos, vos saldréis de noche con ellos vestida como un chico, sin una guardia que os escolte y sin usar vuestro propio nombre para protegeros. Ambas os creéis que soy una anciana estúpida cuyas opiniones no valen nada.

—¡Helda! —exclamó Katsa, que prácticamente saltó por encima de la cama para acercarse a ella—. Pues claro que no pensamos eso.

—No pasa nada —contestó Helda, dándole un último golpe a las almohadas y enderezándose para enfrentarse a las dos mujeres con una dignidad inaccesible—. Da lo mismo. Aunque creyerais que poseo una gracia que me otorga el conocimiento absoluto, seguiríais sin hacerme caso y llevaríais a cabo cualquier idea descabellada que os viniera en gana. Os creéis invencibles, ¿verdad? Creéis que vuestra propia seguridad no importa lo más mínimo. Me vais a volver loca. —Metió la mano en el bolsillo y arrojó un paquetito sobre la cama de Amarina—. Supe desde el principio que os escabullíais por las noches, majestad. Las dos noches que no volvisteis al castillo me las pasé en vela. A ver si lo recordáis la próxima vez que penséis dormir en una cama que no sea la vuestra. No fingiré que no soy consciente de la presión a la que estáis sometida, y lo mismo os digo a vos, mi señora —añadió, señalando a Katsa—. No voy a negar que vuestras responsabilidades son completamente distintas a las mías y que, cuando las cosas se ponen feas, se os trata de una manera distinta que a los demás. Pero eso no significa que me guste que me mientan y que me tomen por estúpida. Decídselo a ese amigo vuestro —concluyó, alzando la barbilla tan alto como para mirar a Katsa a los ojos.

Después se marchó.

Se produjo un largo silencio.

—Se le da muy bien guardar secretos, ¿no? —comentó Amarina, medio avergonzada y medio asustada.

—Es la jefa de tus espías —respondió Katsa, dejándose caer sobre la cama y estirándose cuan larga era—. Me siento fatal.

—Yo también.

—Me pregunto a qué se refería exactamente al mencionar a Po. Él no ha dicho nada de que Helda conozca su gracia. ¿Es cierto lo de los asesinatos en la ciudad, Amarina? Si es así, no quiero marcharme.

—Es cierto —respondió Amarina en voz baja—, y yo tampoco quiero que te marches, pero, según tengo entendido, ahora mismo deberías estar en Solánea, ¿no?

—Amarina, ven aquí…

Amarina dejó que Katsa la agarrara del brazo y la condujera hasta la cama. Se sentaron cara a cara, sin que Katsa le soltara la mano. La noble graceling tenía unas manos fuertes y llenas de vida, y estaban tan calientes como un horno.

—¿A dónde vas por las noches? —le preguntó Katsa.

En un abrir y cerrar de ojos, se rompió el hechizo, y Amarina se apartó.

—No me parece una pregunta justa.

—Entonces no respondas —dijo Katsa, sorprendida—. Yo no soy Po.

Pero a ti no puedo mentirte, pensó Amarina. *Si me preguntas algo, te responderé.*

—Voy a la zona este de la ciudad, a ver a unos amigos.

—¿Qué clase de amigos?

—Un tipógrafo y un marinero que trabaja con él.

—¿Es peligroso?

—Sí —respondió Amarina—, a veces sí. Pero no te incumbe, y no es nada que no pueda solucionar por mí misma, así que deja de hacerme preguntas.

Katsa se quedó sentada durante un instante, mirando a la nada con el ceño fruncido. Después, le dijo en voz baja:

—Y, en cuanto a ese tipógrafo y ese marinero…, Amarina… —hizo una pausa—. ¿Te has enamorado de alguno de ellos?

—No —respondió Amarina, sorprendida y boquiabierta—. ¡Deja de hacerme preguntas!

—¿Necesitas mi ayuda? ¿Quieres que haga algo?

No. Vete.

Sí. Quédate aquí, quédate conmigo hasta que me duerma. Dime que estoy a salvo y que, algún día, todo tendrá sentido. Dime qué hacer con lo que siento cuando Zaf me toca. Dime qué significa enamorarse de alguien.

Katsa se giró hacia ella, le echó el pelo hacia atrás y le dio un beso en la frente mientras le colocaba algo en la mano.

—Puede que no lo quieras y que no lo necesites —le dijo—. Pero prefiero que lo tengas y que desees no tenerlo a que no lo tengas y lo necesites.

Después se marchó y cerró la puerta tras de sí. A saber en qué aventura se embarcaría en aquella ocasión. Aunque lo más probable era que se fuera a la cama, con Po, donde se perderían el uno en el otro.

Amarina examinó lo que le había entregado. Era un sobre de hierbas medicinales con una etiqueta en la que ponía con letra muy clara: «Herbacasta: para prevenir el embarazo».

Anonadada, leyó las instrucciones. Luego dejó la herbacasta a un lado e intentó discernir sus sentimientos, pero no lo logró. Entonces se acordó del paquetito que Helda había arrojado sobre la manta y se estiró para recogerlo. Era una bolsita de tela que, al abrirla, reveló otro sobre de hierbas medicinales con una etiqueta que no dejaba lugar a dudas sobre el contenido.

Amarina se echó a reír, sin tener muy claro por qué le resultaba tan gracioso tener el corazón hecho un lío y herbacasta suficiente como para el resto de sus años fértiles.

Entonces, tan agotada que hasta se estaba empezando a marear, se tumbó de lado y apoyó la cara, donde Katsa le había dado un beso, en las almohadas impecables de Helda.

18

Amarina estaba soñando con un hombre, un amigo. Empezó como Po, luego se convirtió en Giddon y después en Zaf. Cuando se convirtió en Zaf, comenzó a besarla.

—¿Me dolerá? —preguntó Amarina.

Entonces su madre se interpuso entre ellos y le dijo con calma:

—No pasa nada, cariño. No quiere hacerte daño. Tómalo de la mano.

—No me importa si me duele —dijo Amarina—. Solo quiero saberlo.

—No voy a dejar que te haga daño —añadió Cinericia, asalvajada y furiosa de repente, y Amarina se dio cuenta de que el hombre se había transformado de nuevo.

Ahora era Leck. Cinericia estaba entre Amarina y Leck, protegiéndola de él. Amarina era una niña pequeña.

—Nunca le haría daño —dijo Leck, sonriendo.

Llevaba un puñal en la mano.

—No voy a dejar que te acerques a ella —insistió Cinericia, temblando pero decidida—. Su vida no va a ser como la mía. Pienso protegerla de todo.

Leck envainó su puñal. Después le asestó un golpe a Cinericia en el estómago, la empujó para tirarla al suelo, le dio una patada y se alejó de allí mientras Amarina gritaba.

Amarina se despertó llorando en la cama. La última parte del sueño era más que un sueño; era un recuerdo. Cinericia nunca había dejado que Leck convenciera a Amarina para que se fuera con él a sus aposentos, a sus jaulas. Su padre siempre la había castigado por interponerse en sus planes. Y, cada vez que Amarina había corrido hacia su madre, encogida en el suelo, Cinericia siempre le había susurrado: «No debes irte con él nunca. Prométemelo, Amarina. Eso me dolería más que cualquier cosa que pudiera hacerme a mí».

No fui jamás, mamá, pensó Amarina, empapando las sábanas con lágrimas. *Nunca me fui con él. Cumplí mi promesa. Pero acabaste muriendo de todos modos.*

Por la mañana, durante los entrenamientos, le resultaba imposible concentrarse mientras combatía con Bann.

—¿Qué os ocurre, majestad? —le preguntó Bann.

—He tenido una pesadilla —contestó Amarina, frotándose la cara—. Era un sueño en el que mi padre le hacía daño a mi madre. Luego me he despertado y me he dado cuenta de que sucedió de verdad.

Bann se detuvo y bajó la espada para prestarle atención. Su mirada tranquila la conmovió y le recordó el principio del sueño, la parte en la que Cinericia la había consolado.

—Ese tipo de sueños pueden ser horrorosos —dijo Bann—. Yo suelo soñar de tanto en tanto sobre las circunstancias en que murieron mis padres. Y la crueldad de esos sueños me atormenta.

—Ay, Bann —exclamó Amarina—. Lo siento mucho. ¿Cómo murieron?

—Por una enfermedad —respondió—. Sufrían unas alucinaciones espantosas y decían toda clase de crueldades. Ahora sé que no era su intención, pero de niño no entendía que estaban siendo así de crueles solo por culpa de la enfermedad. Y lo mismo ocurre cuando sueño con ellos.

—Odio los sueños —dijo Amarina, enfadada en defensa de Bann.

—¿Y si os enfrentáis a vuestro sueño mientras estáis despierta, majestad? —sugirió Bann—. ¿Podríais imaginar que lucháis contra vuestro padre? Podrías fingir que yo soy él y vengaros ahora mismo —dijo mientras levantaba la espada, preparándose para el ataque de la reina.

La idea de Bann logró mejorar la destreza de Amarina con la espada durante aquella mañana, mientras fingía que atacaba al Leck de su sueño. Pero Bann era un hombretón amable en el mundo real, y podría herirlo si lo atacaba con demasiada fuerza. Su imaginación no le permitía olvidarse de eso. Al final de la sesión, Amarina acabó con un calambre en la mano y seguía sin saber qué hacer.

En el despacho de la torre, Amarina observó a Thiel y a Runnemood moverse de aquí para allá sin intercambiar palabra y con los rostros tensos. Fuera cual fuere la discusión que habían mantenido hoy, casi ocupaba el lugar de una persona más en la sala. Se preguntó qué decirles sobre los buscadores de la verdad a los que habían atacado. No podía alegar que había escuchado por casualidad una conversación con todo lujo de detalles sobre apuñalamientos y asesinatos callejeros sangrientos; eso rozaría lo absurdo. Tendría que volver a utilizar la excusa de los espías, pero ¿los estaría poniendo en peligro al difundir información falsa sobre cosas que se suponía que sabían sus espías? Además, Teddy, Zaf y sus amigos habían infringido la ley. ¿Era justo hacérselo saber a Thiel y a Runnemood?

—¿Por qué no sé más sobre mis nobles? —preguntó Amarina—. ¿Por qué hay cientos de nobles, tanto hombres como mujeres, a los que no reconocería si entraran por esa puerta ahora mismo?

—Majestad —contestó Thiel con delicadeza—, nuestro trabajo es evitar que tengáis que ocuparos de las nimiedades.

—Ah. Pero, como estáis tan abrumados con mi trabajo —respondió Amarina con un tono exagerado—, creo que será mejor que aprenda todo lo posible. Me gustaría conocer sus historias y asegurarme de que no estén todos locos como Danzhol. ¿Volvemos a estar los tres solos hoy? —preguntó, y luego aclaró, dejándose de rodeos—: ¿Rood sigue con sus ataques de nervios y Darby sigue borracho?

Runnemood se levantó de su puesto junto a la ventana.

—Qué poco considerada sois, majestad —protestó, y parecía dolido de verdad—. Rood no puede evitar sus ataques.

—No he dicho lo contrario —se defendió Amarina—. Solo he constatado que los tiene. ¿Por qué tenemos que fingir siempre? ¿No sería más productivo hablar con claridad?

Y entonces se levantó de repente; había decidido que quería algo, que lo necesitaba.

—¿A dónde vais, majestad? —preguntó Runnemood.

—A ver a Madlen —respondió—. Necesito una curandera.

—¿Estáis enferma? —preguntó Thiel angustiado, dando un paso adelante y tendiéndole la mano.

—Eso lo debo hablar con un curandero —contestó Amarina, sosteniéndole la mirada para dejar que Thiel asimilara sus palabras—. ¿Eres curandero tú, Thiel?

Luego se marchó, para no tener que verlo destrozado —por nada, por unas palabras que no deberían tener importancia— y sentirse avergonzada.

Cuando Amarina entró en la habitación de Madlen, estaba garabateando símbolos sobre un escritorio cubierto de papeles.

—Majestad —dijo Madlen, y juntó todos los folios y los ocultó bajo el papel secante—. Espero que hayáis venido a rescatarme de todos estos informes médicos. ¿Os encontráis bien? —le preguntó al ver la expresión de la reina.

—Madlen —dijo Amarina, sentándose en la cama—. Anoche soñé que mi madre se negaba a dejar que mi padre me llevara con él, y que mi padre le pegaba. Pero no fue un sueño; fue un recuerdo. Es algo que ocurrió muchas veces, y nunca fui capaz de protegerla. —Amarina empezó a temblar y se abrazó a sí misma—. Tal vez podría haberla protegido si hubiera ido con él cuando me lo pedía. Pero no fui jamás. Mi madre me obligó a prometerle que no lo haría.

Madlen fue a sentarse junto a ella en la cama.

—Majestad —dijo con esa dulzura algo seca tan peculiar suya—, una niña no tiene por qué proteger a su madre. Es la madre quien debe proteger a su hija. Al permitir que vuestra madre os protegiera, le hicisteis un regalo. ¿Entendéis?

Amarina nunca lo había pensado de esa manera. Se dio cuenta de que estaba tomando a Madlen de la mano y de que tenía los ojos anegados en lágrimas.

Al fin, después de un rato, dijo:

—El sueño no empezó demasiado mal.

—Ah —exclamó Madlen—. ¿Habéis venido a hablar de vuestro sueño, majestad?

Sí.

—Me duele la mano —dijo Amarina mientras la abría y se la mostraba a Madlen.

—¿Mucho?

—Creo que he agarrado la espada con demasiada fuerza durante el entrenamiento de esta mañana.

—Bueno —dijo Madlen, que parecía comprender lo que necesitaba. Le sostuvo la mano y la examinó con delicadeza—. Eso tiene fácil solución, majestad.

Algo sí que solucionaron esos pocos minutos de caricias suaves.

De vuelta en su torre, Amarina se topó con Raffin en mitad del pasillo. Estaba mirando preocupado un puñal que llevaba en la mano.

—¿Qué ocurre? —le preguntó Amarina, que se había detenido ante él—. ¿Ha pasado algo, Raffin?

—Majestad —contestó Raffin. Intentó alejar el puñal de la reina con educación, pero estuvo a punto de clavárselo a un miembro de la guardia de Montmar que pasaba por allí y que se apartó de un brinco, asustado—. Ay, madre. Eso es justo lo que me pasa.

—¿A qué te refieres, Raffin?

—Bann y yo vamos a hacer un viaje a Merídea, y Katsa dice que tengo que llevar esto sujeto en el brazo, pero la verdad es que me da la sensación de que corro más peligro con él. ¿Y si se me cae y me atraviesa? ¿Y si se desprende de la manga y ensarta a alguien? Con envenenar a la gente me va bien —murmuró Raffin, subiéndose la manga y enfundando el puñal—. El veneno es un arma civilizada y controlada. ¿Por qué todo tiene que implicar puñales y sangre?

—No va a salir volando, Raffin —le aseguró Amarina para calmarlo—. Te lo prometo. ¿A Merídea?

—Es un viaje breve, majestad. Po se quedará aquí con vos.

—Creía que Po y Giddon iban a cruzar el túnel hasta Solánea.

Raffin carraspeó.

—En estos momentos, Giddon prefiere evitar la compañía de Po, majestad —dijo con delicadeza—. Irá solo.

—Entiendo —respondió Amarina—. ¿A dónde iréis después de Merídea? No volveréis a casa, ¿no?

—Parece ser que eso no es ni siquiera una opción, majestad —respondió Raffin—. Mi padre ha anunciado que, por ahora, los miembros del Consejo no son bienvenidos en Mediaterra.

—¿Cómo? —preguntó Amarina—. ¿Y eso incluye a su propio hijo?

—Bah, no es más que fanfarronería política, majestad. Conozco a mi padre, por desgracia. Está tratando de apaciguar a los reyes de Cefírea, Merídea y Solánea, porque confían en él menos que nunca, ahora que Septéntrea ha caído en manos de una organización a la que se sospecha que pertenecemos Katsa y yo. Supongo que no podrá prohibirnos la entrada sin montar un jaleo mayor de lo que pretende. Pero tampoco nos viene mal ahora mismo, así que no protestaremos. Es a Giddon a quien le molestará más, si la cosa sigue así. No le gusta estar lejos de sus tierras durante mucho tiempo. ¿De verdad es normal que sea así de desagradable? —preguntó Raffin, sacudiendo el antebrazo.

—Como si una cuchilla te raspara contra la piel, ¿verdad? —preguntó Amarina—. Sí, es normal. Y, si alguien intenta herirte, debes usarlo, Raffin. En caso de que no haya tiempo para utilizar el veneno, desde luego —añadió con guasa.

—No sería la primera vez —dijo Raffin con tono sombrío—. Es solo cuestión de información. Siempre que sepa que se está planeando un ataque, soy tan capaz de frustrarlo como cualquier otro. Y, por lo general, no hace falta que muera nadie —añadió y suspiró—. ¿Cómo hemos llegado a esto, majestad?

— ¿Alguna vez la vida ha sido distinta?

—¿Pacífica, queréis decir? ¿Sin peligros? —preguntó Raffin—. Supongo que no. Y supongo que nosotros también formamos parte de toda la violencia, al tratar de controlar de alguna manera el modo en que se desarrollan los acontecimientos.

Amarina se quedó mirando a Raffin, pensativa: era un príncipe, el hijo de un rey abusón y el primo de un terremoto como Katsa.

—¿Tienes ganas de ser rey, Raffin?

Dejó ver su respuesta con la resignación que apareció en su rostro.

—¿Acaso importa? —respondió en voz baja. Luego añadió, encogiéndose de hombros—: Tendré menos tiempo para los embrollos. Y, por desgracia, para mis medicinas. Y tendré que casarme, porque los reyes han de tener herederos. —La miró a la cara y dijo con una sonrisita—: Os pediría que os casarais conmigo, pero no le pediría matrimonio a nadie sin que Bann estuviera presente, y tampoco os haría una oferta tan poco apropiada en serio. Así resolvería muchos de mis problemas, pero os los crearía a vos, ¿no es verdad?

Amarina no pudo evitar sonreír.

—Confieso que no me parece un futuro ideal —respondió—. Pero, a decir verdad, no sería menos romántica que cualquier otra propuesta que me hayan hecho. Vuelve a preguntármelo dentro de cinco años. Tal vez para entonces necesite algo que quede bien a ojos del resto del mundo, aunque para nosotros sea complicado y extraño.

Raffin practicó, sin dejar de reírse, a enderezar el brazo, doblarlo y volver a enderezarlo.

—¿Y si se lo clavo a Bann sin querer? —preguntó, malhumorado.

—Solo tienes que abrir bien los ojos e ir con cuidado —dijo alegremente Amarina.

Aquella noche, Amarina iba corriendo por la zona este de la ciudad. No estaba segura de hacia dónde corría. Estaba alerta; no dejaba de pensar en los buscadores de la verdad y en los asesinos de la verdad, desconfiaba de todo aquel con quien se cruzaba e iba concentrada en los puñales que llevaba en los brazos y en lo rápido que podría sacarlos si los necesitaba. Cuando una mujer encapuchada pasó por debajo de una farola que le iluminó la pintura dorada de los labios, Amarina se detuvo de golpe. Pintura dorada y brillo alrededor de los ojos.

Le costaba respirar. Sí, era finales de septiembre; sí, era posible que fuera el equinoccio. Sí, parecía probable que algunas personas de la ciudad celebraran, con discreción, esos rituales tradicionales. Por ejemplo, la misma gente que enterraba a sus muertos y se dedicaba a recuperar verdades.

Durante un instante, Amarina vaciló. En esos segundos, podría haberse girado y haberse marchado. Pero no se dejó guiar por la razón; no fue algo tan profundo lo que la impulsó. Fue algo que sintió en las yemas de los dedos —que se llevó a los labios— y en toda la piel.

Siguió corriendo.

Tilda le abrió la puerta y la hizo entrar en una habitación que estaba tan llena de gente y con tanto jaleo que Amarina apenas la reconoció. Tilda se inclinó y besó a Amarina en los labios con una sonrisa. Llevaba un adorno en el pelo, un tocado hecho de gotas de cristal que colgaban y se balanceaban.

—Ven a darle un beso a Teddy —le dijo Tilda.

O, al menos, eso fue lo que Amarina creyó que había dicho, porque a su derecha había dos jóvenes cantando a todo pulmón, agarrados de los brazos. Uno de ellos, al ver a Amarina, se acercó a ella, tirando del otro, y le dio un beso en los labios. Llevaba la mitad de la cara pintada con brillo plateado, con un efecto deslumbrante —era atractivo; los dos lo eran— y Amarina empezó a pensar que iba a ser una noche llena de sorpresas.

Tilda la llevó hasta el cuarto de Teddy y de Zaf, que resplandecía con los destellos de las joyas y los brillos en las caras de la gente y las bebidas doradas que sostenían. La habitación era demasiado pequeña para tanta gente. Bren apareció de la nada, agarró a Amarina de la barbilla y la besó. Llevaba flores pintadas por la cara y el cuello.

Cuando Amarina llegó por fin al rincón en el que estaba el catre de Teddy, se dejó caer en una silla junto a él, sin aliento, aliviada de encontrarlo sin ningún tipo de pintura en la cara y vestido como siempre.

—Supongo que tengo que darte un beso —le dijo a Teddy.

—Así es —le respondió con voz alegre. Tiró de la mano de Amarina, la acercó y le dio un beso delicado y dulce—. ¿No es maravilloso? —dijo, dándole un último besito en la nariz.

—Bueno, no está mal —contestó Amarina. Le daba vueltas la cabeza.

—Me encantan las fiestas.

—Teddy —dijo Amarina, fijándose en el vaso que tenía en la mano, lleno de un líquido ámbar—, ¿seguro que puedes beber en tu estado?

—Pues a lo mejor no. Estoy borracho —respondió con una alegría tremenda, y luego le entregó el vaso a un hombre que pasaba por allí para que se lo rellenara. El hombre le dio un beso y le sirvió más bebida.

Alguien aferró a Amarina de la mano y la levantó de la silla. Al girarse, se dio cuenta de que estaba besando a Zaf.

No fue en absoluto como los otros besos.

—Chispa —le susurró justo debajo de la oreja, con una caricia, y le retiró la capucha, con lo que consiguió que Amarina levantara la cara y lo besara más.

Zaf no pareció querer pararle los pies. Cuando Amarina pensó en la posibilidad de que el chico quisiera dejar de besarla, lo agarró de la camisa para impedir que se apartara y le mordió.

—Chispa —repitió Zaf con una sonrisa, y luego entre risas, pero sin apartarse.

Tenía los párpados y la piel alrededor de los ojos pintados de dorado, en forma de máscara; la sorprendió y le resultó excitante a la vez.

Unas manos ásperas los separaron.

—Hola —dijo un hombre que Amarina no había visto nunca, de pelo claro y aspecto malvado, y visiblemente borracho. Le puso el dedo en la cara a Zaf—. Creo que no entiendes la naturaleza de estas festividades, Zafiro.

—Y yo creo que no entiendes la naturaleza de nuestra relación, Ander —respondió Zaf con una furia repentina, y entonces le asestó un puñetazo en la cara tan rápido que Amarina se quedó boquiabierta.

Un instante después, la gente los agarró a ambos, los separó y los sacó de la habitación, y Amarina se quedó allí, aturdida y desamparada.

—¡Suerte! —la llamó una voz.

Teddy le tendía la mano desde el catre, como una cuerda para tirar de ella hasta la orilla. Amarina, aún confundida, se acercó a él, lo tomó de la mano y se sentó. Después de tratar de entenderlo por sí misma durante un minuto, le preguntó:

—¿Qué acaba de pasar?

—Ay, Chispa —dijo Teddy, acariciándole la mano—. Bienvenida al mundo de Zafiro.

—No, en serio, Teddy —insistió—. Por favor, no me vengas con acertijos. ¿Qué acaba de pasar? ¿Era uno de los abusones que se entretienen dándole palizas?

—No —respondió Teddy, sacudiendo la cabeza con pesadez—. Ese era un tipo diferente de abusón. Zaf tiene un amplio abanico de abusones rondándolo en todo momento. Ese parecía ser de los celosos.

—¿Celoso? ¿De mí?

—Bueno, tú eres la que le estaba plantando un morreo que poco tenía que ver con los besitos festivos, ¿no?

—Pero, entonces, ¿ese hombre era su…?

—No —repitió Teddy—. Ya no. Por desgracia, Ander es un psicópata. Zaf tiene unos gustos un tanto extraños, Chispa, sin contarte a ti, claro. Y te aconsejaría encarecidamente que te mantuvieses al margen, pero ¿de qué serviría? —Teddy agitó la mano con la que no estaba agarrando a Amarina en un gesto de desesperación y se le derramó un poco de bebida—. Está claro que ya estás enamorada hasta las trancas. Hablaré con él. Le gustas. Tal vez pueda sonsacarle algo sobre ti.

—¿Quién más hay? —preguntó Amarina casi sin querer.

Teddy sacudió la cabeza con tristeza.

—Nadie —contestó—. Pero no te conviene, Chispa, ¿me oyes? No va a casarse contigo.

—Tampoco quiero que se case conmigo —dijo Amarina.

—Sea lo que fuere lo que quieras de él —insistió Teddy—, te ruego que tengas en mente que es un imprudente. —Luego, tras darle un buen sorbo a la bebida, añadió—: Me temo que la que está borracha eres tú.

Se marchó de la fiesta con la sensación —dolorosa incluso a nivel físico— de que había dejado algo a medias. Pero no podía hacer nada al respecto; Zaf no había vuelto.

En la calle, se caló la capucha; el aire nocturno era frío y amenazaba con lluvia. Cuando llegó al cementerio, una figura se movió entre las sombras. Amarina se llevó las manos a los puñales, pero entonces vio que era Zaf.

—Chispa —la llamó.

Conforme se acercaba a ella, comprendió algo de golpe, algo que tenía que ver con sus joyas de oro, con su imprudencia y con el brillo extravagante de la pintura que llevaba en la cara. De repente, su vivacidad, su tosquedad y su autenticidad le recordaron demasiado a Katsa, a Po y a aquellos a quienes quería y con los que se peleaba y por los que se preocupaba.

—Chispa —repitió Zaf sin aliento y se detuvo ante ella—. Te he estado esperando para poder disculparme. Siento lo que ha pasado.

Amarina lo miró, incapaz de responder.

—Chispa, ¿por qué estás llorando?

—No estoy llorando.

—Te he hecho llorar —dijo Zaf angustiado, y se acercó aún más a ella y la envolvió en un abrazo.

Entonces comenzó a besarla y Amarina olvidó lo que la había hecho llorar.

Esa vez fue diferente, por el silencio y porque estaban solos. Allí, en mitad del cementerio, eran las únicas dos personas en la Tierra. Zaf empezó a moverse de otra forma, de un modo más delicado, demasiado delicado. Lo hacía a propósito; la estaba volviendo loca y lo sabía, quería que se muriese de ganas. Amarina supo por su sonrisa que la estaba provocando. Era vagamente consciente de que la ropa que llevaban se interponía en el tipo de contacto que deseaba.

—Chispa —dijo Zaf, y murmuró algo que Amarina no llegó a oír.

—¿Qué?

—Teddy me va a matar —repitió Zaf.

—¿Teddy?

—La cuestión es que me gustas. Sé que soy un desastre, pero me gustas.

—¿Eh?

—Sé que no confías en mí.

Amarina fue recobrando la razón poco a poco.

—No —susurró con una sonrisa—. Eres un ladrón.

Zaf sonreía demasiado como para seguir besándola bien.

—Yo seré un ladrón —dijo Zaf—, pero tú eres una mentirosa.

—Zaf…

—Eres mi mentirosa —susurró—. ¿Me cuentas una mentira, Chispa? Dime tu nombre.

—Mi nombre… —murmuró Amarina. Empezó a hablar y luego se detuvo justo a tiempo. Se quedó paralizada y dejó de besarlo. Había estado a punto de decir su nombre en voz alta. Se estremeció por el dolor de haber entrado en razón de una forma tan abrupta y brusca. Jadeando, le dijo—: Zaf, espera. Espera. Déjame pensar.

—¿Qué pasa, Chispa?

Amarina trató de liberarse de su abrazo. Zaf intentó detenerla, pero luego él también recuperó la conciencia y comprendió la situación.

—¿Chispa? —repitió, y la soltó, parpadeando, confundido—. ¿Qué pasa?

Amarina lo miró fijamente, consciente de repente de lo que estaba haciendo en aquel cementerio con un chico al que le gustaba pero que no tenía ni idea de quién era, ni de la magnitud de la mentira que le estaba pidiendo que contara.

—Tengo que irme —dijo Amarina, porque necesitaba estar donde él no pudiera verla mientras le daba vueltas a todo aquello.

—¿Ya? —preguntó Zaf—. ¿Qué pasa? Te acompaño.

—No. Tengo que irme, Zaf.

Se dio la vuelta y salió corriendo.

Nunca más. No puedo volver a visitarlos jamás, por muchas ganas que tenga.

¿Es que me he vuelto loca? ¿Loca de remate? Mira la clase de reina que soy. Mira lo que le haría a uno de mis súbditos.

Mi padre estaría encantado con mis mentiras.

Mientras corría con la capucha baja, ya no le preocupaba ni se fijaba en nada de su alrededor. Y por eso, por desgracia, estaba desprevenida cuando una persona salió de una puerta oscura a las afueras del castillo y le tapó la boca con la mano.

19

Tanto entrenamiento empezaba a dar sus frutos. Amarina hizo lo que Katsa le había enseñado: se dejó caer como si fuera a una roca y logró sorprender a su atacante con ese peso muerto repentino y asestarle un codazo en alguna parte blanda del torso. Su atacante perdió el equilibrio y ambos cayeron al suelo mientras Amarina tanteaba en busca de sus puñales y maldecía, gritaba y jadeaba. Entonces un carro pequeño que estaba aparcado al otro lado de la calle se transformó en algo con brazos y piernas que saltó hacia ellos, blandiendo unos puñales con los que hizo huir a su agresor.

Amarina se quedó tumbada en la cuneta hasta la que había salido volando, aún con la sorpresa en el cuerpo, y comprendiendo poco a poco que se había quedado sola.

Por todos los cielos, ¿qué acaba de pasar?

Se incorporó y evaluó los daños. Le dolían la cabeza, el hombro y el tobillo, pero no se había roto nada. Cuando se tocó la zona de la frente que le dolía, se manchó los dedos con sangre.

Prestando mucha más atención que antes, corrió durante el resto del trayecto hasta llegar al castillo y, una vez que entró, fue a buscar a Po.

Po no estaba en sus aposentos.

En mitad de la noche, a Amarina le pareció que los aposentos de Katsa estaban demasiado lejos. Para cuando llegó, tenía la mente dividida entre el dolor y una pregunta muy concreta: ¿sabría la persona que la había atacado quién era ella, o habría sido tan solo un ataque fortuito a un desconocido? Y, en el caso de que lo hubiera sabido, ¿qué era lo que sabría? ¿Creería que estaba atacando a la reina, o a uno de los espías de la reina? ¿O quizás a una amiga cualquiera de Zaf y de Teddy? ¿Habría descubierto su identidad cuando se habían peleado en el suelo? Ella, desde luego, no lo había reconocido. Tampoco lo había oído hablar, de modo que no sabía si era alguien de Montmar. La verdad era que no sabía nada.

Llamó a la puerta de Katsa.

La puerta se entreabrió y Katsa se pegó a la rendija, con el torso envuelto en una sábana, los ojos resplandecientes y los hombros desnudos que le cortaban el paso a Amarina.

—Uy, hola —le dijo, soltando la puerta—. ¿Qué pasa? ¿Estás bien?

—Tengo que hablar con Po —respondió Amarina—. ¿Está despierto?

La puerta se abrió de golpe y reveló la cama, donde dormía Po.

—Está reventado —le informó Katsa—. ¿Qué ha pasado, cielo? —volvió a preguntarle.

—Alguien me ha atacado fuera del castillo —contestó Amarina.

Los ojos dispares de Katsa se encendieron y Po se incorporó en la cama como si fuera un autómata.

—¿Qué pasa? —dijo medio adormilado—. ¿Ya es de día, gata montesa?

—Aún es de noche, pero han asaltado a Amarina.

—¡Por todos los mares! —Po salió de un salto de la cama y se anudó la sábana alrededor de la cintura mientras daba tumbos de un lado a otro, como si aún estuviera medio dormido. Los moratones de la cara le daban aspecto de matón—. ¿Quién ha sido? ¿Dónde? ¿En qué calle? ¿Tenía alguna clase de acento? ¿Estás bien? Parece que estás bien. ¿Por dónde ha huido?

—Ni siquiera sé si quería atacarme a mí o al espía que fingía ser —respondió Amarina—. Tampoco sé quién era. No lo reconocí, y no habló. Pero creo que la graceling estaba allí, Po. La sobrina de Holt con la gracia de camuflarse. Creo que es probable que haya intentado ayudarme.

—¡Anda! —respondió Po, y luego se quedó muy quieto de repente, apoyó las manos en las caderas y adoptó una expresión muy rara; una especie de indiferencia calculada.

—¿La sobrina de Holt? —le preguntó Katsa, mirándolo desconcertada—. ¿Hava? ¿Qué pasa con ella? Y, Amarina, ¿por qué tienes la cara cubierta de algo brillante?

—Ay… —Amarina encontró una silla y se sentó para frotarse la pintura de la cara, aunque no podía vérsela, mientras recordaba de golpe todos los acontecimientos de aquella noche tan lamentable—. No me preguntes por la pintura delante de Po. Te lo pido por favor, Kasta —dijo, tratando de contener las lágrimas—. Es un asunto privado, y no tiene nada que ver con mi atacante.

Katsa pareció comprenderla. Se acercó a una mesa y vertió agua en un cuenco. Después se arrodilló ante Amarina y, con un paño de tela suave, le limpió la cara y le dio unos toquecitos en la frente dolorida. No pudo contenerse ante la ternura de Katsa; unas lágrimas enormes le surcaron las mejillas, y Katsa se las limpió con el paño.

—Po —dijo Katsa, con voz comedida—. ¿Por qué te has quedado ahí plantado con cara de inocente? ¿Qué pasa con Hava?

—¡Soy inocente! —exclamó Po, indignado—. Lo único que pasa es que la conocí hace una semana o así.

—Ah —respondió Amarina, que por fin entendía cómo se había enterado Po de todo aquel asunto de Holt y las estatuas—. Así que te has hecho amigo de mi secuestradora. Estupendo.

—La pesqué husmeando por el castillo —dijo Po, y sacudió la mano como para restarle importancia—. Quería visitar a Holt. La percibí cuando estaba haciéndose pasar por una estatua en uno de los pasillos y la atrapé. Mantuvimos una breve conversación. Me pareció de confianza. Hava no estaba muy enterada de lo que ocurriría aquel día con Danzhol, prima. No se dio cuenta hasta el último momento de que Danzhol tenía intención de secuestrarte. Se siente fatal por ello. El caso es que accedió a pasar un rato vigilándote por las noches para que estuvieras a salvo. Me preocupa que aún no se haya puesto en contacto conmigo —añadió, frotándose los ojos con las manos—. Le dije que me avisara si pasaba cualquier cosa. ¿A qué distancia del castillo te han atacado, Amarina? No logro percibirla ahí fuera.

—¿Cómo iba a ponerse en contacto contigo? —le preguntó Katsa, y luego le pasó el paño a Amarina, distraída.

—Ha sido cerca de la muralla este —dijo Amarina—. Pero no en la calle que se ve desde arriba, sino en la siguiente. ¿Y qué crees que estás haciendo pidiéndole que me vigile, Po? Es una fugitiva en busca y captura. Además, ¿le has contado que salgo por las noches?

—¿Cómo se suponía que iba a ponerse en contacto contigo? —repitió Katsa.

—Ya te lo he dicho —le dijo Po a Amarina—. Confío en ella.

—¡Pues entonces revélale tus secretos, no los míos! ¡Dime que no se los has contado!

—Po… —dijo Katsa, con un tono de voz tan extraño que tanto Po como Amarina se callaron y se giraron para mirarla. Katsa había retrocedido casi hasta la puerta y se había cubierto los brazos desnudos con las sábanas, como si tuviera frío—.

Po... —repitió—, ¿cómo iba a ponerse Hava en contacto contigo? ¿Iba a presentarse aquí y llamar a la puerta?

—¿A qué te refieres? —preguntó Po, y entonces tragó saliva y se frotó la nuca. Parecía incómodo.

—¿Cómo le explicaste que sabías que no era una estatua, sino una persona?

—Estás sacando conclusiones precipitadas —respondió Po.

Katsa se quedó mirando a Po con una expresión que Amarina no solía ver. Lo miraba como si acabara de recibir un puñetazo en el vientre.

—Po... —susurró Katsa—. No la conocemos de nada. No sabemos nada de ella.

Con las manos en las caderas y la cabeza gacha, Po expulsó una bocanada de aire hacia el suelo.

—No necesito que me des permiso —respondió con impotencia.

—Pero estás siendo imprudente, Po. ¡Y me has mentido! Me prometiste que me lo dirías cada vez que decidieras contárselo a alguien. ¿No lo recuerdas?

—Si te lo hubiera contado, nos habríamos peleado, Katsa. ¡Debería poder tomar decisiones sobre mis secretos sin tener que librar una guerra contigo cada vez!

—Pero, si me prometes algo y cambias de opinión, tienes que decírmelo —respondió Katsa, con la voz cargada de desesperación—. Si no, estarás rompiendo la promesa y yo me quedaré con la sensación de que me has mentido. ¿Cómo es posible que tenga que explicártelo? ¡Normalmente eres tú el que tiene que explicarme esta clase de asuntos!

—¿Sabes qué? —saltó Po de repente, con firmeza—. Contigo aquí, es imposible. ¡No puedo resolver todo este asunto si percibo todo el tiempo lo muchísimo que te asusta!

—Si crees que voy a marcharme y dejarte en este estado...

—Tienes que irte. Es lo que ha acordado el Consejo. Tienes que ir al norte a buscar el túnel que conecta Montmar con Solánea.

—No voy a irme. ¡Nadie se va a ir a ninguna parte! ¡Si estás tan empecinado en arruinarte la vida, al menos tus amigos estarán aquí para ayudarte cuando lo hagas!

Katsa se había puesto a gritar, y Po también, y Amarina había tratado de encogerse en la silla y se estremecía al oír aquellos espantosos gritos mientras se pegaba el paño húmedo al pecho con ambas manos.

—¿Arruinarme la vida? —gritó Po—. ¡A lo mejor lo que estoy intentando es salvarme!

—¿Salvarte? Pero…

—Recuerda el trato, Katsa. Si no te vas, lo haré yo, ¡y no podrás impedírmelo!

Katsa apretaba el picaporte de la puerta con tanta fuerza que Amarina estaba convencida de que iba a romperlo. Katsa se quedó mirando a Po durante un buen rato, sin pronunciar palabra.

—Te ibas a ir igual —le dijo Po en voz baja, acercándose a ella y extendiendo la mano—. Cielo. Te ibas a ir, y luego ibas a volver. Eso es lo único que necesito ahora mismo. Tiempo.

—No te acerques —dijo Katsa—. No. No digas nada más —añadió al ver que Po abría la boca con intención de hablar. Se le derramó una lágrima—. Lo entiendo perfectamente.

Abrió la puerta y se marchó.

—¿A dónde va? —preguntó Amarina, sobresaltada—. No lleva ropa.

Po se desplomó sobre la cama, hundió la cabeza en las manos y dijo:

—Al norte, a buscar el túnel hacia Solánea.

—¿A estas horas? ¡Pero si no lleva provisiones! ¡Va envuelta en una sábana!

—He localizado a Hava —dijo Po con brusquedad—. Se ha escondido en la galería de arte. Tiene las manos manchadas de sangre y me dice que tu atacante está muerto. Me vestiré e iré a verla para ver qué ha averiguado.

—Pero ¡Po! ¿Vas a dejar que Katsa se vaya así?

Su primo no respondió. Al ver las lágrimas que Po trataba de ocultarle, Amarina comprendió que no quería seguir discutiendo.

Lo observó durante un momento. Luego se acercó a él, le acarició el pelo y le dijo:

—Te quiero, Po. Decidas lo que decidas.

Y después se marchó.

Encontró una de las lámparas de su sala de estar encendida. La habitación azul estaba sumida en la oscuridad y, sobre la mesa, yacía una espada que resplandecía como si en su interior albergara toda la luz.

Había una nota al lado:

Majestad:

Esta mañana se ha tomado la decisión de que debo partir hacia Solánea, pero, antes de marcharme, quería entregaros esto de parte de Ornik. Espero que os guste tanto como a mí y que no tengáis motivos para utilizarla en mi ausencia. Lamento no estar por aquí para ayudaros con todos vuestros rompecabezas.

Vuestro, Giddon

Amarina alzó la espada. Era un arma sólida, pesada y bien equilibrada, y se ajustaba bien a su mano y a su brazo. Tenía un diseño sencillo y se la veía deslumbrante en la oscuridad. *Qué buen trabajo ha hecho Ornik*, pensó, sosteniendo la espada en alto. *Me habría venido muy bien esta noche.*

En el dormitorio, Amarina hizo hueco en su mesita de noche para la espada y el cinto. Al mirarse en el espejo, vio a una chica con un arañazo feo en carne viva, una chica con ristras de lágrimas y pintura en la cara, con los labios agrietados y el pelo alborotado. Se le veía en el rostro todo lo que le había ocurrido esa noche. Le costaba creerse que la mañana hubiera empezado con aquel sueño y con la visita a Madlen. Que la noche anterior hubiera corrido con Zaf por los tejados de la ciudad y hubiera descubierto la existencia de los asesinos de la verdad. Katsa se había ido a buscar el túnel. Giddon no tardaría en marcharse, al igual que Raffin y Bann. ¿Cómo era posible que hubieran pasado tantas cosas en tan poco tiempo?

Zaf...

Los bordados de su madre —las hileras de peces felices, copos de nieve, castillos, botes, anclas, soles y estrellas— lograron que Amarina se sintiera muy sola. Se quedó dormida nada más tumbarse en la cama.

A la mañana siguiente, tanto Thiel como Runnemood se sorprendieron bastante al verle el arañazo en la frente. Sobre todo Thiel, que actuaba como si la cabeza de la reina pendiera de un hilo, hasta que al final Amarina le gritó que hiciera el favor de comportarse. Runnemood, que como de costumbre estaba sentado en el alféizar de la ventana, se pasó la mano por el pelo, y tanto los anillos enjoyados como sus ojos resplandecieron. No dejaba de mirarla. Cuando le dijo que se había hecho el arañazo entrenando con Katsa, a Amarina le dio la sensación de que su consejero no la creía.

Cuando Darby llegó dando saltitos, sobrio y con los ojos brillantes, y puso el grito en el cielo por que la reina exhibiera algo tan espantoso como un arañazo, Amarina decidió que había llegado el momento de tomarse un descanso y salir de la torre.

—Voy a la biblioteca —dijo en respuesta a la ceja enarcada e inquisitiva de Runnemood—. No te agobies. No me quedaré mucho tiempo.

Mientras bajaba la escalera de caracol, con la mano apoyada en la pared para no perder el equilibrio, Amarina cambió de idea. Últimamente no pasaba mucho tiempo en el Tribunal Supremo. Nunca parecía ocurrir nada interesante. Pero ese día le apetecía sentarse con sus jueces durante un rato, aunque eso significara tener que tragarse algún tedioso conflicto fronterizo o algo por el estilo. Le apetecía mirarlos a la cara y evaluar su comportamiento, averiguar si alguno de esos ocho hombres tan poderosos podía tener algo que ver con los intentos de silenciar a los buscadores de la verdad de la ciudad.

Los buscadores de la verdad de la ciudad…

Cada vez que pensaba en ellos, el corazón parecía llenársele de tristeza y vergüenza.

Cuando llegó al Tribunal Supremo, ya había dado comienzo un juicio. Al verla, todo el mundo se puso en pie.

—Ponme al día —le dijo al secretario mientras atravesaba la sala hacia el estrado en el que se encontraba su asiento.

—Tenemos a un acusado de asesinato en primer grado, majestad —respondió el secretario al instante—. Nombre montmareño: Birch; nombre leonita: Zafiro. Zafiro Birch.

Amarina se quedó con la boca abierta y sus ojos se dirigieron al acusado antes de que su cerebro procesara lo que acababa de oír. Paralizada, se quedó mirando el rostro magullado, ensangrentado y completamente aturdido de Zafiro.

20

Amarina no podía respirar y, durante un momento, se le nubló la vista.

Se giró para darles la espalda a los jueces y a todos los presentes, y avanzó tambaleándose hacia la mesa situada detrás del estrado donde se guardaban los suministros y donde se encontraban los secretarios, para que el menor número posible de personas viera su confusión. Se agarró a la mesa para no caerse, tomó una pluma, la mojó en la tinta y le quitó el exceso. Fingió que anotaba algo, algo de suma importancia que acababa de recordar. Nunca había sujetado una pluma con tanta fuerza.

Cuando pareció recuperar la capacidad de introducir aire en los pulmones, dijo, casi susurrando:

—¿Quién le ha hecho daño?

—Si os sentáis, majestad —dijo la voz de lord Piper—, se lo preguntaremos al acusado.

Vacilante, Amarina se giró para mirar al tribunal.

—Decidme ahora mismo quién le ha hecho daño.

—Mmm… —dijo Piper, escudriñándola perplejo—. Que el acusado responda a la pregunta de la reina.

Se produjo un momento de silencio. Amarina no quería volver a mirar a Zaf, pero era imposible no hacerlo. Tenía la boca ensangrentada y un ojo tan hinchado que casi no podía abrirlo.

Su abrigo, que tan familiar le resultaba, estaba rasgado por una de las costuras del hombro y salpicado de sangre seca.

—Fue la guardia de Montmar —respondió, y luego se detuvo antes de añadir—: Majestad. Majestad —repitió desconcertado—. Majestad.

—Ya basta —dijo Piper con severidad.

—Majestad —volvió a decir Zaf, mientras se dejaba caer de golpe en la silla. Soltó una risa histérica y dijo—: ¿Cómo has podido?

—No es la reina quien te ha pegado —le espetó Piper—. Y, si lo hubiera hecho, no te correspondería cuestionarlo. Levántate, hombre. Muestra respeto.

—No —sentenció Amarina—. Que todo el mundo se siente.

Otro momento de silencio. Luego, de repente, cientos de personas se sentaron. Divisó a Bren entre el público, con su pelo dorado y el rostro tenso, sentada cuatro o cinco filas detrás de su hermano. Su mirada se cruzó con la de Amarina, y Bren se la sostuvo con una expresión que parecía decir que le encantaría escupirle en la cara. Y Amarina pensó en Teddy, en su casa, en su catre. Teddy estaría muy decepcionado con ella cuando se enterara de todo aquello.

Se dirigió a su asiento, agarrándose las manos con fuerza, y se sentó. De repente se levantó de un salto, y después volvió a sentarse, con cuidado de no dejarse caer sobre su propia espada esa vez.

Po. ¿Me oyes? ¿Puedes venir? ¡Ay, ven rápido!

Mantuvo la comunicación con Po abierta, pero dirigió su atención a los numerosos guardias que rodeaban a Zaf y dijo:

—¿Quién de vosotros me quiere explicar por qué la guardia de Montmar ha agredido a este hombre?

Uno de los soldados se puso en pie y la miró a través de dos párpados magulladísimos.

—Majestad —dijo—, soy el capitán de esta unidad. El prisionero se resistió cuando intentábamos arrestarlo, hasta el punto de que uno de nuestros hombres ha acabado en la enfermería con un brazo roto. Si no, no le habríamos tocado un pelo.

—Pero serás ruin… —dijo Zaf, estupefacto.

—¡Detente! —ordenó Amarina conforme se levantaba y extendía un dedo hacia el guardia, que había vuelto a alzar un puño que iba directo hacia Zaf—. No me importa lo que te diga —le dijo al guardia, aunque sabía perfectamente a quién se había referido Zaf—. No permitiré que se les haga daño a los prisioneros, salvo en defensa propia.

Ay, Po, no me lo está poniendo fácil. Si empieza a decir la verdad, no sé qué voy a hacer. ¿Fingir que está loco? Aunque eso no ayudará a liberarlo.

La mayoría de la sala se estaba volviendo a poner en pie, y le entraron ganas de gritar. Se dejó caer en su asiento una vez más y dijo:

—¿Qué pruebas me he perdido? ¿A quién se supone que ha asesinado?

—A un ingeniero de la zona este de la ciudad llamado Ivan, majestad —contestó Piper.

—¡Ivan! ¿El que construyó los puentes y robó las sandías? ¿Está muerto?

—Sí, majestad, el mismo.

—¿Cuándo ha ocurrido?

—Hace dos noches, majestad —respondió Piper.

—Hace dos noches… —repitió Amarina, y entonces comprendió lo que significaba eso. Clavó los ojos en los de Piper—. ¿Anteanoche? ¿A qué hora?

—Poco antes de la medianoche, majestad, bajo el campanario del puente de los Monstruos. Hay un testigo que lo vio todo. Justo unos instantes antes de que el reloj diera la medianoche.

A Amarina se le cayó el alma a los pies, al suelo y hasta más allá de la tierra de debajo del castillo. Se obligó a mirar a Zaf. Y sí, por supuesto que le estaba devolviendo la mirada con los brazos cruzados y una sonrisa desagradable y retorcida en esa boca maltrecha, porque Zaf sabía perfectamente que anteanoche, justo a esa hora, él había estado tomando a Amarina de las manos en el techo de la imprenta, respondiendo a su tercera pregunta y ayudándola con el vértigo. Le había dejado el reloj para consolarla. Habían escuchado juntos las campanadas del campanario.

Ay, Po, no entiendo qué está pasando aquí. Alguien está mintiendo. ¿Qué voy a hacer? Si digo la verdad, mis consejeros sabrán que me he estado escabullendo, y no pueden saberlo, me niego; no volverían a confiar en mí, me lo discutirían todo y tratarían de controlarme. Y todo el reino empezaría a chismorrear y a creer que tengo una aventura secreta con un marinero de Leonidia que además es un ladrón. Perdería mi credibilidad ante todo el mundo. Me avergonzaría a mí misma y a todos los que me apoyan. ¿Qué hago? ¿Cómo salgo de esta?

¿Dónde estás?

No me escuchas, ¿verdad? No vas a venir.

—El acusado parece tener una coartada, majestad —continuó Piper—. Afirma que estuvo contemplando las estrellas con otra persona en un tejado. Además, asegura que su acompañante vive en el castillo, pero que desconoce su verdadera identidad. Contra toda lógica, luego se niega a describirnos a dicha persona para que podamos dar con ella. Lo que quiere decir que la coartada no es admisible.

Lo que quiere decir también que, incluso cuando se le acusa de asesinato, Zaf protege los secretos de sus amigos. Incluso cuando no tiene el privilegio de conocer esos secretos él mismo.

La expresión de Zaf no había cambiado, tan solo se había vuelto más dura, más tensa, con una sonrisa más amarga aún.

Amarina no percibió ningún afecto hacia ella en el rostro de Zaf; solo había mostrado afecto hacia Chispa, y Chispa ya no estaba.

Po. No tengo elección.

Amarina se levantó y dijo:

—Que todo el mundo permanezca sentado. —No pudo evitar temblar. Para tratar de no abrazarse a sí misma, se aferró a la empuñadura de su espada. Luego miró a Zaf a la cara y dijo—: Sé cuál es el auténtico nombre de su acompañante.

Las puertas del fondo de la sala se abrieron de golpe y Po irrumpió con tanto ímpetu que todos los presentes se giraron desde los bancos y se estiraron para ver qué había causado tal alboroto. De pie en el pasillo central, magullado y jadeante, Po llamó a Amarina:

—¡Prima! Qué puertas tan difíciles de abrir.

Luego fingió que recorría la sala con la mirada. Y después Amarina presenció la actuación de reconocimiento y conmoción más magistral que había visto jamás. Po se quedó inmóvil, con una expresión de asombro total.

—¡Zaf! —exclamó—. Por todos los mares, ¿eres tú? No te habrán acusado de nada, ¿no?

Amarina sabía que era demasiado pronto para sentirse aliviada. Sin embargo, fue la única emoción que pudo sentir mientras se dejaba caer en la silla. No pensaba decir nada hasta que entendiera exactamente lo que Po estaba tramando. Bueno, aparte de la palabra «Piper», para que Piper recitara en alto los cargos contra Zaf una vez más y Po pudiera fingir con gran dramatismo que estaba asombrado y horrorizado.

—Pero bueno, esto es increíble —dijo Po, caminando por el pasillo, acercándose al acusado, que estaba sentado mirando a Po como si fuera un oso bailarín que acabara de salir de un pastel de un brinco.

Con un movimiento rápido, Po saltó sobre la puertecita tras la que se encontraba Zaf, se abrió paso a través de los guardias, que se fueron levantando sorprendidos, y apoyó la mano en el hombro de Zaf.

—Pero ¿por qué me proteges, hombre? ¿No sabes lo que les pasa a los asesinos en Montmar? Majestad, Zaf no ha asesinado a nadie. Esa noche estaba en el tejado, tal y como dice, y yo estaba con él.

Gracias, Po. Gracias. Gracias.

Amarina se sentía como el planeador de papel que había visto a Po lanzar contra la pared. Pensaba que estaba a punto de resbalarse de la silla, desplomarse y quedarse hecha una bola arrugada.

Había comenzado una discusión acalorada entre Po y sus jueces.

—Lo que haga o deje de hacer no es de vuestra incumbencia —sentenció Po cuando lord Quall le preguntó, con una sonrisa falsa, por qué había estado mirando las estrellas en un tejado con un marinero en la zona este de la ciudad a medianoche—. Y tampoco tiene nada que ver con que Zaf sea culpable o inocente. —Y, a la siguiente pregunta, respondió—: ¿Cómo que desde cuándo soy amigo de Zafiro? ¿No le habéis preguntado?

No sé si se lo han preguntado, pensó Amarina. Pero al parecer Po ya había resuelto que no se lo habían preguntado (lo cual era una suerte), pues continuó sin perder fuelle.

—Nos conocimos aquella noche. ¿Os sorprende que me quedara charlando con él? Miradlo. ¡Yo no dejo de lado a los míos!

No hagas que le presten más atención de lo necesario, Po. No está afrontando demasiado bien todo esto.

Porque, aunque Po lo hubiera clavado al fingir que se sorprendía por hallar a su nuevo mejor amigo en un juicio por asesinato, su sorpresa fingida se quedaba corta en comparación con la confusión de Zaf al ver al príncipe graceling de Leonidia a su lado, consciente de quién era, afirmando ser su amigo, sabiendo detalles oscuros sobre su paradero dos noches atrás y mintiendo al Tribunal Supremo en su nombre.

Quall le preguntó a Po si existía algún otro testigo.

Po dio un paso hacia el frente desde el banquillo de los acusados.

—¿Acaso me estáis juzgando a mí también? Quizá penséis que los dos matamos al hombre juntos.

—Por supuesto que no, alteza —se defendió Quall—. Pero comprenderéis que dudemos a la hora de confiar en un graceling leonita que afirma no poseer ninguna gracia.

—¿Cuándo he afirmado yo eso?

—Vos no, desde luego, majestad. El acusado.

Po se giró hacia Zaf.

—¿Zaf? ¿Les has dicho a estos jueces que no posees ninguna gracia?

Zaf tragó saliva.

—No, alteza —susurró—. Solo he dicho que no sé cuál es, alteza.

—¿Entendéis la diferencia? —preguntó Po con bastante sarcasmo, volviéndose hacia Quall.

—En cualquier caso, es evidente que el acusado ha mentido, alteza, pues también ha afirmado no conocer vuestra verdadera identidad.

—Es obvio que ha mentido para protegerme a mí y a mis asuntos —dijo Po con impaciencia—. Es leal a más no poder.

—Alteza —dijo Zaf con una voz lamentable—, prefiero que me condenen por un crimen que no he cometido que poneros en peligro.

Ay, ponle fin a todo esto, Po, por favor, pensó Amarina. *No puedo soportar lo patético que es.*

Y entonces Po le dirigió una expresión sarcástica a Amarina durante un instante. Amarina, apenas capaz de creerlo, estudió a Zaf con más detenimiento. No estaría fingiendo él también, ¿no? ¿Sería Zaf capaz de actuar en un momento así?

—¡Está orgulloso de mentir! —exclamó Quall con un aire triunfal.

Amarina había decidido rendirse y dejar de intentar averiguar si las emociones de los demás eran auténticas o no. Solo sabía que Po parecía harto de Quall de verdad. Saltó por la puerta del banquillo de los acusados, no con tanta agilidad como antes, y se detuvo ante el estrado.

—¿Qué pasa? —le preguntó a Quall—. ¿Acaso dudáis de la veracidad de mi testimonio?

—En absoluto, alteza —respondió Quall con una mueca.

—Entonces reconocéis que debe ser inocente, pero seguís insistiendo. ¿Qué problema tenéis con Zaf? ¿Es porque es un graceling? ¿O tal vez porque es leonita?

—Es un leonita un tanto curioso —respondió Quall, con un toque de desprecio que sugería que se trataba de algo personal.

—A vuestros ojos, tal vez —dijo Po con frialdad—, pero no llevaría esos anillos ni esos pendientes dorados si los leonitas no lo consideraran uno de ellos. Hay muchos leonitas que se parecen a él. Mientras vuestro rey asesinaba a la gente a diestra y siniestra en Montmar, nuestro rey recibía con los brazos abiertos a los gracelings que buscaban la libertad en Leonidia. Una leonita es la razón por la que vuestra reina está viva a día de hoy. Su madre era más fuerte de mente que cualquiera de vosotros. Vuestro rey mató a la hermana leonita de mi padre. ¡Vuestra propia reina es medio leonita!

Po, pensó Amarina, que empezaba a estar muy confundida. *Nos estamos desviando un poco del tema, ¿no te parece?*

—El único criminal peligroso que hay aquí es vuestro testigo, el miembro de la guardia de Montmar —afirmó Po, extendiendo la mano hacia un hombre corpulento y apuesto que estaba sentado en la primera fila.

¡Po! ¡Nadie te ha dicho quién es el testigo! Amarina se puso en pie de un salto para que todos tuvieran que concentrarse en decidir si se levantaban o permanecían sentados, y no en la extraña capacidad de percepción de Po. *Contrólate*, le espetó.

—Arrestad al testigo —les dijo a los guardias que rodeaban a Zafiro—, y liberad al acusado. Es libre de irse.

—Le rompió el brazo a un miembro de la guardia de Montmar, majestad —le recordó Piper.

—¡El cual lo estaba arrestando por un asesinato que no había cometido!

—Aun así, majestad, no creo que podamos tolerar esa clase de comportamiento. Además, ha mentido ante el tribunal.

—La condena que le impongo es el ojo morado y la boca ensangrentada que ya tiene —replicó Amarina, clavándole la mirada a Piper—. A menos que todos os opongáis a mi sentencia, es libre de irse.

Piper carraspeó.

—Me parece aceptable, majestad.

—Muy bien —concluyó Amarina.

Se dio la vuelta y, sin volver a mirar a Zaf ni a Po ni a ninguno de los espectadores boquiabiertos, se dirigió a la salida de detrás del estrado.

Po, no dejes que se escape. Llévalo a un lugar donde pueda hablar con él en privado. Tráemelo a mis aposentos.

21

Cuando Amarina irrumpió en la sala de estar de sus aposentos, Zorro estaba sacándole brillo a la corona real.

—¿Queréis que vuelva más tarde, majestad? —le preguntó a Amarina con una mirada fugaz.

—No. Sí. No —respondió Amarina, un poco alterada—. ¿Dónde está Helda?

—¿Majestad? —La voz de Helda llegó desde la puerta que tenía a su espalda—. ¿Se puede saber qué os sucede?

—Helda, he hecho algo espantoso. No dejes entrar a nadie más que a Po y a quien venga con él, ¿vale? No puedo hablar con nadie más.

—Desde luego, majestad —respondió Helda—. ¿Qué ha ocurrido?

Amarina empezó a dar vueltas de un lado a otro. Ni siquiera sabía por dónde empezar. Para escapar de la necesidad de contarlo, agitó las manos con desesperación y luego pasó junto a Helda, cruzó el recibidor y se encerró en su dormitorio. Una vez dentro, comenzó a dar vueltas de nuevo. La espada le golpeaba la pierna cada vez que se giraba.

¿Dónde está Po? ¿Por qué tardan tanto?

Sin saber muy bien cuándo o cómo había atravesado la habitación, se descubrió a sí misma inclinada sobre el arcón de su madre, aferrándose a los bordes. Los dibujos tallados en la madera se emborronaron por culpa de las lágrimas.

Entonces se abrió la puerta y Amarina se puso en pie, se dio la vuelta, tropezó y se dejó caer sobre el arcón. Po entró en la habitación y cerró la puerta tras de sí.

—¿Dónde está? —preguntó Amarina.

—En la sala de estar —respondió Po—. Le he pedido a Helda y a la chica que salieran. ¿Puedo convencerte de que dejes esta conversación para otro momento? Han pasado demasiadas cosas, y no ha tenido tiempo de asimilarlas.

—Necesito explicárselo.

—En serio, creo que si le dejaras un poco de tiempo…

—Te prometo que le dejaré todo el tiempo del mundo una vez que me haya explicado.

—Amarina…

Amarina se levantó, fue hacia Po y se detuvo justo delante de él con la barbilla alzada para mirarlo.

—Vale, vale… —dijo Po con expresión de derrota y frotándose la cara con las manos cubiertas de anillos—. Pero yo me quedo —añadió rotundamente.

—Po…

—Me da igual que te quieras hacer la reina conmigo, Amarina, pero ese chico está enfadado y malherido, y es listo y escurridizo. Esta mañana le ha roto el brazo a uno de tus soldados. No voy a dejarte sola en una habitación con él.

—¿Y no puedes convencerlo para que te haga un juramento de honor leonita o algo por el estilo? —le espetó con sarcasmo.

—Ya lo he hecho —respondió Po—. Pero no pienso irme.

Y se dirigió hacia la cama, se sentó y se cruzó de brazos y piernas.

Amarina se quedó mirándolo durante un instante, consciente de que estaba volcando sobre él unos sentimientos que ni ella misma lograba discernir. Con un esfuerzo de voluntad heroico, Amarina logró contener el deseo de que a su primo se le pasara de una vez por todas esa maldita crisis que tenía sobre su gracia.

—Ese imbécil de Quall del Tribunal Supremo odia a los leonitas. Está convencido de que somos unos estúpidos endogámicos con demasiados músculos y muy pocos sesos. Pero lo que de verdad le molesta es que le parece que somos más guapos que él. No tiene ninguna lógica, porque encima ha metido a Zaf en el mismo saco, aunque, como bien ha señalado él, no parezca leonita. Está celoso de lo bien que nos queda el oro a Zaf y a mí. ¿Te lo puedes creer? Si hubiera estado en su mano, nos habría condenado por asesinato y nos habría privado de nuestra libertad basándose solo en eso. No dejaba de imaginárselo.

—¿El qué? ¿Que os encerraba?

—No, que nos quitaba el oro —respondió Po—. Me quedaré aquí mientras hablas con Zafiro. Como te ponga la mano encima, entraré y lo estrangularé.

El oro de Zaf fue lo primero en lo que se fijó al entrar en la sala de estar, que reflejaba la luz del sol en las orejas y en los dedos. De repente llegó a la conclusión de que no le gustaría verlo sin sus joyas. Sería como verlo con unos ojos que no fueran los suyos u oírlo hablar con una voz distinta.

El tajó que le habían hecho en el abrigo le rompió el corazón. Quería tocarlo.

Entonces Zaf se giró hacia ella y pudo ver la repulsión que emanaba de cada rasgo de su rostro magullado y cada músculo del cuerpo.

Zaf se puso de rodillas y alzó la vista para mirarla a los ojos; una burla perfecta de sumisión, ya que ningún hombre que estuviera de rodillas habría alzado la mirada para contemplar el rostro de su soberana. Era una contradicción.

—¡Para! —le dijo—. Levántate.

—Como ordenéis, majestad —respondió con sarcasmo, y se levantó de un salto.

Amarina comenzaba a comprender el juego que se traía entre manos.

—Por favor, no me hagas esto, Zaf —le suplicó—. Sigo siendo yo.

Zaf se rio.

—¿Qué? ¿Qué pasa?

—Nada, majestad.

—Venga, Zaf, dímelo.

—Jamás osaría contradecir a la reina, majestad.

Si hubieran estado en otra parte, si hubieran estado hablando de otra cosa, a lo mejor Amarina le habría quitado la sonrisa de engreído de una bofetada. Puede que Chispa lo hubiera abofeteado en ese instante, pero Amarina no podía, porque eso era justo lo que Zaf quería, que le siguiera el juego: la reina todopoderosa abofeteando a su súbdito. Y, cuanto más lo tratara como a un súbdito, más control sobre la situación tendría él. Aquello la confundía; no tenía ningún sentido que una reina le transfiriera su poder a un súbdito maltratándolo.

Lo único que quería era hablar con él.

—Zaf —le dijo—, hasta ahora hemos sido amigos y nos hemos tratado como iguales.

Zaf la miró con auténtico escarnio.

—¿Qué pasa? —le suplicó Amarina—. Háblame, por favor.

Zaf dio unos pasos hacia el pedestal en el que se encontraba la corona, apoyó la mano en ella, acarició el oro y examinó las joyas entre los dedos. Amarina mantuvo la boca cerrada, aunque sentía como si le estuviera tocando el cuerpo sin permiso.

Pero, cuando Zaf se atrevió a ponerse la corona en la cabeza y le dirigió una mirada amenazante, con el ojo hinchado y la boca llena de sangre y el abrigo andrajoso, ella ya no fue capaz de contenerse.

—Suéltala —dijo entre dientes.

—Vaya... —murmuró mientras se quitaba la corona y la dejaba de nuevo sobre el cojín de terciopelo—. Parece que al final no somos tan iguales.

—Me da igual esa estúpida corona —le respondió nerviosa—. Lo que pasa es que mi padre fue la última persona a la que vi con ella puesta, y me recuerdas a él cuando te la pones.

—Qué irónico —respondió Zaf—. Justo estaba pensando en lo mucho que tú me recuerdas a él.

No importaba que ella pensara exactamente lo mismo; le dolió mucho más que aquellas palabras vinieran de Zaf.

—Tú también me has mentido —susurró Amarina.

—No te he mentido ni una sola vez —le gruñó con una voz muy desagradable mientras se acercaba a ella. Amarina dio un paso atrás, sobresaltada—. Te he ocultado cosas cuando he tenido que hacerlo, pero ¡no te he mentido nunca!

—Sabías que no era quien decía ser. ¡Eso no era ningún secreto!

—¡Eres la reina! —gritó Zaf, dando otro paso hacia delante—. ¡La reina, joder! ¡Me has manipulado! ¡Y no solo para obtener información!

Po apareció en la puerta y apoyó la mano en el marco por encima de la cabeza, con actitud despreocupada. Enarcó las cejas, se inclinó y esperó.

—Perdonadme, alteza —dijo Zaf, abatido.

Amarina se quedó desconcertada al verlo bajar la mirada ante Po, mantener la cabeza gacha y apartarse de ella.

—La reina es mi prima —dijo Po, con calma.

306 • GRACELING: EL REINO DE LOS SECRETOS

—Lo comprendo, alteza —respondió Zaf con un tono de sumisión.

En cambio yo no entiendo nada, le dijo Amarina mentalmente a Po. *Y me dan ganas de pegarte una patada. Quiero que se enfade. Cuando se enfada, consigo que me cuente la verdad.*

Po adoptó una expresión anodina, se dio la vuelta sobre sus talones y salió de la habitación.

—No tiene ni idea de que en realidad eres una víbora, ¿verdad?

Amarina respiró hondo y le dijo en voz baja:

—No te he manipulado.

—Y una mierda —respondió Zaf—. Se lo has contado todo sobre mí al príncipe Po, hasta el último minuto de lo que hemos hecho. ¿Se supone que tengo que creerme que no se lo has contado a tus lacayos? ¿Te crees que soy tan ingenuo que no he averiguado cómo he acabado acusado de un asesinato que no he cometido, o que no sé quién está pagando a los testigos para que mientan, o que no sé quién es el responsable de que a Teddy y mí nos hayan atacado?

—¿Qué? —gritó Amarina—. ¡Zaf! ¡No! ¿Cómo puedes pensar que estoy detrás de los ataques cuando Po y yo acabamos de salvarte la vida? ¡No estás pensando con claridad!

—¿Y qué hay de nuestro último encuentro? ¿Lo disfrutaste? ¿Te lo pasas bien rebajándote y tratando con tus plebeyos para luego contárselo a los demás? No puedo creerme que haya estado preocupándome tanto tiempo —prosiguió, bajando la voz y acercándose de nuevo hacia ella—. Que haya estado preocupándome por si te había hecho daño de algún modo. ¡Creyendo que eras inocente!

A sabiendas de que era una idea descabellada e imprudente, Amarina agarró a Zaf del brazo.

—Zaf, te juro que no estoy detrás de todo lo que te ha pasado. Estoy tan sorprendida como tú. ¡Estoy de tu parte! ¡Intento

averiguar la verdad! Nunca le he contado nada a nadie sobre ti…
salvo a Po —rectificó, desesperada—, y ni siquiera a él le he contado las partes privadas. Pero ¡si casi nadie sabe que salgo por las
noches!

—Estás mintiendo otra vez —respondió, tratando de desembarazarse de ella—. ¡Suéltame!

Amarina se aferró a él aún más fuerte.

—No, por favor.

—He dicho que me sueltes —masculló Zaf—, o tendré que
darte un puñetazo en la cara y humillarme ante mi príncipe.

—Quiero que me pegues en la cara —respondió Amarina.

No era cierto, pero al menos era justo, ya que sus guardias
habían pegado a Zaf en la cara.

—Claro, y así volverán a encerrarme.

Zaf se retorció para soltarse y Amarina se rindió, le dio la espada y se abrazó a sí misma, desolada. Al final, le dijo en voz baja
pero clara:

—Te he mentido, pero nunca con la intención de hacerte
daño, ni a ti ni a tus amigos ni a ningún buscador de la verdad ni
a nadie. Te lo juro. Solo quería ver cómo era mi ciudad de noche;
mis consejeros me tienen encerrada en una torre, y quería saberlo.
No tenía intención de conocerte. No tenía intención de que me
cayeras bien ni de hacerme tu amiga. Pero, cuando ocurrió, ¿cómo
iba a contarte la verdad?

Amarina no lo estaba mirando, pero le pareció que empezaba a reírse.

—Eres de lo que no hay.

—¿Por qué? ¿Qué pasa? ¡Qué quieres decir!

—Parece que te has creado una fantasía en la que, cuando
pasábamos tiempo juntos, y yo no sabía que eras la reina, éramos amigos. Iguales. Pero el conocimiento es poder. Tú sabías
que eras la reina; yo no. Nunca hemos sido iguales. Y en lo que

respecta a la amistad… —se detuvo en mitad de la frase—. Tu madre está muerta —le dijo con un tono de voz distinto, más amargo y cortante—. Me has mentido en todo.

—Te he contado cosas que considero más preciadas que la verdad —susurró Amarina.

Entre ellos se extendió un silencio vacío, una separación, que duró mucho mucho tiempo.

—Supongamos por un instante que estás diciendo la verdad —dijo Zaf al fin—, y que no eres la persona que está detrás de los ataques.

—Te estoy diciendo la verdad —le susurró Amarina—. Zaf, te lo juro. Solo te mentí sobre quién era.

Otro silencio, esta vez más breve. Cuando Zaf volvió a hablar, lo hizo con una tristeza y una calma que no encajaban con el Zaf que ella conocía.

—Aun así, no creo que comprendas quién eres—le dijo—. No creo que seas consciente de tu posición de privilegio ni de lo insignificante que soy yo en comparación. Estás tan por encima de mí que ni siquiera puedes verme. No tienes ni idea de lo que has hecho.

Zaf la rodeó y desapareció por el recibidor sin permiso. Atravesó las puertas exteriores con tanta brusquedad que, una vez que se quedó sola, a Amarina se le escapó un ruidito de sorpresa.

Poco a poco, Amarina dejó de abrazarse y se giró para observar la habitación y la luz del mediodía. Buscó con la mirada el reloj de la repisa de la chimenea, para ver cuántas horas le quedaban por vivir de aquel día antes de que pudiera esconderse bajo las sábanas de su cama.

Pero sus ojos no llegaron a posarse en el reloj, ya que la corona había desaparecido de su cojín de terciopelo.

Amarina se puso a buscarla como loca; su cuerpo se negaba a aceptar lo que su mente había comprendido al instante. Y, como era evidente, la corona no estaba en la sala. Fue corriendo tras Zaf sin dejar de murmurar su nombre con furia, atravesó las puertas exteriores y se encontró con dos guardias leonitas muy sorprendidos.

—¿Sucede algo, majestad? —le preguntó el guardia que estaba a la izquierda.

De todos modos, ¿qué iba a hacer ella? ¿Correr sin descanso por todo el castillo, sin tener ni idea de por dónde había ido Zaf, con la esperanza de toparse con él en uno de los patios? ¿Y luego qué? ¿Pedirle frente a un grupo de espectadores que por favor le devolviera la corona que llevaba escondida en el abrigo? ¿Y que, cuando se negara, tuviera que forcejear con él para recuperarla? Volverían a arrestarlo, y en esa ocasión lo harían por un delito que sí había cometido.

—Nada. Todo va de maravilla —respondió Amarina—. Hoy es el mejor día de toda mi vida. Gracias por preguntar.

Entonces fue a abrir de una patada la puerta de su dormitorio para preguntarle a Po por qué había dejado que ocurriera aquello.

Obtuvo una respuesta bastante directa. Po se había quedado dormido.

22

Cuando Po irrumpió de nuevo en sus aposentos una hora después, no llevaba la corona.

—¿Dónde está? —le preguntó Amarina con brusquedad desde el sofá, donde se había pasado la última hora apartando la comida que Helda le pedía que comiese; rechazando las visitas de sus consejeros, que seguían desconcertados; y despellejándose las cutículas.

Po se desplomó a su lado, desaliñado y empapado.

—Lo he perdido.

—¿Que lo has perdido? ¿Cómo?

—Me llevaba ventaja, Amarina, y su hermana se encontró con él fuera del castillo, y echaron a correr juntos, separándose de tanto en tanto. Y está lloviendo, y la lluvia me lo pone más complicado. Y tampoco puedo centrarme en todas las calles y todas las casas y toda la gente que se mueve mientras me concentro al mismo tiempo en alguien que se aleja cada vez más. Al final me perdí y tuve que retroceder. Y los cientos de personas que me han visto han reaccionado de manera exagerada; querían saber por qué corría como un lunático, y ni te cuento lo mucho que me distraían sus pensamientos. Si pudieras percibir los rumores como yo, te quedarías perpleja. Hay demasiada gente que, por alguna razón, sabe que Katsa se marchó de repente en mitad de la noche, llorando a moco tendido, con la ropa de Raffin, cabalgando por el puente Alado. Todos los que se me han quedado mirando querían saber qué le había hecho para que sufriera tanto.

—Además —dijo una voz muy digna desde la puerta—, mirad qué aspecto tiene vuestro primo, majestad. Nunca he intentado correr detrás de unos jóvenes por las calles de la ciudad, pero imagino que no resulta muy fácil con las piernas pesadas y los ojos cansados. Parece como si no hubiera dormido en varios días, y ¿a quién le podría extrañar, cuando su dama lo ha abandonado?

Al entrar en la habitación, Helda se dirigió a una mesa que había a un lado, sirvió una copa de sidra y se la acercó a Po.

—Se fue porque yo se lo pedí, Helda —dijo el príncipe en voz baja mientras aceptaba la copa.

Helda se sentó frente a ellos, mirándolos con curiosidad, y dijo:

—¿Quién me va a contar qué está pasando?

Amarina estaba perdida. ¿Le habría contado Po la verdad a Helda? ¿O se la estaría revelando en ese momento? ¿Habría tenido intención de hacerlo, o Helda lo habría tomado desprevenido? Si uno de los guardias leonitas o uno de los espías entraba en los aposentos, ¿se la revelaría también a ellos?

¿Por qué no cuelga directamente una pancarta en las ventanas?

Se arrancó un padrastro desde la cutícula y aspiró entre dientes.

—Bueno… —le dijo a Helda mientras veía brotar una gota de sangre—, hoy han arrestado a un conocido mío de la ciudad por un asesinato que no ha cometido. Al final ha quedado absuelto, y Po lo ha traído aquí para que yo pudiera hablar con él.

—Lo vi al entrar, majestad —dijo Helda con severidad—, antes de que el príncipe Po me hiciera volver a mi habitación y me ordenara que me quedara allí. Parecía un rufián incorregible. Y, cuando empezó a gritaros y salí para hacerle entrar en razón de un sopapo, el príncipe Po me echó de nuevo.

—Se llama Zafiro —dijo Amarina, y tragó saliva—, y, antes de verme hoy en el Tribunal Supremo, no sabía que yo era la reina. Le había dicho que trabajaba en las cocinas del castillo.

Helda entrecerró los ojos.

—Entiendo.

—Es amigo mío, Helda —añadió Amarina, sin demasiada esperanza—. Pero, al salir, me robó la corona.

Helda se irguió en la silla y repitió con sequedad:

—Entiendo.

—No puedo ver con los ojos —le confesó Po a Helda, tal vez un poco de improviso, pasándose una mano por el pelo empapado—. Creo que el resto ya lo has deducido, pero, si quieres saber toda la verdad, debo decirte que perdí la vista hace ocho años.

Helda abrió la boca y la cerró.

—Percibo cosas —continuó Po—. No solo los pensamientos, sino los objetos, los cuerpos, la fuerza, el impulso, el mundo que me rodea, por lo que mi ceguera no me resulta un obstáculo, al menos la mayor parte del tiempo. Pero es la razón por la que no puedo leer. No puedo ver los colores; el mundo, para mí, son formas grises. El sol y la luna están demasiado lejos para que los perciba y no puedo ver la luz.

Sin dejar de abrir y cerrar la boca conforme Po le revelaba todo, Helda se sacó un pañuelo del bolsillo y se lo entregó a Amarina. Después de un momento, sacó otro y se puso a doblarlo con precisión, como si hacer coincidir una esquina con otra fuera la tarea más importante del día. Cuando se lo llevó a los labios y después se secó los ojos, Po agachó la cabeza.

—En cuanto a la corona robada —dijo Po, tras aclararse la garganta—, parecían dirigirse al este, quizás hacia los muelles de la plata, antes de que los perdiera.

—¿Fuiste a la imprenta?

—No sé dónde está la imprenta, Amarina. Nadie ha tratado de enviarme una imagen del mapa mentalmente. Inténtalo tú y voy ahora mismo.

—No —contestó Amarina—, voy a ir yo.

—No te lo aconsejo.

—Tengo que hacerlo.

—Amarina —insistió Po, que empezaba a perder la paciencia—, te aconsejé que no te reunieras con él la primera vez y te ha acabado robando la corona. ¿Qué crees que hará la segunda vez?

—Pero, si sigo intentando…

—¿Mientras yo me quedo fuera, preparado para ayudarte cuando a él, mmm…, no sé, se le ocurra sacarte a la calle a rastras y empezar a gritar que el muchacho de la capucha es en realidad la reina de Montmar? No tengo tiempo para esto, Amarina, y no me queda energía para seguir arreglando tus enredos.

Con los labios pálidos, Amarina se puso en pie.

—Entonces, ¿debería dejar de arreglar yo tus enredos también, Po? ¿Cuántas veces miento por ti? ¿Cuántas veces me mentiste en los primeros años, desde que nos conocimos? Tú, que eres inmune a que te mientan. Debe de resultarte muy molesto tener que perturbar tu paz y tu tranquilidad mintiendo por el bien de los demás.

—A veces no tienes ningún tipo de compasión —respondió Po con amargura.

—Yo diría que con tu autocompasión tienes de sobra —respondió Amarina—. Tú, más que nadie, deberías entender por qué necesito que Zaf me perdone. Tú le haces a todo el mundo lo que yo le he hecho a él. Si quieres, ayúdame; si no, no pasa nada. Pero no me hables como si fuera una niña que va por ahí sin cuidado tropezándose y provocando desastres. En mi ciudad y en mi reino pasan cosas acerca de las que tú no sabes nada. —Entonces se sentó de nuevo de golpe, con una expresión sombría de desesperanza—. Ay, Po —exclamó mientras hundía la cara entre las manos—, lo siento. Por favor, aconséjame. ¿Qué debería decirle? ¿Qué dices tú cuando has herido a alguien con una mentira?

Po se quedó callado un momento. Luego casi pareció reírse, afligido, en voz baja.

—Le pido perdón.

—Sí, eso ya lo he hecho —dijo Amarina, mientras repasaba mentalmente la horrible conversación que había mantenido con Zaf. Y luego la repasó una vez más y miró a Po con consternación—. Ay, no. No, no es verdad; no le he dicho en ningún momento que lo siento.

—Pues deberías —dijo Po con una voz más delicada—. Y además debes contarle toda la verdad. O lo que puedas, al menos. Debes asegurarte, por los medios que sean necesarios, de que no la utilice en tu contra. Y luego debes dejar que se enfade todo lo que quiera. Eso es lo que hago yo.

Así que debo asumir mi culpa y enfrentarme al odio de una persona a la que le he tomado cariño.

Amarina se miró las cutículas y vio el desastre que había hecho. Empezaba a comprender mejor, con más claridad, la crisis de Po. Se acercó a él y le apoyó la cabeza en el hombro. Po le dio un abrazo un tanto húmedo.

—Helda —dijo Amarina—, ¿cuánto tiempo crees que podemos mantener en secreto que la corona ha desaparecido?

Helda frunció los labios.

—Mucho —concluyó con un asentimiento firme—. No creo que nadie se preocupe por la corona hasta la visita de vuestro tío, ¿no es así, majestad? En estos aposentos solo entramos vuestros espías, vuestros sirvientes, vuestros amigos del Consejo y yo; y, de todos ellos, solo hay uno o dos de los sirvientes en los que no confío demasiado. Construiré algo y pondré un paño sobre el cojín para que parezca que la corona no se ha movido de su sitio.

—No olvides que también depende de Zaf —intervino Po—. Seguro que se las arregla para difundir el rumor de que tu corona no está donde debería estar, prima, y mucha gente nos vio a él y a mí caminando juntos hacia tus aposentos después del juicio.

Amarina dejó escapar un suspiro. Supuso que, si Zaf estaba tan enfadado como parecía, no debería descartar esa posibilidad.

—Tenemos que averiguar quién lo incriminó en el asesinato —dijo.

—Sí —asintió Po—. Es una cuestión importante. Déjame que vaya y hable con él sobre la corona, ¿vale? Por favor. Y así veré si también puedo averiguar algo sobre quién lo acusó. Y supongo que debería hablar con ese testigo falso, ¿no te parece?

—De acuerdo —soltó Amarina con un suspiro mientras se separaba de Po—. Yo me quedaré aquí; tengo que pensar sobre ciertos asuntos. Helda, ¿puedes seguir ahuyentando a mis consejeros?

Amarina se paseó de un lado a otro de su dormitorio.

¿De verdad se piensa Zaf que tengo algo que ver con el complot para silenciar a los buscadores de la verdad? ¿Que estoy detrás de todo esto? ¿Cuando corrí con él por los tejados? ¿¡Cuando les llevé a Madlen!? ¿De verdad se cree…?

Aturdida, se sentó sobre el arcón y empezó a quitarse las horquillas.

¿De verdad se cree que quiero que le ocurra algo malo?

Mientras se masajeaba el cuero cabelludo y se revolvía la melena, tras haberse deshecho las trenzas, se encontró en un callejón sin salida al hacerse esa pregunta, y sintió miedo. No podía controlar lo que pensara Zaf.

Me ha dicho que no tengo ni idea de lo que he hecho, que no soy consciente de la posición de privilegio en la que me encuentro. Que lo he dejado tirado. Que nunca hemos sido amigos, nunca hemos sido iguales.

Cruzó la habitación hasta el tocador donde se sentaba cuando Helda la peinaba, soltó las horquillas en un cuenco de plata y se miró con rabia en el espejo. Se vio unas ojeras que parecían moratones, y aún tenía la frente en carne viva, morada y espeluznante, por el ataque de la noche anterior. Detrás de ella se reflejaba la inmensidad de la habitación, la cama alta y lo bastante grande como para servir de mesa de comedor para todos sus amigos, las paredes plateadas, doradas y escarlatas. El techo oscuro salpicado de estrellas. *Supongo que alguien, puede que Zorro, debe de limpiar las telarañas,* pensó. *Alguien debe de ocuparse de esta alfombra tan preciosa.*

Amarina pensó en la imprenta, desordenada pero luminosa. Pensó en las habitaciones de atrás, tan pequeñas que cabrían en su dormitorio, ordenadas, con paredes y suelos de madera rugosa. Miró en el espejo el vestido de seda gris pálido que llevaba, precioso y ajustado a su medida, y pensó en la ropa burda de Zaf y en las mangas deshilachadas. Recordó lo mucho que le gustaba a Zaf el reloj de bolsillo de oro de Leck. Recordó la gargantilla que había empeñado ella sin pensárselo dos veces, sin importarle apenas el dinero que podría ganar con ella.

No creía que fueran pobres. Tenían trabajo, tenían comida y montaban fiestas deslumbrantes. Pero también era consciente de que en realidad no sabía cómo era ser pobre. ¿Reconocería la pobreza si la viera? Y, si no eran pobres, ¿qué eran? ¿Cómo era eso de vivir en la ciudad? ¿Pagaban un alquiler? ¿Quién decidía cuánto costaban las cosas? ¿Pagaban impuestos a la Corona? ¿Y, si los pagaban, les supondrían una carga?

Algo incómoda, Amarina volvió al arcón de su madre, se sentó y se obligó a pensar de nuevo en cómo había dejado tirado a Zaf. ¿Y si fuera al revés? ¿Y si ella fuera la plebeya y Zaf fuera el rey? ¿La habría dejado tirada él?

Le resultaba casi imposible concebir esa situación. De hecho, era de lo más absurda. Pero entonces empezó a preguntarse si su incapacidad para imaginárselo tenía que ver con que era demasiado privilegiada, que estaba en una posición demasiado alta como para llegar a comprender lo que ocurría por debajo, como había dicho Zaf.

Por alguna razón, no dejaba de pensar en la noche en que Zaf y ella habían recorrido los muelles de la plata. Esa noche habían hablado de piratas y de las búsquedas de tesoros, y habían pasado por delante de los amenazantes barcos de la reina. Y recordaba las hileras de excelentes soldados de la Corona que custodiaban los barcos y la plata que iría a parar al tesoro real, su propia fortaleza de oro.

Cuando Po entró en el dormitorio un rato después, aún más mojado que antes y con la ropa manchada de barro, se encontró a Amarina sentada en el suelo, con la cabeza entre las manos.

—Po —susurró al alzar la vista hacia él—, soy muy rica, ¿verdad?

Po se acercó y se agachó ante ella, dejando una ristra de gotitas por el suelo.

—Rico es Giddon —contestó Po—. Y yo también. Soy extremadamente rico. Y Raffin, más aún. Pero tú… no hay palabra para describir lo que eres, prima. Y el dinero del que dispones es solo una pequeña parte de tu poder.

Amarina tragó saliva y confesó:

—No creo que haya sido consciente hasta este momento.

—Ya —dijo Po—. Bueno, eso es lo que pasa cuando tienes tanto dinero. Uno de los privilegios de la riqueza es no tener que pensar nunca en ella, y también es uno de sus peligros. —Po cambió de postura y se sentó—. ¿Qué pasa?

—No estoy segura —contestó Amarina en un susurro. Po se quedó allí sentado en silencio; parecía haber aceptado la respuesta de su prima—. No parece que hayas conseguido la corona.

—No estaba en la imprenta —respondió Po—. Zaf se la ha entregado a los subordinados de un traficante del mercado negro que se hace llamar Fantasma y del que se dice que vive escondido en una cueva, si lo he percibido todo bien.

—¿Ya ha llegado la corona al mercado negro? —gritó Amarina—. Pero ¿cómo vamos a exonerarlo ahora?

—Me da la impresión de que el único papel que Fantasma desempeña en todo esto es el de custodiar la corona, marinerita. Es posible que aún podamos recuperarla. No desesperes todavía. Creo que puedo ganarme a Zaf; me lo camelaré invitándolo a una reunión del Consejo o algo por el estilo. ¿Sabes? Cuando me fui, se arrodilló, me besó la mano y me deseó dulces sueños. Y todo eso después de que lo hubiera acusado de haber robado la corona de la reina.

—Debe de resultar muy gratificante que Zaf solo odie a la realeza de Montmar —dijo ella con amargura.

—También me odiaría bastante a mí si le hubiera roto el corazón —dijo Po en voz baja.

Amarina alzó la vista hacia él.

—Entonces, ¿le he roto el corazón, Po? ¿Es eso lo que debo creer?

—Esa es una pregunta que debes hacerle a él, cariño.

Amarina se percató entonces de que Po estaba temblando. Más que eso: al estudiarlo más de cerca, vio un brillo de dolor y desenfreno en sus ojos. Levantó la mano y le acarició la cara.

—¡Po! —exclamó—. ¡Estás ardiendo! ¿Te encuentras bien?

—La verdad es que siento como si tuviera las entrañas hechas de plomo —respondió Po—. ¿Te parece que tengo fiebre? Eso explicaría por qué me he caído.

—¿Te has caído?

—Cuando tengo fiebre, no percibo las cosas con tanta claridad; se deforman. Y, sin poder ver, me desoriento bastante. —Se sujetó la cabeza—. Creo que me he caído más de una vez.

—Estás enfermo —dijo Amarina alterada, y se puso en pie—. Te he mandado salir dos veces bajo la lluvia, y te has caído por mi culpa. Ven, te voy a llevar a tus aposentos.

—Helda está tratando de relacionar mi ceguera con el hecho de que Katsa y yo no tengamos hijos, que por cierto le parece una perversidad —dijo de repente.

—¿Qué? ¿De qué estás hablando? Eso no tiene ningún sentido. Levántate.

—La verdad es que a veces no soporto escuchar los pensamientos de los demás —dijo Po arrastrando las palabras, todavía sentado en el suelo—. La gente es ridícula. Por cierto, Zaf no miente sobre su gracia: no sabe cuál es.

Zaf me ha dicho muchas veces que nunca me miente. Supongo que no quería creerlo.

—Po. —Amarina tomó a Po de las manos y tiró de él, inclinándose hacia atrás, y logró convencerlo para que se levantara—. Voy a acompañarte a tus aposentos y a traerte un curandero. Te hace falta dormir.

—¿Sabías que Tilda y Bren son pareja y quieren que Teddy les dé un bebé? —preguntó Po mientras se balanceaba y miraba la habitación con una mueca que parecía indicar que no recordaba cómo había llegado hasta allí.

Amarina se quedó muda ante lo extraordinario que le parecía todo.

—Te voy a llevar a ver a Madlen —dijo Amarina con un tono firme—. Venga, vamos.

Para cuando Amarina regresó a sus aposentos, empezaba a oscurecer. El cielo se había teñido de morado como los ojos de Zaf, y las lámparas que Helda se había encargado de encender iluminaban la sala de estar. En su dormitorio, encendió unas velas, se sentó en el suelo junto al arcón de su madre y pasó los dedos por los dibujos tallados en la parte superior.

Qué sola se sentía, tratando de entender todo lo que había sucedido ese día sin ayuda de nadie.

Mamá, ¿estarías avergonzada de mí?

Secó una lágrima que había caído sobre la tapa del arcón y observó más de cerca los diseños tallados. Ya se había dado cuenta de que Cinericia había utilizado algunos de los dibujos como inspiración para sus bordados, por supuesto, pero nunca los había estudiado con atención. Estaban dispuestos en filas ordenadas sobre la tapa del arcón sin que se repitiera ninguno: estrella, luna, vela, sol, por ejemplo. Barco, caracola, castillo, árbol, flor, príncipe, princesa, bebé, etc. Sabía exactamente, tras años y años observando los bordados de sus propias sábanas, cuáles eran los que había copiado Cinericia.

De repente cayó en la cuenta de algo, como si la atravesara un rayo. Incluso antes de molestarse en contar los dibujos, lo supo. Los contó de todos modos, solo para asegurarse.

Eran cien. Los dibujos en los que su madre se había basado para sus bordados eran veintiséis.

Amarina tenía delante un alfabeto cifrado.

TERCERA PARTE

Códigos y claves

Finales de septiembre y octubre

23

No era un alfabeto cifrado sencillo. Cuando Amarina identificó en el arcón los veintisiete dibujos distintos que se repetían en los bordados de Cinericia y le asignó al dibujo de arriba a la izquierda —una estrella— la letra «A», al siguiente dibujo de la fila —una luna menguante— la letra «B», y así sucesivamente, y comprobó el alfabeto de símbolos que había obtenido con los bordados de su madre, el resultado no fue más que un galimatías.

Luego intentó asignarle al símbolo situado abajo a la derecha la letra «A» y continuar dibujo a dibujo en dirección contraria. También lo intentó por columnas, primero hacia arriba y luego hacia abajo.

No funcionó ningún método.

Bueno, entonces quizás hubiera una clave. ¿Qué clave podía haber utilizado su madre?

Amarina inspiró hondo para calmarse, quitó la letras repetidas de su nombre y escribió el resto del abecedario.

AMRINÑOPQSTUVWXYZB
CDEFGHJKL

Después les asignó los símbolos del arcón a cada una de las letras, empezando por la esquina superior izquierda:

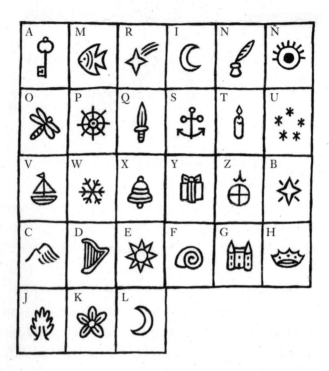

Sujetó la hoja con fuerza en el regazo y la comparó con los bordados de Cinericia.

Una vez que obtuvo los resultados, separó los dibujos en palabras y frases y le añadió la puntuación. Amarina añadió también las letras que se había saltado Cinericia; imaginó que lo había hecho para poder ir más rápido.

Ara vuelve cojeando.
No consigue recordarlo hasta que se lo señalo. Cuando lo ve, le duele y grita.

No sé si debería dejar de decírselo, si sería mejor que no lo supiera.

No sé si debería matarlas yo cuando veo que él las marca para matarlas. ¿Sería un acto de compasión o una locura?

Aquel primer día, Helda encontró a Amarina rodeada de una montaña de sábanas en el suelo, abrazándose a sí misma y tiritando.

—¡Majestad! —exclamó Helda, arrodillándose a su lado—. ¿Estáis enferma?

—Mi madre tenía una sirvienta que se llamaba Ara y que desapareció —susurró Amarina—. La recuerdo.

—¿Majestad?

—¡Helda! ¡Mi madre bordaba códigos! Seguro que intentó escribir una especie de registro que pudiera leer para recordar qué era real. ¡Seguro que tardaba horas en escribir un mensaje corto! Toma, ayúdame. Mi nombre es la palabra clave. La llave es la «A», el pez es la «M», la estrella fugaz es la «R», la luna menguante es la «I», y el tintero es la «N». ¿Po está…? —Po estaba enfermo—. ¿De verdad se ha ido Giddon?

—Sí, majestad. ¿Se puede saber qué estáis diciendo?

—No se lo digas a nadie —le ordenó Amarina—. No se lo digas a nadie hasta que averigüemos qué es lo que pone. Ayúdame a ordenarlas.

Sacaron las sábanas de los armarios, quitaron las de la cama e hicieron inventario: doscientas veintiocho sábanas con bordados y ochenta y nueve fundas de almohada. No parecía que Cinericia hubiera puesto fechas, por lo que no había forma de determinar en qué orden debían colocarlas. Helda las dispuso en montones ordenados y divididos aritméticamente en el suelo del dormitorio, y Amarina se dedicó a leer.

Había algunas palabras y frases que no dejaban de repetirse; en ocasiones, llegaban a ocupar una sábana entera.

Miente. Miente. Sangre. No consigo acordarme. Tengo que acordarme. Tengo que matarlo. Tengo que poner a salvo a Amarina.

Dime algo que me resulte útil, mamá. Dime qué ocurrió. Dime qué fue lo que viste.

En las oficinas del piso inferior, los consejeros de Amarina habían comenzado a instruirla sobre los miembros de la nobleza de su reino, tal y como les había pedido. Empezaron con los que vivían más lejos: sus nombres, sus propiedades, sus familias, los impuestos que pagaban, su personalidad y sus habilidades. A ninguno lo presentaron como: «Es un noble con tendencia a asesinar a buscadores de la verdad». De hecho, ninguno destacaba por nada en particular. Amarina supo que no avanzaría si seguía por ese camino. Se preguntó si podría pedirles a Teddy y a Zaf una lista de los miembros de la nobleza que habían robado a sus pueblos sin piedad. ¿Podría volver a pedirles algo siquiera?

Más adelante, a medida que octubre se acercaba, fue llegando una oleada de papeleo urgente al despacho.

—¿Se puede saber qué está pasando? —le preguntó a Thiel mientras firmaba documentos con desgana, movía fueros de un lado a otro y se peleaba con montañas de papeles que aumentaban tan rápido que no podía seguirles el ritmo.

—Octubre siempre es igual, majestad —le recordó su consejero con amabilidad—. La gente de todo el reino trata de dejar listos sus asuntos y se prepara para el frío invierno.

—¿Ah, sí?

Amarina no recordaba un octubre como ese. Pero también era verdad que le costaba mucho separar los meses en su memoria; todos le parecían iguales. O al menos se lo habían parecido hasta aquella noche en que se había adentrado en la ciudad y su vida se había puesto patas arriba.

Otro día intentó sacar el tema de los asesinatos de los buscadores de la verdad.

—¿Os acordáis de ese juicio al que asistí? El del montmareño leonita al que habían incriminado, que era amigo del príncipe Po...

—Sí, majestad, el juicio al que asististeis sin informar a nadie y tras el cual invitasteis al acusado a vuestros aposentos —respondió Runnemood con voz untuosa.

—Lo invité porque mi corte lo agravió y porque era amigo de mi primo —respondió Amarina, manteniendo la calma—. Y asistí al juicio porque tengo derecho a ir adonde me dé la gana. Todo este asunto me ha hecho pensar. A partir de ahora, quiero que en el Tribunal Supremo haya testigos para los testigos. Y quiero que se vuelva a juzgar a todos los prisioneros. Sin excepción. ¿Entendido? Si han estado a punto de condenar al amigo de mi primo por un crimen que no había cometido, quizá les haya ocurrido lo mismo a todos los presos, ¿no?

—Desde luego que no, majestad —respondió Runnemood con un cansancio y una exasperación que Amarina no se tomó nada bien.

Ella también estaba cansada y exasperada, ya que no podía dejar de pensar en los dibujitos de sus sábanas que no revelaban nada útil pero le provocaban un gran dolor.

Ojalá hubiese podido proporcionarle a mi hija un padre bondadoso. Ojalá le hubiese sido infiel. Pero, claro, una chica de dieciocho años no se plantea esa clase de ideas cuando Leck la escoge. La capacidad de elegir se desvanece por culpa de la niebla que provocan sus palabras. ¿Cómo puedo protegerla de la niebla?

Un día, sentada frente a su escritorio, Amarina se quedó sin aliento. La habitación comenzó a inclinarse y le dio la sensación de que iba a caerse; era incapaz de tomar el aire que necesitaba y hacerlo llegar hasta los pulmones. Thiel se arrodilló a su lado, le sujetó las manos con fuerza y le ordenó que inspirara muy despacio varias veces.

—Trae una infusión de lorassim —le ordenó a Darby, que acababa de subir la escalera cargando con una pila de cartas. Los pasos de Darby sonaron como martillazos capaces de echar la torre abajo.

—Majestad —le dijo Thiel cuando Darby se hubo marchado. Se le notaba la preocupación en la voz—. Os pasa algo desde hace varios días. Me he dado cuenta de que estáis sufriendo. ¿Os ha hecho daño alguien? ¿Estáis herida? ¿Enferma? Os suplico que me digáis qué puedo hacer para ayudaros. Decidme qué hacer o qué decir.

—¿Alguna vez consolaste a mi madre? —susurró Amarina—. Recuerdo tu presencia en aquella época, Thiel, pero no consigo recordar mucho más.

Hubo un breve silencio.

—Lo intentaba cuando estaba lúcido —respondió Thiel, con una voz que sonaba como si brotara de un profundo pozo de tristeza.

—¿Vas a quedarte abstraído? —le preguntó Amarina en un tono acusatorio, mirándolo a los ojos.

—Majestad —respondió el consejero—. De nada sirve que ambos nos perdamos en nuestros recuerdos. Sigo aquí con vos.

Decidme qué es lo que pasa, por favor. ¿Tiene algo que ver con aquel joven al que incriminaron? ¿Os habéis hecho amigos?

Rood apareció en ese instante en el despacho con una taza en las manos, se arrodilló frente a Amarina y se la entregó.

—Decidnos qué podemos hacer por vos, majestad —le pidió, rodeándole las manos, que sostenían la taza, con las suyas.

Podríais contarme qué fue lo que visteis, respondió para sí misma mientras estudiaba los ojos bondadosos de Rood. *Dejad de mentirme. ¡Contádmelo!*

Runnemood fue el siguiente en entrar en el despacho.

—¿Qué está pasando aquí? —preguntó al ver a Thiel y a Rood de rodillas frente a la silla de Amarina.

—Por favor, decídmelo —susurró Amarina.

—¿Qué os diga qué? —saltó Runnemood.

—Lo que visteis —respondió Amarina—. Dejad de torturarme y contádmelo. Sé que erais curanderos. ¿Qué fue lo hizo? ¡Contádmelo!

Rood retrocedió y se sentó en una silla.

—Majestad —le dijo Runnemood con una expresión sombría, erguido y con los pies firmes en el suelo—. No nos pidáis que recordemos aquellos sucesos. Hace años que ocurrieron, y hemos conseguido estar en paz con nosotros mismos.

—¿En paz con vosotros mismos? —exclamó Amarina—. ¿Cómo vais a estar en paz?

—Les hacía cortes —respondió Runnemood entre dientes—. Solía dejarlos moribundos. Luego nos los traía para que los curásemos. Se creía que era un genio de la medicina. Creía que estaba convirtiendo Montmar en una tierra de milagros médicos, pero lo único que hacía era herir a las personas hasta que acababa con ellas. Estaba loco. ¿Estáis contenta? ¿Consideráis que vale la pena obligarnos a recordar a cambio de esta información? ¿Creéis que vale la pena poner en riesgo nuestra cordura e incluso nuestras vidas?

Runnemood se acercó a su hermano, que había empezado a llorar y a temblar. Ayudó a Rood a levantarse y prácticamente cargó con él para sacarlo de la habitación. Entonces se quedó a solas con Thiel, que al final sí parecía haberse abstraído y seguía arrodillado a su lado, frío, tieso y hueco, como un cascarón vacío. Amarina sabía que era culpa suya. Habían estado manteniendo una conversación sobre algo real y lo había estropeado formulando preguntas que no tenía intención de hacer.

—Lo siento —le susurró a su consejero—. Thiel, lo siento.

—Majestad —le respondió tras unos instantes—. Es peligroso hablar de estos temas en voz alta. Os suplico que tengáis más cuidado con lo que decís.

Pasaron dos semanas sin que fuera a ver a Zaf. Entre los bordados, las montañas de documentos y Po, que seguía enfermo, tenía demasiado de lo que ocuparse. Además, aún estaba avergonzada.

—Últimamente estoy teniendo unos sueños maravillosos —le dijo Po cuando fue a visitarlo a la enfermería—. Pero no de esos que te deprimen cuando te despiertas y te das cuenta de que no son reales. ¿Sabes lo que te quiero decir?

Estaba tumbado en unas sábanas empapadas de sudor, con la colcha a un lado y abanicándose con la camisa, que la llevaba abierta. Tal y como Madlen le había indicado, Amarina mojó un paño en agua fría y le lavó la cara pegajosa mientras intentaba no ponerse a tiritar, ya que mantenían el fuego de la chimenea de la habitación suave.

—Sí —le mintió, porque no quería agobiar a su primo enfermo con las pesadillas que tenía ella; pesadillas en las que Cinericia recibía un flechazo de su padre—. Cuéntame qué has soñado.

—Soy yo mismo —respondió Po—, el mismo de siempre, con los mismos poderes, limitaciones y secretos. Pero no me siento culpable por tener que mentir; no dudo, porque he tomado una decisión, y es la mejor decisión que podía tomar. Y, cuando me despierto, me siento más ligero, ¿sabes?

La fiebre persistía. A veces parecía remitir, pero entonces volvía a subirle y empeoraba. En ocasiones, cuando iba a verlo para ver cómo estaba, se lo encontraba temblando y diciendo cosas extrañísimas sin el más mínimo sentido.

—Está delirando —le dijo Madlen una vez, cuando Po la agarró del brazo y le dijo que los puentes se estaban haciendo más grandes y que el río estaba lleno de cadáveres.

—Ojalá sus delirios fueran tan agradables como sus sueños —susurró Amarina, tocándole la frente a su primo y acariciándole el pelo sudado para tranquilizarlo.

Deseó que Raffin y Bann estuvieran allí porque se les daba mejor que a ella encargarse de los enfermos. También deseó que Katsa estuviera allí, porque estaba segura de que se le pasaría el enfado al ver a Po en ese estado. Pero Katsa se había marchado en busca de un túnel, y seguro que Raffin y Bann estaban de camino a Merídea.

—Han sido órdenes de Randa —gritó Po, arropado con las mantas y temblando cada vez más—. Randa ha enviado a Raffin a Merídea para que se case con la hija de Murgon. Volverá con esposa, hijos y nietos.

—¿Raffin? ¿Casado con la hija del rey de Merídea? —exclamó Amarina—. Ni en un millón de años.

Madlen chistó desde la mesa, donde mezclaba uno de los brebajes infames que le obligaba beber a Po.

—Ya le preguntaremos de nuevo cuando no esté delirando, majestad.

—¿Y cuándo será eso?

Madlen añadió una sustancia que olía muy fuerte al cuenco y la mezcló con el resto de los ingredientes sin responder.

Helda, mientras tanto, le había encargado a Ornik que forjara una réplica de la corona. Hizo un trabajo tan estupendo que Amarina sintió un alivio tremendo al verla porque creyó que habían recuperado la corona auténtica, pero ya luego se percató de que le faltaba la solidez y el brillo de la corona robada, y que las joyas eran de cristal pintado.

—Madre mía —exclamó Amarina—. Qué bien se le da a Ornik su trabajo. Tiene que haber visto la corona en algún momento.

—No, majestad, pero Zorro sí que la ha visto y fue ella quien se la describió.

—¿Así que hemos involucrado a Zorro en todo este desastre?

—Vio a Zaf el día del robo, majestad, y al día siguiente regresó para acabar de pulir la corona, ¿recordáis? Era imposible no hacerla partícipe de lo sucedido. Además, es una espía muy útil. La estoy utilizando para encontrar a ese tal Fantasma que, presuntamente, tiene la corona.

—¿Y qué sabemos por ahora?

—Fantasma se especializa en el contrabando de toda clase de objetos de la realeza, majestad. Es un negocio familiar desde hace varias generaciones. Hasta ahora no ha dicho nada con respecto a la corona. Dicen que, salvo sus subordinados, nadie sabe dónde se encuentra esa cueva en la que vive. Nos viene bien que guarde silencio porque necesitamos mantener todo este asunto en secreto, pero también nos perjudica porque no hay forma de localizarlo ni de averiguar qué colinas está ocurriendo.

—Seguro que Zaf está al tanto de lo que pasa —respondió Amarina de mala gana mientras Helda cubría la corona falsa con una tela—. Helda, ¿cuál es la condena por robarle a la realeza?

Helda dejó escapar un leve suspiro y respondió:

—Majestad, es posible que no os hayáis parado a pensar que robar la corona real es más grave que un simple robo a la realeza. La corona no es un adorno; es la manifestación física de vuestro poder. Robarla es traición.

¿Traición?

La traición se castigaba con la muerte.

—Menuda ridiculez —bufó Amarina—. Jamás permitiría que el Tribunal Supremo condenara a muerte a Zaf por haber robado una corona.

—Por traición, majestad—respondió Helda—. Y sabéis tan bien como yo que los jueces pueden anular vuestras sentencias con un voto unánime.

Sí, esa era otra de las ingeniosas medidas que había establecido Auror para controlar el poder absoluto de un monarca.

—Entonces sustituiré a mis jueces —respondió—. Te nombraré jueza a ti.

—Una persona nacida en Mediaterra no puede ser jueza del Tribunal Supremo de Montmar, majestad. Y no hace falta que os recuerde que los requisitos para tal nombramiento son muy específicos y estrictos.

—Encontrad a Fantasma —le ordenó Amarina—. Encuéntralo, Helda.

—Hacemos todo lo que podemos, majestad.

—Esforzaos más —insistió—. Yo, por mi parte, iré pronto a ver a Zaf y…, no sé, le suplicaré. A lo mejor me la devuelve cuando comprenda las implicaciones de lo que ha hecho.

—¿De verdad creéis que no las ha comprendido él solito, majestad? —le preguntó Helda con seriedad—. Es un ladrón profesional.

Es temerario, pero no es estúpido. Quizás hasta disfrute de haberos metido en este aprieto.

Disfruta de haberme metido en este aprieto.

¿Por qué me da tanto miedo ir a verlo?

Esa misma noche, en la cama, Amarina tomó papel y pluma y comenzó a escribirle una carta a Giddon. En realidad, no tenía intención alguna de mostrársela al noble de Mediaterra. La escribió para aclarar sus pensamientos, y tan solo se la escribió a Giddon porque era a quien le contaba la verdad y porque, cuando se lo imaginaba escuchándola y haciéndole preguntas, las que le planteaba él eran más despreocupadas y más fáciles que las de cualquier otra persona.

¿Es porque estáis enamorada de él?, le preguntó Giddon.

«Ay, mierda. ¿Cómo puedo pensar en eso siquiera con todo lo que me ronda por la cabeza?», escribió Amarina.

En realidad, es una pregunta bastante sencilla, le dijo él con sequedad.

«Bueno, pues no lo sé —escribió, impaciente—. ¿Significa eso que no lo estoy? Me encantó besarle. Me gustaba recorrer la ciudad con él y me gustaba que confiáramos el uno en el otro y que, a la vez, no nos fiáramos ni un pelo. Me gustaría volver a ser su amiga. Me gustaría que recordara que nos llevábamos bien y que se diera cuenta de que ahora conoce toda la verdad sobre mí».

A lo que Giddon respondió:

En una ocasión me dijisteis que os habíais sentado juntos en un tejado mientras escapabais de unos asesinos. Y ahora me habéis contado lo del beso. ¿Sois consciente del apuro en el que se metería cualquier súbdito si lo atraparan metiendo a la reina en esos enredos?

«Si yo lo prohibiera, en ninguno —escribió Amarina—. Nunca permitiría que lo culparan de algo que hizo sin saber quién era yo en realidad. La verdad es que no tengo intención de que lo culpen por haber robado la corona, y justo de ese delito no es inocente».

Entonces, respondió Giddon, *¿no es posible que alguien que pensara que sois una plebeya se sintiera traicionado al descubrir que tenéis tanto poder sobre su destino?*

Amarina no escribió nada durante un rato. Al final, apretando la pluma con fuerza y con letra pequeña, como si estuviera susurrando, escribió:

«Últimamente he estado dándole muchas vueltas a todo este asunto del poder. Po dice que uno de los privilegios de la riqueza es que no te hace falta pensar en ella. Creo que con el poder ocurre lo mismo. Suelo sentirme más indefensa que poderosa. Pero lo cierto es que tengo mucho poder, ¿no? Tengo el poder de hacer daño a mis consejeros con mis palabras y a mis amigos con mis mentiras».

¿Esos son los ejemplos que se os ocurren?, respondió Giddon, con un dejo de diversión en la voz.

«¿Por qué lo preguntas? —escribió Amarina—. ¿Qué les pasa a esos ejemplos?».

Bueno, respondió él. *Pusisteis en peligro el bienestar de todos los ciudadanos de vuestro reino cuando invitasteis al Consejo a que utilizara vuestra ciudad como base de operaciones para destronar al rey de Solánea. Después le enviasteis una carta al rey Auror pidiéndole el apoyo de la flota leonita en el caso de que estallara una guerra. Sois consciente de lo que son estos actos, ¿no? ¡Son unas muestras de poder enormes!*

«¿Quieres decir que crees que no debería haberlo hecho?».

Bueno, quizá no deberíais haberlo hecho tan a la ligera.

«¡No lo hice a la ligera!».

¡Lo hicisteis para que vuestros amigos se quedaran cerca!, respondió Giddon. *Y no sabéis cómo son las guerras, majestad. ¿Creéis de verdad que comprendíais la decisión que estabais tomando? ¿De verdad comprendíais las implicaciones?*

«¿Por qué me lo dices ahora? Tú también estabas en la reunión —escribió Amarina—. ¡Prácticamente eras tú el que la estaba dirigiendo! ¡Podrías haberte opuesto!».

Pero, majestad, estáis hablando sola, respondió Giddon. *En realidad no estoy aquí. No soy yo el que se está oponiendo.*

Y entonces Giddon se desvaneció, y Amarina volvió a quedarse sola, sujetando una carta extraña frente al fuego, sumida en un mar de confusión. Al final comprendió que necesitaba que Zaf la ayudara a encontrar a los buscadores de la verdad, tanto si podía perdonarla por haber abusado de su poder como si no.

Cinericia había tomado malas decisiones por culpa de la niebla de Leck. Amarina no contaba con esa excusa; las malas decisiones que había tomado eran solo suyas.

Con aquel pensamiento tan deprimente, Amarina fue al vestidor y sacó del armario la capucha y los pantalones.

24

Tilda abrió la puerta. Al ver a la reina allí plantada, se quedó congelada, sorprendida pero con una mirada amable.

—Pasad, majestad —dijo.

Amarina no esperaba tal recibimiento y sintió una puñalada de vergüenza.

—Lo siento, Tilda —susurró.

—Acepto vuestras disculpas, majestad —contestó Tilda sin aspavientos—. Nos reconforta saber que, durante todo este tiempo, la reina ha estado de nuestro lado.

—¿Tú sí que lo ves así?

Al entrar, se topó con una luz intensa. Bren estaba junto a la prensa, sin apartar la mirada de ella; Zaf, sentado en una mesa, detrás de Bren, mirándola fijamente también; y Teddy estaba de pie, en la puerta de la habitación trasera.

—Ay, Teddy —dijo Amarina, demasiado contenta como para controlarse—. Me alegra mucho ver que ya puedes caminar solo.

—Gracias, majestad —respondió Teddy con una sonrisilla que le confirmó que la había perdonado.

Se le anegaron los ojos de lágrimas.

—Te portas demasiado bien conmigo.

—Siempre he confiado en vos, majestad —dijo Teddy—, incluso antes de saber quién erais. Sois una persona generosa y empática. Saber que alguien así es nuestra reina me llena el corazón de alegría.

Zafiro resopló con dramatismo. Amarina se obligó a mirarle.

—Lo siento —dijo—. Irrumpí en vuestras vidas y os mentí. Siento haberos engañado a todos.

—Menuda disculpa —le espetó Zaf mientras se bajaba de la mesa y se cruzaba de brazos.

La hostilidad de Zaf le venía bien; le proporcionaba algo sólido y afilado contra lo que arrojar su sentimiento de culpa. Amarina alzó la barbilla y dijo:

—Os pido disculpas por todo lo que he hecho mal, pero no pienso disculparme por pediros disculpas. —Y añadió, mirando a Zaf—: Me gustaría hablar contigo a solas.

—Eso no va a suceder.

Amarina se encogió de hombros.

—Entonces supongo que todos escucharán mi versión. ¿Por dónde empezamos? ¿Por el juicio por traición al que te vas a enfrentar, en el que me llamarán como testigo para declarar que te vi robar la corona?

Zafiro se acercó y se plantó delante de ella.

—Estoy deseando explicar qué hacía en tus aposentos, para empezar —dijo con calma—. Me lo voy a pasar pipa arruinando tu reputación. En fin, qué conversación más aburrida. ¿Hemos acabado?

Amarina lo abofeteó con todas sus fuerzas. Cuando Zaf le agarró la muñeca, Amarina le asestó una patada en la espinilla, y luego otra, hasta que al final, entre maldiciones, Zaf la soltó.

—Eres una abusona —le espetó.

—Y tú un niñato —respondió Amarina mientras le empujaba, con lágrimas en las mejillas—. ¿De qué serviría que nos arruináramos la vida el uno al otro? Menuda tontería. ¿Traición, Zaf? ¿Por qué has tenido que hacer algo tan estúpido?

—¡Has jugado conmigo! —exclamó Zaf—. ¡Me has humillado y has insultado a mi príncipe obligándole a mentir por mí!

—¿Y por eso vas y cometes un delito por el que puedes acabar en la horca?

—La única razón por la que robé la porquería esa fue para fastidiarte —confesó Zaf—. ¡Que haya consecuencias que te hagan infeliz es solo un añadido! Me alegro de que sea un delito castigado con la horca.

La habitación se había ido vaciando y ahora estaban solos. Amarina, demasiado cerca del cuerpo de Zaf —que respiraba con fuerza—, lo apartó para dirigirse hacia la prensa y se aferró a ella mientras intentaba pensar. Había algo tras las palabras que había dicho Zaf que necesitaba aclarar.

—Entiendes que estoy disgustada —dijo—, porque sabes que me preocupa mucho tu seguridad.

—Bah —respondió Zaf a su espalda, cerca de ella—. ¿A quién le importa?

—Sabes que, mientras más riesgos corras, más consternada estaré y más me esforzaré por protegerte. Lo cual, al parecer, es algo que te divierte —añadió con amargura—. Pero, si te alegras por esta situación tan encantadora, quiere decir que presupones lo mucho que me importas.

—¿Y qué?

—Pues que eso significa que sabes perfectamente que me importas. Lo sabes tan bien que te resulta placentero herirme con ello. Y, como ya lo sabes, no hay nada de lo que tenga que convencerte ni nada que tenga que demostrar. —Se volvió hacia él y añadió—: Siento haber mentido. Siento haberte humillado y siento haber obligado a tu príncipe a mentir por ti. Hice mal y no voy a poner excusas. Tú decides si me perdonas o no. Y también puedes decidir si quieres arreglar esta estupidez que has cometido.

—Es demasiado tarde para arreglarlo —dijo Zaf—. Ya lo saben otras personas.

—Recupera la corona de ese tal Fantasma y dámela. Si puedo demostrar que la tengo, nadie se atreverá a mirarme a la cara y acusarme de mentir cuando diga que siempre ha estado en mi poder.

—No creo que pueda recuperarla —admitió Zaf, tras una breve pausa—. Me han dicho que Fantasma se la ha vendido a su nieto. El acuerdo que hice con ella fue para que la mantuviera oculta, a salvo, pero rompió ese acuerdo cuando la vendió. Y con el nieto no tengo ningún tipo de acuerdo.

—Tampoco parece que tuvieras un acuerdo demasiado bueno con Fantasma —le espetó Amarina, tratando de asimilar toda la información tan sorprendente que acababa de compartir con ella. ¿Fantasma era una mujer?—. ¿A qué te refieres con que le vendió la corona a su nieto? ¿Qué significa eso?

—Fantasma tiene un nieto al que, al parecer, le está enseñando el negocio.

—¿El negocio de robar para el mercado negro? —dijo Amarina con desprecio.

—Más que ladrona, Fantasma es administradora y traficante. Tiene a gente que roba para ella. Así que le ha vendido la corona al nieto, seguro que por una miseria, y ahora el chico tiene que decidir qué hará con ella. Es como una prueba, para que vaya haciéndose un nombre.

—Pero, si dice abiertamente que está en posesión de la corona, también conseguirá que lo arresten y lo ahorquen.

—Ah, pero es que no lo encontrarán. Ni siquiera yo sé quién es y estoy mucho más cerca de su mundo de lo que tú podrías estar jamás. Se llama Gris, al parecer.

—¿Y qué hará con la corona?

—Lo que le dé la gana —respondió Zaf sin que pareciera importarle demasiado—. Tal vez organice una subasta pública. O puede que pida un rescate. La familia de Fantasma es experta en explotar a la nobleza y salir ilesos. Si tus espías hurgan lo suficiente y consiguen encontrar a Gris y llevarlo a juicio, montones de mujeres y hombres que trabajan para su abuela responderán por él.

—¿Cómo, exactamente? ¿Incriminando a otra persona en su lugar? ¿A ti, por ejemplo?

—Pues supongo que sí, ahora que lo mencionas.

Amarina respiró hondo, consumida por la rabia. En ese momento, odiaba la cara sonriente de Zaf; odiaba que estuviera disfrutando de todo lo que estaba pasando.

—Averigua cuánto quiere Gris por ella.

—¿Comprarías tu propia corona?

—¿Antes de tener que verte ahorcado? —dijo Amarina—. ¿Te sorprende?

—Más bien, me decepciona —respondió Zaf—. Solucionar el problema con dinero no resulta muy interesante. De todos modos, si llegara a darse el caso, no me ahorcarían. Huiría. Ya va siendo hora de que me vaya de todas formas.

—Ah, fabuloso —exclamó Amarina—. Te irías. Qué solución tan estupenda para el problema tan increíblemente estúpido que nos has creado a los dos. Estás como una regadera, ¿sabes? —dijo Amarina, apartándose de él de nuevo—. Y me estás haciendo perder el tiempo con todo esto. Y justo tiempo es lo que menos tengo.

—Qué oneroso debe resultarte ser tan importante —dijo Zafiro con un tono mordaz—. Venga, vete a tu castillo, a tus aposentos de oro, y siéntate en un cojín de seda mientras los sirvientes se ocupan de que disfrutes de todos los placeres posibles y los guardias gracelings te mantienen a salvo.

—Ya… —contestó Amarina mientras se tocaba la zona de la frente donde se le acababa de curar el rasguño del ataque que había sufrido fuera del castillo—. A salvo.

La puerta se abrió de repente. Teddy asomó la cabeza.

—Perdón —se excusó con timidez—. Quería comprobar que fuera todo bien.

—No te fías de mí —le dijo Zaf, disgustado.

—¿Debería, cuando te pones así? —Teddy se acercó un poco más y posó la mirada en Amarina—. Si estorbo, me marcho.

—No parece que vayamos a llegar a ninguna parte —respondió Amarina con cansancio—. No estorbas, y me has recordado que me gustaría pedirte ayuda con un tema.

—¿Qué puedo hacer por vos, majestad?

—¿Podrías decirme cuáles son los nobles de mi reino que más robaron para Leck? ¿Tienes ese tipo de información? Así sabría por dónde empezar para intentar averiguar quién está detrás de los asesinatos y las acusaciones falsas de los buscadores de la verdad.

—Ah —respondió Teddy, satisfecho—. Se me ocurren unas cuantas personas que tienen motivos para avergonzarse. Pero no sería una lista completa, majestad. Hay muchos pueblos de los que no hemos tenido noticias. ¿Queréis la lista de todos modos?

—Sí, por favor —contestó Amarina.

Si al menos pudiera marcharme de aquí con esa lista, quizás esta visita sea algo más que una pérdida de tiempo desoladora.

De modo que Teddy se dirigió a un escritorio para preparar la lista. Amarina se quedó mirando la mesa junto a la prensa, sin fijarse en ella en realidad; solo trataba de no mirar a Zaf. Lo tenía demasiado cerca, mirando el suelo con los brazos cruzados, malhumorado y en silencio.

Entonces, poco a poco, empezó a fijarse en las pilas de papeles que tenía delante. Era material impreso, pero no era *Los besos en las tradiciones de Montmar*, de Morti, ni el diccionario de Teddy. Cuando empezó a comprender lo que estaba viendo, dijo en voz alta:

—No me creo que esto sea lo que me habéis estado ocultando todo este tiempo… ¿Teddy? ¿Es en serio?

Tomó una de las hojas superiores y observó que la página de debajo era idéntica.

—Oye —dijo Zaf, que extendió la mano y la empujó mientras trataba de quitarle el papel.

—Bah, déjala, Zaf —intervino Teddy, cansado—. ¿Qué más da ya? Sabemos que no va a intentar hacernos daño por imprimirlo.

—Averigua cuánto quiere Gris por la corona, Zaf. Y suéltame —dijo Amarina, dirigiéndole una mirada tan feroz que Zaf dejó de intentar agarrar el papel y retrocedió, confundido durante un momento.

Amarina se quedó con una hoja de cada uno de los montones que había sobre la mesa. Las enrolló, se dirigió hacia Teddy y aceptó la breve lista de nombres que había elaborado. Luego salió de la imprenta.

En la calle, se detuvo bajo una luz. Desenrolló los papeles, los hojeó y los estudió con atención. Todos tenían el mismo título, *Lección de lectura y escritura,* y cada lección estaba numerada. Los papeles con el número uno contenían, con unos caracteres grandes, las letras del alfabeto y los números del cero al diez. Los del números dos contenían una serie de palabras sencillas, como *mamá, papá, gato, rata.* La complejidad de las palabras iba en aumento y se iban introduciendo más cifras a medida que se incrementaba el número de la lección. En la esquina inferior de cada página había impreso un pequeño identificador geográfico: Distrito de las Flores, zona este. Puente de los Monstruos, zona este. Parque Invernal, Astilleros del Pescado. Sombra del Castillo, zona oeste.

¿Lecciones de lectura? *Demasiado secretismo para unas lecciones de lectura...*

De repente, Amarina recibió un golpe en la parte posterior del hombro con tanta fuerza que la hizo girar sobre sí misma. Alguien la derribó y los papeles salieron volando. Al caer, se chocó con torpeza contra un bordillo, se rompió el brazo bajo su propio peso y gritó de dolor.

25

Recuperó la conciencia con una claridad y con una calma sorprendentes. Una mujer con una fuerza férrea estaba estrangulando a Amarina y aplastándola contra el suelo. A su alrededor también se estaban produciendo otras peleas, con gritos, gruñidos y destellos de acero. *Me niego a morir*, pensó Amarina, desesperada por tomar aire, pero no lograba alcanzar los ojos ni el cuello de la mujer, y tampoco llegaba a los puñales que tenía en las botas; intentó hacerse con el que tenía en la manga del brazo roto, pero el dolor se lo impidió. De repente, comprendió qué era esa sensación de ardor que sentía en el hombro: un puñal. Si conseguía alcanzarlo con la mano buena… Lo intentó, tanteó, encontró la empuñadura y se lo sacó. La hoja salió de su cuerpo con un estallido de dolor casi insoportable, pero Amarina apuñaló donde pudo a su atacante. Sentía que le iba a explotar la cabeza, pero no dejó de dar puñaladas. De repente todo se volvió negro. Perdió el conocimiento.

El dolor la despertó. Cuando intentó gritar, sintió aún más dolor porque tenía la garganta destrozada.

—Sí, se ha despertado —dijo una voz profunda de hombre—. Lo siento, pero hay que hacerlo cuando los huesos están rotos. Es para que luego duela menos.

—¿Qué hacemos con todos estos cuerpos? —susurró una voz de mujer.

—Ayúdame a meterlos dentro y mis amigos y yo nos encargaremos de ellos —dijo una tercera voz que hizo que Amarina quisiera gritar de nuevo: era la voz de Zaf.

—Algunos guardias leonitas se quedarán con vosotros y os ayudarán —respondió con firmeza la voz de mujer—. Voy a llevarme a la reina a casa.

—¿Sabéis quiénes son? —preguntó Zaf—. ¿Deberíais llevaros los cuerpos por si la gente que vive en el castillo es capaz de identificarlos?

—Esas no son las instrucciones que me han dado —respondió la voz del hombre.

En ese instante, Amarina reconoció la voz y graznó un nombre:

—Holt...

—Sí, majestad —dijo su guardia graceling, acercándose a ella y apareciendo en su campo visual—. ¿Cómo os encontráis, majestad?

—Me niego a morir —logró susurrar Amarina.

—Ni por asomo, majestad —respondió Holt—. ¿Podéis beber algo de agua?

Holt le pasó una cantimplora a alguien que estaba por encima de Amarina. En ese instante, Amarina se dio cuenta de que tenía la cabeza apoyada en el regazo de alguien. Movió los ojos para mirar el rostro de esa persona; durante un instante, vio a una chica, pero entonces la chica se transformó en una estatua de mármol de una joven, y a Amarina le dio un mareo.

—Para, Hava —le dijo Holt con brusquedad—. Vas a provocarle un dolor de cabeza a la reina.

—Creo que debería encargarse de esto otra persona —respondió la estatua a toda prisa.

Entonces volvió a transformarse en una chica y se quitó de encima a Amarina, que se dio un golpe en la cabeza contra el suelo. Amarina soltó un grito ahogado de dolor y oyó unos pasos que se alejaban.

Holt se acercó corriendo para ayudarla; le levantó la cabeza y le acercó la cantimplora a los labios.

—Disculpad el comportamiento de mi sobrina, majestad —dijo el guardia—. Os ayudó con valentía hasta que reparasteis en ella.

Tragarse el agua fue como tragar fuego.

—Holt —susurró Amarina—. ¿Qué ha pasado?

—Un grupo de matones estaba fuera de la imprenta esperándoos para mataros, majestad —respondió Holt—. Hava y yo estamos aquí porque nos lo pidió el príncipe Po. Hicimos lo que pudimos. Vuestro amigo oyó el alboroto y vino a ayudar. Pero lo cierto es que estábamos en apuros, majestad, al menos hasta que media docena de miembros de la guardia leonita llegaron a toda prisa.

—¿La guardia leonita? —repitió Amarina, asombrada, al fin consciente del sonido de las botas sobre el pavimento y de los gruñidos de los soldados al levantar los cuerpos—. ¿Cómo sabían que estábamos aquí?

Holt guardó la cantimplora. Después, con mucho cuidado, levantó a Amarina con ambos brazos. Fue como si planeara y, gracias a la delicadeza de Holt, el cuerpo no le dolía tanto.

—Por lo que tengo entendido, majestad, Thiel fue a vuestros aposentos para ver cómo os encontrabais. Cuando descubrió que os habíais marchado, le exigió a Helda que enviara a un grupo de soldados de la guardia leonita a buscaros.

—¿Thiel? —preguntó Amarina—. ¿Sabía que estaba en peligro?

—Eh —dijo Zaf, que de repente estaba a su lado—. Creo que está sangrando. Se te está manchando la manga, hombre. —Una mano le tocó la espalda y el hombro, y Amarina gritó—. La han apuñalado —dijo Zaf mientras el mundo se sumía en la oscuridad.

Volvió a despertarse con los murmullos de Helda y Madlen. Sentía como si le hubieran rellenado todo el cuerpo de lana, sobre todo la cabeza. Una especie de escayola le inmovilizaba la muñeca izquierda y el antebrazo, mientras que la parte posterior del hombro izquierdo le dolía a morir. Parpadeó y vio las estrellas rojas y doradas del techo de su dormitorio. Al otro lado de la ventana, empezaba a despuntar el alba. Comenzaba un nuevo día.

Allí, con Madlen y Helda, empezaba a convencerse de que no se iba a morir. En cuanto fue consciente de que estaba a salvo, le pareció imposible haber sobrevivido. Una única lágrima se le derramó hasta llegarle al pelo, ni una sola más, porque para llorar tenía que jadear y respirar hondo, y una sola inspiración le bastó para recordarle lo mucho que le dolía respirar.

—¿Cómo lo supo Thiel? —susurró.

Los murmullos cesaron. Helda y Madlen se acercaron y se inclinaron sobre ella. Helda tenía el rostro cargado de tensión y alivio a la vez, y acercó la mano para acariciarle el cabello de las sienes.

—Ha sido una noche muy dura, tanto dentro como fuera del castillo, majestad —dijo Helda en voz baja—. Qué susto se llevó Madlen cuando Holt apareció en la enfermería con vos, y yo tampoco reaccioné mucho mejor cuando Madlen os trajo ante mí.

—Pero ¿cómo lo supo Thiel? —susurró Amarina.

—No nos lo ha dicho, majestad —respondió Helda—. Llegó fuera de sí, como si acabara de pelearse con un oso, y me dijo que si sabía dónde habíais ido y lo que me convenía, mandara a la guardia leonita a buscaros.

—¿Dónde está? —susurró Amarina.

—No tengo ni idea, majestad.

—Que alguien vaya a buscarlo —respondió Amarina—. ¿Están bien los demás?

—El príncipe Po ha pasado una noche horrible, majestad —respondió Madlen—. Estaba muy agitado, y no había forma de consolarlo. Tuve que sedarlo cuando Holt apareció con vos, porque se puso como un loco. Se resistió; Holt tuvo que sujetarlo en mi lugar.

—Pobre Po… —dijo Amarina—. ¿Va a ponerse bien, Madlen?

—Se encuentra en el mismo estado que vos, majestad. Es decir, estoy convencidísima de que se recuperaría si hiciera caso y descansara. Tomad, majestad —añadió después, dejándole una nota en la mano buena—. Cuando conseguí administrarle la medicina y supo que ya no podía hacer nada, se empeñó en dictarme esto. Me hizo prometerle que os lo daría.

Amarina abrió la nota e intentó recordar la clave que había estado usando con Po esos días. ¿Pastel de semillas de amapola? Sí, con esa clave, el mensaje de Po, con la letra curvada de Madlen, decía más o menos lo siguiente:

Runnemood fue a la prisión a las once en punto, apuñaló a nueve prisioneros que dormían en un calabozo y luego le prendió fuego al lugar. Llegó y se marchó por un pasadizo secreto. No fueron delirios míos. Uno era el testigo que mintió durante el juicio de Zaf. Otro era el asesino loco, al que le pediste a Madlen que examinara. Más tarde, Thiel y Runnemood entraron por otro pasadizo que los condujo hacia la muralla este y los perdí.

Cuando la guardia leonita fue incapaz de encontrar a Runnemood, Amarina le encargó la tarea a la guardia de Montmar. Tampoco lograron encontrarlo. No había ni rastro de él por el castillo, ni tampoco en la ciudad.

—Ha huido —dijo Amarina, frustrada—. ¿Dónde vive su familia? ¿Habéis hablado con Rood? Se supone que Runnemood tenía un millón de amigos en la ciudad. ¡Capitán, descubrid quiénes son y encontradlo!

—Sí, majestad —respondió el capitán Smit, de pie frente al escritorio; se mostraba serio, como correspondía, pero también desconcertado—. ¿Tenéis motivos concretos para creer que Runnemood es el responsable de que os hayan atacado, majestad?

—Estoy segura de que trama algo —respondió Amarina—. ¿Dónde está Thiel? ¿Dónde está todo el mundo? Haced que suba alguien, ¿de acuerdo?

La persona a la que hizo subir el capitán fue, de hecho, Thiel. Llevaba el pelo gris de punta. Cuando su consejero le vio el brazo y las marcas moradas del cuello, comenzó a parpadear con ojos vidriosos.

—Deberíais estar en la cama, majestad —le dijo con voz ronca.

—He tenido que salir para averiguar por qué Runnemood asesinó a nueve prisioneros y se escabulló por un pasadizo de la muralla este contigo.

Thiel se desplomó sobre una silla sin dejar de temblar.

—¿Que Runnemood asesinó a nueve prisioneros? —preguntó—. Majestad, ¿cómo lo sabéis?

—No estamos hablando de lo que sé, Thiel. Estamos hablando de lo que no sé. ¿Por qué te metiste anoche en un pasadizo secreto con Runnemood? ¿Cómo supiste que la guardia leonita debía acudir en mi rescate? ¿Qué tiene que ver un suceso con el otro?

—Porque me lo dijo él mismo, majestad —respondió Thiel desde la silla con la voz cargada de desesperación y confusión—. Me encontré con él muy tarde. No parecía él mismo, majestad. Tenía los ojos desorbitados, sonreía demasiado y me estaba poniendo nervioso. Lo acompañé por el pasadizo porque creí que, si me quedaba con él, descubriría qué le ocurría. Cuando le insistí, me dijo que había hecho algo brillante, pero, como es natural, yo no sabía nada de lo de los prisioneros. Luego me dijo que estabais en la ciudad y que había enviado a un grupo de maleantes para que os asesinaran.

—Ya veo… —respondió Amarina—. ¿Y te lo dijo así, sin más?

—No parecía él, majestad —repitió Thiel, tirándose del pelo—. Parecía tener la ridícula idea de que me complacería oír lo que me decía. La verdad es que creo que se ha vuelto loco.

—¿Y te sorprendió?

—Desde luego, majestad. ¡Me quedé pasmado! Lo dejé solo y fui directo a vuestros aposentos, esperando que me hubiera mentido y que os encontrara a salvo en ellos.

—Thiel, ¿dónde está Runnemood? —le preguntó Amarina—. ¿Qué está pasando?

—No sé dónde está, majestad —respondió Thiel, sorprendido—. Ni siquiera sé a dónde conduce ese pasadizo. ¿Por qué me da la impresión de que no creéis lo que os digo?

Amarina se levantó de golpe de la silla, incapaz de contener la tristeza.

—Porque Runnemood no se ha vuelto loco de repente —respondió—, y lo sabes de sobra. Es el que está más cuerdo de todos vosotros. Me has dicho en varias ocasiones que no mencione el reinado de Leck, me has dicho en varias ocasiones que comparta contigo mis preocupaciones sobre el pasado antes que con cualquier otra persona. Has tenido varias discusiones con él y me has estado haciendo advertencias sutiles. ¿Me equivoco? ¿Por qué ibas a hacer todo eso si no sabías que Runnemood quería vengarse de los buscadores de la verdad?

Thiel había empezado a alejarse, a abstraerse; Amarina reconoció las señales. Estaba encerrándose en sí mismo, apretando los brazos contra el cuerpo, y no se había levantado cuando ella lo había hecho.

—No sé de qué me estáis hablando, majestad —susurró—. Me estáis confundiendo.

En ese instante, alguien llamó a la puerta. Zorro asomó la cabeza pelirroja en la habitación.

—Majestad, disculpad.

—¿Qué pasa? —gritó Amarina, irritada.

—Os traigo el pañuelo que os prometió Helda para esconder las heridas, majestad.

Amarina le hizo un gesto con impaciencia para que entrara en la habitación y luego le hizo otro para que saliera. Después miró con asombro el pañuelo que le había dejado Zorro sobre el escritorio. Los recuerdos acudieron a su mente, porque ese pañuelo era de Cinericia. Era gris claro con motas plateadas. Hacía ochos años que no había pensado en él, ni una sola vez, pero en ese instante le vino una imagen en la que su madre le contaba los dedos y se los besaba. Recordó a su madre riéndose… ¡Riéndose! Amarina había dicho algo gracioso y su madre se había reído.

Levantó el pañuelo con una delicadeza absoluta, como si una sola exhalación pudiera romperlo, se lo enrolló dos veces alrededor del cuello y volvió a sentarse. Lo acarició y lo alisó.

Alzó la vista hacia Thiel y descubrió a su consejero mirándola con asombro.

—Ese era el pañuelo de vuestra madre, majestad —le dijo, y en ese momento las lágrimas comenzaron a surcarle el rostro. Algo pareció derrumbarse tras sus ojos, pero era algo vivo, no el vacío de otras veces; algo vivo que trataba de luchar contra el dolor—. Majestad, disculpad —le dijo, llorando aún más fuerte—. He sabido desde que se celebró el juicio hace dos semanas que Runnemood estaba involucrado en algo espantoso. Fue él quien incriminó a ese joven leonita montmareño. Me topé con él en pleno ataque de ira después de su fracaso, y le obligué a que me contara la verdad. He intentado lidiar con él yo mismo. Ha sido mi amigo durante cincuenta años. Creía que, si lograba comprender por qué había hecho algo así, conseguiría que entrara en razón.

—¿Me lo ocultaste? —gritó Amarina—. ¿Sabías lo que había hecho y me lo ocultaste?

—Siempre he querido facilitaros las cosas, majestad —dijo, desesperado, enjugándose las lágrimas—. Quería protegeros para que no os hicieran daño.

Thiel no pudo contarle mucho más.

—Pero ¿por qué lo hizo? ¿Qué quería lograr? ¿Trabajaba para alguien? ¿Es posible que estuviera compinchado con Danzhol?

—No lo sé, majestad. No conseguí que me dijera nada al respecto. No logré verle la lógica a nada.

—Yo sí se la veo —dijo Amarina con voz taciturna—. Es lógico que llegara a la conclusión de que tenía que ir a la prisión para apuñalar a esos inocentes y a todas las personas a la que pagó para que mintieran o asesinaran por él, sobre todo después de que yo ordenara que se volvieran a celebrar los juicios. Luego le prendió fuego a todo para ocultar lo que había hecho. No quería dejar ni rastro. Me pregunto si también fue el responsable del ataque en el que me hicieron el arañazo en la frente, y si sabía quién era yo.

—Majestad —respondió Thiel, alarmado—. Estáis hablando de muchas cosas de las que no sabía nada y que me preocupan. Jamás nos dijisteis que os atacaron en otra ocasión, y Runnemood nunca mencionó haber pagado a otras personas para que asesinaran por él.

—Hasta esta noche —replicó Amarina—, cuando te dijo que había contratado a gente para matarme.

—Hasta esta noche… —susurró Thiel—. Me dijo que os habíais hecho amiga de gente inapropiada, majestad. No me pidáis que os lo explique mejor, porque lo único que se me ocurre es que estaba loco.

—La locura es una explicación de lo más conveniente —respondió Amarina con sarcasmo, volviendo a levantarse del asiento—. Thiel, ¿dónde está?

—No os miento cuando os digo que no lo sé, majestad —contestó Thiel, e hizo amago de levantarse—. No he vuelto a verlo desde que lo dejé en el pasadizo.

—Siéntate —le ordenó Amarina; quería seguir teniendo la ventaja de la altura, quería mirarlo desde arriba. Thiel se dejó caer sobre la silla—. ¿Por qué no te has encargado de que alguien vaya tras él? ¡Lo has dejado escapar!

—Estaba pensando en vos, majestad —gritó el consejero—. ¡No en él!

—¡Has permitido que escapase! —repitió, frustrada.

—Descubriré dónde está, majestad. Investigaré todo lo que me habéis dicho, todos los crímenes que creéis que ha cometido.

—No —respondió Amarina—. Se lo encargaré a otra persona. Estás despedido.

—¡¿Qué?! —exclamó Thiel—. Majestad, por favor, ¡no podéis hacerme esto!

—¿Que no? ¿De verdad que no? ¿Eres consciente de lo que has hecho? ¿Cómo voy a confiar en ti, si me ocultas las atrocidades que cometen mis consejeros? Intento ser reina, Thiel. ¡Reina! ¡No una niña a la que hay que proteger de la verdad! —dijo con una voz áspera y quebrada, con la garganta dolorida. Con aquel asunto, Thiel le había hecho más daño de lo que Amarina había creído posible, viniendo de un viejo frío y sin emociones—. Me has mentido. Me has hecho creer que podía contar contigo para convertirme en una reina justa.

—Sois justa, majestad —respondió Thiel—. Vuestra madre estaría…

—Ni se te ocurra —le dijo con voz amenazante, cortándolo en seco—. Que ni se te pase por la cabeza utilizar la memoria de mi madre para conseguir clemencia.

Se produjo un instante de silencio. Thiel agachó la cabeza; parecía que comprendía la gravedad de la situación.

—Majestad, debéis tener en cuenta que estudiamos juntos. Era amigo mío mucho antes de que llegara Leck. Pasamos por muchas cosas juntos. También debéis tener en cuenta que vos teníais diez años y, en un pispás, antes de que pudiera notarlo siquiera, os convertisteis en una mujer de dieciocho años independiente que descubría verdades peligrosas y que, por lo visto, recorría las calles de la ciudad en mitad de la noche. Debéis concederme tiempo para que me adapte.

—Te voy a conceder todo el tiempo del mundo —respondió Amarina—. Mantente alejado hasta que hayas adquirido el hábito de contar la verdad.

—Ya lo he hecho, majestad —respondió Thiel, parpadeando para contener las lágrimas de sorpresa—. No volveré a mentiros. Os lo juro.

—Me temo que no te creo.

—Majestad, os lo suplico. Ahora que estáis herida, necesitaréis más ayuda que nunca.

—Precisamente por eso, solo quiero estar rodeada de gente que me sea útil —le dijo al hombre que se encargaba de que todo funcionara—. Vete. Vuelve a tus aposentos y piensa bien en todo lo que ha pasado. Cuando te acuerdes de repente de a dónde ha ido Runnemood, envíanos una nota.

Thiel se esforzó por levantarse sin mirarla y, en silencio, abandonó la sala.

—Mientras tenga esta espantosa escayola en el brazo —le dijo aquella noche a Helda—, necesito poder vestirme y desnudarme sin armar todo este jaleo.

—Ya —respondió Helda, y rompió la costura de la manga de Amarina para poder pasar la escayola por la tela. Esa mañana había tenido que volver a coser el vestido después de que Amarina se lo hubiera puesto—. Se me han ocurrido algunas ideas, majestad. Podría hacer mangas abiertas y con botones. Sentaos, querida. No os mováis ni un pelo; voy a quitaros el pañuelo y luego os quitaré la ropa interior y os pondré el camisón.

—No —respondió Amarina—. Nada de camisón.

—Majestad, no voy a ser yo quien os impida que durmáis desnuda, pero tenéis un poco de fiebre. Creo que estaréis más cómoda con una capa de más para mantener el calor.

No quería pelearse con Helda por el camisón porque no quería que Helda sospechara las razones por las que no quería ponérselo. Pero cómo le dolía, y qué frustrante era tener que añadir quitarse el maldito camisón a la lista de tareas imposibles que iba a tener que hacer esa noche para escabullirse del castillo. Cuando Helda comenzó a quitarle las horquillas y a desenredarle el pelo, Amarina se mordió la lengua para no discutir con ella de nuevo y le dijo:

—¿Te importaría hacerme una trenza esta noche?

Helda se marchó al fin, se apagaron las lámparas y Amarina se tumbó en la cama sobre el costado derecho, con unas punzadas tan fuertes que se preguntó si era posible que una reina diminuta en una cama inmensa pudiera iniciar un terremoto.

Bueno. No tiene sentido seguir retrasándolo.

Más tarde, jadeando y con palpitaciones en la cabeza, Amarina salió de sus aposentos e inició el largo camino por los pasillos y las escaleras. No quería darle demasiadas vueltas al hecho de que solo podía mover un brazo o de que no llevaba los puñales en las mangas. Esa noche, había demasiadas cosas a las que no quería darles vueltas; confiaría en la suerte y en no encontrarse con nadie.

Entonces, al llegar al patio principal, alguien surgió de entre las sombras y le cortó el paso. El hombre emitía destellos bajo las antorchas, como siempre.

—Por favor, no me obligues a detenerte —le dijo Po. No estaba bromeando, ni tampoco se lo decía a modo de advertencia; era una súplica—. Lo haré si no me queda más remedio, pero lo único que conseguiremos será enfermar más aún.

—Ay, Po —le dijo Amarina. Se acercó a él y lo abrazó con el brazo bueno.

Po la estrechó por el lado que no tenía herido y la abrazó con fuerza. Suspiró despacio en su pelo y se mecieron de un lado a otro. Cuando Amarina apoyó la oreja en el pecho de su primo, oyó el latido apresurado de su corazón. Poco a poco, fue calmándose.

—¿Estás decidida a salir?

—Quiero contarles a Zaf y a Teddy lo que ha pasado con Runnemood. Quiero preguntarles si hay novedades con todo el tema de la corona, y necesito volver a decirle a Zaf que lo siento.

—¿Puedes esperar a mañana y dejarme que envíe a alguien a buscarlos?

La simple idea de poder darse la vuelta y meterse en la cama le pareció una bendición.

—¿Lo harás temprano?

—Sí. ¿Y tú dormirás, para que cuando vengan no te agote hablar con ellos?

—Sí —respondió Amarina—. Vale.

—Así me gusta —respondió Po, suspirando por encima de ella—. Hoy he aprovechado un momento en el que Madlen me ha dejado solo para meterme en el pasadizo que hay bajo la muralla este.

—¿Qué? ¡Po, no te vas a poner bien nunca!

—Claro, porque tú eres la persona más indicada para hablar —respondió Po con un bufido—. El pasadizo empieza en una puerta oculta por un tapiz, en uno de los pasillos orientales de la planta baja, y termina en un callejón diminuto y oscuro en la zona este de la ciudad, cerca de la base del puente Alado.

—Entonces, ¿crees que escapó a la zona este de la ciudad?

—Imagino que sí —respondió Po—. Siento que mi percepción no llegue más lejos. Y siento no haber tenido tiempo para hablar con él y darme cuenta de que algo iba mal. No te he sido muy útil desde que llegué a la corte.

—Po… Has estado enfermo, y antes estuviste ocupado. Lo encontraremos, y entonces podrás hablar con él.

Po no respondió, tan solo apoyó la cabeza en el pelo de su prima.

Entonces Amarina le preguntó, susurrándole:

—¿Sabes algo de Katsa?

Po negó con la cabeza.

—¿Estás preparado para que vuelva?

—No estoy preparado para nada —respondió Po—. Pero eso no significa que no quiera que pase lo que tenga que pasar.

—¿Qué quieres decir?

—Quiero que vuelva. ¿Te vale?

Sí, le dijo mentalmente.

—¿Nos vamos a la cama?

Sí, vale.

Antes de quedarse dormida, Amarina leyó un fragmento de los bordados.

Thiel llega a su límite cada día que pasa, pero sigue adelante. Quizá lo haga solo porque se lo suplico. La mayoría preferiría olvidar y obedecer sin pensar en lugar de enfrentarse al mundo de locos que intenta crear Leck.

Lo intenta, y a veces fracasa, creo. Hoy ha destruido unas esculturas de sus aposentos. ¿Por qué? También se ha llevado a su escultora favorita, Bellamew. No volveremos a verla. Triunfa a la hora de destruir, pero falla en algo, porque no logra sentirse satisfecho. Ataques de ira.

Tiene demasiado interés en Amarina. Tengo que sacarla de aquí. Por eso le suplico a Thiel que aguante.

26

—M e sorprende verte por aquí —le dijo Amarina a Rood a la mañana siguiente, cuando entró en el despacho de la torre. Estaba callado y con expresión sombría ante la ausencia de su hermano, pero no se le veía débil ni tembloroso. Estaba claro que no estaba padeciendo uno de sus ataques de nervios.

—He pasado unas veinticuatro horas bastante malas, majestad —contestó en voz baja—. No os voy a mentir. Pero Thiel vino a verme anoche y me hizo comprender lo mucho que se me necesita ahora mismo.

Cuando Rood estaba sufriendo, su sufrimiento se materializaba, estaba presente físicamente; no se abstraía como Thiel. Demostraba una franqueza por parte de Rood que le transmitía confianza.

—¿Cuánto sabías sobre el asunto? —aventuró.

—Hace años que mi hermano no me cuenta nada, majestad —respondió Rood—. Para ser sincero, mejor que se encontrara a Thiel en los pasillos esa noche. Podría haber pasado por delante de mí y no haber dicho ni una palabra, y lo que os salvó la vida fue el hecho de que hablara.

—¿Te ha interrogado la guardia de Montmar para averiguar dónde podría haber ido, Rood?

—Así es, majestad. Pero me temo que no les he sido de mucha ayuda. Mi esposa, mis hijos, mis nietos y yo somos sus únicos familiares vivos, majestad, y el castillo es el único hogar que hemos conocido. Ambos nos criamos aquí, ¿lo sabíais, majestad? Nuestros padres eran curanderos de la corte.

—Entiendo.

¿De verdad aquel hombre, que iba de aquí para allá de puntillas y se estremecía por todo, tenía esposa, hijos y nietos? ¿Le daban alegrías? ¿Comía con ellos cada noche, se despertaba con ellos por la mañana y le consolaban cuando estaba enfermo? Runnemood parecía tan frío y distante en comparación... Amarina no podía imaginarse tener un hermano y pasar por delante de él por el pasillo sin pronunciar palabra.

—¿Tú tienes familia, Darby? —le preguntó a su consejero de ojos dispares cuando subió las escaleras con un gran estruendo.

—Una vez la tuve —respondió, arrugando la nariz con desagrado.

—Pero... —Amarina vaciló—. ¿Es que no les tenías cariño, Darby?

—Es más bien que hace tiempo que no pienso en ellos, majestad.

Estuvo tentada de preguntarle sobre qué pensaba entonces mientras corría de un lado a otro como una máquina frenética diseñada para el papeleo.

—He de confesar que también me sorprende verte a ti hoy por aquí, Darby.

Darby alzó los ojos y le sostuvo la mirada durante unos instantes, y Amarina se sobresaltó, porque no recordaba que jamás la hubiera mirado así. Fue entonces cuando se percató del aspecto tan espantoso que tenía, con los ojos inyectados en sangre y demasiado abiertos, como si los abriera a la fuerza. También le notó un temblor en los músculos del rostro en el que no había reparado antes.

—Thiel me ha amenazado, majestad —le dijo.

Luego le entregó una hoja de papel y una nota doblada, apartó la pila de documentos que Amarina ya tenía listos para enviar y la hojeó con expresión como de querer castigar a cualquier papel de la pila que no estuviera en orden. Amarina se lo imaginó apuñalando los papeles con un abrecartas y luego acercándolos al fuego mientras gritaban.

—Qué rarito eres, Darby —dijo en voz alta.

—Jum —soltó Darby, y luego la dejó sola.

Estar en su despacho sin Thiel le transmitía una sensación extraña, como si todo estuviera paralizado, como si estuviera esperando a que empezara la jornada laboral, a que Thiel volviera de cualquier recado del que se estuviera ocupando y le hiciera compañía. Qué furiosa estaba con él por haber hecho algo que la había obligado a despedirlo.

El folio que Darby le había entregado recogía los resultados de la última encuesta de alfabetización de Runnemood. Tanto en el castillo como en la ciudad, las estadísticas rondaban el ochenta por ciento. Claro que no había ninguna razón para creer que fueran precisas.

La nota estaba escrita en grafito, con la caligrafía grande y cuidada de Po. Era un mensaje breve en el que le contaba que habían convocado a Teddy y a Zaf y que se reunirían con ella en su rincón de la biblioteca a mediodía.

Se acercó a una ventana que daba al este, preocupada, de repente, por cómo llegaría Teddy hasta allí. Apoyó la frente en el cristal y respiró hondo para atenuar el dolor y el mareo. El cielo tenía el color del acero; parecía un cielo de finales de otoño, aunque solo era octubre. Los puentes se alzaban y cruzaban el río como espejismos grandiosos y magníficos. Entrecerró los ojos y comprendió entonces lo que le ocurría al aire, que parecía cambiar de color y moverse. Caían copos de nieve. No se trataba de una tormenta, sino solo de una nevisca, pero era la primera de la temporada.

Más tarde, cuando se dirigió hacia la biblioteca, se detuvo en las oficinas del piso inferior para observar a todos los empleados que trabajaban allí a diario. Supuso que siempre habría unos treinta y cinco o cuarenta, dependiendo de…, bueno, no sabía de qué dependía en realidad. ¿A dónde irían sus empleados cuando no estaban allí? ¿Deambularían por el castillo comprobando… cosas? En los castillos siempre había asuntos que era necesario comprobar, ¿no?

Amarina tomó nota mentalmente de que debía preguntarle a Madlen si los medicamentos que tomaba para el dolor le estaban dejando embotada o si sencillamente era estúpida. Vio a un joven empleado suyo, Froggatt, de unos treinta años y pelo oscuro, inclinado sobre una mesa cercana. El joven se enderezó y le preguntó si necesitaba algo.

—No, gracias, Froggatt —respondió Amarina.

—Todos nos alegramos y estamos muy aliviados de que hayáis sobrevivido al ataque, majestad —dijo Froggatt.

Sorprendida, Amarina lo miró a la cara y luego estudió los demás rostros de la sala. Por descontado, todos se habían puesto de pie cuando había entrado, y ahora la miraban fijamente, esperando a que se fuera, para poder volver al trabajo. ¿De verdad estaban aliviados? Conocía sus nombres, pero no sabía nada sobre sus vidas, su personalidad o su pasado, aparte de que todos habían trabajado también para su padre, durante más o menos tiempo, dependiendo de la edad que tuvieran. Si uno de ellos desapareciera y nadie se lo dijera, tal vez no se daría cuenta nunca. Y, si se lo dijeran, ¿cuánto lo sentiría?

Además, no era alivio lo que veía en sus rostros. Era un vacío, como si no la vieran de verdad, como si sus vidas solo existieran dentro del papeleo que esperaban poder retomar.

No había nadie cuando llegó a su rincón de la biblioteca, salvo la mujer del tapiz y la estatua de sí misma convirtiéndose en un castillo.

De algún modo parecía irónico estar ante la escultura en el estado en que se encontraba Amarina en ese momento. El brazo de la chica de la escultura se transformaba en una torre de roca con soldados; era como si se fortaleciera, como si se convirtiera en su propia protección. Mientras, en la vida real, Amarina llevaba el brazo sujeto al costado con un cabestrillo. *Es como mirarse en un espejo deprimente y distorsionado*, pensó.

Oyó unos pasos. Entonces Holt apareció por las estanterías, agarrando a Teddy y a Zaf de los brazos. Teddy no dejaba de girarse hacia un lado y hacia el otro y, cuando Holt no le permitía girar más el cuerpo, volvía a darse la vuelta, con los ojos como platos.

—¡*La geografía lingüística de Solánea, el este y el lejano oriente*! —exclamó mientras se acercaba al estante donde se encontraba ese título, y luego gruñó cuando Holt le dio un tirón para que siguiera caminando.

—Calma, Holt, no les hagas daño —dijo Amarina, un poco alarmada—. Teddy no se lo merece. Y supongo que a Zaf hasta le gusta —añadió, observando la indignación justificada de Zaf mientras trataba de zafarse de Holt. También vio que Zaf tenía moratones recientes que le daban un aspecto de maleante.

—Me quedaré cerca por si me necesitáis, majestad —dijo Holt y, tras dirigirle una última mirada a Zaf con sus ojos dispares, uno gris y otro plateado, se marchó.

—¿Has podido llegar bien, Teddy? —le preguntó Amarina—. No habréis venido andando, ¿no?

—No, majestad. Han venido a recogernos con un carruaje precioso. ¿Y vos, majestad? ¿Estáis bien?

—Sí, por supuesto —respondió Amarina mientras se dirigía hacia la mesa y sacaba una silla para Teddy con una sola mano—. Siéntate.

Teddy se sentó con cuidado, y luego tocó la cubierta de cuero del manuscrito que se hallaba sobre la mesa. Abrió los ojos de par en par al leer la tarjeta. Luego un brillo de asombro los atravesó cuando empezó a leer las demás.

—Puedes llevarte todos los que quieras, Teddy —le dijo Amarina—. Esperaba poder contratarte para imprimirlos. Si tienes más amigos con imprentas, me gustaría contratarlos a ellos también.

—Gracias, majestad —susurró Teddy—. Acepto encantado.

Amarina se atrevió a dirigirle una mirada a Zaf, que estaba de pie con las manos en los bolsillos, con un aspecto de aburrimiento ensayado.

—Por lo visto, debo darte las gracias —le dijo Amarina.

—Me gustan las peleas —dijo sin darle importancia—. ¿Por qué nos has hecho llamar?

—Tengo noticias que contaros sobre mi consejero Runnemood.

—Lo sabemos —dijo Zaf.

—¿Cómo?

—Cuando la guardia de Montmar, la guardia real y la guardia leonita están rastreando la ciudad en busca de un consejero de la reina que ha intentado que la asesinen, la gente suele enterarse —respondió Zaf con frialdad.

—Siempre sabéis más de lo que espero.

—No seas condescendiente —le espetó Zaf.

—Me encantaría que pudiéramos hablar en lugar de pelear —dijo Amarina con firmeza—. Como soléis estar al tanto de todo, me pregunto qué más podríais contarme sobre Runnemood. Como por ejemplo cuántos crímenes ha cometido, por qué los está cometiendo o a dónde ha ido. Me he enterado de que fue él quien lo organizó todo para que te incriminaran, Zaf. ¿Qué más podéis contarme? ¿Fue él quien te apuñaló, Teddy?

—No tengo ni idea, majestad —respondió Teddy—. Ni sobre eso ni sobre los demás asesinatos. Resulta difícil de creer que un solo hombre pueda estar detrás de todo, ¿no? Estamos hablando de decenas de asesinatos en los últimos años, y además hay toda clase de víctimas. No solo ladrones u otros criminales como nosotros, sino gente cuyo peor crimen es enseñar a otros a leer.

—Enseñar a otros a leer… —repitió Amarina, desolada—. ¿De verdad? Entonces, por eso me estabais ocultando esas lecciones de lectura. Supongo que es peligroso que las publiquéis, ¿no? Pero no lo entiendo… ¿No se enseña a leer en las escuelas?

—Ay, majestad —dijo Teddy—, las escuelas de la ciudad, con pocas excepciones, son un desastre. Los profesores que asigna la Corona no están cualificados para enseñar nada. A los niños que saben leer los enseñan en casa, o aprenden con gente como Bren, Tilda o yo. Y a la historia tampoco se le presta atención: a nadie se le enseña la historia reciente de Montmar.

Amarina se esforzó por contener una furia cada vez mayor.

—No tenía ni idea, como de costumbre —dijo—. Y el ámbito de la enseñanza en la ciudad sí que es competencia de Runnemood. Pero ¿qué puede significar eso? Es como si Runnemood se hubiera aferrado a la política progresista de la que siempre hablan y la hubiera llevado al extremo. ¿Por qué? ¿Qué sabemos de él? ¿Quién ha podido influenciarlo?

Teddy rebuscó en un bolsillo.

—Eso me recuerda, majestad, que os he vuelto a redactar una lista, por si perdisteis la vuestra durante el ataque.

—¿Una lista?

—De los nobles que más robaron para Leck, majestad. ¿Os acordáis?

—Ah, claro —respondió Amarina—. Por supuesto. Gracias. Y, Teddy, cualquier cosa que puedas contarme para informarme sobre la situación de la ciudad me ayudará, ¿de acuerdo? Ya que no puedo ver nada desde mi torre... —añadió—. La verdad de las vidas de mis ciudadanos nunca aparece en ninguno de los papeles de mi escritorio. ¿Me ayudarás?

—Por supuesto, majestad.

—¿Y la corona? —preguntó Amarina, posando de nuevo los ojos en el rostro sombrío de Zaf, que se encogió de hombros.

—No he logrado encontrar a Gris.

—Pero ¿lo has estado buscando?

—Sí, claro —dijo malhumorado—. Pero no es mi principal preocupación ahora mismo.

—¡¿Qué podría preocuparte más?! —le espetó Amarina.

—Ah, no lo sé, ¿quizás ese consejero chalado tuyo que ha intentado matarme una vez y que ahora anda suelto por algún lugar de la zona este de la ciudad?

—Encuentra a Gris —le ordenó Amarina.

—Por supuesto, su majestad magnífica y majestuosa.

—Zaf —le dijo Teddy en voz baja—, antes de seguir castigando a nuestra Chispa, piensa si estás siendo justo.

Zaf se dio la vuelta, se acercó al tapiz y se quedó mirando a la dama del pelo extraño con los brazos cruzados. Amarina tardó un momento en recuperar el aliento, pues ni en sus mejores sueños pensaba que volvería a escuchar ese nombre.

Tras un instante, preguntó:

—¿Te llevarás algunos de los libros, entonces, Teddy?

—Nos los llevaremos todos —dijo Teddy—. Todos, majestad. Pero tal vez sea mejor que nos llevemos solo dos o tres cada vez, porque Zaf tiene razón: mejor no llamar la atención. Ya estoy harto de incendios.

Cuando se marcharon, Amarina se sentó unos instantes con los manuscritos que había reescrito Morti, tratando de decidir con cuál seguir. Cuando Morti se acercó y alzó el brazo para mostrarle un libro, Amarina le preguntó:

—¿De qué trata?

—Del proceso artístico, majestad.

—¿Por qué quería mi padre que leyera sobre el proceso artístico?

—¿Qué sé yo, majestad? Estaba obsesionado con el arte y con los artistas que trabajaban para él. Quizá quería que vos también lo estuvierais.

—¿Obsesionado? —preguntó Amarina—. ¿En serio?

—Majestad —dijo Morti—, ¿camináis por el castillo con los ojos cerrados?

Amarina se llevó los dedos a las sienes y contó hasta diez.

—Morti —dijo—, ¿qué te parecería que le entregara algunos de estos libros a un amigo que tiene una imprenta?

Morti parpadeó.

—Majestad, estos manuscritos, como todo lo que hay en esta biblioteca, son vuestros, y podéis hacer lo que queráis con ellos —respondió, y guardó silencio durante un momento—. De hecho, espero que deseéis entregárselos todos.

Amarina lo escudriñó.

—Por el bien de mi amigo, me gustaría que nadie se enterara de que estoy prestándole los libros —dijo—. Al menos hasta que encuentren a Runnemood y se aclare todo este misterio. Nos guardarás el secreto, ¿verdad, Morti?

—Por supuesto, majestad —contestó Morti, sin tratar de ocultar que se había sentido insultado por la pregunta.

Soltó el libro sobre el proceso artístico sobre la mesa y se retiró con un resoplido.

—Estoy preocupada por Teddy y por Zaf —le dijo Amarina a Helda más tarde—. ¿Te parecería poco razonable si le pidiera a la guardia leonita que mandara a algunos hombres para echarles un ojo?

—Por supuesto que no, majestad —contestó Helda—. Harían cualquier cosa que les pidierais.

—Ya lo sé, pero eso no quiere decir que mis órdenes sean razonables.

—Me refiero a que lo harán por lealtad, majestad —la reprendió Helda—, no por obligación. Se preocupan por vos y por vuestras preocupaciones. Sabéis que siempre he estado al tanto de vuestras escapadas gracias a ellos, ¿no? Eran ellos quienes me lo contaban siempre.

Amarina sintió cierta vergüenza al oír aquello.

—Mi intención era que no me reconocieran…

—Llevan ocho años vigilándoos, majestad —dijo Helda—. ¿De verdad creéis que no se saben ya de memoria vuestra postura, vuestra forma de caminar y vuestra voz?

He pasado por delante de ellos un millón de veces, pensó Amarina, *viéndolos tan solo como cuerpos apostados junto a una puerta. Disfrutando de su presencia porque se parecen a mi madre y hablan como ella.*

—¿Cuándo voy a despertar del todo?

—¿Qué, majestad?

—¿De qué más no me estoy enterando, Helda?

Amarina estaba en los aposentos de Helda porque quería echarles un vistazo a todos los pañuelos que Helda iba sacando del fondo de su armario para ocultarle los moratones del cuello.

—No lo entiendo —continuó Amarina mientras Helda abría aún más las puertas y revelaba estantes llenos de telas que disparaban flechazos de recuerdos al corazón de Amarina—. No sabía que los tenías tú. ¿Por qué los tienes?

—Majestad, cuando vine al castillo para serviros —explicó Helda mientras sacaba pañuelos y se los entregaba a Amarina para que los acariciara, para que se maravillara—, me encontré con que los sirvientes a quienes les habían asignado la tarea de limpiar los armarios de vuestra madre se lo habían tomado al pie de la letra. El rey Auror guardó varias cosas; algunas porque había reconocido que provenían de Leonidia, como los pañuelos, y otras por su valor. Pero todo lo demás, sus vestidos, sus abrigos y sus zapatos, habían desaparecido. De modo que me adueñé de lo que quedaba. Guardé las joyas en vuestro arcón, como ya sabéis, y decidí guardar los pañuelos para vos hasta que fuerais mayor. Lamento que me haya tenido que acordar de ellos por la necesidad de ocultar las marcas de una agresión, majestad —añadió.

—Pero así es como funciona la memoria —dijo Amarina en voz baja—. Las cosas desaparecen de la mente sin tu permiso, y luego vuelven sin tu permiso.

Y a veces volvían incompletas y deformadas.

Últimamente había un aspecto de la memoria que Amarina había estado tratando de aceptar, uno tan doloroso que aún no había conseguido enfrentarse a él del todo. Sus recuerdos de Cinericia se basaban en una serie de fragmentos. Muchos de ellos eran momentos que habían transcurrido en presencia de Leck, lo que significaba que Amarina ni siquiera había estado en posesión de sus facultades mentales. En los momentos en los que su padre no estaba, habían pasado gran parte del tiempo luchando contra la niebla con la que Leck les llenaba el cerebro. Leck no solo le había arrebatado a Cinericia al matarla; se la había arrebatado antes. Amarina era incapaz de imaginarse cómo sería Cinericia si siguiera con vida. No era justo que en ocasiones pusiera en duda lo bien que había conocido a su madre.

Hasta los aposentos de Helda, el pequeño dormitorio sencillo de color verde y el cuarto de baño turquesa, desconcertaban a
Amarina, ya que habían sido su propio dormitorio y cuarto de
baño cuando su madre aún vivía. El dormitorio actual de Amarina había sido el de Cinericia. Su madre la había bañado en lo que
ahora era la bañera turquesa de Helda, con la puerta cerrada
para que no entrara Leck, mientras hablaba con ella de todo tipo
de cosas. De Ciudad de Auror, donde había vivido en el castillo
del rey, la construcción más grande del mundo, con sus cúpulas
y torreones que se alzaban hacia el cielo sobre el mar de Leonidia. Del padre de Cinericia, de sus hermanos y hermanas, de sus
sobrinos y sobrinas. De su hermano mayor, Auror, el rey. De la
gente a la que echaba de menos y que nunca había conocido a
Amarina, pero que algún día lo haría. De sus anillos, que resplandecían en el agua.

Todo aquello era real, pensó Amarina con obstinación.

Recordó que uno de los azulejos de la bañera no estaba bien
pulido y le había raspado el brazo alguna que otra vez. Recordó
habérselo señalado a Cinericia. De modo que se dirigió hacia la
bañera y encontró el azulejo afilado al instante.

—Ahí está —dijo mientras pasaba la mano por encima con
una especie de sensación de triunfo y furia.

El rato que pasó en los aposentos de Helda, recordando tiempos pasados, hizo que Amarina sintiera curiosidad por otra pieza del rompecabezas que faltaba y que se preguntara si podría
responder a alguna de sus preguntas. Quería, después de tanto
tiempo, ver los antiguos aposentos de Leck.

El caballo del tapiz de la sala de estar que ocultaba la puerta de los
aposentos de Leck tenía unos ojos verdes y tristes que miraban

fijamente a los de Amarina. Sobre esos ojos caía un copete de un azul más violáceo que el azul oscuro e intenso de su pelaje. Le recordó a Zaf. Helda la ayudó a apartar el tapiz.

No les llevó mucho tiempo investigar la puerta que había detrás. Era de madera sólida e inamovible, bien ajustada al marco, y parecía estar cerrada. Amarina vio el agujero de la cerradura y recordó que Leck usaba una llave.

—¿A quién conocemos que sepa forzar cerraduras? —preguntó—. Nunca he visto a Zaf hacer algo así, pero no me extrañaría que supiera. O quizá Po pueda encontrarnos la llave.

—Majestad —dijo una voz detrás de ellos que hizo que Amarina diera un brinco.

Se giró y encontró a Zorro en la puerta.

—No he oído la puerta al abrirse —dijo Amarina.

—Perdonadme, majestad —se disculpó Zorro mientras entraba en la habitación—. No pretendía asustaros. Si os sirve de algo, majestad, tengo unas ganzúas que he aprendido a utilizar. Pensé que podría ser una habilidad bastante útil para una espía —dijo, un poco a la defensiva, cuando Helda la miró con las cejas arqueadas—. Fue idea de Ornik.

—Parece que estás entablando una buena amistad con el joven y apuesto herrero —dijo Helda con un tono inexpresivo—. Solo recuerda que, aunque es un aliado del Consejo, Zorro, y aunque nos ayudó con el asunto de la corona, no es un espía. No has de contarle nada confidencial.

—Por supuesto que no, Helda —respondió Zorro, algo ofendida.

—Bueno —intervino Amarina—, ¿tienes las ganzúas aquí?

Zorro se sacó del bolsillo un cordón del que colgaba un surtido de limas, ganzúas y ganchos, bien atados para que no tintinearan. Cuando deshizo el nudo, Amarina vio que el metal estaba rayado, oxidado y áspero en algunas partes.

Zorro tardó varios minutos en trastear la cerradura con cuidado, de rodillas, con la oreja pegada a la puerta. Hasta que al fin sonó un fuerte *clic*.

—Ya está —dijo, se levantó, agarró el picaporte y empujó. La puerta no se movió. Intentó tirar.

—Recuerdo que se abría hacia adentro —dijo Amarina—. Y nunca vi a Leck forcejear con ella.

—Entonces debe de haber algo que la bloquea, majestad —aclaró Zorro, empujando más fuerte la madera con el hombro—. Estoy bastante segura de que he conseguido abrir la cerradura.

—Ah —dijo Helda—, mirad. —Señaló una zona en medio de la puerta donde la punta afilada de un clavo asomaba a través de la superficie—. Quizás esté bloqueada con tablones de madera por dentro, majestad.

—Bloqueada y cerrada con llave... —dijo Amarina con un suspiro—. ¿A alguna de vosotras se os dan bien los laberintos?

Mientras Zorro y Amarina descendían por la escalera que había llevado a Amarina al laberinto de Leck en una ocasión, Zorro le explicó su teoría sobre los laberintos: una vez dentro, había que elegir una mano, ya fuera la izquierda o la derecha, apoyarla en la pared y luego seguir el laberinto hasta el final, sin apartar la mano de la pared. Al final, se llegaba al centro del laberinto.

—Un guardia hizo algo así conmigo la última vez —dijo Amarina—. Pero no funcionará si resulta que empezamos contra una pared que está separada del resto del laberinto —añadió, pensándolo bien—. Vamos a poner la mano en la pared de la derecha. Si acabamos donde empezamos, sabremos que es una sección que no está conectada al resto del laberinto. Tomaremos el siguiente giro a la izquierda, y luego volveremos a poner la mano en la pared de la derecha. Eso debería funcionar. Pero, ay —añadió, consternada—, a menos que nos encontremos con otra sección separada. Entonces tendremos que hacerlo todo de nuevo, además de recordar lo que ya hemos hecho. Vaya, deberíamos haber traído señales para dejar por los pasillos.

—¿Por qué no lo intentamos y vemos qué ocurre, majestad? —sugirió Zorro.

Era bastante confuso. Los laberintos estaban hechos para Katsa, con ese sentido de la orientación suyo tan impresionante, o para Po, que podía ver a través de las paredes. Por suerte, Zorro había sido muy previsora y se había llevado un farol. Después de dar exactamente cuarenta y tres vueltas con la mano pegada a la pared derecha, llegaron a una puerta en medio de un pasillo.

La puerta, por supuesto, estaba cerrada.

—Bueno —dijo Amarina mientras Zorro se arrodillaba de nuevo y empezaba a trastear con las ganzúas con paciencia—, al menos sabemos que esta no puede estar tapiada por dentro. A no ser que quien bloqueara las dos puertas se quedara dentro, muriera y estemos a punto de encontrar su cadáver putrefacto —añadió, riéndose de su propia broma morbosa—. O a menos que haya una tercera forma de salir de los aposentos de Leck, claro. Un pasaje secreto que aún desconocemos.

—¿Pasaje secreto, majestad? —preguntó Zorro distraída, con la oreja pegada a la puerta.

—Por lo visto hay montones en este castillo, Zorro —le explicó Amarina.

—No tenía ni idea, majestad —dijo Zorro.

Sonó un ligero *clic*. En esa ocasión, cuando Zorro agarró el picaporte y empujó, la puerta se abrió de golpe.

Amarina aguantó la respiración; no sabía qué iba a encontrarse, pero se armó de valor y entró en una sala oscura llena de sombras altas. Tenían una forma tan humana que se le escapó un gritito.

—Esculturas, majestad —dijo Zorro con calma, por detrás de Amarina—. Creo que son esculturas.

La habitación olía a polvo y no tenía ventanas. Era inmensa y cuadrada, sin ningún mueble, salvo la estructura de una cama enorme en el centro de la estancia en la que no había colchón. Las esculturas, que se alzaban sobre pedestales, ocupaban el resto de la sala; debía de haber unas cuarenta. Caminar entre ellas con Zorro y el farol era un poco como caminar entre los arbustos del patio principal por la noche; las estatuas se cernían sobre ellas de la misma manera y todas parecían estar a punto de cobrar vida y empezar a dar zancadas.

Amarina se dio cuenta de que eran obra de Bellamew. Animales que se convertían en otros animales, personas que se convertían en animales, personas que se convertían en montañas o árboles, todos con tanta vitalidad que parecían moverse y tener sentimientos. Entonces el farol captó una extraña mancha de color y Amarina se dio cuenta de que había algo peculiar en esas esculturas. No solo peculiar; algo que no encajaba. Estaban cubiertas con pintura brillante y llamativa de todos los colores, pintura que salpicaba toda la alfombra.

Amarina había esperado encontrarse quizá con armas de tortura, una colección de puñales y dagas, manchas de sangre... Pero no con obras de arte destrozadas, dispuestas sobre una alfombra que también estaba hecha un desastre y rodeando la estructura de una cama.

Leck destruyó las esculturas de sus aposentos. ¿Por qué?

Todas las paredes estaban cubiertas de tapices con dibujos conectados entre sí: un campo de hierba que se convertía en flores silvestres, luego en un espeso bosque que daba paso a más flores silvestres y luego al campo de hierba del principio. Amarina tocó el bosque de la pared, solo para asegurarse de que no fuera real, de que fuera solo un tapiz. Levantó algo de polvo y estornudó. Vio un búho diminuto, turquesa y plateado, durmiendo en las ramas de uno de los árboles.

En la pared del fondo de la habitación había una puerta, pero no conducía más que a un cuarto de baño, funcional, frío, ordinario. También había otra puerta: la de un armario, vacío y hasta los topes de polvo. No podía dejar de estornudar.

Había una tercera entrada en la pared del fondo; aunque era más bien una simple abertura, sin puerta como tal, que conducía a una escalera de caracol que ascendía hacia una puerta casi oculta por completo por tablones de madera. Amarina dio varios golpes y llamó a Helda. Cuando Helda respondió, obtuvo la respuesta que buscaba: esa era la escalera que llevaba a la sala de estar de Amarina y al tapiz del caballo azul.

Mientras bajaban de nuevo los escalones, Amarina le dijo a Zorro:

—Es espeluznante, ¿verdad?

—Es fascinante, majestad —respondió Zorro, deteniéndose ante la escultura más pequeña de la sala y mirándola fijamente, hipnotizada.

Era una niña humana, de unos dos años, arrodillada y con los brazos extendidos. Una niña con una mirada astuta. Sus brazos y manos se transformaban en alas. Le salían plumas del pelo y los dedos de los pies se le convertían en garras. Leck le había pintado la cara con una mancha de pintura roja, pero no consiguió atenuar la expresión de sus ojos.

¿Por qué querría Leck destrozar algo tan hermoso? ¿Cuál era el mundo que pretendía, y no lograba, crear?

¿Cuál era el mundo que pretendía crear Runnemood? ¿Y por qué ambos tenían que crear sus mundos mediante la destrucción?

Madlen llegó por la mañana y le cambió las vendas del hombro, le dio medicinas y le ordenó, con instrucciones claras y precisas, que se las tomara, hasta las que sabían amargas y le provocaban náuseas al tragárselas.

—Ayudará a que los huesos se suelden más rápido, majestad —le explicó Madlen—. ¿Estáis haciendo los ejercicios que os mandé?

Amaneció mientras Amarina refunfuñaba frente al desayuno, pero apenas había luz. Cuando se acercó a la ventana en busca del sol, descubrió un mundo cubierto de niebla. Le resultaba difícil divisar el jardín trasero con toda esa blancura, pero le pareció ver a alguien sobre la muralla. La figura arrojó algo al jardín, algo pequeño y fino de un blanco intenso que planeaba y atravesaba el aire espeso.

Era Po con su estúpido planeador de papel. Justo cuando lo reconoció, su primo la saludó con la mano, pero entonces perdió el equilibrio, movió los brazos como si fueran las aspas de un molino de viento y se cayó de la muralla. De algún modo, se las ingenió para impulsarse y caer en el jardín y no en el río. Estaba claro que era Po; y también estaba claro que aún no se encontraba lo bastante bien como para ponerse a hacer gimnasia en el jardín trasero.

Amarina miró a Madlen y a Helda, que estaban sentadas a la mesa de la sala de estar mientras bebían de sus tazas y murmuraban algo. No quería delatar a Po en el caso de que se hubiera vuelto a escapar de la enfermería.

—Me apetece tomar un poco el aire antes de encerrarme en mi despacho —les dijo—. Si Rood o Darby vienen a buscarme, decidles que se vayan a la porra.

Su declaración produjo un gran revuelo: había que elegir un pañuelo y ponérselo bien, había que tener cuidado con la posición de la espada, había que ponerle el abrigo sobre el brazo herido... Amarina se marchó al final con la sensación de que era un perchero con patas. Helda le había hecho un apaño en las faldas para que quedaran como unos pantalones anchos y vaporosos como los de Zorro. Además, el día anterior también había encontrado tiempo para coserle unos botones a la manga izquierda del vestido que llevaba. Por lo visto, Amarina tan solo tenía que mencionar las prendas que quería ponerse para que Helda se las tuviera preparadas al cabo de pocos días.

A excepción de la corona, claro.

La escultura de la mujer que se estaba convirtiendo en puma y parecía gritar se alzaba sombría. La niebla abrazaba la estatua y se alejaba flotando. *¿Cómo consiguió Bellamew que parezca que sus ojos tengan vida?* Entonces Amarina se dio cuenta de algo. Se fijó en la forma de la cara y en los ojos llenos de determinación y dolor de la escultura. Era su madre.

Por algún motivo, aquello no fue ninguna sorpresa. Ni tampoco se sorprendió ante la tristeza que transmitía. Tenía sentido que la escultura no solo se pareciera a su madre, sino que además también comunicara lo que sentía. Le gustaba porque le confirmaba que, al menos durante algún tiempo, había conocido de verdad a su madre.

—¿Qué tienes ahí? —le preguntó Po. Amarina se había llevado la lista que le había redactado Teddy de nobles culpables.

—¿Qué tienes *tú* ahí? —le preguntó mientras se acercaba a él; se refería al planeador de papel—. ¿Por qué no dejas de lanzar esa cosa por todo el jardín?

Po se encogió de hombros.

—Quería saber cómo funcionaría con el aire frío y húmedo.

—Con el aire frío y húmedo…

—Sí.

—¿A qué te refieres con cómo funcionaría?

—A cómo volaría, evidentemente. Todo tiene que ver con los principios del vuelo. He estado estudiando las aves, sobre todo cuando planean, y con esta creación de papel pretendo investigarlas más a fondo. Pero voy muy despacio. Mi gracia no es tan precisa como para que pueda percibir todos los detalles de lo que ocurre durante los últimos segundos antes de que se estrelle.

—Ya veo… —respondió Amarina—. ¿Y por qué te ha dado por ahí?

Po apoyó los codos en el muro.

—Katsa ha estado dándole vueltas a la idea de si sería posible construir unas alas que permitan volar a las personas.

—¿A qué te refieres con «que permitan volar»? —preguntó Amarina, con una indignación repentina.

—Sabes perfectamente a qué me refiero.

—Lo único que vas a conseguir es hacerle creer que es posible.

—No me cabe la menor duda de que lo es.

—¿Y para qué? —le espetó Amarina.

—Pues para volar, prima —respondió Po arqueando las cejas—. Pero no te preocupes, nadie espera que sea la reina quien lo intente.

No, yo tendré el honor de organizar los funerales.

Una sonrisa fugaz cruzó el rostro de Po.

—Ahora te toca a ti. ¿Qué me has traído?

—Quería leerte los nombres de esta lista para que, si alguna vez te enteras de algo sobre ellos, me lo digas —le dijo Amarina mientras agitaba el papel con una mano.

—Te escucho —respondió Po.

—Un tal lord Stanpost que vive a dos días a caballo, al sur de la ciudad, le entregó a Leck más chicas de su pueblo que cualquier otro noble —le dijo Amarina—. Una tal lady Hood se quedó con el segundo puesto, pero murió. En el centro de Montmar, los plebeyos de un pueblo que gobernaba un tal lord Markam murieron de hambre porque su señor exigía unos impuestos altísimos. Tengo apuntados unos cuantos nombres más —Amarina se los enumeró—, pero la mitad son de gente que ha fallecido, Po, y no reconozco ninguno de los nombres, más allá de haberlos visto en algunas de las inútiles estadísticas que me dan mis consejeros.

—A mí tampoco me suenan sus nombres —respondió Po—, pero investigaré un poco cuando pueda. ¿Con quién has compartido esta lista?

—Con el capitán Smit, de la guardia de Montmar. Le he ordenado que busque conexiones entre Runnemood y estos nombres. Y también le he pedido que averigüe si Runnemood organizó el asesinato de Ivan o si tan solo inculpó a Zaf.

—¿Ivan?

—El ingeniero de cuya muerte acusó Runnemood a Zaf. También se la he enseñado a mis espías para ver si pueden conseguir información que coincida con la que me proporcione Smit.

—¿No te fías de él?

—No estoy segura de que me fíe de nadie, Po —respondió Amarina con un suspiro—. Aunque me alivia poder hablarle de los asesinatos de los buscadores de la verdad a la guardia de Montmar y contar al fin con su ayuda.

—Dale la lista también a Giddon cuando vuelva de Solánea. Se fue hace casi tres semanas; debería volver pronto.

—Sí —dijo Amarina—. En Giddon también confío.

—Ya… —dijo Po tras una pausa, con una expresión un poco sombría.

—¿Qué pasa? —le preguntó Amarina con delicadeza—. Sabes que acabará perdonándote.

—Ay, prima —resopló Po—. Me da muchísimo miedo contárselo a mi padre y a mis hermanos. Se enfadarán aún más que Giddon.

—Mmm… ¿Estás seguro de que quieres hacerlo?

—No. Quiero hablarlo con Katsa antes.

Amarina se tomó un instante para controlar mejor todas las opiniones e inquietudes que estaba transmitiéndole a su primo, entre las que se incluían las preocupaciones sobre esa posible charla con Katsa y por qué Kasta aún no había regresado si lo único que tenía que hacer era explorar un túnel.

—A ver, Auror sabe que formas parte del Consejo —le dijo a Po—. ¿Verdad?

—Sí.

—Y también sabe que a Celestio le gustan los hombres. ¿Se le ha pasado ya la sorpresa?

—No se tomó ninguna de esas cosas a la ligera —respondió Po—. Se armó un buen griterío.

—Pero tú eres de los que pueden aguantar un buen griterío —bromeó Amarina, quitándole hierro al asunto.

Su primo esbozó una sonrisa de desesperación con ojos vidriosos.

—Una pelea a gritos con mi padre no tiene nada que ver con una pelea a gritos con Katsa —respondió—. Es mi padre, el rey. Y le he estado mintiendo toda la vida. Está orgulloso de mí. Si lo decepciono, me quedaré destrozado, y lo notaré en cada una de sus respiraciones.

—¿Po?

—¿Sí?

—Cuando mi madre tenía dieciocho años y Leck la escogió, ¿quién dio permiso para que se casaran?

Po reflexionó durante un instante.

—Mi padre era el rey, así que tuvo que ser él, a petición de Cinericia.

—Creo que Auror sabe de sobra lo que se siente al haber traicionado a alguien a quien se quiere, Po.

—¡Pero no fue culpa suya! Leck llegó a la corte y manipuló a todo el mundo.

—¿De verdad crees que a Auror le consuela pensar eso? —le preguntó con calma—. Era su rey, su hermano mayor. La envió a otro reino para que la torturaran.

—Imagino que tratas de consolarme —respondió Po con los hombros hundidos—. Pero lo único en lo que puedo pensar es en que, si mi padre hubiera sabido que yo era un mentalista, me habría presentado a Leck durante aquella visita para que investigara al posible marido de su hermana. Quizá podría haber evitado todo lo que ocurrió.

—¿Cuántos años tenías entonces?

Po tardó un instante en hacer los cálculos.

—Cuatro —respondió, y parecía sorprendido ante su propia respuesta.

—Po, ¿qué crees que le habría hecho Leck a un niño de cuatro años que hubiera averiguado su secreto y que intentara que los demás también se dieran cuenta?

Po no respondió.

—Fue tu madre quien te obligó a mentir sobre tu gracia, ¿no es verdad?

—Y mi abuelo —añadió Po—. Para protegerme. Temían que mi padre me utilizara.

—Hicieron lo correcto —respondió Amarina—. Si no, estarías muerto. Cuando Auror piense en todo esto, comprenderá que todo el mundo lo ha hecho lo mejor que ha podido, dadas las circunstancias de cada momento. Te perdonará.

Había ciertas cosas que Amarina ya no necesitaba fingir que desconocía cuando estaba en su despacho. Quizá Rood y Darby no conocieran cómo había surgido su amistad con Teddy y con Zaf, pero ya no era ningún secreto que Amarina estaba al tanto de algunas de las cosas que sabían ellos.

—Tengo entendido que la situación de las escuelas de la ciudad es un desastre por culpa de Runnemood —le dijo a Rood y a Darby—. Tengo entendido que a casi nadie se le enseña historia o a leer, lo cual me parece una absoluta desgracia y vamos a solucionarlo de inmediato. ¿Qué sugerís?

—Disculpad, majestad —respondió Darby, que tenía la cara empapada de sudor. Al hablar, comenzó a temblar—. Me encuentro fatal.

Se dio la vuelta y echó a correr.

—¿Qué le pasa? —preguntó Amarina a propósito, ya que conocía la respuesta de sobra.

—Está intentando dejar la bebida, majestad, ahora que la ausencia de Thiel hace necesaria nuestra presencia —respondió Rood con voz tranquila—. Se le pasará el malestar cuando la deje del todo.

Amarina observó a Rood. Tenía los bordes de las mangas manchados de tinta, y el pelo cano, que se peinaba con esmero para taparse la calva, se le estaba moviendo de su sitio. Tenía los ojos tranquilos y tristes.

—Me pregunto por qué no hemos trabajado codo con codo más a menudo, Rood —le dijo Amarina—. Me da la impresión de que finges menos que los demás.

—Entonces quizá podamos trabajar codo con codo para solucionar el tema de las escuelas, majestad —respondió Rood tras una breve vacilación que Amarina interpretó como un poco de vergüenza—. ¿Y si creáramos un ministerio nuevo dedicado tan solo a la educación? Podría presentaros a unos cuantos candidatos que serían muy apropiados para el puesto de ministro.

—Bueno —respondió Amarina—, tiene sentido organizar un grupo que se dedique en exclusiva a este asunto, pero es posible que nos estemos precipitando. —Le echó un vistazo al enorme reloj que estaba contra la pared—. ¿Dónde está el capitán Smit? —preguntó entonces, ya que el capitán le había prometido que la informaría sobre la búsqueda de Runnemood todas las mañanas, y ya casi era mediodía.

—¿Queréis que vaya a buscarlo, majestad?

—No. Sigamos con este asunto. ¿Podrías empezar explicándome cómo se gestionan las escuelas ahora mismo?

Le resultaba un poco extraño pasar tanto tiempo concentrada con alguien que la hacía pensar cada dos por tres en Runnemood. La personalidad desenfadada de Rood no tenía nada que ver con la de su hermano, pero tenían un tono de voz muy parecido, sobre todo cuando Rood se mostraba seguro sobre algún tema en concreto. Lo mismo ocurría con su rostro, cuando lo miraba desde algunos ángulos. De vez en cuando miraba a las ventanas vacías e intentaba comprender cómo era posible que un hombre que se había sentado en el alféizar de esas ventanas en tantísimas ocasiones hubiera sido capaz de apuñalar a varias personas mientras dormían e intentar matarla.

Cuando llegó el mediodía y Smit aún no había aparecido por allí, decidió ir a buscarlo ella misma.

Amarina entró en el cuartel de la guardia de Montmar, que estaba al oeste del patio principal, en la planta baja del castillo.

—¿Dónde está el capitán Smit? —le preguntó a un joven nervioso que estaba sentado tras un escritorio, al otro lado de la puerta.

El guardia se quedó embobado mirándola, se levantó de un salto y la hizo pasar por otra puerta hasta un despacho. Allí encontró al capitán Smit, apoyado sobre un escritorio organizadísimo y hablando con Thiel. Los dos se pusieron de pie en un abrir y cerrar de ojos.

—Disculpadme, majestad —le dijo Thiel, avergonzado—. Ya me iba. —Y el consejero se marchó antes de que Amarina lograra saber siquiera qué era lo que sentía al habérselo encontrado allí.

—Confío en que no esté entrometiéndose —le dijo Amarina a Smit—. Ya no es mi consejero, por lo que no puede obligaros a hacer nada, capitán.

—Todo lo contrario, majestad —respondió Smit, acompañando sus palabras de una reverencia impecable—. No estaba entrometiéndose ni dándome órdenes; estaba respondiéndome a unas preguntas sobre qué hacía Runnemood en su tiempo libre. Bueno, más bien debería decir *intentando* responderme, majestad. Uno de los problemas con los que me estoy topando es que Runnemood era muy reservado y daba respuestas distintas cuando le preguntaban a dónde iba en un momento dado.

—Ya veo —respondió Amarina—. ¿Y por qué no habéis venido a informarme esta mañana?

—¿Qué? —preguntó Smit, y luego le echó un vistazo al reloj que tenía sobre su escritorio. Amarina se sobresaltó cuando el capitán golpeó el reloj con el puño—. Lo siento en el alma, majestad —dijo, enojado—. Este reloj no deja de pararse. El caso es que no tengo mucho que contaros, pero eso no es excusa, desde luego. No hemos avanzado en la búsqueda de Runnemood, ni tampoco he conseguido averiguar nada sobre sus posibles conexiones con las personas de vuestra lista. Pero acabamos de empezar, majestad. Por favor, no perdáis la esperanza; quizá mañana tenga algo sobre lo que informar.

Amarina se detuvo en el patio principal para observar un seto con forma de pájaro. Las hojas del seto se habían tornado de un color intenso y otoñal. Amarina apretaba con fuerza el puño de la mano buena.

Se acercó a la fuente, se sentó en el borde helado e intentó averiguar por qué estaba tan frustrada.

Supongo que es lo que conlleva ser reina, pensó. *Y estar herida, y que Zaf no quiera verme ni en pintura, y que todo el mundo sepa dónde y con quien estoy en todo momento. Me toca sentarme y esperar mientras los demás investigan y luego vienen y me informan. Estoy aquí atrapada, esperando, mientras los demás viven aventuras.*

No lo soporto.

—¿Majestad?

Al levantar la vista se encontró a Giddon de pie; varios copos de nieve se le derretían en el pelo y en el abrigo.

—¡Giddon! Esta mañana me dijo Po que debías de estar a punto de volver. Me alegro mucho de verte.

—Majestad —le dijo Giddon con la voz cargada de preocupación, pasándose la mano por el pelo mojado—, ¿qué os ha pasado en el brazo?

—Ah, ya… Runnemood intentó asesinarme —respondió.

Giddon se quedó mirándola, sorprendido.

—¿Runnemood…, vuestro consejero?

—Han pasado muchas cosas, Giddon —le dijo Amarina con una sonrisa—. Mi amigo de la ciudad me robó la corona. Po está inventando una máquina para volar. He despedido a Thiel y he descubierto que los bordados de mi madre son mensajes cifrados.

—Pero ¡si no he estado fuera ni tres semanas!

—Po ha estado enfermo, ¿lo sabías?

—Vaya, qué pena —respondió Giddon, inexpresivo.

—No seas cretino. Ha estado bastante malo.

—Ah… —De pronto, Giddon parecía incómodo—. ¿A qué os referís, majestad?

—¿Cómo que a qué me refiero?

—O sea, ¿se encuentra bien?

—Ya está un poco mejor.

—Está… Majestad, ¿está fuera de peligro?

—No le va a pasar nada —respondió Amarina, aliviada al oír la preocupación en la voz de Giddon—. Tengo que entregarte una lista de nombres. ¿A dónde te dirigías? Te acompaño.

Giddon estaba hambriento. Amarina estaba muerta de frío a causa del viento helado y de la humedad de la fuente, y además quería enterarse de las noticias sobre el túnel de Piper y Solánea. De modo que Giddon le sugirió que le hiciera compañía mientras comía. Cuando aceptó, el noble la condujo a través del vestíbulo del ala este hasta llegar a un pasillo abarrotado de gente.

—¿A dónde vamos? —le preguntó Amarina.

—He pensado que podríamos ir a las cocinas —respondió Giddon—. ¿Habéis estado alguna vez allí, majestad? Dan a los jardines del sureste.

—Me estás haciendo otra visita guiada por mi propio castillo —respondió Amarina, cortante.

—El Consejo tiene contactos aquí, majestad. Espero que Po también venga. —Después le preguntó—. Majestad, ¿tenéis tanto frío como parece?

Entonces vio lo que Giddon veía: un hombre que se acercaba a ellos portando una torre de mantas de muchos colores.

—Ay, sí —respondió Amarina—. Vamos a acorralarlo.

Unos instantes después, Giddon la ayudó a cubrirse el brazo herido y la espada con una manta verde musgo y dorada.

—Preciosa —comentó Giddon—. Los colores me recuerdan a mi hogar.

—Majestad —dijo una mujer a la que Amarina jamás había visto y que apareció de repente entre ella y Giddon. Era diminuta, vieja y arrugada, más baja incluso que Amarina—. Permitidme, majestad —le dijo la mujer, agarrando la manta que Amarina tenía aferrada con la mano derecha, que se le empezaba a cansar. La mujer sacó un sencillo broche de estaño, unió los dos extremos de la manta y los sujetó con él.

—Gracias —le dijo Amarina, sorprendida—. Dime tu nombre para que pueda devolverte el broche.

—Me llamo Devra, majestad. Trabajo con el zapatero.

—¡El zapatero! —Amarina le dio unos golpecitos al broche mientras el movimiento del gentío del pasillo los arrastraba hacia su destino—. No sabía que hubiera un zapatero —exclamó en alto. Luego miró de reojo a Giddon y suspiró.

La manta se deslizaba tras ella como la cola de una capa majestuosa y cara; por extraño que pareciese, la hacía sentirse como una reina.

Amarina nunca había escuchado tanto alboroto ni había visto a tantas personas trabajando a un ritmo tan frenético como en las cocinas. Se asombró al descubrir que había un graceling con unos ojos asalvajados que era capaz de adivinar lo que más le apetecía comer a alguien en ese momento solo con mirarlo y, sobre todo, olerlo.

—A veces resulta agradable que decidan por ti —le dijo Amarina a Giddon mientras inhalaba el vapor que se elevaba de su taza de chocolate caliente.

Cuando Po llegó, se mostró cauteloso y se detuvo ante Giddon con los labios apretados y los brazos cruzados. Amarina lo observó como lo estaría viendo Giddon y se dio cuenta de que su primo había perdido peso. Tras un instante en el que ambos hombres se evaluaron con la mirada, Giddon le dijo:

—Tienes que comer. Siéntate y deja que Jass te olisquee.

—Me pone nervioso —respondió Po, aunque se sentó, obediente—. Me preocupa hasta dónde puede llegar su percepción.

—Qué irónico —respondió Giddon con sequedad mientras se llevaba una cucharada de puchero de carne y judías a la boca—. Tienes un aspecto espantoso. ¿Has recuperado el apetito?

—Me muero de hambre.

—¿Tienes frío?

—¿Por qué lo dices? ¿Para que me prestes ese abrigo empapado que llevas? —preguntó Po, olisqueando la prenda que le ofrecía Giddon—. Deja de tratarme como si estuviera a punto de morir. Estoy bien. ¿Por qué lleva Amarina una manta a modo de capa? ¿Qué le has hecho?

—Siempre me has caído mejor cuando Katsa anda cerca —respondió Giddon—. Es tan desagradable conmigo que tú pareces hasta agradable en comparación.

Po frunció los labios.

—Pero si la provocas a propósito.

—Es tan fácil provocarla... A veces lo consigo solo por el modo en que respiro —respondió Giddon, acercándole una tabla de pan y quesos a Po. Luego dijo, sin rodeos—: Bueno, tenemos unos cuantos problemas y voy a soltarlos de golpe. La gente de Solánea está decidida, pero es justo como dijo Katsa: no tienen ningún plan, salvo destronar a Thigpen. Además, Thigpen cuenta con un pequeño círculo de nobles avariciosos que son leales a su rey pero incluso más leales a sí mismos. Hay que neutralizarlos a todos, sin excepción; si no, alguno de ellos sustituirá a Thigpen y eso no supondrá ninguna mejora. La gente con la que he hablado no quiere saber nada de la nobleza de Solánea. No confían en nadie del reino que no haya sufrido tanto como ellos.

—¿Y confían en nosotros?

—Sí —respondió Giddon—. El Consejo no apoya a ninguno de los reyes injustos, y hemos ayudado a destronar a Drowden, por lo que confían en nosotros. Estoy convencido de que, si Raffin fuera el siguiente en ir a hablar con ellos, como futuro rey de Mediaterra e hijo caído en desgracia de Randa, podría ganarse su favor, ya que no es nada agresivo. Y desde luego tú también tienes que ir, para hacer... —añadió Giddon blandiendo la cuchara—. Bueno, para hacer lo que sea que hagas. Supongo que ha sido mejor que no vinieras conmigo en esta ocasión si estabas a punto de ponerte tan enfermo, pero me habría venido muy bien tu compañía en ese túnel, y también en Solánea. Lo siento, Po.

La sorpresa se reflejó en el rostro de Po, y no era algo que Amarina viera muy a menudo. Po carraspeó y parpadeó:

—Yo también lo siento, Giddon —respondió.

Y ahí quedó la cosa.

Amarina deseó que Zaf la perdonara con tanta facilidad.

Entonces llegó Jass, olisqueó a Po, volvió a olisquear a Giddon y, por lo visto, decidió que lo que ambos hombres necesitaban para satisfacer su apetito era comerse media cocina. Amarina se quedó allí sentada todo el tiempo, oyéndolos hablar y forjando planes mientras se bebía su chocolate e intentaba encontrar una postura que no le doliera demasiado. Desgranaba todas y cada una de las palabras de la conversación y, de vez en cuando, rebatía las ideas, sobre todo cuando Po empezaba a hablar de la seguridad de Amarina. Al mismo tiempo, se pasó todo el rato maravillándose ante las cocinas del castillo. La mesa a la que estaban sentados se encontraba en un rincón cerca de la zona de la panadería. Desde aquel rincón, las paredes parecían extenderse hasta el infinito en ambas direcciones. A un lado estaban los hornos y los fogones, construidos en los muros exteriores del castillo. Las altas ventanas de las cocinas no tenían cristales, y varios copos de nieve se colaban a través de ellas y se deshacían sobre los fogones y la gente.

En el suelo, bajo una mesa cercana, había una montaña de pieles de patata. Anna, la panadera jefe, se acercó a una hilera de cuencos enormes y fue levantando las telas que los cubrían y golpeando la masa que había en el interior de cada uno. Con un fuerte grito llamó a una comitiva de ayudantes remangados que se colocaron en fila frente a la mesa, agarraron los inmensos trozos de masa de los cuencos y los amasaron con todas sus fuerzas, moviendo la espalda y los hombros. Anna también se había colocado en la fila y estaba amasando con una mano. Tenía el otro brazo pegado al cuerpo. La rigidez con la que le colgaba le hizo pensar a Amarina que tenía algún tipo de lesión. Los músculos del otro brazo se le abultaban al amasar, al igual que los de la espalda y el cuello. Aquella fuerza maravilló a Amarina, no porque estuviera amasando con una sola mano, sino por el simple hecho de que estuviera amasando, que estuviera llevando a cabo una labor que era brusca y delicada al mismo tiempo. Amarina deseó en ese instante saber cómo era el tacto sedoso de la masa. Llegó a la conclusión de que pronto —si no esa misma noche, quizá al día siguiente, y si no de esa hornada, de la siguiente— le servirían pan de patata para comer.

Estar allí sentada junto a la panadería era agradable, de un modo que casi le resultaba doloroso. El aire cálido e impregnado de levadura le resultaba tan familiar... Inspiró hondo para llenarse los pulmones y tuvo la sensación de que llevaba años respirando de manera superficial. El olor a pan horneado era tan reconfortante... Y, allí sentada, el recuerdo de una historia que se había contado a sí misma, una historia que le había contado a Zaf sobre un trabajo y una madre que seguía con vida, le pareció real, tangible y muy triste.

28

Cuando el capitán Smit la informó a la mañana siguiente —y a la siguiente, y a la siguiente— de que no había nada de lo que informarla, Amarina empezó a asombrarse ante las profundidades a las que podía llegar su propia frustración. Runnemood llevaba ya seis días desaparecido y no se había producido ningún avance en la investigación.

Cuando llegó el séptimo día y Amarina vio que el informe del capitán Smit seguía siendo el mismo, se levantó de su escritorio y emprendió una exploración sistemática del castillo. Si podía recorrer con sus propios pies cada pasillo y tocar cada pared, si podía mirar en cada taller y saber qué esperar a la vuelta de cada esquina, tal vez lograra calmar tanto su inquietud como la ansiedad que sentía por Zaf. Porque eso era parte de lo que hacía que esos días vacíos fueran tan difíciles de soportar: tampoco había noticias de Fantasma ni de la corona, y no se comunicaba con Teddy ni con Zaf.

Bajó las escaleras de la torre, saludó a los empleados, que le devolvieron la mirada, y se fue a buscar el taller del zapatero para devolverle el broche a Devra.

La encontró en el patio de los artesanos, donde se oían los golpes y los tintineos de los toneleros, los carpinteros y los hojalateros, y donde olía a los aceites amargos de los guarnicioneros y a la cera de abejas de los candeleros. Y en uno de los talleres una anciana arrugada fabricaba arpas y demás instrumentos musicales.

¿Por qué nunca oía música en el castillo? ¿Y por qué nunca encontraba ni un alma, aparte de Morti, en la biblioteca? Seguro que algunos de los que vivían allí sabían leer. ¿Y por qué, cuando caminaba por los pasillos y miraba a la gente a la cara, sentía una especie de vacío muy extraño que la atormentaba? Le hacían reverencias, pero no estaba segura de que la vieran de verdad.

En el piso más alto del ala oeste del castillo encontró una barbería y, junto a ella, un pequeño taller donde fabricaban pelucas. Por alguna razón que no podía explicar, le encantó ver aquello. Al día siguiente, encontró la guardería, donde había niños que no tenían la mirada ausente.

Al día siguiente —ya iban nueve días y ninguna noticia— volvió a la panadería, se sentó en un rincón durante unos minutos y observó el trabajo de los panaderos.

Aunque Amarina no le había preguntado nada al respecto, Anna le ofreció una explicación para algo sobre lo que sentía curiosidad.

—El brazo que no puedo mover es de nacimiento, majestad. No debéis preocuparos de que vuestro padre sea el responsable.

Amarina no pudo ocultar su sorpresa al ver que le hablaba con tanta franqueza.

—No es asunto mío, pero te agradezco que me lo hayas contado.

—Parece que os gusta la panadería, majestad —comentó Anna, que amasaba una montaña de masa mientras conversaban.

—No es mi intención molestar, Anna —contestó Amarina—, pero me gustaría intentar amasar el pan algún día.

—Amasar podría ser un ejercicio estupendo para recuperar la fuerza de ese brazo, una vez que os quiten la escayola, majestad.

Pedidle consejo a vuestra curandera. Sois menuda —añadió mientras asentía con decisión—. Podéis venir cuando queráis y trabajar en un rincón, y no estorbaréis.

Amarina extendió la mano. Cuando Anna dejó de amasar, Amarina posó la palma de la mano sobre la masa. Era blanda, cálida y seca, y cuando apartó la mano, vio que la tenía cubierta de harina. Durante el resto del día, cada vez que se llevaba los dedos a la nariz, casi podía olerla.

Tocar las cosas y saber que eran reales la ayudaba. Descubrir aquello le hizo echar de menos a Zaf con un dolor que acarreaba por todos los pasillos, porque antes también había podido tocarlo a él.

Al decimocuarto día después de la desaparición de Runnemood, Morti se acercó a Amarina en su rincón de la biblioteca, donde aún dedicaba todo el tiempo que podía a leer los libros reescritos. Morti dejó caer un manuscrito recién terminado sobre la mesa desde una gran altura, giró sobre sus talones y se marchó.

Mimoso, que estaba acurrucado en el codo de Amarina, dio un brinco en el aire y maulló. Al aterrizar, se puso a acicalarse de inmediato con entusiasmo, como si algún instinto le dijera que debía parecer resuelto y ocultar el hecho de que no tenía ni idea de lo que estaba pasando.

—Estoy de acuerdo en que despertar no debería ser tan traumático —le dijo Amarina, intentando ser cortés.

Últimamente Mimoso había empezado a alternar entre dos personalidades: a veces le bufaba con un odio cargado de furia cuando la veía y otras la seguía con un aire taciturno y se quedaba dormido pegado a ella. No se apartaba cuando Amarina se lo pedía, así que había dejado de intentar que obedeciera.

El título del nuevo manuscrito era *La monarquía es una tiranía*.

Amarina se echó a reír, lo que hizo que Mimoso dejara de asearse y la mirara de nuevo con recelo, con una pata en el aire como un pollo asado.

—Ay, madre —exclamó Amarina—, no me extraña que Morti me lo haya lanzado. Seguro que le ha resultado bastante satisfactorio.

Pero entonces dejó de parecerle gracioso. Giró la silla, miró a la chica de la escultura y estudió su rostro obstinado y desafiante. Pensó que tal vez la chica entendía lo que era la tiranía; que se estaba transformando en roca para protegerse de ella. Entonces Amarina pasó a observar a la mujer del tapiz, cuyos ojos le devolvieron la mirada, profundos y plácidos. Parecían comprender el sentido del universo.

Me gustaría tenerla como madre, pensó Amarina, y luego casi dio un grito al darse cuenta de su propia deslealtad. *Mamá, eso no era lo que quería decir. Es solo que… está atrapada en un momento en el que todo es sencillo y todo está claro. Cada vez que nosotras podíamos disfrutar de un instante sencillo y claro, nunca duraba. Y cómo me gustaría algo de claridad, algo de sencillez…*

Intentó volver a centrarse en el libro que había estado releyendo antes de que llegara Morti, el libro sobre el proceso artístico. Lo odiaba. Se extendía durante páginas y páginas para decir algo que podría haber dicho en dos frases: que el artista era un recipiente vacío con un caño, que la inspiración entraba y el arte salía… Amarina no sabía nada sobre el proceso artístico; ella no era artista, ni tampoco sus amigos. Pero, aun así, lo que decía el libro no le parecía del todo apropiado. A Leck le gustaba que la gente estuviera vacía para poder verter sus propias ideas en su interior y que la reacción que él deseaba saliera de ellos. Lo más seguro era que Leck hubiese querido controlar a sus artistas; controlarlos y luego matarlos. Por supuesto que a Leck le había gustado un libro que describía la inspiración como una especie de... tiranía.

En el decimoquinto día desde la desaparición de Runnemood, Amarina se topó con algo interesante en los bordados de su madre.

> Su hospital está en el fondo del río. El río es su cementerio de huesos. Lo he seguido y he visto el monstruo que es. Debo llevarme a Amarina pronto.

Eso era todo lo que decía. Sentada en su alfombra carmesí con la sábana en el regazo y el hombro dolorido, Amarina recordó algo que Po había dicho mientras deliraba: «El río está lleno de cadáveres».

Po, le dijo mentalmente, dondequiera que estuviera. *Si drenara el río, ¿encontraría huesos?*

> Huesos, no.

Así comenzaba la respuesta cifrada que le llegó por parte de Po, escrita con tinta en vez de con grafito, y con la letra cuidada de Giddon. Era una nota larga, así que se alegró de que Giddon le hubiera hecho a Po el favor de escribírsela.

> Y hospital tampoco. No sé de dónde venían las alucinaciones. Lo que dije no tiene nada que ver con lo que vi. Lo que vi fue a Thiel cruzando el puente Alado, aunque

mi percepción no llega al puente Alado. También vi a mis hermanos peleando en broma en el techo, así que ten eso en cuenta antes de pedirme que le preste más atención a Thiel en el futuro. No puedo tener la mente en todas partes. Aunque casualmente lo he percibido dos veces en las últimas noches entrando en ese túnel que va por debajo de la muralla hacia la zona este de la ciudad.

También te he percibido vagando de un lado a otro. ¿Por qué no paseas por la galería de arte? Hava pasa casi todas las noches allí. Ve a verla. Es muy resuelta y deberías conocerla. Ten en cuenta que tiene antecedentes de mentir como una cosaca. Desarrolló la costumbre muy joven por necesidad. Creció en el castillo con su madre y su tío demasiado cerca del rey, y se tenía que camuflar para pasar inadvertida. Por tanto, no entabló amistades y terminó vagando por Montmar, donde acabó en compañía de gente como Danzhol. Ahora intenta decir siempre la verdad. En serio, me gustaría que la conocieras.

Bueno, le dijo Amarina a Po mentalmente, un poco malhumorada. *Iré a conocer a tu amiga, la mentirosa compulsiva. Estoy seguro de que nos llevaremos de maravilla.*

Esa noche Amarina se dirigió a la galería de arte con un farol en la mano. No conocía bien la ruta, pero sabía que estaba en la última planta, varios pisos por encima de la biblioteca, de modo que caminó hacia el sur a través de pasillos con techos de cristal en los que rebotaban pequeños granizos.

De repente se detuvo en seco, asombrada, porque a través del techo vio a una persona encaramada a cuatro patas, puliendo el cristal con un trapo. En el tejado, en mitad de la noche helada, trabajando bajo el granizo. Era Zorro, por supuesto. Al ver a la reina debajo, la saludó con la mano.

Su gracia debe de ser la locura, pensó Amarina mientras continuaba. *Está como una auténtica cabra.*

Cuando encontró la galería de arte, le pareció que no se diferenciaba tanto de la biblioteca. Había salas conectadas a otras con rincones inesperados y giros que la confundían y la desorientaban. A la luz del farol, las superficies vacías y los destellos de color en las paredes resultaban espeluznantes e inquietantes. El suelo era de mármol, pero sus pasos apenas hacían ruido. A juzgar por sus propios estornudos, pensó que quizá fuera porque estaba caminando sobre una alfombra de polvo.

Se detuvo ante un enorme tapiz que, sin lugar a dudas, era del mismo estilo que todos los que había visto hasta entonces. Aquel tapiz representaba varias criaturas de colores intensos que atacaban a un hombre en un acantilado sobre el mar. Todos los animales de la imagen eran de colores distintos a los que tenían en la realidad, y Amarina pensó que era posible que el hombre, que gritaba de agonía, fuera Leck. No llevaba ningún parche en el ojo y no tenía unos rasgos definidos, pero, aun así, por alguna razón, le dio esa impresión.

Amarina empezaba a cansarse de que el arte del castillo la dejara destrozada.

Dejó atrás el tapiz, cruzó la sala, subió un escalón y se encontró en una galería de esculturas. Entonces recordó por qué había ido hasta allí y estudió cada una de las obras con atención, pero no pudo encontrar lo que buscaba.

—Hava —dijo en voz baja—. Sé que estás aquí.

No ocurrió nada durante unos segundos, pero entonces oyó un crujido y una estatua del fondo se transformó en una joven con la cabeza gacha. Amarina trató de contener las náuseas. La chica estaba llorando y se limpió la cara con una manga hecha jirones. Dio un paso hacia Amarina, se transformó de nuevo en una escultura y luego volvió a convertirse en humana.

—Hava —dijo Amarina desesperada, luchando contra las arcadas—. Por favor, para.

Hava se acercó a Amarina y se dejó caer de rodillas.

—Perdonadme, majestad —dijo, ahogándose en sus propias lágrimas—. Cuando Danzhol lo explicó, tenía sentido. No utilizó la palabra *secuestro*. Pero, aun así, sabía que estaba mal, majestad —dijo con un sollozo—. Me hacía ilusión camuflar la barca; es un reto mayor que camuflarme a mí misma. Es algo que no puedo hacer con mi gracia. Es algo que requiere maestría.

—Hava —dijo Amarina mientras se agachaba ante ella, sin saber qué decirle a una mentirosa compulsiva que parecía estar sufriendo de verdad—. ¡Hava! —gritó mientras la chica le agarraba la mano y sollozaba sobre ella—. Te perdono —dijo, aunque no lo sentía de verdad, pero intuía que era necesario perdonarla para calmar su desenfreno—. Te perdono. Me has salvado la vida dos veces desde entonces, ¿recuerdas? Respira, Hava. Cálmate y explícame cómo funciona tu gracia. ¿Cambias tú o es mi percepción de las cosas lo que cambia?

Cuando Hava alzó la cara hacia la reina, Amarina vio que tenía un rostro muy bonito. Un rostro expresivo, como el de Holt, desamparado y asustado pero con una dulzura que era una pena que sintiera que debía ocultar. Tenía unos ojos preciosos; o, al menos, el que iluminaba el farol era precioso, de un cobre que brillaba con la misma intensidad que el oro y la plata de los ojos de Po. Amarina no lograba distinguir el color de su otro ojo a oscuras.

—Cambia vuestra percepción, majestad —explicó Hava—. Vuestra percepción de lo que veis.

Eso era lo que Amarina había supuesto. Lo otro no tenía sentido; era demasiado improbable, incluso para una gracia. Y justo esa era una de las muchas razones por las que seguía resistiéndose cuando Po le pedía que confiara en Hava. La incomodaba confiar en alguien que era capaz de cambiar la manera en que su mente percibía el mundo.

—Hava, pasas mucho tiempo escondida en la ciudad. Es posible que hayas visto cosas. Y además conociste a lord Danzhol. Estoy tratando de encontrar la manera de conectar las cosas que hace Runnemood con las cosas que ha hecho la gente como Danzhol. Estoy intentando averiguar con quién podría estar trabajando Runnemood, y qué trata de ocultar matando a los buscadores de la verdad. ¿Sabes algo al respecto?

—Lord Danzhol se comunicaba con mucha gente, majestad —respondió Hava—. Parecía tener amigos en todos los reinos, y recibía miles de cartas secretas y visitantes en su hacienda que entraban por una puerta trasera por la noche, y los demás nunca los veíamos. Pero no me hablaba de ello. Y tampoco he visto nada en la ciudad que pueda explicar nada. Si alguna vez quisierais que siguiera a alguien, majestad, lo haría sin dudarlo.

—Lo tendré en cuenta, Hava —respondió Amarina, sin saber qué creer—. Se lo comentaré a Helda.

—He oído rumores extraños sobre vuestra corona, majestad —dijo Hava tras una pausa.

—¿¡La corona!? —exclamó Amarina—. ¿Cómo sabes lo de la corona?

—Por los rumores, majestad —contestó Hava, sobresaltada—. Los oí en un salón de relatos. Esperaba que no fueran ciertos; eran lo bastante ridículos como para ser mentiras.

—Tal vez sean mentiras. ¿Qué oíste?

—Oí hablar de alguien que se llama Gris, majestad. El nieto de un famoso ladrón que roba los tesoros de la nobleza de Montmar. Su familia se ha dedicado a eso durante generaciones; es lo que los distingue de otros ladrones. Viven en una cueva, no sé dónde, y

Gris afirma estar en posición de vender vuestra corona. Pero la vende a un precio tan alto que solo un rey podría permitírselo.

Amarina se frotó las sienes.

—No lo voy a tener nada fácil si al final tengo que comprarla, y supongo que debería hacerlo pronto, antes de que se corra más la voz.

—Ah… —dijo Hava, afligida—. Por desgracia, lo otro que he oído es que Gris no piensa vendérosla a vos, majestad.

—¿Qué? Entonces, ¿quién cree que se la va a comprar? Ninguno de los otros reyes se gastaría una fortuna solo por una broma estúpida. ¡Y no voy a permitir que la compre mi tío!

—Me temo que no puedo daros explicaciones, majestad —dijo Hava—. Eso fue lo único que oí. Pero los rumores suelen ser falsos, majestad. Quizás este también lo sea. O eso espero.

—No se lo digas a nadie, Hava —le pidió Amarina—. Si dudas de lo importante que es mantener todo esto en secreto, pregúntale al príncipe Po.

—Si vos decís que es importante, majestad, no es necesario que le pregunte nada al príncipe.

Amarina estudió a la graceling mentirosa que tenía delante, a esa joven extraña que parecía ir adonde le daba la gana y hacer lo que se le antojaba, pero siempre con miedo y en la más absoluta soledad.

—Hava, levántate, por favor —le pidió Amarina al ver que seguía arrodillada.

Era alta. Al ponerse de pie, la luz le iluminó el rostro por completo y Amarina vio que su otro ojo era de un rojo intenso y extraño.

—¿Por qué te escondes en mi galería de arte?

—Porque no hay nadie más aquí, majestad —respondió Hava en voz baja—. Y puedo estar cerca de mi tío, que me necesita. Y estoy rodeada del trabajo de mi madre.

—¿Te acuerdas de tu madre?

Hava asintió.

—Tenía ocho años cuando murió, majestad. Ella me enseñó que siempre debía esconderme del rey Leck.

—¿Cuántos años tienes?

—Dieciséis, majestad.

—¿Y no te sientes sola al pasar todo el tiempo escondida? —Amarina notó un temblor en el hermoso rostro de la chica y, cuando de repente le asaltó la duda, añadió—: Hava, ¿es este tu auténtico aspecto?

La muchacha agachó la cabeza. Cuando volvió a alzar la vista, sus ojos seguían siendo de color cobre y rojo, pero se hallaban en un rostro demasiado corriente como para albergar esa extrañeza, con una boca alargada y estrecha como un tajo y una nariz respingona.

Amarina tuvo que hacer un gran esfuerzo para no acercarse a Hava y acariciarle la cara, porque entendía lo que debía de sentir. Quería consolarla, aliviar la tristeza que brillaba en aquellos ojos y que Hava no tenía por qué padecer. A Amarina le parecía que Hava tenía un rostro muy agradable.

—Me gusta mucho tu aspecto real —le dijo—. Gracias por mostrármelo.

—Lo siento, majestad —susurró Hava—. Es difícil no esconderse. Estoy tan acostumbrada…

—Tal vez haya sido injusto por mi parte pedírtelo.

—Pero es un alivio dejar que alguien me vea, majestad.

Al día siguiente, el capitán Smit le comunicó a Amarina la noticia de que Runnemood había sido, en efecto, responsable no solo de la incriminación de Zaf, sino también del asesinato de Ivan, el ingeniero.

Por fin avanzamos, pensó Amarina. *Le pediré a Helda que presione a mis espías para que lo confirmen.*

Al día siguiente, el capitán Smit le dijo a Amarina que ya estaba claro que Runnemood también había sido responsable de la muerte de lady Hood, la mujer de la lista de Teddy que había secuestrado a chicas para Leck.

—¿Y también ha sido un asesinato? —preguntó Amarina consternada—. ¿Runnemood está asesinando a otros culpables?

—Me temo que eso indican nuestras investigaciones, majestad —respondió el capitán Smit, que se le había empezado a notar en el rostro la gran presión a la que estaba sometido, y Amarina le hizo beber un poco de té antes de que se marchara de su despacho.

Después la informó de que Runnemood había mantenido correspondencia con lord Danzhol con asiduidad; incluso podría haber sido el responsable de convencer a Danzhol de que atacara a la reina. Y, más adelante, le comunicó que ninguna de las personas de la lista de Teddy que seguían con vida parecía estar involucrada de ningún modo en el asesinato, la incriminación o cualquier tipo de daño causado a los buscadores de la verdad. Todos los asesinados habían muerto a manos de Runnemood.

Al día siguiente —el decimonoveno desde la desaparición de Runnemood—, el capitán Smit entró en el despacho de Amarina, alzó la barbilla, cerró los puños y le expuso la teoría de que Runnemood había sido la única mente criminal tras todos los asesinatos de los buscadores de la verdad y de todos los delitos relacionados con ellos, tal vez porque el impulso de mirar hacia el futuro y dejar atrás el reinado de Leck le había acabado afectando en exceso y lo había vuelto loco.

Amarina tenía poco que decir en respuesta a aquello. Sus espías aún no habían conseguido confirmar ni desmentir nada de lo que Smit le estaba contando. Pero todo empezaba a sonarle un poco ridículo, y quizá demasiado conveniente. Que Runnemood y la locura fueran la única explicación de algo que había causado tanto daño... Runnemood no era Leck; ni siquiera era un graceling. Y Smit, allí de pie frente a su escritorio, se sobresaltaba ante el menor sonido, aunque nunca le había parecido que fuera una persona nerviosa. Sus ojos transmitían una extraña agitación, y cuando miraba a Amarina parecía estar viendo algo más.

—Capitán Smit —dijo Amarina con calma—, ¿por qué no me decís lo que está pasando en realidad?

—Ya os lo he dicho, majestad. Os lo he contado todo. Si me disculpáis, majestad, iré a mi despacho y volveré con pruebas que lo corroboran.

Se marchó y no volvió.

Po, pensó Amarina mientras hojeaba papeles en su escritorio. *Necesito que hables con el capitán de la guardia de Montmar urgentemente. Me está mintiendo. Algo va mal. Muy mal.*

Po lo intentó durante dos días, y al fin le envió un mensaje a Amarina. *No lo encuentro, prima. Se ha esfumado.*

29

El joven que estaba sentado en el interior del cuartel de la guardia de Montmar se estaba mordiendo las uñas cuando entró Amarina. Al verla, bajó la mano a toda prisa y se puso en pie, con lo que derribó una copa.

—¿Dónde está el capitán Smit? —le preguntó Amarina mientras la sidra se esparcía por la mesa y se derramaba por todas partes.

—Se ha ido a investigar unas actividades delictivas en las refinerías de plata del sur, majestad —respondió el soldado, mirando de reojo el estropicio que había provocado, hecho un manojo de nervios—. Algo relacionado con unos piratas.

—¿Estás seguro?

—Segurísimo, majestad.

—¿Y cuándo volverá?

—No sabría decíroslo, majestad —respondió el soldado, que se enderezó para mirarla a los ojos—. Esta clase de asuntos pueden alargarse bastante.

Su actitud resultaba un poco demasiado cordial, como si estuviera ensayando las frases de una obra de teatro. Amarina no le creyó.

Sin embargo, cuando regresó a las oficinas del piso inferior e intentó transmitirle su preocupación a Darby y a Rood, ninguno de ellos pareció compartirla.

—Majestad —le dijo Rood con voz pausada—, la presencia del capitán de toda la guardia de Montmar es necesaria en muchos lugares. Si pensáis que tiene demasiado trabajo, o si queréis dividir su mando para que pueda estar siempre presente en la corte, podríamos hablarlo. Pero no creo que haya motivos para cuestionar su paradero. Mientras tanto, os aseguro que la guardia no ha dejado de buscar a Runnemood.

Al subir a su torre, Amarina pasó junto a los papeles apilados sobre su escritorio, se acercó a la ventana que daba al sur y miró hacia los tejados del castillo. Toda esa superficie de cristal reflejaba las nubes que se apresuraban por el cielo. La inquietaba, al igual que todo lo demás. Y en cuestión de días sería noviembre, pero el trabajo de las oficinas no había disminuido. No podía seguir pasando de la preocupación a la frustración y al agotamiento y al aburrimiento.

Había empezado a llevarse el trabajo a las oficinas del piso inferior. Bajaba las escaleras cargada de documentos y se sentaba en un escritorio para morirse de aburrimiento; pero, al menos, lo hacía en compañía, y no sola. Nunca se hablaba mucho allí abajo, y casi todas las conversaciones se limitaban a asuntos de trabajo; sin embargo, a Amarina le dio la sensación de que, cuando se sentaba con sus empleados, relajaban un poco la postura y la expresión. Se convertían en personas que eran capaces de mirarla de vez en cuando y de dirigirle un par de palabras, unas personas cuya compañía era mucho más agradable, más humana. Froggatt hasta le había sonreído en una ocasión; se había casado hacía poco y parecía sonreír más que el resto.

Darby irrumpió en la sala.

—Correo del príncipe Po, majestad —la informó mientras le entregaba una carta cifrada de Po, de su puño y letra en esa ocasión.

Raffin y Bann han vuelto de su viaje a Merídea. Raff y yo iremos a Solánea por el túnel del norte pasado mañana. Bann y Giddon se quedarán contigo. Katsa lleva fuera cinco semanas. Empiezo a preocuparme. Si vuelve mientras estamos fuera, ¿me enviarás una nota por el túnel?

He hecho algo que te va a molestar. Invité a Zaf a la reunión del Consejo que se celebró anoche.

En un impulso, lo contraté para enmasillar las ventanas del castillo de cara al invierno. Quiero tenerlo cerca por varios motivos. No te asustes cuando lo veas colgando de las paredes del patio principal y, por favor, no llames la atención sobre vuestra relación.

Amarina quemó la nota en la chimenea. Luego desechó sus planes de trabajar y se dirigió hacia el patio.

No era agradable pasear entre los setos, levantar la cabeza y ver a personas diminutas como muñecos colgando de las paredes del patio. Bueno, vale, no estaban colgando; en realidad, estaban sentadas. Pero la larga plataforma en la que estaban subidas colgaba sobre el vacío, sujeta solo con unas cuerdas, y se balanceaba demasiado para estar tan lejos del suelo. Y cuando Zaf se puso en pie y caminó de un extremo a otro sin inmutarse siquiera, se sacudió aún más.

Zaf estaba trabajando con Zorro. Aquello le pareció beneficioso por dos motivos. Uno: como espía, Zorro podría informar a Helda de cualquier cosa interesante que le contara Zaf. Dos: si Amarina tenía que llevarse a Zaf a un rincón para hablar, no creía que Zorro fuera a irse de la lengua.

Las ventanas que estaban enmasillando eran las de la fachada sur del patio. Amarina cruzó el patio hasta el vestíbulo sur y
comenzó a subir las escaleras.

Si a Zaf le sorprendió que la reina apareciera al otro lado de la
ventana, no lo mostró en absoluto. Pero sí que hizo una mueca lo
bastante evidente como para que Amarina sintiera su insolencia
desde el otro lado del cristal antes de abrir la ventana. La miró a
los ojos y arqueó las cejas a modo de pregunta.

Amarina dijo su nombre:

—Zaf…

Y entonces se dio cuenta de que eso era lo único que podía
decirle sin correr riesgos. Zaf esperó, pero a Amarina no le salían
las palabras. Cuando dio un paso hacia atrás, Amarina dio por
hecho que iba a retomar su trabajo, pero, en cambio, llamó a Zorro desde la plataforma y le dijo:

—Vuelvo en un minuto.

Entró por la ventana sin mirar a Amarina. Después se desen-
ganchó la cuerda que llevaba atada a un cinturón ancho, arrojó la
cuerda por la ventana y la cerró de golpe sin mirarla todavía.
Llevaba un gorro de punto que le cubría el pelo y que, además de
darle un aspecto adorable, le definía los rasgos. El otoño no había
logrado borrarle las pecas.

—Vamos —le dijo, se apartó de la ventana y se dirigió a uno
de los extremos de la habitación vacía.

Amarina fue tras él. Zorro los observó a través de la ventana,
y luego prosiguió con sus tareas.

Estaban en una habitación larga y estrecha en la que había
aspilleras que daban al puente levadizo y al foso; era una habitación que se llenaría de arqueros en el caso de que se produjera un

asedio. Desde el lugar que había escogido Zaf, se veían las puertas de los extremos y todas las trampillas del techo. Amarina deseó haberle dedicado algo de tiempo a aprender un poco más sobre cómo se empleaba esa sala. ¿Y si había centinelas apostados en el techo? ¿Y si bajaban por las trampillas para el cambio de guardia? Les resultaría extraño encontrarse a su reina temblando en aquella habitación oscura junto al chico que se encargaba de enmasillar las ventanas.

—¿Qué quieres? —le preguntó Zaf con brusquedad.

—El capitán de la guardia de Montmar ha desaparecido —logró responderle, reprendiéndose a sí misma por esa estúpida tristeza que le provocaba la presencia del joven—. Tras varios días sin novedades, me dijo que creía que Runnemood era el único responsable de todos los crímenes que se habían cometido contra los buscadores de la verdad, y luego desapareció. Todo el mundo me dice que está en las refinerías de plata, involucrado en un asunto muy urgente relacionado con unos piratas. Pero hay algo que no encaja, Zaf. ¿Has oído algo al respecto?

—No —respondió él—. Y, si es cierto, entonces Runnemood está vivito y coleando en la zona este de la ciudad, ya que anoche le prendieron fuego a una casa en la que almacenábamos contrabando y un amigo nuestro murió en el incendio.

Po, Amarina llamó a su primo, casi sin poder respirar. *Sé que te vas pronto y que estarás muy liado con los preparativos, pero ¿puedes recorrer otra vez la zona este de la ciudad para buscar a Runnemood? No te lo pediría si no fuera muy importante.*

—Lo lamento —dijo en alto.

Zaf agitó la mano como si estuviera molesto.

—También corren rumores sobre la corona —prosiguió Amarina, tratando de no sentirse herida por el rechazo con el que respondía Zaf a su compasión.—. ¿Te has enterado? En cuanto lleguen a oídos de la guardia de Montmar, no podré seguir ocultando que no la tengo.

—Gris solo intenta ponerte nerviosa para que entres en pánico, tal y como estás haciendo ahora mismo, y hagas lo que se le antoje.

—Bueno, ¿y qué quiere?

—No lo sé —respondió Zaf, encogiéndose de hombros—. Cuando quiera que lo sepas, lo sabrás.

—Estoy aquí atrapada —se quejó Amarina—. No puedo hacer nada; me siento inútil. No sé cómo encontrar a Runnemood, y ni siquiera sé qué estoy buscando. No sé qué hacer con Gris. Mis amigos tienen sus propios problemas y mis hombres no parecen comprender que algo va muy muy mal. No sé qué hacer, Zaf, y tú tampoco quieres ayudarme porque te oculté mi poder durante un tiempo y ahora eres incapaz de pensar en otra cosa. Creo que no te das cuenta del poder que tienes tú sobre mí. Yo sí, desde aquella vez que nos tocamos. Y… —En ese instante se le quebró la voz—. Y creo que podríamos encontrar cierto equilibrio si me dejaras que me acercara a ti.

Zaf se quedó callado durante un instante. Al cabo de un rato, dijo en voz baja, con un tono cargado de rencor:

—Eso no basta. Una simple atracción no basta. Para eso búscate a otro.

—Eso no es lo único que siento por ti, Zaf —le gritó—. Escucha lo que te estoy diciendo. Éramos amigos.

—¿Y qué? —respondió él con brusquedad—. ¿Qué te crees? ¿Que voy a quedarme encerrado en tu castillo para convertirme en tu amiguito especial plebeyo y morirme de aburrimiento? ¿Vas a convertirme en un príncipe? ¿Crees que esto es lo que yo quiero? Lo que quiero es lo que creía que tenía. Quiero a la persona que no eres.

—Zaf… —susurró Amarina, con los ojos anegados de lágrimas—. Siento haberte mentido. Ojalá pudiera contarte muchas otras cosas que son verdad. El día que me robaste la corona, descubrí unos mensajes que escribió mi madre y que escondió de mi padre. No es fácil leerlos. Si alguna vez decides perdonarme y quieres saber la verdad sobre mi madre, te la contaré.

Zaf se quedó observándola durante un instante y luego se miró los pies con la boca tensa. Entonces levantó el brazo y se llevó la manga a los ojos. Amarina se quedó atónita al pensar que quizá estuviera llorando; tan atónita que añadió:

—No cambiaría nada de lo que hicimos. Lo cambiaría si con ello pudiera devolverle la vida a mi madre o si pudiera conocer mejor mi reino y ser mejor monarca. Quizás incluso lo cambiaría si así pudiera evitar haberte causado tanto dolor. Pero me has hecho un regalo sin ser consciente de ello. Nunca había hecho nada parecido con nadie, Zaf, con nadie. Ahora sé que hay cosas en la vida que no creía que estuvieran a mi alcance hasta que te conocí. Y eso no lo cambiaría, como tampoco renunciaría a ser reina. Ni siquiera lo haría para que dejaras de castigarme.

Zaf se había quedado con los brazos cruzados y la cabeza gacha. Le recordó a una de las solitarias esculturas de Bellamew.

—¿Puedes decir algo?

Pero Zaf no respondió. No se movió ni emitió el más mínimo sonido.

Amarina se dio la vuelta y bajó por las escaleras.

Esa noche, Raffin, Bann y Po cenaron con Amarina y con Helda. A Amarina le pareció que estaban más apagados de lo normal para ser un grupo de amigos reunidos, y se preguntó si la preocupación por Katsa se estaría convirtiendo en una epidemia. De ser así, la preocupación de los demás no ayudaba a calmar la suya propia.

—Buen trabajo con lo de no llamar la atención sobre tu relación con Zaf —dijo Po con sarcasmo.

—No nos ha visto nadie —replicó Amarina, esperando con paciencia mientras Bann le cortaba la chuleta de cerdo. Se masajeó los músculos del hombro lesionado con cuidado, tratando de mitigar los dolores que solía sufrir al final del día—. Y, en cualquier caso, ¿quién te crees que eres para dar órdenes en mi castillo?

—Zaf es un incordio, marinerita —dijo Po—. Pero es un incordio muy útil. Si pasa algo con la corona, nos vendrá mejor tenerlo cerca. ¿Y quién sabe? Tal vez escuche algo que nos pueda resultar interesante. Le he pedido a Giddon que lo vigile cuando me vaya.

—Yo le ayudaré, si necesita unos días —dijo Bann.

—Gracias, Bann —respondió Po.

Amarina guardó silencio durante un instante, ya que no entendía esa interacción, pero entonces le vino a la mente otra pregunta:

—Po, ¿cuánto le has contado a Giddon sobre mi historia con Zaf?

Po abrió la boca y luego la cerró.

—Ni siquiera yo sé demasiado sobre eso, prima, y he tenido cuidado de no preguntaros a ninguno de los dos sobre el tema. Giddon sabe que —continuó Po, y se detuvo para empujar unas zanahorias con el tenedor de un lado a otro—, si ve que Zaf te falta al respeto de alguna manera, debe estamparlo contra la pared.

—Puede que Zaf hasta lo disfrute.

Po hizo un ruido de exasperación.

—Mañana iré a la zona este de la ciudad —dijo—. Ojalá no tuviera que irme a Solánea. Echaría la ciudad entera abajo si con ello pudiera hallar a Runnemood, luego cabalgaría hasta las refinerías y encontraría yo mismo a tu capitán.

—¿Hay tiempo para que Giddon o yo vayamos a buscar a Smit? —preguntó Bann.

—Buena pregunta —respondió Po, frunciendo el ceño—. Lo intentaremos.

—¿Y qué hay de vosotros dos? —preguntó Amarina mientras se volvía hacia Raffin y Bann—. ¿Habéis cumplido con los asuntos del Consejo en Merídea?

—En realidad no fue un viaje del Consejo —contestó Raffin, con cara de avergonzado.

—¿No? ¿Qué teníais que hacer allí, entonces?

—Era una misión real. Mi padre insistió en que hablara con Murgon para pedirle la mano de su hija.

Amarina se quedó boquiabierta.

—¡No puedes casarte con su hija!

—Eso fue lo que le dije yo, majestad —contestó Raffin por toda respuesta.

A Amarina le pareció bien que no diera más explicaciones; no era asunto suyo.

Por supuesto, en semejante compañía, era imposible no pensar en los equilibrios de poder. Raffin y Bann intercambiaban miradas de vez en cuando, compartiendo un acuerdo silencioso, burlándose el uno del otro o sencillamente mirándose, como si ambos pudieran acudir al otro en busca de descanso y consuelo. El príncipe Raffin, heredero del trono de Mediaterra, y Bann, que no tenía título ni fortuna. Amarina estaba deseando hacerles un millón de preguntas, pero eran demasiado entrometidas incluso para ella. ¿Cómo compensaban las diferencias económicas? ¿Cómo tomaban las decisiones? ¿Cómo afrontaba Bann el hecho de que todos esperaban que Raffin se casara y tuviera herederos? Si Randa conociera la verdad sobre su hijo, ¿estaría Bann en peligro? ¿Alguna vez se había sentido Bann molesto por la riqueza y la posición de Raffin? ¿Y qué ocurría con el equilibrio de poder en la cama?

—¿Dónde está Giddon? —preguntó Amarina, al echarlo en falta—. ¿Por qué no está aquí con nosotros?

La reacción inmediata de todos fue el silencio. Todos se miraron con expresión de preocupación. A Amarina le dio un vuelco el corazón.

—¿Qué pasa? ¿Ha ocurrido algo malo?

—No es que esté herido ni nada por el estilo —respondió Raffin con una voz no demasiado convincente—. Al menos, no físicamente. Necesitaba estar solo.

Amarina se levantó.

—¿Qué ha pasado?

Raffin tomó aire y lo expulsó despacio antes de responder con la misma voz pesarosa.

—Mi padre lo ha condenado por traición. Tanto por su participación en el derrocamiento del rey de Septéntrea como por sus continuas contribuciones económicas al Consejo. Ha perdido el título, sus tierras y su fortuna, y si regresa a Mediaterra lo ejecutarán. No solo eso; Randa le ha prendido fuego a su hacienda y la ha arrasado.

Amarina fue a los aposentos de Giddon tan rápido como pudo.

Lo encontró en una silla en un rincón, con los brazos caídos, las piernas abiertas y la cara paralizada por la conmoción.

Amarina se acercó y se arrodilló ante él, le tomó la mano y deseó poder darle también la mano del brazo roto.

—No deberíais arrodillaros ante mí —susurró Giddon.

—Calla —respondió Amarina, y se llevó la mano de Giddon a la cara para acunarla, abrazarla y besarla. Varias lágrimas le recorrieron las mejillas.

—Majestad —dijo Giddon, inclinándose hacia ella y sujetándole el rostro con delicadeza, con ternura, como si fuera la cosa más natural del mundo—. Estáis llorando.

—Lo siento. No puedo evitarlo.

—Me consuela —contestó Giddon mientras le secaba las lágrimas con los dedos—. Yo no logro sentir nada.

Amarina conocía ese tipo de entumecimiento. También sabía lo que venía después, una vez que se pasaba. Se preguntó si Giddon era consciente de lo que se avecinaba, si alguna vez había conocido esa clase de pena catastrófica.

Hacerle preguntas parecía ayudar a Giddon, como si al responder llenara las lagunas y recordara quién era. De modo que Amarina empezó a preguntarle cosas, basándose en cada respuesta para formular la siguiente pregunta.

Así fue como se enteró de que Giddon había tenido un hermano que había muerto a los quince años al caerse de un caballo; en concreto, el caballo de Giddon, que odiaba que lo montaran otros, y Giddon había animado a su hermano a montarlo sin prever las consecuencias. Giddon y Arlend solían pelear cada dos por tres, no solo por los caballos; seguro que se habrían peleado también por la herencia de su padre si Arlend no hubiera muerto. En ese instante Giddon deseaba que su hermano siguiera vivo y que hubiera ganado la discusión. Puede que Arlend no hubiera sido un noble demasiado justo, pero tampoco habría provocado la ira del rey.

—Era mi gemelo, majestad. Estoy seguro de que, después de que falleciera, cada vez que mi madre me miraba le parecía ver a un fantasma. Ella me juraba que no era cierto, y nunca me culpó por su muerte abiertamente. Pero se le notaba en la cara. Murió poco después.

Así fue también como se enteró de que Giddon no sabía aún si todos habían escapado.

—¿Escapado? —preguntó Amarina, y luego lo comprendió. Ay. Ay, no—. Hombre, no creo que Randa tuviera intención de asesinar a nadie. Seguro que avisaron a la gente para que saliera de casa. Randa no es Thigpen ni Drowden.

—Me preocupa que hayan sido tan necios como para intentar salvar algunos de los recuerdos de la familia. Además, el ama de llaves habrá intentado salvar a los perros, y el jefe de cuadra, a los caballos. Y… —Giddon sacudió la cabeza, confundido—. Si alguien ha muerto…

—Enviaré a alguien para que lo averigüe —le dijo Amarina.

—Gracias, majestad, pero estoy seguro de que ya viene alguien de camino para informarme.

—Pero…

No ser capaz de mejorar las cosas era insoportable. Amarina se detuvo antes de decir algo imprudente, como por ejemplo ofrecerle un título nobiliario en su reino; idea que, cuando se paró a pensarlo, le pareció que no sería ningún consuelo para Giddon, sino más bien un insulto. Si la destronaran a ella y arrasaran su castillo, ¿cómo se sentiría si para consolarla le ofrecieran ser monarca de algún otro reino que no fuera Montmar y a cuyo pueblo no conocía? Era impensable.

—¿Cuántas personas estaban a tu cargo, Giddon?

—Noventa y nueve en la casa y en los terrenos más próximos, que ahora no tienen hogar ni trabajo. Y quinientos ochenta y tres en el pueblo y en las granjas, y Randa no los tratará como es debido. —Dejó caer la cabeza sobre las manos—. Y, aun así, no sé qué habría hecho de otro modo, majestad, aun conociendo las consecuencias. No podía seguir siendo uno de los hombres de Randa. Menudo desastre he provocado. Arlend debería seguir vivo.

—Giddon, esto ha sido obra de Randa, no tuya.

Giddon alzó el rostro y le dirigió una expresión torva, irónica y decidida.

—Bueno, vale —contestó Amarina, y luego hizo una pausa para pensar bien lo que quería expresar—. En parte también ha sido culpa tuya. Al desafiar a Randa, pusiste en peligro a las personas de las que eras responsable. Pero tampoco creo que eso quiera decir que pudieras haberlo evitado, o que deberías haberlo previsto. Randa ha sorprendido a todo el mundo con sus actos. Nunca ha sido tan extremo con sus reprimendas, y nadie podría haber previsto que todas las consecuencias iban a recaer sobre ti.

Porque esa era otra de las cosas que le había contado Giddon: Randa había relegado a Oll de su cargo de capitán, pero hacía años que Oll había perdido la confianza de Randa, así que apenas importaba. A Katsa la había desterrado de nuevo y la había privado de su fortuna, pero Katsa llevaba ya años desterrada y sin dinero. Eso nunca le había impedido entrar en Mediaterra cuando le venía en gana, ni le había impedido a Raffin dejarle algo de dinero cuando lo necesitaba. En cuanto a Raffin, Randa se había ensañado con él, incluso lo había amenazado con repudiarlo y desheredarlo, pero era todo de boquilla. Raffin parecía ser el único que se libraba de la maldad de Randa; el monarca era incapaz de perjudicar de verdad a su propio hijo. ¿Y Bann? Por lo visto, Randa tenía una capacidad extraordinaria para fingir que Bann no existía.

Giddon, en cambio, era el objetivo perfecto de un rey cobarde: un noble con una riqueza considerable que no aterraba a Randa y al que le resultaría divertido arruinar.

—A lo mejor podríamos haberlo previsto si no hubiéramos tenido otras mil cosas en la cabeza —admitió Amarina—. Pero, aun así, no estoy segura de si podrías haberlo evitado. No sin perder tu valía.

—Me prometisteis no mentirme nunca, majestad —dijo Giddon.

Giddon tenía los ojos vidriosos y brillantes. Se le empezaba a notar el agotamiento en el cuerpo, como si todo —las manos, los brazos, la piel— le pesara demasiado para mantenerlo en su sitio. Amarina se preguntó si ese entumecimiento sería pasajero.

—No te estoy mintiendo, Giddon. Creo que, cuando decidiste entregarte en cuerpo y alma al Consejo, elegiste el camino adecuado.

Por la mañana, Bann y Raffin acudieron a desayunar. Amarina los observó mientras comían, apagados, medio dormidos. Bann tenía el pelo mojado y empezaba a rizársele en las puntas, y parecía estar abstraído, reflexionando sobre algo. Raffin no dejaba de suspirar. Al día siguiente, marcharía hacia Solánea con Po.

Tras un rato, Amarina dijo:

—¿No hay nada que pueda hacer el Consejo para ayudar a Giddon? ¿No os parece que el comportamiento de Randa lo deja al mismo nivel que el de los peores reyes?

—Es complicado, majestad —respondió Bann después de un momento, tras carraspear—. En realidad, Giddon estaba financiando el Consejo con el dinero de su patrimonio nobiliario, al igual que Po y Raffin, y, como tal, estaba cometiendo un delito que se podría considerar traición. Que un noble de la corte de un rey traicione a su soberano basta como justificación para que dicho rey le confisque sus posesiones. El comportamiento de Randa ha sido extremo, pero lo cierto es que ha seguido las normas. —Bann clavó la mirada en Raffin, que seguía ahí sentado y paralizado, y luego continuó en voz baja—: Y lo que es más importante: Randa es el padre de Raffin, majestad. Incluso Giddon se opone a cualquier acción por nuestra parte que implique que Raffin se enfrente a su padre. Giddon ha perdido todo lo que le importaba. No podríamos haber hecho nada para evitarlo.

Volvieron a comer en silencio durante un rato, y después Raffin, como si hubiera tomado una decisión, dijo:

—Yo también he perdido algo que me importaba. Todavía no me lo puedo creer. Mi padre ha decidido convertirse en mi enemigo.

—Siempre ha sido nuestro enemigo, Raffin —respondió Bann con delicadeza.

—Pero esto es diferente. Nunca he sentido la necesidad de renegar de él como mi padre. Nunca he querido ser rey solo para evitar que lo sea él.

—Es que directamente nunca has querido ser rey.

—Y sigo sin querer —dijo Raffin con una amargura repentina—. Pero lo que está claro es que él no debería serlo. Si yo fuera rey, quizás estaría perdido, pero al menos no sería un rey cruel y

repugnante —añadió, pronunciando cada palabra con detenimiento.

—Raffin —intervino Amarina, afectada por lo mucho que
entendía lo que sentía Raffin—. Te prometo que cuando llegue ese
día no estarás solo. Yo estaré contigo, y toda la gente que me ayude también te ayudará a ti. Si quieres, tendrás a mi tío a tu disposición. Los dos aprenderéis a ser reyes juntos —dijo, refiriéndose
a Bann, por supuesto, y más agradecida que nunca por la firmeza
de Bann, por su capacidad para mantener los pies en la tierra,
para compensar lo propenso que era Raffin a abstraerse. Tal vez
juntos pudieran reinar como es debido.

Helda entró en la sala y abrió la boca para hablar, pero luego se detuvo cuando oyeron el chirrido de las puertas exteriores al abrirse. Momentos después, Giddon los sorprendió a
todos tirando de Zaf hacia el centro de la habitación, agarrándolo de un brazo. Giddon tenía un aspecto desaliñado y los ojos
desorbitados.

—¿Qué ha hecho ahora? —preguntó Amarina con brusquedad.

—Lo he pescado en el laberinto de vuestro padre, majestad
—contestó Giddon.

—Zaf, ¿qué hacías en el laberinto?

—No es ilegal pasear por el castillo —respondió Zaf—. ¿Y,
por cierto, cuál es su excusa para estar por el laberinto?

Giddon le dio una torta a Zaf en la boca, lo agarró por el cuello de la camisa, lo miró a los ojos aturdidos y le dijo:

—Háblale a la reina con respeto o jamás trabajarás con el
Consejo.

A Zaf le sangraba el labio. Se pasó la lengua por él y luego le
sonrió a Giddon, que lo soltó de golpe. Zaf se volvió hacia Amarina.

—Qué buenos amigos tenéis —le dijo.

Amarina estaba casi segura de que Giddon había estado en el laberinto porque Po lo había enviado allí para averiguar qué tramaba Zaf.

—Basta —ordenó, enfadada con ambos—. Giddon, se acabaron los golpes. Zaf, dime qué hacías en el laberinto.

Zaf se metió la mano en el bolsillo y sacó un aro con tres llaves, seguido de un juego de ganzúas que Amarina reconoció al instante. Sin aspavientos, Zaf le entregó ambos objetos.

—¿De dónde has sacado esto? —preguntó Amarina, perpleja.

—Parecen las ganzúas de Zorro, majestad —dijo Helda.

—Lo son —afirmó Amarina—. Zaf, ¿te las ha dado ella o las has robado?

—¿Por qué iba a darme sus ganzúas? —preguntó Zaf con indiferencia—. Sabe perfectamente quién soy.

—¿Y las llaves? —preguntó Amarina sin perder la calma.

—Las tenía en el bolsillo cuando le robé las ganzúas.

—¿De qué son estas llaves? —le preguntó Amarina a Helda.

—No lo sé, majestad —respondió Helda—. No sabía que Zorro tuviera llaves de ningún sitio.

Amarina las estudió mientras las sujetaba con la mano. Las tres eran grandes y tenían adornos.

—Me resultan familiares —dijo, no muy segura—. Helda, estas llaves me resultan familiares. Ven, ayúdame —le pidió mientras se dirigía al tapiz del caballo azul.

Mientras Helda apartaba el tapiz con ambas manos, Amarina comenzó a probar cada una de las llaves en la cerradura. La segunda la abrió.

Amarina miró a Helda a los ojos; ambas se estaban preguntando por qué tendría Zorro las llaves de los aposentos de Leck en el bolsillo. Y, si las tenía, por qué había hecho el numerito de las ganzúas.

—Estoy segura de que hay una explicación razonable, majestad —dijo Helda.

—Yo también —contestó Amarina—. Vamos a esperar a ver si me la da por voluntad propia cuando descubra que Zaf se las ha robado.

—Yo confío en ella, majestad —dijo Helda.

—Yo no —replicó Zaf desde el otro extremo de la habitación—. Tiene agujeros en los lóbulos de las orejas.

—Bueno —intervino Helda—, eso es porque pasó su infancia en Leonidia, al igual que tú, joven. ¿Por qué te crees que le pusieron un nombre a juego con el pelo?

—Entonces, ¿por qué no me habla nunca de Leonidia? —preguntó Zaf—. Si su familia estaba tan alerta como para enviarla lejos de Montmar, ¿por qué no me habla de la resistencia? ¿Por qué no me habla de su familia ni de su casa? ¿Y por qué no tiene acento de Leonidia? Está tratando de pasar inadvertida, y no me fío. Sus temas de conversación son demasiado selectivos. Me dijo dónde estaban los aposentos de Leck, pero no mencionó la existencia de ningún laberinto. ¿Esperaba que me atraparan?

—¿Te ordenó ella que fueras a husmear? —replicó Amarina—. Te estás quejando de que desconfíe de ti alguien a quien has robado, Zaf. A lo mejor no te habla porque no le caes bien. Tal vez no le gustaba Leonidia. En cualquier caso, la cantidad de personas en las que confías tú es menor que el número de llaves de este aro. ¿Qué tenemos que hacer para que dejes de comportarte como un niño? No vamos a poder protegerte a toda costa siempre, ¿sabes? ¿Te ha contado el príncipe Po que, el día en que te salvó la vida en el juicio y le premiaste robando la corona, se pasó horas corriendo bajo la lluvia buscándote, y que luego cayó gravemente enfermo?

No, Po no se lo había dicho. El disgusto repentino y silencioso de Zaf lo demostraba.

—¿Qué hacías en el laberinto de mi padre? —volvió a preguntar Amarina.

—Tenía curiosidad —dijo Zaf en un tono derrotado.

—¿Sobre qué?

—Zorro mencionó los aposentos de Leck. Entonces, hurgué en su bolsillo y me encontré con las llaves, y creí saber qué abrían. Me daba curiosidad ver los aposentos con mis propios ojos. ¿Creéis que Teddy, Tilda o Bren me perdonarían si no aprovechara mi estancia en el castillo para descubrir algunas verdades?

—Creo que Teddy te diría que dejaras de hacernos perder el tiempo, a mí y al Consejo —dijo Amarina—. Y creo que sabes que yo misma estaría encantada de describirle los aposentos de Leck a Teddy. Maldita sea, Zaf, si me lo pidiera, hasta le llevaría para que los viera él mismo.

Las puertas exteriores volvieron a chirriar.

—Creo que hemos terminado —sentenció Amarina, preocupada de repente por Zaf, por si la persona que entraba no era Po ni Madlen. Ni Morti. Ni Holt. Ni Hava. *Esa es la gente en la que confío*, pensó, poniendo los ojos en blanco.

—¿Se ha recuperado el príncipe Po? —preguntó Zaf.

—¿Recuperado de qué? —preguntó Katsa tras irrumpir en la sala—. ¿Qué ha pasado?

—¡Katsa! —exclamó Amarina, que se quedó sin fuerzas de lo mucho que le alegró y le alivió verla; hasta se le saltaron las lágrimas—. No ha pasado nada. Está bien.

—¿Ha…? —Katsa se percató de que había un extraño en la habitación—. ¿Ha…? — comenzó a decir de nuevo, confundida.

—Tranquila, Katsa —le dijo Giddon—. Tranquila —repitió, y le tendió la mano. Katsa la aceptó tras un momento de vacilación—. Ha pasado un tiempo enfermo, pero ahora está mejor. Todo va bien. ¿Por qué has tardado tanto?

—Espera a que te lo cuente —respondió Katsa—, porque no te lo vas a creer. —Y entonces se acercó a Amarina y la abrazó por un lado, para evitar el brazo lesionado—. ¿Quién te ha hecho esto? —le preguntó, recorriendo con los dedos el brazo escayolado.

Amarina estaba tan contenta que no sintió dolor siquiera. Enterró la cara en el helado abrigo peludo de Katsa, que olía un poco raro, y no respondió.

—Es una larga historia, Kat —dijo Raffin, que se había acercado a ellas—. Han pasado muchas cosas.

Katsa se puso de puntillas para darle un beso a Raffin. Y luego miró a Zaf por encima de la cabeza de Amarina, para estudiarlo con más atención y con los ojos entornados. Después miró a Amarina y luego a Zaf de nuevo. Comenzó a sonreír mientras Zaf abría ligeramente la boca y la miraba con los ojos de graceling más grandes del mundo. El oro de sus pendientes y sus anillos resplandecía.

—Hola, marinero —le saludó Katsa. Luego se dirigió a Amarina—: ¿Te recuerda a alguien?

—Sí —contestó Amarina, sabiendo que Katsa se refería a Po, aunque ella misma se refería a Katsa. Sin darle más importancia, le preguntó, todavía acurrucada con ella—: ¿Llegaste a encontrar el túnel?

—Sí, y lo seguí hasta Solánea. Y también encontré otra cosa, a través de una grieta. Había grietas por todas partes, Amarina, y el aire que salía de ellas sonaba raro. Y olía extraño. Así que aparté algunas rocas. Me llevó mucho tiempo, y en un momento dado provoqué una pequeña avalancha, pero conseguí abrir una serie de pasadizos nuevos. Luego seguí el más ancho durante un buen rato, hasta que me pareció que estaba perdiendo demasiado tiempo. Me repateaba la idea de tener que volver atrás. Pero de vez en cuando había aberturas en la superficie, y, en serio, Amarina; tenemos que volver a ese sitio. Era un pasaje hacia el este, bajo las montañas. Mira la rata que me atacó.

Una vez más, las puertas se abrieron. Esta vez, Amarina sabía quién venía.

—Fuera —le dijo a Zaf, extendiendo el dedo, porque aquello iba a ser algo privado e imprevisible, no apto para los ojos de admirador de Zaf—. Fuera —dijo con más firmeza, indicándole a Giddon que se ocupara de sacarlo de allí, cuando Po apareció por la puerta, resollando, con la mano apoyada en el marco.

—Lo siento —se disculpó Po—. Lo siento, Katsa.

—Yo también —respondió Katsa, corriendo hacia él.

Giddon sacó a Zaf a rastras de allí. Katsa y Po se abrazaron llorando, montando el numerito que todos esperaban, pero Amarina había dejado de prestar atención; no podía apartar los ojos de lo que Katsa había arrojado sobre la mesa del desayuno mientras corría hacia Po. Era algo pequeño, extraño y peludo. Amarina extendió una mano.

Luego la retiró, como si algo la hubiera sorprendido o mordido.

Era una piel de rata, pero había algo que no encajaba. Era casi de un color normal pero no del todo. En lugar de gris, era de una especie de plateado, con un brillo dorado si la mirabas desde ciertos ángulos. Y, obviando lo raro que era el color, había algo peculiar, algo que no lograba concretar. No podía dejar de mirarlo. Esa piel de rata plateada era la cosa más hermosa que había visto jamás.

Se obligó a tocarla. Era real; era el pelaje de una rata que Katsa había matado.

Amarina se apartó de la mesa despacio. Las lágrimas empezaron a recorrerle las mejillas mientras permanecía allí, atrapada en su propia avalancha.

31

Por lo visto aquello significaba que, aunque el mundo real de Leck se había creado a base de mentiras, su mundo imaginario era real.

Amarina mandó llamar a Thiel para que se reuniera con ellos porque lo necesitaba allí de inmediato. Fue una decisión tan precipitada que ni siquiera se le pasó por la cabeza que lo había invitado a entrar en la sala en la que un trozo de tela cubría la corona falsa. Cuando el consejero apareció por la puerta, asombrado pero con el rostro cargado de esperanza, Amarina se sorprendió a sí misma al verse dándole la mano. Thiel estaba demacrado y había adelgazado muchísimo, pero llevaba ropa limpia, iba afeitado y se notaba que estaba prestando atención.

—Es posible que esto te altere, Thiel —le advirtió Amarina—. Lo siento mucho, pero te necesitaba.

—Me alegro demasiado de que me necesitéis como para que me importe, majestad.

El pelaje plateado sobrecogió a Thiel, lo confundió y lo paralizó. Se habría caído al suelo de no haber sido porque Katsa y Po lograron colocarle una silla detrás a tiempo.

—No entiendo… —dijo.

—¿Te acuerdas de las historias que contaba Leck? —le preguntó Amarina.

—Claro que sí, majestad —respondió Thiel, perplejo—. Siempre contaba historias sobre criaturas de colores extraños. Vos misma habéis visto las obras de arte: los tapices —señaló con la mano el caballo azul que estaba en la otra punta de la habitación—, las flores de colores chillones que crecen alrededor de las esculturas, los setos... —Thiel movía la cabeza hacia atrás y hacia delante, como si fuera una campana—. Pero sigo sin comprenderlo. Debe tratarse con toda seguridad de la piel de una rata única en su especie. O... ¿podría tratarse de algo que fabricó el propio Leck?

—Lady Katsa la encontró en las montañas del este —respondió Amarina.

—¡¿En las montañas del este?! Pero si al este no hay ningún ser vivo. Nada puede sobrevivir en esas montañas.

—Lady Katsa encontró un túnel bajo las montañas, Thiel. Es posible que haya tierras habitables al otro lado. Katsa, ¿dirías que la rata se comportaba como una rata normal y corriente?

—No —respondió Katsa con firmeza—. Vino directa hacia mí. Dije: «¡Anda, por ahí viene una voluntaria para la cena!», pero entonces me quedé allí plantada, mirándola embobada, ¡y se abalanzó sobre mí!

—Te hipnotizó —dijo Amarina—. Eso era lo que contaba Leck en sus historias.

—Algo así, sí —admitió Katsa—. Tuve que protegerme la mente como lo haría con... —le echó un vistazo a Thiel, que seguía moviendo la cabeza de delante hacia atrás con pesadez— un mentalista. Y al fin volví a entrar en razón. Me muero de ganas por volver, Amarina. En cuanto tenga tiempo, cruzaré ese túnel hasta el otro lado.

—No —respondió Amarina—. No podemos esperar. Necesito que vayas ahora mismo.

—¿Me estás dando órdenes? —preguntó Katsa, divertida.

—No —intervino Po, y frunció los labios—. Nada de órdenes. Tenemos que pararnos a hablarlo.

—Necesito que todo el mundo la vea —dijo Amarina, que no le estaba prestando atención a nadie—. Quiero que todo el mundo me dé su opinión, cualquier persona que haya oído las historias y cualquiera que pueda saber algo al respecto. Darby, Rood, Morti... ¿Es posible que Madlen sepa algo sobre anatomía de los animales? También quiero que lo sepan Zaf y Teddy, y cualquiera que haya escuchado las historias de los locales de relatos. ¡Necesito que todo el mundo la vea!

—Prima —le dijo Po, con voz tranquila—, te aconsejo que vayas con cuidado. No dejas de dar vueltas con la mirada enloquecida y Thiel está ahí sentado como si hubiera perdido la cabeza. Sea lo que fuere esto —dijo mientras tocaba con los dedos la piel de rata con cierto asco—, y estoy de acuerdo en que no es normal, provoca un efecto considerable en quienes conocían a Leck. No vayas por ahí poniéndole a la gente la rata en la cara. Ve poco a poco y mantenlo en secreto. ¿Me oyes?

—Esa rata es de donde vino Leck —dijo Amarina—. Estoy segura, Po, y eso significa que yo también provengo de allí, de un lugar en el que los animales tienen este aspecto y te nublan la mente, igual que Leck.

—Es posible —respondió Po mientras la abrazaba. La camisa desprendía un ligero olor al abrigo de piel de Katsa. Resultaba reconfortante; era como si los dos la estuvieran abrazando al mismo tiempo—. Pero también es posible que fuera algo que él conocía y sobre lo que se inventaba historias disparatadas. Respira hondo, cielo. No podemos resolverlo todo de golpe. Tenemos que ir poco a poco.

Po y Raffin iban a marcharse al día siguiente; cruzarían el túnel de Giddon para llegar a Solánea y hablar con los ciudadanos sobre sus planes para sustituir al rey Thigpen. Katsa y Po pasaron la mayor parte del día irascibles con todo el mundo salvo entre ellos. Amarina se imaginaba que no podrían estar solos hasta tarde, y que Po necesitaría dormir si iba a pasarse todo el día siguiente a lomos del caballo.

Entonces Katsa empezó a hablar sobre acompañar a los príncipes hasta Solánea. Al oírlo, Amarina hizo llamar a Katsa a la torre.

—Katsa, ¿por qué vas a ir con ellos? ¿Te necesitan? ¿O es solo que quieres pasar más tiempo con Po?

—Quiero pasar más tiempo con Po —respondió Katsa con sinceridad—. ¿Por qué lo preguntas?

—Entonces, si te estás planteando ir con ellos, tiene que ser porque nadie te necesita aquí, ¿no es así?

—Puedo hacer muchas cosas aquí con Bann, Helda y Giddon. Y puedo hacer muchas cosas en Solánea con Po y Raff. Pero mi presencia no es imprescindible en ninguna parte ahora mismo. Creo que sé lo que pretendes, Amarina, y ahora mismo no es un buen momento.

—Katsa, me interesa muchísimo averiguar más cosas sobre ese lugar en el que estuviste y sobre lo que viste, pero, incluso si nos olvidamos de mis motivos personales, incluso si nos olvidamos de la rata, lo que importa es que se ha abierto un paso que no sabemos a dónde conduce. Si hay un rincón del mundo que no hemos descubierto aún, es fundamental que averigüemos más cosas sobre ese sitio. Ni siquiera la revolución de Solánea es tan importante como esto. Leck solía contar historias sobre otro reino. ¿Y si hay gente viviendo al otro lado de las montañas?

—Si me marchara, probablemente estaría lejos durante mucho tiempo —respondió Katsa—. Que el Consejo no me necesite ahora mismo no quiere decir que no vaya a necesitarme dentro de dos semanas.

—Pero yo te necesito.

—Eres la reina, Amarina. Envía a la guardia de Montmar.

—Sí, podría hacerlo, aunque ahora mismo no confíe en la guardia de Montmar, pero una compañía de soldados no viajaría con tu rapidez ni tu discreción. ¿Y qué pasará cuando mis hombres lleguen allí? No contarán con tu fortaleza mental ni con tu gracia cuando los ataque una manada de lobos de colores o vete tú a saber qué. Tampoco serán capaces de moverse sin que los vean, como tú, y necesito a un espía que me cuente qué está pasando allí. Katsa, esto te viene como anillo al dedo. Contigo sería muy fácil y seguro que todo saldría bien.

—No sería fácil —respondió Katsa con un bufido.

—Venga, ¿de verdad crees que sería tan difícil?

—Cruzar el túnel, enfrentarse a los lobos, husmear por allí y volver no sería difícil —respondió Katsa, cuya voz se estaba tornando cada vez más cortante—. Lo complicado sería separarme de Po en este instante.

Amarina inspiró hondo y se concentró durante un momento para saber cómo abordar su terquedad.

—Katsa, no me gusta ser cruel. Y sé que no puedo obligarte a nada que no quieras hacer. Pero, por favor te lo pido, añádelo a las posibilidades que estás barajando. Piensa en lo que implicaría que hubiera otro reino al otro lado de las montañas. Si nosotros somos capaces de descubrirlos, ellos podrían hacer lo mismo. ¿Qué preferirías que ocurriera primero? ¿Sería posible que Raffin y Po retrasaran el viaje un poco más? —sugirió—. ¿Qué importa un solo día más? Lo siento, Katsa —añadió, asustada al ver las enormes lágrimas redondeadas que surcaban el rostro de Katsa—. Siento tener que pedírtelo.

—No te queda más remedio —respondió Katsa, enjugándose las lágrimas y limpiándose la nariz con la manga—. Lo entiendo.

Lo pensaré. ¿Te importa que me quede contigo un poco más, hasta que me recomponga?

—No tienes ni que preguntarlo —contestó Amarina, perpleja—. Puedes quedarte todo el tiempo que quieras.

De modo que Katsa se quedó allí sentada con los hombros rectos, respirando despacio y mirando a la nada con el ceño fruncido. Amarina se sentó delante de ella y la miraba de vez en cuando con preocupación mientras comprobaba informes financieros, cartas, fueros y más fueros.

Pasado un tiempo, Po abrió la puerta y entró en la sala. Katsa rompió a llorar de nuevo, en silencio. Amarina decidió seguir trabajando en las oficinas del piso inferior.

Al salir del despacho, Po se acercó a Katsa, la levantó de la silla, se sentó él y la colocó en su regazo. Empezó a mecerla y a intentar tranquilizarla, y se abrazaron como si fuera lo único que podía evitar que el mundo se viniera abajo.

Ese mismo día, más tarde, le enviaron una nota. Cifrada y escrita con la letra de Katsa:

> Po y Raffin van a retrasar el viaje un día. Cuando se vayan, volveré a ese túnel misterioso y lo seguiré hacia el este.
>
> Perdónanos por haberte echado de tu despacho.
>
> Te veré por la mañana para el entrenamiento. Te enseñaré a luchar con un brazo vendado.

—¿Siempre es así? —preguntó Amarina durante la cena.

Giddon y Bann, que estaban cenando con ella, se giraron y la miraron, perplejos. Los demás también habían cenado con ellos, pero habían tenido que retomar los preparativos y los planes, lo cual le vino muy bien a Amarina. Con quien más ganas tenía de sacar el tema era con Giddon y con Bann, aunque Raffin también le habría valido.

—¿Si siempre es así el qué, majestad? —preguntó Giddon.

—Me refiero a si es posible... —No sabía muy bien cómo expresarse—. A si es posible compartir el lecho con otra persona sin lágrimas, peleas y crisis constantes.

—Sí —respondió Bann.

—Siendo Katsa y Po, no —respondió Giddon al mismo tiempo.

—Venga, no seas malo —se quejó Bann—. Tienen temporadas muy buenas sin lágrimas, peleas ni crisis.

—Pero sabes de sobra que a los dos les encanta una buena bronca —replicó Giddon.

—Hablas como si lo hicieran a propósito. Siempre tienen un buen motivo. No tienen unas vidas sencillas y pasan mucho tiempo separados.

—Porque es lo que han elegido —contestó Giddon, que se levantó de la mesa y fue a echarle más leña a un fuego moribundo—. No hace falta que pasen tanto tiempo separados. Lo hacen porque quieren.

—Lo hacen porque el Consejo lo requiere —respondió Bann a espaldas del noble.

—Pero ellos son los que deciden lo que requiere el Consejo, ¿no es así? Igual que nosotros.

—Anteponen las necesidades del Consejo a las suyas —insistió Bann.

—También les gusta montar numeritos —farfulló Giddon acercándose al hogar.

—No seas injusto, Giddon. Lo que pasa es que no se les da bien contener las emociones delante de sus amigos.

—Esa es la definición de *numerito* —se limitó a responder Giddon mientras se sentaba de nuevo a la mesa.

—Es solo que… —empezó a decir Amarina, pero luego se contuvo, porque no sabía qué era. Su propia experiencia era minúscula, pero era lo único que tenía, así que le resultaba imposible no compararlo todo con ella. Le había gustado discutir con Zaf. Le había gustado que confiaran y desconfiaran el uno del otro al mismo tiempo. Pero no le gustaba pelearse con él, en absoluto. Tampoco le gustaba ser el blanco de su rabia. Y, si todo el tema de la corona podía considerarse una crisis, entonces tampoco le gustaban las crisis.

Por otro lado, era evidente que Katsa y Po tenían algo que los mantenía unidos, algo profundo e intenso. A veces le daba envidia.

Amarina pinchó con el tenedor una tarta misteriosa que estaba al otro lado de la mesa y se alegró al comprobar que era de calabaza. Acercó el plato y se sirvió una buena porción.

—Es solo que, aunque estoy convencida de que disfrutaría haciendo las paces, no creo que pudiera soportar estar todo el día peleándome —concluyó Amarina—. Creo que prefiero algo más… tranquilo.

Giddon esbozó una sonrisa.

—La verdad es que sí que parece que se lo pasan mejor que nadie al hacer las paces.

—Pero eso es lo que hace la gente, ¿no? —añadió Bann, quizás un poco avergonzado—. Yo no me preocuparía demasiado por ellos, majestad, y tampoco me preocuparía por lo que significa. Cada relación es un universo distinto.

Por la mañana, Giddon se marchó para reunirse con un aliado del Consejo de Solánea que estaba de visita en Venado Plateado, un pueblo a medio día a caballo por la orilla este del río.

—Espero que llegue antes de que amanezca —comentó Po durante la cena—. No me gustaría tener que marcharme antes de que regresara.

—¿Para que pueda protegerme? —preguntó Amarina—. ¿Crees que no estoy a salvo si Katsa o tú no estáis conmigo? No te olvides de que cuento con la guardia real y la guardia leonita. Además, tampoco salgo del castillo ya.

—Hoy por fin he podido ir a la zona este de la ciudad, marinerita —le dijo Po—. Me he recorrido prácticamente todas las calles y también he paseado por la zona sur de la ciudad. No he conseguido encontrar a Runnemood. Bann y yo hemos intentado buscar una solución, pero los dos estamos de acuerdo en que ahora mismo sería muy complicado que Giddon o él fueran en busca de tu capitán.

—Hace tres noches alguien provocó un incendio y asesinó a otro de los amigos de Zaf y Teddy —respondió Amarina.

—Ah —dijo Po mientras soltaba los cubiertos—. Ojalá no tuviéramos que ir a Solánea mañana. Están ocurriendo demasiadas cosas, y ninguna buena.

No podía llevarle la contraria mientras tuviera el pelaje de rata metido en el bolsillo. Esa misma mañana se había acercado a la biblioteca para enseñárselo a Morti, que se había quedado blanco como la leche.

—Por todos los cielos —había exclamado el bibliotecario con voz ronca.

—¿Qué te parece? —le preguntó Amarina.

—Me parece… —Morti guardó silencio; parecía estar reflexionando de verdad—. Me parece que voy a tener que pensar en qué estantería meto ahora las historias del rey Leck, majestad. Las tenía en la sección de literatura fantástica.

—¿De verdad es eso lo que te preocupa? —le preguntó Amarina—. ¿La reorganización de los libros? Encárgate de que alguien vaya a buscar a Madlen, ¿vale? Me voy a mi mesa a leer sobre la tiranía de la monarquía —añadió, y se marchó de allí frustrada al darse cuenta de que no había sido una réplica especialmente mordaz.

La reacción de Madlen fue mucho más satisfactoria. Entrecerró los ojos al ver el pelaje y murmuró:

—Mmm…

Y luego procedió a formular un millón de preguntas. ¿Quién lo había encontrado? ¿Dónde? ¿Cómo se había comportado el animal? ¿Cómo se había defendido lady Katsa? ¿Se había encontrado con alguien? ¿Cuánto se había adentrado en el túnel? ¿Dónde empezaba el túnel exactamente? ¿Qué iban a hacer al respecto? ¿Cuándo? ¿Quién se iba a encargar de ello?

—Confiaba en que pudieras decirme algo con tu experiencia como curandera —logró decirle Amarina antes de que siguiera con las preguntas.

—Es de lo más peculiar, majestad —respondió Madlen.

Luego miró el tapiz de la mujer de la melena salvaje, dio la vuelta sobre sus talones y se marchó.

Con un suspiro, Amarina se dirigió hacia Mimoso, que estaba despatarrado sobre la mesa y la miraba con la cabeza apoyada en una de las patas.

—Pues menos mal que tengo a todos estos expertos trabajando para mí… —le dijo al gato. Después le acercó el pelaje de la rata al hocico y le dio un golpecito con él—. Dime, ¿tú qué opinas?

Mimoso dejó muy claro que no opinaba nada en absoluto.

No pienso permitir que entre en nuestros aposentos. Paradójicamente, respeta mi barricada y al mismo tiempo aposta guardias frente a la puerta. Cuando se marcha a su cementerio, exploro sus habitaciones. Estoy buscando un pasadizo que me permita salir de aquí, pero no lo encuentro.

¿Podría detenerlo si conociera sus secretos y sus planes? Pero no los encuentro y, si lo lograra, tampoco sabría leerlos. Las esculturas me observaban mientras buscaba. Me han dicho que el castillo alberga secretos y que me matará si me descubre husmeando. Una advertencia, no una amenaza. Les caigo mejor que él.

Esa noche Amarina estaba sentada en el suelo de su habitación con las piernas cruzadas y se preguntaba si merecía la pena tratar de averiguar el significado de aquel fragmento, cuando la mitad de lo que decía parecían desvaríos.

—¿Majestad? —dijo una voz desde la puerta.

Amarina se dio la vuelta con un sobresalto. Era Zorro.

—Disculpad la intromisión, majestad —le dijo la joven.

—¿Qué hora es? —preguntó Amarina.

—La una de la madrugada, majestad.

—Un poco tarde para intromisiones, ¿no crees?

—Lo siento, majestad —respondió Zorro—. Es que tengo que deciros algo, majestad.

Amarina retiró las sábanas y se acercó al tocador; no quería estar cerca de los secretos de su madre ni de los de su padre con Zorro en la habitación.

—Dime —le ordenó, aunque ya se imaginaba para qué había venido.

—He encontrado un juego de llaves, majestad —le informó Zorro—. Estaban en un rincón de un cuarto trasero vacío de la herrería. No estoy segura de qué abren. Podría habérselo preguntado a Ornik, pero estaba fisgoneando cuando las descubrí, y no quería que lo supiera. Cuando entró, creyó que había estado esperándolo, y no me pareció conveniente llevarle la contraria.

—Entiendo… —respondió Amarina con sequedad—. ¿No es posible que tan solo sean las llaves de la herrería?

—Las probé allí, majestad, pero no sirvieron. Son unas llaves grandes, imponentes; parecen de algo importante. Nunca he visto nada igual. Pero, antes de que pudiera traéroslas, me desaparecieron del bolsillo, majestad.

—¿Cómo? —preguntó Amarina—. ¿Quieres decir que te las han robado?

—No sabría deciros, majestad —respondió Zorro, mirándose las manos entrelazadas.

Zorro sabía perfectamente que Amarina sabía perfectamente que Zorro pasaba los días en lo alto de una plataforma con un ladrón que tenía toda la pinta, a juzgar por los últimos sucesos, de estar relacionado de algún modo con la reina. Amarina no podía culparla de no haber querido acusar a Zaf del robo. Era probable que pensara que enfadaría a la reina.

Al mismo tiempo, si Zaf no hubiera robado las llaves, ¿habría sabido siquiera Amarina de su existencia? Tras el robo, Zorro había *tenido* que decírselo a la reina, por si acaso lo hacía Zaf antes. Independientemente de cuáles fueran sus intenciones iniciales y de dónde las hubiera encontrado en realidad.

—¿Has averiguado algo sobre la corona, Zorro? —le preguntó para comprobar si las versiones de todo el mundo encajaban.

—Ese tal Gris se niega a vendérosla, majestad —respondió Zorro—. Además, ha estado difundiendo rumores. Pero solo lo hace para poneros nerviosa, majestad, y para presionaros. No le dirá nada a las personas que no queréis que lo sepan, y luego os chantajeará con contárselo para que le deis lo que quiere.

Por desgracia, ya que no resultaba muy útil, las versiones coincidían.

—Muy astuto —comentó Amarina—. Gracias por haberme contado lo de las llaves, Zorro. Helda y yo mantendremos los ojos bien abiertos por si aparecen.

Y entonces, después de que Zorro se marchara, Amarina abrió el arcón de su madre, levantó el pelaje de rata y sacó las llaves.

Con la aparición del pelaje y los planes de sus amigos, casi se había olvidado de ellas. Abandonó sus aposentos sujetando un farol con la mano buena. Descendió por las escaleras hasta llegar al laberinto, apoyó el hombro derecho en la pared y dio todos los giros necesarios.

La primera llave que probó abrió la puerta de los aposentos de su padre con un *clic* sonoro.

Al entrar, Amarina se quedó plantada bajo la atenta mirada de las esculturas manchadas de pintura.

—Bueno… —les dijo—. Mi madre os preguntó dónde estaban los secretos del castillo, pero no se lo dijisteis. ¿Me lo vais a decir a mí?

Al mirar las esculturas de una en una, ya no le daba la sensación de que su madre hubiera escrito solo desvaríos. Era complicado no pensar en ellas como seres vivos con opiniones propias. El búho plateado y turquesa del tapiz la miraba con sus ojos redondos.

—¿Para qué es la tercera llave? —les preguntó a las estatuas.

Después entró en el cuarto de baño, se metió en la bañera y apretó todos los azulejos de la pared. También apretó todos los demás azulejos a los que llegaba, solo para asegurarse de que no se dejara ninguno. Después fue al armario y pasó la mano buena por todas las estanterías y el resto de las superficies; no paró de estornudar, pero lo toqueteó todo. Al volver a la habitación, empujó y pasó la mano también por los tapices.

Nada. Ni un solo compartimento oculto que albergara los pensamientos secretos y mohosos del rey Leck.

Tras doblar cuarenta y tres esquinas con el brazo pegado a la pared izquierda, regresó a su escalera. Mientras subía los escalones, una música llegó a sus oídos. Una mano que tocaba notas melancólicas con un instrumento de cuerda.

Hay alguien en este castillo que sabe tocar.

Al volver a sus aposentos, Amarina volvió a ocupar su sitio en la alfombra y empezó a descifrar los bordados de otra sábana.

Thiel dice que me conseguirá un puñal si se le presenta la ocasión. No será fácil; Leck lleva un registro de todos sus puñales. Tendrá que robarlo. Y yo tendré que atar varias sábanas y bajar por la ventana. Thiel dice que es demasiado peligroso, pero solo hay un guardia en el jardín; en las otras rutas hay demasiados guardias. Dice que cuando llegue el momento se encargará de distraer a Leck.

Al día siguiente, Po y Raffin partieron antes del amanecer; se dirigieron hacia la zona este de la ciudad y cruzaron el puente Alado a lomo de sus caballos, sin llamar la atención. Katsa los siguió poco después, tras dejar a Bann, Helda y Amarina intercambiando miradas sombrías mientras desayunaban. Giddon aún no había regresado de Venado Plateado.

Entonces, a última hora de la mañana, Darby subió corriendo las escaleras de la torre de Amarina y, entre jadeos, dejó caer una nota doblada sobre su escritorio.

—Esto parece urgente, majestad.

La nota estaba escrita con la letra de Giddon, sin ningún tipo de cifrado: «Majestad, por favor, venid a vuestras caballerizas lo antes posible y traed a Rood. Sed discreta».

No se imaginaba por qué Giddon podría pedir algo así, y dudaba de que fuera por algo bueno. Pero al menos había vuelto sano y salvo.

Rood la siguió hasta las caballerizas como un perro asustado, con el rabo entre las piernas y encogido, como si tratara de desaparecer.

—¿Sabes de qué se puede tratar? —le preguntó Amarina.

—No, majestad —respondió Rood en un susurro.

Al entrar en las caballerizas, no vio a Giddon por ninguna parte, así que eligió la fila de establos más cercana y comenzó a recorrerla, pasando entre caballos que pateaban y resoplaban. Al doblar la primera esquina, vio a Giddon en la puerta de un establo a lo lejos, agachado sobre algo en el suelo. Había otro hombre con él: Ornik, el joven herrero.

Rood dejó escapar un sollozo.

Giddon lo oyó, se giró, se acercó a ellos a toda prisa y les cortó el paso. Con un brazo extendido para detener a Amarina, y sujetando a Rood con el otro para que no cayera al suelo, les dijo:

—Me temo que ha ocurrido algo espantoso. Es un cadáver que ha pasado bastante tiempo en el río. Es… —vaciló Giddon—. Rood, lo siento, pero creemos que es tu hermano. ¿Podrías reconocer sus anillos?

Rood cayó de rodillas.

—No te preocupes—le dijo Amarina a Giddon mientras él la miraba con impotencia. Le apoyó la mano en el brazo—. Encárgate tú de Rood. Conozco sus anillos.

—Preferiría que no tuvierais que verlo, majestad.

—Me dolerá menos que a Rood.

—Quédate con la reina —le ordenó Giddon a Ornik por encima del hombro de Amarina. Aunque no hizo falta, pues Ornik ya se estaba acercando, trayendo consigo un fuerte hedor a vómito.

—¿En tan mal estado está, Ornik? —preguntó Amarina.

—Fatal, majestad —respondió Ornik con gravedad—. Solo os enseñaré las manos.

—Me gustaría verle la cara —insistió Amarina, sin saber cómo explicarle que necesitaba ver todo lo posible. Solo para su propia certeza, y quizá para poder entender las cosas.

Y…, sí, reconoció los anillos que apretaban la piel de aquella horrible mano hinchada, aunque el resto del cadáver era irreconocible. Apenas humano, fétido, casi insoportable de mirar.

—Sí, son los anillos de Runnemood —le dijo a Ornik.

Y esto responde a la pregunta de si Runnemood es la única persona que ataca a los buscadores de la verdad. Es imposible que provocara un incendio en la ciudad hace… cuatro noches, pensó tras contar los días mentalmente. *¿Por qué me afecta tanto verlo muerto, si habría acabado igual de haberlo condenado por sus crímenes?*

Ornik cubrió el cuerpo con una manta. Cuando Giddon se acercó a ellos, Amarina miró hacia atrás y vio que Darby había llegado y estaba arrodillado con un brazo alrededor de Rood. Mientras, Thiel merodeaba a lo lejos, con la mirada ausente, como un fantasma.

—¿Hay alguna forma de averiguar qué ha pasado? —preguntó Amarina.

—No lo creo, majestad —respondió Giddon—. No con un cuerpo que ha estado en el río tanto tiempo como parece haber estado este. Unas tres semanas y media, supongo, si murió la noche que desapareció, ¿no? Rood y Darby creen que podría tratarse de un suicidio.

—Suicidio… —repitió Amarina—. ¿Crees que Runnemood se suicidaría?

—Por desgracia, majestad, hay más cosas que tengo que contaros.

—De acuerdo —respondió Amarina, pero notó que, detrás de Giddon, Thiel se había dado la vuelta y se estaba alejando—. Dame un minuto, Giddon.

Corrió para alcanzar a Thiel mientras lo llamaba.

Su consejero se giró hacia ella con rigidez.

—¿Tú también crees que fue un suicidio, Thiel? ¿No crees que debía de tener enemigos?

—No puedo pensar, majestad —dijo Thiel con una voz rota, como si le costara hablar—. ¿Haría él algo así? ¿Se habría vuelto tan loco? Tal vez sea culpa mía, por dejar que huyera aquella noche, solo. Perdonadme, majestad —dijo mientras retrocedía confundido—. Perdonadme; esto es obra mía.

—¡Thiel! —exclamó Amarina, pero él se apartó.

Al volverse, Amarina vio a Giddon en otra hilera de establos, abrazando a un hombre que no había visto jamás, aferrado a él como a un primo al que no veía desde hacía mucho tiempo. Después Giddon abrazó al caballo que por lo visto acababa de entrar con el hombre. Giddon tenía el rostro surcado de lágrimas.

¿Qué estaba pasando? ¿Se estaba volviendo todo el mundo loco? Amarina se concentró en Darby y en Rood, que seguían de rodillas. El cadáver cubierto de Runnemood yacía en el suelo un poco más allá, y Rood seguía sumido en un llanto desconsolado. Amarina supuso que era posible llorar por un hermano sin que importara en quién se había convertido.

Se acercó a él para darle el pésame.

El hombre al que Giddon había abrazado era el hijo de su ama de llaves, y el caballo que había abrazado era uno de sus propios caballos, una yegua que se habían llevado a la ciudad para hacer un recado cuando comenzó el ataque de Randa. Nadie había sentido la necesidad de informar a los hombres de Randa que en el inventario de los establos de Giddon faltaba un caballo.

Todo el mundo había logrado escapar de los edificios. Todos los caballos habían sobrevivido, así como todos los perros, hasta los cachorros. En cuanto a las pertenencias de Giddon…, poco quedaba. Antes de quemar la casa, los hombres de Randa habían ido recogiendo los objetos de valor, y luego se habían asegurado de provocar el tipo de incendio que haría que todo fuera pasto de las llamas.

Amarina acompañó a Giddon de vuelta al castillo.

—Siento mucho todo lo ocurrido, Giddon —dijo en voz baja.

—Me consuela hablar con vos de ello, majestad —dijo él—. Pero ¿recordáis que había algo más que debía contaros?

—¿Es sobre tus tierras?

No trataba sobre sus tierras, sino sobre el río, y Amarina abrió los ojos de par en par mientras escuchaba.

A la altura de Venado Plateado, el río estaba lleno de huesos. Los habían descubierto al mismo tiempo que el cuerpo de Runnemood, ya que, por lo visto, el cadáver había quedado atrapado en lo que resultó ser, tras investigarlo, una especie de arrecife de huesos. El cadáver se había congelado y el hielo lo había unido a los huesos. Todo esto había ocurrido en un meandro del río en el que el agua se estancaba y se detenía casi por completo. Era una zona profunda que la gente del pueblo solía evitar, precisamente porque allí se acumulaban cosas muertas, y los peces y las plantas que llegaban a las orillas se quedaban allí hasta que se acababan pudriendo. Era un lugar pútrido.

Los huesos eran humanos.

—Pero ¿son huesos muy antiguos? —preguntó Amarina, sin entender nada—. ¿Son los cuerpos que Leck quemó en el puente de los Monstruos?

—El curandero cree que no, majestad, ya que no pudo encontrar signos de quemaduras, pero admitió tener poca experiencia a la hora de analizar huesos. No se sentía cómodo conjeturando sobre su edad. Pero es posible que lleven un tiempo acumulándose allí. Si quienes descubrieron el cadáver de Runnemood no hubiera tenido que remar entre ellos para liberarlo, no los habrían descubierto. Todo el mundo intenta evitar ese tramo del río, majestad, y nadie se mete en esa poza porque es peligrosa.

Pero Amarina ya había pasado a pensar en algo completamente distinto: Po y sus delirios. «El río está lleno de cadáveres». Cinericia y sus bordados. «El río es su cementerio de huesos».

—Tenemos que sacarlos de allí —dijo.

—Tengo entendido que hay cuevas submarinas en ese lugar, majestad, con aguas bastante profundas. Puede ser difícil.

Un recuerdo se abrió paso por la mente de Amarina como una grieta de luz.

—Bucear en busca de tesoros —murmuró.

—¿Majestad?

—Según lo que me contó Zaf una vez, algo sabe sobre recuperar cosas del fondo del océano. Supongo que eso podría extrapolarse al fondo de un río. ¿Podríamos organizar algo así con este frío? Zaf es discreto —añadió a regañadientes—, en cuanto a la información, al menos. En cuanto a su comportamiento, no tanto.

—De todos modos, no estoy seguro de que en este caso la discreción sea importante, majestad —dijo Giddon—. Todo el pueblo está al tanto de lo de los huesos. Los descubrieron justo antes de que yo llegara, y había oído hablar de ellos varias veces incluso antes de que me reuniera con mi contacto. Si tenemos que llevar a cabo una operación de recuperación de huesos en un río que queda a medio día de camino de la ciudad, no creo que pase inadvertido.

—Sobre todo si decidimos buscar también en otras partes del río —añadió Amarina.

—¿Creéis que deberíamos hacerlo?

—Creo que son los huesos de las víctimas de Leck, Giddon. Y creo que debe haber más aquí, en el río, cerca del castillo. Po no podía percibirlos cuando se centraba en buscarlos, pero, cuando estaba enfermo y delirando, su gracia parecía distorsionarse, e incluso aumentar, y una parte de él los percibió. Me dijo que había cadáveres en el río.

—Entiendo. Si Leck arrojó huesos al río, supongo que quizá podrían encontrarse casi hasta en el puerto. ¿Los huesos flotan?

—No tengo ni idea —respondió Amarina—. Tal vez Madlen lo sepa. Quizá debería formar un equipo con Madlen y Zafiro y enviarlos a Venado Plateado. Ay, me duele el hombro. Y la cabeza —dijo, deteniéndose en el patio principal y frotándose el cuero cabelludo bajo las trenzas, demasiado apretadas—. Ya podrían pasar unos días sin noticias desagradables…

—Tenéis demasiado de lo que preocuparos, majestad —dijo Giddon en voz baja.

—Giddon… —respondió Amarina, sorprendida por su tono y avergonzada de sí misma por quejarse. Lo miró a la cara y vio una especie de desolación en su mirada que lograba que no se le reflejara en la voz—. Tal vez esto no sea demasiado útil, y espero que no te lo tomes como un insulto, pero quiero que sepas que siempre serás bienvenido en Montmar y en mi corte. Y, si alguno de los tuyos no tiene empleo o quiere, por la razón que sea, vivir en otro lugar, todos son bienvenidos aquí. Montmar no es un lugar perfecto —añadió, tomando aire, apretando el puño para ahuyentar todos los sentimientos que surgían con esa afirmación—, pero aquí hay gente buena, y quería que lo supieras.

Giddon tomó el pequeño puño de Amarina, se lo llevó a los labios y lo besó. Y Amarina se iluminó por dentro, solo un poco, con la magia de saber que había hecho algo bien, por pequeño que fuera. Cómo deseaba sentirse así más a menudo.

De vuelta en su oficina, Darby le dijo que Rood estaba acostado, que su mujer lo estaba cuidando y que, por lo visto, sus nietos estaban dando botes encima de él, aunque a Amarina le costaba creerse que alguien pudiera dar botes sobre Rood sin romperlo. Darby no reaccionó bien ante la noticia de los huesos. Se alejó dando tumbos y, a medida que pasaban las horas, fue caminando y hablando con más torpeza. Amarina se preguntó si estaría bebiendo en su escritorio.

A Amarina no se le había ocurrido preguntar nunca antes dónde estaban los aposentos de Thiel. Solo sabía que estaban en el cuarto piso, por el ala norte, aunque no dentro del laberinto de Leck, claro. Aquella noche le pidió a Darby que le diera indicaciones más concretas.

En el pasillo correcto consultó a un sirviente, que la miró con el ceño fruncido y señaló una puerta sin pronunciar palabra.

Algo inquieta, Amarina llamó a la puerta. Hubo una pausa. Luego, la puerta se abrió hacia dentro y Thiel apareció ante ella, mirándola fijamente. Llevaba el cuello de la camisa desabrochado y no se la había remetido.

—Majestad —dijo, sorprendido.

—Thiel, ¿te he despertado?

—No, majestad.

—¡Thiel! —exclamó Amarina al ver una manchita roja en uno de los puños de su camisa—. ¡Estás sangrando! ¿Estás bien? ¿Qué ha pasado?

—Ah —respondió. Bajó la cabeza, se miró el pecho y los brazos en busca de la zona que había sorprendido a su reina y se la cubrió con la mano—. No es nada, majestad; solo mi propia ineptitud. Ahora mismo me ocuparé de ello. ¿Queréis…? ¿Queréis entrar?

Abrió la puerta del todo y se apartó con torpeza mientras Amarina pasaba. Era una habitación individual, pequeña, sin chimenea, con una cama, un lavabo, dos sillas de madera y un escritorio que parecía demasiado pequeño para un hombre tan grande; seguro se chocaba contra la pared con las rodillas cuando lo utilizaba. El aire era demasiado frío y la luz demasiado tenue. No había ventanas.

Cuando Thiel le ofreció la mejor de las sillas que tenía, una con un respaldo recto, Amarina se sentó, incómoda, avergonzada y de lo más confundida. Thiel fue hacia el lavabo, ocultó el brazo herido de la vista de Amarina, se remangó la camisa y, por lo que pudo ver Amarina desde allí, pareció echarse algo de agua en la herida y vendársela. Había un instrumento de cuerda en un estuche abierto contra la pared. Un arpa. Amarina se preguntó si, cuando Thiel tocaba, la música llegaba hasta el laberinto de Leck.

También vio un trozo de espejo roto en el lavabo.

—¿Siempre ha sido esta tu habitación, Thiel? —le preguntó Amarina.

—Sí, majestad. Siento que no sea más acogedora.

—¿Te la asignaron? —preguntó Amarina, vacilante—. ¿O la elegiste tú?

—La elegí yo, majestad.

—¿Nunca has querido vivir en un cuarto más grande? ¿Algo más parecido a mis aposentos?

—No, majestad —contestó Thiel mientras se sentaba frente a ella—. Me va bien así.

Era imposible. Ese cuadrado sin decoración alguna, incómodo, con una manta gris sobre la cama y unos muebles de aspecto lúgubre no se correspondía en absoluto con su dignidad, su inteligencia o su importancia para ella o para el reino.

—¿Te has encargado tú de que Darby y Rood vayan a trabajar todos los días? —le preguntó—. Que yo sepa, ninguno de los dos ha pasado tanto tiempo sin sufrir una de sus crisis.

Thiel se examinó las manos y luego carraspeó con delicadeza.

—Sí, majestad. Aunque, por supuesto, hoy no le he insistido a Rood. Confieso que, siempre que me han pedido consejo, se lo he dado. Espero que no os parezca que me he sobrepasado.

—¿Has estado muy aburrido? —le preguntó Amarina.

—Ay, majestad —exclamó Thiel con fervor, como si la mera pregunta fuera un alivio para su aburrimiento—. He estado aquí sentado sin nada que hacer más que pensar. Y así se siente uno impotente, majestad.

—¿Y en qué has estado pensando, Thiel?

—En que, si me dejarais volver a vuestra torre, majestad, me esforzaría por serviros mejor.

—Thiel… —dijo Amarina en voz baja—. Nos ayudaste a escapar, ¿no es cierto? Le diste a mi madre un puñal. No habríamos escapado de no haber sido por ti; mi madre necesitaba ese puñal. Y distrajiste a Leck mientras huíamos.

Thiel se sentó encogido, sin hablar.

—Sí —susurró al fin.

—A veces me parte el corazón no poder recordar las cosas. No recuerdo que los dos fuerais tan amigos. No recuerdo lo importante que eras para nosotras. Solo recuerdo algunas escenas sueltas en las que Leck os llevaba a los dos abajo para castigaros juntos. No es justo que no recuerde tu bondad.

Thiel dejó escapar un largo suspiro.

—Majestad, uno de los legados más crueles de Leck es que nos dejó sin poder recordar ciertas cosas y sin poder olvidar otras. No somos dueños de nuestras mentes.

Después de un momento, Amarina le dijo:

—Me gustaría que volvieras mañana. —Thiel la miró con un rostro cada vez más teñido de esperanza—. Runnemood ha

muerto. Ese capítulo ha terminado, pero el misterio sigue sin re-
solverse, ya que mis amigos de la ciudad, los buscadores de la
verdad, siguen siendo el blanco de los ataques. No sé cómo será
nuestra relación, Thiel. No sé cómo aprenderemos a confiar de
nuevo el uno en el otro, y sé que no te encuentras lo bastante bien
como para ayudarme en todos los asuntos a los que me tengo
que enfrentar. Pero te echo de menos y me gustaría volver a intentarlo.

Un fino hilo de sangre se estaba filtrando por otra zona de la
camisa de Thiel, en lo alto de la manga. Cuando Amarina se levantó para irse, volvió a estudiar la habitación con detenimiento.
No pudo evitar sentir que parecía la celda de una prisión.

El siguiente lugar al que se dirigió fue la enfermería. Al llegar a la
habitación de Madlen, se la encontró caliente por los braseros,
bien iluminada a pesar de la oscuridad temprana del otoño y,
como siempre, llena de libros y papel. Un refugio.

Madlen estaba haciendo el equipaje.

—¿Es por los huesos? —preguntó Amarina.

—Sí, majestad —respondió Madlen—, los misteriosos huesos. Zafiro se ha ido a casa y también se está preparando.

—Voy a enviar a un par de soldados de la guardia leonita con
vosotros, Madlen, porque estoy preocupada por Zaf. Pero ¿lo vi-
gilarás de cerca tú también, como curandera que eres? No sé
cuánto sabe en realidad sobre recuperar objetos del agua, sobre
todo cuando hace tanto frío. Y Zaf se cree invencible.

—Por supuesto, majestad. Y quizá cuando vuelva podamos echarle un vistazo a la escayola. Estoy deseando comprobar la fuerza de vuestro brazo y ver si han funcionado mis
medicinas.

—¿Podré amasar pan una vez que me quites la escayola?

—Si estoy satisfecha con vuestro progreso, entonces sí, podréis amasar pan. ¿Por eso habéis venido, majestad? ¿Para pedirme permiso para amasar pan?

Amarina se sentó en el borde de la cama de Madlen, junto a una montaña de mantas, papeles y ropa.

—No —contestó.

—Ya me parecía.

Ensayó las palabras mentalmente antes de pronunciarlas en voz alta, preocupada de que, al decirlas, pudiera parecer que estaba loca.

—Madlen, ¿es posible que una persona se haga cortes… a propósito?

Madlen dejó de hacer el equipaje y miró a Amarina. Luego apartó la montaña de trastos que había sobre la cama con un solo brazo —sorprendentemente fuerte— y se sentó junto a ella.

—¿Preguntáis por vos, majestad, o por otra persona?

—Sabes que yo no me haría algo así a mí misma.

—Desde luego, eso quiero pensar, majestad —respondió Madlen. Luego hizo una pausa, con una expresión bastante sombría—. La gente que creemos conocer puede sorprendernos de tantas maneras… No puedo explicaros esa práctica, majestad. Es posible que se trate de un castigo por algo que uno no puede perdonarse. O tal vez una expresión externa de un dolor interno. O quizá sea una forma de darse cuenta de que realmente se quiere seguir vivo.

—No hables de ello como si fuera algo que se usa para sentirse vivo —susurró Amarina, furiosa.

Madlen se examinó las manos, que eran grandes y fuertes, y de lo más suaves, como bien sabía Amarina.

—Majestad, me alivia que a pesar de vuestro dolor no tengáis interés en haceros daño.

—¿Por qué habría de hacerlo? —Amarina empezaba a enfurecerse—. ¿Por qué debería? Es una tontería. Me dan ganas de pegar a la gente que hace algo así.

—Tal vez eso sería redundante, majestad.

En sus aposentos, Amarina entró en su dormitorio, dio un portazo y cerró la puerta con llave; luego se quitó las trenzas, el cabestrillo y el vestido dando tirones, mientras las lágrimas le recorrían el rostro en silencio. Alguien llamó a la puerta.

—Vete —gritó, dando pisotones de un lado a otro.

¿Cómo voy a ayudarle? Si me enfrento a él, lo negará, se le pondrá la mirada ausente y se derrumbará.

—Majestad —dijo la voz de Helda al otro lado de la puerta—. Decidme que estáis bien o haré que Bann tire la puerta abajo.

Entre llantos y risas, Amarina encontró una bata, se dirigió a la puerta y la abrió de un tirón.

—Helda —le dijo al verla allí plantada con actitud imperiosa, con una llave en las manos que hacía que su amenaza fuera un poco exagerada—. Siento haberte hablado así. Estoy disgustada.

—Mmm… Bueno, hay motivos de sobra para estar disgustada, majestad. Tranquilizaos y venid a la sala de estar, por favor. A Bann se le ha ocurrido un lugar para esconder a Zafiro, en caso de que el asunto de la corona llegue a un punto crítico.

—Fue sugerencia de Katsa, majestad —explicó Bann—. ¿Creéis que Zafiro iría de buena gana a un escondite nuestro?

—Puede —dijo Amarina—. Podría intentar convencerlo. ¿Dónde está?

—En el puente Alado.

—¿El puente Alado? ¿No está esa parte de la ciudad bastante ajetreada?

—Tiene que subir al puente, majestad. Casi nadie sube. Y resulta que es un puente levadizo, ¿lo sabíais? En el extremo más cercano a la ciudad tiene una especie de sala, una torre para el operador que se encarga de elevarlo. Katsa lo descubrió la primera vez que partió hacia el túnel, ya que su ruta la llevó a través del puente, y esa noche no tenía provisiones, ¿recordáis?

—¿No es ese puente lo bastante alto de por sí como para que unos tres barcos apilados uno encima del otro puedan pasar por debajo de él con espacio de sobra?

—Se podría decir que sí —dijo Bann con suavidad—. No creo que haya habido nunca necesidad de elevarlo. Lo que significa que nadie le presta atención a la torre. Está amueblada y es bastante funcional, provista de ollas, sartenes, un fogón y demás. Sería muy propio de Leck destinar allí a un hombre sin ningún trabajo que hacer, ¿no? Una falta de lógica típica de él. Pero ahora no hay nadie allí. Según Katsa, todo está cubierto de una capa de polvo que indica que nadie ha habitado la torre en años. Katsa entró y se llevó un cuchillo y algunas otras cosas, pero dejó el resto.

—No me parece mala idea… —respondió Amarina—. A Zaf le podría venir bien pasar un tiempo en una habitación fría, estornudando y reflexionando sobre lo que ha hecho mal.

—En cualquier caso, es mejor que intentar esconderlo en uno de nuestros armarios, majestad. Y sería el primer paso para trasladarlo a Solánea.

Amarina levantó las cejas.

—Parece que tienes planes para él.

Bann se encogió de hombros.

—Por supuesto, intentaríamos ayudarlo de todos modos, majestad, porque es vuestro amigo. Pero también podría sernos útil.

—Creo que, si decidiera huir, preferiría ir a Leonidia.

—No vamos a obligarlo a ir a ningún sitio, majestad. Si alguien no quiere trabajar con nosotros, no nos sirve. Zaf siempre sigue su instinto. Es una de las razones por las que nos resulta tan interesante, pero sabemos que significa que hará lo que quiera. Habladle del puente, ¿de acuerdo? Yo mismo iré una de estas noches para asegurarme de que se adapta a nuestros propósitos. A veces, los mejores escondites están a plena vista.

Aquella noche, en lugar de obligarse a seguir descifrando los bordados, Amarina se dirigió hacia la galería de arte sin pensarlo demasiado. No estaba segura de por qué iba hasta allí, y nada menos que en bata y zapatillas. Helda y Bann se habían acostado y Giddon tenía sus propios problemas. Tenía una ligera necesidad de compañía.

Pero Hava no aparecía por ningún lado.

—¿Hava?

La llamó una o dos veces, por si la chica estaba escondida. No obtuvo respuesta.

Acabó de pie ante el tapiz del hombre al que estaban atacando las bestias de colores. Se preguntó, por primera vez, si estaría ante una escena que había ocurrido de verdad.

Sonó un chasquido y el tapiz que estaba observando se movió y ondeó. Había alguien detrás.

—¿Hava? —dijo.

Fue Zorro a quien vio salir de detrás del tapiz, iluminada por el farol titilante que sostenía Amarina.

—¡Majestad!

—Zorro, ¿de dónde diantres sales?

—Hay una escalera de caracol que sube desde la biblioteca, majestad —respondió Zorro—. Es la primera vez que la uso. Ornik me habló de ella, majestad. Al parecer, también pasa por los aposentos de lady Katsa, y el Consejo la utiliza a veces para sus reuniones. ¿Creéis que se me permitirá asistir a las reuniones del Consejo, majestad?

—Eso lo decidirá el príncipe Po —dijo Amarina con firmeza—. Y los demás. ¿Has conocido ya a alguno de ellos, Zorro?

—Al príncipe Po, no —contestó Zorro, y luego pasó a hablar de los demás.

Amarina solo prestó atención a medias, porque Po era el que importaba. Le habría gustado que Po hubiera charlado con Zorro antes de irse. Y también estaba distraída porque algo totalmente distinto había captado su atención: había caído en la cuenta de repente de que había una serie de entradas ocultas detrás de las criaturas salvajes de colores extraños. La puerta de la escalera de Leck, oculta tras el caballo azul de su salón; la entrada secreta a la biblioteca, escondida detrás de la mujer de pelo salvaje del tapiz; las escaleras tras los insectos extraños y coloridos de los azulejos del baño de Katsa; y ahora, una puerta en la pared detrás de esta escena tan espantosa.

—Perdóname, Zorro —se excusó Amarina—, pero estoy agotada. Es hora de que me vaya a la cama.

Regresó a sus aposentos y buscó las llaves. Salió de nuevo, pasó junto a sus guardias, bajó las escaleras correspondientes y recorrió el laberinto, tratando de no precipitarse, porque era una tontería, solo una corazonada, y no era buena idea albergar demasiadas esperanzas.

Una vez dentro de la habitación, se dirigió al pequeño búho del tapiz, levantó la parte inferior de la gran y pesada tela y se metió por debajo.

No veía nada y se pasó el primer minuto tosiendo por el polvo. Tenía los ojos llorosos, le picaba la nariz y estaba apretada contra la pared, medio asfixiada por el tapiz. Se preguntó qué esperaba que ocurriera ahora. ¿Que se abriera una puerta? ¿Que hallara un haz de luz? *Tantea,* pensó. *Po abrió la puerta de detrás de la bañera de Katsa presionando un azulejo. Tantea la pared. Quizá más arriba; Leck era más alto que tú.*

Al palpar la pared y no encontrar más que madera lisa, se desanimó y se avergonzó un poco. ¿Y si alguien importante entraba en la habitación, veía el bulto del tapiz, lo levantaba y se encontraba a la reina en bata tanteando como una loca la madera de la pared? O, peor aún, ¿y si daban por hecho que era una intrusa y comenzaran a darle golpes desde el otro lado del tapiz? ¿Y si…?

Mientras tanteaba, se topó con un nudo en la madera, muy alto, tan alto que estaba de puntillas cuando lo encontró. Estirándose todo lo que podía, Amarina presionó el agujero con el dedo. Sonó un chasquido, seguido de un ruido de algo que rodaba. Algo se abrió ante ella.

Tuvo que volver a salir a rastras hasta la habitación para recoger el farol. Una vez debajo del tapiz, alzó la luz e iluminó una escalera de caracol de piedra que bajaba.

Amarina apretó los dientes y comenzó a descender. Le habría gustado tener una mano libre para apoyarse en la pared. Al fin, la escalera fue a parar a un largo pasillo de piedra que seguía descendiendo. Al continuar, descubrió que se curvaba en algunas partes y que de tanto en tanto había unos escalones.

Era difícil saber dónde estaba en relación con la habitación de Leck.

Cuando iluminó un dibujo resplandeciente en la pared con el farol, se detuvo para examinarlo. Un cuadro, pintado directamente sobre la piedra. Una manada de lobos, plateados, dorados y rosados que le aullaban a una luna plateada.

No era tan tonta como para pasar de largo sin intentarlo, de modo que dejó el farol en el suelo y deslizó la mano por la piedra en busca de algo, cualquier cosa que pudiera resultarle extraña. Halló un agujero con el dedo en un lado del cuadro. Tenía una forma rara. Y le resultaba familiar. Amarina tocó los bordes y se dio cuenta de que era una cerradura.

Con la respiración entrecortada, sacó las llaves del bolsillo de la bata. Separó la tercera llave de las demás, la introdujo en la cerradura y la giró con cuidado. Sonó un *clic*. La pared de piedra que tenía ante sí retrocedió.

Tomó de nuevo el farol y se metió en una especie de trastero poco profundo y de techo bajo, con una hilera de estanterías en la pared del fondo llena de libros encuadernados. Dejó el farol en el suelo, sacó un libro al azar, mientras le temblaba todo el cuerpo, y se arrodilló. La encuadernación era una especie de carpeta de cuero que contenía papeles sueltos. Abrió la carpeta con una mano, con torpeza, y sostuvo la hoja de papel cerca del farol, lo que le permitió ver unos garabatos extraños, con trazos que ascendían, descendían y se curvaban.

De repente lo recordó: era la peculiar escritura de su padre. En una ocasión había tirado al fuego papeles escritos por él. Y entonces no había sido capaz de leer las letras; ahora entendía por qué.

Más secretos cifrados, pensó Amarina, intentando mantener la calma. *Mi padre escribía sus secretos cifrados.*

Si no queda nadie a quien Leck haya hecho daño para contarme lo que hizo, si nadie me cuenta los secretos que todos intentan ocultar, los secretos que no dejan a la gente escapar del dolor, quizá no importe. Porque tal vez pueda contármelos él mismo. Sus secretos me dirán lo que hizo para destrozar mi reino. Y al fin lo entenderé todo.

CUARTA PARTE

Puentes y cruces

Noviembre y diciembre

33

En total había treinta y cinco libros. Amarina necesitaba ayuda, y la necesitaba pronto. Necesitaba a Helda, a Bann y a Giddon. De modo que cerró todas las puertas que había abierto a su paso y fue a despertarlos a todos.

Los tres abrieron las puertas de sus habitaciones con los ojos legañosos al oír sus golpes insistentes, escucharon su explicación frenética y se vistieron.

—¿Puedes buscar a Holt? —le pidió Amarina a Bann, que estaba apoyado contra el marco de la puerta de sus aposentos sin camiseta y parecía estar a punto de desplomarse en el suelo en cuanto Amarina se descuidara—. Necesitamos que retire los tablones que bloquean la puerta de mi sala de estar, y tiene que hacerlo sin armar jaleo, porque tenemos que recoger los diarios y llevarlos a mis aposentos sin que nadie se entere. Y, por lo que más quieras, ¡date prisa!

Holt apareció con Hava, ya que el guardia estaba en la galería de arte visitando a su sobrina cuando Bann lo encontró. Aquel grupo tan extraño que formaban Amarina, Hava, Holt, Giddon y Bann bajó las escaleras a hurtadillas y se adentró en el laberinto en mitad de la noche con varios faroles. Doblaron todas las esquinas hasta llegar a la puerta de los aposentos de Leck.

Al abrir la puerta y empujar a todo el mundo hacia el interior de la sala, Amarina cayó en que se le había olvidado advertirles a

Holt y a Hava que la habitación estaba repleta de esculturas de Bellamew. Hava se sorprendió tanto al verlas y se quedó tan desconcertada que empezó a transformarse en estatua y a volver a su forma auténtica varias veces en cuestión de segundos.

—Las destruyó —susurró con la voz cargada de ira mientras acercaba el farol a una de las esculturas—. Las cubrió de pintura.

—Siguen siendo hermosas —respondió Amarina en voz baja—. Intentó destruirlas, Hava, pero creo que fracasó. Míralas. No hace falta que me ayudes con los libros; quédate aquí observándolas.

Holt estaba mirando la escultura de la niña a la que le crecían alas y plumas.

—Esta eres tú, Hava —le dijo a su sobrina—. Lo recuerdo.

Holt le echó un vistazo a la habitación y su mirada se posó durante un buen rato en la estructura vacía de la cama. Cuando por fin miró a Amarina, se puso un poco nerviosa, porque vio una inestabilidad en su mirada que preferiría no ver en los ojos de un graceling dotado de una fuerza extraordinaria y con fama de tener un comportamiento impredecible.

—Holt… —le dijo, tendiéndole la mano—. ¿Te importaría venir conmigo?

El guardia le dio la mano y Amarina lo condujo, como si fuera un niño pequeño, hasta el fondo de la habitación, y ambos subieron las escaleras hasta que llegaron a la puerta bloqueada con tablones de madera que daba a la sala de estar de sus aposentos.

—¿Puedes quitarlos sin hacer ruido para que, si la guardia de Montmar está patrullando en el laberinto, no te oiga?

—Sí, majestad —respondió mientras agarraba uno de los tablones con las manos y tiraba con delicadeza. Logró arrancarlo de la pared con un ruido algo más fuerte que el de un arañazo.

Satisfecha, Amarina dejó a Holt trabajando y bajó a toda prisa los escalones hasta que llegó con Giddon y Bann, que estaban esperándola para que los guiara por el túnel que había tras el tapiz hasta los libros de Leck.

Cuando llegaron al trastero de los libros, Amarina le pidió a Giddon que continuara caminando por el pasadizo para que averiguara a dónde conducía. Alguien tenía que hacerlo, y Amarina no soportaba la idea de separarse de los libros. Empezó a sacar los volúmenes de la estantería con ayuda de Bann y a llevárselos a los aposentos de Leck, donde comenzaron a apilarlos sobre la alfombra. Los sonidos apagados le indicaron que Holt seguía arrancando los tablones de la puerta. Hava, mientras tanto, vagaba de una escultura a otra, tocándolas y quitándoles el polvo sin pronunciar palabra.

Amarina estaba en el trastero, intentando adueñarse de los últimos libros que quedaban, cuando Giddon reapareció.

—Es bastante largo, majestad —le informó—. Al final hay una puerta. He tardado una eternidad en encontrar la palanca que la abría. Da al mismo pasillo del ala este del castillo en el que empieza el túnel que lleva a la zona este de la ciudad, y la puerta está oculta tras un tapiz, al igual que las demás, por lo visto. Solo he visto el tapiz desde atrás, pero parecía un gato montés destrozándole el cuello a un hombre de un zarpazo. He echado un vistazo por el pasillo. Creo que no me ha visto nadie.

—Espero que nadie más haya descubierto la relación entre los animales de colores y los pasadizos secretos —respondió Amarina—. Estoy muy enfadada con Po por no haberse dado cuenta.

—No estáis siendo justa, majestad —respondió Giddon—. Po no puede ver los colores. Además, tampoco es que haya tenido tiempo para ponerse a trazar un mapa de vuestro castillo.

Y ahora estaba enfadada consigo misma.

—Se me había olvidado lo de los colores. Soy lo peor.

Antes de que Giddon tuviera ocasión de responder, sonó un gran crujido a lo lejos que los interrumpió. Se miraron, sobresaltados.

—Toma —le dijo Amarina mientras le pasaba casi todos los libros que quedaban y cargaba con los demás.

Siguieron oyendo ruidos; venían del piso de arriba, de los aposentos de Leck. Giddon y Amarina subieron a toda prisa por la pendiente.

Al llegar a la habitación, vieron a Holt levantando la estructura de la cama, arrojándola de nuevo contra la alfombra y haciéndola pedazos.

—Tío —le gritó Hava, agarrándolo del brazo—. Para. ¡Para!

Bann intentaba apartar a Hava, pero la soltaba cada vez que la chica se transformaba en algo distinto y empezaba a gemir mientras se sujetaba la cabeza.

—Acabó con ella —repetía Holt una y otra vez, sumido en una especie de delirio, mientras agarraba otro trozo de la estructura de la cama y lo estrellaba contra el suelo—. Acabó con ella. Dejé que acabara con mi hermana.

Destrozó sin esfuerzo el enorme armazón de madera robusta. Las astillas salían desprendidas por la habitación, se estrellaban contra las esculturas y levantaban explosiones de polvo. Hava se cayó al suelo y su tío ni la miró. Bann la apartó del alcance de Holt y la chica se acurrucó en el suelo para llorar.

—¿Ha quitado todos los tablones de la puerta? —le preguntó Amarina a Bann, tratando de hacerse oír por encima del ruido.

Bann asintió, sin aliento.

—Pues llevaos los libros a mis aposentos antes de que toda la guardia de Montmar aparezca para averiguar a qué se debe todo este jaleo —les ordenó a Bann y a Giddon.

Después se acercó a Hava y la agarró lo mejor que pudo. Tuvo que cerrar los ojos porque la chica no dejaba de cambiar de forma y la estaba mareando.

—No podemos hacer nada por él —le dijo Amarina—. Hava, tenemos que dejarlo solo hasta que se le pase.

—Se odiará a sí mismo cuando termine —respondió Hava entre sollozos—. Eso es lo peor de todo. Cuando vuelva en sí y se dé cuenta de que ha perdido el control, se odiará por ello.

—Entonces tenemos que alejarnos para que no nos haga daño —dijo Amarina—. Así podremos asegurarle que su única víctima fue la cama.

Los guardias no aparecieron. Cuando del armazón no quedaban más que astillas, Holt se sentó entre los restos y rompió a llorar. Hava y Amarina se acercaron a él y se sentaron a su lado mientras Holt se disculpaba y expresaba lo avergonzado que estaba. Intentaron consolarlo con palabras amables.

A la mañana siguiente, Amarina fue a la biblioteca con uno de los diarios de Leck bajo el brazo y se plantó frente al escritorio de Morti.

—¿Tu gracia para recordar todo lo que lees funciona con símbolos que no entiendes o se limita a las letras que conoces?

Morti arrugó tanto la nariz que frunció el rostro entero.

—No tengo ni la más remota idea de qué me estáis hablando, majestad.

—Hablo de los textos cifrados —insistió Amarina—. Has reescrito páginas enteras cifradas de ese libro de códigos que escribió Leck. ¿Pudiste hacerlo porque entendías el código? ¿O también eres capaz de recordar una serie de letras aunque no las entiendas?

—Es complicado —respondió Morti—. Si consigo que tengan algún significado, aunque sea alguna tontería y no su significado auténtico, entonces sí puedo recordarlas, hasta cierto punto, siempre y cuando el fragmento no sea demasiado largo. Pero, en el caso del texto cifrado de ese libro, majestad, logré reescribirlo con éxito porque lo entendía y había memorizado su traducción. Si esos fragmentos tan largos hubieran estado compuestos de letras arbitrarias o números sin significado, habría sido mucho más difícil. Por suerte, se me dan bien los textos cifrados.

—Se te dan bien los textos cifrados… —repitió Amarina, más para sí misma que para Morti—. Tu gracia te permite observar letras y palabras y encontrar patrones y significados. Así es como funciona.

—Bueno —respondió Morti—. Sí, más o menos, majestad. Al menos la mayor parte del tiempo.

—¿Y si el texto cifrado estuviera escrito con símbolos en vez de con letras?

—Las letras son símbolos, majestad —contestó Morti, con un bufido—. Siempre se pueden aprender más.

Amarina le tendió el libro que llevaba y esperó mientras el bibliotecario lo abría. Al leer la primera página, frunció el ceño en señal de asombro. Con la segunda se quedó boquiabierto. Se echó hacia atrás en su silla, perplejo, y alzó la mirada hacia la joven reina. Parpadeó a toda velocidad.

—¿Dónde habéis encontrado esto? —le preguntó con una voz ronca y gutural.

—¿Sabes lo que es?

—Es su caligrafía —susurró Morti.

—¡¿Su caligrafía?! ¿Cómo puedes estar tan seguro, cuando todas las letras son distintas?

—Su caligrafía era extraña, majestad. Seguro que lo recordáis. Había ciertas letras que siempre escribía de forma extraña.

Las trazaba de un modo parecido, y a veces idéntico, a los símbolos de este libro. ¿Los veis?

Morti señaló con uno de sus dedos delgados un símbolo que parecía una «U» tachada en diagonal.

Era cierto. Leck siempre había escrito la «U» con esa cola extraña que salía desde el extremo derecho superior de la letra. Amarina la reconoció y, de repente, se dio cuenta de que, la primera vez que había abierto el libro, se le había pasado por la cabeza lo mismo que le estaba confirmando Morti en ese instante.

—Claro… ¿Crees que este símbolo corresponde a nuestra «U»?

—En ese caso no sería un código muy bueno.

—Pues tu nuevo trabajo es descifrar este texto —anunció Amarina—. He venido porque quería pedirte que lo leyeras, con la esperanza de que pudieras memorizarlo, o incluso copiarlo, para que, si se acaba perdiendo, no sea una pérdida irremediable. Pero ahora me parece que eres la persona indicada para descifrar el código. No es un código de sustitución normal, porque he contado treinta y dos símbolos. Y son treinta y cinco volúmenes.

—¡¿Treinta y cinco?!

—Sí.

Morti tenía los ojos lagrimosos. Se acercó el libro y se lo apretó contra el pecho.

—Descifra el texto —le pidió Amarina—. Te lo suplico. Puede que sea la única forma que tengamos de entender algo. Yo también me pondré manos a la obra con él, y también un par de mis espías a los que se les dan bien los textos cifrados. Puedes guardar aquí todos los libros que quieras, pero nadie puede verlos. Bajo ningún concepto. ¿Queda claro?

Morti asintió sin pronunciar palabra. Entonces Mimoso saltó sobre el regazo del bibliotecario; su cabeza asomaba por el borde del escritorio y tenía el pelaje de punta hacia todas partes, como siempre, como si la piel no se le ajustara bien al cuerpo. Amarina ni siquiera se había dado cuenta de que el gato estaba allí. Morti se acercó a Mimoso contra el cuerpo y lo abrazó con fuerza. Se aferraba al libro y al gato como si temiera que alguien fuese a arrebatárselos.

—¿Por qué te dejó vivir Leck? —le preguntó Amarina a Morti en voz baja.

—Porque me necesitaba, majestad —respondió el bibliotecario—. No podía controlar el conocimiento a menos que supiera cuál era dicho conocimiento y dónde encontrarlo. Le mentía siempre que podía. Fingía que su gracia me afectaba más de lo que lo hacía en realidad. Protegí lo que pude, reescribí todo lo que fui capaz y lo escondí. Pero no fue suficiente —añadió con la voz rota—. Destruyó esta biblioteca y todas las demás, y no pude detenerlo. Cada vez que sospechaba que le había mentido, me hacía cortes, y, cada vez que me descubría mintiéndole, torturaba a mis gatos.

Una lágrima surcó el rostro de Morti. Mimoso comenzó a retorcerse porque lo estaba sujetando con demasiada fuerza. En ese instante Amarina comprendió que era normal que el pelaje del gato tuviera un aspecto tan extraño si lo habían rajado con puñales. Y también era normal que alguien se echara a temblar si había pasado demasiado tiempo solo, con la única compañía del terror y el sufrimiento.

Amarina no podía hacer nada para aliviar esa clase de dolor, y tampoco quería asustar a Morti con una reacción efusiva. Pero no quería marcharse de allí como si nada tras lo que le había contado su bibliotecario. ¿Qué sería lo correcto en esa situación? ¿Habría alguna opción correcta siquiera, o solo mil opciones incorrectas?

Amarina rodeó el escritorio del bibliotecario y le apoyó una mano en el hombro. Cuando Morti inhaló y exhaló una vez con dificultad, Amarina obedeció a su instinto y le dio un beso en la piel arrugada de la frente. Morti dejó escapar otro gran suspiro y luego dijo:

—Descifraré el texto para vos, majestad.

En su despacho, con Thiel al mando, todo el papeleo fluía mejor que en las últimas semanas.

—Ahora que estamos en noviembre, quizá llegue pronto la respuesta de mi tío con los consejos sobre cómo indemnizar a toda la gente a la que robó Leck. Le escribí a principios de septiembre, ¿te acuerdas? Qué alivio poder ponerme manos a la obra con ese asunto. Por fin voy a sentir que hago algo de verdad.

—Tengo la teoría de que los huesos que encontraron en el río son de los cuerpos que arrojó al agua el rey Leck, majestad —respondió Thiel.

—¿Qué? —preguntó Amarina, sobresaltada—. ¿Qué tiene que ver eso con el asunto de la indemnización?

—Nada, majestad. Pero la gente está haciendo preguntas sobre los huesos, y no sé si deberíamos emitir un comunicado en el que expliquemos que fue Leck quien los arrojó al río. Así pondríamos fin a los rumores y podríamos centrarnos en las indemnizaciones, majestad.

—Entiendo… —respondió Amarina—. Prefiero esperar a que Madlen haya concluido su investigación. En realidad, aún no sabemos cómo fueron a parar los huesos al río.

—Desde luego, majestad —respondió Thiel con un tono de lo más correcto—. Mientras tanto, redactaré el comunicado para que podamos publicarlo en cuanto sea necesario.

—Thiel… —Amarina dejó la pluma y miró a su consejero—. Preferiría que emplearas tu tiempo en averiguar quién está asesinando a gente y prendiéndoles fuego a los edificios en la zona este de la ciudad, ¡en vez de redactar un comunicado que puede que no se publique nunca! Ahora que el capitán Smit está ausente —le dijo, intentando no cargar demasiado sus palabras de sarcasmo—, averíguame quién está a cargo de la investigación. Quiero informes diarios, igual que antes, y creo que deberías saber que ya no confío en la guardia de Montmar. Si quieren resarcirse, tendrán que hallar respuestas que concuerden con las de mis espías, y rápido.

Claro que sus espías no habían hallado nada. Nadie en la ciudad sabía nada, y los espías que había enviado para que investigaran los nombres de la lista de Teddy no habían averiguado nada. Pero no era necesario que la guardia de Montmar lo supiera, y Thiel tampoco.

Entonces, una semana después de que Madlen y Zaf hubieran partido hacia Venado Plateado, Amarina recibió una carta que arrojaba un poco de luz sobre el motivo por el que era posible que sus espías no estuvieran avanzando con la investigación.

La primera parte de la carta estaba escrita con la caligrafía extraña e infantil de Madlen.

Hemos recuperado cientos de huesos. Miles, majestad. Zafiro y su equipo los están sacando tan rápido que no me da tiempo a contarlos. Me temo que no puedo deciros mucho más sobre ellos salvo lo esencial. Casi todos son huesos pequeños. He encontrado fragmentos de al menos cuarenta y siete cráneos distintos y estoy intentando recomponer los esqueletos. Hemos montado un laboratorio improvisado en las habitaciones de la posada. Qué suerte que al posadero le interesen la ciencia y la historia. Dudo de que otro posadero quisiera que le llenaran las habitaciones de cráneos.

Zafiro quiere escribiros unas líneas. Dice que sabréis cuál es la clave.

Después venía un párrafo escrito con una de las caligrafías más indescifrables que Amarina había visto en toda su vida. Era tan enrevesada que tardó un momento en confirmar que, en efecto, el mensaje estaba cifrado. Dos posibles claves le vinieron a la mente. Para ahorrarse el disgusto, probó primero con la más hiriente: «Mentirosa». Pero no funcionó. Lo logró con la segunda.

hiciste bien en enviar a la guardia leonita y debo agradecértelo. detuvieron a un hombre en el campamento que se acercó a mí con un puñal cuando estaba helado y empapado y sin fuerzas para luchar. era un salvaje, estaba loco; no pudo darnos ningún motivo ni el nombre de la persona que lo había contratado. llevaba los bolsillos cargados de dinero. ese es su método: escogen a pobres desgraciados para hacer el trabajo, personas desesperadas que han perdido el juicio y que no serían capaces de identificarlos aunque quisieran, para que parezca un crimen arbitrario sin sentido. ten cuidado, ve con mil ojos. ¿hay guardias vigilando la imprenta?

Amarina respondió empleando el mismo código:

Sí que hay guardias vigilando la imprenta.

Después dudó y añadió:

Ten cuidado con ese agua tan fría, Zaf.

La clave era *Chispa*. Amarina no fue capaz de contener la pequeña llama de esperanza de que la hubiera perdonado que le brotó en el corazón.

Mientras tanto, los bordados de Cinericia yacían olvidados y amontonados sobre el suelo del dormitorio, con tres o cuatro de los diarios de Leck ocultos debajo. Amarina pasaba todo el tiempo posible con la nariz metida en uno de esos volúmenes, llenando hojas y hojas de anotaciones, obligándose a pensar en todos los códigos sobre los que había leído alguna vez. Jamás había tenido que hacer algo así. Había cifrado mensajes empleando los códigos más complicados que se le habían ocurrido, y se enorgullecía de la precisión y de la rapidez con la que hacía cuentas mentalmente. Pero descifrar un código era algo completamente distinto. Amarina comprendía los fundamentos básicos necesarios para descifrar un código, pero, al intentar trasladar sus conocimientos a los textos cifrados de Leck, todo se desmoronaba. Logró encontrar algunos patrones, secuencias de cuatro o cinco —o incluso siete— símbolos que aparecían exactamente iguales en distintas partes del texto, lo cual tendría que haber sido algo positivo. Las repeticiones de una secuencia de símbolos concreta en un texto cifrado indicaban que se trataba de una palabra repetida. Pero había muy pocas repeticiones, lo cual quería decir que podía tratarse de una serie rotativa de alfabetos cifrados. Y tampoco ayudaba nada que hubiera treinta y dos símbolos en total. ¿Treinta y dos símbolos para veintisiete letras? ¿Era posible que los símbolos que sobraban fueran espacios en blanco? ¿O que fueran alternativas para las letras más comunes, como la «A» y la

«E», para ponérselo más difícil a alguien que intentara descifrar el código examinando la frecuencia con la que aparecían las letras? ¿Representarían uniones de consonantes como «CH» y «RR»?

A Amarina le estaba dando dolor de cabeza.

Morti tampoco había progresado mucho con el texto cifrado, y se mostraba más agobiado y gruñón de lo habitual.

—Creo que es posible que haya seis alfabetos rotativos diferentes —le dijo Amarina una noche—. Lo que parece indicar que la clave tiene seis letras.

—¡Hace días que llegué a esa conclusión! —le respondió casi a gritos—. ¡No me distraigáis!

A veces, mientras observaba a Thiel dar vueltas por la torre, Amarina se preguntaba por qué le estaba ocultando la existencia de los diarios a su consejero. No sabía qué era lo que más temía: que Thiel interfiriese o que su pobre espíritu sufriera al descubrir que habían encontrado los textos secretos de Leck. Amarina se había enfadado con él por haberle ocultado la verdad, pero se dio cuenta de que estaba haciendo lo mismo con él.

Rood había vuelto y se movía de un lado a otro despacio, respirando con dificultad. Darby, en cambio, se paseaba por las oficinas y subía y bajaba las escaleras, arrojaba papeles y daba gritos, y apestaba a vino, hasta que al fin llegó un día en que se desplomó en el suelo frente al escritorio de Amarina.

Murmuró un galimatías incomprensible mientras los curanderos lo atendían. Cuando se lo llevaron de la habitación, Thiel se quedó helado, mirando por la ventana con la mirada perdida.

—Thiel… —lo llamó Amarina, sin saber muy bien qué decirle—. Thiel, ¿puedo hacer algo por ti?

Al principio, le dio la impresión de que no la había oído, pero después se apartó de la ventana.

—La gracia de Darby le impide dormir como nosotros, majestad —respondió en voz baja—. A veces, el único modo que tiene de desconectar es emborracharse hasta perder el conocimiento.

—Debe de haber algo que pueda hacer para ayudarlo —dijo Amarina—. Quizá debería tener un trabajo menos estresante, o incluso jubilarse.

—El trabajo es su consuelo, majestad —dijo Thiel—. Lo es para todos nosotros. Lo mejor que podéis hacer es dejar que sigamos trabajando.

—Ya… De acuerdo —respondió Amarina.

Podía entenderlo, ya que el trabajo la ayudaba a mantener sus propios pensamientos a raya.

Aquella noche se sentó en el suelo de su dormitorio junto a dos de sus espías que eran expertos en descifrar textos. Tenían los libros abiertos frente a ellos mientras formulaban hipótesis, discutían y compartían el cansancio y la frustración. Amarina estaba demasiado agotada como para percatarse de lo agotada que estaba y lo grande que le quedaba la tarea que tenía entre manos.

Por el rabillo del ojo, vio algo enorme que ocupaba toda la puerta. Se giró, intentando no perder la concentración, y vio a Giddon recostado contra el marco. Bann estaba detrás de él con la cabeza apoyada en su hombro.

—¿Podemos convenceros para que nos acompañéis, majestad? —preguntó Giddon.

—¿Qué estáis haciendo?

—Estamos sentados en vuestra sala de estar, hablando de Solánea y quejándonos de Katsa y de Po.

—Y de Raffin —añadió Bann—. Tenemos tarta de crema agria.

La tarta era un buen aliciente, desde luego, pero Amarina sobre todo quería saber de qué cosas se quejaba Bann de Raffin.

—Esto no va a ninguna parte —admitió sin fuerzas.

—Bien. Además, os necesitamos —dijo Giddon.

Caminando a trompicones con sus pantuflas, Amarina se fue con ellos y recorrieron juntos el pasillo.

—En concreto, necesitamos que os tumbéis bocarriba en el sofá —dijo Bann cuando entraron en la sala de estar.

Aquello le resultó sospechoso, pero hizo lo que le decían y sintió una satisfacción enorme cuando Helda apareció de la nada y le dejó un plato de tarta encima de la tripa.

—Estamos teniendo suerte con los desertores del ejército en el sur de Solánea —comenzó a decir Giddon.

—El relleno de frambuesa está espectacular —exclamó Amarina, y luego se quedó dormida con un trozo de tarta en la boca y el tenedor en la mano.

34

Madlen y Zaf estuvieron fuera durante casi dos semanas. Cuando regresaron, se abrieron paso a través de la nieve de noviembre con más de cinco mil huesos y pocas respuestas.

—He conseguido recomponer tres o cuatro esqueletos casi completos, majestad —dijo Madlen—. Pero lo que más tengo son fragmentos de huesos, y no hemos tenido tiempo ni espacio suficientes para averiguar cuál va con cuál. No he encontrado indicios de quemaduras, pero sí marcas de sierra. Creo que se trata de cientos de personas, pero no puedo ser más específica. ¿Qué os parecería si os quito la escayola mañana?

—Me parecería que es la primera buena noticia que recibo desde… —Amarina trató de hacer los cálculos, pero al final se rindió—. Ni sabría decirte cuándo —dijo, malhumorada.

Al salir de la enfermería y entrar en el patio principal, se encontró cara a cara con Zaf.

—¡Ah! —exclamó—. Hola.

—Hola —respondió Zaf, sorprendido también.

Al parecer estaba a punto de encaramarse a la plataforma que usaban para enmasillar las ventanas y subir, junto con Zorro, a la descabellada altura que requiriese el trabajo del día. Tenía buen aspecto —el agua no parecía haberle perjudicado— y mantenía una expresión relajada mientras la miraba. Quizás incluso menos hostil que antes.

—Quiero enseñarte una cosa. Y pedirte otra —le dijo Amarina—. ¿Puedes venir a la biblioteca dentro de una hora o así?

Zaf asintió sin demasiado entusiasmo. Detrás de él, Zorro se ató una cuerda al cinturón y no pareció reparar en ellos dos.

Morti guardaba todos los diarios en los que Amarina no estaba trabajando en un armarito bajo su escritorio. Cuando Amarina le pidió uno prestado, Morti abrió la cerradura y se lo entregó con impaciencia.

Poco después, Zaf entró en su rincón de la biblioteca con las cejas enarcadas, y Amarina se lo entregó. Tras hojear las páginas, le preguntó:

—¿Qué es esto?

—Un texto que no podemos descifrar, escrito con la letra de Leck. Hemos encontrado treinta y cinco volúmenes.

—Uno por cada año de su reinado —supuso Zaf.

—Sí —respondió Amarina, tratando de fingir que ya se había dado cuenta. Como si no acabara de otorgarle una pista para transmitírsela al equipo que se encargaba de descifrar los textos. Si cada libro representaba un año, ¿serían capaces de identificar similitudes entre partes correspondientes de los distintos diarios? Por ejemplo, ¿estaría relacionado el lenguaje con el que empezaba cada libro con el invierno?

—Quiero que te lo lleves, pero no lo pierdas de vista —le dijo a Zaf—. No se lo muestres a nadie salvo a Teddy, Tilda y Bren. No se lo cuentes a nadie y, si a ninguno de vosotros se os ocurre ninguna idea útil, devuélvemelo directamente. Que nadie te descubra con él.

—No —dijo Zaf, negando con la cabeza mientras se lo devolvía—. No me lo voy a llevar, tal y como están las cosas. Alguien lo descubrirá. Me atacarán, me lo quitarán y vuestro secreto se irá al garete.

Amarina dejó escapar un breve suspiro.

—Supongo que no vale de nada discutir. Entonces, ¿podrías echarle un vistazo ahora y contárselo a los demás, y luego me cuentas qué opinan?

—De acuerdo. Si creéis que os servirá de algo.

Zaf se había cortado el pelo. Ahora lo tenía más oscuro, y algunos mechones se le quedaban tiesos por aquí y por allá y le daban un aspecto adorable. Amarina, confundida por sus ganas de ayudar y consciente de que tenía la mirada clavada en él, se dirigió al tapiz mientras Zaf volvía a hojear el libro. Los ojos verdes y tristes de la mujer de blanco la tranquilizaron.

—¿Y la petición? —preguntó Zaf.

—¿Qué? —dijo Amarina mientras se daba la vuelta.

—Me dijisteis que teníais algo que enseñarme —contestó Zaf, alzando el libro— y algo que pedirme. Sea lo que fuere, lo haré.

—¿En serio? ¿No vas a poner ninguna pega?

Zaf la miró con una franqueza que Amarina no había visto en sus ojos desde la noche en que la besó, la encontró luego llorando en el cementerio y se culpó por lo que había hecho. Parecía un tanto avergonzado.

—Puede que el agua fría me haya despejado la cabeza —respondió—. ¿Cuál es la petición?

Amarina tragó saliva.

—Mis amigos te han encontrado un escondite. Si nos enfrentáramos a una crisis con el asunto de la corona y necesitaras ocultarte, ¿aceptarías irte a la torre del operador del puente Alado?

—Sí.

—Solo era eso —dijo Amarina.

—¿Vuelvo a mi trabajo, entonces?

—Zaf —dijo Amarina—, no entiendo nada. ¿Qué significa esto? ¿Volvemos a ser amigos?

La pregunta pareció confundirlo. Volvió a dejar el diario en la mesa con cuidado.

—Quizá seamos algo distinto —respondió Zaf—, aunque aún no esté claro el qué.

—No entiendo qué significa eso.

—Creo que esa es la cuestión —dijo, pasándose la mano por el pelo, un poco desesperado—. Me he dado cuenta de que me he comportado como un niñato. Y ahora vuelvo a veros tal y como sois. Pero tampoco puede volver a ser todo como antes. Y ahora, si os parece bien, majestad, me marcho.

Al ver que Amarina no respondía, Zaf se dio la vuelta y se fue. Al cabo de un rato, Amarina se dirigió a su mesa y se obligó a leer un poco más del libro sobre la monarquía y la tiranía. Leyó algo sobre las oligarquías y algo sobre las diarquías, pero no lograba concentrarse lo más mínimo en lo que leía.

No tenía muy claro quién era Zaf ahora, y el hecho de que la hubiera llamado por su título de nuevo la había dejado destrozada.

A la mañana siguiente, Amarina abrió la puerta de su cuarto y vio a Madlen blandiendo una sierra.

—He de decir que no es una estampa demasiado tranquilizadora, Madlen —dijo Amarina.

—Lo único que necesitamos es una superficie plana, majestad —dijo Madlen—. Y todo será coser y cantar.

—¿Madlen?

—¿Sí?

—¿Qué le pasó a Zaf en Venado Plateado?

—¿Cómo que qué le pasó?

—Ayer, cuando habló conmigo, parecía cambiado.

—Ah —contestó Madlen, pensativa—. Pues no sabría deciros, majestad. No hablaba demasiado, y me dio la impresión de que ver los huesos hizo que se dejara de tonterías. Quizá le hicieron darse cuenta de quién sois, majestad, y a qué os enfrentáis.

—Sí, puede ser... —respondió Amarina con un suspiro—. ¿Vamos al cuarto de baño?

Uno de los diarios de Leck yacía abierto a los pies de la cama, donde Amarina lo había dejado después de haber estado estudiándolo. Al pasar por delante de las páginas, Madlen se detuvo, impresionada.

—¿Se te dan bien los textos cifrados, Madlen? —preguntó Amarina.

—¿Cifrados? —dijo Madlen con aparente desconcierto.

—No debes contárselo a nadie... A nadie, ¿me oyes? Es un texto cifrado que escribió Leck, y nos está costando mucho descifrarlo.

—Ya veo... Un texto cifrado —repitió Madlen.

—Sí —respondió Amarina con paciencia—. Hasta ahora, no hemos conseguido identificar el significado de un solo símbolo.

—Ah —dijo Madlen, mirando la página con más atención—. Ya veo lo que queréis decir. Es un texto cifrado, y creéis que cada símbolo representa una letra.

Amarina llegó a la conclusión de que a Madlen no se le daban demasiado bien los textos cifrados.

—¿Acabamos con esto? —dijo.

—¿Cuántos símbolos hay, majestad? —preguntó Madlen.

—Treinta y dos —contestó Amarina—. Ven por aquí.

No llevar la escayola era una sensación maravillosa. Podía volver a tocarse el brazo. Podía rascarse la piel, podía frotársela, podía lavársela.

—No pienso romperme nunca ningún otro hueso —anunció mientras Madlen le enseñaba una nueva serie de ejercicios—. Adoro mi brazo.

—Algún día os volverán a atacar, majestad —dijo Madlen con severidad—. Prestad atención a los ejercicios para que, cuando llegue ese día, estéis fuerte.

Después, cuando Amarina y Madlen salieron juntas del cuarto de baño, se encontraron a Zorro de pie junto a la cama, mirando el libro de Leck y sosteniendo una de las sábanas de Cinericia en las manos.

Amarina tomó una decisión instantánea.

—Zorro —le dijo en un tono amable—. Me parece que ya debes saber que no puedes toquetear mis cosas cuando no estoy delante. Deja eso y vete.

—Lo siento mucho, majestad —se disculpó Zorro mientras soltaba la sábana como si estuviera en llamas—. Estoy avergonzadísima de mí misma. Es que no encontraba a Helda, ¿sabéis?

—Vamos —dijo Amarina.

—La puerta de vuestro cuarto estaba abierta, majestad —continuó Zorro, nerviosa, mientras caminaban—. Os oí hablar, así que me asomé. Las sábanas estaban apiladas en el suelo y la que estaba encima del todo me pareció tan bonita, con esos bordados, que me acerqué para verla mejor. No pude resistirme, majestad. Os ruego que me perdonéis. Tenía noticias para vos.

Amarina se despidió de Madlen y luego llevó a Zorro a la sala de estar.

—Bueno —dijo con calma—, ¿cuáles son esas noticias? ¿Has encontrado a Gris?

—No, majestad, pero he escuchado más rumores en los salones de relatos sobre que Gris tiene la corona, y sobre que se sabe que fue Zafiro quien la robó.

—Mmm… —respondió Amarina, sin que le resultara difícil mostrar que estaba preocupada, ya que lo estaba de verdad, aunque le estuviera dando vueltas a otros mil asuntos.

Zorro, que siempre estaba cerca cuando ocurría algo relacionado con algún tema delicado. Zorro, que conocía un montón de secretos de Amarina, pero de quien Amarina no sabía casi nada. ¿Dónde vivía Zorro cuando no estaba en el castillo? ¿Qué clase de gente animaba a su hija a trabajar en horas tan intempestivas, a ir por ahí con ganzúas en el bolsillo, a husmear y a tratar de ganarse la simpatía de los demás?

—Zorro, si no vives aquí, ¿cómo llegaste a ser sirvienta del castillo? —le preguntó Amarina.

—Mi familia ha servido a la nobleza durante generaciones, majestad —respondió Zorro—. Siempre hemos vivido fuera de las casas de nuestros patrones. Es nuestra costumbre.

Cuando Zorro se marchó, Amarina fue a buscar a Helda. La encontró en su cuarto, tejiendo, sentada en un sillón verde.

—Helda —le dijo—, ¿qué te parece si hacemos que sigan a Zorro?

—Cielos, majestad —exclamó Helda, mientras hacía tintinear las agujas con sus movimientos, tan tranquila—. ¿Tan mal están las cosas?

—Es que… no me fío de ella, Helda.

—¿Y eso por qué?

Amarina se quedó callada durante un instante.

—Porque hace que se me erice el pelo de la nuca.

Al día siguiente, Amarina estaba en la panadería del castillo, dándole golpes a una bola de masa con un brazo que se le empezaba a cansar, cuando levantó la vista y se encontró a Morti dando saltitos ante ella.

—Morti —dijo asombrada—. Pero ¿qué…?

Tenía los ojos desorbitados. Llevaba una pluma detrás de la oreja desde la que goteaba tinta sobre su camisa y tenía telarañas en el pelo.

—He encontrado un libro —susurró.

Amarina se limpió las manos, se alejó con el bibliotecario de Anna y los demás panaderos, que intentaban ocultar su curiosidad, y le dijo en voz baja:

—¿Otro libro cifrado?

—No —respondió Morti—. He encontrado un libro nuevo. Un libro que nos ayudará a descifrar los demás.

—¿Es un libro sobre claves?

—¡Es el libro más maravilloso del mundo! —exclamó Morti—. ¡No sé de dónde ha salido! ¡Es un libro mágico!

—Bueno, bueno —le dijo Amarina, mientras tiraba de él para llevárselo del ajetreo del resto de la cocina hasta las puertas, tratando de calmarlo, callarlo y evitar que empezara a cantar o a bailar. No estaba preocupada por su cordura, al menos no más de lo que le preocupaba la cordura de cualquiera que viviera en el castillo. Era consciente de que los libros podían ser mágicos—. Muéstrame ese libro.

Se trataba de un libro grande, gordo y rojo, y era espectacular.

—Entiendo… —dijo Amarina conforme lo hojeaba, compartiendo la emoción de Morti.

—No, no lo entendéis —respondió Morti—. No es lo que pensáis.

Lo que Amarina pensaba era que aquel libro era una especie de clave enorme que mostraba lo que significaba en realidad cada una de las palabras escritas con símbolos de Leck. La razón por la que lo pensaba era que la primera mitad del libro contenía página tras página de palabras que Amarina conocía, y cada palabra iba seguida de varios símbolos.

Cargar	ᐱᔑƷ₵
Caso	ꚧᛮᚓᐺ
Causa	ᐱƧᏢ
Cazar	ᐱᔑↀᔑϽ
Celda	ᐱᏏᏢ
Cuidado	ꚧᛮᚓƷ
Cuidadoso	ꚧᛮᚓƷᏍᛅᏢ

La segunda mitad del libro parecía contener la misma información, solo que invertida: símbolos seguidos de las palabras que representaban. Y era curioso el hecho de que las grafías de los símbolos pareciesen aleatorias. Que una palabra como *caso* se representara con tres símbolos, y que otra palabra que empieza con la misma sílaba, como *cazar*, se representara con símbolos distintos.

También era curioso que alguien se arriesgara tanto con los textos cifrados como para permitir que existiese un libro como aquel. El texto cifrado de Leck solo sería indescifrable siempre que ese libro se mantuviera oculto.

—¿De dónde lo has sacado? —le preguntó Amarina, asustada de repente de que pudiera desaparecer en un incendio o de que lo robaran unos ladrones—. ¿Hay más copias?

—No es una clave para descifrar sus textos, majestad —dijo Morti—. Sé que pensáis eso, pero os equivocáis. Lo he comprobado. No funciona.

—Tiene que serlo. ¿Qué otra cosa podría ser?

—Es un diccionario para traducir nuestro idioma a otro idioma completamente distinto y viceversa, majestad.

—¿Qué quieres decir?

Amarina dejó el libro en el escritorio, junto a Mimoso. Era enorme, tenía los brazos cansados y empezaba a estar un poco irritada.

—Quiero decir justo lo que he dicho, majestad. Los símbolos de Leck son las letras de otro idioma. Y este es un diccionario bilingüe: todas las palabras de nuestro idioma traducidas a su idioma, y todas las palabras del suyo traducidas al nuestro. Mirad esto —dijo mientras pasaba a una página del principio del libro en la que los treinta y dos símbolos aparecían en columnas, cada uno con una letra, o una combinación de letras, al lado.

⟨símbolo⟩	ah	⟨símbolo⟩	h	⟨símbolo⟩	n	⟨símbolo⟩	s
⟨símbolo⟩	b	⟨símbolo⟩	ee	⟨símbolo⟩	ng	⟨símbolo⟩	sh
⟨símbolo⟩	v	⟨símbolo⟩	oe	⟨símbolo⟩	oh	⟨símbolo⟩	t
⟨símbolo⟩	g	⟨símbolo⟩	y	⟨símbolo⟩	yoh	⟨símbolo⟩	oo
⟨símbolo⟩	gh	⟨símbolo⟩	k	⟨símbolo⟩	w	⟨símbolo⟩	ue
⟨símbolo⟩	d	⟨símbolo⟩	kh	⟨símbolo⟩	p	⟨símbolo⟩	z
⟨símbolo⟩	ay	⟨símbolo⟩	l	⟨símbolo⟩	f	⟨símbolo⟩	zh
⟨símbolo⟩	way	⟨símbolo⟩	m	⟨símbolo⟩	r	⟨símbolo⟩	'

—Mi teoría es que esta página es una guía de pronunciación para los hablantes de nuestra lengua —dijo Morti—. Nos muestra cómo pronunciar las letras de este nuevo idioma. ¿Lo veis?

Un idioma distinto. Era un concepto extraño para Amarina, tan extraño que quería creer que era el idioma personal de Leck, uno que había inventado para cifrar sus propios textos. Aunque la última vez que había supuesto que Leck se había inventado algo, Katsa había entrado en sus aposentos con una piel de rata del color de los ojos de Po.

—Si hay otras tierras al este… —susurró Amarina—, supongo que es probable que tengan un idioma distinto al nuestro, y una manera diferente de escribirlo.

—Sí —exclamó Morti, saltando de la emoción.

—Espera —lo interrumpió Amarina al darse cuenta de algo más—. Este libro no está escrito a mano. Está impreso.

—¡Sí! —gritó Morti.

—Pero ¿dónde puede haber una imprenta con tipos móviles de estos símbolos?

—¡No lo sé! —chilló Morti—. ¿No es maravilloso? He ido a la imprenta del castillo, que nadie usa ya, y he husmeado por todo el lugar, pero ¡no he encontrado nada!

Amarina ni siquiera sabía que hubiera una imprenta en el castillo que ya no utilizaba nadie.

—Supongo que eso explica las telarañas.

—¡Puedo deciros cómo se dice *telarañas* en este nuevo idioma, majestad! —gritó Morti, y luego dijo algo que sonaba como el nombre de un nuevo tipo de pastel delicioso: *hopkwepayn*.

—¿Qué? —exclamó Amarina—. ¿Ya te lo has aprendido? ¡Por todos los cielos! Te has aprendido un idioma entero solo con leer un libro… —De repente sintió que necesitaba sentarse, de modo que rodeó el escritorio y se desplomó en la silla de Morti—. ¿Dónde encontraste este libro?

—Estaba en ese estante —respondió Morti, señalando la estantería que estaba justo enfrente de su escritorio, a unos cinco pasos.

—¿No es esa la sección de matemáticas?

—Justo, majestad —contestó Morti—. Y está llena de volúmenes oscuros y finos. Por eso me llamó la atención este libro rojo tan gordo.

—Pero... ¿Cuándo...?

—¡Alguien debió de dejarlo ahí por la noche, majestad!

—Qué extraño —dijo Amarina—. Tenemos que averiguar quién lo dejó ahí. Le preguntaré a Helda. Pero ¿dices que este libro no sirve para descifrar los diarios de Leck?

—Si se utiliza como clave, majestad, los libros de Leck siguen siendo un galimatías.

—¿Has probado a usar la guía de pronunciación? Quizá, si pronuncias los símbolos, suenen como nuestras palabras.

—Sí, lo he intentado, majestad —respondió Morti mientras se reunía con ella detrás del escritorio, se arrodillaba y abría el armarito con la llave que llevaba en un cordel alrededor del cuello. Sacó uno de los diarios de Leck al azar, lo abrió por la mitad y comenzó a leer en voz alta—. *Wayng eezh wghee zhdzlby mzhsr ayf ypayzhgghnkeeoh*, guion, *khf*...

—Vale, vale —lo cortó Amarina—. Ya me lo has dejado claro, Morti. ¿Y si transcribes ese sonido tan horroroso con las letras de nuestro idioma? ¿Se convierte en un texto cifrado que podríamos descifrar?

—Creo que es mucho menos complicado que eso, majestad —dijo Morti—. Creo que el rey Leck escribió en clave en este otro idioma.

Amarina parpadeó.

—Como lo hacemos nosotros en nuestro idioma, pero en el suyo.

—Exacto, majestad. Creo que todo el trabajo que hemos hecho para identificar el uso de una clave de seis letras no ha sido en vano.

—Y… —dijo Amarina, que había apoyado la cara en el escritorio. Dejó escapar un gemido—. ¿Eso te parece menos complicado? Para descifrar el texto del diario, no solo tendremos que aprender el otro idioma, sino que tendremos que aprender sobre el otro idioma. Qué símbolos se usan más a menudo, en qué proporción con los otros, qué palabras tienden a usarse juntas… ¿Y si el cifrado no se basa en alfabetos rotativos y una clave de seis letras? ¿Y qué pasa si hay más de una clave de seis letras? ¿Cómo vamos a adivinar una clave en otro idioma? Y, en el caso de que consiguiéramos averiguarla, ¡el texto descifrado seguiría estando en el otro idioma!

—Majestad —dijo Morti con solemnidad, todavía arrodillado a su lado—, será el reto mental más difícil al que me he enfrentado, y también el más importante.

Amarina alzó la vista para mirar a Morti a los ojos. Todo su ser brillaba, y lo comprendió de repente; entendió su devoción por un trabajo difícil pero importante.

—¿De verdad te has aprendido ya el otro idioma? —le preguntó.

—No —respondió Morti—. Apenas he empezado. Va a ser un proceso lento y complicado.

—Es demasiado para mí, Morti. Puede que logre aprenderme algunas palabras, pero no creo que mi mente sea capaz de seguir a la tuya para ayudarte a descifrar los textos. No voy a poder echarte una mano. Y no me gusta nada que cargues con tanta responsabilidad tú solo. Algo de tal envergadura no debería depender de una única persona. Nadie debe enterarse de lo que estás haciendo; si no, correrás peligro. ¿Hay algo que necesites y que pueda proporcionarte para facilitarte el trabajo?

—Majestad, ya me habéis dado todo lo que quería —contestó Morti—. Sois la reina con la que todo bibliotecario sueña.

Ojalá pudiera aprender a ser la reina con la que soñaban aquellos a los que les preocupaban asuntos más prácticos.

Al fin llegó una carta cifrada de su tío Auror en la que le contaba que aceptaba —con cierta irritación— viajar a Montmar con un generoso contingente de la flota leonita. Le escribió:

> Amarina, no me hace gracia. Sabes que evito involucrarme en los asuntos de los cinco reinos del continente. Y te recomiendo encarecidamente que hagas lo mismo. Además, no me gusta que la única alternativa que me hayas dejado sea ofrecerte mi flota como protección contra sus embrollos. Ya hablaremos largo y tendido sobre esto cuando llegue.

Su primo Celestio también le había enviado una carta cifrada, como hacía siempre; al combinar la decimoctava letra de cada frase del texto —ya descifrado— de Celestio se obtenía la clave de la siguiente carta de Ror.

> Mi padre haría casi cualquier cosa por ti, prima, pero te puedo asegurar que esto le ha molestado. Me he ido al norte durante un tiempo de vacaciones solo para alejarme de los gritos. Estoy bastante impresionado contigo. Sigue así. Tenemos que evitar que se vuelva complaciente en la vejez. ¿Cómo está mi hermanito?

No podía estar tan mal la cosa si Celestio estaba bromeando sobre el tema. Y le aliviaba saber, por un lado, que estaba en posición de influir en Auror y, por otro, que Auror seguía teniendo un carácter lo bastante fuerte como para protestar. Aquello dejaba entrever la posibilidad de que algún día hubiera un equilibrio de poder entre ellos, si es que lograba convencerlo de que ya era mayorcita y de que, a veces, tenía razón.

Porque Amarina creía que su tío se equivocaba en ciertos asuntos. El hecho de que Leonidia se mantuviera al margen de lo que ocurría en los cinco reinos del continente era un lujo que podía permitirse al ser un reino insular, pero Amarina pensaba que quizá fuera un poco hipócrita por parte de Auror. La sobrina de Auror era la reina de Montmar, y su hijo, el líder del Consejo. Y el reino de Auror era el más rico y el más justo de los siete reinos. De modo que, en una época en la que estaban destronando a los reyes y los reinos renacían sin una base estable, Auror tenía la posibilidad de ser un buen ejemplo para el resto del mundo.

Y Amarina quería ser un ejemplo igual que él, a su lado. Quería encontrar la manera de crear una nación que otras naciones quisieran imitar.

Qué extraño que Auror no mencionara nada sobre el tema de la indemnización a las víctimas en su carta, ya que en la primera carta que había enviado, antes de pedirle a Auror que llevara su flota a Montmar, Amarina le había solicitado consejo sobre ese asunto. A lo mejor la carta en la que le había pedido que enviara a la flota le había molestado tanto que se había olvidado del otro tema. A lo mejor… A lo mejor Amarina podía empezar sin el asesoramiento de su tío. A lo mejor podía planearlo ella misma, con la ayuda de las pocas personas en las que confiaba. ¿Y si tuviera consejeros, secretarios y ministros que la escucharan? ¿Y si contara con consejeros que no tuvieran miedo de su propio dolor, que no tuvieran miedo de las partes del reino que aún no se habían recuperado? ¿Y si no tuviera que estar siempre luchando contra los que deberían ayudarla?

Qué raro era ser reina. A veces, sobre todo durante los pocos minutos al día en que Madlen le permitía amasar el pan, pensaba: *Si Leck llegó aquí desde alguna tierra del este y mi madre vino de Leonidia, ¿cómo es que yo soy la gobernante suprema de Montmar? ¿Cómo puedo serlo siquiera, sin una gota de sangre de estas tierras en mis venas?*

Y, sin embargo, no podía imaginarse siendo otra persona; su condición de reina era algo que no podía separar de sí misma. Había sucedido tan rápido... con tan solo lanzar una daga. Amarina había visto el cuerpo de su padre muerto desde el otro extremo de una habitación y había sabido, en lo más hondo de su ser, en qué se había convertido. Incluso lo dijo en voz alta: «Soy la reina de Montmar».

Si pudiera encontrar a las personas adecuadas, personas en las que pudiera confiar y que la ayudaran, ¿empezaría a asumir el verdadero propósito de una reina?

¿Y entonces qué? La monarquía era una tiranía. Leck lo había demostrado. Si encontraba a las personas adecuadas para ayudarla, ¿habría formas de cambiar eso también? ¿Podría una reina, con todo su poder, reorganizar su administración de manera que sus ciudadanos también tuvieran poder y pudieran comunicarle sus necesidades?

Por alguna razón, amasar pan hacía que Amarina mantuviera los pies en la tierra. Lo mismo ocurría cuando paseaba y exploraba el castillo.

Un día se dio cuenta de que necesitaba velas para su mesita de noche y decidió ir al cerero ella misma. Al percatarse de que en su armario cada vez había más vestidos de falda pantalón, y de que las mangas ya no tenían botones, le pidió a Helda que le presentara a sus costureras. Como sentía curiosidad, salió y se topó con el chico que venía todas las noches a recoger los platos de la cena, y luego deseó haberlo planeado mejor, porque no era un chico; era un joven apuesto de piel oscura, con hombros delgados y unos movimientos de manos preciosos. Y ella llevaba una bata de un rojo chillón con unas pantuflas rosas demasiado grandes, el pelo revuelto y una mancha de tinta en la nariz.

El funcionamiento del castillo a su alrededor le resultaba de lo más satisfactorio. Un día, cuando cruzó el patio principal bajo un frío glacial, vio a Zaf en la plataforma y a los trabajadores quitando el hielo de los desagües. Vio como la nieve caía sobre los cristales y se derretía en la fuente. En mitad de la noche, en los pasillos, hombres y mujeres limpiaban el suelo de rodillas, con paños, mientras la nieve se amontonaba en los techos. Empezaba a reconocer a las personas con las que se cruzaba. No hubo avances en la búsqueda de alguien que hubiera presenciado el momento en que habían dejado el diccionario rojo en la estantería, pero, cuando Amarina visitaba a Morti en la biblioteca, se iba aprendiendo el nuevo alfabeto, lo observaba dibujar cuadrículas de alfabetos y diagramas de frecuencias de las letras, y lo ayudaba a llevar la cuenta.

—Llaman a su idioma con un nombre que podríamos pronunciar como *vallense*, majestad. Y ellos… Bueno, Leck llama al nuestro, más o menos, *gracelingo*.

—¿Vallense? ¿Tendrá algo que ver con el nombre falso del río? ¿Con el río Valle?

—Sí, majestad.

—¿Y el nombre de nuestra lengua es *gracelingo*?

—Sí.

Incluso la labor de recomponer los esqueletos de Madlen, que se había adueñado de los laboratorios de la enfermería y de una de las salas de pacientes, aliviaba a Amarina. Esos huesos poseían la verdad de algo que había hecho Leck, y Madlen estaba intentando volver a unirlos. A Amarina le pareció una forma de mostrar respeto.

—¿Cómo tenéis el brazo, majestad? —le preguntó Madlen, sosteniendo lo que parecía un puñado de costillas y mirándolas como si pudieran hablarle.

—Mejor —contestó Amarina—. Y amasar el pan me ayuda a centrarme.

—Tocar las cosas nos permite estar más presentes; nos permite sentir, majestad —dijo Madlen, expresando con palabras algo que la propia Amarina había pensado alguna vez.

Madlen le tendió las costillas a Amarina, que se quedó sorprendida por lo suaves que eran al tacto y repasó con el dedo una línea en relieve que tenía una de ellas.

—Esa costilla se rompió una vez y después se curó, majestad —explicó Madlen—. Vuestro brazo debe parecerse a ese hueso por la zona en la que se rompió.

Amarina sabía que Madlen tenía razón: tocar las cosas nos permite sentir. Al sostener aquel hueso que una vez se había roto, sintió el dolor que la persona había sentido al rompérselo. Sintió la tristeza de una vida que había terminado demasiado pronto, y de un cuerpo que habían abandonado como si no importara. Sintió su propia muerte, que ocurriría algún día. Y eso también le transmitió una tristeza punzante. La idea de que algún día moriría la inquietaba.

En la panadería, inclinada sobre la masa, presionándola y dándole forma hasta convertirla en algo elástico, empezó a ver algo con claridad: al igual que Morti, a Amarina también le gustaban las labores difíciles, imposibles, lentas y caóticas. Descubriría cómo ser reina, aunque fuera a su ritmo y de un modo caótico. Podía darle un nuevo significado a la idea de ser reina, y modificar lo que significaba ser reina modificaría a su vez el reino.

Y entonces, un día a principios de diciembre en el que estaba amasando pan con los brazos cansados, cuando estaba a punto de llegar a su límite diario, levantó la vista de la mesa y vio a Morti ante ella. No le hizo falta preguntar. Por la luz que emitía su rostro, lo supo.

En la biblioteca, Morti le tendió una hoja de papel:

CLAVE: ⱷⱭⱮⱣⱷⱻ☉, QUE SE PRONUNCIA, MÁS O MENOS, COMO: *Ozhaleegh*

1. (cifrado)

2. (cifrado)

3. (cifrado)

4. (cifrado)

5. (cifrado)

6. (cifrado)

—La clave es *ozhaleegh* —dijo Amarina.

Le costó pronunciar la palabra.

—Sí, majestad.

—¿Y qué significa?

—Significa *monstruo*, majestad. O *bestia. Aberración, mutan-

te.*

—Como él —susurró Amarina.

—Sí, majestad, como él.

—La primera línea es el alfabeto normal —dijo Amarina—. Los otros seis alfabetos empiezan con los seis símbolos que forman la palabra *ozhaleegh.*

—Exacto.

—Para descifrar la primera letra de la primera palabra de un fragmento, hay que usar el primer alfabeto. Para la segunda letra, el segundo, y así sucesivamente. Cuando se llega a la séptima letra, hay que volver al primer alfabeto.

—Sí, majestad. Lo habéis entendido a la perfección.

—¿No te parece un cifrado demasiado complicado para un diario, Morti? Yo uso un método parecido con las cartas que le envío al rey Auror, pero las cartas son breves, y no escribo más de una o dos al mes.

—No creo que fuera especialmente complicado escribirlo, majestad, pero sí me parece que releerlo habría sido un lío. Me parece un poco exagerado, sobre todo porque es muy probable que nadie más hable vallense.

—Leck lo exageraba todo… —respondió Amarina.

—Mirad, echadle un vistazo a la primera frase de este volumen —le dijo Morti, acercándole el libro que tenía delante y copiando la primera línea.

ᐁᐃ ᓛᒐᒍᐋᘊ ᓍᒐᐋᘊ ᒧᐃᔪᘊᘊᒋᐱᒐ ᘟᑊᘞ ᘟᘟ ᒍᖩᐊ
ᒍᘊ ᙉᘟᐱᒐᑫᘞᖩᘟ ᖬᒍᘞ ᘟᘟ ᒍᖬᔪᔪᘊᘞ ᘟᖩᐊᒐ.

—Al descifrarlo, pone…

Amarina y Morti garabatearon en el papel secante del bibliotecario y luego compararon sus resultados:

ᐃᒐ ᓛᘊᐱᐊᒐ ᘞᒐᐱᐊ ᒐᘟᘥᘊᐱᒐᔪᘊᐱ ᘟᘞ ᒧᘞᘟ ᐱᖬᐊ
ᐃᒐ ᐱᒐᔪᖩᘟᖬᐱ ᐱᐊᒐ ᒧᘞᘟ ᐱᘊᔪᖩᘟᔪ ᐱᘟᔪ

—¿Eso son palabras de verdad? —preguntó Amarina.

—*Yah weensah kahlah ahfrohsahsheen ohng khoh nayzh yah hahntaylayn dahs khoh neetayt hoht* —leyó Morti en alto—. Sí, majestad, significa… —Frunció los labios mientras pensaba—. «Se acerca la gala de invierno y no tenemos las velas que necesitamos». He tenido que hacer algunas suposiciones con la terminación de los verbos, majestad, y la estructura de las frases es distinta a la de nuestro idioma, pero creo que no voy mal encaminado.

Amarina pasó los dedos por los garabatos descifrados y susurró las extrañas palabras vallenses. A veces sonaban como su propio idioma, pero no del todo: *Yah kahlah…* La gala… Parecían burbujas en la boca, burbujas preciosas y cargadas de aire.

—Ahora que has descifrado el código, ¿podrías memorizar los treinta y cinco volúmenes antes de ponerte a traducir?

—Majestad, para memorizar tantísimo texto necesitaría ir descifrándolo mientras leo. Ya que tengo que hacerlo, también puedo traducir los textos para que podáis leerlos vos.

—Espero que no sean treinta y cinco volúmenes sobre artículos de fiesta —respondió Amarina.

—Traduciré durante toda la tarde, majestad —dijo Morti—, y os entregaré los resultados.

El bibliotecario entró aquella noche en la sala de estar de sus aposentos mientras Amarina cenaba con Helda, Giddon y Bann.

—¿Estás bien, Morti? —le pregunto Amarina.

No tenía buena cara. Había recuperado su aspecto de anciano infeliz; el resplandor triunfal que había desprendido por la mañana había desaparecido. Le entregó un fajo de hojas envuelto en cuero.

—Dejaré que lo veáis por vos misma, majestad —le dijo con aire sombrío.

—Ah… —respondió Amarina al comprenderlo—. Entiendo que no son artículos de fiesta…

—No, majestad.

—Lo siento, Morti. Sabes que no tienes por qué hacerlo.

—Sí que tengo que hacerlo, majestad —le respondió, y se dio la vuelta para marcharse—. Y vos también.

Instantes después, las puertas exteriores se cerraron tras él. Amarina miró el fajo de papeles y deseó que no se hubiera ido tan pronto.

Bueno, jamás pondrían fin a aquel asunto si le daba demasiado miedo ponerse manos a la obra. Tiró del cordel, apartó la cubierta y leyó la primera línea.

Las niñas son aún más perfectas cuando sangran.

Amarina cerró las páginas de golpe. Durante un instante, se quedó allí sentada. Entonces miró a todos sus amigos de uno en uno.

—¿Os podéis quedar aquí conmigo mientras leo esto?

—Desde luego —respondieron todos.

Amarina se llevó las hojas al sofá, se sentó y comenzó a leer:

Las niñas son aún más perfectas cuando sangran. Son un consuelo enorme cuando todos los demás experimentos fracasan.

Estoy intentando averiguar si las gracias se hallan en los ojos. He atrapado a luchadores y mentalistas, y lo único que tengo que hacer para comprobar si mi teoría es cierta es intercambiarles los ojos para ver si sus gracias cambian también. Pero todos se mueren. Y los mentalistas me lo ponen complicado, porque casi siempre comprenden qué es lo que pretendo hacer con ellos y me toca amordazarlos y encadenarlos para que no se lo cuenten a los demás. No hay demasiadas luchadoras gracelings, y me enfurece tener que desperdiciarlas así. Mis curanderos afirman que se debe a la pérdida de sangre. Me recomiendan que no lleve a cabo tantos experimentos al mismo tiempo en una misma persona. Pero, cuando tengo a una mujer tumbada en una mesa en todo su esplendor y su perfección, ¿cómo no voy a experimentar con ella?

A veces tengo la sensación de que lo estoy haciendo todo mal. No he convertido este reino en lo que sé que puede llegar a ser.

Si me dejaran expresar mi arte, dejaría de tener esas jaquecas con las que parece que me va a estallar la cabeza. Lo único que quiero es rodearme de todas las cosas preciosas que he perdido, pero mis artistas no se dejan controlar como los demás. Cuando les digo qué es lo que quieren hacer, la mitad de ellos pierde el talento por completo. Me entregan una basura de obras y se quedan ahí plantados, orgullosos y vacíos, convencidos de que han creado una obra maestra. Los demás no llegan ni a ponerse manos a la obra y se vuelven locos; no me sirven de nada. Pero luego hay algunos, solo unos pocos, que en teoría hacen lo que les pido, pero siempre dotan a las obras de una genialidad o de una verdad terrible para que sean aún más bellas de lo que yo les pedí o de lo que me imaginaba, y me denigran con ellas. Gadd tejió un tapiz en el que unos monstruos están matando a un hombre, y estoy seguro de que el hombre soy yo. Gadd me dice que no es cierto, pero sé lo que me transmite la imagen. ¿Cómo lo ha hecho? Y Bellamew supone otro montón de problemas. No sigue mis instrucciones. Ni una sola. Le dije que esculpiera una estatua de mi preciosidad y su melena de fuego y empezó bien, pero luego acabó esculpiendo una estatua de Cinericia que muestra a mi esposa con demasiada fuerza y demasiadas emociones. Esculpió una estatua de mi niña y, cuando me mira, estoy seguro de que me tiene lástima. No deja de esculpir transformaciones exasperantes. Su obra se burla de mi insignificancia; pero no puedo apartar la mirada por lo hermosa que es.

Ha empezado un nuevo año. Puede que este mate a Gadd. El comienzo del año es una época de reflexión y, sinceramente, creo que tampoco pido tanto. Pero aún no puedo matar a Bellamew. Hay algo en su mente que quiero, y mis experimentos han demostrado que las mentes no pueden vivir sin sus cuerpos. Me está mintiendo sobre algo. Estoy segurísimo. De algún modo que desconozco, ha logrado encontrar las fuerzas para mentirme, y no puedo matarla hasta que no descubra la naturaleza de dicha mentira.

Mis artistas me dan demasiados disgustos para lo poco que valen.

Ha sido complicado aprender que la grandeza requiere sufrimiento.

Mis sirvientes están empezando a colgar faroles de la estructura de los techos para preparar la gala de invierno. Cuando me adentro en sus mentes pueden volverse tan estúpidos que resulta exasperante. Tres de ellos se han caído porque no habían asegurado los extremos de la escalera de cuerda como es debido. Dos han muerto, el otro está en el hospital y vivirá durante un tiempo, creo. Quizá, si no ha perdido la movilidad, podría incluirlo en los experimentos con los demás.

Eso era lo que Morti le había entregado. Se había esmerado en su trabajo: había copiado la frase en vallense y luego había escrito la traducción debajo para que Amarina pudiera leer ambas y, quizá, familiarizarse con el vocabulario de ese otro idioma.

En la mesa, Bann y Helda charlaban en voz baja sobre el problema de las facciones en Solánea, sobre el enfrentamiento de los nobles contra los ciudadanos… Con algún que otro comentario de Giddon, que se entretenía dejando caer gotas de agua en una copa que estaba llena a rebosar para ver qué gota era la que lo derramaba todo. Desde el otro lado de la mesa, Bann arrojó una judía en la copa de Giddon y lo puso todo perdido.

—Pero ¡¿qué haces?! —exclamó Giddon—. ¡Eres un bestia!

—Sois los niños más grandes que he visto en toda mi vida —los regañó Helda.

—Yo solo estaba haciendo un experimento —respondió Giddon—, y Bann me ha tirado una judía.

—Yo estaba investigando el impacto de una judía en el agua —contestó Bann.

—¡Eso no es ninguna investigación!

—Puede que ahora investigue qué pasaría si una judía impactara en la pechera de esa camisa blanca tan bonita que llevas —le dijo Bann, amenazándolo con una judía en la mano.

Entonces ambos se dieron cuenta de que Amarina los estaba mirando. Volvieron los rostros sonrientes hacia ella, y fue como sumergirse en un baño de bromas y tonterías, un baño que limpió la sensación de asco, de suciedad y de pánico que se había apoderado de ella tras haber leído las palabras de Leck.

—¿Tan horrible es? —preguntó Giddon.

—No quiero fastidiaros la noche —respondió Amarina.

Giddon le dedicó una ligera mirada de reproche, de modo que Amarina hizo algo que se moría de ganas de hacer: le tendió los papeles para que los leyera. Giddon se sentó a su lado y comenzó a leer. Bann y Helda se sentaron en los sillones y lo leyeron todo después de Giddon. Ninguno parecía querer pronunciar palabra.

Finalmente, Amarina dijo:

—Bueno, en cualquier caso, no explica por qué hay gente en la ciudad asesinando a los buscadores de la verdad.

—No… —concordó Helda, con el rostro sombrío.

—El libro empieza con el año nuevo —dijo Amarina—, lo cual sustenta la teoría de Zaf de que cada uno de los libros corresponde a uno de los años de su reinado.

—Majestad, ¿Morti los estás descifrando en orden? —preguntó Bann—. Si Bellamew estaba esculpiendo estatuas de vos y de la reina Cinericia, entonces Leck ya estaba casado, vos habíais nacido y este libro es de los últimos años de su reinado.

—No sé si están etiquetados de algún modo que permita ordenarlos —contestó Amarina.

—Tal vez sea menos desagradable leerlos sin tener que seguir la progresión exacta de sus abusos —sugirió Giddon en voz baja—. ¿Cuál creéis que era el secreto de Bellamew?

—No lo sé… —respondió Amarina—. ¿Quizá dónde se ocultaba Hava? Parece que tenía un interés muy peculiar por los gracelings y las niñas.

—Me temo que esto será tan horrible para vos como los bordados, majestad —dijo Helda.

Amarina tampoco sabía qué responder a aquello. A su lado, Giddon estaba sentado con la cabeza hacia atrás y los ojos cerrados.

—Majestad, ¿cuándo fue la última vez que salisteis de los terrenos del castillo? —le preguntó sin cambiar de postura.

—La noche en que la desgraciada esa me rompió el brazo —respondió Amarina tras pensar durante un instante.

—De eso hace ya casi dos meses, ¿no?

Así era. Dos meses… Amarina se deprimió un poco al pensarlo.

—Hay una zona para trineos en la colina que da a la muralla este del castillo —le dijo Giddon—. ¿Lo sabíais?

—¿Una zona para trineos? ¿A qué te refieres?

—Hay nieve seca, majestad —respondió Giddon, irguiéndose—, y la gente ha estado montando en trineos. Ahora mismo no habrá nadie. Confío en que esté lo bastante iluminado. ¿Vuestro miedo a las alturas os afecta a la hora de montar en trineo?

—¿¡Qué sé yo!? ¡Nunca me he montado en uno!

—¡Levántate, Bann! —ordenó Giddon, dándole un golpe en el brazo.

—Yo no voy a montarme en un trineo a las once de la noche —se negó en redondo Bann.

—Desde luego que sí —respondió Helda con tono serio.

—Helda, no es que no quiera la compañía forzada de Bann —dijo Giddon—, pero, si lo que estás insinuando es que no es apropiado que la reina se vaya a montar en trineo con un hombre soltero en mitad de la noche, ¿cómo va a serlo que se vaya con dos?

—Es apropiado porque yo también pienso ir —respondió Helda—. Y, si tengo que someterme a una juerga nocturna con este tiempo gélido en aras de lo apropiado, entonces Bann sufrirá conmigo.

Así fue como Amarina descubrió que montar en trineo bajo una nevada nocturna, con los guardias desconcertados en lo alto y en el silencio más absoluto del mundo, era una experiencia mágica que la dejaba sin aliento y que provocaba un montón de risas.

A la noche siguiente, mientras Amarina estaba cenando de nuevo con sus amigos, Hava entró corriendo.

—Disculpad, majestad —le dijo tratando de recobrar el aliento—. Esa tal Zorro acaba de entrar en la galería de arte a través del pasadizo secreto que hay tras el tapiz. Me escondí y la seguí hasta la sala de las esculturas. Intentó levantar a pulso una de las estatuas de mi madre, majestad. Como es evidente, no lo logró, y, cuando abandonó la galería, decidí seguirla. Llegó casi hasta vuestros aposentos, y luego bajó las escaleras hasta el laberinto. He venido corriendo.

Amarina se levantó de la mesa de un brinco.

—¿O sea que ahora mismo está en el laberinto?

—Sí, majestad.

Amarina fue corriendo a por las llaves.

—Hava —le dijo cuando regresó y se dirigió hacia la puerta oculta—. Baja a hurtadillas, ¿vale? Rápido. Escóndete. Fíjate si entra. No interfieras; limítate a observarla, ¿me oyes? Intenta averiguar qué está tramando. Mientras, nosotros vamos a seguir cenando y a hablar de tonterías —les ordenó a sus amigos—. Hablaremos del tiempo y nos preguntaremos cómo andamos de salud.

—Lo peor es que no creo que sea seguro que el Consejo siga confiando en Ornik —comentó Bann con desazón, cuando Hava se hubo marchado—. Se relaciona mucho con ella.

—Puede que para ti eso sea lo peor —le contestó Amarina—. Para mí es que Zorro sabe lo de Zaf y la corona, y lo ha sabido desde el principio. Es posible que hasta sepa de la existencia de los bordados cifrados de mi madre y de los diarios de mi padre.

—Tenemos que poner alambres en todas las escaleras secretas —sugirió Bann—, incluso por la que acaba de bajar Hava. Así sabremos si alguien nos está espiando. Veré si se me ocurre algo.

—¿Sí? Ay, vaya, sigue nevando —comentó Giddon, obedeciendo las órdenes que les había dado Amarina sobre hablar de tonterías—. Bann, ¿has avanzado algo con la infusión para las náuseas desde que se marchó Raffin?

—Sigue dando las mismas ganas de vomitar...

Un rato después, Hava llamó a la puerta de dentro. Cuando Amarina la dejó pasar, Hava le dijo que Zorro había entrado en los aposentos de Leck.

—Tiene ganzúas nuevas, majestad —le dijo—. Se ha acercado hasta la escultura de la niña, la más pequeña de toda la sala, y ha intentado levantarla. Ha conseguido moverla un poco, pero claro, le ha resultado imposible levantarla. Luego la ha soltado y se ha quedado mirándola durante un buen rato. Parecía estar reflexionando sobre algo. Después se ha puesto a husmear en el cuarto de baño y en el armario, y luego ha subido por las escaleras y ha pegado la oreja a la puerta de vuestra sala de estar. Al final ha vuelto a bajar y ha abandonado la sala.

—¿Es posible que sea una ladrona? —preguntó Amarina—. ¿O una espía? ¿O ambas? Y, si es una espía, ¿para quién trabaja? Helda, tenemos a alguien siguiéndola, ¿verdad?

—Sí, majestad, pero le pierde el rastro todas las noches en los muelles de mercancías. Zorro corre por ellos hacia el puente Invernal y luego se mete por debajo de los muelles. El guardia no puede seguirla por allí por miedo a que lo descubran.

—Yo iré tras ella, majestad —se ofreció Hava—. Dejadme seguirla. Puedo meterme bajo los muelles sin que lo sepa.

—Suena peligroso, Hava... —respondió Amarina—. Bajo los muelles hace frío y está todo mojado. Estamos en diciembre.

—Pero puedo hacerlo, majestad —replicó Hava—. Nadie puede esconderse como yo. Por favor. Toqueteó todas las esculturas de mi madre.

—Vale —accedió Amarina, que recordó que Zorro también había toqueteado los bordados de su madre—. Vale, de acuerdo, pero ten cuidado, por favor.

Lo único que deseo es un lugar pacífico de arte, arquitectura y medicina, pero no soy capaz de controlarlo todo. Hay demasiada gente, y estoy muy cansado. En la ciudad, la resistencia no termina nunca. Cada vez que atrapo a un mentalista, aparece otro. Hay demasiado que borrar, demasiado que crear. Creo que estoy bastante contento con los techos de cristal, pero los puentes no son lo bastante grandes. Estoy seguro de que los del río Alado, en Los Valles, eran más grandes. El río Alado es más majestuoso que mi propio río. Odio mi río.

He tenido que asesinar al jardinero. Siempre les daba forma a los setos del patio para que pareciesen monstruos, tal y como le pedía yo; parece que estén vivos, pero, en realidad, no lo están, ¿no? No son reales. Ya puestos, también he asesinado a Gadd. ¿Lo habré matado demasiado pronto? Sus tapices son demasiado deprimentes y tampoco son reales; ni siquiera están fabricados con auténtica piel de monstruo. No consigo que me salga bien. No consigo que quede perfecto, y odio cada uno de mis intentos. Odio cifrar este texto. Tengo que hacerlo; debería ser un código brillante, pero me empieza a provocar dolores de cabeza. El hospital también me da dolor de cabeza. Hay demasiadas personas. Estoy cansado de decidir qué es lo que tienen que pensar, sentir y hacer.

Tendría que haberme quedado con mis animales enjaulados. El hecho de que no puedan hablar los protege.

Cuando les hago cortes, chillan, porque no puedo explicarles que no les duele. Siempre saben qué es lo que les estoy haciendo. Siempre. En su miedo hay pureza, y eso me alivia. Es agradable estar solo con ellos.

También hay pureza en contar mis puñales. A veces, también la hay en el hospital, cuando dejo que los pacientes sientan dolor. Algunos emiten unos alaridos exquisitos. Es como si la propia sangre estuviera gritando. La acústica es maravillosa gracias al techo redondeado y a la humedad. Las paredes negras resplandecen. Pero los gritos molestan a los demás. La niebla comienza a disiparse de sus mentes y empiezan a comprender qué es lo que están escuchando y qué es lo que están haciendo; y entonces tengo que castigarlos, amedrentarlos, avergonzarlos, hacer que me teman y que me necesiten, hasta que todos lo olviden de nuevo. Supone mucho más trabajo que mantenerlos a ciegas todo el tiempo.

Hay unas pocas que reservo para mí y a las que no trato en el hospital. Siempre las ha habido. Bellamew es una de ellas, y Cinericia, otra. No dejo que nadie mire, a menos que los obligue como castigo. Castigo a Thiel obligándolo a mirar cuando estoy con Cinericia. No le dejo tocarla y, a veces, le hago cortes. En esos instantes, en privado, en mis aposentos, con la puerta cerrada y los puñales en las manos, la perfección regresa durante un instante. Durante un solo instante, siento paz. Las lecciones con mi hija serán iguales. Con ella, será perfecto.

¿Es posible que Bellamew haya estado mintiéndome durante ocho años?

Amarina empezó a pasarles las traducciones a sus amigos para que las leyeran primero y pudieran advertirla cuando los textos mencionaran a su madre o a ella misma. Morti le traía más páginas todas las noches. Algunas noches, Amarina no era capaz de obligarse a leerlas. En esas ocasiones, le pedía a Giddon que le resumiera el contenido, y eso hacía Giddon: se sentaba a su lado en el sofá y se lo contaba en voz baja. Escogió a Giddon para la tarea porque Helda y Bann no habían podido prometerle que no maquillarían las peores partes; pero Giddon sí que se lo había prometido. Hablaba en voz baja, como si así amortiguara el impacto de sus palabras. No era que diera mucho resultado, pero Amarina estaba de acuerdo en que, si hubiera leído en voz más alta, habría sido peor. Se quedaba allí sentada, escuchando, abrazándose a sí misma y temblando.

Estaba preocupada por Morti, que era el primero en leer los diarios sin ningún tipo de filtro, y quien se pasaba horas y horas trabajando con ellos.

—Quizá, llegados a cierto punto, nos baste con saber que era un hombre despiadado que cometía toda clase de locuras —le dijo Amarina en una ocasión, incapaz de creerse que aquellas palabras hubieran salido de sus labios—. Quizá los detalles no sean tan importantes.

—Pero es historia, majestad —replicó Morti.

—En realidad, no lo es —respondió Amarina—. Al menos aún no. Lo será dentro de cien años. Por ahora forma parte de nuestra vida.

—Pues es más importante que conozcamos algo que forma parte de nuestra vida ahora mismo que la historia del pasado, majestad. ¿Acaso no estabais tratando de hallar respuestas a los problemas de hoy en día en estos diarios?

—Sí —respondió Amarina con un suspiro—. Sí… ¿De verdad puedes soportar seguir leyendo?

—Majestad —respondió Morti, dejando la pluma y observándola con gesto severo—. Viví todo esto desde fuera durante treinta y cinco años. Me pasé treinta y cinco años intentando averiguar qué era lo que hacía el rey Leck y cuáles eran sus motivos. Con este trabajo estoy rellenando muchas lagunas.

En cambio, para Amarina, las estaba creando en su capacidad para sentir. Unas lagunas inmensas, espacios enormes en blanco en los que existía algo que no era capaz de procesar, porque al hacerlo sabría demasiado y porque estaba segura de que eso la volvería loca. Ahora, cuando estaba en las oficinas del piso inferior y observaba a los empleados y a los guardias, que iban de aquí para allá con la mirada perdida, o miraba a Darby, Thiel y Rood, comprendía algo que le había dicho Runnemood en una ocasión en la que Amarina los había presionado demasiado. ¿Valía la pena poner en riesgo la cordura a cambio de la verdad?

—No quiero seguir con esto —le dijo una noche Amarina a Giddon, aún temblando—. Tienes una voz muy bonita, ¿lo sabías? Y, si seguimos así, dejará de parecérmelo. Tengo que ser yo la que lea sus palabras, o escucharlas de alguien que no sea mi amigo.

Giddon pareció vacilar.

—Pero lo hago porque soy vuestro amigo, majestad.

—Lo sé —respondió Amarina—. Pero lo odio, y sé que tú también, y no me gusta que hayamos creado una rutina nocturna en la que ambos hacemos algo que odiamos.

—Me niego a que leáis sola, majestad —insistió Giddon.

—Menos mal que no necesito tu permiso.

—Tomaos un descanso, majestad —dijo Bann, que se sentó a su otro lado—. Por favor. Leed más hojas una vez a la semana en vez de torturaros todos los días con fragmentos pequeños. Seguiremos leyendo con vos.

No parecía una mala idea, hasta que transcurrió una semana y llegó el día en que tenían que leer todas las hojas que habían ido acumulándose. Después de dos páginas, ya no se veía capaz de seguir.

—Parad —le ordenó Giddon—. Dejad de leer. Os está afectando demasiado.

—Creo que prefería que sus víctimas fueran mujeres —dijo Amarina—. Además de los otros experimentos demenciales a los que las sometía, también llevaba a cabo experimentos que tenían que ver con el embarazo y los bebés.

—No deberíais leer esto —declaró Giddon—. Debería leerlo alguien que no estuviera involucrado en estos relatos para que luego os contara todo lo que necesitáis saber como reina. Puede hacerlo Morti mientras traduce.

—Creo que las violaba en el hospital —respondió Amarina, sola, helada, sin oír nada—. Creo que violó a mi madre.

Giddon le arrancó las hojas de la mano y las arrojó al otro extremo de la habitación. Aquel gesto la tomó tan desprevenida que dio un brinco y vio a Giddon como nunca antes lo había visto, alzándose sobre ella, con los labios tensos y los ojos resplandecientes. Se dio cuenta de que estaba furioso. Se le volvió a enfocar la vista y se centró de nuevo en su alrededor. Oyó el fuego que chisporroteaba en el hogar, y el silencio de Bann y Helda, que seguían sentados a la mesa, mirándola, tensos y con expresión de tristeza. La habitación olía a leña quemada. Amarina se cubrió con una manta. No estaba sola.

—Llámame por mi nombre —le susurró a Giddon.

—Amarina —le susurró él también—. Os lo suplico, dejad de leer los desvaríos del psicópata de vuestro padre. No os están haciendo ningún bien.

Volvió a mirar hacia la mesa, desde donde Bann y Helda la observaban con serenidad.

—No estáis comiendo suficiente, majestad —le dijo Helda—. Habéis perdido el apetito y, si me permitís decirlo, a lord Giddon le ha pasado lo mismo.

—¿Qué? —exclamó Amarina—. ¡Giddon! ¿Por qué no me has dicho nada?

—También me ha estado pidiendo remedios para el dolor de cabeza —añadió Bann.

—Parad los dos —replicó Giddon, molesto—. Majestad, lleváis días dando vueltas con la mirada perdida. Es horrible. Estáis en tensión constante.

—Ahora lo entiendo —respondió Amarina—. Ahora entiendo a mis consejeros. He estado presionándolos. He estado obligándolos a recordar.

—No es culpa vuestra —la excusó Giddon—. Una reina necesita rodearse de gente que no tenga miedo a las preguntas que tengan que hacerle.

—No sé qué hacer —dijo Amarina con la voz rota—. No sé qué hacer.

—Tenéis que establecer unos criterios y comunicárselos a Morti —sugirió Bann—. Solo necesitáis los hechos concretos que os ayuden a solucionar los problemas de vuestro reino, y nada más.

—¿Me ayudaréis?

—Desde luego —respondió Bann.

—Ya he decidido qué criterio deberíamos seguir —añadió Helda, asintiendo con la cabeza.

Giddon se desplomó en el sofá, aliviado.

Todo el proceso requirió un largo debate, pero Amarina encontró consuelo en él, porque se basaba en argumentos lógicos y hacía que el mundo recuperara su consistencia a su alrededor. Al terminar, fueron a la biblioteca a buscar a Morti. La nevada infinita, perezosa y silenciosa del invierno no cesaba. Cuando llegaron al patio principal, Amarina alzó la vista hacia los techos de cristal y observó cómo caía la nieve. La pena comenzó a apoderarse de ella. Aunque logró mantenerla a raya por el momento, pues era una pena tan inmensa que era imposible asimilarla toda de golpe en ese instante.

Se imaginó que estaba allí arriba, en el cielo, sobre las nubes cargadas de nieve, observando Montmar, como la luna y las estrellas. Se imaginó que contemplaba la nieve que cubría Montmar, como las vendas que aplicaba Madlen con sus manos cuidadosas, para que, bajo ese cálido y suave vendaje, la nación entera pudiera empezar a sanar.

A la mañana siguiente, Thiel estaba en su puesto, erguido y hojeando documentos con eficiencia.

—No voy a hacerte más preguntas sobre el reinado de Leck —le dijo Amarina.

Thiel se volvió y la miró confundido.

—Ah…, ¿no, majestad?

—Siento todas las veces que te he obligado a recordar algo que quieres olvidar —se disculpó Amarina—. Intentaré no volver a hacerlo, siempre que me sea posible.

—Gracias, majestad —respondió Thiel, todavía perplejo—. ¿Por qué? ¿Ha sucedido algo?

—Ya les preguntaré a otros. Voy a buscar a gente nueva para que me ayude con los asuntos que pueden resultar demasiado dolorosos para quienes trabajasteis con Leck. Y quizá también a algunas personas de la ciudad para que me informen sobre cuestiones específicas de la ciudad y colaboren conmigo para resolver algunos de estos misterios.

Thiel se quedó mirándola mientras se aferraba a la pluma con ambas manos. Parecía sentirse tan solo y tan triste…

—¡Thiel! —se apresuró a añadir Amarina—. Seguirás siendo mi consejero principal, por supuesto. Pero últimamente necesito una mayor variedad de consejos e ideas. Me entiendes, ¿no?

—Por supuesto que os entiendo, majestad.

—Voy a reunirme con algunos de ellos ahora mismo en la biblioteca —dijo conforme se levantaba—. Les he pedido que vengan. Ay, por favor, Thiel, no pongas esa cara —añadió, con ganas de acercarse y consolarlo—. Sigo necesitándote, te lo prometo, y me estás partiendo el corazón.

En su rincón de la biblioteca, encontró a Tilda y a Teddy juntos, hermano y hermana, observando las interminables filas de libros. La admiración era evidente en sus rostros.

—¿Se ha quedado Bren en la imprenta? —les preguntó Amarina.

—No nos pareció prudente dejar la imprenta sin vigilancia, majestad —respondió Tilda.

—¿Y mi guardia leonita?

—Uno de ellos se quedó para proteger a Bren y el otro nos ha acompañado, majestad.

—Me pone nerviosa que se separen —dijo Amarina—. Voy a ver si podemos mandar a uno o dos hombres más con vosotros. ¿Qué noticias me traéis?

—Me temo que malas, majestad —contestó Teddy con gesto sombrío—. Esta mañana temprano se ha incendiado un salón de relatos. Estaba vacío, así que nadie ha resultado herido, pero tampoco ha visto nadie cómo ha empezado a arder.

—Supongo que quieren que creamos que fue un accidente… —contestó Amarina, frustrada—. Una coincidencia. Y, como era de esperar, ese dato no estaba en el informe de esta mañana. La verdad es que no sé qué hacer —añadió, un tanto desesperada—, además de enviar a la guardia de Montmar a patrullar las calles más a menudo. Pero es que, para colmo, desde que desapareció el capitán Smit, no confío en la guardia de Montmar. Smit lleva por ahí un mes y medio ya. Y me siguen llegando informes sobre sus avances en las refinerías, pero la verdad es que no termino de creérmelos. Darby dice que son del puño y letra de Smit, pero últimamente Darby tampoco me inspira confianza. Ay, a lo mejor lo que pasa es que me estoy volviendo loca y ya está —concluyó, frotándose la frente.

—Podríamos averiguar si el capitán Smit está de verdad en las refinerías, majestad —dijo Tilda, dándole un codazo a su hermano—. ¿No, Teddy? Mediante nuestros propios contactos.

—Pues sí —respondió Teddy con el rostro iluminado—. Puede que nos lleve unas semanas, pero lo haremos, majestad.

—Gracias —les dijo Amarina—. En otro orden de cosas, ¿alguno de vosotros puede hacer tipos móviles para imprimir?

—A Bren le encanta hacerlos, majestad —dijo Tilda.

Amarina le entregó a Tilda un papel en el que había dibujado las treinta y dos letras del alfabeto vallense.

—Por favor, pedidle que haga los tipos de estos símbolos —les dijo Amarina, porque la traducción del primer volumen por parte de Morti avanzaba a paso de tortuga, y hablar de incendios la había puesto de los nervios. ¿Y si perdían los otros treinta y cuatro volúmenes antes de que Morti los tradujera?—. Hay que imprimir los diarios de Leck. No se lo digáis a nadie.

A la mañana siguiente, Amarina salió de sus aposentos frotándose los ojos para desperezarse.

En la sala de estar, se encontró con Helda disponiendo los platos del desayuno.

—Hava acaba de marcharse, majestad —la informó Helda por encima del ruido de los platos—. A diferencia de los demás, ha tenido éxito: ha seguido a Zorro a su guarida nocturna.

—Guarida… —Amarina fue a arrodillarse ante el hogar y se ajustó la espada a la luz de las llamas. Era difícil despertarse del todo cuando la nieve no dejaba de caer y el sol no llegaba a entrar por las ventanas—. Dicho así, suena un poco siniestro. ¿Sabes, Helda? He estado dándoles vueltas a ciertos asuntos… ¿No será la guarida de Zorro por casualidad una cueva?

—En efecto, majestad —respondió Helda algo malhumorada—. Zorro vive en una cueva al otro lado del río.

—¿Y Fantasma y Gris también viven en cuevas?

—Sí. Una coincidencia muy interesante, ¿no? La cueva de Zorro está al otro lado del puente Invernal. Por increíble que parezca, Zorro sube al puente trepando por los pilares desde la base, debajo de los muelles.

—Vaya… —dijo Amarina—. ¿Por qué no va andando, como una persona normal? ¿O por qué no cruza el río en barca?

—Lo único que se me ocurre es que no quiere que la sigan, majestad. Es difícil vislumbrar a una persona con ropa oscura subiendo por los pilares de un puente de noche, incluso aunque sea un puente hecho de espejos. Por supuesto, en cuanto Hava comprendió lo que estaba haciendo Zorro, se dio la vuelta y fue hacia el puente corriendo, pero Zorro fue demasiado rápida y le sacó demasiada ventaja. Cruzó el puente, bajó de nuevo por los pilares y, por lo que Hava pudo ver desde arriba, desapareció por una arboleda.

—¿Cómo sabe Hava lo de la guarida, entonces?

—Porque siguió a la siguiente persona que cruzó el puente, majestad.

Había algo en el tono de Helda que a Amarina no le dio buena espina.

—¿Y esa persona era?

—Zafiro, majestad. Condujo a Hava hasta la arboleda, y luego a un afloramiento de roca que estaba custodiado por hombres con espadas. Aunque dice que no pondría la mano en el fuego, Hava cree que es una cueva y que Zorro se dirigía también allí.

—Dime que Zaf no entró —respondió Amarina—. Dime que no ha sido su cómplice todo este tiempo.

—No, majestad —le dijo Helda— ¡Majestad, respirad! —Helda intentó tranquilizarla acercándose a Amarina; se arrodilló y la tomó de las manos con fuerza—. Zafiro no entró, ni siquiera dejó que lo vieran los guardias. Se escondió y estuvo husmeando. Parecía estar investigando la zona.

Amarina apoyó la cabeza en el hombro de Helda durante un momento y respiró aliviada.

—Llévalo a un lugar discreto, por favor, Helda —le pidió—, para que pueda hablar con él.

Helda le envió una nota cifrada al mediodía para anunciarle que Zaf la esperaba en sus aposentos.

—¿Y lo de *discreto* dónde se lo ha dejado? —preguntó Amarina mientras entraba en la sala de estar. Helda estaba sentada a la mesa, almorzando tranquilamente. Zaf estaba de pie delante del sofá, con abrigo y gorro, guantes y cinturón. Resultaba evidente que estaba congelado, y no dejaba de dar pisotones—. ¿Cuánta gente lo ha visto?

—Ha entrado por esa ventana, majestad —contestó Helda señalando la ventana—. Da al jardín y al río, y ahora mismo no hay nadie allí.

Amarina se fijó entonces en las cuerdas, y se dirigió a la ventana en cuestión para examinar la plataforma. No se había dado cuenta de lo estrecha que era. Se mecía de un lado a otro y repiqueteaba contra la pared del castillo.

—¿Dónde está Zorro? —dijo con los puños apretados.

—Suele desaparecer para comer, majestad —contestó Zaf.

—¿Cómo sabes que no se oculta en algún lugar desde donde pueda ver estas ventanas?

—Eso no lo sé —dijo Zaf, encogido de hombros—. Lo tendré en cuenta para lo que pueda ocurrir.

—¿Y qué esperas que ocurra?

—Esperaba que me pidierais que la tirara de la plataforma, majestad —contestó.

La aliviaba ver que Zaf la estaba tratando con insolencia, incluso aunque estuviera usando su título para dirigirse a ella; le resultaba una situación lo bastante familiar como para sentirse cómoda.

—Zorro es Gris, ¿no es cierto? —dijo Amarina—. Mi sirviente y espía graceling de *ojos grises* es la *nieta* de Fantasma: Gris.

—Eso parece, majestad —respondió Zaf sin rodeos—. Y lo que está claro es que esa chica espeluznante que trabaja para vos y que se transforma en cosas no sabe, a pesar de sus habilidades tan maravillosas, que anoche encontré un sitio desde el que podía escuchar la conversación entre Zorro y Fantasma, si pegaba la oreja al suelo. La corona está en esa cueva. Estoy seguro. Junto con otros muchos botines que le han robado a la realeza, por lo que parece.

—¿Cómo sabías que Hava te estaba siguiendo?

Zaf se rio por la nariz.

—Había una gárgola enorme en el puente Invernal —contestó—. El puente Invernal es el puente de espejos que desaparece entre el cielo, y allí no hay gárgolas de piedra. Y sabía que habíais mandado seguir a Zorro. Así fue como yo mismo la seguí; yendo detrás de quien la seguía a ella. Zorro desaparecía cada dos por tres bajo los muelles. Vuestros espías se dieron por vencidos, pero yo soy más persistente. Hace unas noches tuve una corazonada, la seguí y la vi en el puente.

—¿Te han visto, Zaf? No parece que hayas tenido demasiado cuidado.

—No lo sé —respondió Zaf—. Pero no importa. Zorro no confía en mí, y es lo bastante inteligente como para no creer que yo confío en ella. Así no vamos a ganar este jueguecito.

Amarina se quedó allí de pie, en silencio, estudiando a Zaf, esos ojos dulces y morados que no coincidían con su forma de ser; tratando de entenderlo y sintiendo que, por desgracia, nunca lo lograba, salvo cuando lo tocaba.

—¿Para ti esto es un juego, entonces, Zaf? —le dijo—. ¿Un juego en el que te cuelgas de las paredes del castillo todos los días con una persona que podría arruinarte la vida y la sigues por la noche adonde quiera que vaya? ¿Cuándo ibas a decírmelo?

—Ojalá renunciarais a ser reina —dijo Zaf, con una extraña timidez repentina— y me acompañarais cuando me vaya. Sabéis que estáis hecha para el tipo de trabajo que llevo a cabo.

Amarina se quedó sin palabras. A Helda, sin embargo, no pareció afectarla de la misma manera.

—Cuidadín —dijo, dando un paso hacia Zaf, hecha un basilisco—. Más vale que tengas cuidado con lo que le dices a la reina, joven, o acabarás saliendo por la ventana volando. Hasta ahora solo le has traído problemas.

—En fin —añadió Zaf, mirando a Helda con recelo—, voy a robar la corona esta noche.

Amarina recobró el aliento de repente.

—¿Qué? ¿Cómo?

—La entrada principal de la cueva siempre está custodiada por tres hombres. Pero creo que hay una segunda entrada, porque hay un guardia que siempre se sienta a cierta distancia de la entrada principal, en un hueco donde hay muchas rocas apiladas.

—Pero, Zaf, ¿estás basando todas tus deducciones y tu plan de ataque tan solo en la posición de un guardia? ¿No has visto ninguna entrada de verdad?

—Están planeando chantajearos —dijo Zaf—. A cambio quieren el derecho de elegir ellos mismos a un nuevo jefe de prisiones, tres nuevos jueces para vuestro Tribunal Supremo y que asignen la guardia de Montmar a la zona este de la ciudad. De lo contrario, correrán la voz de que la reina tuvo una aventura con un ladronzuelo leonita que le robó la corona durante una cita.

Amarina volvió a quedarse sin palabras. Cuando consiguió volver a tomar aire, dijo:

—Todo esto es culpa mía. Le permití que fuera testigo en demasiadas ocasiones de lo que estaba sucediendo.

—Fui yo la que se lo permitió, majestad —intervino Helda en voz baja—. Fui yo quien la trajo al castillo. Me gustaba su gracia, me gustaba que fuera tan intrépida sin llegar a ser temeraria. Era muy útil para las tareas difíciles, como subirse a las ventanas, y tenía muchísimo potencial como espía.

—Creo que ambas olvidáis que Zorro es una profesional —dijo Zaf—. Se ha ido acercando a vos desde hace mucho tiempo, ¿no es así? Su familia lleva toda la vida robando en el castillo, y ellos la acercaron a vos. Y yo se lo puse más fácil aún al robar la corona. Y encima se la entregué directamente a ellos… Sois conscientes, ¿no? Yo le entregué un premio mayor del que esperaba poder robar ella misma. Apuesto a que conoce cada rincón del castillo, cada puerta oculta. Apuesto a que siempre ha sabido cómo recorrer el laberinto de Leck. Seguro que las llaves que le robé eran un tesoro familiar. Estoy seguro de que su familia las tiene en su poder desde que Leck murió y todos empezaron a llevarse sus cosas del castillo. Es una profesional, como el resto de su familia, pero más insidiosa que ellos, porque no le teme a nada. No estoy seguro de que tenga conciencia siquiera.

—Interesante... —dijo Amarina—. ¿Crees que para tener conciencia hay que tener miedo?

—Lo que creo es que no pueden chantajearos sin la corona —respondió Zaf—. Y por eso voy a robarla esta misma noche.

—Con la ayuda de mi guardia leonita, quieres decir.

—No —dijo Zaf con firmeza—. Si tenéis guardias de sobra, enviadlos a la imprenta. Yo puedo valerme por mí mismo sin armar jaleo.

—¿Cuántos hombres custodian la cueva, Zaf? —le espetó Amarina.

—Bueno, pues entonces me llevaré a Teddy, a Bren y a Tilda. Sabemos cómo encargarnos de este tipo de cosas y confiamos los unos en los otros. Pero os pido que no os entrometáis.

—Teddy, Bren y Tilda... —murmuró Amarina—. Todo siempre en familia. Me da bastante envidia.

—Vos y vuestro tío gobernáis medio mundo —contestó Zaf con un resoplido, y luego se lanzó detrás de un sillón para esconderse cuando las puertas exteriores se abrieron con un chirrido.

—Es Giddon —anunció Amarina una vez que el noble entró.

Cuando Zaf salió de su escondite, Giddon puso cara de circunstancias y dijo:

—Esperaré hasta que se vaya, majestad.

—Genial —dijo Zaf con sarcasmo—. Haré mi salida dramática, entonces. ¿Me dais algo para hacer como si lo hubiera robado, por si Zorro me ve salir por la ventana y necesito una excusa?

Helda fue hacia la mesa con paso firme, agarró un tenedor de plata, volvió hacia Zaf y se lo puso en el pecho.

—Sé que no está a la altura de tus saqueos habituales… —dijo, malhumorada.

—Genial —repitió Zaf tras aceptar el tenedor—. Gracias, supongo.

—Zaf —dijo Amarina—. Ten cuidado.

—No os preocupéis, majestad —contestó sosteniéndole la mirada—. Os traeré vuestra corona por la mañana. Lo prometo.

El aire frío se coló en la habitación al salir Zaf. Cuando cerró la ventana tras de sí, Amarina se acercó al fuego para calentarse.

—¿Cómo estás, Giddon?

—Anoche Thiel estuvo por el puente Alado, majestad —la informó Giddon sin preámbulos—. Nos pareció un poco extraño en ese momento, así que pensamos que deberíais saberlo.

Amarina dejó escapar un breve suspiro y se pellizcó el puente de la nariz.

—Thiel en el puente Alado. Zorro, Hava y Zaf en el puente Invernal. Mi padre estaría encantado con lo populares que se han vuelto sus puentes. ¿Por qué estabas tú en el puente Alado, Giddon?

—Bann y yo estábamos intentando mejorar un poco el escondite de Zaf, majestad. Thiel pasó por allí justo cuando estábamos a punto de irnos.

—¿Os vio?

—No creo que viera nada —dijo Giddon—. Estaba como en otro mundo. Venía del otro lado del río y no había iluminación, así que ni siquiera lo vimos hasta que pasó justo por nuestra ventana. Se movía como un fantasma y nos dio un buen susto. Decidimos seguirlo. Bajó las escaleras hasta la calle y se adentró en la zona este de la ciudad, pero por desgracia lo perdimos después.

Amarina se frotó los ojos y se tapó la cara; la oscuridad le resultó reconfortante.

—¿Alguno de vosotros sabe si Thiel conoce la habilidad de Hava para camuflarse?

—No creo que lo sepa, majestad —respondió Helda.

—Seguro que no significa nada —dijo Amarina—. Seguro que tan solo va a dar paseos melancólicos. Pero tal vez podríamos pedirle a Hava que lo siga una vez.

—Sí, majestad —dijo Helda—. Si Hava está dispuesta, quizá sería mejor asegurarnos. Se supone que Runnemood saltó de uno de los puentes, y Thiel está un tanto deprimido.

—Ay, Helda —se quejó Amarina, suspirando de nuevo—. No creo que pueda soportarlo si resulta ser algo más que unos simples paseos melancólicos.

Aquella noche, el agotamiento y la preocupación no la dejaron dormir. Se quedó tumbada boca arriba mirando la negrura. Se frotó el brazo, que le seguía pareciendo maravilloso; le dolía por el cansancio, pero ya no estaba atrapado en esa escayola tan espantosa. Y por fin volvía a poder llevar los puñales.

Al final encendió una vela para poder observar el brillo de las estrellas doradas y escarlatas del techo del dormitorio. Pensó que estaba manteniendo una especie de vigilia, por Zaf. Y por Teddy, Tilda y Bren, que estaban robando la corona. Por Thiel, que caminaba solo por la noche y se derrumbaba con demasiada facilidad. Y por sus amigos que andaban lejos de allí, quizá tiritando en unos túneles: Po, Raffin y Katsa.

Cuando el sueño se empezaba a apoderar de ella y fue consciente de que estaba a punto de quedarse dormida, Amarina se permitió concentrarse en algo en lo que no se había permitido pensar desde hacía algún tiempo: el sueño en el que era una bebé en los brazos de su madre. En los últimos tiempos le había parecido

demasiado doloroso recordarlo, con los diarios de Leck tan cerca.
Pero esa noche decidió permitírselo, en honor a Zaf, porque Zaf
había sido el único, aquella noche que había dormido en el duro
suelo de la imprenta, que le había deseado que soñara con algo
bonito, como con bebés. Zaf había mantenido sus pesadillas a
raya.

37

Amarina se despertó y se vistió con la luz del amanecer, de un tono gris verdoso un tanto peculiar, y con un viento aullante que parecía estar dando vueltas en círculos alrededor del castillo.

En la sala de estar, Hava se había sentado tan cerca de la chimenea como era posible sin sentarse directamente sobre el fuego. Estaba envuelta en mantas mientras bebía de una taza humeante.

—Me temo que el informe de Hava os va a enfadar, majestad —la advirtió Helda—. Quizá deberíais sentaros.

—¿Es sobre Thiel?

—Sí. Aún no tenemos noticias de Zafiro —respondió Helda, contestando a la pregunta que había formulado Amarina en realidad.

—¿Y cuando…?

—Lord Giddon ha estado toda la noche fuera encargándose de otro asunto —dijo Helda—. Prometió que no volvería sin noticias.

—De acuerdo —respondió Amarina.

Cruzó la sala y se sentó al lado de Hava, frente a la chimenea. Tuvo que recolocarse la espada para no clavársela. Trató de mentalizarse para oír lo que, de algún modo, sabía que iba a romperle el corazón. Pero era complicado. Había demasiadas cosas por las que estar preocupada.

—Dime, Hava.

La joven se quedó mirando su taza.

—Al otro lado del puente Alado, un poco hacia el oeste, hay una cueva oscura bajo el río, majestad. Desprende un olor muy intenso y nauseabundo —continuó—. Y, al fondo, hay una especie de segunda sala llena de huesos.

—Huesos... —repitió Amarina—. Más huesos.

Su hospital está debajo del río.

—Anoche, muy tarde, Thiel salió del castillo por el túnel del pasillo este —prosiguió Hava—. Cruzó el puente, llegó a la cueva y llenó una caja con huesos. Luego se la llevó al centro del puente y arrojó los huesos al agua. Después regresó a la cueva e hizo lo mismo un par de veces más...

—Thiel arrojó huesos al río... —dijo Amarina, aturdida.

—Sí —respondió Hava—. Y entre tanto aparecieron Darby, Rood, dos de vuestros empleados, el juez Quall y mi tío.

—¿Tu tío? —exclamó Amarina, mirando fijamente a Hava—. ¿Holt?

—Sí, majestad —dijo Hava; sus ojos dispares estaban llenos de tristeza—. Todos empezaron a llenar cajas con huesos y los arrojaron al río.

—¡Es el hospital de Leck! —dijo Amarina—. Están intentando deshacerse de las pruebas.

—¿El hospital de Leck? —preguntó Helda, que apareció al lado de Amarina y le colocó una bebida caliente en las manos.

—Sí. «La acústica es maravillosa gracias al techo redondeado y a la humedad».

—Ah, sí —dijo Helda, que se llevó la barbilla contra el pecho durante un segundo—. La última traducción mencionaba algo sobre el olor del hospital. Almacenaba los cuerpos en vez de incinerarlos o librarse de ellos de cualquier otro modo. Le gustaban el olor y los gusanos. Los demás no lo soportaban, claro está.

—Thiel estuvo allí cuando ocurrió todo —susurró Amarina—. Fue testigo de lo que sucedió y ahora quiere deshacerse de los recuerdos. Eso es lo que quieren todos. ¿Cómo he podido ser tan estúpida?

—Eso no es todo, majestad —añadió Hava—. Seguí a Thiel, a Darby y a Rood hacia la zona este de la ciudad. Allí se reunieron con un hombre en una casa que estaba hecha pedazos, majestad, e intercambiaron algunos objetos. Vuestros consejeros le dieron dinero al hombre, y él les dio varios papeles y un saquito. Apenas pronunciaron palabra, majestad, pero algo se cayó del saquito. Lo recogí cuando se marcharon todos.

Al oír que se abrían las puertas exteriores, Amarina se levantó de un bote y se quemó cuando se le derramó la bebida, pero le dio igual. Giddon apareció por la puerta y clavó la vista en sus ojos.

—Zafiro está vivo y libre —anunció con tristeza.

Amarina volvió a dejarse caer junto a la chimenea.

—Pero eso no es todo —dijo mientras trataba de interpretar las palabras de Giddon—. Eso son las buenas noticias, ¿verdad? Está libre, pero escondido. Está vivo, pero le han hecho daño, y tampoco tiene la corona. Giddon, ¿está herido?

—No más de lo que suele estarlo, majestad. Al amanecer, lo he visto llegar a los muelles de mercancías. Venía del puente Invernal, de lo más tranquilo, y empezó a caminar hacia el oeste, hacia el castillo. Pasó junto a mí, me vio y asintió con la cabeza de manera casi imperceptible. Me di prisa para resolver mis asuntos, para no perderlo de vista. Había mucho ajetreo en los muelles: la jornada empieza muy pronto en el río. Pasó junto a varios hombres que estaban cargando un bergantín y, de repente, tres de ellos comenzaron a seguirlo. Zafiro apretó el paso y, de pronto, todos echaron a correr, yo incluido, y se inició la persecución, pero no conseguí llegar a ellos antes de que lo alcanzaran.

Hubo una pelea, y Zafiro se estaba llevando la peor parte, pero entonces se sacó la corona del abrigo y la sostuvo en alto para que la viera todo el mundo. Estaba a punto de llegar a él cuando la arrojó.

—¿Que la arrojó? —preguntó Amarina, esperanzada—. ¿Hacia ti?

—La arrojó al río —respondió Giddon, y se desplomó sobre una silla y empezó a frotarse la cara con las manos.

—¡¿Al río?! —Durante un instante, Amarina no fue capaz de asimilar lo que le acababa de decir—. ¿Por qué todo el mundo tira sus problemas al río?

—Estaba perdiendo la pelea —lo excusó Giddon—. Habría perdido la corona. La arrojó al río para que Fantasma y Zorro dejaran de tener algo con lo que sobornaros. Y luego echó a correr.

—Pero ¡se ha incriminado! —exclamó Amarina—. ¿Qué clase de delito es arrojar la corona al río?

—Para empezar, es un delito aún mayor que estuviera en posesión de la corona para arrojarla al río —respondió Giddon—. Un miembro de la guardia de Montmar lo vio todo. Por no hablar de todos los testigos que había. Cuando el guardia se enfrentó a los tres matones de Fantasma, mintieron y dijeron que estaban persiguiendo a Zaf y que le habían dado una paliza porque les había robado algo que les había dado hacía varios meses.

—Eso no es ninguna mentira —dijo Amarina, con pesar.

—Ya, supongo que no.

—Pero... ¿quieres decir que admitieron que habían estado en posesión de la corona y que estaban intentando recuperarla?

—Sí —contestó Giddon—. Dijeron que la estaban recuperando para quedársela ellos. Estaban protegiendo a Fantasma y a Zorro, majestad, para controlar los rumores. Ahora los matones de Fantasma están encerrados, pero la guardia de Montmar no estará satisfecha hasta que también apresen a Zaf.

—¿Ahorcarán a los matones de Fantasma?

—Es probable. Todo depende de lo que pueda hacer Fantasma. Pero, si los ahorcan, Fantasma se encargará de que sus familias se vuelvan sumamente ricas y que vivan con toda clase de lujos. Imagino que ese habrá sido el trato.

—No pienso permitir que ahorquen a Zaf —respondió Amarina—. ¡No lo permitiré! ¿A dónde ha ido? ¿Está en la torre del puente levadizo?

—No lo sé —confesó Giddon—. Me quedé atrás para ver qué pasaba. Lo comprobaré cuando oscurezca.

—¿Cuando oscurezca? —repitió Amarina—. ¿No sabremos nada en todo el día?

—Después fui a la imprenta, majestad —dijo Giddon—. No estaba allí, como era de esperar, pero los demás sí, y no tenían la menor idea de que planeaba robar la corona.

—Voy a matarlo.

—Tenían sus propios problemas. Anoche se produjo un incendio en la imprenta, antes de que se fuera Zaf. Bren no se encuentra bien a causa del humo, al igual que dos de vuestros guardias leonitas. Se quedaron atrapados mientras intentaban apagar el fuego.

—¡¿Qué?!— chilló Amarina—. ¿Están muy mal?

—Parece que se pondrán bien, majestad. Zaf fue el que sacó a su hermana del incendio.

—Tenemos que enviarles a Madlen. Helda, ¿te puedes encargar de ello? ¿Y qué ha pasado con la imprenta?

—Sigue en pie. Pero Tilda me dijo que casi todos los textos que había reescrito ardieron y que estarán un tiempo sin tipos móviles para la imprenta. Bren se pasó todo el día fabricando unas muestras que quería enseñaros para que las aprobarais, pero no son capaces de encontrarlas en medio del desastre.

—Uy —exclamó Hava, y luego dejó su taza junto a la chimenea con un golpecito—. Majestad… —Se metió la mano en el
bolsillo y le tendió algo a Amarina—. Esto es lo que se cayó del
saquito.

Amarina tomó lo que le entregaba Hava, se lo colocó en la
palma de la mano y se quedó mirándolo. Era una muestra de
madera de un tipo móvil de la primera letra del abecedario vallense.

Cerró el puño alrededor del tipo, se levantó y, aturdida, se
dirigió hacia las puertas.

En su despacho de la torre, el cielo brillaba de un modo extraño a
través del techo de cristal y la nieve chocaba contra las ventanas.

En cuanto entró, Thiel se dio la vuelta para saludarla.

«Runnemood estaba involucrado en algo espantoso —le
había dicho su consejero en una ocasión—. Creía que, si lograba
comprender por qué había hecho algo así, conseguiría que entrara en razón. Lo único que se me ocurre es que estaba loco,
majestad».

—Buenos días, majestad —le dijo Thiel.

Amarina ya no era capaz de seguir fingiendo, de sentir nada
de nada; su cuerpo era incapaz de asimilar lo que su mente por
fin estaba logrando comprender.

—¿Runnemood, Thiel? —le preguntó—. ¿Fue siempre solo
Runnemood?

—¿Qué, majestad? —Thiel se quedó helado y la miró con
esos ojos grises como el acero—. ¿Qué es lo que me estáis preguntando?

Qué cansada estaba de pelear y de que todo el mundo le mintiera a la cara.

—Thiel, ¿qué pasó con la carta que le escribí a mi tío sobre las indemnizaciones? Te confié la carta. ¿La enviaste o la quemaste?

—¡Desde luego que la envié, majestad!

—No llegó a recibirla.

—A veces las cartas se pierden en el mar, majestad.

—Ya —respondió Amarina—. Y los edificios se incendian solos y los delincuentes se matan entre ellos en las calles sin ningún motivo aparente.

Una especie de angustia desesperada empezaba a unirse a la confusión de Thiel. Amarina notó esos sentimientos mezclados con terror en su consejero, que no dejaba de mirarla.

—Majestad, ¿qué ha ocurrido?

—¿Qué creías que iba a pasar, Thiel?

En ese instante, Darby irrumpió en la habitación y le entregó una nota a Thiel. El consejero la leyó por encima, distraído, pero de pronto se detuvo y volvió a leerla con detenimiento.

—Majestad… —Thiel sonaba cada vez más confundido—. Esta mañana, al amanecer, vieron a ese graceling que tiene las marcas y las alhajas leonitas, Zafiro Birch, corriendo por los muelles de mercancías con vuestra corona, y luego la arrojó al río.

—Menuda tontería —respondió Amarina sin un ápice de duda en la voz—. La corona está en mis aposentos en este mismo instante.

Thiel frunció el ceño, dubitativo.

—¿Estáis segura, majestad?

—Pues claro que estoy segura. Acabo de venir de allí. ¿Han estado buscándola en el río?

—Sí, majestad…

—Pero no la han encontrado.

—No, majestad.

—Ni la encontrarán —le aseguró Amarina—, porque está en mi sala de estar. Debe de haber arrojado otra cosa al río. Sabes de sobra que es amigo mío y del príncipe Po y, por tanto, jamás arrojaría mi corona al río.

Nunca había visto a Thiel tan perplejo. Darby estaba de pie a su lado, con los ojos dispares, uno amarillo y otro verde, entrecerrados y calculadores.

—Si os hubiera robado la corona, lo condenarían a la horca —le dijo Darby.

—¿Es eso lo que quieres, Darby? —le preguntó Amarina—. ¿Crees que así se resolvería alguno de tus problemas?

—¿Perdón, majestad? —replicó Darby, malhumorado.

—No. Seguro que la reina tiene razón —intervino Thiel, intentando recular—. Su amigo no le haría algo así. Está claro que alguien ha debido de cometer algún error.

—Alguien ha cometido muchos errores, y muy graves —respondió Amarina—. Creo que voy a regresar a mis aposentos.

Al llegar a las oficinas del piso inferior, se detuvo para observar los rostros de sus hombres. Rood. Los empleados. Los guardias. Holt. Pensó en Teddy tirado en el suelo de un callejón con un puñal clavado en el abdomen; Teddy, que lo único que quería era enseñar a la gente a leer. Pensó en Zaf: Zaf huyendo de asesinos, Zaf acusado de un asesinato que no había cometido, Zaf temblando y empapado por haber buceado para buscar huesos, Zaf escapando de un hombre que quería atacarlo con un puñal. Pensó en Bren, que había intentado salvar la imprenta para que no acabara siendo pasto de las llamas.

Pensó en su administración progresista.

Pero Thiel me salvó la vida. Y Holt también. No es posible. Debo de haberme equivocado en algo. Hava me ha mentido sobre lo que vio.

Rood alzó la vista desde su escritorio y la miró. Amarina se acordó en ese instante del tipo móvil que aún guardaba en el puño. Lo sujetó entre el pulgar y el índice y se lo enseñó a Rood.

Rood entornó los ojos, desconcertado. Y entonces, al comprender lo que estaba viendo, se inclinó hacia atrás en la silla y rompió a llorar.

Amarina se dio la vuelta y echó a correr.

Necesitaba a Helda. Necesitaba a Giddon y a Bann. Pero, cuando llegó a su sala de estar, allí no había nadie. Sobre la mesa estaban las últimas traducciones y el informe de Morti, redactados con la letra pulcra del bibliotecario. En ese instante era lo último que quería ver.

Corrió hacia el recibidor, recorrió el pasillo e irrumpió en los aposentos de Helda, pero Helda tampoco estaba allí. Al regresar por el pasillo, se detuvo durante un instante, entró en su dormitorio y corrió hacia el arcón de su madre. Se arrodilló frente a él, se aferró a los bordes y se obligó a tener presente la palabra que daba nombre a lo que había hecho Thiel.

Traición.

Mamá, pensó. *No lo entiendo. ¿Cómo puede haberme mentido Thiel, con lo que lo querías y confiabas en él? Nos ayudó a escapar. Ha sido siempre tan amable conmigo... Además, prometió no volver a mentirme. No entiendo nada de lo que está pasando. ¿Cómo es posible?*

Las puertas exteriores se abrieron con un chirrido.

—¿Helda? —susurró—. ¿Helda? —repitió en voz alta.

Pero no obtuvo respuesta. Amarina se levantó y, cuando se dirigió hacia la puerta del dormitorio, oyó un sonido extraño que provenía de la sala de estar. El sonido del metal al golpear la alfombra. Amarina corrió hasta el recibidor y se paró en seco cuando vio a Thiel saliendo de la sala de estar. Él también se detuvo al verla. Tenía los brazos llenos de papeles y los ojos desorbitados y cargados de dolor y vergüenza... Unos ojos que miraban fijamente a Amarina.

Amarina no se movió.

—¿Cuánto tiempo llevas mintiéndome?

—Desde que os coronaron —susurró.

—¡Eres igual que mi padre! —le gritó Amarina—. ¡Te odio! ¡Me has partido el corazón!

—Amarina... —le dijo Thiel—. Perdonadme por lo que he hecho y por lo que tengo que hacer.

Y entonces atravesó las puertas y se marchó.

38

Amarina entró corriendo en la sala de estar. La corona falsa yacía en la alfombra y las páginas de Morti habían desaparecido.

Volvió a toda prisa al recibidor y cruzó las puertas exteriores. Casi había llegado al final del pasillo cuando se dio la vuelta, pasó por delante de su propio guardia leonita, que se había quedado sobresaltado, y llamó a la puerta de Giddon a golpes. Llamó una y otra vez. Giddon abrió de un tirón, desaliñado, descalzo y claramente medio dormido aún.

—¿Podrías ir a la biblioteca y asegurarte de que Morti esté a salvo? —le pidió Amarina.

—De acuerdo —respondió Giddon, confundido y con legañas en los ojos.

—Y, si ves a Thiel —añadió Amarina—, detenlo y no dejes que se escape. Se ha enterado de lo de los diarios y han pasado mil cosas y creo que tiene intención de hacer algo terrible, Giddon, pero no sé el qué.

Y echó a correr.

Amarina irrumpió en las oficinas del piso inferior.

—¿Dónde está Thiel? —preguntó a gritos.

Todos los presentes clavaron la mirada en ella. Rood se puso de pie y dijo en voz baja:

—Creíamos que estaba con vos, majestad. Nos dijo que iba a buscaros y a hablar con vos.

—Vino y se fue —contestó Amarina—. No sé a dónde ha ido ni qué pretende hacer. Si pasa por aquí, por favor, no dejéis que se vaya, ¿vale? —les pidió, y se volvió hacia Holt, que estaba sentado en una silla junto a la puerta, mirándola aturdido. Amarina lo agarró del brazo—. Por favor, Holt, no dejes que se marche —le suplicó.

—No, majestad, contad con ello.

Amarina salió corriendo de las oficinas, aún intranquila.

A continuación fue a la habitación de Thiel, pero tampoco lo encontró allí.

Cuando llegó al patio principal, sintió el aire frío como una puñalada. Los miembros de la brigada antiincendios entraban y salían corriendo de la biblioteca.

Amarina se precipitó tras ellos, corrió entre el humo y vio a Giddon en el suelo inclinado sobre el cuerpo de Morti.

—¡Morti! —exclamó mientras corría hacia ellos y se agachaba, con el tintineo de la espada contra el suelo—. ¡Morti!

—Está vivo —informó Giddon.

Temblando de alivio, Amarina abrazó a su bibliotecario, que estaba inconsciente, y le dio un beso en la mejilla.

—¿Se pondrá bien?

—Le han dado un golpe en la cabeza y tiene arañazos en las manos, pero parece que eso es todo. ¿Estáis bien? Ya está apagado el fuego, pero sigue habiendo bastante humo.

—¿Dónde está Thiel?

—Ya se había ido cuando llegué, majestad —respondió Giddon—. El escritorio estaba en llamas y Morti estaba tirado en el suelo detrás de él, así que lo saqué a rastras. Luego corrí al patio, llamé a gritos a la brigada antiincendios y le robé el abrigo a un pobre hombre para apagar el fuego. Majestad…, lo siento, pero la mayoría de los diarios ha ardido.

—No pasa nada —contestó Amarina—. Has salvado a Morti.

Y entonces miró a Giddon a la cara por primera vez y soltó un chillido al ver que tenía unos cortes irregulares en el pómulo.

—No es nada; ha sido el gato, majestad —le explicó Giddon—. Me lo encontré escondido bajo el escritorio en llamas, el muy bobo.

Amarina abrazó a Giddon.

—Has salvado a Mimoso.

—Sí, supongo —contestó Giddon, cubierto de hollín y sangre y con los brazos alrededor de la reina, que se había echado a llorar—. Todos están a salvo. Ya está, ya pasó.

—¿Puedes quedarte con Morti y cuidar de él?

—¿A dónde vais?

—Tengo que encontrar a Thiel.

—Majestad, Thiel es peligroso —le advirtió Giddon—. Enviad a la guardia de Montmar.

—No confío en la guardia de Montmar. No confío en nadie más que en nosotros. No me hará daño, Giddon.

—Eso no lo sabéis.

—Sí, sí que lo sé.

—Llevaos entonces a la guardia leonita —insistió Giddon, mirándola a la cara con seriedad—. ¿Me prometéis que os la llevaréis?

—No —respondió Amarina—. Pero te prometo que Thiel no me hará daño.

Le sujetó la cara, se la agachó y le dio un beso en la frente como había hecho con Morti. Luego volvió a salir corriendo.

No estaba segura de cómo o por qué lo sabía, pero lo sabía. Se lo había transmitido algo que sentía en el corazón, algo que se encontraba más allá del dolor de la traición, y que de hecho era más primordial. El miedo. El miedo le había dicho dónde estaba Thiel.

Mientras pasaba casi volando bajo el rastrillo del castillo en dirección al puente levadizo, fue lo bastante precavida como para detenerse ante uno de los guardias leonitas —uno que era más bajito que los otros— y ordenarle que le entregara su abrigo, ante el asombro de los demás.

—Majestad —le dijo el guardia mientras se deshacía del abrigo y la ayudaba a ponérselo—, os aconsejo que no salgáis. Cada vez nieva más; viene una ventisca.

—Entonces será mejor que me des también el gorro y los guantes —le contestó Amarina—. Y luego entra a calentarte. ¿Ha pasado Thiel por aquí?

—No, majestad —respondió el guardia.

En ese caso, debía de haber ido por el túnel. Se puso el gorro y los guantes y corrió hacia el este.

Las escaleras que tomaba la gente para subir al puente Alado estaban construidas en el lateral de uno de los grandes cimientos de piedra del puente. No tenían barandilla, y Amarina iba a tener que subirlas mientras se enfrentaba a un viento que parecía no decidirse por ninguna dirección concreta hacia la que soplar, y en medio de una oscuridad bastante profunda, ya que el cielo estaba cada vez más encapotado.

Había huellas grandes en la nieve recién caída de los escalones.

Se apartó el abrigo —que le venía grande— y desenvainó la espada; se sentía más poderosa con ella en la mano. Luego levantó el pie y lo colocó en la primera huella de Thiel. Luego dio otro paso, y otro.

En lo alto de la escalera, la superficie azul y blanca del puente resplandecía y el viento aullaba.

—¡No me dan miedo las alturas! —le gritó al viento.

Gritar esa mentira la llenó de valor, así que volvió a chillar, pero el viento aulló aún más fuerte para ahogar sus palabras.

A través de las ráfagas de nieve pudo distinguir a una persona de pie en el puente, un poco más adelante. El puente era una cuesta de mármol estrecha y resbaladiza que debía recorrer para alcanzar la figura de Thiel, que estaba en el borde, agarrado a la barandilla con ambas manos.

De repente, Amarina echó a correr, espada en mano, emitiendo alaridos que Thiel no llegaba a oír. La superficie que iba pisando con unos ruidos sordos dejó paso a un suelo de madera, algo más flexible y cubierto de nieve, y los pasos de Amarina comenzaron a emitir un ruido hueco. Thiel pasó la rodilla por la barandilla y Amarina se esforzó al máximo por llegar hasta él mientras le gritaba. Al fin, le agarró el brazo y tiró de él hacia atrás. Tras un bramido de sorpresa, Thiel perdió el equilibrio y cayó de nuevo hacia el puente.

Amarina se situó entre su consejero y la barandilla y le colocó la punta de la espada en el cuello, sin que le importara que no tuviera mucho sentido amenazar con hacerle daño físico a una persona que estaba intentando suicidarse.

—¡No! ¡Thiel, no!

—¿Qué hacéis aquí? —gritó Thiel, con lágrimas en las mejillas. No llevaba abrigo y estaba temblando de frío. Tenía el pelo enmarañado y pegado a la cabeza por la nieve, y le marcaba los rasgos de una manera exagerada, como un cadáver—. ¿Por qué no soy capaz de protegeros de nada? ¡Se suponía que no debíais ver nada de esto!

—Basta, Thiel. ¿Qué estás haciendo? ¡No hablaba en serio, Thiel! ¡Te perdono!

Thiel retrocedió y empezó a cruzar el puente a lo ancho mientras Amarina lo seguía con la espada, hasta que la espalda de su consejero chocó contra la barandilla opuesta.

—No podéis perdonarme —respondió Thiel—. No hay perdón para lo que he hecho. Habéis leído sus escritos, ¿verdad? Sabéis lo que nos obligaba a hacer, ¿no?

—Os obligaba a curar a la gente para que pudiera seguir haciéndoles daño —respondió Amarina—. Os obligaba a mirar mientras les hacía cortes y violaba a las chicas. ¡No fue culpa vuestra, Thiel!

—No —le contestó, con los ojos muy abiertos—. No, él era el que miraba. Nosotros éramos los que hacíamos los cortes y las violábamos. ¡A niñas! —exclamó—. ¡A niñas pequeñas! ¡Aún veo sus rostros!

Amarina se quedó paralizada y mareada.

—¿Qué? —dijo cuando empezó a comprender de golpe la verdad, la auténtica verdad—. ¡Thiel! ¿Leck os obligaba a hacer todo eso?

—Yo era su favorito —dijo Thiel, frenético—. Su número uno. Sentía placer cuando él me decía que lo sintiera. ¡Lo siento cuando les veo las caras!

—Thiel, Leck te obligó a hacerlo. ¡Eras su herramienta!

—Fui un cobarde —le gritó al viento, desesperado—. ¡Un cobarde!

—¡Pero no fue culpa tuya, Thiel! ¡Te arrebató la conciencia!

—Yo maté a Runnemood. Lo sabéis, ¿no? Yo mismo lo empujé desde este puente para evitar que os hiciera daño. Y he matado a muchos más. He tratado de deshacerme de los recuerdos; necesitaba que desaparecieran. Pero, en lugar de eso, todo ha ido aumentando y cada vez es más difícil controlarlo. No pretendía que se volviera algo tan enorme. No tenía intención de contar tantas mentiras. Se suponía que debía acabar. Pero nunca se acaba.

—¡Thiel, no hay nada que no se pueda perdonar! —le dijo Amarina.

—No —contestó Thiel, sacudiendo la cabeza mientras las lágrimas salían disparadas—. Lo he intentado, majestad. Lo he intentado, y no termina de sanar.

—Thiel —repitió Amarina entre sollozos—. Por favor. Deja que te ayude. Por favor, por favor, aléjate del borde.

—Sois fuerte —le dijo su consejero—. Lograréis que todo mejore. Sois una reina de verdad, como vuestra madre. Yo estuve aquí cuando la incineraron. Cuando Leck quemó su cuerpo en el puente de los Monstruos, yo lo vi todo desde aquí. Estuve aquí para honrar su muerte. Lo justo es que nadie honre la mía —dijo conforme se volvía hacia la barandilla.

—¡No! ¡No, Thiel! —chilló Amarina, y dejó caer la espada inútil para aferrarse a él, deseando que alguna parte de ella, de su espíritu o de su alma, saliera de su interior y se entrelazara con él, lo detuviera y lo mantuviera en el puente, a salvo con el cariño que sentía por él.

Deja de forcejear, Thiel. Deja de luchar contra mí. No, quédate aquí, quédate aquí. No voy a dejar que mueras.

Pero Thiel le apartó las manos y la empujó tan fuerte que Amarina se cayó al suelo.

—Espero que os cuidéis y os liberéis de todo esto —le dijo.

Después se agarró a la barandilla, se subió y se lanzó al vacío.

39

marina yacía en el suelo, en lo alto del puente, sobre el torrente del río.

Quizá lo hubiera fingido. Quizá se hubiera alejado de ella cuando había cerrado los ojos; quizá hubiera cambiado de idea y hubiera vuelto a casa.

Pero no. No lo había fingido. Amarina no había cerrado los ojos en ningún momento. Lo había visto todo.

Necesitaba alejarse del puente. Al menos eso lo tenía claro. Pero no se veía capaz de caminar a tal altura. ¿Y si se quedaba allí? ¿Y si se aferraba al recuerdo de una montaña helada, al recuerdo de Katsa dándole calor con el cuerpo, al recuerdo de Katsa envolviéndola en sus brazos para mantenerla a salvo?

Pero sí que podía gatear. Alguien había dicho en una ocasión que no había nada de humillante en arrastrarse cuando no se podía caminar. Alguien...

—Oye. —Aquella voz que sonaba por encima de ella le resultaba familiar—. Eh, ¿qué haces aquí? ¿Te han herido?

La persona a la que pertenecía esa voz la estaba tocando con las manos; estaba apartando la nieve que había empezado a cubrirla.

—¿Puedes levantarte?

Amarina negó con la cabeza.

—¿Puedes hablar? ¿Es por las alturas, Chispa?

Sí. No. Sacudió la cabeza.

—Me estás asustando. ¿Cuánto tiempo llevas aquí arriba? Voy a levantarte.

—No —logró responderle, porque, si la levantaba, estaría aún más alta.

—Dime cuánto es cuatrocientos setenta y seis por cuatrocientos setenta y siete, venga.

Zaf la levantó del suelo, recogió también la espada y se la llevó hacia la torre del puente levadizo mientras Amarina se agarraba a él e intentaba resolver la operación.

Dentro se estaba calentito. Había unos cuantos braseros. Cuando Zaf la dejó en una silla, Amarina lo agarró del brazo y no lo soltó.

Zaf se arrodilló ante ella, le quitó los guantes y el gorro y le acarició las manos y la cara.

—Chispa, no creo que estés así por el frío, y tengo la sensación de que tampoco es por tu miedo a las alturas. La última vez, al menos estabas en condiciones de insultarme.

Amarina lo agarraba con tanta fuerza que tenía la sensación de que se le iban a romper los dedos. Entonces Zaf le pasó el otro brazo por encima y la acercó contra él para abrazarla. Amarina pasó toda la fuerza con la que lo agarraba del brazo al torso y lo abrazó.

No dejaba de temblar.

—Cuéntame qué es lo que te pasa —le dijo Zaf.

Lo intentó. Lo intentó con todas sus fuerzas, pero no pudo.

—Susúrramelo al oído —le pidió.

Notó la oreja de Zaf caliente contra la nariz; el aro de oro del lóbulo, sólido y reconfortante contra los labios. Tres palabras. Lo único que necesitaba eran tres palabras para que la entendiera.

—Thiel... —susurró—. Ha saltado.

Al oírlo, Zaf se quedó muy quieto. Luego exhaló y la estrechó entre sus brazos. Entonces se movió, levantó a Amarina y cambiaron de postura para que Zaf pudiera sentarse en la silla con Amarina en el regazo y pudiera abrazarla mientras ella temblaba.

Se despertó cuando Zaf la estaba dejando sobre unas mantas que había extendido en el suelo.

—Quédate conmigo —le dijo Amarina—. No te vayas.

Zaf se tumbó a su lado y la abrazó, y Amarina se quedó dormida.

Volvió a despertarse al oír unos murmullos, al sentir unas manos gentiles, al notar que varias personas que llevaban abrigos cubiertos de nieve se inclinaban sobre ella.

—Se pondrá bien —les aseguró Raffin.

Zaf dijo algo sobre la nieve.

—Quizá deberíais quedaros aquí —añadió.

Oyó a Po comentar algo sobre unos caballos, sobre que era demasiado peligroso llamar la atención. ¡Era Po! Po la estaba abrazando y le estaba dando besos en la cara.

—Mantenla a salvo —le dijo a Zaf—. La esperaré en la base del puente cuando amaine la tormenta.

Entonces volvió a quedarse sola con Zaf.

—¿Po? —lo llamó mientras se daba la vuelta, confundida.

—Acaba de irse —le respondió Zaf.

—Zaf... —le dijo, buscando su rostro en la penumbra—. ¿Me perdonas?

—*Shhh*... —respondió Zaf, acariciándole el pelo y las trenzas que se le habían soltado—. Sí, hace tiempo que te perdoné.

—¿Por qué estás llorando?

—Por muchos motivos.

Amarina le enjugó las lágrimas del rostro. Luego volvió a quedarse dormida.

Se despertó de una pesadilla en la que estaba cayendo. Cinericia, ella, los huesos, todos, todo... Todo estaba cayendo. Se despertó dando gritos y agitándose, y primero se sorprendió y luego se sintió desolada al descubrir que Zaf estaba a su lado, sujetándola y consolándola; porque en esa ocasión se había despertado del todo y, junto con Zaf, el resto del mundo real, incluido lo que había ocurrido, se abalanzó sobre ella. De modo que se aferró a él y se apretó contra su cuerpo para espantar todo lo demás. Lo sintió contra ella, sintió sus manos. Oyó que le hablaba en susurros, y dejó que las palabras le acariciaran los oídos y la piel. Lo besó. Y, cuando Zaf le devolvió los besos, lo besó aún más.

—¿Estás segura? —le susurró Zaf cuando resultó evidente qué estaba pasando entre ellos—. ¿Estás segura de que estás segura?

—Sí —le susurró Amarina—. ¿Y tú?

Aquello logró que Amarina volviera en sí. Porque Zaf le recordó lo que era la confianza, la capacidad de consolar, la voluntad de ser amada. De modo que después, cuando el dolor regresó a ella, fuerte e implacable, tuvo fuerzas para soportarlo y un amigo al que abrazar mientras lloraba.

Lloró por la parte de su alma que había estado atada a Thiel y que había caído con él al río, esa parte de sí misma que le había arrancado al saltar. Lloró porque no había logrado salvarlo. Pero, sobre todo, lloró por la vida que había tenido Thiel.

—Se acabaron las pesadillas —le susurró Zaf—. Sueña con algo que te consuele.

—Quiero creer que a veces fue feliz.

—Chispa, estoy seguro de que lo fue.

Le vino a la mente una imagen de la habitación de Thiel, austera y sin lujos ni comodidades.

—Nunca lo vi alegre. No sé qué era lo que le gustaba.

—¿A quién quería?

Aquella pregunta la dejó sin aliento.

—A mi madre —susurró—. Y a mí.

—Pues sueña con todo ese amor.

Y Amarina soñó con su boda. No veía con quién se estaba casando; esa persona no aparecía en el sueño en ningún momento, pero daba igual. Lo que importaba era que sonaban todos los instrumentos musicales del castillo, y que su música hacía feliz a la gente, y que, en el sueño, bailaba con su madre y con Thiel.

Los gruñidos de su estómago la despertaron bien temprano. Abrió los ojos y la recibieron la luz y una extraña sensación de consuelo por el sueño. Entonces llegaron los recuerdos y, con ellos, el dolor: Thiel peleándose con ella, Thiel empujándola, los llantos, la pérdida, Zaf. Ya no nevaba y el cielo estaba despejado al otro lado de los tres ventanucos. Zaf dormía a su lado.

No era justo que tuviera un aspecto tan inocente mientras dormía, ni tampoco que tuviera el ojo hinchado y moratones alrededor de las marcas leonitas de los brazos. Amarina no los había visto el día anterior, en mitad de la penumbra, y desde luego Zaf no se los había enseñado.

Qué leal y cuidadoso era con ella, y sin que tuviera que pedírselo siquiera. Era tan presto a amar como a enfadarse, tan presto a mostrar su afecto como a cometer insensateces, y albergaba una ternura que Amarina jamás se habría imaginado en él. Se preguntó si sería posible amar a alguien a quien no se entendía.

Zaf abrió los ojos morados y resplandecientes y sonrió al verla.

«Sueña con algo bonito. Con bebés, por ejemplo», le había dicho la noche que había dormido en la imprenta. Y eso había hecho. «Sueña con todo ese amor».

—Zaf…

—Dime.

—Creo que ya sé cuál es tu gracia.

Siempre pasaba lo mismo con los sueños. Eran tan extraños de por sí y te dejaban con una sensación tan irreal que… ¿cómo iba a darse cuenta alguien, al soñar, de que estaba ocurriendo algo que no era normal?

La gracia de otorgar sueños era una gracia preciosa para alguien tan obstinado y a quien quería tanto. Eso fue lo que le dijo Amarina mientras se ataba bien los puñales y Zaf intentaba convencerla de que se quedara un poco más.

—Tenemos que poner a prueba tu teoría —le dijo Zaf—. Tenemos que comprobar si es cierto. ¿Y si soy capaz de otorgarte un sueño solo con pensarlo, sin decir ni una palabra? ¿Y si puedo otorgarte un sueño con todo lujo de detalles? ¿Y si puedo hacer que sueñes que Teddy lleva puestas unas medias rosas y va con un pato en brazos? Tengo comida, ¿sabes? Debes estar muriéndote de hambre. Quédate y come algo.

—No voy a quitarte la comida que te hace falta —respondió Amarina, poniéndose el vestido—. Además, Zaf, la gente empezará a preocuparse por mí.

—¿Crees que también podría hacer que tuvieras pesadillas?

—No me cabe la menor duda. Tú te vas a quedar aquí ahora que ya es de día, ¿verdad?

—Mi hermana está enferma.

—Lo sé —respondió Amarina—. Me han dicho que se pondrá bien. Me he encargado de que Madlen vaya a visitarla. Le diré a alguien que venga a decirte cómo está en cuanto sepamos algo, te lo prometo. Comprendes que tienes que quedarte aquí, ¿no? No vas a arriesgarte a que te vean, ¿verdad?

—Voy a tener que quedarme aquí hasta que me muera del aburrimiento, ¿verdad? —respondió Zaf con un suspiro. Luego apartó las mantas y fue a por su ropa.

—Espera —le dijo Amarina.

—¿Qué? —Zaf se quedó mirándola—. ¿Qué…?

Amarina nunca había visto a un hombre desnudo y sentía curiosidad. Decidió que el universo le debía unos minutitos de nada para satisfacer su curiosidad, de modo que se acercó a él y se arrodilló, y Zaf se calló.

—Te voy a otorgar un sueño —le susurró Zaf entonces—. Será un sueño maravilloso, pero no te voy a decir qué pasa en él.

—¿Estás experimentando conmigo? —le preguntó Amarina con un atisbo de sonrisa.

—Así es, Chispa.

Amarina era consciente de que volver a caminar por el puente no sería nada agradable. Se obligó a andar despacio hasta llegar al centro y se mantuvo tan alejada del borde como le fue posible. El viento había amainado en algún momento de la noche y la nieve se había ido acumulando, lo cual era de agradecer. Abrirse paso a través de ella logró desviar su atención del puente.

También la aliviaba saber que Zaf la estaba observando desde su escondite y que saldría a plena luz del día para ayudarla si se detenía, si veía que empezaba a darle un ataque de pánico o si se caía. Decidió ocultarle el miedo a Zaf y seguir adelante, aunque estuviera aterrada.

Después de lo que le pareció una eternidad, llegó hasta la escalera, y allí ya le dio igual lo que viera Zaf. A gatas, se acercó hasta los escalones y los examinó. La nieve se había acumulado en los peldaños de manera irregular. Debajo del todo, había una persona con el pelo y la cara ocultos bajo una capucha. Cuando se la quitó, vio que se trataba de Po.

Amarina se sentó en el primer escalón y comenzó a llorar.

Po subió las escaleras hasta llegar a ella, se sentó a su lado, en el borde exterior, y la rodeó con el brazo. Qué alivio no tener que hablar ni dar explicaciones. Qué alivio solo tener que recordarlo para que Po lo comprendiera.

—No es culpa tuya, cielo.

No, Po. Déjalo.

—Vale —respondió—. Lo siento.

Po le quitó el gorro, le recogió la melena suelta y se lo volvió a colocar para que no se le viera el pelo. Luego le subió el cuello del abrigo y le caló aún más el gorro. Después la acompañó mientras bajaban y se quedó en la parte que daba al borde duran-te todo el descenso, sujetándola con el brazo, y la guio por callejones vacíos hasta llegar a una puertecita.

Al otro lado de la puerta había un túnel muy largo, muy oscuro y muy húmedo.

Al fin, cuando llegaron al otro extremo del túnel, hasta una puerta por cuya rendija inferior se colaba la luz del día, Po le dijo:

—Espera un segundo. Hay mucha gente al otro lado.

—¿Vamos a entrar por el pasillo del ala este? —le preguntó Amarina.

—Sí, y desde allí nos adentraremos en el pasadizo secreto que lleva hasta los aposentos de tu padre.

—¿Por qué nos estamos colando a hurtadillas?

—Para que todo el mundo crea que anoche volviste al castillo, que nos contaste lo de Thiel y que no has salido de tus aposentos en todo este tiempo —respondió Po.

—Para que nadie recuerde la existencia de la torre del puente levadizo.

—Exacto.

—Y para que no se pregunten cómo supisteis lo de Thiel.

—Sí.

—¿Se lo has contado ya a todo el mundo?

—Sí.

Ay. Gracias. Gracias por haberlo hecho por mí.

—Venga, vamos —dijo Po—. Rápido.

Una luz brillante los recibió al salir al pasillo. Lo cruzaron hasta llegar a un tapiz de un gato montés verde, entraron por la puerta que había detrás y se adentraron de nuevo en la oscuridad. No tenían faroles para iluminar el camino mientras subían por aquel pasadizo sinuoso, de modo que Po fue avisándola de los escalones con los que se iban topando.

Al final, salieron a los aposentos de Leck desde detrás de otro tapiz inmenso. Amarina subió las escaleras a trompicones. Cuando llegaron arriba del todo, Po llamó a la puerta y oyeron una llave que giraba en la cerradura. Cuando se abrió la puerta, Amarina se dejó caer en los brazos de Helda, que la aguardaban.

40

Los paquetitos de herbacasta estaban en un armario del cuarto de baño. No pensaba que fuera a sentirse tan... perdida la primera vez que tomara esas hierbas.

Volvió al pasillo y caminó con dificultad hacia la puerta.

—Os vendría bien desayunar y daros un baño antes de enfrentaros al personal —le recomendó Helda con delicadeza—. Y poneros ropa limpia. Para empezar bien el día.

—Como si eso fuera posible —dijo Amarina, entumecida.

—¿Necesitáis que os eche un vistazo Madlen, majestad?

A Amarina le apetecía ver a Madlen, pero tampoco era que lo necesitara.

—Supongo que no.

—¿Por qué no le pido que venga de todos modos, por si acaso, majestad?

De modo que Helda y Madlen la ayudaron a bañarse para deshacerse del sudor y la suciedad, le lavaron el pelo, se llevaron la ropa sucia y le trajeron prendas nuevas recién lavadas. Madlen charlaba en voz baja, con ese acento extraño y familiar a la vez que ayudaba a Amarina a centrarse. Se preguntaba si habría algún indicio en su cuerpo de la noche que había pasado con Zaf, y si Helda y Madlen se percatarían. Si habrían quedado marcas de su forcejeo con Thiel. No le importaba, siempre y cuando nadie hiciera preguntas. Tenía la ligera sensación de que las preguntas resquebrajarían su caparazón.

—¿Están bien Bren y mis guardias? —preguntó.

—Siguen encontrándose bastante mal, pero se recuperarán. Más tarde iré a ver a Bren.

—Le prometí a Zaf que lo mantendría informado —dijo Amarina.

—Lord Giddon irá a ver a Zafiro cuando anochezca, majestad —respondió Helda—. Le transmitirá todas las noticias que tengamos.

—¿Y está bien Morti?

—Morti está deprimidísimo… —contestó Madlen—. Pero, por lo demás, se está recuperando.

No esperaba que el desayuno le hiciera ningún bien, pero, cuando vio que se equivocaba, fue la primera vez que experimentó un nuevo tipo de culpa. Le parecía que no debería ser tan fácil nutrirse, que no debería tener el estómago lleno y sentirse a gusto por haber saciado el apetito. No debería tener ganas de vivir cuando Thiel había querido morir.

En la enfermería, sus dos guardias leonitas parecieron apreciar su visita y su agradecimiento.

Morti estaba sentado en la cama con un vendaje torcido alrededor de la cabeza.

—Todos esos libros… —gimió—, perdidos. Eran irremplazables… Majestad, Madlen dice que no debo trabajar hasta que deje de dolerme la cabeza, pero creo que me duele por no estar trabajando.

—No me parece demasiado probable, Morti —dijo Amarina con ternura—, teniendo en cuenta que te han roto la crisma. Pero entiendo lo que quieres decir. ¿Con qué te gustaría ponerte?

—Me gustaría ocuparme de los diarios que quedan, majestad —dijo con fervor—. El que tenía entre manos sobrevivió al incendio, y lord Giddon me ha dicho que algunos otros también, que los guardó. Me muero por verlos, majestad. Estaba tan cerca de entenderlos… Creo que algunas de las reformas más extrañas y particulares que hizo en el castillo y en la ciudad fueron un intento por traer otro mundo a este reino, majestad. Cabe suponer que el mundo del que vino, de donde venía también la rata de colores. Creo que intentaba convertir este mundo en ese otro. Y creo que puede tratarse de una tierra en la que hayan logrado avances médicos considerables, y que por eso estaba tan obsesionado con esa locura de hospital.

—Morti —dijo Amarina en voz baja—, ¿alguna vez has tenido la impresión, al leer sobre su hospital, de que no era él, sino su personal, el que cometía todas esas atrocidades? ¿Que él a menudo se quedaba a un lado y tan solo observaba?

Morti entornó los ojos.

—Eso explicaría muchas cosas, majestad —respondió, y abrió los ojos de par en par de nuevo—. A veces habla de unas pocas víctimas que se «reservaba» para él. Entiendo que eso podría significar que compartía a las demás víctimas con otros agresores, ¿no?

—Los demás agresores también eran sus víctimas.

—Desde luego, majestad. De hecho, habla de momentos en los que sus hombres «se dan cuenta de lo que están haciendo». Hasta ahora no me había parado a pensar en los hombres a los que se refería ni en lo que estarían haciendo exactamente, majestad —dijo, malhumorado.

Al recordar a sus hombres, Amarina se puso en pie, preparándose para lo que se le venía encima con un aire sombrío.

—Será mejor que me vaya.

—Majestad —le dijo Morti—, ¿puedo pediros un último favor?

—Dime.

—Puede que... —Hizo una pausa—. Puede que os parezca una tontería, majestad, en comparación con el resto de los problemas que tenéis ahora mismo.

—Morti —lo interrumpió Amarina—, eres mi bibliotecario. Si hay algo que pueda hacer que te brinde un poco de consuelo, lo haré encantada.

—Bueno... Pues la cosa es que guardo un cuenco con agua para Mimoso bajo el escritorio, majestad. Y seguro que estará vacío, si es que sigue por ahí siquiera. El pobre estará desorientado al no verme por allí, ¿sabéis? Pensará que lo he abandonado. Puede arreglárselas bastante bien para alimentarse de los ratones de la biblioteca, pero nunca se atreve a salir de ese lugar y no sabrá dónde encontrar agua. Le gusta mucho el agua, majestad.

Pues sí que le gustaba el agua a Mimoso.

El escritorio había quedado reducido a una estructura carbonizada y destrozada, y el suelo de debajo estaba echado a perder. Amarina encontró el cuenco, verde como un valle de Montmar, bocabajo a unos pasos del escritorio. Lo sacó de la biblioteca y se lo llevó al patio principal, donde, sin dejar de temblar, lo llenó en la fuente. Una vez lleno, el cuenco estaba tan frío que le quemaba los dedos.

Al volver a la biblioteca, se paró a pensar en qué hacer a continuación, y luego se arrodilló detrás de los restos del escritorio y colocó el agua bajo una esquina. No le pareció muy considerado atraer a Mimoso a aquellas ruinas malolientes, pero, si era allí donde estaba acostumbrado a encontrar el cuenco con agua, supuso que iría allí a buscarlo.

Oyó un gruñido de una voz felina que reconoció. Se asomó por debajo del escritorio y vio un bulto oscuro y el latigazo de una cola.

Con cautela, le acercó la mano bajo el escritorio y la detuvo a medio camino, para que el gato pudiera decidir si quería arrimarse o ignorarla. Eligió atacarla. Le dio un arañazo a toda velocidad, acompañado de un maullido, y retrocedió.

Amarina se llevó la mano sangrante al pecho y trató de contener un grito, porque no lo culpaba y sabía cómo se sentía.

Po la interceptó en una de las escaleras, cuando se dirigía a las oficinas.

—¿Me necesitas? —le preguntó—. ¿Quieres que entre yo o alguien más contigo?

Ante la extraña luz de sus ojos, Amarina se lo pensó.

—Te voy a necesitar muchas veces en los próximos días —dijo—. Y voy a necesitar que te quedes conmigo para ayudarme en el futuro, Po, con la corte y la gestión del reino, pero sin distracciones, no mientras estés también formando parte de una revolución en Solánea. Una vez que el asunto de Solánea esté resuelto, me gustaría que volvieras para quedarte un tiempo. ¿Te parece?

—Sí —respondió Po—. Te lo prometo.

—Creo que esto tengo que hacerlo sola —dijo Amarina—. Aunque no tengo ni idea de qué decirles. Ni de qué hacer.

Po inclinó la cabeza y la estudió.

—Tanto Thiel como Runnemood están muertos, prima. Y eran ellos los que han estado siempre al mando. Tus hombres necesitarán a un nuevo líder.

Cuando entró en las oficinas del piso inferior, la sala entera se quedó inmóvil. Todos los rostros se volvieron hacia ella. Amarina trató de pensar en ellos como hombres que necesitaban a un nuevo líder.

Lo que la sorprendió fue que no era difícil. Le llamó la atención lo evidente que resultaba esa necesidad en sus rostros y en su mirada; necesidad de muchas cosas, porque la miraban como hombres perdidos, mudos por la confusión y la vergüenza.

—Bueno —dijo con calma—, ¿cuántos de vosotros habéis participado en la supresión sistemática de las verdades del reinado de Leck? ¿Y en el asesinato de los buscadores de la verdad? —Ninguno contestó, y muchos bajaron la mirada—. ¿Hay alguien de los presentes que no haya estado involucrado de ninguna manera? —preguntó, y de nuevo nadie respondió. Continuó, un poco ansiosa—: Muy bien. Siguiente pregunta. ¿A cuántos de vosotros obligó Leck a cometer atrocidades contra otras personas?

Todos volvieron a levantar la vista hacia ella, lo que la dejó atónita. Temía que les diera un ataque al oír la pregunta. Pero, en cambio, la miraron a la cara casi esperanzados; y, al devolverles la mirada, la vio al fin: la verdad que se escondía tras el entumecimiento, tras esa falta de vida, en los ojos de todos ellos.

—No fue culpa vuestra —les dijo—. No fue culpa vuestra, y ahora ya es cosa del pasado. Se acabó eso de hacerle daño a la gente. ¿Me oís? A nadie más.

Las lágrimas surcaban el rostro de Rood. Holt se acercó a ella y se dejó caer de rodillas. Le tomó la mano y empezó a llorar.

—Holt —dijo Amarina, inclinándose hacia él—. Holt, te perdono.

Un suspiro recorrió la habitación, un silencio que parecía preguntar si los demás también eran dignos de perdón. Amarina sintió la pregunta de todos, y se quedó allí plantada, tratando de encontrar la respuesta. No podía condenar a todos los culpables que había en la sala a una pena de prisión y quedarse tan ancha, ya que eso no supondría ningún cambio para el auténtico problema que albergaban sus corazones. Tampoco podía despedirlos y mandarlos lejos de allí, porque, si los dejaba a su suerte, era probable que siguieran haciéndole daño a la gente, y que algunos de ellos incluso se hicieran daño a sí mismos. *Se acabó eso de que la gente se haga daño a sí misma,* pensó. *Pero tampoco puedo dejarlos aquí y decirles que continúen con su trabajo, porque no puedo confiar en ellos.*

Para ella, una reina era alguien que lograba dar pasos importantes, como devolver la alfabetización a la ciudad y al castillo, como decidir que el Tribunal Supremo pudiera recibir peticiones de indemnización de todo el reino, como dar cobijo al Consejo mientras ayudaban a Solánea a derrocar a un rey injusto y como ocuparse de lo que fuera que Katsa encontrara al otro lado del túnel. Como decidir, cuando Auror llegara con su flota, cuántos barcos necesitaba Montmar y cuántos podía permitirse.

Pero es igual de importante lograr que estos hombres a los que hechizó mi padre vuelvan en sí, pensó. *Y permanecer a su lado durante el proceso, con todo el dolor que pueda conllevar.*

¿Cómo voy a poder encargarme de tantos hombres?

—Tenemos mucho trabajo que hacer. Y que deshacer —sentenció Amarina—. Voy a dividiros en grupos y asignaré a cada grupo una parte de la tarea. En cada grupo habrá alguien nuevo, montmareños que no forman parte de este gobierno. Tendréis que trabajar codo con codo y responderéis los unos ante los otros. Supongo que comprenderéis que el motivo de que involucre a otras personas es que no puedo confiar en vosotros —dijo, e hizo una pausa para permitir que esa flecha pequeña pero necesaria los alcanzara a todos.

Necesitan que vuelva a confiar en ellos, o no se recuperarán.

—Pero ahora todos tenéis la oportunidad de ganaros mi confianza de nuevo. No os voy a pedir que recordéis los actos de violencia y los maltratos del rey Leck. Eso se lo dejaré a otros que no hayan sufrido sus abusos de un modo tan directo. No voy a permitir que nadie os responsabilice ni os acuse de lo que hicisteis, obligados, durante su reinado. Y yo os perdono, personalmente, por los crímenes que habéis cometido desde entonces. Pero es posible que otros no lo hagan, y esas personas tienen el mismo derecho a que se haga justicia que vosotros. Se avecina una época complicada y desagradable. ¿Sois conscientes?

Los rostros afligidos de sus hombres la miraron. Algunos asintieron.

—Os ayudaré en todo lo que esté en mi mano —les aseguró—. Si se celebran juicios, testificaré en vuestro favor, porque entiendo que la mayoría de vosotros solo cumplía órdenes, y entiendo que Leck os obligó a obedecer y a cometer esos actos durante años, y, a algunos, durante décadas. Puede que algunos de vosotros ahora solo sepáis obedecer, y nada más. Y eso no es culpa vuestra.

»Y una cosa más. He dicho que no os obligaré a recordar lo que ocurrió durante el reinado del rey Leck, y lo decía en serio. Pero hay gente, mucha gente, a la que le sienta bien, que necesita hacerlo para sanar sus heridas. No pienso deciros cómo tenéis que recuperaros cada uno, pero tampoco quiero que interfiráis en el proceso de los demás. Entiendo que el suyo puede interferir con el vuestro, y soy consciente del dilema. Pero no pienso tolerar que ninguno de vosotros agrave los crímenes de Leck con más crímenes. Cualquiera que siga intentando borrar la verdad de lo ocurrido perderá toda mi lealtad. ¿Me oís?

Amarina miró las caras de su público esperando una señal de confirmación. No se explicaba cómo era posible que hubiera trabajado con esos hombres durante tantos años y que nunca hubiera visto todo lo que mostraban sus rostros. Y la idea la avergonzaba. Ahora dependían de ella; se les notaba en los ojos. Y no sabían que todo lo que había dicho era pura palabrería, que los grupos de los que hablaba no tenían ninguna base, que no había ningún plan que seguir, que solo eran palabras. Palabras vacías. Bien podría haberles dicho que iban a construir un castillo de aire.

Bueno, tenía que empezar por alguna parte. Demostrar confianza era quizás hasta más importante que sentirla de verdad.

—Holt —lo llamó Amarina.

—Sí, majestad —respondió con brusquedad.

—Holt, mírame a la cara. Tengo un trabajo para ti y los hombres de la guardia real que elijas.

Aquello logró atraer su mirada.

—Lo que necesitéis, majestad.

Amarina asintió.

—Hay una cueva al otro lado del puente Invernal —le explicó—. Tu sobrina sabe cómo encontrarla. Es la guarida de una ladrona conocida como Fantasma y su nieta, Gris, a la que quizá conozcas como mi sirviente, Zorro. Esta noche, cuando Fantasma y Zorro estén allí, quiero que irrumpáis en la cueva, las detengáis, a ellas y a sus guardias, y me traigas todo lo que haya dentro. Habla con Giddon —le pidió, ya que Giddon sería el próximo en ir a visitar a Zaf—. Giddon puede conseguir información sobre la cueva. Quizá pueda decirte cómo está custodiada y dónde se encuentran las entradas.

—Gracias, majestad —dijo Holt, con las mejillas surcadas de lágrimas—. Gracias por confiar en mí.

Entonces Amarina miró los rostros de los dos consejeros que le quedaban, Rood y Darby, y supo que lo que tenía que hacer a continuación empeoraría las cosas.

—Subid conmigo —les ordenó a ambos.

—Sentaos —les indicó Amarina.

Darby y Rood se desplomaron en las sillas como hombres derrotados. Rood no dejaba de llorar, y Darby sudaba y temblaba. Estaban afligidos, como ella, y Amarina odiaba tener que hacer lo que iba a hacer.

—Dije abajo que creía que la mayoría de vosotros solo cumplía órdenes —dijo—. Pero no todos; vosotros estabais al mando, ¿no es cierto?

Ninguno contestó. Amarina empezaba a cansarse de que no le respondieran.

—Lo organizasteis todo desde el principio, ¿no? Todo eso de la ideología progresista significaba eliminar el pasado. Antes de que lo matara, Danzhol insinuó que los fueros de los pueblos pretendían evitar que indagara sobre lo que había ocurrido en mis pueblos, y en ese momento me reí de él, pero lo cierto es que ese era justo el propósito de los fueros, ¿no? Ocultar el pasado y fingir que es posible empezar de cero. Y lo mismo con los indultos generales para todos los crímenes que se cometieron durante el reinado de Leck. Y la pésima educación de las escuelas se debe a que es más fácil controlar lo que la gente conoce cuando nadie sabe leer. Y, lo peor de todo, también os encargasteis de quitar de en medio a cualquiera que tratara de interferir en vuestros planes. ¿No es verdad? ¿Eh? ¿No os ocupasteis vosotros de todo eso? Respondedme —les ordenó con firmeza.

—Sí, majestad —susurró Rood—. De todo eso, y de manteneros ocupada con montañas de documentos para que os quedarais en vuestra torre y estuvierais demasiado abrumada como para sentir curiosidad por nada más.

Amarina lo miró con asombro.

—Pues vais a decirme cómo lo organizasteis todo y quién más estuvo involucrado, además de los empleados de las oficinas del piso inferior; y también si había alguien más que estuviera al frente de todo esto.

—Nosotros éramos los que estábamos al mando, majestad —contestó Rood susurrando de nuevo—. Vuestros cuatro consejeros. Nosotros dábamos las órdenes. Pero hay más personas que también han estado muy involucradas.

—Thiel y Runnemood eran más culpables que nosotros —dijo Darby—. Fue idea suya. Majestad, dijisteis que nos perdonabais. Dijisteis que testificaríais en nuestro favor si se celebraban juicios, pero ahora estáis enfadadísima…

—¡Darby! —gritó Amarina, exasperada—. ¡Pues claro que estoy enfadada! ¡Me habéis mentido y manipulado! ¡Mis propios amigos iban a acabar asesinados! ¡Una de ellas está en cama porque intentasteis quemar su imprenta!

—No queríamos hacerle daño, majestad —se disculpó Rood, desesperado—. Vuestra amiga imprimía libros y estaba enseñando a la gente a leer. Tenía papeles y moldes de símbolos extraños que nos asustaban y confundían.

—¿Y vuestra solución fue prenderle fuego a todo? ¿Es eso también parte de vuestro método? ¿Destruir todo lo que no entendéis?

Ninguno de los hombres contestó. Ninguno de los dos parecía estar del todo presente.

—¿Y qué hay del capitán Smit? —les espetó—. ¿Lo volveré a ver alguna vez?

—Quería contaros la verdad, majestad —susurró Rood—. Le costaba mucho mentiros a la cara. A Thiel le pareció que se había convertido en un lastre, ¿entendéis?

—¿Cómo puede importaros tan poco la gente? —dijo Amarina, furiosa.

—Es más fácil de lo que creéis, majestad —contestó Rood—. Lo único que hace falta es dejar de pensar, evitar los sentimientos y darse cuenta, cuando uno piensa o siente, de que tratar a las personas con indiferencia es lo único para lo que uno sirve.

Treinta y cinco años. Amarina no estaba segura de que fuera a lograr comprender algún día lo que había supuesto eso para ellos. No era justo que, casi una década después de su muerte, Leck siguiera matando a gente, que siguiera atormentando a la misma gente que había atormentado en vida; ni tampoco que ahora hubiera personas que cometían actos atroces para borrar los actos atroces que ya habían cometido en el pasado.

—¿E Ivan? —preguntó Amarina—. ¿El ingeniero loco? ¿Qué le pasó a él?

—A Runnemood le pareció que estaba llamando demasiado la atención sobre sí mismo y, por tanto, sobre el estado de la ciudad, majestad —contestó Rood con voz queda—. Vos misma os quejasteis de su incompetencia.

—¿Y Danzhol?

—Ah… —exclamó Rood, y respiró hondo—. No sabemos qué le ocurrió a Danzhol, majestad. Leck tenía unos cuantos amigos especiales que lo visitaban y que de repente acababan en el hospital sin saber por qué. Danzhol era uno de ellos. Nosotros lo sabíamos, claro, pero ignorábamos que se había vuelto loco y que pretendía secuestraros a cambio de un rescate. Thiel estuvo avergonzadísimo después, porque Danzhol le había preguntado de antemano cuánto os valoraba vuestra administración, majestad, y Thiel cayó, pensándolo después, en que tendría que haberse imaginado el propósito de la pregunta.

—¿Danzhol estaba planeando pediros un rescate por mí?

—Eso creemos, majestad. Somos los únicos que habríamos pagado tanto para traeros de vuelta.

—Pero ¡¿cómo podéis decir eso, si os habíais empeñado en convertirme en una inútil?! —gritó Amarina.

—¡Todo eso habría cesado una vez que hubiéramos erradicado lo ocurrido, majestad! —respondió Rood—. ¡Erais nuestra esperanza! Quizá deberíamos haber mantenido a Danzhol más cerca y haberlo involucrado más en nuestros planes. Podríamos haberlo nombrado juez o ministro. A lo mejor así no habría perdido la cabeza.

—No parece muy probable —contestó Amarina con incredulidad—. Nada de lo que decís tiene lógica. Tenía razón cuando pensaba que Runnemood era el más cuerdo de todos vosotros; al menos él sabía que vuestro plan no podía funcionar mientras yo estuviera viva. Testificaré en vuestro favor. Testificaré sobre el daño que os hizo Leck, y sobre la posibilidad de que Thiel y Runnemood os hubieran coaccionado. Haré todo lo que esté en mi mano y me aseguraré de que tengáis un juicio justo —dijo—. Pero ambos sabéis que, en vuestro caso, no es una cuestión de «si se celebra un juicio». Ambos *tendréis* que enfrentaros a la justicia. Hay gente que ha perdido la vida por todo esto. Yo misma casi muero asfixiada.

—Eso fue cosa de Runnemood —contestó Darby, frenético—. Fue demasiado lejos.

—Todos habéis ido demasiado lejos —sentenció Amarina—. Darby, sé razonable. Todos habéis ido demasiado lejos, y sabéis que no puedo dejar que os vayáis de rositas. ¿Cómo voy a hacer algo así? ¿Cómo va a proteger la reina a los consejeros que conspiraron para asesinar a ciudadanos inocentes y que utilizaron todos los recursos de su administración para lograrlo? Vais a acabar en prisión los dos, al igual que todos los que estuvieron involucrados. Y estaréis encerrados hasta que encuentre a gente en la que pueda confiar para investigar vuestros crímenes, y a jueces en los que pueda confiar también para que hagan justicia, teniendo en cuenta, claro está, todo lo que habéis sufrido. Si os declaran inocentes y volvéis a trabajar para mí, no seré yo la que se oponga a dicha sentencia. Pero yo no os voy a perdonar vuestros crímenes.

Rood respiraba con dificultad mientras se tapaba la cara.

—No sé cómo nos hemos visto atrapados en esto —susurró—. No logro entenderlo. Sigo sin comprender cómo ha pasado todo.

Amarina sintió como si sus palabras salieran de un núcleo profundo, hueco, desagradable y estúpido, pero aun así consiguió pronunciarlas:

—Ahora quiero que los dos pongáis por escrito cómo se organizó todo, qué actos se cometieron y quién más estuvo involucrado. Rood, quédate aquí en mi escritorio —le ordenó mientras le entregaba papel y una pluma—. Darby, tú puedes sentarte allí a escribir. —Señaló el puesto de Thiel—. Quiero dos informes individuales. Y más vale que coincidan.

Dejar tan claro que desconfiaba de ellos no le resultaba agradable. No le aliviaba privarse de dos personas cuyas mentes y cuerpos necesitaba, dos personas de las que dependía para dirigir su reino. Y la idea de encerrarlos le parecía horrible. Un hombre con familia y con un alma bondadosa, en algún lugar de su interior; y otro que ni siquiera podía dormir para escapar de todo aquello.

Cuando terminaron de escribir, Amarina ordenó que varios miembros de la guardia real los escoltaran a la prisión.

A continuación, mandó llamar a Giddon.

—Majestad, no tenéis buen aspecto —dijo al entrar—. Amarina —añadió mientras atravesaba la habitación en dos zancadas y se dejaba caer junto a ella para abrazarla.

—Si me tocas voy a terminar de perder los estribos —le advirtió Amarina, con los ojos cerrados y los dientes apretados—. Y no puedo permitir que me vean así.

—Agarraos a mí y respirad despacio —le pidió Giddon—. No estáis perdiendo los estribos; lo que pasa es que estáis sometida a una tensión enorme. Decidme qué sucede.

—Me estoy enfrentando a… —empezó a decir, pero luego se detuvo. Agarró a Giddon de los antebrazos y respiró despacio—. A una escasez de personal bastante catastrófica. Acabo de encerrar a Darby y a Rood, y échales un vistazo a esos papeles.

Señaló las hojas que había sobre su escritorio, con los garabatos de sus consejeros. Cuatro de los ocho jueces de su Tribunal Supremo habían participado en la supresión de la verdad del reinado de Leck, condenando a personas inocentes a las que querían acallar. Smit también había formado parte de todo el complot, por supuesto, y el jefe de prisiones. Y también su ministro de Calzadas y Mapas, su ministro de Impuestos, varios nobles y el jefe de la guardia de Montpuerto. Había tantos miembros de la guardia de Montmar que habían aprendido a hacer la vista gorda que a Rood y a Darby les había resultado imposible enumerarlos uno a uno. Y luego estaba el nivel más bajo de la pirámide: los criminales y los locos de la ciudad, a los que se les había pagado, u obligado, a llevar a cabo los actos de violencia en sí.

—Bueno, vale —dijo Giddon—. No pinta bien. Pero en este reino hay muchísima gente. Ahora mismo os sentís sola, pero seguro que conseguís formar un buen equipo, un equipo magnífico. ¿Sabéis que Helda se ha pasado el día entero haciendo listas?

—Giddon… —contestó Amarina tras haber ahogado una risita histérica—. Me siento sola porque estoy sola. La gente no deja de traicionarme y de abandonarme.

Y, de repente, le pareció bien permitirse perder el control, solo durante un par de minutos, apoyada contra el hombro de Giddon hasta que se le pasara el mareo. Porque podía confiar en él, y no se lo diría a nadie, y se le daba bien abrazarla con esos brazos firmes y fuertes.

Cuando se le calmó la respiración y pudo secarse los ojos y sonarse la nariz con el pañuelo que le entregó Giddon en lugar de hacerlo con su camisa, le dio las gracias.

—De nada —contestó—. Pero decidme qué puedo hacer para ayudaros.

—¿Tienes dos horas que puedas dedicarme, Giddon? ¿Ahora mismo?

Giddon miró el reloj.

—Tengo tres. Hasta las dos.

—Imagino que Raffin, Bann y Po están ocupados, ¿no?

—Así es, majestad, pero, si lo necesitáis, dejarán de lado su trabajo.

—No, no hace falta. ¿Puedes ir a buscar a Teddy por mí, y a Madlen y a Hava, y traerlos a todos con Helda?

—Por supuesto.

—Y pídele a Helda que traiga esas listas, y empieza a pensar en una tú también.

—Conozco a un montón de personas buenas de este reino que pueden seros útiles.

—Por eso te he llamado —le dijo Amarina—. Mientras yo he estado dando tumbos estos últimos meses, haciendo estupideces, tú has estado conociendo a mi gente y averiguando cosas de utilidad.

—Majestad, no seáis injusta con vos misma. Yo he estado planeando una conspiración, mientras que vos erais el objetivo de otra. Es más fácil planear que ser el blanco de un plan, creedme. Y, a partir de ahora, eso es lo que haréis.

Sus palabras la aliviaron. Pero era difícil creérselas una vez que se hubo marchado.

Giddon volvió con Teddy, Madlen, Hava y Helda antes de lo que esperaba. Teddy parecía un poco irritado, y se estaba frotando el trasero.

—Qué rapidez —dijo Amarina, y señaló las sillas—. ¿Estás bien, Teddy?

—Lord Giddon me ha hecho montar a caballo, majestad —contestó Teddy—. Y no tengo demasiada experiencia.

—Teddy —intervino Giddon—, te he dicho que ya no soy un noble; no me llames lord Giddon. Parece que a todo el mundo se le olvida.

—Se me ha quedado el culo cuadrado —se quejó Teddy cabizbajo.

Amarina no se lo podía explicar, pero, una vez más, rodeada de gente todo le parecía menos desesperante. Tal vez era un recordatorio de que fuera del castillo había otro mundo en el que la vida transcurría y a Teddy se le quedaba el culo cuadrado, ya se hubiera Thiel tirado por un puente o no.

—Majestad —dijo Helda—, cuando esta conversación acabe, vuestras preocupaciones habrán desaparecido.

Menuda ridiculez. Todo lo que la preocupaba regresó de golpe a su mente.

—Hay un millón de cosas que me preocupan y que esta conversación no podrá cambiar —contestó.

—Lo que quería decir, majestad —respondió Helda, esta vez con más suavidad—, es que a ninguno nos cabe la menor duda de que seréis capaz de organizar una nueva administración estupendamente.

—Bueno… —dijo Amarina, tratando de creérselo—. Tengo algunas ideas, así que podemos ponernos manos a la obra ahora mismo. Madlen y Hava, no espero que vosotras dos tengáis opiniones firmes sobre cómo debe organizarse mi administración, a menos que queráis compartir alguna, claro. Os he pedido que os unáis a nosotros porque sois dos de las pocas personas en las que confío, y porque ambas conocéis y habéis observado a mucha gente y habéis trabajado con muchas personas. Y yo necesito a la gente. Es lo que más necesito. Cualquier recomendación que tengáis será bienvenida.

»Y, bueno, dicho esto… —continuó, tratando de ocultar la vergüenza que le daba compartir sus ideas en voz alta—. Me gustaría formar unos cuantos ministerios nuevos, para que podamos tener equipos completos dedicados a asuntos que hasta ahora se han descuidado. Quiero crear un Ministerio de Educación desde cero. Y deberíamos formar un Ministerio de Registro Histórico, pero, si vamos a seguir tratando de averiguar lo que ocurrió durante el reinado de Leck, debemos estar preparados para ir poco a poco, con delicadeza, y tener cuidado con lo que descubramos. Tenemos que hablar más sobre la mejor manera de abordar el tema, ¿no os parece? ¿Y qué pensáis de un Ministerio de Salud Mental? —preguntó—. ¿Ha existido alguna vez algo así? ¿Y un Ministerio de Reparaciones?

Sus amigos la escuchaban mientras hablaba e iban aportando sugerencias, y Amarina empezó a dibujar gráficos. Dejarlo todo en papel le resultaba reconfortante; las palabras, las flechas y los recuadros les daban más solidez a las ideas.

Solía tener una lista pequeñita, en una única hoja de papel, con todas las cosas que no sabía, pensó. *Tiene gracia pensarlo, ya que todo este reino podría ser un mapa a tamaño real de las cosas que no sé.*

—¿Deberíamos entrevistar a cada uno de los empleados de las oficinas del piso inferior para indagar sobre sus intereses y su experiencia? —preguntó.

—Sí, majestad —opinó Helda—. ¿Ahora mismo?

—Sí, ¿por qué no?

—Lo siento, majestad —las interrumpió Giddon—, pero tengo que irme.

Amarina miró el reloj con asombro, incapaz de creer que las tres horas de Giddon hubieran terminado.

—¿A dónde vas? —Giddon miró a Helda con timidez—. ¿Giddon? —insistió Amarina, mosqueada.

—Es un asunto del Consejo —le dijo Helda para tranquilizarla—. No va a hacerle nada a ningún ciudadano de Montmar, majestad.

—Giddon —dijo Amarina en tono de reproche—, yo siempre te digo la verdad…

—¡No os he mentido! —protestó Giddon—. No he dicho ni una palabra. —Y, al ver que ni así dejaba de fulminarlo con la mirada, añadió—: Os lo contaré más tarde. Tal vez.

—Y, en cuanto a ese fenómeno tan sorprendente de que siempre le decís la verdad a lord Giddon —le dijo Helda a Amarina—, ¿podríais considerar incluir a otras personas en ese pacto?

—¡Que no soy un lord! —dijo Giddon.

—¿Podríamos…? —Amarina empezaba a desconcentrarse—. Giddon, envía a uno de mis empleados o guardias cuando salgas, ¿quieres? Cualquiera que parezca capaz de soportar una entrevista.

Y así comenzaron las entrevistas a sus guardias y empleados, y Amarina descubrió que cada vez surgían más ideas, tantas que pronto se quedaría sin papel para apuntarlas. Aumentaban en todas las direcciones y dimensiones posibles; se estaban convirtiendo en una escultura o en un castillo.

Y entonces todos se marcharon, para volver a ocuparse de sus propios asuntos, y ella se quedó sola, vacía y desesperanzada de nuevo.

Cenaron tarde. Raffin, Bann y Po acudieron a la cena, y Amarina se sentó entre ellos sin hablar demasiado, dejando que sus bromas la calmaran.

Nada hace más feliz a Helda que estar rodeada de jóvenes a los que darles la lata, pensó. *Sobre todo si son chicos guapos.*

Entonces apareció Giddon, con noticias sobre Zaf.

—Está aburridísimo y preocupado por su hermana. Pero me ha proporcionado información valiosa sobre la cueva de Fantasma para transmitírsela a Holt, majestad.

—Me pregunto si, después de que arresten a Fantasma y a Zorro —dijo Amarina en voz baja, en su primera contribución a la conversación de la noche—, podremos dejar salir a Zaf de la torre del puente levadizo. Supongo que dependerá de lo que confiesen Fantasma y Zorro. Me da la sensación de que todavía no tengo a la guardia de Montmar bajo control. *—Me sentiría mucho mejor si tuviera la corona—.* ¿Cómo han ido esos asuntos del Consejo, Giddon?

—He convencido a un espía del rey Thigpen, que estaba en la corte de visita, para que no volviera a Solánea —dijo Giddon.

—¿Y cómo lo has hecho? —le preguntó Amarina.

—Bueno, digamos que organizándole unas vacaciones en Leonidia —dijo Giddon.

Aquello recibió un clamor de aprobación.

—Bien hecho —le dijo Bann, dándole una palmadita en la espalda.

—Pero ¿quería ir a Leonidia? —preguntó Amarina, sin saber por qué se molestaba siquiera en preguntar.

—¡A todo el mundo le gusta Leonidia! —gritó Po.

—¿Tuviste que utilizar la infusión para las náuseas? —preguntó Raffin, dándole un golpe a la mesa con tanta emoción que los cubiertos tintinearon.

Cuando Giddon asintió, los demás se levantaron para aplaudir.

En silencio, Amarina se dirigió al sofá. Era la hora de dormir, pero ¿cómo iba a poder quedarse sola en una habitación a oscuras? ¿Cómo iba a enfrentarse a sí misma, con su soledad y sus temblores?

Si no podía dormir abrazada a nadie, al menos se quedaría oyendo las voces de sus amigos. Dejaría que la envolviesen, y serían como los brazos de Zaf, como los brazos de Katsa cuando durmieron en la montaña helada. Katsa. Cómo echaba de menos a Katsa. Cómo le afectaba la presencia o la ausencia de las personas. Esa noche se habría peleado con Po por los brazos de Katsa.

Claro que había olvidado que tal vez tendría algún sueño esa noche.

Soñó que caminaba por los tejados de Ciudad de Amarina. Caminaba por el tejado del castillo, por los bordes de los parapetos del tejado de cristal de la torre de su castillo, y podía verlo todo desde allí: los edificios de su ciudad, los puentes, la gente que intentaba ser fuerte. El sol la calentaba, una brisa la refrescaba, y no había dolor, y no le daba miedo estar en la cima del mundo.

41

Cuando despertó por la mañana, la informaron que Darby se había ahorcado en su celda.

En la puerta del dormitorio, aún con el camisón puesto, Amarina forcejeó con Helda, que intentaba agarrarla. Chilló, insultó a gritos a Darby e insultó a gritos a la guardia de Montmar por haber permitido que sucediera. Fueron unos gritos de pena asalvajados que incluso parecieron asustar a Helda, que dejó de intentar contenerla y tan solo se limitó a quedarse allí plantada, en silencio, con los labios apretados. Cuando llegó Po y Amarina empezó a gritarle a él también, su primo la abrazó a pesar de que estaba dándole golpes y patadas y la agarró con fuerza cuando fue a buscar uno de sus puñales. Después la sujetó aún más fuerte y la tiró al suelo, la apretó contra el marco de la puerta y la obligó a quedarse quieta.

—Te odio —le gritó—. Lo odio. ¡Odio a todo el mundo! —aulló y, al fin, cuando ya se quedó sin voz, dejó de pelear y comenzó a llorar—. Es culpa mía —sollozó contra los brazos de Po—. Es culpa mía.

—No —respondió Po, a quien también se le habían saltado las lágrimas—. Fue decisión suya.

—Porque yo lo encerré en una celda.

—No —repitió Po—. Amarina, piensa en lo que estás diciendo. Darby no se suicidó porque lo encerraras.

—Son todos tan frágiles… No lo soporto. Si eso es lo que se les ha metido en la cabeza, no hay forma de detenerlos. No puedo amenazarlos de ninguna manera. Debería haber tenido más cuidado. Debería haberle dejado que se quedara con su puesto.

—Amarina —le dijo Po una vez más—. No es culpa tuya.

—Es culpa de Leck —añadió Helda, que estaba arrodillada a su lado—. Sigue siendo culpa de Leck.

—Siento haberte gritado —le susurró Amarina.

—No pasa nada, cielo —respondió Helda, acariciándole el pelo.

Pero a Amarina se le partía el corazón al pensar que Darby había estado solo, sin amigos como los suyos que lo consolaran o de los que pudiera sacar fuerzas.

—Que alguien me traiga a Rood —ordenó.

Cuando el antiguo consejero apareció en sus aposentos con los hombros caídos y escoltado por la guardia de Montmar, Amarina le preguntó:

—Rood, ¿estás pensando en suicidarte?

—Tan directa como siempre, majestad —le respondió con pesar—. Es algo que siempre me ha gustado de vos. Me lo planteo de vez en cuando. Pero pensar en el dolor que les provocaría a mis nietos siempre me detiene. Los trastornaría.

—Entiendo… —respondió Amarina, dándole vueltas a una idea—. ¿Qué te parece un arresto domiciliario?

—Majestad… —dijo, mirándola a la cara y parpadeando para contener las lágrimas—. ¿De verdad lo permitiríais?

—A partir de ahora estás bajo arresto domiciliario —sentenció Amarina—. No salgas de los aposentos de tu familia. Si necesitas algo, avísame, y ya iré yo.

Había otra persona en la prisión a la que Amarina quería ver esa mañana, ya que Holt había hecho un buen trabajo. No solo habían logrado meter entre rejas a Fantasma y a Zorro, sino que además Amarina había recuperado varios objetos que ni siquiera se había dado cuenta de que habían desaparecido. Joyas que había guardado en el arcón de su madre. El libro de dibujos que había dejado en la estantería de la sala de estar hacía muchísimo tiempo, el *Libro de las verdades* de Leck, con las ilustraciones de los puñales, las estatuas y el cadáver del graceling, que cobraban ahora un significado espeluznante. Unas cuantas espadas y dagas de buena calidad que, por lo visto, habían desaparecido de la herrería durante los últimos meses. Pobre Ornik. Seguro que se le había partido el corazón al descubrir quién era Zorro en realidad.

Como era evidente, no pensaba llamar a Zorro a sus aposentos; Zorro nunca volvería a poner un pie en los aposentos de Amarina. Dos soldados de la guardia de Montmar la escoltaron hasta el despacho de la reina.

No parecía tener peor aspecto que antes. Su melena y su rostro estaban tan deslumbrantes como siempre, al igual que sus ojos grises y dispares. Pero puso una mueca despectiva al ver a Amarina y le dijo:

—No puedes vincularnos ni a mi abuela ni a mí con el robo de la corona, y lo sabes de sobra. No tienes pruebas. No nos vas a ahorcar.

Lo dijo como burlándose, y Amarina la observó sin decir nada, sorprendida por lo extraño que le resultaba ver a alguien tan cambiado. ¿Le estaría mostrando Zorro cómo era en realidad por primera vez?

—¿Crees que quiero que te ahorquen? —le preguntó Amarina—. ¿Por ser una vulgar ladrona, y no una muy buena, dicho sea de paso? No te olvides de que os entregamos la corona en bandeja.

—Mi familia ha estado robando desde antes de que la tuya reinara —le espetó Zorro—. No hay nada de vulgar en mi familia.

—Estás pensando en mi familia paterna —le contestó Amarina, sin perder la calma—, y te estás olvidando de mi familia materna. Y, hablando de eso… Guardias, comprobad si aún lleva el anillo encima, por favor.

En menos de un minuto, tras un breve forcejeo desagradable, Zorro entregó el anillo que llevaba atado a una pulsera alrededor de la muñeca, bajo la manga. Uno de los guardias se lo dio a Amarina mientras se frotaba la espinilla dolorida en la que había recibido una patada. Era la réplica del anillo que Cinericia había llevado en honor a su hija, el anillo que llevaban todos los espías de la reina: de oro con incrustaciones de piedras grises.

Lo sostuvo en la mano, cerró el puño y sintió que al menos algo volvía a ser como debía, ya que Zorro no tenía derecho a llevar encima nada de Cinericia.

—Podéis llevárosla —les dijo Amarina a los guardias—. Eso es todo.

Ese día, varios de sus empleados que casi nunca subían a su despacho acudieron para entregarle informes. Cada vez que volvía a quedarse sola, se sentaba e intentaba deshacerse las trenzas. No podía estar más abrumada. ¿Por dónde debía empezar? La guardia de Montmar era una de sus mayores preocupaciones, porque era inmensa y estaba por todas partes; era una red que se extendía por todo el reino, y Amarina dependía de ella para proteger a su pueblo.

—Froggatt —llamó a su empleado cuando volvió a entrar por la puerta—. ¿Cómo se supone que voy a enseñarle a todo el mundo a pensar las cosas con detenimiento, a que tomen decisiones propias y a que vuelvan a ser ellos mismos?

Froggatt miró por la ventana y se mordió el labio. Era más joven que casi todos los demás, y Amarina se acordó de que se acababa de casar. Recordaba que en una ocasión lo había visto reír.

—Majestad, ¿puedo hablar con franqueza?

—Sí, siempre.

—De momento, majestad, permitidnos seguir obedeciendo órdenes. Pero dadnos instrucciones dignas, majestad —le dijo, mirándola sonrojado—. Pedidnos que hagamos cosas honorables para que sintamos que obedeceros es un honor.

Tal y como le había dicho Po, necesitaban a un nuevo líder.

Amarina fue a la galería de arte. Estaba buscando a Hava, aunque no sabía muy bien por qué. Por alguna razón, el miedo que sentía Hava le hacía querer estar cerca de ella, porque lo entendía. También le atraía su habilidad para ocultarse, para convertirse en algo que no era.

Había menos polvo que antes y las chimeneas estaban encendidas. Hava parecía estar tratando de convertir la estancia en un lugar habitable. Cada vez que la joven intentaba esconderse a plena vista, a Amarina le parecía ver una especie de titileo al que estaba empezando a acostumbrarse, pero aquel día en la galería no titilaba nada. Amarina se sentó en el suelo junto a las esculturas y observó sus transformaciones.

Al cabo de un rato, Hava la encontró allí.

—Majestad, ¿qué ocurre? —le preguntó.

Amarina examinó el rostro sencillo de la muchacha, y sus ojos, uno rojo y otro cobrizo, y dijo:

—Quiero convertirme en algo que no soy, Hava. Igual que tú, o que las esculturas de tu madre.

Hava pasó junto a las esculturas y se acercó a la ventanas que daban al patio principal.

—Yo sigo siendo yo misma, majestad —respondió—. Es solo que los demás creen que soy algo que en realidad no soy. Y eso no hace más que reforzar todo el tiempo lo que soy: alguien que finge.

—Yo también estoy fingiendo —respondió Amarina en voz baja—. Ahora mismo estoy fingiendo que soy la líder de Montmar.

—Mmm… —dijo Hava, apretando los labios y sin apartar la mirada de la ventana—. En realidad, majestad, las esculturas de mi madre tampoco representan a personas que no son lo que son. Mi madre tenía la habilidad de ver a las personas como eran en realidad, y se lo mostraba con sus esculturas. ¿Os habíais parado a pensarlo?

—¿O sea que en realidad soy un castillo? —preguntó Amarina con frialdad—. ¿Y tú un pájaro?

—En cierto modo, siempre echo a volar cada vez que alguien se acerca a mí —respondió Hava—. Mi madre era la única persona con la que me mostraba tal y como soy. Hasta hace poco, ni siquiera mi tío sabía que seguía con vida. Fue el único modo de esconderme de Leck, majestad. Mi madre fingió que yo había muerto, y luego, cada vez que Leck o cualquier miembro de la corte se acercaba a mí, me escondía con mi gracia. Echaba a volar, y Leck nunca descubrió que mi gracia era la inspiración de todas las esculturas de mi madre.

Amarina clavó la mirada en Hava, y de repente cayó en algo. Inquieta, trató de examinar el rostro de la joven con más detalle.

—Hava, ¿quién es tu padre?

Hava no parecía haberla oído.

—Majestad, ¿quién es esa que está en el patio?

—¿Qué?

—Hay alguien ahí abajo —respondió Hava, señalando con el dedo, con la nariz pegada al cristal, hablando con ese mismo tono de asombro que empleaba Teddy cada vez que se ponía a hablar de libros.

Amarina se acercó despacio a la ventana, miró hacia abajo y lo que vio la llenó de alivio: Katsa y Po se estaban besando en el patio.

—Es Katsa —respondió Amarina con un suspiro alegre.

—Me refiero a la que está detrás de lady Katsa —insistió Hava con impaciencia.

Detrás de lady Katsa había un grupo de personas apretujadas que Amarina estaba segura de no haber visto jamás. En uno de los extremos del grupo vio a una anciana apoyada en un joven. Llevaba una abrigo y un sombrero de piel de color marrón pálido. De repente, la mujer alzó la mirada hacia la ventana de la galería y sus ojos se encontraron con los de Amarina.

Amarina sintió la necesidad de verle el pelo.

Como por arte de magia, la mujer se quitó el sombrero y se soltó la melena escarlata, dorada y rosa, con vetas plateadas.

Era la mujer del tapiz de la biblioteca, y Amarina no sabía por qué, pero había empezado a llorar.

42

Eran de una tierra al este de las montañas orientales llamada Los Valles, y venían en son de paz. Aunque algunos de ellos provenían de una zona al norte de Los Valles llamada Píquea, una tierra que de tanto en tanto se enemistaba con los vallenses pero que en esos momentos mantenía una relación pacífica… ¿O no? A Amarina le resultaba complicado seguir las explicaciones de Katsa porque lo estaba explicando regular, y ninguno de ellos parecía hablar casi nada de su idioma. Amarina sabía qué idioma debían hablar, pero las únicas palabras que recordaba eran *telarañas* y *monstruo*. Y, además, por lo visto se le seguían saltando las lágrimas.

—Morti. Que alguien traiga a Morti —ordenó—. Katsa, deja de hablar aunque solo sea un minuto —le pidió.

Necesitaba silencio; lo que estaba ocurriendo en el patio era algo de lo más peculiar. Las voces, la necesidad de entender todas esas palabras tan confusas, la cháchara… No podía concentrarse con todo eso de fondo.

Todo el mundo se quedó en silencio, a la espera.

Amarina no podía apartar la mirada de la mujer del tapiz. Y se dio cuenta entonces de que esa sensación tan extraña provenía de ella; era ella la que estaba alterando el ambiente de alguna manera, cambiando la forma en que se sentía Amarina. Intentó respirar hondo, intentó no agobiarse. Intentó centrarse en las partes individuales de la mujer en lugar de dejarse invadir por... su extraordinario conjunto. Tenía la piel morena y los ojos verdes, y el pelo... Lo del pelo no la sorprendió del todo, porque ya había visto la piel de aquella rata, pero esa piel no era una mujer vivita y coleando, y no la había hecho sentir como si dentro de su cabeza hubiera alguien cantando.

El aire estaba impregnado de la sensación que provocaba el poder de aquella desconocida.

—¿Qué nos estás haciendo? —le susurró Amarina a la mujer.

—Te entiende, Amarina —le explicó Katsa—, aunque no habla nuestro idioma. Puede responderte, pero solo lo hará con tu permiso, porque lo hace mentalmente. Sentirás como si la tuvieras en la cabeza.

—Ah —dijo Amarina mientras daba un paso atrás—. No. De ninguna manera.

—Lo único que hace es comunicarse, Amarina —le dijo Katsa con delicadeza—. No te arrebata los pensamientos ni te los cambia.

—Pero podría hacerlo si quisiera —se quejó Amarina, que ya había leído las historias de su padre sobre una mujer con ese aspecto y una mente venenosa.

Detrás de ella, el patio se había llenado de sirvientes, de empleados, de guardias... Y también estaban Giddon, Bann, Raffin, Helda y Hava. Y Anna, la panadera; Ornik, el herrero; Dyan, la jardinera; Froggatt y Holt. Y empezaban a llegar más, y todos miraban con asombro a la mujer que estaba allí plantada, resplandeciente.

—No quiere alterar tus pensamientos —la tranquilizó Katsa—, ni los de nadie. Y, en tu caso, me dice que ni siquiera podría, porque tienes una mente buena y fuerte y le cortarías el paso.

—Tengo práctica… —dijo Amarina en voz baja pero firme—. ¿Cómo funciona su poder? Quiero saber exactamente lo que hace.

—Marinerita —la interrumpió Po con un tono de voz que insinuaba que a lo mejor estaba siendo un poco maleducada—, te entiendo, pero ¿no quieres darles la bienvenida e invitarlos a entrar primero, para que no se congelen? Han venido desde muy lejos para conocerte. A lo mejor les gustaría que les mostraran sus aposentos.

Amarina maldijo las lágrimas que le seguían surcando las mejillas.

—Es posible que se te hayan olvidado los acontecimientos de los últimos días, Po —dijo sin rodeos—. Me duele ser descortés, y me disculpo por ello, pero, Katsa, has traído a una mujer capaz de controlar las mentes a un castillo lleno de gente especialmente vulnerable a ese tipo de habilidades. Mira a tu alrededor —dijo, señalando el patio, que seguía llenándose de gente—. ¿Crees que les sienta bien quedarse ahí pasmados mirando? Aunque puede que sí —añadió, malhumorada—. Si de verdad viene en son de paz, tal vez pueda influenciarlos y evitar que cometan más suicidios.

—¿Suicidios? —preguntó Katsa, consternada.

—Esta gente es mi responsabilidad —respondió Amarina—. No voy a darle la bienvenida a esta mujer hasta que comprenda quién es y cómo funciona su poder.

Amarina, sus amigos del Consejo, los vallenses y los píqueos fueron a la biblioteca para hablar del tema apartados de miradas indiscretas y mentes vacías y cautivas. Al pasar por lo que quedaba del escritorio de Morti, recordó que su bibliotecario estaba en la enfermería.

Los desconocidos no parecían sorprendidos ni ofendidos por la falta de hospitalidad de Amarina. Pero, cuando los llevó a su rincón habitual, se detuvieron con los ojos abiertos de par en par y se quedaron boquiabiertos ante el tapiz, murmurando entre ellos con palabras que Amarina no entendía, aunque reconocía los sonidos. La mujer del extraño poder exclamó algo, agarró a uno de sus compañeros y le indicó que le dijera o hiciera algo a Amarina. El hombre dio un paso adelante, hizo una reverencia y habló con un acento muy marcado pero en cierto modo agradable.

—Reina Amarina, por favor, perdonad mis limitaciones con el idioma, pero lady Bier recuerda esto. —El hombre señaló el tapiz—. Y siente… —Se detuvo, frustrado.

Katsa intervino en voz baja.

—Dice que Leck la secuestró hace mucho tiempo, Amarina, y que asesinó a uno de sus amigos. Cree que esta es una escena del secuestro, porque ese es el abrigo que le dio Leck, y pasaron por un bosque de árboles blancos. Después escapó y luchó contra él. En la pelea, Leck se coló por una grieta en el suelo, y luego cree que siguió un túnel que lo llevó a Montmar. Siente la necesidad de decirte lo mucho que lamenta que Leck encontrara la forma de volver hasta aquí, y que hiciera tanto daño a tu reino. Los vallenses descubrieron la existencia de los siete reinos hace solo quince años, y los únicos túneles que habían hallado hasta ahora los habían llevado al extremo oriental de Solánea, así que tardaron en descubrir los problemas de Montmar. Lamenta haber dejado volver a Leck y no haber ayudado a Montmar a derrotarlo.

Era extraño escuchar a Katsa hacer de intérprete. Se detenía de tanto en tanto, lo que le daba a Amarina tiempo para quedarse atónita y asombrada por algunas de las cosas más sorprendentes que decía. Y luego volvía a contarle cosas aún más sorprendentes.

—¿A qué se refiere con «volver»? —dijo Amarina.

Katsa entornó los ojos.

—Lady Fuego no logra comprender lo que estás preguntando.

—Ha dicho que regresó aquí, a Montmar, por el túnel —se explicó Amarina—. Que ella le permitió volver. ¿Quiere decir que Leck no era vallense? ¿Sabe que era de aquí?

—Ah —dijo Katsa, e hizo una pausa antes de responder—. Leck no era vallense, no. No sabe con exactitud de dónde era, pero sí que provenía de alguno de los siete reinos. No hay gracelings en Los Valles —añadió Katsa, hablando por sí misma en esa ocasión—. He de añadir que mi llegada causó un buen revuelo.

Entonces yo también soy de los siete reinos, tanto por parte de madre como de padre, pensó Amarina. *¿Es posible que sea de Montmar? Y esta mujer, esta mujer tan extraña y hermosa... Mi padre mató a su amigo.*

¿Descubrieron los siete reinos hace quince años?

—Ese hombre la ha llamado lady Bier —dijo Amarina—, pero, Katsa, tú la has llamado lady Fuego.

—Así se dice *fuego* en vallense, majestad: *bier* —dijo una voz exhausta y familiar detrás de Amarina.

Amarina se giró y vio a su bibliotecario, un poco inclinado hacia un lado, como un barco que se hunde. Sostenía en sus manos los restos carbonizados del diccionario bilingüe. Una parte del final había desaparecido, las páginas estaban deformadas y la cubierta roja se había vuelto casi negra.

—¡Morti! —exclamó—. Me alegro de que hayas podido acompañarnos. Quizá... —Amarina estaba de lo más confundida—. Quizá deberíamos decirnos nuestros nombres y sentarnos —propuso, tras lo cual todos se presentaron, se dieron las manos, retiraron los manuscritos de la mesa y encontraron más sillas que situaron entre las demás.

A Amarina se le olvidaron los nombres casi de inmediato, porque estaban ocurriendo demasiadas cosas a la vez. Eran un grupo de nueve viajeros: tres exploradores, cuatro guardias, un curandero y la mujer del tapiz, que hacía las veces de embajadora y también de intérprete silenciosa, y que le dijo a Amarina que la llamara Fuego. La mayoría de los viajeros tenían la piel más oscura que los leonitas más morenos que Amarina hubiera visto jamás, salvo por un par que eran más pálidos, y uno, el hombre que había hablado antes, que tenía la piel casi tan clara como Madlen. También tenían el pelo y los ojos de colores distintos; tonalidades normales y corrientes, salvo las de Fuego. Y, aun así, todos parecían tener algo en común, quizás algún rasgo de sus mandíbulas o de sus expresiones. Amarina se preguntó si verían algún tipo de similitud característica cuando la miraban a ella y a sus amigos.

—No logro comprenderlo del todo… —dijo Amarina—. Creo que no entiendo nada.

Lady Fuego dijo algo y el hombre pálido empezó a traducirlo en ese acento tan curioso y agradable de oír.

—Las montañas siempre han sido demasiado altas —dijo—. Habíamos oído… historias, pero no teníamos manera de atravesarlas, ni de pasar… —Hizo un movimiento con la mano.

—Por debajo —dijo Po.

—Eso. No teníamos manera de pasar por debajo —dijo el hombre—. Hace quince años, un… —Volvió a detenerse, confundido.

—Un derrumbe —lo ayudó Po—. Un derrumbe reveló un túnel. Y las historias ya no volverán a ser meras historias.

—Po… —dijo Amarina, preocupada por el hecho de que su primo estuviera mostrándoles a todos su propia habilidad, aunque sabía que estaba fingiendo que lady Fuego le hablaba mentalmente. ¿No era así? O tal vez sí que le estaba hablando mentalmente. Y, si ese era el caso, ¿sería consciente lady Fuego de la gracia de Po? ¿No la haría eso mil veces más peligrosa? O... Amarina se apretó la frente con los dedos. Al estar pensando en todo aquello, ¿le habría revelado ella misma el secreto de Po a lady Fuego?

Po pasó el brazo alrededor de Katsa para posarle la mano a Amarina en el hombro.

—Tranquila, prima —le dijo—. Todo esto está ocurriendo tras demasiados días horribles. Pero creo que te parecerá una buena noticia cuando hayas tenido tiempo de asimilarlo.

Recuerdo el día en que nos sentamos todos en círculo en el suelo de esta biblioteca, le dijo a Po con la mente. *El mundo era mucho más pequeño entonces, y aun así me parecía demasiado grande.*

Cada día me resulta más abrumador.

El hombre de piel pálida estaba hablando de nuevo: decía que todos lamentaban haber llegado en unos días tan malos. Amarina alzó la vista y lo miró mientras hablaba, tratando de ubicar algo.

—Cada vez que hablas, oigo algo que me resulta familiar.

—Sí, majestad —coincidió Morti con indiferencia—. Quizá sea porque es una versión más fuerte del acento con el que habla vuestra curandera Madlen.

Madlen, pensó Amarina, clavando la mirada en el hombre. *Sí, qué raro que suene como Madlen. Y qué raro que sea igual de pálido y tenga los ojos del mismo tono ámbar que Madlen. Y...*

Mi curandera graceling, Madlen.

No hay gracelings en Los Valles.

Pero Madlen solo tiene un ojo.

Y así, uno de los pilares del mundo de Amarina se convirtió, de repente, en una completa desconocida.

—Ay —exclamó; no lograba encontrar las palabras—. Ay, madre.

Pensó en todos los libros de la habitación de Madlen y halló la respuesta a otra pregunta.

—Morti —dijo—. Madlen vio los diarios de Leck en mi cama, y luego el diccionario ese apareció en tu estantería. El diccionario es de Madlen.

—Sí, majestad —respondió Morti.

—Me dijo que venía del este de Solánea —continuó Amarina—. Traedla. Que alguien vaya a por ella.

—Ya voy yo, majestad —se ofreció Helda, con una voz siniestra que hizo que Amarina se alegrara de no ser Madlen en ese momento.

Helda se levantó y se marchó, y Amarina se quedó mirando a sus invitados. Todos parecían algo avergonzados.

—Lady Fuego te pide disculpas —le dijo Katsa—. Dice que resulta vergonzoso que descubran a alguien espiando, pero que, por desgracia, no espiar no era una opción, como sin duda podrás entender.

—Lo que entiendo es que ese «son de paz» en el que afirmaban venir es… interesante —dijo Amarina—. ¿Hicieron que Madlen se sacara el ojo?

—¡No! —exclamó lady Fuego con rotundidad.

—Qué va —añadió Katsa—. Madlen perdió el ojo de niña, haciendo un experimento con líquidos y polvos que explotó. Pero eso le ha permitido fingir que es una graceling.

—Pero ¿cómo es posible que se le dé tan bien curar a la gente? ¿Todos los curanderos de Los Valles son así de hábiles?

—En su tierra, los conocimientos médicos están muy avanzados, Amarina —tradujo Katsa—. Allí cultivan medicinas que no tenemos aquí, sobre todo en el oeste, que es de donde procede Madlen. Allí la ciencia es lo más importante. Le han estado suministrando las mejores medicinas vallenses durante su estancia aquí, para poder seguir con la farsa.

Ciencia, pensó Amarina. *Ciencia de verdad. Ojalá se produjera ese tipo de progreso en mi reino, de un modo prudente, sin engaños ni locuras.*

De repente, apreció más a Po por haber creado aquel estúpido planeador de papel, porque estaba basado en la realidad.

Entonces llegó Madlen. Primero se dirigió a lady Fuego y besó la mano de la mujer, murmurando algo en su idioma. Luego rodeó la mesa hasta llegar a Amarina y se arrodilló.

—Majestad —dijo, agachando la cabeza, hablando con un acento parecido al del hombre—. Espero que me perdonéis por haberos engañado. No he disfrutado nada teniendo que mentiros. Y espero que me permitáis seguir siendo vuestra curandera.

Amarina comprendió entonces que alguien podía mentir y decir la verdad al mismo tiempo. Madlen la había engañado, pero su preocupación por el cuerpo de Amarina y por su corazón había sido auténtica. Había cuidado de ella.

—Madlen, menudo alivio —le confesó—. Me estaba preparando para la posibilidad de perderte, y me estaba costando horrores.

Siguieron hablando un buen rato. El concepto que Amarina tenía del mundo nunca se había extendido tanto, y estaba un poco abrumada.

Los vallenses describieron cómo había sido descubrir un nuevo mundo al oeste de sus tierras. La guerra no era nueva para ellos, y el rey vallense deseaba evitarla a toda costa. Por eso, al hallar una tierra dividida en siete reinos, y en la que había demasiados reyes belicistas, los vallenses habían optado por explorar el nuevo territorio en secreto, en lugar de darse a conocer de inmediato.

También estaban explorando hacia el este.

—Los píqueos tienen una flota considerable —explicó Katsa—, y los vallenses también han ido aumentando la suya poco a poco. Han estado explorando sus costas y sus océanos.

Habían traído mapas. Una mujer de aspecto rudo y un tanto achaparrada que se llamaba Midya trató de explicarlos como pudo. Los mapas mostraban amplias extensiones de tierra y agua y, en el norte, hielo a través del que era imposible navegar.

—Midya es una famosa exploradora naval, Amarina —le explicó Katsa.

—¿Y es de Los Valles o de Píquea?

—Su madre es vallense y su padre era píqueo —contestó Katsa—. Técnicamente es vallense, porque nació allí. Me han dicho que hay muchas uniones entre los habitantes de las dos tierras, sobre todo en las últimas décadas.

Uniones entre habitantes de distintos lugares… Amarina miró alrededor de la mesa, a esa gente que se había reunido en su biblioteca. Había personas de Montmar, de Mediaterra, de Leonidia, de Los Valles, de Píquea, gracelings… y lo que fuera lady Fuego.

—Lady Fuego es lo que se conoce como un *monstruo* —dijo Katsa en voz baja.

—Monstruo… — repitió Amarina—. *Ozhaleegh*.

Todos los vallenses sentados a la mesa levantaron la vista y clavaron la mirada en ella.

—Disculpadme —dijo Amarina, y se levantó y se marchó.

Trató de alejarse bastante. Encontró una zona oscura detrás de unas estanterías y se sentó en la alfombra, en un rincón.

Sabía lo que pasaría a continuación. Po se acercaría, o enviaría a quien le pareciera la persona adecuada. Pero no serviría de nada, porque nadie le resultaba adecuado en esos instantes.

Nadie vivo, al menos. No quería llorar en el hombro de nadie vivo ni que trataran de consolarla con palabras. Quería escapar de ese mundo, estar en un prado de flores silvestres, o en un bosque de árboles blancos, ajena a las cosas terribles que ocurrían a su alrededor; ser una niña panadera, con una madre costurera. ¿Podría recuperar a esa madre? ¿Podría tenerla de verdad?

La persona que fue en su busca fue lady Fuego. Amarina se sorprendió de que Po la hubiera enviado a ella. Hasta que, al mirarla, se preguntó si tal vez habría estado llamándola ella misma.

Fuego se arrodilló junto a Amarina, que de repente se asustó; entró en pánico ante esa mujer mayor tan bella, vestida de marrón, que se había agachado junto a ella con un crujido de las rodillas. Le asustaba el pelo de ese color tan extraordinario que le caía sobre los hombros. Le asustaba lo mucho que deseaba mirarla a la cara y ver a su propia madre. De repente supo que esa era la razón por la que la había hipnotizado desde el primer momento: porque el amor que sentía cuando miraba a Fuego a la cara era el amor que había sentido antaño por su madre. Y eso no estaba bien. Era su madre quien se había merecido ese amor, y había sufrido y luchado y muerto por ello. Esa mujer no había hecho más que entrar en un patio.

—Me has drogado con sentimientos falsos hacia ti —susurró Amarina—. Ese es tu poder.

Una voz se introdujo en su mente. No eran palabras, pero entendió lo que le decía a la perfección.

Tus sentimientos son reales, decía. *Pero no van dirigidos a mí.*

—¡Los siento hacia ti!

Fijaos con más atención, Amarina. Amáis con una intensidad enorme, y sufrís la tristeza que le corresponde a una reina. Cuando estoy cerca, mi presencia hace que todo lo que sentís os abrume, pero yo solo soy como la música, Amarina, o el tapiz o la escultura. Hago que vuestros sentimientos afloren, pero eso no quiere decir que estén dirigidos a mí.

Amarina rompió a llorar de nuevo. Fuego le ofreció su propia manga marrón y peluda para que se secara las lágrimas. Mientras se llevaba esa tela suave a la cara y se hundía en ella, Amarina se sintió conectada, durante un momento, con esa criatura excepcional que había venido cuando la había llamado y que había sido amable cuando ella se había mostrado antipática.

—Si quisieras —susurró Amarina—, podrías adentrarte en mi mente y ver todo lo que hay en ella. Y arrebatarme los pensamientos, y cambiarlos por lo que quisieras. ¿No es cierto?

Sí, respondió Fuego. *Aunque en vuestro caso no sería fácil, porque sois fuerte. No sois consciente, pero el modo tan poco amigable en que nos habéis recibido os ha granjeado nuestro cariño, Amarina. Esperábamos que fuerais fuerte.*

—Dices que no quieres apoderarte de nuestras mentes. Ni de la mía ni la de mi gente…

No es ese el motivo por el que estoy aquí, dijo Fuego.

—¿Harías algo por mí, si te lo pidiera?

Depende de lo que sea.

—Mi madre me dijo que era lo bastante fuerte —dijo Amarina, empezando a temblar—. Tenía diez años, y Leck nos perseguía, y mi madre se arrodilló ante mí en un campo cubierto de nieve y me dio un puñal y me dijo que era lo bastante fuerte como para sobrevivir a lo que se avecinaba. Me dijo que tenía el corazón y la mente de una reina. —Amarina apartó la cara solo un momento; le resultaba muy duro decir todo aquello en alto. Después susurró—: Y yo quiero tener el corazón y la mente de una reina. Es lo que más quiero en el mundo. Pero solo estoy fingiendo. No logro encontrar ese sentimiento en mi interior.

Fuego la observó en silencio.

Quieres que lo busque yo dentro de ti.

—Solo quiero saberlo —contestó Amarina—. Si de verdad lo llevo dentro, me aliviaría mucho saberlo.

Puedo asegurarte que lo llevas dentro.

—¿De verdad? —preguntó Amarina susurrando.

Reina Amarina, dijo Fuego, *¿queréis que comparta con vos la sensación de vuestra propia fortaleza?*

Fuego se adueñó de su mente, y a Amarina le pareció estar en su propio dormitorio, desolada, llorando.

—No me parece que esto muestre mi fortaleza… —dijo Amarina.

Esperad, le pidió Fuego, que seguía arrodillada junto a ella en la biblioteca. *Tened paciencia.*

Se encontraba en su habitación, desolada y llorando. Estaba asustada, y convencida de que la tarea que tenía por delante le venía grande. Se avergonzaba de sus errores. Era pequeña y estaba harta de que la abandonaran, furiosa con todo el mundo que se marchaba. Desconsolada por el hombre que la había traicionado y que luego la había abandonado en lo alto de un puente, y destrozada por un chico que, de alguna manera, sabía que sería el próximo en abandonarla.

Entonces algo empezó a transformarse en la habitación. Los sentimientos no cambiaron, pero de algún modo Amarina los abarcó. Ella era más grande que los sentimientos, los abrazó y les murmuró palabras agradables para consolarlos. Y entonces ella misma era la habitación. La habitación estaba viva, el oro de las paredes desprendía un brillo intenso y las estrellas escarlatas y doradas del techo eran auténticas. Amarina era más grande que la habitación; era el pasillo y la sala de estar y los aposentos de Helda. Helda estaba allí, cansada y preocupada y con unos dedos un poco doloridos por la artritis mientras tejía, y Amarina la abrazó, la consoló a ella también y le alivió el dolor de sus manos. Y siguió creciendo. Ahora era los pasillos exteriores, donde abrazaba a sus guardias leonitas, apostados en la puerta. Era las oficinas y la torre, y abrazaba a todos los hombres destrozados, asustados y solos. Era la planta de abajo, los patios pequeños, el Tribunal Supremo y la biblioteca, donde muchos de sus amigos se encontraban ahora, donde se habían reunido con personas de un mundo completamente nuevo. ¡El descubrimiento de aquella nueva nación sí que había sido increíble! Y la gente de esa tierra estaba ahora en la biblioteca, y Amarina era lo bastante grande como para albergar semejante maravilla. Y para abrazar a sus amigos y percibir lo complicado que era lo que sentían los unos por los otros: Katsa y Po, Katsa y Giddon, Raffin y Bann, Giddon y Po. Y lo complicados que eran sus propios sentimientos. También era el patio principal, con el agua de la fuente y la nieve que caía sobre el cristal. Era la galería de arte, donde Hava se escondía y donde la obra de Bellamew se erigía como prueba de algo que había trascendido la crueldad de su padre. Era la cocina, donde se oía el ajetreo que indicaba una eficiencia constante. Y los establos, donde el sol de invierno iluminaba la madera y los caballos relinchaban cuando se les metía el pelo en los ojos. Y las salas de prácticas, donde había hombres sudando; y la armería; y la herrería; y el patio de los artesanos, donde la gente trabajaba. Y Amarina abarcaba a toda esa gente en sus brazos; era los terrenos, los muros y los puentes, donde Zafiro se escondía y donde Thiel le había roto el corazón.

Se vio a sí misma, pequeña, derrotada, llorando y destrozada en el puente. Sentía a cada persona del castillo, a cada persona de la ciudad. Podía abrazarlos y consolarlos. Era enorme, sabia y apasionada. Se acercó a la personita del puente y abrazó el corazón roto de la joven.

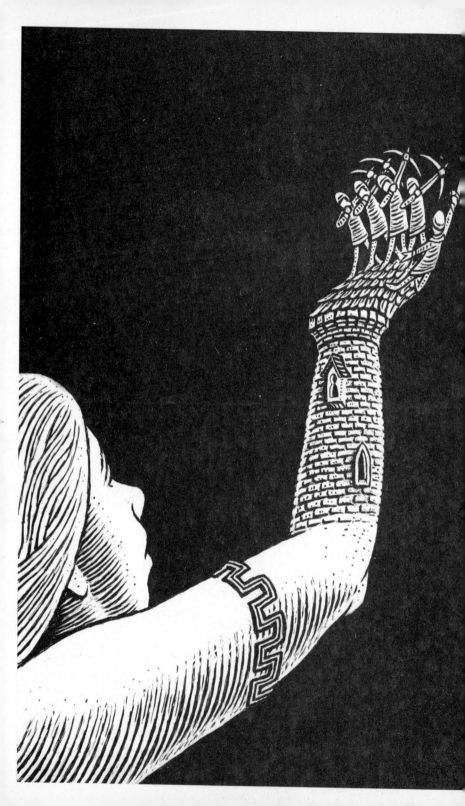

QUINTA PARTE

El Ministerio de las Historias y la Verdad

Finales de diciembre y enero

43

Redactar listas de tareas y asignárselas a alguien era de lo más reconfortante, sobre todo cuando había tan pocas cosas en la vida que fueran claras. Resultaba tranquilizador conocer a alguien y comprender al fin por qué Helda, Teddy o Giddon le habían recomendado a cada persona para cada tarea. Era alentador hablar de la tarea con dicha persona y abandonar la reunión con la sensación de que la tarea que le había encomendado quizá no fuera una de las cinco empresas más complicadas del mundo. Sabía que era imposible que todas lo fueran, porque había muchas más de cinco tareas.

Hava había sorprendido a Amarina con lo apropiadas que eran las personas que le había recomendado para trabajar en el castillo. Por ejemplo, la nueva jefa de prisiones era una mujer a la que Hava había visto trabajar en los muelles de la plata. Era una graceling de Montmar que se llamaba Dora, que había crecido a bordo de un barco leonita y que, con el tiempo, había llegado a ser capitana de la prisión naval de Ciudad de Auror. Al volver a Montmar tras la muerte de Leck, había descubierto que la guardia del reino no admitía a mujeres entre sus filas; no se les permitía llevar a cabo ninguna tarea y, desde luego, no dejaban que dirigieran prisiones. Encima, la gracia de Dora era el canto.

—Mi nueva jefa de prisiones es un pájaro cantor —murmuró Amarina para sí misma en su escritorio—. Qué absurdo.

Pero no era tan absurdo como que la guardia de Montmar no admitiera a mujeres. Podía aceptar una de las absurdidades para cambiar la otra; y era un cambio emocionante. Los vallenses la habían aconsejado sobre aquella cuestión, ya que hacía décadas que las mujeres formaban parte de sus ejércitos.

—Estoy un poco más tranquilo con todo el asunto de Solánea ahora que tienes a los vallenses como aliados —le dijo Po, tumbado en el sofá de Amarina—. Al menos en lo que respecta al peligro de que estalle una guerra. Son una potencia militar considerable. Te protegerán si estás en apuros.

—¿Significa eso que ya no estás convencido de que me vayan a atacar en cualquier momento?

—No —respondió Po—. La existencia del Consejo te sigue poniendo en peligro.

—Soy la reina, Po —respondió Amarina—. Siempre estaré en peligro. Además, en lo que respecta a la guerra, los vallenses no quieren implicarse.

—Los vallenses estaban ocultando su propia existencia. Pero ahora están comportándose como vecinos. Además, te has ganado el afecto de su mentalista, y eso nunca es fácil.

—No puede ser tan complicado si Katsa logró cautivarte a ti.

—¿Es que no te parezco cautivadora? —preguntó Katsa desde el suelo de la sala de estar, donde se había sentado con la espalda recostada contra el sofá—. Apártate —le dijo a Po, empujándole las piernas.

—Pero bueno, ¿te morirías si lo pidieras con amabilidad?

—Llevo diez segundos pidiéndotelo con amabilidad y me has ignorado. Así que quita, que quiero sentarme.

Po hizo como que iba a hacerle hueco pero, de repente, se tiró del sofá, cayó sobre ella y la aplastó.

—Sois tan predecibles —murmuró Amarina mientras comenzaban a forcejear sobre la alfombra.

—Fuego es la cuñada del rey y la madrastra de la mujer que dirige el ejército vallense, Amarina —le gritó Po con la cara aplastada contra la alfombra—. ¡Es una aliada muy valiosa!

—Estoy aquí —le respondió Amarina—. No hace falta que grites.

—¡Grito porque me está haciendo daño! —chilló con la cabeza bajo el sofá.

—Me está costando un poco redactar esta carta —respondió Amarina, distraída—. ¿Qué le dices al anciano monarca de un reino extranjero cuya existencia acabas de descubrir cuando tu propio reino parece que se va a venir abajo en cualquier momento?

—¡Dile que esperas ir a conocerlo! —gritó Po, que de repente parecía haber ganado ventaja. Estaba a horcajadas sobre Katsa, tratando de sujetarla por los hombros contra el suelo.

Amarina dejó escapar un suspiro.

—A lo mejor debería pedirle que me aconsejara. Katsa, tú ya lo has conocido. ¿Qué impresión te dio?

Para entonces Katsa estaba sentada tranquilamente sobre el abdomen de su enemigo derrotado.

—Me pareció apuesto —respondió.

—¿Apuesto como para darle una paliza? —gimió Po—. ¿O apuesto como para empujarlo por las escaleras?

—Jamás empujaría a un anciano de setenta y seis años por las escaleras, Po —se indignó Katsa.

—Entonces supongo que tendré que esperar con ansia a que llegue ese día —contestó Po.

—Nunca te he empujado por las escaleras —replicó Katsa mientras se le escapaba la risa.

—Me gustaría verte intentarlo.

—No lo digas ni en broma. No tiene gracia.

—Ay, mi gata montesa.

Y entonces se abrazaron.

Amarina puso los ojos en blanco y se enfrentó ella sola a la carta del rey Nash de Los Valles.

—He conocido a muchos reyes, Amarina —comentó Katsa—, y este era un buen hombre, rodeado de buenas personas. Se han limitado a observarnos durante los últimos quince años, esperando a ver si podíamos convertirnos por nosotros mismos en una sociedad más civilizada, en vez de intentar conquistarnos. Po tiene razón. Deberías decirle que te gustaría ir a conocerlo. Y no es inapropiado que le pidas consejo. Nunca he sido tan feliz —añadió Katsa, con un suspiro.

—¿Feliz?

—Cuando comprendí que la nueva tierra que había descubierto era un reino reacio a la guerra, con un rey que no era un imbécil, y que Píquea, la nación del norte, también era pacífica, me sentí muy muy feliz. Este cambio ayuda a equilibrar el mundo.

Una de las ventajas de viajar por el túnel era que daba igual el tiempo que hiciera. Los vallenses podían volver a casa durante el invierno o esperar la llegada de la primavera. Pero un día Fuego le reconoció a Amarina que echaba de menos a su marido.

Amarina trató de imaginarse qué clase de hombre sería el marido de Fuego.

—¿Es igual que tú? —le preguntó.

Fuego le sonrió.

Es viejo como yo.

¿Cómo se llama?

Brigan.

¿Y cuánto hace que estáis casados?

Cuarenta y ocho años, respondió Fuego.

Estaban cruzando el jardín trasero porque Amarina había querido enseñarle a Fuego la estatua que Bellamew había hecho de su madre, esa que se estaba convirtiendo en un puma que irradiaba ferocidad y fuerza. Pero entonces Amarina se detuvo, se abrazó y dejó que la nieve le empapara las botas.

¿Qué ocurre, querida?, le preguntó Fuego, que se detuvo a su lado.

—Es la primera vez que oigo que dos personas hayan estado juntas durante tantos años y que ninguna muera y que ninguna sea horrible —respondió Amarina—. Me alegra oírlo.

A Fuego le faltaban dos dedos, y Amarina se asustó la primera vez que se fijó.

No me los cortó vuestro padre, le aseguró.

Luego le preguntó cuánto quería saber de una historia triste.

Así fue como Amarina descubrió que, cuarenta y nueve años antes, Los Valles habían sido un reino sin definir, un reino que estaba recuperándose de un gran mal. Igual que Montmar.

Mi padre también era un monstruo, le confesó Fuego.

—¿Te refieres a que era un monstruo como tú? —le preguntó Amarina.

Sí, como yo, respondió Fuego, asintiendo. *Era un monstruo en el sentido vallense. Era un hombre apuesto con el pelo plateado y una mente muy poderosa. Pero también era un monstruo en el sentido que posee la palabra aquí. Era un hombre terrorífico, como vuestro padre.* Usaba sus poderes para destruir a las personas. Destruyó a nuestro rey y echó a perder el reino. Es la razón por la que vine, Amarina.

—¿Porque tu padre destruyó vuestro reino? —preguntó Amarina, tratando de entenderla.

608 · GRACELING: EL REINO DE LOS SECRETOS

Porque, cuando oí hablar de vos, se me partió el corazón, respondió Fuego con paciencia. *Sentía que sabía a qué os habíais enfrentado y a qué os estabais enfrentando.*

Amarina lo comprendió y le preguntó en voz baja:

—¿Has venido hasta aquí solo para consolarme?

Ya no soy joven, Amarina, respondió Fuego. *No he venido hasta aquí para hacer un poco de ejercicio. Venid, os contaré una historia.*

Y Amarina volvió a abrazarse a sí misma, porque era cierto que la historia de Los Valles era una historia triste, pero también porque le daba esperanzas sobre lo que Montmar podría llegar a ser en cuarenta y nueve años. Y sobre lo que podría llegar a ser ella misma.

También le dijo una cosa más que le devolvió la esperanza. Le enseñó una palabra: *Eemkerr.* Aquel había sido el primer nombre de Leck, su auténtico nombre.

Amarina fue directa a la biblioteca tras aquel descubrimiento.

—Morti, ¿tenemos registros de nacimientos de los siete reinos del año en que se supone que nació Leck? ¿Podrías repasarlos y buscar un nombre que suene como Eemkerr?

—Un nombre que suene como Eemkerr —repitió Morti, observándola desde lo alto de su nuevo escritorio, que estaba cubierto de papeles chamuscados malolientes.

—Lady Fuego dice que Leck le confesó que antes se llamaba Eemkerr.

—Un nombre que recuerda desde hace casi cincuenta años —respondió Morti con sarcasmo—, que escuchó pero no vio por escrito. Imagino además que no es un nombre de su idioma y que os lo ha transmitido mentalmente cincuenta años después. ¿Así que se supone que debo recordar todos los nombres que encajen con esa descripción de todos los registros de nacimientos de los que dispongo de ese año de todos los siete reinos con la ínfima posibilidad de que el nombre sea el correcto y que dicho registro exista?

—Ya sé que estás tan contento como yo —le respondió Amarina.

Morti torció los labios y luego le dijo:

—Dadme un poco de tiempo para que pueda recordar, majestad.

Cuando vengáis a visitarnos, veréis las maneras en que Leck intentó recrear Los Valles aquí, le dijo Fuego. *Espero que no os aflija. Nuestro reino es precioso, y no soportaría que os causara dolor.*

Estaban en el despacho de Amarina, observando los puentes.

—Creo que, si vuestro hogar me recuerda al mío, me gustará mucho —respondió Amarina tras meditar muy bien su respuesta—. Leck sería lo que fuera, pero de algún modo logró convertir este castillo en algo hermoso y extraño, y me daría mucha pena tener que cambiarlo. Lo llenó sin querer de arte que cuenta la verdad —añadió—. E incluso he empezado a apreciar el disparate que fue construir esos puentes. Quizá no sea posible justificar del todo su existencia, pero son monumentos a la verdad de todo cuanto ocurrió, y son preciosos.

Amarina observó con atención el puente Alado, azul, blanco y flotando como una criatura con alas. El puente de los Monstruos, donde habían incinerado a su madre. El puente Invernal, que resplandecía por los espejos que reflejaban el gris del cielo del invierno.

—Supongo que esas son razones para existir —añadió.

No tardaremos en partir, le dijo Fuego. *Tengo entendido que enviaréis a un grupo pequeño de personas con nosotros, ¿no es así?*

—Sí —respondió Amarina—. Helda me está ayudando a organizarlo. No conozco a la mayoría de esas personas, Fuego. Siento no poder enviar a gente de mi círculo más cercano. Mis amigos están ocupados con la situación de Solánea, y yo tengo mis propias crisis y me temo que mis empleados y mis guardias se encuentran en un estado demasiado frágil como para que vayan contigo.

Era complicado describir el efecto que causaba Fuego en los empleados y en los guardias de Amarina, o en cualquiera de las personas de mirada ausente que pululaban por el castillo, a decir verdad. A algunos les proporcionaba una paz inmensa; a otros los volvía locos, y Amarina no tenía del todo claro cuál de las dos alternativas era mejor. Su gente necesitaba práctica para estar en paz con su propia mente.

Hay alguien a quien creo que conocéis muy bien que quiere acompañarnos, le dijo Fuego.

—¿De quién se trata?

Es un marinero. Quiere unirse a las exploraciones de los mares orientales. Tengo entendido que ha tenido problemas con la ley. ¿Es eso cierto?

Ah, respondió Amarina, que tomó aire a través de un torrente de tristeza. *Debes de estar refiriéndote a Zafiro. Sí. Me robó la corona.*

Fuego se quedó en silencio para observar a Amarina, que estaba de pie junto a la ventana, pequeña y callada.

¿Por qué os robó la corona?

Porque me quería, susurró Amarina, *y porque le hice daño.*

Tras un instante, Fuego dijo con amabilidad:

Será un placer que venga con nosotros.

Cuidad de él.

Por supuesto.

Es capaz de otorgar sueños agradables, añadió Amarina.

¿Sueños agradables? ¿De los que se tienen al dormir?

Sí, exacto. Con su gracia, puede hacer que sueñes cosas maravillosas y reconfortantes.

Bueno, respondió Fuego. *Puede que haya estado esperando toda mi vida para conocer a ese ladrón tuyo.*

44

Una mañana de enero, el día anterior a la partida de los va-llenses, Amarina estaba leyendo el último informe que ha-bía redactado Morti sobre la traducción del diario.

Majestad, creo que este diario que he estado traduciendo todo este tiempo corresponde al último año del reinado de Leck, y es el último que escribió. En la sección que acabo de traducir, asesina a Bellamew, tal y como llevaba amenazando algún tiempo.

Froggatt entró con alguien en el despacho, y Amarina ni si-quiera alzó la mirada porque, por el rabillo del ojo, le pareció que se trataba de Po. Entonces su visitante se rio.

Amarina levantó la vista de golpe.

—¡Celestio!

—Creías que era Po —respondió el hermano de ojos grises de Po con una sonrisa.

Amarina se levantó de un brinco y se acercó a él.

—¡Me alegro tanto de verte! ¿Por qué no me ha dicho nadie que ya habíais desembarcado? ¿Dónde está tu padre?

Celestio le dio un abrazo.

—He decidido ser yo mismo el mensajero —dijo Celestio—. Estás estupenda, prima. Mi padre está en Montpuerto, con la mi-tad de la flota de Leonidia.

—Ay, claro —respondió Amarina—. Se me había olvidado.

Celestio arqueó una ceja y su sonrisa se ensanchó.

—¿Se te había olvidado que le habías pedido a mi padre que se trajera la flota?

—No, no. Es que… han pasado muchas cosas. Has llegado justo a tiempo para conocer a los vallenses antes de que se vayan.

—¿Los qué?

—Los vallenses. Viven en un reino al este al que se llega por debajo de las montañas.

—Amarina… —titubeó Celestio—. ¿Se te ha ido la olla?

Amarina agarró a su primo del brazo.

—Vamos a buscar a Po y te lo cuento todo.

Era maravilloso ver a Celestio y a Po reunirse de nuevo. Amarina no era capaz de explicar por qué se le llenaba el corazón de júbilo cada vez que veía a los hermanos darse besos y abrazos, pero aquellas muestras de cariño le hacían sentir que había un poco más de esperanza en el mundo. Los hermanos se reencontraron en los aposentos de Katsa, donde Katsa, Po y Giddon estaban reflexionando sobre la situación de Solánea. Tras la ronda de saludos y explicaciones correspondiente, Po pasó el brazo por encima de Celestio, se lo llevó a la habitación de al lado y cerró la puerta.

Katsa los vio alejarse, se cruzó de brazos y le dio una patada a un sillón.

Después de que Katsa le diera unas cuantas patadas más al mobiliario, a las paredes y al suelo, Giddon le dijo:

—Celestio adora a Po. Eso no cambiará cuando se lo cuente.

Katsa se giró hacia Giddon y lo miró con ojos llorosos.

—Se va a enfadar muchísimo.

—Pero se le pasará.

—¿Tú crees? —respondió ella—. Hay gente a la que no se le pasa.

—¿En serio? —exclamó Giddon—. ¿Y es gente razonable? Espero que no sea cierto.

Katsa lo miró raro, pero no dijo nada más. Siguió abrazándose a sí misma y dando patadas.

Amarina no quería irse, pero no tenía otra opción; había organizado una reunión con Teddy en su torre. Iba a preguntarle si quería trabajar en el Ministerio de Educación que acababa de crear, como consejero representante oficial de la ciudad. A tiempo parcial, claro. Amarina no quería privarlo de un trabajo que adoraba.

La guardia de Montmar estaba demasiado sumida en el caos como para presionar a Amarina con todo el tema de la desaparición de la corona. De modo que permitieron que Zaf volviera a casa, aunque Amarina seguía un poco nerviosa al respecto. La corona sí que había desaparecido; estaba en el fondo del río, y había varios testigos. No parecía apropiado que Amarina mintiera o falsificara pruebas presentando una corona falsa, por ejemplo, ante el Tribunal Supremo, sobre todo cuando intentaban que la institución recobrara algo parecido a la honradez.

No había vuelto a ver a Zaf desde aquella noche en el puente. Partiría a la mañana siguiente con los vallenses. De modo que, justo después del atardecer, Amarina atravesó la ciudad nevada corriendo hasta llegar a la imprenta.

Teddy abrió la puerta, sonrió, hizo una reverencia y fue a buscar a Zaf. Amarina se quedó en la sala de la prensa, tiritando. La fachada y parte del techo habían ardido durante el incendio y habían tenido que cubrir ambas zonas con tablones de madera que dejaban entrar el aire. Hacía mucho frío en la habitación y olía a quemado, y gran parte del mobiliario había desaparecido.

Zaf entró en silencio y se quedó allí plantado con las manos metidas en los bolsillos, sin pronunciar palabra. La miraba con cierta timidez.

—Te vas mañana —le dijo Amarina.

—Sí —respondió.

—Zaf... Tengo que hacerte una pregunta.

—Dime.

Amarina se obligó a mirarlo a esos ojos dulces.

—Si no tuvieras problemas con la ley por todo el tema de la corona, ¿te irías igual?

Zaf le dedicó una mirada aún más dulce ante aquella pregunta.

—Sí.

Amarina ya sabía la respuesta incluso antes de formular la pregunta, pero no por ello le dolió menos oírla.

—Me toca —dijo Zaf—. ¿Dejarías de ser reina por mí?

—Desde luego que no.

—Mira, nos hemos hecho la misma pregunta.

—No es cierto.

—Sí que lo es. Tú me has pedido que me quede, y yo te he pedido que vengas conmigo.

Reflexionando sobre lo que acababa de decirle, se acercó a él y fue a tomarle la mano. Zaf se la dio y, durante un instante, Amarina jugó con sus anillos y sintió la calidez de su piel en aquella habitación helada. Luego obedeció a su cuerpo y lo besó, solo para ver qué pasaba. Y lo que pasó fue que Zaf le devolvió el beso, y las lágrimas surcaron el rostro de Amarina.

—Eso fue una de las primeras cosas que me dijiste sobre ti. Que te marcharías —le susurró.

—Pensaba hacerlo antes —susurró Zaf—. Pensaba irme cuando las cosas comenzaron a ponerse feas con la corona, para estar a salvo. Pero no pude. No podía marcharme mientras estuviéramos peleados.

—Me alegro de que no te fueras.

—¿Funcionó el sueño?

—En él estoy en la cima del mundo, Zaf, y no tengo miedo —respondió Amarina—. Es un sueño precioso.

—Dime qué quieres soñar.

Amarina quería un millón de sueños.

—Hazme soñar con que seguimos siendo amigos cuando nos separemos.

—Eso es una realidad —respondió Zaf.

Ya era tarde cuando Amarina regresó al castillo. En sus aposentos, sostuvo la corona falsa en las manos y le dio vueltas a algo. Luego fue a buscar a Katsa y le preguntó:

—¿Querrías formar equipo con Po para ayudarme con una cosa? Tengo una petición muy especial para vosotros.

Más tarde aún, Giddon fue a buscarla.

—¿Ha funcionado? —preguntó Amarina mientras se encaminaban hacia los aposentos de Katsa.

—Sí.

—¿Y están todos bien?

—No te asustes cuando veas a Po. Ha sido Celestio quien le ha puesto el ojo morado; no tiene nada que ver con esto.

—Ay, no. ¿Dónde está Celestio? Debería hablar con él.

—Celestio ha decidido unirse al grupo que se dirige a Los Valles —respondió Giddon, acariciándose la barba—. Irá como embajador de Leonidia.

—¿Qué? ¿Ya se va? Pero ¡si acaba de llegar!

—Creo que está dolido —respondió Giddon—. Igual que el ojo de Po.

—Ya podría la gente dejar de pegarle al pobre Po —susurró Amarina.

—Bueno… Ya. Solo espero que Celestio siga mis pasos: pegar a Po, emprender un largo viaje, sentirse mejor, volver y hacer las paces.

—Ya… —respondió Amarina—. Lo bueno es que tenemos la corona.

En el interior de los aposentos de Katsa, Po estaba sentado en el borde de la cama, empapado de pies a cabeza y envuelto en varias mantas; parecía el montón de algas más triste del mundo entero. Katsa estaba en el centro de la sala, secándose el pelo mientras retorcía la ropa mojada sobre la delicada alfombra; parecía que acababa de ganar una competición de natación. La voz de Bann llegó desde el aseo, donde se estaba dando un baño. Raffin estaba sentado a la mesa, intentando limpiar el fango de la corona de Amarina aplicándole una sustancia misteriosa de un frasco y frotándola con algo que parecía uno de los calcetines de Katsa.

—¿Dónde habéis dejado la corona falsa? —preguntó Amarina.

—Un poco más cerca de la orilla —respondió Katsa—. Por la mañana montaremos un buen numerito para sacarla.

Así Zaf se marcharía de Montmar libre de cargos, ya que Amarina no tenía del todo claro que entregar una corona falsa a los traficantes del mercado negro, recuperarla y arrojarla al río fuera un delito, pero a ella no se lo parecía. Al menos no era traición. Zaf podría regresar a Montmar algún día sin peligro de que lo condenaran a la horca.

El día había comenzado con Celestio yendo a verla a su despacho, pero le parecía que habían pasado siglos desde entonces. Todos los días eran así; había tanto que hacer que, al final de la jornada, se desplomaba en la cama.

Había estado leyendo uno de los informes de Morti cuando Celestio había entrado en el despacho, y hasta que no se metió en la cama no pudo seguir con la lectura.

... asesina a Bellamew, tal y como llevaba amenazando algún tiempo. La asesina porque, en un descuido, la ve con una niña que afirmó que había muerto varios años antes. La niña desaparece de la habitación en cuanto la descubren. No es de extrañar, ya que podemos dar por hecho que la niña es Hava. Bellamew se niega a entregársela a Leck. Leck se lleva a Bellamew al hospital, furioso porque le haya mentido sobre la niña, y la asesina con mucha más rapidez de lo habitual; luego va a sus aposentos e intenta destruir sus obras con pintura. Busca a la niña durante varios días, incluso semanas, pero no la encuentra. Al mismo tiempo, las ganas que tiene de pasar tiempo a solas con vos no dejan de aumentar. Empieza a hablar de moldearos para convertiros en una reina perfecta, y tanto Cinericia como vos comenzáis a ser cada vez menos complacientes. Escribe sobre el placer ansioso que le proporciona ser paciente.

Estos son los detalles íntimos y dolorosos con los que normalmente no os abrumaría, majestad, pero, en esta ocasión, desde una visión general, las implicaciones parecen bastante importantes y he pensado que querríais saberlos. Recordaréis que Bellamew y la reina Cinericia fueron dos víctimas que Leck afirmó haberse «reservado» para sí mismo. Además, la preocupación que muestra por esa niña resulta llamativa, ¿no creéis?

Era llamativa, pero no la sorprendía, porque Amarina ya llevaba tiempo dándole vueltas a aquella idea. Hasta se lo había preguntado a Hava en una ocasión, pero las habían interrumpido.

Salió de la cama y se puso una bata.

Amarina estaba sentada en el suelo de la galería de arte con Hava para intentar tranquilizarla.

—No quería que lo supierais, majestad —susurró Hava—. No se lo he contado nunca a nadie, ni tampoco tenía intención de hacerlo.

—No sigas llamándome por mi título —le susurró Amarina.

—Por favor, permitídmelo; me aterra que alguien lo descubra. Temo que vos, los demás o cualquiera me considere vuestra heredera. ¡Preferiría morirme antes que ser reina!

—Crearemos una provisión para que nunca seas reina, te lo prometo.

—Es que sería incapaz, majestad —exclamó Hava con la voz entrecortada a causa del pánico—. Os juro que no podría.

—Hava —le dijo Amarina, agarrándole las manos con fuerza—. Te juro que no serás reina.

—No quiero que me traten como a una princesa, majestad. No soportaría el alboroto de la gente. Quiero vivir en la galería de arte, donde nadie puede verme. Espero… —Las lágrimas le surcaban el rostro—. Majestad, espero que comprendáis que lo que estoy diciendo no tiene nada que ver con vos. Haría lo que fuera por vos. Pero…

—Este asunto te supera, y todo está ocurriendo demasiado rápido —concluyó Amarina.

—Exacto, majestad —respondió Hava entre sollozos. Tituló una única vez y se convirtió en una estatua, y luego volvió a transformarse en una joven que lloraba—. Tendría que marcharme. Tendría que esconderme para siempre.

—Entonces no se lo diremos a nadie —respondió Amarina—. ¿Vale? Le haremos jurar a Morti que nos guardará el secreto. Ya veremos poco a poco qué hacemos con todo este lío, ¿de acuerdo? No te obligaré a nada y tu podrás hacer lo que decidas, y quizá no se lo contemos nunca a nadie. Hava, ¿te das cuenta de que no tiene por qué cambiar nada? Lo único que cambia es que ahora las dos lo sabemos. —Amarina tuvo que inspirar hondo para contenerse y no darle un abrazo a la joven—. Hava, por favor —le pidió—. Por favor, no te vayas.

Hava volvió a llorar sobre las manos de Amarina y luego le dijo:

—La verdad es que no quiero separarme de vos, majestad. Me quedaré.

De nuevo en la cama, Amarina intentaba quedarse dormida. Tenía que madrugar para despedirse de los vallenses y los píqueos. Tenía que encontrar a Celestio y hacerlo entrar en razón. Y además tenía por delante otra larga jornada de reuniones y decisiones. Pero, aun así, no lograba dormir. Albergaba una palabra en su interior, pero la timidez le impedía pronunciarla en alto.

Al final se atrevió a susurrarla una sola vez:

—Hermana.

—¿Crees que marca la hora vallense? —preguntó Po dos días después. Estaba tumbado en uno de los sillones de Amarina y tenía el reloj de quince horas de Zaf colgado del dedo. A veces, se lo ponía en la punta de la nariz e intentaba que no se le cayera—. Me encanta. El sonido del mecanismo me relaja.

Zaf le había entregado el reloj a Po a modo de regalo de despedida, y también para agradecerle que le hubiera salvado el pellejo.

—Sería una forma muy rara de dar la hora, ¿no crees? —respondió Amarina—. «Las y cuarto» se diría «las y doce minutos y medio». Ah, por cierto, el reloj es robado.

—Pero todo lo que hizo Leck fue para imitar a Los Valles, ¿no? —respondió Po.

—Puede que ese reloj no sea más que una de sus imitaciones fallidas —dijo Giddon.

—Giddon, ¿qué harás cuando se solucione lo de Solánea? —le preguntó Amarina.

—Bueno… —respondió. Se le ensombreció el rostro ligeramente. Amarina sabía muy bien a dónde quería ir cuando volviera de Solánea. Se preguntaba si el Consejo podría organizar una misión con ese fin. También se preguntó si sería buena idea ir a ver algo que ya no existía; y si importaba siquiera cuando el corazón de una persona se lo pedía—. Supongo que dependerá de dónde me necesiten.

—Si no te necesitan con urgencia en ninguna parte o no tienes muy claro a dónde ir, o si te estás planteando ir a Los Valles… ¿te importaría volver aquí una temporada primero?

—Claro que no —respondió sin el menor atisbo de duda—. Si no me necesitan en ninguna otra parte, volveré aquí durante un tiempo.

—Me alivia mucho oírte decir eso —respondió Amarina en voz baja—. Gracias.

Después de tanto tiempo, sus amigos se iban a marchar. Partirían hacia Solánea en cuestión de días, y las cosas se habían puesto ya serías del todo: los miembros de la revolución y algunos nobles del reino habían logrado ponerse de acuerdo, habían tomado al rey desprevenido y habían cambiado las vidas de todos los habitantes. Amarina estaba contenta de tener a la flota de su tío en el sur y a sus nuevos y extraños amigos al este. Sabía que iba a tener que ser paciente y esperar a ver cómo se desarrollaban los acontecimientos. También sabía que tendría que tener fe en sus amigos y no obsesionarse todo el tiempo pensando en que estarían participando en una guerra. Bann, su antiguo compañero de entrenamiento. Po, que se exigía demasiado a sí mismo y que estaba dolido por haber perdido a su hermano. Katsa, que se derrumbaría si algo le pasaba a Po. Giddon. Le sorprendió la rapidez con la que los ojos se le llenaron de lágrimas al pensar que Giddon iba a marcharse.

Raffin se quedaría en Montmar como enlace, lo cual resultó ser todo un alivio para Amarina, aunque el joven príncipe tendiera a pasar largos ratos en silencio y mirando, malhumorado, las plantas de sus macetas. Esa misma mañana se lo había encontrado en el jardín trasero, arrodillado en la nieve, recogiendo algunas ramitas de plantas perennes marchitas.

—¿Sabíais que en Septéntrea han decidido que no quieren tener rey? —le había preguntado Raffin, alzando la vista hacia ella.

—¿Qué? —preguntó Amarina—. ¿Que no quieren tener rey?

—Exacto —respondió Raffin—. El comité de nobles seguirá gobernando mediante un sistema de votación junto a otro comité con el mismo poder que estará conformado por representantes que escogerá el pueblo.

—¿Como si fuera una especie de… república aristocrática y democrática?

—Algo así, sí.

—Fascinante… ¿Sabías que en Los Valles un hombre puede tomar por esposo a otro hombre, y que una mujer puede casarse con otra mujer? Me lo ha dicho Fuego.

—Mmm… —respondió Raffin, y luego la miró con calma—. ¿En serio?

—En serio. Y además el propio rey está casado con una mujer que no tiene ni una gota de sangre real en las venas.

Raffin se quedó callado durante un instante, agujereando la nieve con un palo. Amarina aprovechó ese momento para contemplar la estatua de Bellamew y observar los ojos llenos de vida de su madre. Luego acarició el pañuelo que llevaba puesto para sacar fuerzas de él.

—Las cosas no funcionan así en Mediaterra —dijo Raffin al fin.

—No —respondió Amarina—. En Mediaterra las cosas funcionan como le venga en gana a su rey.

Raffin se puso en pie con un crujido de rodillas y se acercó a ella.

—Mi padre goza de buena salud —le dijo.

—Ay, Raffin —respondió Amarina—. ¿Puedo darte un abrazo?

Era muy difícil despedirse.

—¿Crees que podría mandarte cartas escritas en bordados para que las leyeras con los dedos, Po? —le preguntó Amarina.

Po esbozó una sonrisita.

—Katsa me escribe notas raspando letras en madera de vez en cuando, cuando no le queda más remedio. Pero tú tendrías que aprender a bordar primero, ¿no?

—Ya… —respondió Amarina, que sonrió a la vez que le daba un abrazo.

—Volveré —le dijo Po—. Te lo prometí, ¿recuerdas?

—Yo también lo haré —le dijo Katsa—. Ya va siendo hora de que vuelva a dar clases en Montmar.

Katsa la abrazó durante un buen rato y Amarina comprendió que las cosas siempre serían así. Katsa estaría siempre yendo y viniendo. Pero el abrazo era auténtico y, aunque terminase, se quedaría con ella para siempre. Sabía que sus amigos tenían que irse, pero estaba igual de segura de que acabarían regresando. Con eso tendría que bastar.

La noche en que partieron fue a la galería de arte porque se sentía sola.

Y entonces Hava guio a Amarina por unas escaleras que descendían hasta una zona del castillo en la que aún no había estado. Se sentaron en lo alto de las escaleras de la prisión y escucharon las nanas que les cantaba Dora a los prisioneros.

45

El rey de Leonidia —es decir, su tío— la esperaba en Mont-puerto con toda la flota desplegada para su disfrute. Amarina tenía que reunirse con él.

El día antes de partir, se sentó en su despacho y reflexionó. Treinta de los treinta y cinco diarios de Leck habían ardido durante el incendio que había provocado Thiel. A Morti le aterraba la idea de que pudiera volver a ocurrir algo así, de modo que intentaba descifrar, leer y memorizar los cinco diarios que se habían salvado con una velocidad de locos. Amarina era consciente de lo catastrófica que era semejante pérdida de información. Pero no sentía pena, sino un alivio inmenso. Pensaba que, con el tiempo, quizá quisiera leer los diarios de su padre que habían sobrevivido, pero eso sería mucho más adelante. Leer cinco diarios no parecía una tarea imposible. Quizá pudiera leerlos varios años más tarde, junto a la chimenea, envuelta en mantas y con alguien que la abrazara. Pero, de momento, no.

Le pidió a Helda que se llevara las sábanas de su madre. También las dejaría para más adelante, cuando no resultaran tan dolorosas. Quizás algún día le parecieran un recuerdo del dolor, y no le resultaran dolorosas en sí. Además, no necesitaba tenerlas cerca para acordarse de su madre. Aún tenía el arcón en el que guardaba todas las cosas de Cinericia, sus pañuelos y la estatua de Bellamew; y también tenía su propia pena.

Las sábanas nuevas eran lisas y suaves. Cuando le rozaban la piel, sin la aspereza ni las protuberancias de los bordados de las sábanas antiguas, se sorprendía. Sentía una especie de alivio que la inundaba, como si el dolor de su mente y de su corazón pudiera comenzar a sanar.

El desafío al que se enfrenta mi reino es encontrar el equilibrio entre conocer la verdad y sanar las heridas del pasado.

Los empleados y los guardias habían empezado a acudir a ella para confesar. Holt había sido el primero. Había aparecido un día en su despacho y le había dicho:

—Majestad, si vais a perdonarme, me gustaría que supierais por qué me estáis perdonando.

A Holt no le había resultado fácil. Había asesinado a varios presos siguiendo las órdenes de Thiel y de Runnemood, y ni siquiera era capaz de decir en alto las cosas que le había obligado a hacer Leck. De rodillas frente a Amarina, con las manos entrelazadas y la cabeza gacha, se mostraba confuso y se le trababa la lengua.

—Quiero contároslo, majestad —logró decir al fin—. Pero no puedo.

Amarina no sabía qué hacer con alguien que quería decirle algo pero que no era capaz de hacerlo. Pensó en comentárselo a Po, que tenía una percepción especial para saber cómo hacer sentir mejor a la gente, o a Fuego.

—Te ayudaré, Holt —le dijo—. Te prometo que no te dejaré solo. ¿Lograremos tener paciencia el uno con el otro?

Tenía que crear un último ministerio; un ministerio con el que debería tener más cuidado que con todos los demás. Estaría dedicado a que la gente pudiera asumir su dolor —puede que incluso aliviarlo— contando su pasado y dejándolo por escrito. No lo impondría como una obligación, pero se aseguraría de que todo el mundo conociera su existencia. Contaría con una sala dedicada a la tarea en el castillo, una biblioteca en la que se guardaran las historias, y con un ministro y un grupo de ayudantes que sus amigos la ayudarían a designar. Algunos de sus empleados viajarían por el reino para hablar con las personas que no pudieran acudir a la ciudad. Sería un lugar seguro en el que poder compartir las penas y preservar los recuerdos antes de que desaparecieran. Lo llamaría Ministerio de las Historias y la Verdad, y ayudaría a su reino a sanar.

—¿Majestad?

El sol se estaba poniendo y había empezado a nevar. Amarina levantó la vista de su escritorio y se encontró con el rostro familiar, afilado y cansado de Morti.

—Morti —le dijo Amarina—. ¿Cómo te encuentras?

—Majestad —repitió Morti—. Un joven llamado Immiker nació en una hacienda a orillas del río al norte de Montmar hace cincuenta y nueve años, hijo de un guarda de caza que se llamaba Larch y de una mujer que se llamaba Mikra y que murió durante el parto.

—Hace cincuenta y nueve años… Es la edad que buscamos, ¿verdad?

—No lo sé, majestad —respondió Morti—. Es posible. Tengo que examinar otros registros de gente con nombres parecidos.

—¿Significa eso que soy montmareña?

—Algunos de los detalles coinciden, majestad, y siempre podemos tratar de hallar más pruebas. Pero no creo que podamos estar seguros de que fuera él. En cualquier caso —añadió el bibliotecario, tajante—, a mi parecer no cabe duda de que seáis montmareña. Sois nuestras reina, ¿no es así?

Morti dejó caer un pequeño montón de papeles sobre el escritorio, se giró de golpe sobre los talones y se marchó de allí.

Amarina se frotó el cuello y dejó escapar un suspiro, y luego se acercó los papeles de Morti.

He terminado la traducción del primer diario, majestad. Como ya suponía, se trata del último diario que escribió. Termina con la muerte de vuestra madre y con la posterior búsqueda que emprendió vuestro padre en el bosque para encontraros. También termina con los detalles del castigo que le infligió a Thiel, majestad, ya que parece ser que, el día de vuestra huida, uno de los puñales de Leck desapareció. Leck llegó a la conclusión de que Thiel lo había robado y se lo había entregado a vuestra madre. Os ahorraré los detalles.

Amarina se abrazó a sí misma y se sintió como si estuviera en lo alto del cielo, completamente sola. Un recuerdo se abrió en su mente como una puerta hacia la luz. En él, Thiel entraba en los aposentos de su madre mientras Cinericia seguía con su idea descabellada de atar varias sábanas y las dejaba caer por la ventana. Amarina temblaba de miedo porque era consciente de lo que estaban a punto de hacer.

Thiel tenía el rostro surcado de lágrimas y sangre.

—Marchaos —decía al tiempo que se acercaba a Cinericia y le entregaba un puñal que era más largo que el antebrazo de Amarina—. Tenéis que iros ahora mismo. —Luego le daba un abrazo a Cinericia—. ¡Ya! —decía con firmeza, y luego se arrodillaba frente a Amarina. La estrechaba entre sus brazos y conseguía que dejara de temblar—. No os preocupéis, vuestra madre os protegerá de todo, Amarina. Creed lo que os diga, ¿me oís? Creed todo lo que os diga. Marchaos. Manteneos a salvo.

Luego le daba un beso en la frente y abandonaba la habitación.

Amarina encontró una hoja de papel en blanco y escribió el recuerdo para no perderlo, porque formaba parte de su historia.

Lista de personajes

Quién es quién
Lista engañosa, arbitraria y, en general,
de dudosa utilidad

Documentado por Morti, el bibliotecario real de Montmar, a quien le gustaría señalar que no tiene tiempo para esto.

ATENCIÓN: ESTE DOCUMENTO ES UN BORRADOR INCOMPLETO. EL AUTOR TAN SOLO SIGUE ÓRDENES Y SOLO PUEDE TRABAJAR CON LA INFORMACIÓN QUE SE LE HA PROPORCIONADO.

AMARINA (Montmar): La excelentísima reina de Montmar y para quien trabaja un servidor. Hija del rey Leck y la reina Cinericia. Sobrina del rey Auror y la reina Cinabria de Leonidia. Sin duda, la mejor monarca que gobierna en el mundo conocido hasta hoy en día, aunque hay que tener en cuenta que incluso los mejores monarcas hacen perder el tiempo a sus bibliotecarios con una frecuencia sorprendente.

ANNA (Montmar): Jefa de la panadería de las cocinas del castillo. De dudosa relevancia para este registro.

AUROR (Leonidia): Rey de Leonidia. Padre del príncipe Po y del príncipe Celestio. Tío de la reina Amarina. Por lo visto no es tan imbécil como los demás reyes.

BANN (Mediaterra): Boticario, curandero y uno de los presuntos líderes del Consejo. Compañero de viaje habitual del príncipe Raffin de Mediaterra.

BELLAMEW (Montmar): Escultora favorita del rey Leck. Asesinada por dicho monarca. Esculpió entre cincuenta y cincuenta y cinco estatuas de transformaciones humanas. Hermana de Holt y madre de Hava.

BIRN (Cefírea): Rey de Cefírea. Canalla despreciable.

BREN (Montmar): Profesora y tipógrafa que reside en la zona este de la ciudad. Hermana de Zafiro Birch. Su familia tuvo un papel fundamental en la resistencia. Actualmente ayuda a restaurar la colección de la biblioteca del castillo. Eficiente, precisa y muy responsable, a diferencia de su hermano, al que se parece mucho físicamente.

CELESTIO (Leonidia): Príncipe de Leonidia. Sexto hijo del rey Auror y de la reina Cinabria. Hermano del príncipe Po y primo de la reina Amarina.

CINERICIA (Leonidia y Montmar): Primero princesa de Leonidia y después reina de Montmar. Fallecida. Hermana del rey Auror de Leonidia. Madre de la reina Amarina de Montmar. Asesinada por el rey Leck de Montmar, su marido. Un servidor la recuerda como amable, muy educada y atrapada en una situación imposible. Cabe destacar que salvó la vida de la reina Amarina.

DANZHOL (Montmar): Un noble ruin del centro de Montmar, de dudosa cordura. Gracia: es capaz de llevar a cabo una atrocidad en su propia cara que un servidor prefiere no recordar ni describir.

DARBY (Montmar): Consejero de la reina Amarina durante los años posteriores a la muerte del rey Leck. Gracia: nunca duerme.

DORA (Montmar, Leonidia, Montmar): Nueva jefa de prisiones de la reina Amarina. Antigua jefa de prisiones de la prisión naval de Ciudad de Auror, en Leonidia. Gracia: cantar.

DROWDEN (Septéntrea): Antiguo rey de Septéntrea. Destronado. Canalla insufrible.

DYAN (Montmar): Jardinera jefe de la reina Amarina. De dudosa relevancia para este registro.

EEMKERR (Procedencia desconocida): El nombre de la infancia de la persona que más tarde se convertiría en el rey Leck de Montmar. Nació en algún lugar de los siete reinos. Véanse las entradas de «Immiker» y «Leck».

FANTASMA (Montmar): Un conocido traficante del mercado negro.

FROGGATT (Montmar): Uno de los empleados de las oficinas de la reina.

FUEGO (Los Valles) (Nombre vallense: Bier, más o menos): Una noble vallense y lo que en Los Valles llaman un «monstruo». Una mujer de lo más inquietante.

GADD (Montmar): Artista especializado en tapices decorativos favorito del rey Leck. Asesinado por dicho monarca.

GIDDON (Mediaterra): Antaño un noble de Mediaterra, ahora desposeído de su título. Uno de los presuntos líderes del Consejo y compañero habitual de viaje del príncipe Po de Leonidia. Cabe destacar que le salvó la vida a un servidor.

GRELLA (Montmar): Legendario montañero y explorador de Montmar que escribió unos diarios exagerados y grandilocuentes en los que narró sus aventuras. Murió en el paso de las montañas que lleva su nombre.

HAVA (Montmar): Hija de Bellamew. Sobrina de Holt. Gracia: esconderse o camuflarse.

HELDA (Mediaterra, Montmar): Ama de llaves, sirvienta y jefa de los espías de la reina Amarina. Antigua sirvienta de lady Katsa de Mediaterra. Una persona con una dignidad insuperable y muy testaruda.

HOLT (Montmar): Miembro de la guardia real. Hermano de Bellamew y tío de Hava. Gracia: fuerza.

IMMIKER (Montmar): Un niño que nació en Montmar el mismo año en que creemos que nació el rey Leck. Es posible que sea el Eemkerr que llegó a convertirse en el rey Leck, aunque un servidor no puede confirmarlo.

IVAN (Montmar): Ingeniero preferido del rey Leck. Construyó los tres puentes de la ciudad.

JASS (Montmar): Un ayudante de cocina de dudosa relevancia para este registro. Gracia: determinar con la vista y el olfato qué plato le resultará más satisfactorio a cada persona.

KATSA (Mediaterra): Noble de Mediaterra desterrada y desheredada por su tío, el rey Randa de Mediaterra, aunque sigue entrando en el reino cada vez que quiere. Una de las presuntas líderes del Consejo y su fundadora. Prima del príncipe Raffin de Mediaterra. Amante conocida del príncipe Po de Leonidia. Asesinó al rey Leck. Gracia: la supervivencia, y además es muy hábil a la hora de pelear.

LARCH (Montmar): Padre de Immiker y, por tanto, posible padre del rey Leck.

LECK (Desconocido, Los Valles, Montmar): Rey de Montmar durante treinta y cinco años. Un psicópata sádico y despiadado. Marido de la reina Cinericia y padre de la reina Amarina. Asesinado por lady Katsa de Mediaterra. Gracia: contar mentiras que todo el mundo cree.

NOTA: ¡Mimoso ha volcado el tintero! ¡QUÉ CRIATURA TAN INSOPORTABLE!

MADLE... e la re... ...zo ...ar ...graceling.

MIDYA (Los Valles): Exploradora naval de renombre de Los Valles. Hija de madre vallense y padre píqueo. Curiosamente, nació en una prisión vallense.

MIKRA (Montmar): Madre de Immiker y, por tanto, posible madre del rey Leck.

MIMOSO (Montmar): Un gato con un carácter muy refinado.

MORTI (Montmar) (ACLARACIÓN: DIMINUTIVO DE MORTIMER, NO DE MORTÍFERO): Un servidor, y el bibliotecario real de Montmar. Gracia: gran velocidad de lectura y capacidad de recordar todo lo leído.

MURGON (Merídea): Rey de Merídea. Un malhechor infame.

NASHVALLE (Los Valles): Rey de Los Valles. Cuñado de lady Fuego. Hasta donde un servidor sabe, buena persona.

OLL (Mediaterra): Uno de los presuntos líderes del Consejo. Destituido de su capitanía por el rey Randa de Mediaterra.

ORNIK (Montmar): Herrero de la herrería real. De dudosa relevancia para este registro.

PIPER (Montmar): Noble de Montmar que ejerce de juez en el Tribunal Supremo.

PO: Véase la entrada «Verdor Grandemalión».

QUALL (Montmar): Noble de Montmar y juez del Tribunal Supremo durante los años posteriores a la muerte del rey Leck.

RAFFIN (Mediaterra): Un príncipe de Mediaterra. Único hijo y heredero del rey Randa. Boticario, curandero y uno de los presuntos líderes del Consejo. Primo de lady Katsa.

RANDA (Mediaterra): Rey de Mediaterra. No hay mucho que decir de él.

ROOD (Montmar): Consejero de la reina Amarina durante los años posteriores a la muerte del rey Leck. Hermano de Runnemood.

RUNNEMOOD (Montmar): Consejero de la reina Amarina durante los años posteriores a la muerte del rey Leck. Hermano de Rood.

SMIT (Montmar): Capitán de la guardia de Montmar durante los años posteriores a la muerte del rey Leck.

TEDDREN (Montmar): También conocido como Teddy. Tipógrafo y profesor que reside en la zona este de la ciudad. Hermano de Tilda. Su familia tuvo un papel fundamental en la resistencia. Consejero del Ministerio de Educación. Actualmente ayuda a restaurar la colección de la biblioteca del castillo. Un buen tipo, pero demasiado soñador.

THIEL (Montmar): Consejero de la reina Amarina durante los años posteriores a la muerte del rey Leck.

THIGPEN (Solánea): Rey de Solánea. Un rufián malvado.

TILDA (Montmar): Tipógrafa y profesora que reside en la zona este de la ciudad. Hermana de Teddren. Su familia tuvo un papel fundamental en la resistencia. Actualmente ayuda a restaurar la colección de la biblioteca así como la antigua imprenta del castillo con una presteza y una dedicación refrescantes.

VERDOR Grandemalión (Leonidia): Príncipe leonita también conocido como Po. Uno de los presuntos líderes del Consejo. Séptimo hijo del rey Auror y la reina Cinabria de Leonidia. Primo de la reina Amarina. Amante conocido de lady Katsa de Mediaterra. Gracia: la lucha (o eso dice). Se le dan bien los gatos.

Zafiro Birch (Montmar, Leonidia, Montmar): Un plebeyo de Montmar que se identifica como leonita tras haberse criado a bordo de un barco de dicho reino. Hermano de Bren. Su familia tuvo un papel fundamental en la resistencia. Un liante que agota la energía de la reina. De dudosa relevancia para este registro. Gracia: su majestad sabe cuál es, pero no la ha compartido con un servidor.

Zorro (Montmar, Leonidia, Montmar): Sirviente del castillo durante los años posteriores a la muerte del rey Leck. Gracia: audacia.

Desgraciadamente, algunas de estas entradas están incompletas, a la espera de los informes oficiales y definitivos de su majestad. No se puede considerar a un servidor responsable de cualquier error u omisión (que, sin duda, serán muchos) causado o exigido por terceros.

CONTENIDO EXTRA

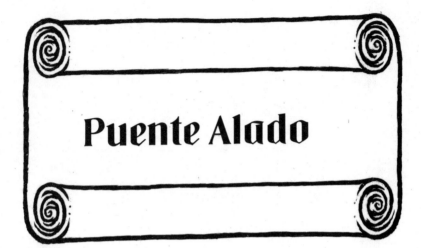

Puente Alado

Puente de los Monstruos

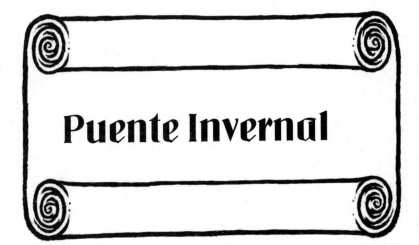

Puente Invernal

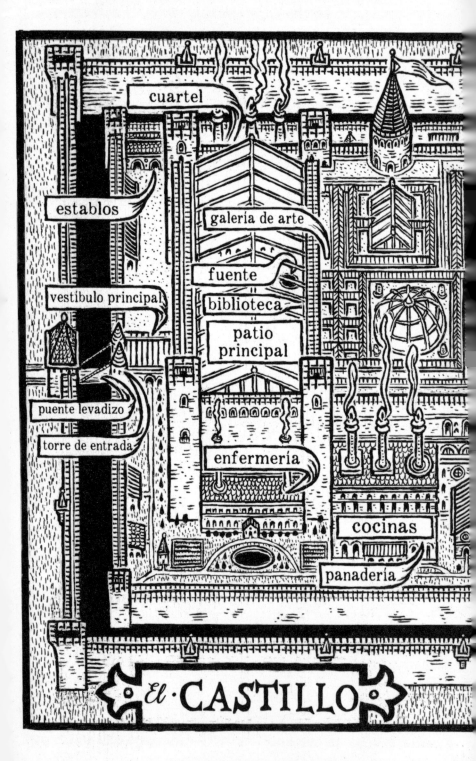

cuartel

establos

galería de arte

fuente

vestíbulo principal

biblioteca

patio
principal

puente levadizo

torre de entrada

enfermería

cocinas

panadería

El·CASTILLO

herrería

aposentos de los invitados

RÍO

despacho de Amarina

aposentos de Amarina

aposentos de Leck

oficinas del piso inferior

torre de la reina

jardín

VALLE

foso

muralla este

Norte

APOSENTOS DE AMARINA

———————————————————→

———————————————————→

APOSENTOS DE LECK

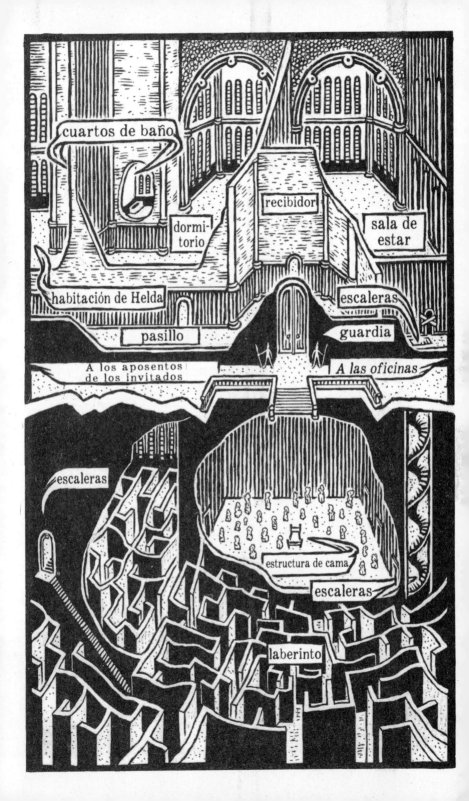

PÍQUEA

LOS VALLES

MAR INVERNAL

Agradecimientos

Gracias a mi editora, Kathy Dawson, por su ayuda inconmensurable y, sobre todo, por ayudarme a pasar del desastre que era el primer borrador a un segundo borrador con el que ya podía empezar a trabajar. Gracias también por su amor por el libro, su apoyo incondicional y su paciencia. Soy consciente de lo afortunada que soy.

Gracias a Faye Bender, mi agente y férrea defensora, por respaldarme en todo momento. Si he acabado este libro sin perder la cabeza, ha sido gracias a ella.

Gracias a mi primera tanda de lectores, Catherine Cashore, Dorothy Cashore y Sarah Prineas; y a mi segunda tanda, Deborah Kaplan, J. D. Paul y Rebecca Rabinowitz. Su ayuda ha sido inestimable y su generosidad me abruma.

Una nota para quien lea los agradecimientos antes de leer el libro: el resto de los agradecimientos están llenos de *spoilers* de la novela. Estáis avisados.

Gracias al lingüista Dr. Lance Nathan, que creó tanto el precioso alfabeto vallense como una lengua vallense que podría haberse desarrollado de manera aislada a partir de la misma protolengua desde la que evolucionó el gracelingo de forma creíble. Lance también me ayudó al encargarse del primer cifrado del texto de Leck. (Los entusiastas de los textos cifrados reconocerán el método de cifrado de Vigenère que elegí para los diarios de Leck). Y también me ayudó a entender cómo orientarse por los laberintos, junto con Deborah Kaplan, y cómo decir la hora en un reloj de quince horas, ¡así que gracias por eso también!

Gracias al físico J. D. Paul, que respondió a un sinfín de preguntas sobre Po y sobre óptica para que pudiera determinar si Po era capaz de distinguir colores o saber cuándo es de noche o de día. Gracias a Rebecca Rabinowitz y a Deborah Kaplan, que, tras leer un último borrador de la novela, me ayudaron a abordar la cuestión de la discapacidad de Po y me aconsejaron sobre si había alguna forma de contrarrestar las consecuencias de que hubiera hecho que la gracia de Po aumentara tanto como para compensar su ceguera al final de *Graceling: La asesina y el príncipe*. (Por aquel entonces no pensé en las implicaciones; no caí, hasta que fue demasiado tarde, en que había convertido a Po en una persona discapacitada y luego le había otorgado una cura mágica para su discapacidad, como implicando que no podía ser una persona plena mientras fuera discapacitado. Ahora entiendo que el tópico de la cura mágica es demasiado común en la fantasía y la ciencia ficción y que es irrespetuoso con las personas discapacitadas. Asumo totalmente este fallo).

Gracias a mi hermana, Dorothy Cashore, por diseñar los preciosos cifrados de los bordados de Cinericia y por no inmutarse cuando le di instrucciones como «¡Haz que parezca leonita!». Gracias a mi madre, Nedda Cashore, que hizo de conejillo de Indias y me bordó algunos de los símbolos aunque me negase a contarle por qué se lo pedía.

Gracias al Dr. Michael Jacobson por responder a mis preguntas sobre las quemaduras. Gracias a mi tío, el Dr. Walter Willihnganz, por responder a preguntas sobre heridas de arma blanca y globos oculares y si amasar pan es una terapia apropiada una vez que se ha curado un brazo roto. (¡La respuesta es que sí!).

Gracias a Kaz Stouffer, de la Escuela de Trapecio de Nueva york, por enseñarme los trucos de su oficio y ayudarme a entender cómo pretendía Danzhol ejecutar su plan ruin.

Gracias a Kelly Droney y Melissa Murphy por responder a unas preguntas un tanto extrañas sobre lo que ocurre con los cadáveres en las cuevas y los huesos arrojados a los ríos.

En varias ocasiones, muchas personas han sido muy amables y me han respondido a preguntas sobre asuntos concretos o han compartido conmigo sus opiniones cuando se las pedí. A algunas de ellas, incluyendo a mis lectores de la primera y la segunda tanda, ya las he nombrado en referencia a otros asuntos, ¡y a algunas ya las he nombrado más de una vez! Entre los que aún no he mencionado están Sarah Miller, que me ayudó con Po durante el juicio, y Marc Moskowitz, que colaboró conmigo con las piezas del reloj, el camuflaje de la barca de Hava y muchas otras cosas. ¡Gracias!

Cualquier error en el libro es mío.

Gracias a Danese Joyce por su sabiduría y asesoramiento.

Gracias a Lauri Hornik y Don Weisberg por su paciencia y apoyo, y a Natalie Sousa por diseñar la preciosa portada de Dial para el libro. Gracias a Jenny Kelly por el diseño interior tan bonito y al artista Ian Schoenherr por deleitarme y asombrarme con sus representaciones de mi mundo. Y mil gracias al resto del equipo de Penguin que ha trabajado tan duro para tener lista la novela y compartirla con el mundo. Gracias también a mis editores, agentes y *scouts* de todo el mundo, que hacen que la parte comercial de mi trabajo sea un placer.

Como parece que tengo la costumbre de repetirme —y ya que son los que más lo merecen—, gracias de nuevo a mi editora y a mi agente.

Y por último, gracias, como siempre, a mi familia.

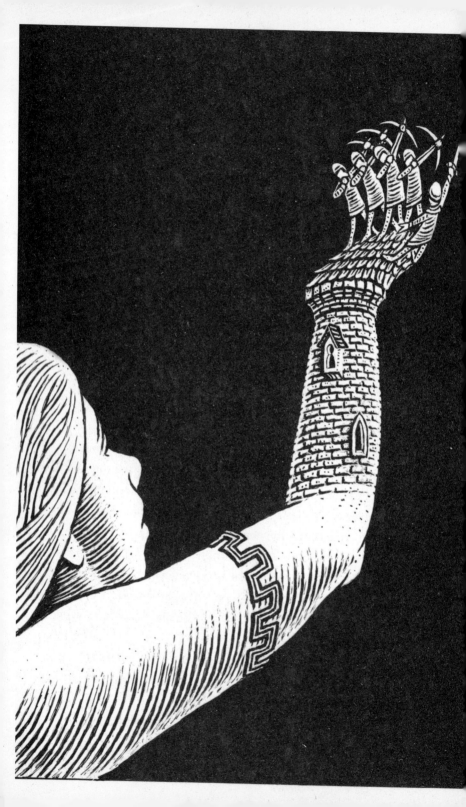

¿TE GUSTÓ ESTE LIBRO?

Escríbenos a

puck@edicionesurano.com

y cuéntanos tu opinión.

ESPAÑA /MundoPuck /Puck_Ed /Puck.Ed

LATINOAMÉRICA /PuckLatam

/PuckEditorial

¡Gracias por vivir otra
#EXPERIENCIAPUCK!

 PUCK